Nikol

Die Bildung des jungen Predigers

SALZWASSER
VERLAG

Nikolaus Schleiniger

Die Bildung des jungen Predigers

Unveränderter Nachdruck der Originalausgabe von 1865.

1. Auflage 2022 | ISBN: 978-3-37500-916-8

Verlag: Salzwasser Verlag GmbH, Zeilweg 44, 60439 Frankfurt, Deutschland
Vertretungsberechtigt: E. Roepke, Zeilweg 44, 60439 Frankfurt, Deutschland
Druck: Books on Demand GmbH, In de Tarpen 42, 22848 Norderstedt, Deutschland

Die Bildung des jungen Predigers

nach einem

leichten und vollständigen Stufengange.

Ein Leitfaden zum Gebrauche für Seminarien.

Von

P. Nikolaus Schleiniger,

Priester der Gesellschaft Jesu.

Διὸ πολλὴν χρὴ ποιεῖσθαι τὴν σπουδὴν, ὥστε τὸν λόγον τοῦ Χριστοῦ ἐν ἡμῖν ἐνοικεῖν πλουσίως .. ἐπειδὴ γὰρ οὐ φύσεως, ἀλλὰ μαθήσεως τὸ λέγειν, κἂν εἰς ἄκρον αὐτοῦ τις ἀφίκηται, τότε αὐτὸν ἀφίησεν ἔρημον, ἂν μὴ συνεχεῖ σπουδῇ καὶ γυμνασίᾳ ταύτην θεραπεύῃ τὴν δύναμιν.

S. Chrysost. de sacerd. l. 4. c. 4.

Zweite, unveränderte Auflage.

Freiburg im Breisgau.

1865.

Vorrede.

Die Anordnung dieses Leitfadens entspricht der in meinem „Predigtamte“ S. 772 geäußerten Anschauung. Deßhalb zerfällt derselbe in zwei Abtheilungen, wovon die erste die Grundlinien der allgemeinen, die zweite die der geistlichen Redekunst enthält. Da in manchen Gegenden die Rhetorik nicht in den Gymnasialunterricht aufgenommen ist, in andern aber mehr als Styl- und Aufsatzlehre, denn als Anleitung zur Beredsamkeit behandelt wird; so ist bei einem homiletischen Cursus die vorläufige Grundlegung der nöthigsten allgemeinen Kenntnisse unerläßlich, indem ohne diese weder an eine leichte, noch eine gründliche und practische Auffassung des homiletischen Unterrichts zu denken ist. Das angezeigte Verfahren gewährt auch den Vortheil, daß die Theorie der geistlichen Beredsamkeit so reiner und selbstständiger erhalten wird, was sehr wichtige Gründe für sich hat. Für dasselbe Verfahren schien endlich noch besonders folgende Rücksicht zu sprechen: Nur zu oft ist der Lehrer der Homiletik auf Grund obwaltender Verhältnisse darauf angewiesen, die Lehre von der Verwaltung des Predigtamtes in möglichst kurzer Zeit zu absolviren, so daß er Mühe hat, diesen Gegenstand auch nur den wesentlichsten Punkten nach zu erledigen. In diesem Nothfalle wird er sich auf eine einleitende Uebersicht der allgemein rhetorischen Grundzüge beschränken müssen, um sofort zur geistlichen Beredsamkeit überzugehen. Haben nun dabei die Alumnen einen hinlänglichen Abriß der Rhetorik zur Hand, so kann er sie auf ergänzendes Privatstudium verweisen und den Fortgang in demselben durch gelegentlich eingestreute

Bemerkungen oder Fragen fördern [1]. In Rücksicht hierauf wurde der gegenwärtige Grundriß der allgemeinen Rhetorik etwas ausführlicher gehalten, als dieß eine Synopsis schlechthin fordern würde, wozu allerdings auch die Erwägung kam, daß ein zu dürrer und gerippeähnlicher Abriß wenig zu fleißiger Lectüre anregen dürfte.

Was nun ferner die eigentliche Ausführung dieses Leitfadens betrifft, so schließt sich dieselbe ganz den zwei früher erschienenen Arbeiten des Verfassers, den „Grundzügen" und dem „Predigtamte" [2] an. Dieß muß namentlich in Bezug auf Wahl und Einschaltung der Beispiele bemerkt werden. Dieselbe ist so gehalten, daß durch gleichzeitigen Gebrauch der Grundzüge und des Predigtamtes ein ausreichender Vorrath an Beispielen jeder Art geboten und so der Lehrer der Homiletik in den Stand gesetzt ist, bei Wiederholung desselben Cursus in dieser Beziehung doch immer einen gewissen, auch für ihn selbst angenehmen Wechsel eintreten zu lassen. Da in den Grundzügen vorzüglich die profane oder sog. classische Beredsamkeit vertreten ist (indem die Kenntniß derselben eine höchst nützliche, um nicht zu sagen nothwendige Vorschule zur geistlichen Beredsamkeit bildet); dagegen in dem Predigtamte die Lehre von der Topik, den Figuren, der oratorischen Anwendung der Beweisformen, und der Amplification sich nicht ausgeführt findet, weil sie eben der allgemeinen Rhetorik angehört: so mußte nun der gegenwärtige Leitfaden Beispiele für letztere Gegenstände enthalten, und zwar geistliche, um zu den in den Grundzügen gebotenen profanen eine Parallele zu bilden. Letztere Wahl schien auch aus dem Grunde zweckmäßig, daß so jene, an sich ziemlich trockenen Gegenstände nicht nur belebt und beleuchtet, sondern auch dazu benutzt werden konnten, dem jungen Redner eine Idee von der Schönheit der Väterberedsamkeit zu geben und seine Aufmerksamkeit diesen herrlichen Mustern und andern vorzüglichen Kanzel-

---

[1] Sollte irgendwo der höchst ungünstige Fall vorkommen, daß wegen Mangel an Zeit nur das Technische der geistlichen Rede behandelt werden könnte — wobei allerdings wenig Erfolg zu hoffen — so müßte selbstredend mit dem zweiten Theile der geistlichen Rhetorik (S. 196) begonnen, um so dringender aber dem Lernenden der erste Theil oder die Lehre von der Person des geistlichen Redners als Gegenstand des Privatstudiums empfohlen werden.

[2] Hinsichtlich dieser beiden Werke ist zu bemerken, daß die in dem gegenwärtigen Leitfaden vorkommenden Angaben oder Verweise mit Seitenzahl sich auf die zweite Auflage jedes derselben beziehen.

rednern gegenüber zu wecken. Zugleich wird der Lehrer nun nach Ermessen zwischen geistlichen und profanen Beispielen wählen können, oder was besser ist — sofern die Zeit es gestattet — beide Wege der Veranschaulichung mit einander verbinden und eine Gattung der Beredsamkeit durch die andere beleuchten. Wo dagegen die genannte Auswahl schon durch die Grundzüge und das Predigtamt ermöglicht ist, sind die Beispiele in dem gegenwärtigen Leitfaden übergangen, weil die so wichtige Uebersichtlichkeit der Regeln und die nöthige Kürze des Ganzen dieß zu fordern schien.

Obwohl übrigens dieser Leitfaden in seinem ersten Theile dem Gedankengange der Grundzüge, in seinem zweiten dem des Predigtamtes folgt, bildet er doch keinen Auszug weder aus dem erstern noch aus dem letztern, sondern eine ganz selbstständige Arbeit, wie der Leser bei vergleichender Lectüre leicht finden wird. Wenn auch gesucht wurde, zugleich dem wissenschaftlichen und dem practischen Interesse zu genügen, so wurde doch auf letzteres Moment der Hauptnachdruck gelegt. Ersterem konnte in einem Leitfaden und bei einem überwiegend practischen Gegenstande nur mittelst klarer Auseinandersetzung der leitenden Grundsätze und Eröffnung der besten rhetorischen Quellen Rechnung getragen werden; weiterer Aufschluß ist namentlich für das homiletische Element in dem Predigtamte zu suchen.

So viel über Plan und Inhalt dieses Leitfadens. Der Verfasser hatte bei Ausarbeitung desselben den innigen Wunsch, sowohl Lehrern als Alumnen in den geistlichen Bildungsanstalten einen kleinen, oder vielmehr einen möglichst großen Dienst zu erweisen. Die erste Anregung hiezu ging von Seminarien aus, indem namentlich geäußert wurde, daß eine kurze, einfache und doch das Wichtigste umfassende Anleitung noch immer Bedürfniß sei. In dem Bewußtsein, Letzteres in dieser Schrift wenigstens angestrebt zu haben, schließt der Verfasser mit den Worten eines Alten: *εἰ μὲν καλῶς — εἶπον ὡς ἐβουλόμην· εἰ δ' ἐνδεεστέρως, ὡς ἐδυνάμην.* Gott möge das Bemühen segnen!

Am Feste des hl. Johannes Chrysostomus 1863.

Inhalt.

Grundzeichnung der allgemeinen Rhetorik.

Einleitung.

Erster Theil.

Erster Abschnitt.

Zweiter Abschnitt.

Erstes Kapitel.

Zweites Kapitel.

Drittes Kapitel.

Seite

Erstes Kapitel.

Zweites Kapitel.

Vierter Theil.

Erster Abschnitt.

Zweiter Abschnitt.

Abriß der geistlichen Rhetorik.

Einleitung.

Erster Theil,

Von dem geistlichen Redner.

Erster Abschnitt.

Erstes Kapitel.

Zweites Kapitel.

Zweiter Abschnitt.

Erstes Kapitel.

Grundzeichnung der allgemeinen Rhetorik.

Einleitung.

Die **Beredsamkeit** ist die Fertigkeit, durch das lebendige Wort zu überzeugen und zu rühren, oder: das Vermögen, durch seelenvolle Ansprache Geist und Wille des Menschen zu ergreifen und in practischer Weise zu bestimmen.

Die **Rede** ist also ein zusammenhängendes sprachliches Ganze von Vorstellungen, welche nach Inhalt und Darstellung geeignet sind [1], jenen practischen Zweck zu erreichen.

Die Gabe des Wortes galt von jeher als eine höchst wichtige. Mit Recht. Mehr als einmal hat die Beredsamkeit sich als eine in die Geschicke der Menschheit eingreifende Macht erwiesen und ihr Einfluß sich in die verschiedensten Sphären verzweigt. Wir begegnen ihm in dem stillen Reiche der Seelen, in den mannigfachen und wechselvollen Erscheinungen des Privatlebens, aber auch auf dem großen Schauplatze der Welt und der Geschichte: die Beredsamkeit hat ihren Namen manchen der größten Ereignissen aufgedrückt, und an ihre thatenreiche Vergangenheit erinnern die bloßen Ausdrücke Griechenland, Rom, Kreuzzüge u. dgl. Ihre höchste Weihe und ihren großartigsten Beruf erhielt sie, seitdem die Religion sie sich anvermählte und ihr einen Wirkungskreis anwies, dessen Schranke nur die Unendlichkeit ist. Es ist übrigens leicht zu begreifen, daß eines Mittels von solcher Tragweite sich von jeher die verschiedensten Bestrebungen zu bemäch-

[1] Dieß „Geeignetsein" genügt. Schon **Aristoteles** bemerkt deßhalb von der Beredsamkeit: „Ihr Geschäft ist nicht zu überreden, sondern zu erkennen (respective anzuwenden), was in jedem Gegenstande Ueberzeugungskräftiges liegt, wie Aehnliches bei allen andern Wissenschaften der Fall ist. Denn auch die Arzneikunde hat nicht die Pflicht, jeden Kranken vollkommen herzustellen, sondern so weit es möglich ist, seine Heilung zu vollenden: auch wo die Genesung nicht eintritt, kann die Heilkunde angewandt werden." Rhet. l. 1. c. 1. Daher widerspricht sich Aristoteles nicht, wenn er die Beredsamkeit nicht geradezu als *δύναμις τοῦ πεῖσαι* erklärt und doch von dem Redner sagt: *δεῖ δύνασθαι πείθειν* l. c. § 12 sqq. et l. 2. c. 18. (nämlich *θεωρῆσαι τὸ ἐνδεχόμενον πιθανόν* l. 1. c. 2.).

tigen suchten und daß auch der Genius des Bösen sich dasselbe oft genug dienstbar machte. Um so mehr ist es Pflicht für edle Naturen, die ihre Befähigung auf das rednerische Gebiet beruft, nach jener vom Himmel nur zu höhern Zwecken verliehenen kostbaren Gabe in edlem Wettstreite zu ringen und sie dem christlichen Boden so eigen zu machen, daß sie keine andern Blüthen mehr trage als die göttlichen der Wahrheit und Tugend.

Die Beredsamkeit findet ihre Bedingung in der erforderlichen Naturanlage, ihre Unterstützung in der Kenntniß des geeigneten Verfahrens, in der Uebung und endlich in der Nachahmung großer Vorbilder.

Der vollkommene Redner ist nur möglich, wo sich die größten innern und äußern Eigenschaften in vollkommener Harmonie vereinen. Einiges über diese Eigenschaften werden wir sogleich, das Besondere und Ausführlichere jedoch im Verlaufe dieser Erörterungen kennen lernen. Das Wichtigste hat hier die Natur zu leisten. Daher das Wort eines Kritikers: Wer nicht zum großen Redner, der ist nicht zum Redner geboren [1]. Indeß läßt sich auch ohne die schöpferische Geistesbegabung, die wir Genie nennen, auf dem rednerischen Gebiete Vortreffliches leisten, wo Fleiß und ein für Edles begeisterter Sinn mit dem vorhandenen, wenn auch nicht außergewöhnlichen Talente in treuen Bund tritt. Der angehende Redner darf sich überhaupt nicht entmuthigen, wenn er nicht Alles in sich findet, was von dem Meister in dem Fache oder dem Redner *κατ᾽ ἐξοχήν* gefordert wird. Die Anleitung zu jeder Kunst hat immer die Vollkommenheit oder das Ideal im Auge. Richtig bemerkt Cicero: Semper quacunque de arte aut facultate quaeritur, de absoluta et perfecta quaeri solet [2]. Daher sagt er auch von der Auffassung der rednerischen Frage: Quoniam de oratore nobis disputandum est, de summo oratore dicam necesse est. Vis enim et natura rei, nisi perfecta ante oculos ponitur, qualis et quanta sit, intelligi non potest [3].

Die systematische Anleitung zur Beredsamkeit oder: der Inbegriff der Grundsätze und Regeln, welche die natürliche Redeanlage entwickeln und leiten sollen, heißt Redekunst oder Rhetorik.

Die Redekunst wurde in früherer Zeit als Blüthepunkt der literärischen Jugendbildung angesehen, nicht nur wegen ihrer Anwendung im Leben, sei es auf dem Gebiete der geistlichen oder bürgerlichen Beredsamkeit, sondern auch aus dem Gesichtspunkte der formalen Geistesbildung, als der natürlichste Weg zu letzterer. In der That nimmt die vollkommene Rede

---

[1] Der Gegensatz des bekannten: poeta nascitur, orator fit.

[2] De orat. l. 3. c. 22.

[3] L. c.

alle Fähigkeiten des Menschen in Anspruch: sie fordert von dem Erkenntnißvermögen lichtvolle Auffassung und Begründung des Gegenstandes; von der Einbildungskraft und dem Gefühle Veranschaulichung und Belebung desselben; von der sprachlichen Darstellungsgabe alle Formen des Anziehenden und Ergreifenden, Klarheit, Fluß, Kraft und Schwung, Fülle und Harmonie; von dem Gedächtnisse den Schatz seiner Erinnerungen, und für den Vortrag selbst die treue Reproduction des Geschriebenen; von dem ganzen Menschen den seelenvollen Ausdruck aller oben genannten Eigenschaften in der äußern Darstellung oder der körperlichen Beredsamkeit. Daher führt sie naturgemäß zu einer harmonischen Entwickelung der jugendlichen Fähigkeiten und verleiht dem Geiste Sicherheit und Gewandtheit für alle übrigen leichtern Stylgattungen [1]; nicht davon zu sprechen, daß ohne sie eine der schönsten und nützlichsten Seiten der altclassischen Literatur unverstanden, ungenossen, daher auch unbenützt bleibt — und doch legten schon die Kirchenväter und mit ihnen die Kirche selbst auf die weise Benützung derselben einen so großen Werth [2].

Jedenfalls erscheint es in Absicht auf wirkliche Aneignung und Ausbildung der Beredsamkeit vortheilhaft, wenn nicht unerläßlich, mit den leitenden Grundsätzen der Kunst vertraut zu werden. Wenn übrigens die Rhetorik hiebei ihren Zögling gleichsam bei der Hand nimmt und auch im Einzelnen leitet, so läßt sie doch der Individualität desselben die freieste Entwickelung. Als Theorie betrachtet sie nothwendig die Regeln objectiv (d. h. an sich und für Alle), will aber in der nähern Anwendung durchaus subjectiv werden. Das Beste in der Beredsamkeit eines Jeden ist seine vollkommene Natürlichkeit. Daher wird auch Jeder die Vorschriften der Kunst so auf sich beziehen, wie es seinem Wesen entspricht, ohne sich eine ihm fremde Richtung ankünsteln zu wollen.

Nach diesen allgemeinen Bemerkungen über Wesen und Bedeutung der Beredsamkeit und Rhetorik erübrigt nun noch, die nähern Grundzüge beider und zunächst die übersichtliche Eintheilung derselben kennen zu lernen.

Eintheilung der Beredsamkeit. Die alten Rhetoren unterschieden bekanntlich drei Arten von Beredsamkeit, welche sie das genus a) deliberativum, b) judiciale, c) demonstrativum (Lobrede) nannten. Weil uns aber das Christenthum mit einer neuen und höchst umfassenden Gattung der Beredsamkeit bekannt machte, wurde seitdem das ganze oratorische Gebiet naturgemäß in zwei große Abtheilungen ge-

[1] Auch für dereinstige schwerere oratorische Arbeiten selbst. Was die Rhetorik im Jünglinge erst gleichsam nur angebahnt und zunächst für Auffassung und Nachbildung der rednerischen Form geleistet, das geht bei gereifterer Kraft auch auf mehr substantielle Behandlung über und bewährt sich auch bei schwierigern Gegenständen.

[2] Vgl. über diesen Punkt: Karl, die alten und neuen Schulen S. 46 ff.

schieden: in die **profane** und die **geistliche** Beredsamkeit. Als die wichtigsten Zweige der weltlichen Beredsamkeit gelten: die **politische**, **gerichtliche**, **militärische** und **academische** Beredsamkeit (letztere Art großentheils mit dem genus demonstrativum der Alten zusammenfallend). Die nähere Gliederung der geistlichen Beredsamkeit werden wir später kennen lernen.

Eintheilung der Rhetorik. Da nach Cicero's richtigem Ausspruche [1] der Redner stets drei Punkte zu beachten hat, **was** er sage, **in welcher Ordnung** und **auf welche Weise** er es sage (quid, quo quidquid loco, et quomodo): so gliedert sich die Rhetorik wie von selbst nach folgenden Theilen:

I. **Ermittelung des Redestoffes;**
II. **Anordnung der Rede;**
III. **Rednerische Darstellung;**

und weil der oratorische Aufsatz auf den mündlichen Vortrag berechnet ist und in diesem seine practische Anwendung und seinen Abschluß findet; so reiht sich an die genannten Theile noch die Lehre vom **Memoriren** und dem **äußern Vortrage** als IV. Theil [2].

Erster Theil.

Ermittelung des Redestoffes (Inventio).

Die Auffindung des Redestoffes umfaßt zwei Hauptmomente: 1) die Wahl des **Themas** oder des zu behandelnden Gegenstandes; 2) die Auswahl des Stoffes zu dessen **Entfaltung** oder Ausarbeitung, daher die Bestimmung der **oratorischen Mittel**, um die beabsichtigte Wirkung auf Geist, Gemüth und Wille des Zuhörers hervorzubringen.

Erster Abschnitt.

Das Thema oder der zu behandelnde Gegenstand.

Hiebei haben wir zunächst wieder eine doppelte Aufgabe zu berücksichtigen: 1) die Bestimmung des Themas im Allgemeinen, 2) die engere Begrenzung desselben.

1) **Bestimmung des Themas im Allgemeinen.** Entweder ist der Hauptgegenstand der Rede schon durch die äußern Umstände selbst geboten, oder er ist der freien Wahl des Redners anheim-

---

[1] Orat. c. 14.

[2] Hinsichtlich der Geschichte der Beredsamkeit sowie der Rhetorik selbst vgl. den kurzen Abriß in den „Grundzügen der Beredſ." S. 5—11.

gegeben. In ersterm Falle bleibt dem Redner nur das Geschäft der nähern Fassung und Abrundung desselben übrig, wovon sogleich. In letzterm Falle ist vor Allem darauf zu achten, daß der zu wählende Gegenstand an sich selbst reich und wahrhaft oratorischer Ausführung fähig sei. In einem gediegenen großen Gedanken ist oft ein überraschender Reichthum der fruchtbarsten Entwickelungen verschlossen; dagegen ist die Unfruchtbarkeit oder Geringfügigkeit des Gegenstandes eine Klippe, an der nur zu leicht das Talent wie die Mühe des Redners scheitert. Wie der Redner übrigens dazu gelangen kann, seine Gegenstände stets von einer möglichst bedeutungsvollen Seite aufzufassen, wird die Lehre von den Stoffquellen zeigen. — Ebenso wichtig ist eine zweite Rücksicht, daß nämlich der Redegegenstand in jeder Beziehung ein angemessener, d. h. für die Zuhörer, für den Redner selbst, für Zeit und Ort passender sei. Nur so kann er practische Bedeutung haben, was Grundbedingung aller wahren Beredsamkeit ist.

2) Engere Begrenzung des Themas. Wird ein Gegenstand nur allgemein, oder, wie man zu sagen pflegt, vag aufgefaßt, so macht er gewöhnlich gar keinen Eindruck. Er muß wie ein Bauplan seine bestimmten Constructionslinien, wie ein Gemälde seine festen Umrisse und seine individuelle Gestalt haben. Die nähere Auffassung des Gegenstandes wird nun aber bedingt durch den practischen Zweck des Redners; sie wird ausgesprochen oder formulirt durch den sog. Hauptsatz oder die Proposition.

Ohne klare Erfassung des jedesmaligen nächsten und practischen Zweckes der Rede gebricht es dieser selbst an der festen Richtung nach dem Ziele, daher — so angemessen auch an sich der Gegenstand sein mag — an wirklicher Zweckmäßigkeit und Anwendbarkeit, sowie gewöhnlich auch an Kraft und Ernst.

Hauptsatz nennen wir den kurzen und bündigen Ausdruck des Themas. Die Rede entwickelt sich aus dem Hauptsatze, wie die Pflanze oder der Fruchtbaum aus dem Samenkorn. Damit der Hauptsatz aber wirklich dem Thema diese klare und feste Begrenzung vermittle und dasselbe so für den Redner brauchbar mache, muß er 1) Einheit, 2) Bestimmtheit besitzen. Durch die Einheit erscheint der Gegenstand unter Einem Hauptgesichtspunkte, kann also faßlicher, einläßlicher, daher gründlicher behandelt werden [1]; die Rede selbst gewinnt hiedurch an innerer Schönheit und Vollendung: omnis pulchritudinis forma unitas est. S. Aug. — Mittelst der Bestimmtheit erhält das Thema die scharfen Lineamente, wodurch wie in einem geometrischen Grundrisse alles Vage

[1] Wo dagegen diese Einheitlichkeit der Auffassung fehlt, gilt das Sprüchwort: Pluribus intentus minor est ad singula sensus.

und Ungehörige abgeschnitten und dagegen dem Geiste Wesen und Zweck der Rede klar vorgelegt wird [1].

„Schiebe deine Bekehrung nicht auf," oder: „ich will heute von den Mitteln gegen den Rückfall sprechen," sind bestimmte Hauptsätze; aber: „über den sittlichen Zustand des Menschen," oder: „die Kirche," „das gesellige Leben," sind vage Themata. Diese Unbestimmtheit — oder wenigstens Unklarheit — erhält der Hauptsatz auch durch unnöthige Häufung der Nebenbegriffe, besonders wo noch der abstracte Ausdruck hinzutritt, wie in folgendem Beispiele: „Inwiefern die äußern Folgen unserer Handlungen bei unsern Entschließungen und bei der nachherigen Würdigung unsers Thuns von unserm Gewissen und vor Gott in Anschlag kommen?" [2]

Zweiter Abschnitt.

Entfaltung des Themas.

Der Redner wird bei der Durchführung seines Hauptsatzes, daher bei der Aufnahme des Hülfsmaterials, nach Cicero's Ausspruche stets drei Dinge als leitende Momente im Auge haben: **Tribus rebus omnes ad nostram sententiam perducimus, aut docendo, aut conciliando, aut permovendo** [3]. Somit ist es Aufgabe der Rhetorik, die geeigneten Hülfsmittel anzugeben, wodurch der Redner jenem dreifachen Gesichtspunkte zu entsprechen vermag. — An der Fertigkeit gediegener Ausführung der Gegenstände, daher leichter Erwerbung kernvollen Redematerials ist übrigens außerordentlich viel gelegen: die Beredsamkeit besteht nicht in Worten, sondern in Sachen. Der junge Redner muß daher dem gegenwärtigen Punkte seine volle Aufmerksamkeit zuwenden. Mit Recht mahnt Cicero: **Primum silva *rerum* comparanda est** [4]. **Non solum acuenda nobis neque procudenda *lingua*, sed onerandum complendumque *pectus* maximarum rerum et plurimarum suavitate, copia, varietate** [5].

Um dem angehenden Redner nun die hiefür von der Theorie gebotenen Hülfsmittel in möglichst übersichtlicher Weise zur Anschauung zu bringen, wollen wir das reiche Material nach den wichtigsten allgemeinen Gesichtspunkten gruppiren.

---

[1] Auch wo vielleicht aus Gründen der Hauptsatz nicht schon im Anfange der Rede bestimmt auszusprechen ist, muß er jedenfalls dem Redner selbst bestimmt vorschweben.

[2] Je präciser und substanzieller gefaßt der Hauptsatz, um so besser ist er für den Redner selbst.

[3] De orat. l. 2. c. 77.

[4] Ib. l. 3. c. 26.

[5] Ib. l. 3. c. 30.

Erstes Kapitel.

Oratorische Mittel, zu belehren.

Die **Belehrung** soll den Zuhörer theils über den Hauptgegenstand der Rede, theils über einzelne Punkte derselben aufklären und zu jener innern Gewißheit und Ueberzeugung führen, welche der practische Endzweck der Rede erheischt. Sie wird vermittelt durch passende **Erklärung** und **Beweisführung**.

Unter **Erklärung** versteht man die nähere Erläuterung oder die kurze und lichtvolle Auseinandersetzung eines Gedankens. Sie ist je nach Umständen Wort- oder Sacherklärung, bei historischen Gegenständen Erzählung. Bald tritt sie auf als einfache Darlegung und Erörterung, bald als Beschreibung und Schilderung, bald als Veranschaulichung durch Gleichnisse und Beispiele u. dgl. **Ohne gute Erklärung ist in vielen Fällen eine gründliche Beweisführung unmöglich.** Ihre wichtigste Anwendung findet sie übrigens in der geistlichen Beredsamkeit, eine viel beschränktere in der profanen.

Beweis ist ein Grund, der einen Satz erhärtet: ratio faciens fidem. Die Beweisführung oder Begründung des Themas ist für die Rede dasselbe, was der feste innere Bau für den Körper, was der Stamm mit kräftigen Aesten für den Baum ist. Diese Begründung ist somit Hauptaufgabe des Redners: Probare necessitatis est. *Cic.* [1]

Fragen wir nun nach den Quellen der Belehrung (also der **Erklärungs- und Beweismittel**), so ist die Hauptquelle die **allseitige Betrachtung des Gegenstandes** und die durch diese Betrachtung erworbene **Kenntniß** desselben. Um nun aber diese vorläufige Meditation zu erleichtern und dem jungen Redner einen weiten geistigen Gesichtskreis zu eröffnen, hat man die vorzüglichsten Momente, auf welche sie gerichtet werden kann, unter der Benennung **Erfindungs- oder Stoffquellen** zusammengefaßt. Die vorzüglichsten dieser Quellen sind folgende:

1) **Innere Quellen** oder solche, die zeigen
   a) was der Gegenstand **an sich**,
   b) was er in **Verbindung** mit andern Dingen,
   c) was er in **Vergleichung** mit andern Dingen ist.

2) **Aeußere Quellen** oder: göttliche und menschliche Auctorität. Will nämlich der Mensch etwas erhärten, so wählt er bald den

---

[1] Orat. c. 21. Vorausgesetzt nämlich, daß ein Gegenstand wirklich **erhärtet** sein will; was nicht immer der Fall ist. Bisweilen ist die Rede nur gemüthvolle oder freundschaftliche Ansprache; bisweilen reicht eine bloße Erklärung oder Erweiterung hin.

Weg der Deduction (Schlußverfahren), indem er dasselbe im Lichte der Vernunft nach seinem Wesen und seinen Beziehungen betrachtet; bald wählt er den Weg der Auctorität, indem er sich auf Zeugnisse und Beispiele beruft. Im erstern Falle wendet er innere, im andern Falle äußere Beweismittel an. Daher heißen auch die Quellen, aus welchen die Gründe ersterer Art fließen, die innern, die andern dagegen die äußern Quellen. Wir wollen nun beide Gattungen etwas näher betrachten.

§ 1. Innere Quellen.

Erster Artikel. Quellen, die zeigen, was der Gegenstand an sich ist.

Als die erste dieser Quellen begegnet uns hier —

1. Die Begriffsbestimmung. Sie bezeichnet die Natur und Beschaffenheit eines Gegenstandes. Je nach Erforderniß erscheint sie als strenge oder philosophische Definition, indem sie sich auf die wesentlichen Merkmale der Sache beschränkt; oder als freiere, oratorische, indem sie den Gegenstand anschaulich entwickelt und mit dem Wesen desselben zugleich dessen Bedeutsamkeit, Vortrefflichkeit u. dgl. oder auch das Gegentheil dieser Eigenschaften hervorhebt. Gewöhnlich wird hiebei die negative und affirmative Darstellungsweise verbunden und sowohl gezeigt, was der Gegenstand nicht ist, als was er ist.

Die streng philosophische Begriffserläuterung wendet sich nur an das Erkenntnißvermögen, die rednerische dagegen häufig zugleich an das Gemüth. Mitunter folgt sie der erstern nach und hat dann deren weitere Entfaltung und Einprägung zum Zwecke, wie wenn z. B. aus der katechetischen Definition der Benennung Christ gefolgert wird:

Ille se merito *christianum* judicet, qui Dei praecepta custodit, qui sanctus, humilis, pudicus et justus est, qui in misericordiae et justitiae operibus conversatur. Num tu illum christianum putas, in quo nullus christianitatis est actus? in quo conversatio nulla est justitiae, sed nequitiae, impietatis et sceleris? Illum christianum putas, qui opprimit miserum, qui pauperem gravat, qui res concupiscit alienas? etc. [1] Siehe auch ein Beispiel der rednerischen Definition in n. 3. (Namensbedeutung: Depositum custodi).

Eine fernere Stoffquelle bilden —

2. Gattung und Art. Diese correlativen Begriffe beleuchten sich gegenseitig. Um zu beweisen, daß man seinen Feinden Liebe schuldet, kann man die Gründe geltend machen, auf denen die Nächstenliebe beruht; um dagegen die Vortrefflichkeit der Nächstenliebe (Gattung) zu zeigen, kann man einige der rührendsten Erscheinungen (oder

[1] Auct. libri de vita christiana c. 11 (inter opera S. Aug.).

Arten) derselben anführen. Doch ist in Bezug auf sog. generische Behandlung davor zu warnen, daß man zu weit aushole oder sich eben nur in „Gemeinplätze" verliere [1]. Andererseits hat aber die Betrachtung der Gattung nicht selten den Vortheil, manchen anscheinend beschränkten oder geringfügigen Gegenständen Bedeutung, Fülle und Gründlichkeit zu vermitteln, indem sie ihren Zusammenhang mit einem großen Princip oder einer allgemeinen Erfahrung nachweist und so der Rede eine breitere Grundlage bietet. Kann übrigens der Redner seinen Gegenstand frei wählen, so ist er über einen solchen Stoffreichthum Meister, daß er sich meist veranlaßt sehen wird, denselben einzuschränken und eher nach einer engern als der generischen Auffassung zu behandeln. Ist ihm dagegen das Thema vorgezeichnet, und dieses vielleicht an sich von geringerer Bedeutung, so wird er mittelst Anknüpfung an höhere und generische Anschauung einen fruchtbaren Boden zu gewinnen suchen.

3. Namensbedeutung. Bisweilen liegt in einem Namen oder überhaupt in einem Ausdrucke etwas, das sich mit Vortheil zu einer gehaltvollen Bemerkung, einem Beweise oder einer besondern Anwendung benutzen läßt.

So sagt Hieronymus: Interpretare vocabulum *monachi*: hoc est nomen tuum. Quid facis in turba, qui *solus es?* [2] Vincenz von Lerin prägt ebenso den Text: *depositum custodi* (1 Tim. 6, 20.) durch Hervorhebung des Ausdruckes: depositum ein [3]: Quid est, *depositum?* Id est, quod tibi creditum est, non quod a te inventum; quod accepisti, non quod excogitasti; rem non ingenii sed doctrinae; non usurpationis privatae, sed publicae traditionis; rem ad te perductam, non a te prolatam; in qua non auctor debes esse sed custos, non institutor sed sectator, non ducens sed sequens. — Zu ähnlicher Anwendung sind insbesondere manche christliche Eigennamen, sowie Standes- und Amtsbezeichnungen geeignet.

4. Aufzählung der Theile eines Ganzen oder Zerlegung eines Begriffes in untergeordnete Vorstellungen. Dieß ist in der Beredsamkeit eines der wirksamsten Mittel, etwas zu entwickeln, zu begründen, zu veranschaulichen. Ebenso bildet es auch für die Betrachtung eine reiche Quelle, wie ja überhaupt das analytische Verfahren der gewöhnliche Weg der Forschung ist.

Ein kurzes Beispiel der Enumeration bietet uns der hl. Hieronymus in folgender gedrängter Schilderung: Omnis creatura compatitur Christo morienti: sol obscuratur, terra movetur, petrae scinduntur, velum templi di-

[1] Vgl. hinsichtlich näherer Winke über diesen Gegenstand: Grundzüge, n. I. des gleichnamigen Artikels.

[2] Ep. 14 (alias 1) ad Heliod.

[3] Commonit. l. c. 27.

viditur, sepulchra aperiuntur: solus miser homo non compatitur, pro quo solo Christus patitur![1]

Und wie ganz anders malt folgender Zug uns die Vergänglichkeit dieses Lebens, als wenn uns nur gesagt würde: Alles ist hinfällig!

„Du belebter Thon, du vergänglicher Staub, erröthest du nicht, dich dem Hochmuthe zu ergeben und in eitlem Wahne aufzublähen? Vergißt du die beiden Ausgänge des menschlichen Lebens, den Anfang deines Seins und das Ziel, bei dem du endest? Was dich aufbläht, das ist deine Jugend, deine Schönheit, die Beweglichkeit deiner Muskeln, der Reichthum oder die bunte Zierlichkeit deines Anzugs... aber das Alles bist nicht du. Ich will dich dir selbst in einem Spiegel zeigen! Hast du noch nie die Geheimnisse unserer Natur auf den Gottesäckern erwogen? nie die Haufen jener ordnungslos aufgeschichteten Gebeine betrachtet? diese kahlen Schädel, deren bloßer Anblick Schrecken erregt? diese tiefen Höhlen, welche statt der Augen da sind, diese gestaltlosen Reste eines Mundes, diese zerstückelten und zerrissenen Glieder? Da hast du dein wahres Bild! Suche hier die Blüthe einer glänzenden Jugend, die Frische der Farben, diese lachenden Lippen, diese strahlenden Augen, wo Hochmuth und Verachtung heraussprudelten, diese auf die Schultern wallenden Haare, oder diese gekräuselten Locken, diese Arme, einst so geschickt die Waffen zu werfen, diese geschmeidigen und kräftigen Füße! Suche hier den reichen Purpur, die kostbare Seide, den stolzen Kriegsmantel! Alles das ist verschwunden, ein eitler Traum, ein leerer Schatten — ja welcher Traum und welcher Schatten gliche dem der Jugend?" Hl. Gregor von Nyssa[2].

Zweiter Artikel. Quellen, die zeigen, was der Gegenstand in Verbindung mit andern Dingen ist.

1. Ursache und Wirkung. Eine der wichtigsten und reichhaltigsten Stoffquellen bildet für den Redner die Betrachtung der Ursachen oder des Grundes und Ursprunges eines Gegenstandes, sowie andererseits der aus ihm entspringenden Folgen und Wirkungen überhaupt, aller seiner wirklichen oder möglichen Resultate. Es ist kaum möglich, einen Gegenstand gehörig aufzufassen, ohne diesen Gesichtspunkten seine Aufmerksamkeit zuzuwenden. Daher finden wir denn auch bei großen Rednern wie bei großen Denkern diese Seite des Stoffes immer vor allen andern gewürdigt und hervorgehoben.

Der hl. Thomas v. A. thut in dieser Weise (a causis) die Nothwendigkeit der Erlösung durch den Gottmenschen dar[3]. Quo necessitas, ut

[1] Comment. in c. 27. Matth.

[2] De beatitud. or. 1.

[3] Opusc. de symb. (ad art.: *Passus est*..). — Ein umfassendes Beispiel nach

verbum Dei pateretur pro nobis? Magna.. diese Nothwendigkeit stellt er nämlich als eine zweifache auf, 1) Nothwendigkeit eines Heilsmittels gegen die Sünde, 2) Nothwendigkeit eines Beispieles für ein hl. Leben. Die Sünde fordert ein fünffaches Heilsmittel, indem sie uns ein fünffaches Uebel bereitet hatte: a) die Makel der Seele, b) den Zorn Gottes, c) geistige Ohnmacht, d) Strafwürdigkeit (reatus poenae), e) Verlust der Seligkeit. Nun aber liegt in der Erlösung und nur in dieser das Heilmittel gegen jene Uebel.. Ebenso wird die zweite Ursache entwickelt und das Leiden Christi als uns nothwendiges Beispiel der Liebe, der Geduld, der Demuth, des Gehorsams und der Weltverachtung dargestellt.

Bourdalone hebt die moralischen Folgerungen hervor, die sich aus dem Dogma der Auferstehung ergeben und zeigt, wie diese eben wieder die Gründe seien, um derenwillen jenes Dogma so starke Anfeindung erlitt: „Wenn die Menschen wieder vom Tode erstehen, so gibt es also ein anderes Leben“ u. s. w. [1]

Durch Aufzählung der Wirkungen der Liebe charakterisirt der hl. Paulus auf's Schönste das Wesen dieser Tugend: Charitas patiens est etc. [2] Ebenso schildert der hl. Augustin in einer glänzenden Stelle den wohlthätigen Einfluß der Religion und der Kirche: Merito ecclesia catholica christianorum omnium mater verissima etc. [3]

Die Wirkungen sind besonders in der Volksberedsamkeit von großer Bedeutung, weil sie leicht begriffen werden und gleichsam zu den Sinnen sprechen.

2. Umstände. Hierunter versteht man alles dasjenige, was mit einer Sache mehr oder weniger außer ihrer Wesenheit verbunden ist und gleichsam ihre weitere Einfassung oder charakteristische Umgebung bildet. Auch diese Quelle gehört zu den vorzüglichsten und brauchbarsten der Beredsamkeit. Einige Lehrer der Kunst sehen sie sogar als die ergiebigsten und interessantesten Punkte der oratorischen Betrachtung an. Jedenfalls wendet der besonnene Redner ihrer vollständigen Würdigung ebenso seine Aufmerksamkeit zu, wie auf andern Gebieten der Arzt, der Sachwalter, der Architekt, der Maler es thun. Gewöhnlich sind es die nähern Umstände, welche einem Gegenstande sein eigenthümliches Gepräge geben, welche ihn groß oder klein, anziehend oder abstoßend machen und daher bald bei Beweisen, bald bei Schilderungen als verstärkendes und belebendes Colorit auftreten. Es gibt Umstände der Per-

---

den verschiedenen Arten von Ursachen bietet auch *Conc. Trid.* sess. 6. c. 7. (causae justificationis); und hinsichtlich der rednerischen Ausführung Maccarthy (Ursachen des Unglaubens).

[1] Dritte Pred. auf Ostern 2. Thl.

[2] 1 Kor. 13, 14.

[3] De morib. eccl. c. 30.

son (Herkunft, Erziehung, Alter, Gemüthsart, äußere Stellung u. dgl.) und Umstände der Sache, z. B. einer Handlung (Zeit, Ort, Mittel, Hindernisse u. s. w.).

Salvian geißelt die Zügellosigkeit seiner Zeit besonders durch schlagende Hervorhebung der Umstände (des Alters, Standes..): Quid primum hic accusandum est? quod honorati, an quod senes, an quod christiani, an quod periclitantes? quis enim hoc fieri posse credat vel in securitate a senibus, vel in discrimine a pueris, vel unquam a christianis?[1] Der hl. Ambrosius erhebt den Heldenmuth der hl. Agnes in einem beredten Zuge durch Erwägung ihres zarten Alters und Geschlechts[2]. Ebenso schildert Feller die großen Thaten des hl. Franz Xaver durch malerische Entwickelung der sie begleitenden Umstände[3]: „Mit unzählbaren Feinden kämpfen, sie besiegen und einer ihnen bisher unbekannten Herrschaft unterwerfen, ist nicht immer und unter allen Umständen Gegenstand außergewöhnlichen Ruhmes. Wenn aber diese Feinde auf einem großen Theile der Welt zerstreut und durch unermeßliche Fernen getrennt sind; wenn lange Zeit dazu gehört, nicht etwa nur um sie zu unterwerfen, sondern selbst um sie zu entdecken und zu ihnen zu gelangen: auch dann noch sie alle zu bekämpfen und in kurzer Zeit zu unterjochen, und zwar ohne andere Waffen als die eines Xaverius — das ist eine That, wovon das profane Alterthum kein Beispiel kennt: es ist die That des Xaverius! In zehn Jahren durchschritt, unterrichtete, bekehrte er das ganze Gebiet von Goa bis an das äußerste Ende Asiens: er durchzog das Land bis an das Ende der Erde (1 Macc. 1, 3.). Ich richte meine Blicke gegen Abend, ich richte sie gegen Morgen; ich schaue hin nach Mitternacht und nach Mittag: überall sehe ich das anbetungswürdige Kreuz des Weltheilandes von Xaverius gepflanzt! Ich sehe Völker, die durch weite Wüsten und unermeßliche Meere, die durch vereinigte Inseln und Reiche von einander getrennt waren — und überall und beinahe zu gleicher Zeit erblicke ich Xaverius! Alle diese Nationen wetteifern miteinander in dem Drange, ihn zu hören und ihm zu gehorchen. Ihr sahet ihn mitten unter euch, ihr malabarischen, pararischen, zocatarischen Völker; ihr Inselbewohner von Ceylon, von Ternate, von den Molukken; ihr Einwohner von Macassar und der weithin gefürchteten Mohreninsel! Ihr sahet ihn, den großen Diener Jesu Christi, den unüberwindlichen Apostel seines Evangeliums, inmitten eurer unfruchtbaren Steppen, eurer brennenden Sandflächen, eurer finstern Wälder, eurer irrenden Wagen, eurer schwimmenden Barken. Und ihr, Bewohner Japans, letztes Volk unserer Halbkugel: ist er nicht bis zu euch gedrungen, bei denen noch

[1] Lib. 6. de gubernat.

[2] Brev. Rom. 21. Jan.

[3] Lobrede auf den hl. Fr. Xav.

nie ein Verkündiger des Evangeliums erschienen war? Hat er nicht euch dieß Evangelium gepredigt, denen nichts davon verkündigt war (Röm. 15, 21.)? Hat er nicht bei euch eine Kirche gegründet, die alle Wuth der Verfolgung nicht zu vernichten vermochte? wo auch jetzt noch Christen übrig sind als kostbarer Same, der grünen wird, sobald es dem Herrn der Zeiten gefällt, euer verlassenes Land heimzusuchen?"

Zu den Umständen wird auch das einer Thatsache Vorhergehende oder auf dieselbe Folgende — sofern diese Dinge nicht eben Ursache oder Wirkung sind — gerechnet: z. B. Entwürfe, Unternehmungen, Vorbereitungen, frühere Wohlthaten oder Beleidigungen, anregende Gelegenheiten; oder als Nachfolgendes: Beifall, Verachtung, Seelenruhe, Bestürzung, Glück oder Unglück...

Das dreifache Zeit- oder Beziehungsmoment faßt der hl. Bernhard in folgendem Ausspruche zusammen: Cogita, unde veneris, et erubesce; ubi sis, et ingemisce; quo vadas, et contremisce [1].

Der hl. Chrysostomus schildert das Unglück der Habsucht mit glühenden Farben, indem er die traurigen Folgen desselben für den Habsüchtigen selbst hervorhebt: „Wenn ich euch auch Menschen nenne, die in ewigem Kerker schmachten, die mit Krankheit, Hunger oder jedem andern Uebel ringen — keinen vermag ich euch zu zeigen, der so unglücklich wäre als der Geizige! Was ist härter, als von Allen gehaßt werden und Alle hassen? immer von Durst verzehrt, von dem grausamsten Hunger gequält, von Traurigkeit, Unruhe, Verwirrung gemartert werden? Und noch weit mehr dulden die Sklaven des Geizes. Wird ihnen ein Gewinn: er macht sie nicht glücklich: hätten sie auch alles Eigenthum erworben, immer noch würden sie nach mehr geizen. Trifft sie ein Verlust, und wäre es auch der geringste, so halten sie sich für die unglücklichsten der Menschen und glauben nicht länger leben zu können. O welche Worte möchten hinreichen ein solches Uebel zu schildern! Und ist dasselbe schon hienieden so groß: erwäge erst, o Christ! was dereinst darauf folgen wird: der Verlust des Himmelreiches, die Qual der Hölle, jene ewigen Bande, jene äußerste Finsterniß, jener Wurm, der nie stirbt, jenes Wehklagen und Zähneknirschen, jene nie erlöschenden Feuerströme! O diese Martern fasse in deinem Geiste zusammen und setze sie wie einen Damm der Habsucht entgegen!" [2]

Dritter Artikel. Quellen, die zeigen, was der Gegenstand in Vergleichung mit andern Dingen ist.

Unter diesen Stoffquellen, die man die beleuchtenden nennen kann, ist die erste die eigentliche —

---

[1] Serm. 12 de divers.

[2] Hom. 13 in ep. ad Rom. In diesem Beispiele sind jedoch Folgen und Wirkungen zusammengestellt.

1. Vergleichung. Sie besteht in der Gegen- oder Nebeneinanderstellung zweier ähnlicher Dinge, und wird in der Absicht angewandt, das eine derselben durch das andere einleuchtend zu erhärten (comparatio a pari, a minori, a majori).

„Wer wird den Glanz des kommenden Richters ertragen? wenn häufige Blitze uns unerträglich sind; wenn die Heftigkeit ihres Glanzes bisweilen den Zuschauer betäubt und zur Erde stürzt: wer wird es denn vermögen, den Glanz Dessen zu schauen, der die Blitze geschaffen hat?" Hl. Basilius v. Seleucia [1].

2. Gleichniß (simile). Es ist eine nach mehreren Punkten durchgeführte Zusammenstellung des Bildes und Gegenbildes, um diesem mehr Licht, Schmuck und Leben zu geben. Während die Vergleichung sich vorzüglich an das Erkenntnißvermögen, so wendet das Gleichniß sich besonders an die Einbildungskraft; jene beweist, dieses will veranschaulichen und versinnlichen. Gute Gleichnisse, mäßig gebraucht, leisten der Beredsamkeit treffliche Dienste.

Wie lebendig malt uns Chrysostomus die Gefahr, die in gewissen Gedankensünden liegt, indem er dieselbe durch folgendes Gleichniß hervorhebt: „Gleichwie es dem tödtlich verwundeten Hirsche nichts nützt, den Händen der Jäger zu entrinnen: so geht auch die Seele, ist sie durch lüsterne Blicke einmal von dem Pfeile der Begierlichkeit verwundet, in sich selbst zu Grunde; ob auch kein neuer Todesstreich erfolgt [2], sie trägt in sich den Feind, der ihr das Leben raubt [3].

Ebenso anschaulich spricht der hl. Cyprian von der göttlichen Güte und Freigebigkeit: Manat jugiter, exuberat affluenter: quantum fidei afferimus, tantum gratiae haurimus; et ut sponte sol radiat, dies illuminat, fons rigat, imber irrorat, ita se Spiritus coelestis infundit [4].

In verwandter Weise wie das Gleichniß und die Vergleichung werden zur Veranschaulichung der Gegenstände auch Beispiele und überhaupt ähnliche Fälle, sowohl wirkliche als angenommene [5] angewandt. Ebenso —

3. Das Gegentheil oder: Gegensätze. Hierunter versteht man die Zusammenstellung zweier entgegengesetzter Dinge, um das eine durch das andere zu veranschaulichen und zu bekräftigen. Diese Gegenüberstellung hat für die Beredsamkeit ihre besondere psychologische Bedeutung,

---

[1] Orat. 43 (in transfig. Dom.).

[2] D. h. ob der böse Gedanke auch nicht in's Werk übergeht.

[3] Hom. 3. de verb. Is. *Vidi Dominum* (dieß Gleichniß nach Ephräm serm. 1. de jud.).

[4] Epist. l. 2. ep. 2.

[5] Vgl. unten: Redefiguren Kp. 2. Hypothese.

indem Contraste vor Allem geeignet sind, eine Idee scharf und schlagend hervorzuheben. Wie wirkt der Maler durch den Gegensatz von Licht und Schatten, wie der Tondichter durch den Wechsel bald sanfter bald erschütternder, bald heiterer bald ernster Züge? Dasselbe Geheimniß kennen große Redner.

So sagt Salvian von schlechten Christen kurz und schneidend: Ubi est lex catholica quam credunt? ubi sunt pietatis et castitatis praecepta, quae discunt? Evangelia legunt et impudici sunt: apostolos audiunt et inebriantur: Christum sequuntur et rapiunt: vitam improbam agunt et probam legem habere se dicunt [1].

Um den Christen das hohe Glück ihrer Berufung zum Glauben um so eindringlicher vor die Seele zu führen, stellt der hl. Leo demselben gleichsam als den Schlagschatten im Gemälde die unselige Verblendung der Juden gegenüber: Quantum enim gratiarum actionem debeamus Domino pro illuminatione gentium, probat obcoecatio Judaeorum etc. [2] In einer andern Rede hält derselbe Vater den Glanz der heiligen Feierlichkeiten mit dem contrastirenden Bilde der nicht geschmückten Seele zusammen, um die Nothwendigkeit der innern Reinheit um so schlagender hervorzuheben [3]. Der falschen Sicherheit des Gemüthes gegenüber schildert er in kraftvollen Zügen die unaufhörlichen Nachstellungen von Seite der Welt und des Teufels [4].

Der Gesichtspunkt der Gegensätze dient übrigens nicht nur zu Beleuchtungen (daher häufig zur rednerischen Parallele), sondern, wie schon aus den letzten Beispielen erhellt, ebenso wohl zum eigentlichen Beweise und liefert das sog. argumentum a contrario: z. B. der Krieg ist ein Uebel, der Friede also ein Gut. Dieser Beweis wird, besonders bei Widerlegungen, bisweilen so urgirt, daß daraus das Argument ex absurdis entspringt, d. h. daß die Wahrheit eines Satzes aus den Widersprüchen oder schlimmen Folgen dargethan wird, die sich aus dem Gegentheile ergeben.

So zeigt Massillon, daß es ungereimt ist, die Wunder und Geheimnisse aus dem Grunde zu läugnen, weil wir sie nicht begreifen: „O Menschen! ihr erkennt nicht einmal die Dinge, die ihr vor Augen habet; und ihr wolltet in den ewigen Tiefen des Glaubens klar sehen? Die Natur ist für euch ein Geheimniß; und ihr verlangt eine Religion ohne Geheimnisse? Ihr erkennt die Geheimnisse des Menschen nicht; und ihr wollt die Ge-

---

[1] De gubern. Dei l. 4.

[2] In epiph. solemn. serm. 2.

[3] De quadrag. s. 3.

[4] De quadrag. s. 5: Plena omnia periculis, plena sunt laqueis..; de quadr. s. 11: Insidiae sunt in divitiarum amplitudine, insidiae..; in nativ. Dom. s. 7: Non enim desinit hostis antiquus...

heimnisse Gottes erkennen? Was in euch selbst ist, es ist euch verborgen; und ihr wolltet durchschauen, was unendlich hoch über euch liegt? Dieß Weltall, das Gott eurer Wißbegierde und euern Wortstreitern überlassen hat, es ist für euch ein Abgrund, in dem ihr euch verliert; und ihr fordert von den Glaubensgeheimnissen, die eurer Ehrfurcht vorgelegt sind, daß sie nichts in sich schließen, was eurem schwachen Blicke entginge? O Verblendung!" [1]

Besonders treffend wird diese Anwendung des Gegensatzes, wenn man sich hiebei auf die Denk- oder Handlungsweise der Anzusprechenden selbst berufen und das sog. **argumentum ad hominem** bilden kann.

Ein Beispiel gibt uns der hl. Chrysostomus: „Willst du dich damit entschuldigen, daß du an ein unveränderliches Schicksal glaubest? Dann zürne nicht, wenn Jemand dir deine Mauer untergräbt, und erhebe gegen ihn keine Klage: er hat es ja nicht freiwillig gethan, wie du selbst einsiehst. Laß alle Sorge um das Deine: es wird ja doch geschehen, was verhängt ist. Wirf dein Geld weg, kümmere dich nicht um Haus, Markt oder Sklaven: deine Sorglosigkeit wird dir nichts schaden. Aber wie? du handelst in Allem ganz anders und zeigest deutlich, daß du an deine Lehre nicht glaubest. Warum bringest du denn zur Beschönigung der Sünde vor, was du in allen andern Dingen verwirfst? Siehest du nicht ein, daß dein vorgeblicher Glaubenssatz nur aus Trägheit, nur aus der feigen Scheu entspringt, dir etwas für die Tugend gefallen zu lassen?" [2]

So hätten wir denn mit dem Bisherigen nun auf dem innern rhetorischen Quellengebiete die ersten Grundlinien gezogen; es erübrigt noch, ein Wort über die äußern Stoffquellen zu sagen.

§ 2. Aeußere Quellen.

Diese sind dem früher Bemerkten zufolge solche, die der Redner außerhalb seines Gegenstandes als etwas Positives und Gegebenes vorfindet, und die in sofern zu demselben in einer äußern Beziehung stehen. Sie können sämmtlich unter der Bezeichnung Auctorität zusammengefaßt werden. Es gibt deren einige, die besonders dieser oder jener Gattung von Beredsamkeit angehören (so der geistlichen Beredsamkeit die Aussprüche der Schrift und der Väter, der weltlichen die Gesetze, Rechte und Urkunden u. s. w.); andere, die allen Gattungen gemein sind, so das Zeugniß und das Beispiel [3]. Ueber diese letztern hier einige nähere Bemerkungen.

---

[1] Pred. über die Wahrheit der Relig. Ein anderes Beispiel von de Ravignan siehe unten: 3. Thl. Orat. Beweisformen.

[2] Orat. 5. de fato et providentia.

[3] Daher auch der Ausspruch entstanden ist: Auctoritas est factum aut dictum aliquod a viro celebri profectum.

1. Zeugniß. Dasselbe wird bald im weitern oder allgemeinen Sinne, als Bestätigung einer Wahrheit oder Behauptung, bald im engern, als bestimmte Aussage zur Erhärtung einer Thatsache, gebraucht. In ersterem Sinne werden dazu die Ergebnisse der Geschichte und der Erfahrung, die Uebereinstimmung des Menschengeschlechtes in Annahme gewisser Wahrheiten, auch wohl die öffentliche Meinung, dieser oder jener anerkannte Gebrauch u. dgl. gerechnet.

In dieser erstern Weise benützt Bourdalone diese Stoffquelle für den Glauben der Auferstehung, indem er sich an den Zweifler wendet: „Sage mir, wer von uns Beiden hat mehr Grund zu Gunsten seiner Behauptung, du, der du die Auferstehung der Todten läugnest, oder ich, der ich sie mit unerschütterlichem Glauben bekenne? Worauf stützest du dich? etwa auf Einsicht und Urtheil, oder auf bloßes Behaupten? Du sprichst, wie einst der Jünger: Wenn ich nicht mit Augen sehe, glaube ich nicht; offenbar der Maßstab der Unwissenheit und des Irrthums, und doch, er ist der ganze Grund deines Unglaubens. Ich aber in meinem Glauben, für den ich auch mein Blut zu vergießen bereit bin, ich stütze mich auf das Zeugniß Gottes selbst, auf die unwandelbaren Grundsätze seiner Vorsehung und Weisheit, auf die Wahrheit von tausend Weissagungen, auf eine beinahe zahllose Menge von Wundern, auf das Ansehen der größten Männer aller Jahrhunderte, der einsichtsvollsten, erleuchtetsten, unbescholtensten, heiligsten Männer. Ich bin im Besitze eines Glaubens, der so staunenswerthe Thaten auf Erden vollbracht, über so viele Könige und Völker gesiegt, so viele Werke des Aberglaubens gestürzt, so viele Tugenden in's Leben gerufen, der im Glanze so vieler hehren Zeugen strahlt, der besiegelt ward durch das Blut unzähliger Martyrer, der gekräftigt ward durch die Verfolgungen selbst, gegen den alle Mächte der Welt und der Hölle nichts vermochten: siehe da die Gründe, die mich an diesen Glauben fesseln!“ [1]

In der zweiten Weise, oder als besondern und entscheidenden Ausspruch wendet der hl. Pacian die feierliche Erklärung des Weltapostels über den würdigen Empfang der Eucharistie an: *Quicunque manducaverit panem hunc..* (1 Cor. 11): Intremuistis an non? *Reus erit*, inquit *corporis et sanguinis Domini!* Humanae animae reus non posset absolvi, Dominici corporis violator evadit?! *Qui manducat*, inquit, *et bibit indigne, judicium sibi manducat et bibit.* Evigila peccator! time in visceribus tuis praesens judicium, si quid tale fecisti! [2] Ein anderes Beispiel bietet uns Segneri in seiner Lobrede auf den hl. Aloysius (Worte der hl. Magdalena von Pazzis). Bourdalone baut sogar seine ganze ausgezeichnete

[1] Erste Pred. von der Auferstehung.

[2] Paraen. ad poenit.

Lobrede auf den hl. Johannes den Täufer auf diesen Gemeinort (gegenseitiges Zeugniß des Erlösers und seines Vorläufers).

2. **Beispiel.** Unter diesem Ausdrucke begreift man jeden besondern Fall (geschichtlichen Zug), der sich zur Erläuterung einer allgemeinen Wahrheit anführen läßt. Wird das Beispiel nach seinem Inhalte betrachtet oder in sofern es an sich beweisend, veranschaulichend oder anregend ist, so gehört es als Element der Vergleichung zu den innern Stoffquellen, wie schon oben angedeutet wurde; führt man es aber wegen der Auctorität des Handelnden an, so gehört es zu den äußern. In jedem Falle hat es bei guter Wahl und Behandlung vorzüglichen Werth. Historische Züge interessiren, beleben und sprechen gleichsam zu den Sinnen. Daher ihr häufiger Gebrauch in der Beredsamkeit.

Durch eine fortlaufende und ergreifende Aufzählung von Beispielen beweist der Weltapostel den Werth und die Kraft des Glaubens [1]; in derselben Weise thut der hl. Petrus Chrysologus die Verdienstlichkeit des Fastens dar, indem er zeigt, daß Gott dasselbe zu allen Zeiten durch große Gnadenerweisungen belohnte [2].

Bisweilen werden die Beispiele nur kurz berührt, wie wenn der hl. Bernhard sagt: O quantum distamus ab iis, qui in diebus Antonii extitere monachi! Sic Macarius vixit? Sic Basilius docuit? Sic Antonius instituit? [3] Bisweilen dagegen werden sie rednerisch ausgeführt und können in gewissen Fällen zu den bedeutendsten Zügen der Rede gehören. Diese Ausführung liegt besonders in der treffenden Anwendung des Beispiels. Ein kurzes Muster hievon bietet uns der hl. Chrysostomus in folgendem Zuge, indem er den Zuhörern Gottes Langmuth und Milde als nachzuahmendes Beispiel vorführt:

„Siehst du nicht, wie sehr Gott täglich gelästert wird? wie oft er beleidigt wird von den Gläubigen wie von den Ungläubigen, durch Worte und Werke? Und wie? hat er darum das Sonnenlicht ausgelöscht? den Mond in Ruhestand versetzt? den Himmel zertrümmert? die Erde erschüttert? das Meer ausgetrocknet? die Wasserquellen versiegen lassen? die Luft in Verwirrung gebracht? Keineswegs — ja vielmehr das Gegentheil von allem dem: er läßt die Sonne aufgehen, den Regen niederströmen, die Früchte reifen, und bietet die Nahrung den Gotteslästerern, den Ruchlosen und unseligen Hassern seines Namens, und zwar nicht nur einen oder den andern Tag, sondern ihr Leben lang. Ihm folge auch du, o Christ! ihm eifere auch du nach, so viel es dir die menschlichen Kräfte erlauben. Du kannst nicht die Sonne aufgehen lassen? So meide wenigstens die üble Nachrede. Du

[1] Hebr. c. 11.

[2] Serm. (43) de orat. jejun. et eleem.

[3] Apol. ad Guil. abb. c. 9.

kannst keinen Regen spenden? Schmähe wenigstens nicht. Du kannst Andern keine Nahrung verschaffen? Kränke wenigstens Niemand. Diese Gaben, worüber du zu verfügen hast, reichen vollkommen hin. Gott thut seinen Feinden Gutes mit Werken: thue du es wenigstens mit Worten, bete für deine Feinde. So wirst du deinem Vater ähnlich sein, der im Himmel ist!" [1]

§. 3. Schlußbemerkungen über die Benutzung der Stoffquellen.

Vorerst mag hier erinnert werden, daß die bisher zunächst in Absicht auf rednerische Erklärung und Beweisführung besprochenen Gesichtspunkte ebenso wohl auch als Quellen für die Beweggründe und überhaupt für das dreifache oben angeführte Moment (Belehren, Gefallen, Rühren) benützt werden können, worauf wir also in Bezug auf die später noch zu behandelnden Punkte einmal für allemal verweisen.

Was nun den Gebrauch und daher den Nutzen der genannten Quellen betrifft, so hat hier die Rhetorik zunächst den Anfänger in der Beredsamkeit im Auge, der einerseits seine Betrachtung des Redegegenstandes durch jene Gesichtspunkte befruchten und gewissermaßen fixiren, andererseits durch vorgenommene Uebungen in den einzelnen derselben sich ihre practische Ausführung geläufig machen soll [2]. Der angehende Redner muß also versuchen, nach und nach verschiedene Gegenstände als Redegrund nach den wichtigsten jener Gesichtspunkte zu studiren, oder auch ein Thema bald nach dieser, bald nach jener einzelnen Kategorie von Quellen zu bearbeiten. Die Erfahrung hat gelehrt, daß nur ein bestimmtes und practisches Mittel, d. h. eine feste Methode der Betrachtung und damit verbundene unmittelbare Uebung im Stande ist, dem Anfänger Bahn zu brechen und seine ersten Schritte auf dem Gebiete der Stofferhebung zu lenken. Bekanntlich begegnen, sich selbst überlassen, die Meisten gerade hier den größten Schwierigkeiten.

Wird nun ferner gefragt, wie das durch Anwendung der aufgezählten Stoffquellen Gewonnene nun auch als Redematerial benutzt, oder wiefern es practisch verwerthet werden soll, so kann diese Frage erst später vollständig erledigt werden, weil hiebei vorzüglich der Redeplan maßgebend ist. Doch läßt sich im Allgemeinen als Regel oder guter Rath feststellen, was schon Cicero dem Redner in dieser Be-

---

[1] Hom. 6. in ep. 1. ad Tim.

[2] Siehe Grundzüge S. 20—21 (Anmerkungen) und S. 52 ff.

ziehung empfohlen: Non inveniet solum quae dicet, sed etiam *expendet* et *seliget* [1]. Das Erste heißt hier also: abwägen. Und zwar wird der Redner dieß gleichsam mit dem Gewichte und der Wage seines Auditoriums thun und namentlich in der eigentlichen Volksberedsamkeit wohl darauf achten, welche Gründe u. s. w. von der Menge mit schwererem, welche dagegen mit leichterem Gewichte gewogen werden, wie der römische Redner weise mahnt: Haec enim nostra oratio *multitudinis est auribus accommodanda*.. ad ea probanda, quae non artificis statera, sed quadam *populari trutina* examinantur [2]. So wird er z. B. in Bezug auf Beweise überlegen, ob er in dem ihm vorliegenden Falle sich mehr auf den Auctoritätsbeweis, oder den Erfahrungsbeweis, oder auf den Vernunftbeweis stützen soll, und hiebei mit der Berücksichtigung seiner Zuhörer zugleich die der Eigenthümlichkeit seines Themas und aller andern besondern Umstände verbinden. Was von den Beweisen, gilt in Bezug auf diesen populären Charakter ebenso von den Erklärungen und andern Redeelementen. Der Redner wird aber zweitens auch von dem brauchbaren Material nicht Alles, sondern nur so viel aufnehmen, als den Grenzen seiner Zeit und seines Redezweckes entspricht, d. h. er wird wählen. „Suche nicht Alles, wohl aber das Rechte zu sagen," erinnert uns Cormenin [3]: was aber aus irgend einem Grunde aufhört, angemessen zu sein, hört stets auch auf, das Rechte zu sein. Dieses Maßhalten thut besonders vor ungebildeten Zuhörern noth, die einer langen und tiefgehenden Entwicklung nie zu folgen vermögen. Je mehr seine Rede in die populäre Sphäre hinabgreift, um so mehr erinnere sich der Redner des bei dem Volke so beliebten: Wenig, aber gut.

Zweites Kapitel.

Oratorische Mittel, zu gefallen und zu gewinnen.

Das Herz ist die geheimnißvolle Brücke, über welche man zu dem Willen gelangt. Die Beredsamkeit wird also darauf bedacht sein müssen, dieß Herz so vollkommen als möglich anzusprechen und daher Alles zu vermeiden, was ihr dasselbe irgendwie entfremden könnte. Sie wird es als ein Unterpfand glücklichen Erfolges betrachten, wenn es ihr gelingt, die Aufmerksamkeit und das Interesse der Hörer ihrem Worte ungeschwächt zu erhalten und in dem ihr entgegenkommenden Vertrauen und Wohlwollen die stillen, aber mächtigen Einflüsse zu finden, welche die Gemüther zu einem empfänglichen und dankbaren Erdreiche umge-

---

[1] Orat. 15.
[2] De orat. l. 2. c. 38.
[3] Livre des orateurs, l. 11.

stalten. Wenn wir nun nach den geistigen Triebfedern forschen, welche der Rede jene psychologische Kraft verleihen, so entdecken wir derselben mehrere: zunächst eine allgemeine, welche in dem ethischen Charakter der Rede selbst liegt; dann besondere, die sich auf einzelne der genannten Wirkungen beziehen. Diese verschiedenen Momente wollen wir uns hier wenigstens in flüchtigen Umrissen vorführen.

§. 1. Allgemeines Mittel oder: Sittlicher Charakter der Rede.

Wer hätte nicht an sich die Erfahrung gemacht, daß der edle Sinn, welcher sich in einem Werke ausspricht, uns wohlthuend berührt und für den Verfasser einnimmt? Wenn uns in den Schriften eines hl. Franz von Sales, oder in dem milden Worte eines Fenelon der Wiederschein einer schönen Seele entgegenleuchtet: finden wir unser Herz nicht mit Liebe, Vertrauen und Ehrfurcht gegen diese Männer erfüllt? Gibt es überhaupt etwas, das die Gemüther mehr erschließt, als dieser unwillkürliche Eindruck der Tugend und des Seelenadels? Schon Plato meinte, daß die Tugend durch ihre Schönheit alle Blicke fesseln würde, wenn sie sich sichtbar machen könnte. Hier sind wir also bei einem wichtigen Grundzuge der Beredsamkeit angelangt. Achtung und Vertrauen einflößen, ist der goldene Schlüssel der Rede. Der mächtigste Grund der Ueberredung ist die Tugend dessen, der spricht [1]. Diesen Ausdruck edler Gesinnung nun nennt man den sittlichen Charakter der Rede (**mores oratorii**). Er liegt nicht in bestimmten Worten, sondern im Geiste des Ganzen; er ist wie der zarte Blüthenduft, der sich überall offenbart, wo er vorhanden ist, und ungesehen den Blüthenkelchen entweht.

Wenn wir nun näher untersuchen, welches insbesondere jene Eigenschaften sind, durch die unser Vertrauen und Wohlwollen gegen Jemand geweckt wird, so finden wir deren vorzüglich vier; diese werden also auch die Charakterzüge der Rede bilden müssen [2].

1. Die erste Eigenschaft ist die Rechtschaffenheit, die Geradheit

---

[1] *Σχεδὸν, ὡς εἰπεῖν, κυριωτάτην ἔχει πίστιν τὸ ἦθος.* Arist. rhet. l. 1. c. 2.

[2] Jene Eigenschaften sind der erste Grund und die eigentliche Kraft dessen, was man rednerische Insinuation nennt. Weil sie in der Rede gerade so die stille und verborgene Macht der Rührung bilden, wie die starken Affecte die auffallende, so nannten schon die Griechen jene sanftere Beweglichkeit der Rede *ἦθος*, im Gegensatze zu den erregtern oder dem *πάθος*. Obwohl nun aber die Rhetorik ihrer Aufgabe nach die sog. oratorischen Sitten zunächst als Eigenschaften der Rede, nicht des Redners, betrachtet, so setzt sie dieselben in letzterem doch nothwendig voraus. (Vgl. hierüber: Grundzüge der Beredsamkeit, S. 58, Note 1.)

und Aufrichtigkeit der Gesinnung, die persönliche Ehrenhaftigkeit. So empfiehlt sich uns an dem Gerichtsredner das lebendige Gefühl für das Recht, die unbestechliche Achtung für die Wahrheit, die Ehrfurcht vor dem Gesetze, der Eifer für die Unschuld, das Mitgefühl für fremdes Unglück; an dem politischen Redner die Unbescholtenheit der Grundsätze, die Liebe zum Vaterlande, der Eifer für das Wohl der menschlichen Gesellschaft; an jedem Redner endlich die Begeisterung für Religion und Tugend, die freudige Anerkennung des Verdienstes, der Haß des Unrechts. Fehlt dagegen der Glaube an die sittliche Würde des Redners, so ist man sogar gegen seine guten Beweise mißtrauisch. Es ist übrigens eine Schattenseite der weltlichen, besonders der gerichtlichen Beredsamkeit, daß sie bisweilen in dem ungemäßigten Bestreben, der von ihr vertretenen Sache den Sieg zu verschaffen, mehr als Fertigkeit für oder gegen etwas zu sprechen, denn als unentweihte Waffe des Rechts angewandt wurde. Andererseits kann es als eine Ehre für die Beredsamkeit selbst angesehen werden, daß gerade die Stellen, in denen sie mißbraucht wird, in der Regel zu den ungediegensten gehören; sie versagt, wo sie zur Verstellung werden soll, die Kraft der Argumentation und den Adel des Gefühls und überläßt den Sprecher sich selbst. Es ist klar, daß das rednerische Wort eben in der Sphäre des Moralischen seinen Höhepunkt durch das christliche Element erreichen mußte; wirklich ist in dieser Beziehung die christliche, besonders die geistliche Beredsamkeit der antiken weit überlegen.

2. Als eine fernere sittliche Empfehlung der Rede ist die Bescheidenheit zu bezeichnen. Eitelkeit und Anmaßung sind die Fehler, die man am schnellsten wahrnimmt und am wenigsten verzeiht. Anspruchslose Bescheidenheit ist auch für das größte Talent eine Nothwendigkeit und für das höchste Verdienst eine Zierde. Je mehr den Redner seine Stellung über Andere erhebt, um so weniger darf die Rede selbst sich erheben. Auch ihre besten und gelungensten Züge werden wirkungslos bleiben, wenn der Zuhörer in ihnen einen trüben Ursprung bemerkt; und auf eine bereits erregte glückliche Stimmung wirkt oft ein unbewachtes Auftauchen des Selbstgefühls eben so verderblich, wie der eisige Hauch der Nordluft und ein plötzlicher Nachtfrost auf eine aufkeimende Vegetation. Um so lieblicher, rascher, wirksamer spricht die Bescheidenheit an; der hl. Chrysostomus sagt von ihr sogar: nihil efficacius [1].

3. Wenn Rechtschaffenheit und Bescheidenheit dem Redner und seinem Worte Achtung und Geneigtheit erwerben, so werden diese Eindrücke noch besonders dadurch erhöht werden, daß die Darstellung des Redners außer jenem doppelten Geiste auch noch Theilnahme an dem

[1] Hom. 1. de incompreh. Dei natura.

Wohle der Zuhörer und überhaupt das Wohlwollen eines aufrichtigen Freundes athmet. Je mehr wir wahrnehmen, daß ein rechtschaffener Mann um unser Bestes besorgt ist, um so lieber hören wir ihn an, um so geneigter sind wir, ihm zu vertrauen. Dieß Vertrauen wird noch gesteigert werden, wenn in der Rede sich zudem eine vierte Eigenschaft spiegelt, die uns die völlige Hingabe an den Redner erleichtert: d. h. wenn die Rede durchgehends der natürliche und unverkennbare Ausdruck

4. verständiger Ueberlegung, weiser Besonnenheit, eines gesunden und reifen Urtheils und daher der geistigen Zuverlässigkeit des Redners ist. Die alten Rhetores pflegten diese Eigenschaft mit dem Ausdrucke prudentia (φρόνησις) zu bezeichnen. Daß sie der Rede unentbehrlich ist, leuchtet ein. Auch der wohlmeinendste Freund kann sich irren, und die Rechtschaffenheit ist nicht immer Bürge, daß in einer Sache das Zweckmäßigste aufgefunden ist. Der Zuhörer wird sich also außer diesen Vorzügen auch noch von der intellectuellen Tüchtigkeit des Redners und der erforderlichen Einsicht desselben in die von ihm besprochenen Gegenstände überzeugen wollen. Findet er etwa in der Rede Spuren eines übereilten Urtheils, einer einseitigen Thätigkeit der Einbildungskraft oder des Gefühls, einer befangenen Lebensanschauung u. dgl., oder trägt auch nur diese oder jene Aeußerung das Gepräge der Uebertreibung der Oberflächlichkeit, so wird dieß hinreichen, das dem Redner geschenkte Vertrauen herabzustimmen. Vereinigen sich dagegen in der Rede die bisher genannten moralischen Vorzüge, so wird sie für den Zuhörer Auctorität. Dieser ist dann geneigt, dem Redner gewissermaßen auf das Wort zu glauben; und glücklich der Redner, dessen bloßes Wort Bürgschaft ist! Der hl. Augustin sagt: **Auctoritati credere, magnum compendium et nullus labor.** Niemand will getäuscht sein, aber ebenso wenig liebt man die Anstrengung des Nachdenkens, und Manchen ist sie sogar unmöglich; um so willkommener ein Mann, dessen Weisheit der Menge die mühsame Selbstforschung erspart; sein Wort ist ihr wie ein Stab, an den sie sich gerne hält. Wie hat sich dieß in der Neuzeit an dem Worte eines O'Connell, und wie zu allen Zeiten an dem so vieler hervorragenden Männer auf geistlichem Gebiete erwiesen!

Es ist klar, daß die oben genannten moralischen Anforderungen an den Redeaufsatz dem Redner bei Auffassung und Entfaltung seines Gegenstandes beständig vorleuchten müssen, um ihn über die Angemessenheit alles Einzelnen zu belehren; und ebenso machen sie sich bei allen spätern Theilen und Aufgaben der Rhetorik geltend.

An diese allgemeinen Bedingungen und Mittel hinsichtlich des ansprechenden Charakters der Rede reihen sich nun noch, wie schon oben angedeutet:

§. 2. Besondere Mittel.

Erster Artikel. Mittel, um Interesse zu erwecken.

Als einst ein Architekt sich Alexander dem Großen mit einem Baurisse vorstellen wollte, aber abgewiesen ward, kam er auf den Gedanken, seinem Anzuge durch eine Verzierung mit grünen Blättern ein auffallendes Aeußere zu geben und sich so neuerdings am Eingange des Palastes aufzustellen. Wirklich zog er in diesem Costume die neugierigen Blicke Alexanders auf sich und erhielt die gewünschte Audienz. Dieser sonderbare Zug, den uns Vitruv aufbehalten, hat jedenfalls so gut wie manche Fabel für uns sein Lehrreiches. Der Mensch wendet sich der Beachtung eines Gegenstandes nur zu, wenn seine Aufmerksamkeit geweckt wird. Diese ist ihm in dem gegenwärtigen Zustande seiner Schwäche für geistige Dinge etwas Lästiges, besonders wenn sie lange dauern soll. So kommt es, daß sich vielleicht in einem Auditorium von tausend Personen kaum zehn finden, die einen etwas geistreichen oder schwierigen Vortrag aufmerksam verfolgen. Die Rede geht an den Meisten vorbei, wie ein flüchtiges Bild, das unklar vor das Auge tritt und sogleich wieder verschwindet. Eines der größten Geheimnisse der Beredsamkeit besteht daher darin, die Aufmerksamkeit dauernd zu fesseln. Wer es vermag, sie derart zu spannen, daß sie von Anfang bis zu Ende sich dem rednerischen Vortrage enge anschließt und sich nur durch den Abschluß des Ganzen befriedigt fühlt, der hat sich Glück zu wünschen: die schwierigste Hälfte des Weges ist für ihn gethan. Dagegen ist es auch die schlechteste Eigenschaft der Rede, zu langweilen. Wo der Vortrag anfängt, Langweile zu erregen, da wirkt er wie ein Mahl bei völliger Appetitlosigkeit: er erzeugt Ekel. Wie wird nun aber der Zuhörer angezogen? Wie tritt er aus seiner Abgeschlossenheit oder Gleichgültigkeit heraus? Die Geister öffnen sich durch Wißbegierde, die Gemüther erschließen sich durch Sympathie, wie die Pflanzen durch die Wirkung des Lichtes und der Wärme. Unsere Aufgabe wird also sein, diese Wißbegierde und jene Sympathie zu wecken; und wodurch? Wie schon der bloße Ausdruck „neugierig" zeigt, ist der Mensch von Natur sehr geneigt, Neues zu sehen und kennen zu lernen. In sofern also der Redner seinen Gegenständen den Reiz der Neuheit zu geben verstehen wird, kann er hoffen, Interesse zu erregen. Aus demselben Grunde wirkt das Ueberraschende und Unerwartete spannend. Dieß kann bald in den Gedanken, bald in den Wendungen liegen. Wir finden es besonders bei Rednern, die eine hervortretende Originalität besitzen, so bei Tertullian, Bossuet, Vieira, Lacordaire, unter den Profanrednern bei Demosthenes u. A. Ebenso wird Spannung erweckt, wenn dem Geiste ein Gegenstand zwar in anziehender Weise, aber erst nur theilweise gezeigt und der weitere Aufschluß mehr in allmähliche Aussicht gestellt, als sofort gegeben wird. Dieß ist die Art des Demosthenes. Sie läßt sich indeß nur bei Zuhörern von sehr lebhaftem Geiste anwenden, oder bei Gegenständen, die den Hörenden schon an sich bekannt genug sind, oder endlich bei kleinern Zügen, z. B. Erzählungen. Andersmal ist es gerade das Gegentheil dieser stufenweisen Enthüllung, es ist die vollkommene Klarheit, womit der Gegenstand wie ein überraschendes Gemälde vor die Zuhörer tritt und ihrem Triebe nach genußreicher Anschauung der Wahrheit zusagt [1]. Das ist die Weise Bourdaloue's, der ihren Effect noch durch die Anwendung spannenden Contrastes zu steigern pflegt. Sie eignet sich besonders für Gegenstände höherer Ordnung, daher am meisten für die Kanzelberedsamkeit. Hiemit hätten wir gleichsam die psychologischen Grundlinien des für den genannten Zweck anwendbaren Verfahrens angedeutet; dasselbe kann aber durch Angabe einiger practischer Mittel noch näher bestimmt werden. Als dergleichen sind zu nennen:

1. Die passende Hervorhebung der Wichtigkeit eines Gegenstandes. Auf diese Weise eröffnete Basilius seine Erklärung der Psalmen: „.. der Psalm ist der Inbegriff aller Heilmittel .. der Lobgesang der Kirche .. die selige Beschäftigung der Engel ..“ [2].

Die Theilnahme des Zuhörers kann auch durch die ausdrückliche Bitte geweckt werden, dem zu behandelnden großen oder schwierigen Gegenstande Aufmerksamkeit zuzuwenden.

So thut es de Ravignan in seiner Conferenz über den Widerstand gegen die Kirche, indem er im Eingange des ersten Theils sagt: „Ich bitte Sie noch einmal, meine Herren, sich tief zu sammeln und jede Zerstreuung ferne zu halten, denn ich bin im Begriffe, Sie zu einer Untersuchung einzuladen, die Ernst und Ruhe fordert. Welches ist also jene mächtige Sprungfeder, jene verborgene oder offene Triebkraft, die den genannten unglücklichen Widerstand gegen die Kirche Jesu Christi schon so oft und so lange hervorgerufen hat? Das ist die Frage, und ich will die Lösung derselben in den geheimsten Falten des Gewissens, in den verborgensten Gefühlen des menschlichen Herzens suchen.“

Dasselbe Mittel wird auch im Verlaufe der Rede angewandt, um

[1] Der einheitliche, letzte Grund dieser verschiedenen Erscheinungen und Erfahrungen liegt wohl in dem Drange des menschlichen Herzens nach Wahrheit und überhaupt nach Höherem, wonach es gegen Gewöhnliches gleichgültig bleibt und dagegen dem seine Aufmerksamkeit zuwendet, was ihm entweder als sehr klar, oder als groß, geheimnißvoll, dunkel erscheint.

[2] Hom. 1 (in Ps. 1). Vgl. auch Chrysostomus im Eingange zu seiner ersten Homilie an das Volk von Antiochien.

das Interesse wieder aufzufrischen, oder einem einzelnen Gedanken besonders zuzuwenden.

Bossuet will auf diese Weise eine Maxime Condé's hervorheben: „Er hatte zum Grundsatze (hört es: der Grundsatz macht den großen Mann! —), daß man bei großen Handlungen einzig darauf sehen müsse, sie gut zu verrichten und den Ruhm erst nach der Tugend folgen zu lassen" (Trauerrede). Der eben genannte de Ravignan dagegen leitet einen Ausspruch des hl. Thomas von Aquin durch ein beigefügtes Wort der Empfehlung ein: „Ein Wort des ruhigsten und tiefsinnigsten aller Geister tritt mir hier wie ein Lichtstrahl entgegen: In Gott ist keine Furcht, weil er keinen Obern hat" u. s. w.[1]

2. Ein zweites Mittel, den Hörer für den Gegenstand zu interessiren, ist die Anwendung des rednerischen Gemäldes (oder lebhafter Beschreibung und Schilderung) und überhaupt geistvoller und ergreifender Redewendungen[2].

Auf die erstere Art spricht Flechier im Eingange zur Trauerrede auf Turenne von dem niederschlagenden Eindrucke, den der Tod Juda's des Maccabäers auf die Juden machte:

„Auf diese Schreckenskunde geriethen alle Städte Judäa's in Bestürzung; Ströme von Thränen flossen aus allen Augen; wie von Schmerz versteinert stand Jedermann stumm und bewegungslos da: endlich überwältigte der Schmerz das dumpfe Stillschweigen, und mit herzzerreißender Stimme, die abwechselnd Trauer, Mitleid und Schrecken erstickten, riefen sie aus: So ist denn der Held gefallen, der das Volk Israel errettete! Bei diesem Wehklagen verdoppelte Jerusalem seine Thränen; die Gewölbe des Tempels erbebten, der Jordan ward bestürzt und alle seine Ufer wiederhallten von dem erschütternden Klageruf: Ach, daß der Held gefallen ist, der das Volk Israel errettet hat!"

Durch eine oratorische Wendung, und zwar wie sie für diesen Zweck sehr gebräuchlich ist, durch Frage und Zweifel, spannt Lacordaire die Erwartung seiner Zuhörer, indem er im Eingang seiner Trauerrede auf O'Connell von diesem Letztern sagt: „Und wer ist dieser Mann, der jetzt schon eine Nachwelt beherrscht, die kaum eben erst auf seinem Grabe sich zu entwickeln anfängt? Woher kommt es, daß ihm so frühzeitig schon Gerechtigkeit geworden ist? Ist es ein König, der an der Seite seiner Ahnen sich zur Ruhe begeben, nachdem er glorreich sein Volk beherrscht? ist es ein Eroberer, der seine Waffen gewaltig bis an das Ende der Erde getragen? ist es ein Gesetzgeber, der aus dem Chaos der Uranfänge oder der Trümmer

---

[1] L. c.

[2] Vgl. unten: 3. Thl. 2. Abschn., Rednerische Wendungen.

ein Volk geschaffen? Nichts von allem dem und doch mehr als alles das: es ist ein Mann, der weder Fürst, noch Feldherr, noch Gründer eines Reiches war, und dennoch mehr regiert hat, als die Könige, mehr Schlachten gewonnen hat, als die Eroberer, mehr gethan hat, als alle diejenigen, denen in der Regel die Mission des Vernichtens oder des Bauens zu Theil geworden . ."

3. Ganz besonders wird die Theilnahme der Zuhörer in Anspruch genommen durch Hinweisung auf die Verwandtschaft oder Verbindung, die zwischen den Hörenden und Jenen besteht, von denen gesprochen wird.

So sagt Vieira, von dem Allerheiligenfeste redend: „Das Fest, welches heute die Kirche feiert, ist ein allgemeines und zugleich ein ganz besonderes. Ein allgemeines: denn mit Christus, dem Quell aller Heiligkeit, und mit der seligsten Jungfrau, der Königin aller Heiligen, beginnend, feiern wir heute ein Fest zu Ehren aller Engel, zu Ehren der Patriarchen, der... Es ist aber auch ein besonderes Fest: denn heute feiert die Kirche die Heiligen eines jeden Volkes, die Heiligen eines jeden Landes, die Heiligen eines jeden Ordens, die Heiligen einer jeden Stadt, die Heiligen einer jeden Familie. Sehet denn, wie dieser Festtag ein Festtag für uns ist. Wohl wird es keine Christenfamilie geben, die so gnadenarm wäre, daß sie nicht viele Selige unter ihren Voreltern hätte . . ." [1]

4. Ebenso durch anschauliche Darlegung des persönlichen Interesses, welches für den Zuhörer in dem Gegenstande der Rede liegt.

Der hl. Bernhard beginnt die Rede auf Christi Geburt mit den Worten: Magna opera Domini, ait Propheta. Magna quidem omnia opera ejus, fratres, siquidem magnus et ipse: sed *ad nos* maxime spectant, quae in eis maxima esse videntur. Hinc est, quod psallit idem Propheta, dicens: *Magnificavit Dominus facere nobiscum.* Quam magnifice nobiscum agat, speciatim tria quaedam ejus opera clamant: primae nostrae creationis, praesentis redemptionis, futurae glorificationis . . [2] Hierauf geht der hl. Lehrer nun näher auf seinen Gegenstand ein.

Je mehr es dem Redner gelingen wird, diese Beziehung zwischen Gegenstand und Zuhörer als eine höchst innige und folgewichtige darzustellen, um so mehr darf er darauf rechnen, lebhafte Theilnahme in den Gemüthern wach zu rufen. Wir werden später noch mehrere, hierauf bezügliche Beispiele kennen lernen (siehe den folgenden 2. Art. I. 3. und unten: Beweggründe).

---

[1] Adventspredigten. Anhang.

[2] Serm. 2. in nat. Dom. — Vgl. auch dessen Eingang zu serm. 1. in fest. S. Michaël.

Als allgemeines Mittel, über die rednerische Entwickelung den Zauber des Interessanten und Fesselnden zu verbreiten, muß schließlich — wie sich auch schon aus dem Bisherigen ergibt — die **Sprache und Ansprache der Einbildungskraft** bezeichnet und empfohlen werden. Diese Seelenkraft, gut angewendet, kann gewissermaßen zum Lichte und Leben der Rede werden: sie vermittelt dieser durch beseelte Züge Glanz, Anmuth, Kraft, Odem und Bewegung und hängt auf's Innigste mit dem zusammen, was wir später als Affect und eigentliche Seele der Rede werden kennen lernen. Sie ist für die Beredsamkeit dasselbe, was die Farbe für das Gemälde. Die Kunst, einen Gegenstand mit malerischer Frische der Einbildungskraft und durch diese dem Verstande und dem Gefühle vorzuführen, können wir vorzüglich von den französischen Rednern lernen, die hierin besondere Gewandtheit besitzen [1]. In Bezug auf die Kunst der Spannung und Belebung ist auch Segneri Meister.

Mit den Mitteln, seinem Gegenstande Interesse zu vermitteln, wird übrigens der Redner andererseits stets auch die entsprechende Sorgfalt verbinden, Alles zu **vermeiden**, was das Interesse irgendwie **abstumpfen** könnte. Hierzu gehört namentlich alles Unnütze, Gehaltlose, Kleinliche, Abgenutzte. Er sieht sich also hier wieder darauf hingewiesen, das oben in Bezug auf die Anwendung der Stoffquellen Erinnerte wohl zu beachten, das Gediegene von dem Ungediegenen zu sondern, und sich immer zu fragen, was bei der ganzen geistigen Vegetation, die ihm in seiner Meditation aufgegangen, Wurzel und Stamm, was hingegen nur Zweig und Blatt, oder parasitischer Auswuchs ist.

Zweiter Artikel. Mittel, um sich das Wohlwollen der Zuhörer zu sichern.

Es verhält sich mit dem Worte wie mit dem Samenkorne. Fällt das Samenkorn unter glücklichen Einflüssen in das ihm bestimmte Erdreich und kann es sich unter diesen Einflüssen entwickeln, so entfaltet es sich zu schöner und vielfältiger Frucht; fehlen ihm jene günstigen Bedingungen, so verkümmert es. Wie ganz anders treibt und sproßt es in einem und demselben Boden, wenn dieser unter einem milden Himmelsstriche liegt, wenn Sonne, Thau und Regen ihre belebenden Kräfte zu seiner Entwicklung vereinen; und wie anders im Gegentheile, wenn es in Kälte und Stürmen, wenn es in Dürre oder anhaltender Nässe aufgehen soll! Ebenso das Wort des Redners. Es gibt Einflüsse, die dasselbe zum lebenskräftigen Elemente machen; es gibt andere, die es ersticken. Diese Einflüsse sind die verschiedenen Stimmungen der Zu-

---

[1] Allerdings gilt dieses am allerwenigsten von einem ihrer ausgezeichnetsten Kanzelredner, Bourdaloue, bei dem die Vernunftsprache vorherrschend ist; dagegen besitzt er das Geheimniß, durch Gegensätze zu spannen (vgl. Predigtamt, 2. Aufl., S. 426 ff.).

hörer. Wir können die Wirkungen derselben auch noch mit denen der magnetischen Pole vergleichen, die sich bald anziehend, bald abstoßend äußern, bald sich indifferent verhalten, je nach der Natur und der Richtung des Körpers, der ihnen genähert wird. Es werden also für den Redner besondere Rücksichten nothwendig sein, theils um die gute Stimmung seiner Zuhörer zu erhalten und zu vermehren, theils um ungünstige Stimmungen zu heben, oder doch auf ein Minimum ihrer Wirksamkeit herabzusetzen. Diese Rücksichten entwickelt die Rhetorik unter dem doppelten Gesichtspunkte des rednerischen Decorums und der bisweilen von den Umständen gebotenen oratorischen Präcautionen. Von beiden Gegenständen hier das Nähere. Wir werden in dem zu Sagenden großentheils die fernere Bestimmung und Anwendung des oben von dem ethischen Charakter der Rede Bemerkten finden; aber eben als näherer Fingerzeig hat dasselbe für den Redner besondern Nutzen.

I. Vollkommene Beachtung des Schicklichen.

Wie es einen Anstand im Leben gibt, den man Höflichkeit und guten Ton nennt, so gibt es einen in der Rede; und wie diese ihrer Würde nach über der täglichen Conversation steht, so ist sie auch weit mehr als der gewöhnliche Verkehr an die Gesetze der Schicklichkeit gebunden. Letztere überall wahrnehmen und gleichsam herausfühlen, ist für den Redner eine kostbare Gabe; Cicero erblickt in ihr die Reife der Bildung und in ihrer Leistung den Gipfelpunkt der Kunst: caput artis decere [1]. Sehr bezeichnend heißt dieser Tact der Rede Decorum, weil ihr durch die Angemessenheit auch die Schönheit vermittelt wird: er besteht eben in der harmonischen Convenienz des Einzelnen, wie des Ganzen, und daher in der Kunst, immer zu wissen, was nach Erforderniß der Umstände an der Stelle ist [2]. Es gehört hiezu ein gewisser geistiger Sinn, der leider nicht Allen gegeben ist. Seine Ausbildung erhält dieser theils durch eine gute Erziehung, theils durch die Winke der Kunst und durch den lebendigen Unterricht trefflicher Muster. Für den jungen Redner ist hier das Erste, sich die Verstöße zu merken, die er zu vermeiden hat, und sich eine gewisse habituelle Besonnenheit in allen seinen Gedanken und Worten, daher die Aufmerksamkeit auf sich selbst anzugewöhnen.

Es ist übrigens nicht möglich, diesen Gegenstand in Bezug auf die

---

[1] De orat. l. 1. c. 29.

[2] Daher auch das Wort Cicero's: Scientia earum rerum, quae agentur aut dicentur, suo loco collocandarum (de off. l. 1. c. 40). — Vgl. übrigens mit dem gegenwärtigen Paragraphen das unten vom angemessenen Style zu Sagende (III. Thl. n. III.).

Ermittelung des Redestoffes zu behandeln, ohne zugleich auch Einiges zu berühren, was spätern Abschnitten angehört: denn das Was und das Wie sind hier unzertrennlich verbunden. Und ebenso wenig dürfen wir andererseits diesen Punkt bei der Stofflehre übergehen: ohne dessen Würdigung wäre weder gehörige Auffassung, noch Entfaltung des Themas möglich. Der Maßstab des Schicklichen ist sogar bei allen einzelnen Redeelementen anzulegen; er entscheidet über Zulässigkeit oder Unzulässigkeit eines jeden Gedankens. Wie Passendes angenehm, so berührt Unpassendes jederzeit unangenehm, bisweilen sogar verletzend, und in dieser Beziehung kann unter Umständen eine bloße Anspielung, selbst ein einzelnes Wort zum scharfen Pfeile werden, der sich gegen den Redner selbst kehrt.

Die vorzüglichsten Gesichtspunkte nun, die in Bezug auf Schicklichkeit festzuhalten sind, vereinigen sich in der vierfachen Rücksicht —

1. auf die Persönlichkeit des Redners selbst, das Maß seiner Fähigkeiten, seinen Stand, sein Alter, sein Verhältniß zu den Zuhörern, sein Ansehen u. s. w. Nicht Jedem steht es gleich wohl zu, über ein Thema zu sprechen, oder es vielmehr in dieser als in jener Weise zu behandeln. Während vielleicht bei einem Redner der einfache Gedankengang anspricht, erscheint bei demselben die tiefere oder glänzendere Entwickelung gesucht und anmaßend. Gilt erst ein Wort im Munde des Redners als unberufen, so kann es mit Gewißheit als wirkungsloses und sogar nachtheiliges angesehen werden.

Bautain glaubte in einem Falle sein bloßes Auftreten als Redner entschuldigen zu müssen. Er eröffnet seinen Vortrag über Kirche und Freiheit mit den Worten: „Wenn ich heute mit einer gewissen Bewegung diese Kanzel der Conferenzen von Notre Dame[1] besteige, auf welcher vor mir schon so viele ausgezeichnete Redner aufgetreten sind, so beruhigt und ermuthigt mich dabei der Gedanke, daß wir hier keine Ehre suchen, sondern nur eine Pflicht erfüllen wollen. Nicht der Mensch spricht also zu Ihnen, sondern der Diener Jesu Christi, der von dem Herrn ausgesandt worden ist in alle Welt, um sein göttliches Wort zu verkündigen und es zu verbreiten bis an die äußersten Grenzen der Erde. Wir haben also eine Sendung, und diese Sendung haben wir nicht von uns selbst, sondern von unserm Bischof, der uns zu Ihnen gesandt hat. Wir erscheinen vor Ihnen, meine Herren, gerade so, wie der Streiter auf dem Schlachtfelde, dem sein Führer gesagt hat: Gehe hin! und er geht hin und wagt muthig sein Leben, ohne darum gerade den Sieg mit Gewißheit verbürgen zu können."

---

[1] Cathedrale von Paris. Bautain hielt daselbst seinen Cyclus von Conferenzen im J. 1848.

2. Rücksicht auf die Zuhörer, auf ihre Verhältnisse, ihren Stand, ihren Charakter, ihre Ansichten, ihre gegenwärtige Stimmung, ihre Erwartungen und Wünsche, ihre Anzahl, ihr Alter u. s. w. Hier gilt die Regel: sich ganz in die jedesmalige Lage der Zuhörer versetzen. — Eine Rede vor wenigen Zuhörern wird nicht den Charakter einer Anrede an die Menge haben. So sagt z. B. Cicero: Haec in senatu minore apparatu agenda sunt; — von der Volksversammlung aber: Concio capit omnem vim orationis et gravitatem varietatemque desiderat[1]. Ebenso bedingt jede andere Differenz in der Beschaffenheit des Auditoriums eine andere Gestaltung der Rede, bald im Ganzen, bald in einzelnen Bestandtheilen, bald in der äußern Form derselben.

3. Rücksicht auf Zeit und Ort. Auch diese zufälligen Beziehungen machen ihre Ansprüche geltend. Omnia tempus habent, spricht der Weise, und das findet seine volle Anwendung auch für den Redner. Ist der Zeitpunkt, in dem er auftritt, ein glücklicher, freudiger, feierlicher, außerordentlicher? ist er im Gegentheile ein ganz gewöhnlicher, oder ein trauervoller, ein kritischer u. s. w.? Welches Maß der Zeit steht dem Redner zur Benützung offen? Diese und ähnliche Fragen haben sämmtlich auf die Behandlung des Redestoffs Einfluß. Je unmittelbarer namentlich und je tiefer die Zeitumstände in die Geschicke der Zuhörer eingreifen, um so besser ist es, wenn nichts den Redner hindert, den letztern gegenüber sich theilnehmend zu erweisen und sich in der Einheit der Interessen und Eindrücke gleichsam mit ihnen zu verschmelzen. Diese psychologische Färbung der Rede ist oft ihre größte Macht, und die moralische Auffassung des Redegegenstandes überhaupt das tiefste und umfassendste Präcept, das die Rhetorik hier zu geben vermag.

Wie so ganz war von dieser Anschauung ein Chrysostomus durchdrungen, als er seine erste Rede von den Statuen mit den Worten eröffnete:

„Welche Worte, welche Ansprache erwartet ihr von mir? Heute bedürfen wir der Thränen, statt der Worte; Klagelieder, nicht Ansprachen; Flehen um Gnade vielmehr, als Reden .. So entsetzlich ist das, was vorgefallen, so trostlos unser Uebel, so klaffend diese Wunde — ach! nicht menschliche, nur göttliche Hülfe kann hier Heilung bringen .. Gestattet es mir, mich meinem Schmerze über unser Unglück zu überlassen. Wie die Freunde Jobs, habe ich sieben Tage lang geschwiegen. Laßt mich heute den Mund öffnen und unsere gemeinschaftliche Noth beklagen! O, wer hat uns um unser Glück beneidet, Geliebteste? wer hat uns um dieses Glück betrogen? woher dieser plötzliche Wechsel? Nichts war beneidenswerther, als

[1] De orat. l. 2. c. 82.

unsere Stadt, nichts ist elender geworden .. So weine ich denn und wehe-klage, aber die Ursache meiner Bestürzung ist nicht die Strenge der Strafe, die uns erwartet, sondern die Größe des Vergehens, das auf uns lastet .. O so lasset uns jetzt unsere Zuflucht zu jenem Könige nehmen, den wir im Himmel haben: nur in seiner Gnade ist Rettung. — Hier wollte ich meine Rede abbrechen, denn der Schmerz umfängt unsere Seelen wie eine finstere Wolke und macht uns das Sprechen und Hören gleich beschwerlich .. Aber es kam mir der Gedanke, daß ja auch der dichte Nebel, der uns der Strahlen der Sonne beraubt, bisweilen durch dieselbe Sonne aufgelöst wird; und die Hoffnung, durch die Strahlen der göttlichen Lehre auch die dunkle Wolke der Traurigkeit zu verscheuchen, die jetzt eure Seele niederdrückt, bewog mich, in der Erklärung des Wortes Gottes fortzufahren. Vergesset daher einen Augenblick euern Schmerz und schenket mir eure Aufmerksamkeit. Legen wir Alles in die Hand Gottes und vernehmen wir mit Freuden sein Wort. Gerade hierin werden wir das Hülfsmittel für unsere Leiden finden ..." [1]

Wie die Zeit, will auch der Ort von dem Redner berücksichtigt sein. Was für einen Ort paßt, eignet sich nicht immer für den andern. Ist derselbe ein religiöser oder profaner, ein bedeutender oder unbedeutender? Knüpfen sich an ihn besondere Erinnerungen? Aehnliche Rücksichten gelten auch von dem Orte im weitern Sinne, oder von der Oertlichkeit, der Gegend, dem Lande. Bald legen diese Rücksichten dem Redner besondere Vorsicht nahe, bald bieten sie ihm günstige Anknüpfungspunkte, die er nicht übersehen darf. Segneri hebt in dieser Weise mit vielem Geschicke in seiner Lobrede auf den hl. Aloysius, die er in Florenz hielt, die besondern Beziehungen zwischen diesem Heiligen und der Stadt Florenz hervor.

4. Rücksicht auf Jene, von denen man spricht. Der Redner hat oft im Verlaufe der Rede einen Namen oder einen Ausspruch, eine That .. von irgend einem anzuführen, er hat Jemand zu widerlegen, zu tadeln oder zu loben: wie hat es zu geschehen? vorübergehend, einläßlich, entschuldigend, vorbereitend? wird es so oder anders erwartet, oder wird es gar nicht gewünscht? Auch hier ist Besonnenheit wieder unerläßlich.

Mit Recht tadelt es Quintilian an einem römischen Gerichtsredner, der unter August blühte, und den Tacitus übrigens orandi validus nennt [2], daß er einst eine Anklage (gegen Asprenas wegen Vergiftung) mit dem Tone der Schadenfreude eröffnete und ausrief: „Große Götter, ich lebe! und ich freue mich zu leben, weil ich den Asprenas als Schuldigen und

[1] Orat. 2. ad pop. Ant.

[2] Annal. IV. 21. Dieser Redner war Cassius Severus.

Angeklagten erblicke!“ Statt der Derbheit dieser Sprache hätte der Redner hier sein Auftreten vielmehr entschuldigen sollen.

Der hl. Gregor von Nazianz hatte eine Trauer- oder Lobrede auf seine Schwester, die hl. Gorgonia, zu halten. Dieß konnte um so auffallender erscheinen, als die Verblichene keine bemerkenswerthe Stellung im Leben eingenommen hatte. Der Redner sendet daher seinem Vortrage folgende Bemerkung voraus: „Wenn ich eine Schwester lobe, so kann ich nur von häuslichen Tugenden reden; doch sind diese deßhalb nicht minder ächt, weil sie häuslich, sondern eben darum lobenswerth, weil sie wahr sind: zudem sind sie allbekannt. Ich habe daher auch nicht zu fürchten, als Schmeichler zu erscheinen: zwischen der Rede und der Wahrheit steht der Zuhörer, der nach seiner Billigkeit unverdientes Lob zurückweist, verdientes dagegen gespendet wissen will.. Der Fremde, der kein Lob verdient, darf auch keines empfangen; man darf es aber auch nicht den Seinigen versagen, wenn sie sich ein Recht darauf erworben; es wäre eine und dieselbe Ungerechtigkeit, das Lob an den Erstern zu verschwenden und den andern es vorzuenthalten...“

In der Trauerrede auf Theodosius d. Gr. findet es der hl. Ambrosius angemessen, in folgenden einfachen aber zarten und geistvollen Worten der Söhne des verblichenen Kaisers, Honorius und Arkadius, zu gedenken: Ergo tantus imperator recessit a nobis: sed non totus recessit. Reliquit enim liberos, in quibus eum debemus agnoscere, et in quibus eum cernimus et tenemus. Wir entdecken hier die ersten Züge des rednerischen Compliments.

Aehnliche Bezugnahmen der mannigfachsten Art werden für den Redner in vielen Fällen unerläßlich. Ueberhaupt vermag nur die Aufmerksamkeit allen Anforderungen der concreten, vielgestaltigen Wirklichkeit gerecht zu werden, sie nur, sagen wir, vermag die Rede in lebendige, harmonische und stetige Wechselbeziehung zu dieser Wirklichkeit zu setzen und das Wort immer und überall zu einem „zeitgemäßen“ zu machen.

So wird also jeder Redner dasjenige sich als allgemeine Regel vorzeichnen dürfen, was Quintilian dem Gerichtsredner insbesondere in Erinnerung bringt:

Dicturus intueatur, *quid, apud quem, pro quo, contra quem, quo tempore, quo loco, quo rerum statu, qua vulgi fama* dicendum sit [1].

Junge Redner insbesondere müssen aus der Analyse großer Muster die Kunst lernen, einen Gegenstand mit Berücksichtigung aller genannten moralischen Beziehungen, d. h. mit Lebens- und Menschenkenntniß aufzufassen und sich vor Allem immer, wenn wir so sagen dürfen, psychologisch zu orientiren.

---

[1] Inst. l. 4. c. 1.

II. Rednerische Vorsicht —

oder sogenannte praecautio oratoria; hierunter versteht man bald die Geschicklichkeit, einer ungünstigen Stimmung vorzubeugen oder derselben, wo sie bereits vorhanden ist, mit Erfolg zu begegnen; bald die hiebei angewandten einzelnen Mittel oder Redewendungen. Der richtige Blick in der Anwendung der hier erforderlichen Vorsichtsmaßregeln, verbunden mit dem vorher besprochenen allgemeinen Schicklichkeitsgefühle, bildet und vollendet dasjenige, was man den rednerischen Tact nennt. Was nun in kritischen Fällen jedesmal im Einzelnen anzuwenden sei, läßt sich nicht zum Voraus bestimmen: der Redner ist hier auf seine Klugheit und Geistesgegenwart angewiesen. Im Allgemeinen jedoch bestehen jene Vorsichtsmaßregeln in geschickter Vorbereitung und Einführung solcher Gedanken, die unangenehm berühren könnten, wohl auch in passender Entschuldigung, in der Hinweisung auf andere gefälligere Seiten der Sache.., überhaupt in schonenden Rücksichten und milden, gewinnenden Formen. Insbesondere lassen sich hier folgende Fälle unterscheiden:

1. Wenn Vorurtheile zu bekämpfen, Worte des Tadels zu sprechen, gewisse Opfer fordernde Räthe oder Ermahnungen zu geben sind.

Hier wird die Klugheit gebieten, den Zuhörern nicht schroff entgegenzutreten, den fraglichen Gegenstand allmählich und so natürlich eintreten zu lassen, als stellte er sich von selbst und mit innerer Nothwendigkeit dar, sich dabei so kurz zu fassen als nach Umständen möglich ist, vor Allem aber den Zuhörern Achtung und Wohlwollen zu erweisen.

Bourdaloue leitet die harten Wahrheiten, die er den Reichen in seiner Predigt von der Geburt Jesus Christus zu sagen hat, durch folgende Wendung ein: „Ich predige einen armen und demüthigen Erlöser, und diesen verkündige ich den Großen der Welt und den Reichen der Welt... Was soll ich ihnen also sagen, o Herr! welche Worte soll ich brauchen, um ihnen das Geheimniß deiner Armuth und deiner Demuth vorzulegen? Soll ich ihnen sagen: Fürchtet nicht? Bei dem Zustande, in dem ich sie glaube, hieße das sie in Irrthum führen. Soll ich ihnen sagen: Fürchtet? Dann würde ich mich von dem Geiste des heutigen Geheimnisses und von jenen Gefühlen der Freude und des Trostes entfernen, die dasselbe uns einflößt und auch den größten Sündern einflößen muß. Soll ich ihnen sagen: Trauert, während die ganze Kirche in Freude jubelt? Soll ich ihnen sagen: Seid getrost, indeß sie beim Hinblicke auf den Erlöser, der alle ihre Grundsätze verdammt, nur zu viel Grund haben zu trauern? O mein Gott! ich will ihnen Beides sagen, und dadurch werde ich die Pflicht erfüllen, die du selbst mir auferlegest; ich will ihnen zurufen: Trauert, seid getrost; denn ich verkündige euch eine Botschaft, die zugleich ein Gegenstand der Furcht und der Freude ist!"

2. Wenn etwas zu sagen ist, das an ein früheres Unglück oder an erlittenes Unrecht u. dgl. erinnert und es darauf ankommt, dem Zuhörer unnöthige Traurigkeit und schmerzliche Gefühle zu ersparen.

Das Betreffende wird, wenn möglich, nur berührt, unter der mildern Form eines Bildes, einer Umschreibung, einer Präterition [1] oder einer ähnlichen Redewendung vorgeführt, oder mit Worten des Trostes, der Entschuldigung, der Theilnahme begleitet [2].

3. Wenn zu befürchten ist, daß durch das zu Sagende zugleich unrichtige Vorstellungen, Vorurtheile oder andere schädliche Eindrücke hervorgerufen werden.

Der Redner wird dem Gesagten in diesem Falle die nöthigen Erklärungen oder eine Wahrheit, ein Bild, einen Affect nachfolgen lassen, wodurch jene Eindrücke gehoben oder berichtigt werden.

Massillon hat von dem Eifer eines Erzbischofes in Besuchung seiner Diöcese und von der hiedurch bewirkten Erbauung, zugleich aber auch von der Saumseligkeit früherer Oberhirten zu sprechen; er sagt:

„Seit langer Zeit hatte dieser Sprengel nicht mehr das Schauspiel genossen, seine Oberhirten umherwandeln und gleich heiligen Wolken den Thau des Himmels über die verschiedenen Gegenden dieses Kirchengebietes ausgießen zu sehen: die Greise, die einst in ihren abgelegenen Feldern den Trost gehabt, jene ihre Hirten zu erblicken, erzählten dieß ihren Enkeln wie eine Wundergeschichte der Vorzeit."

Um nun aber den übeln Eindruck auszulöschen, den möglicherweise diese Erwähnung unterbliebener Pflichterfüllung veranlassen konnte, fügt Massillon sogleich bei:

„Gott verhüte indeß, daß ich hier das Andenken jener Oberhirten verdunkeln wolle, um dasjenige des Kirchenfürsten zu erheben, den wir in dieser Stunde beweinen. Ich verehre die geheiligte Asche jener Männer, und weiß ganz wohl, daß sie in beklagenswerthen Zeiten lebten" u. s. w. [3]

Ehe indessen der Redner daran denkt, für Schwieriges eine gelungene Wendung zu finden, überlege er jedesmal wohl, ob es überhaupt nöthig oder angemessen ist, dasselbe vorzubringen, oder ob vielmehr ein besserer Zeitpunkt abzuwarten? Manches, was sich zu einer Zeit nicht sagen läßt, läßt sich zu einer andern sagen, und umgekehrt.

Die weitere Entwickelung der oben berührten Punkte, die zu dem

---

[1] Ueber diese Figuren siehe unten: Styllehre.

[2] Näheres über diesen und den vorhergehenden Punkt siehe in den Grundzügen der Beredſ. Art. Orat. Vorsicht S. 61—64.

[3] Trauerrede auf Villeroi, Erzb. von Lyon.

Schwersten der Beredsamkeit gehören, muß übrigens der geistlichen Rhetorik vorbehalten bleiben, der sie wegen ihrer Bedeutung für gewisse geistliche Redegattungen besonders zufällt [1].

Drittes Kapitel.

Oratorische Mittel zu bewegen.

Die höchste Aufgabe der Beredsamkeit, aber zugleich auch ihr Triumph, besteht darin, den Willen zum Entschlusse und zur Handlung zu bestimmen. Auf Erwerbung dieser schweren Kunst wird daher der junge Redner den höchsten Fleiß verwenden. Belehren, überzeugen, gefallen, kann bis zu einem gewissen Punkte auch die sog. Wohlredenheit: aber zu bewegen und zu Werken zu begeistern ist nur der Beredsamkeit gegeben. Sie allein besitzt ein Wort, das That ist. Und vielleicht besitzt sie es allein, weil sie allein dieß Ziel entschieden will und sich mit keinem geringern begnügt, d. h. weil sie hier ihre höchsten Kräfte einsetzt und statt des Schönredners oder nur des Mannes von Geist stets den Redner mit seinem vollen Herzen und seiner ganzen geistigen Energie auftreten läßt.

Wenn wir nun den Proceß der Willensbewegung gleichsam analysiren, so finden wir in demselben zwei wirkende Elemente: Beweggründe und Affecte. Wir müssen also diese beiden Elemente hier besonders betrachten und zwar in der angegebenen Ordnung, weil der Schwerpunkt der Affecte in den Beweggründen liegt und der Redner sich der Gefahr aussetzt, in hohles Pathos zu verfallen, wenn er anders als auf Grund klar erfaßter Motive hin Affecte erregt [2].

---

[1] In Betreff der Profanberedsamkeit vgl. besonders die mit Erläuterungen begleiteten Beispiele in den Grundzügen der Bereds. S. 65—67, die auch für den geistlichen Redner lehrreich sind.

[2] Wenn es etwa scheinen möchte, daß die Affecte vor den Motiven zur Betrachtung kommen sollten, indem ja die Rührung an sich der Willenserregung vorangeht; so ist zu bemerken, daß zwischen Beweggründen und Willensbewegung ein Unterschied ist. Letztere ist Ziel und Abschluß, erstere sind mit den Affecten nur Mittel und Träger der letztern, also Durchgangspunkte. Ja die Beweggründe sind zugleich Bedingung des Affects selbst. Der Redner wird nur insoferne lebhaft ergriffen und vermag seine Ergriffenheit auch Andern mitzutheilen, als ihm selbst gewichtige Gründe vorschweben. Dasselbe gilt aber auch für den Zuhörer. Denn obwohl bei ihm auch schon dasjenige, was oben von den oratorischen Sitten u. s. w. gesagt wurde, zu erhöhter Gefühlsstimmung beiträgt und dieß noch durch die Lebhaftigkeit der rednerischen Sprache gesteigert wird; so ist doch auch für ihn die Haupttriebfeder des Affects das innere Gewicht der Beweggründe, und nur wo beide, Motive und Affect, sich in ihm gegenseitig durchdringen, ist auch der Wille selbst gleichsam auf die Spitze der Entscheidung gestellt, d. h. es findet Willensbewegung statt.

§ 1. Beweggründe.

Unter Beweggründen, wie der Ausdruck selbst sagt, haben wir jene Art von Gründen zu verstehen, die besonders geeignet sind [1] auf den Willen einzuwirken und denselben gleichsam in Bewegung zu setzen. Sie wenden sich ebenso an das Begehrungsvermögen, wie die Beweisgründe an das Erkenntnißvermögen. Wie daher das Object der letztern das Wahre, so ist der Hauptgegenstand der erstern das Gute, das sich übrigens der Seele in verschiedenen Formen und Beziehungen, wie das Licht dem Auge in vielen Strahlenbrechungen darstellen kann und sich somit auch als ein vielfaches, in verschiedenen Arten von Bewegursachen reflectirtes auffassen läßt. So unterscheidet man hinsichtlich der Güter, die für den Menschen in irgend einem Entschlusse oder Werke liegen können, folgende Kategorien, mit denen (zufolge des früher von der Anwendung des Gegensatzes Bemerkten) zu kräftigerer Hervorhebung auch deren directes Gegentheil oder der Contrast des Bösen sich in Verbindung bringen läßt:

1. Das Anständige oder Ehrenhafte einer Sache, das Gerechte, Edle, Lobwürdige, Ruhmvolle, Erhebende; als Gegensatz das Unschickliche, Ungerechte, Unwürdige, Lächerliche, Schimpfliche.

Das Motiv des Ehrenvollen anwendend ruft ein Vater dem Menschen mit Hinweisung auf seinen hohen Ursprung zu: Homo, quid commune cum terris tibi, qui confiteris tibi genus esse de coelis? Ergo coelestem vitam monstra in habitatione terrena; quia si quid in te gesserit terrena cogitatio, coelo maculam, coelesti generi injuriam intulisti! [2]

Dagegen weist Cyprian mit Nachdruck auf das Ungeziemende hin, daß Unberufene in kirchlichen Fragen absprechen wollen: An ad hoc, frater charissime, deponenda est ecclesiae catholicae dignitas et sacerdotalis auctoritas et potestas, ut judicare velle se dicant de ecclesiae praeposito extra ecclesiam constituti? de sano saucii? de integro vulnerati? de stante lapsi? de judice rei? de sacerdote sacrilegi? [3]

2. Das Nützliche, Segensvolle, Heilsame, oder im Gegentheile das Unnütze, Fruchtlose, Schädliche, Verderbliche. Ueberhaupt Hervorhebung des Wohles und Wehes, das für den Zuhörer in einer Sache liegt.

---

[1] D. h. an sich geeignet: wir werden aber sogleich sehen, daß — διὰ τὴν τοῦ ἀκροατοῦ μοχθηρίαν, wie Aristoteles sich irgendwo ausdrückt, also aus äußerer Nothwendigkeit — gewöhnlich noch etwas Anderes erfordert wird.

[2] *S. Petr. Chrysol.* serm. 71. Aehnlich Leo der Gr. Agnosce o christiane dignitatem tuam .. *serm. 1. in nat. D.;* und ein verwandter Zug in: *serm. 7. in nat. D.* „Expergiscere ..“

[3] Epist. 55. ad Cornel.

Von dem erstern Gesichtspunkte aus entwickelt Cyprian die hohen Vortheile der Geduld, von dem zweiten aus die schlimmen Folgen des Neides [1]. Besonders wirksam erweisen sich die Motive, die in einer sehr engen Beziehung zu den Gemüthsneigungen, dem Stande und andern eigenthümlichen Verhältnissen der Anzusprechenden stehen. So benützt Eucherius die Liebe zum Leben zu folgender Anempfehlung des ewigen Lebens: Ergo amantes vitam hortamur ad vitam. Vera ratio est persuadendi, cum id poscitur, ut impetremus a vobis quod cupitis. Pro vita quam diligitis, legatione apud vos fungimur, et ex hac, quam omnes exiguam amatis, insinuamus ut ametis aeternam. Quam quo pacto amemus nescio, si non hanc, quam amamus, esse quam spatiosissimam cupimus. Itaque istud, quod et cum arctum sit placet, placeat magis, si potest esse perpetuum: et quod apud nos pretium habet cum finem habeat, sit nobis supra pretium, si potest esse sine fine [2]. Ebenso versteht es Salvian, den Reichen die Wohlthätigkeit als ihr eigenstes und theuerstes Interesse darzustellen: Humanum est, quod ab omnibus vobis, o divites mundi hujus, petitur, ac deliciosum. Si impetrari ab unusquoque vestrum non potest, ut esse in hoc saeculo pauper velit, praestet sibi saltem, ne in aeternitate mendicet. Qui praesentem inopiam tantum fugitis, cur in perpetuum non formidatis?.. Quasi vestri apud vos animi rem agimus vestrique voti. Qui sine divitiis omnino esse non acquiescitis, id agite, ut divites semper esse positis! etc. [3] Diese psychologische Seite der Gegenstände finden wir häufig bei den Vätern in beredter Weise hervorgekehrt, besonders bei den Themata von der Nächstenliebe, von der Verzeihung der Unbilden, von dem Almosen, von dem demüthigen Bekenntnisse seiner Sünden u. dgl.

Ganz wie die obigen Motive wird ferner auch

3. das Leichte oder Schwere (das Mögliche oder Unmögliche, 4. das Sichere oder Gefahrvolle, 5. das Angenehme oder Unangenehme, und besonders 6. das Nothwendige, Dringende, Unvermeidliche oder das Gegentheil hievon als Quelle eindringlicher Beweggründe benützt. Meistens sind in größern rednerischen Zügen mehrere dieser Gesichtspunkte aufgeführt und wie ein System von Kräften zu einer großen Gesammtwirkung vereinigt.

Ein Beispiel hievon haben wir in folgender rührender Stelle von Chrysostomus, wo er dem Hartherzigen die Person des Erlösers vorführt, dessen er sich in den Nothleidenden erbarmen soll: „Gott hat seinen Sohn hingegeben; und du gibst Ihm, der für dich aufgeopfert und gekreuzigt

---

[1] L. de bono patientiae; l. de zelo et livore.

[2] Paraen. ad Valerian. Vgl. hier das oben von der Anregung des Interesses Gesagte (n. 4.).

[3] Ad eccles. cath. l. 2.

wurde, nicht einmal ein Stück Brod! Der Vater hat ihn, den eigenen Sohn, um deinetwillen nicht verschont; du aber lässest ihn vor Hunger verschmachten, obgleich du nur von dem spenden würdest, was sein ist, und spenden um deinetwillen! Was gibt es Härteres als diese Lieblosigkeit? Deinetwegen ward er hingegeben, deinetwegen gekreuzigt, deinetwegen geht er in den Armen hungernd umher; du gäbest von dem Seinigen um selbst Gewinn daraus zu ziehen, — und dennoch gibst du nichts! O sind wir nicht gefühlloser als die Steine selbst, wenn wir trotz aller dieser Beweggründe doch in unserer Hartherzigkeit verharren? Tod und Kreuz war dem Sohne Gottes nicht genug, nein, er wollte auch dürftig werden, als Fremdling umherirren, Blöße leiden, in Gefangenschaft schmachten, Krankheit erdulden, um wenigstens so dich zu rühren. Wenn du mir, ruft er dir zu, wenn du mir mit nichts vergelten willst, weil ich für dich gelitten, so erbarme dich doch wegen der Armuth. Und willst du dich nicht erbarmen wegen der Armuth, so laß dich doch wegen der Krankheit erweichen, so habe doch Mitleid wegen des Kerkers. Wenn auch dieses dich nicht zum Erbarmen bewegt, so gewähre mir doch die Bitte, weil du so leicht kannst. Ich verlange nichts Kostbares, sondern Brod, Obdach und ein freundliches Trostwort. Und wenn du auch da noch hartherzig bleibest, so werde wenigstens besser um des Himmelreiches, um der Belohnungen willen, welche ich dir versprochen. Aber ach! auch auf diese achtest du nicht! So möge doch meine Lage dir zu Herzen gehen: gedenke, wenn du einen Nackten siehst, gedenke an jene Nacktheit, die ich deinetwegen am Kreuze litt. Und willst du auch so nicht, so thue es doch, weil ich der Armen wegen nackt bin. Ich war damals gebunden deinetwegen, deinetwegen bin ich es auch jetzt, damit du, durch jene oder diese Bande bewegt, mir einiges Erbarmen beweisest. Ich fastete für dich, und wieder bin ich hungrig für dich; ich dürstete am Kreuze hängend und dürste jetzt in den Armen, um dich durch jenes und dieses an mich zu ziehen und zu deinem eigenen Heile mildherzig zu machen. Für unzählige Wohlthaten, die du mir zu verdanken hast, fordere ich keine Vergeltung als Schuldigkeit, sondern ich belohne dich dafür, als hättest du mir eine Gnade erwiesen und schenke dir das Himmelreich für so Geringes ... Zwar kann ich dich auch ohne dieß krönen: aber ich will auch dein Schuldner bleiben, damit deine Krone dir um so größere Zuversicht bringe. Deßhalb gehe ich, der ich wohl im Stande bin, mich zu ernähren, als Dürftiger umher und strecke an deiner Thüre die Hände aus, damit ich von dir gespeiset werde. Ich liebe dich sehr; deßwegen verlangt mich auch nach deiner Tafel, wie es Freunde pflegen. Darauf thue ich groß, ja im Angesicht aller Menschen werde ich dereinst dich rühmen, in Gegenwart Aller auf dich zeigen als meinen Ernährer! — Wir zwar schämen uns und suchen es zu verbergen, wenn wir von einem Andern ernährt werden; Christus aber, weil er uns liebt, wird einst, wenn wir auch schweigen, unsere That mit großen Lobeserhebungen rühmen; er wird sich nicht schämen zu sagen, daß wir ihn, da er nackt war, bekleidet, und da er hungrig war, gespeiset haben"[1].

Wie sich aus den bisherigen Beispielen ergibt, liegt eine besondere Kraft der Beweggründe in der Art und Weise, wie sie dargelegt werden, d. h. in der Beseelung durch den Affect. Hätte der Mensch nur ein rein geistiges Begehrungsvermögen, wäre er nur Vernunft, so würde für ihn bloßes Erkennen der Beweggründe hinreichen. Dem ist nun aber nicht also. Wie das Licht zugleich Wärme sein muß, soll es schöpferisch beleben und umwandeln; und wie der Blitz seine zerschmetternde und zersetzende Macht zugleich als Gluth und wunderbar beflügelte Bewegung äußert, so erzeugen auch die Beweggründe ihre großen Wirkungen nur vermittelst der Bewegungsmacht des Gefühls. Zwischen Erkennen und Vollbringen liegt eine weite Kluft. Je schwieriger das Werk, um so mächtiger will das Begehrungsvermögen angeregt sein. Ganz richtig bemerkt Plutarch: der Wille ohne Ergriffenheit ist ein Schiff, das seinen Lauf nicht antritt, so lange nicht ein Wind seine Segel schwellt. Dieser bewegende Wind ist das mächtige, den ganzen Menschen ergreifende Gefühl oder der Impuls des Herzens. Andererseits ist die freie Wirkung des letztern aber auch eine höchst energische. Wer auf dem Gebiete des Affects herrscht, sagt ein Schriftsteller, herrscht auf dem der Geister: ebenso gewaltig wie der Sturm, ebenso unwiderstehlich wie Bergströme reißen die siegenden Wogen seiner Beredsamkeit Alles mit sich fort[2]. Alle großen Redner haben auf dem Gebiete der Gefühlserregung ihre Meisterschaft bewährt, wenn auch in verschiedener Weise, und sie wären ohne diese nie groß geworden. Wo diese geistige Macht fehlt, haben wir vielleicht einen gewandten Stylisten oder einen Denker, aber ganz gewiß keinen Redner vor uns. Grund genug, diesem entscheidenden Punkte nun unsere besondere Aufmerksamkeit zuzuwenden.

§ 2. Gemüthsbewegungen oder Affecte.

Affect nennt man jede Gefühlsregung, besonders wenn dieselbe einen höhern Grad von Stärke erreicht. Wie der Affect nun für die Zwecke der Beredsamkeit zu benützen sei, sucht die Theorie theils aus der Natur der Empfindung, theils aus dem reichen Schatze der Erfahrungen, die in dieser Hinsicht auf dem oratorischen Gebiete gemacht wurden, nachzuweisen. Wir können ihre Aufschlüsse über diesen Gegenstand unter folgenden Gesichtspunkten oder Fragen zusammenfassen:

---

[1] Hom. 15. in ep. ad Rom. Dieser ergreifende Zug wurde von den Zuhörern mit lautem Beifalle aufgenommen, wie eine sogleich folgende Stelle dieser trefflichen Homilie beweist.

[2] Collin, le maître d'éloqu. franç. p. 3.

1) Wo der Affect an seiner Stelle sei, 2) wie er in einem bestimmten Falle angefacht, 3) wie er im Gegentheile aufgehoben oder gemildert werde.

Erster Artikel. Anwendbarkeit des Affects.

Je stärker ein Mittel seiner Natur nach, und je mehr seine Wirksamkeit durch die Art der Anwendung bedingt ist, um so weiser muß es auch zur Anwendung gebracht werden. Das gilt vollkommen vom Affecte. Seine wahre und wohlthätige Wirksamkeit hängt ganz mit seiner zweckmäßigen Stellung zusammen. Um nun zu wissen, wo und wieferne der Affect anzuwenden, müssen wir vor Allem verschiedene Arten desselben unterscheiden. Es gibt milde, es gibt starke und heftige Gemüthsbewegungen. Ebenso tritt bisweilen das Gefühl offen wie eine freie und laut hinrauschende Quelle hervor, bisweilen gleicht es einer im Boden verborgenen, ihn aber durchdringenden und befruchtenden Wasserader: d. h. es zeigt sich einmal in seiner ganz bestimmten und eigenthümlichen Kraft und Färbung, und heißt dann directes Pathos; ein anderes Mal liegt es im Gegentheile in der Rede verborgen und wird in dem Zuhörer statt durch den auffallenden Ausdruck erregter Stimmung vielmehr durch eine rührende Erzählung, eine Schilderung, eine dramatische Spannung u. dgl. hervorgerufen — in diesem Falle heißt es: indirectes Pathos.

Nach diesen Vorbemerkungen werden nun die Natur des jedesmaligen Gegenstandes und dieser entsprechend der besondere Charakter der Rede, ferner die Beschaffenheit des Auditoriums und die Individualität des Redners selbst in Betracht zu ziehen sein, um in der Wahl des Affects das Rechte zu treffen.

Das heftige Pathos ist nur bei großen Gegenständen und in Reden oder Redetheilen zulässig, die vorzugsweise ergreifen oder erschüttern sollen. Bei geringfügigen Fragen oder auch da, wo die Rede nur belehrend und erörternd aufzutreten hat, ist es nicht an der Stelle. Ebenso hängt es wieder von dem persönlichen Charakter der Zuhörer, ihrem Alter, Stande, sogar ihrer Anzahl, sowie von den verschiedenen Umständen der Zeit, von der Gemüthsart des Redners (nicht selten auch von seiner Stellung und Würde) ab, ob der starke Affect angemessen sei oder nicht. In manchen Fällen, wo die feurige Gefühlssprache nicht geeignet, wird der milde Affect und besonders das indirecte Pathos seine Anwendung finden können. Diese weniger auffallenden Gefühle vermögen sich überhaupt viel leichter in allen Arten von Reden zu ergießen, gerade wie die kleinern Adern sich in allen Theilen des menschlichen Körpers in reichster Verzweigung verbreiten. Dagegen gibt es Gegenstände und besondere Redeanläße, welche durchaus die großartige pathetische Beredsamkeit fordern und bei denen die Zuhörer selbst den Mangel an Lebendigkeit und Feuer im Redner mit Befremden wahrnehmen würden. Hier muß richtiges Gefühl entscheiden. Ein Blick auf Zeit und Ort und besonders auf das eigene Herz wird unschwer das Rechte finden lassen.

Zweiter Artikel. Erregung des Affects.

Vor Allem dürfte hier einem Bedenken zu begegnen sein, das bisweilen in Bezug auf diesen Gegenstand auftaucht. Die Rhetoriker pflegen denselben nämlich unter der Aufschrift: Erregung der Leidenschaften, zu behandeln. Sofern nun unter letzterm Ausdrucke ungeregelte Gemüthsbewegungen verstanden werden, ist von selbst klar, daß der Redner sie nicht erregen dürfe. Sofern aber dieser Ausdruck nur von indifferenten oder von guten Gemüthsregungen gilt, ändert sich die Frage. Diese Bewegungen sind gleichsam Triebfedern der Seele, und ihr vom Schöpfer als unterstützende Kräfte gegeben, um sich leichter zum Guten hin- und vom Bösen abzuwenden. Sie können aber zu unordentlichen werden, indem sie einem verkehrten Objecte zustreben oder das rechte Maß überschreiten. Der Redner wird also immer darauf zu sehen haben, daß er ihnen eine der Bestimmung des Menschen und Christen würdige Richtung gibt, und dann, indeß er die eigentlichen Leidenschaften bekämpft, wird er in den guten Regungen der Seele ausgezeichnete und höchst mächtige Bundesgenossen seiner Beredsamkeit finden.

Das allgemeine Mittel nun, um irgend ein Gefühl in dem menschlichen Herzen anzufachen, besteht darin, diesem den Gegenstand möglichst nahe zu bringen, für den man es begeistern will. Wer wüßte nicht aus Erfahrung, daß dasjenige, was wir aus weiter Ferne und unklar erblicken, nur einen schwachen und flüchtigen Eindruck auf uns macht; daß dagegen ein Bild, welches uns erst in trüben, verschwommenen Zügen vorschwebte, uns allmählich um so lebhafter ergreift, je näher es uns gerückt wird und in je bestimmtern Umrissen sich uns seine Schönheit entfaltet? Das ist eben die Geschichte des menschlichen Herzens. Ein Uebel, das sicher eintrifft oder doch eintreffen kann, ist für den Menschen Gegenstand der Furcht: zeige ihm dieß Uebel in der Nähe, und du wirst in ihm ein lebhaftes Gefühl der Furcht erwecken. Die Liebe ist eine Neigung, die der Anblick eines gegenwärtigen Gutes in der Seele erregt: halte dem Herzen einen Gegenstand mit liebenswürdigen Eigenschaften vor und bringe sie ihm so nahe als möglich, und du fachest in ihm das Gefühl der Liebe an. Diese Eindrücke werden um so stärker sein, je mehr es dem Redner gelingen wird, das jedesmalige Object als ein großes, wichtiges, in seinem Bestande dauerhaftes darzustellen. Er wird also die Motive sorgsam erwägen, welche dieser

Darstellung zur Stütze dienen. Setzen wir den Fall, wir hätten unsere Zuhörer zu Hoffnung und Vertrauen zu begeistern. Wir werden vor Allem suchen, den Gegenstand dieser Affecte als ein wahres, reiches und dauerhaftes Gut zu schildern, hiemit aber zugleich die Gründe der Erwartung desselben verbinden, z. B. Verheißung, Vermögen, Liebe und Wohlthätigkeit dessen, der es uns geben soll, sichere Hülfsmittel zur Erlangung desselben, entweder eigene Kraft, Verdienste oder Fürbitten . . ., ermuthigende Beispiele von Solchen, die es unter unsern oder noch schwierigern Verhältnissen erlangt u. s. w. Aehnliches gilt für andere Affecte [1]. Mit den angemessenen Vorstellungen oder innern Gründen aber ist nun überdieß eine ergreifende Darstellungsweise zu verbinden. Cicero nennt diese: ardens oratio, d. h. das Wort muß Feuer sein. In raschem und anschaulichem Fortschritte soll hier Zug auf Zug folgen; Alles soll leben. Hiemit sind wir also bei einer zweiten Bedingung der Gefühlserregung angelangt. Dieß unschätzbare Darstellungsvermögen setzt aber die Gewalt der vollkommenen Versinnlichung, der lebensfrischen und dramatischen Schilderung, oder auch jener milde rührenden, seelenvollen Herzenssprache voraus, die wir an dem obigen Beispiele von Chrysostomus bewundert haben [2]. Noch mehr: es setzt eine eigenthümliche Stimmung, d. h. eine tiefinnige Ergriffenheit des Redners voraus: die Gemüthsbewegung muß zuerst den Redner erschüttern — und hier stehen wir nun am eigentlichen oder subjectiven Quellpunkte des Affects. Ist der Redegegenstand selbst der objective, so ist die Persönlichkeit des Redners der subjective, nächste und entscheidende Ursprung, das Lebens- und Entfaltungsprincip der Gemüthsbewegung. Wie der Redner ist, so wird die Rede sein; und nur wie diese ist, kann auch der Eindruck auf den Zuhörer werden. Wie könnte das Wort des Redners entflammen, wenn sein Inneres kalt wäre? Er wird also dieß Innere erwärmen, er wird seine Seelenkräfte durch Betrachtung in Schwung und Ergriffenheit versetzen. „Die Beredsamkeit," sagt Guenard treffend, „ist ganz im Herzen und in der Einbildungskraft. Hier entlehnt sie die lebhaften Farben, die Alles, was sie sagt, malen, jene Reize, die Alles verschönern, jene kühnen und heftigen Wendungen, die den Gedanken Feuerflügel geben und sie gleich brennenden Pfeilen in die Seele des Zuhörers schleudern" [3].

---

[1] Die wichtigsten Gesichtspunkte bei jedem einzelnen Affecte, nebst Beispielen ihrer Anwendung finden sich in den Grundzügen zusammengestellt (S. 88—103), worauf wir hier um so mehr verweisen müssen, als die Grenzen dieses Abrisses nicht gestatten, mehr in's Einzelne einzugehen, so wichtig der Gegenstand auch an sich ist.

[2] S. 38 ff.

[3] Ueber den philos. Geist.

Bisher haben wir den Affect bloß an sich betrachtet. Um ihm nun aber eben in Bezug auf den Zuhörer seine größte Wirksamkeit zu geben, ist vor Allem zu erwägen, ob er in einem bestimmten Falle mehr als unerwarteter, oder im Gegentheile als vorbereiteter und allmählich entwickelter das Gemüth ergreifen werde. Am öftesten wird es einer Vorbereitung bedürfen. Das Herz bewegt sich naturgemäß auf einer fortlaufenden Stufenleiter der Gefühle und geht leicht in verwandte, weniger leicht in fremdartige Stimmungen über. So lange der Zuhörer ruhig und unbewegt oder gar in die Sphäre kalter Ueberlegung hineingezogen ist (letztere Gemüthsverfassung bringt er häufig aus dem äußern Leben mit) — erscheint ihm der starke und plötzliche Affect leicht befremdend oder gar lächerlich. Sein Inneres muß also allmählich mit dem des Redners gleichsam in Einen Grundton gestimmt werden. Dieß kann nun auf mehrfachem Wege geschehen. Bisweilen auf dem anziehend klarer, zugleich lebhafter und ruhiger Beweisführung, wobei das Gefühl sozusagen aus der Ueberzeugung selbst hervorquillt — dieser Weg beruht auf dem Einflusse des Geistes auf das Herz. Bisweilen und zwar am gewöhnlichsten durch das indirecte Pathos, indem etwa ein ergreifendes Beispiel die Gemüther der gewünschten Stimmung tieferer Durchdrungenheit zuführt. Bisweilen endlich durch einen gewissen Contrast der Gefühle, welches letztere Mittel wie zur Anregung, so auch zur Steigerung des Affects angewandt wird [1]. Um z. B. Verlangen nach einem Gute zu erwecken, kann man erst Abscheu gegen das entgegengesetzte Uebel einflößen.

Nach der erstern Art ruft der hl. Augustin in den Gläubigen das Gefühl freudiger Hoffnung wach: O beati! putamus erimus nos sic . . [2] und dieß ist die gewöhnliche Weise Bourdalone's. Nach der zweiten Art läßt der hl. Chrysostomus seine Mutter sich in den bekannten rührenden Worten über seinen Entschluß sie zu verlassen aussprechen [3]. Nach der dritten verbinden die Väter mit dem Gefühle der Liebe zu den Armen das des Unwillens gegen Hartherzigkeit, mit dem Affecte des Verlangens nach den ewigen Gütern den der Verachtung der Welt u. s. w. [4]

Bei der lebendigen Entwickelung eines Gefühls fließen gewöhnlich

---

[1] Dieser Contrast ist eigentlich nur ein scheinbarer, indem z. B. Haß und Liebe, wenn sie nicht auf dasselbe, sondern auf entgegengesetzte Objecte gehen, mit einander im Grunde innigst verwandt sind, d. h. eines die Folge des andern.

[2] Expos. in Ps. 149. Die Stelle verdient nachgelesen zu werden.

[3] De sacerd. l. 1. — Vgl. ebenso hom. 47 in Genes. (Opfer Abrahams) und hom. 4 in 1. Thess. (Mitleiden des hl. Paulus mit den Neubekehrten und Josephs mit seinen Brüdern).

[4] *S. Basil.* hom. in: Destruam horrea; *S. Greg. Naz.* or. 16 de paup. am.; *S. Euch.* paraen. ad Val. „Vix jam hoc habet mundus“ . . .

vielfache Regungen der Seele in einander, und so ist die Verschmelzung oder sog. Verkettung der Affecte überhaupt eines der gewöhnlichen Mittel der Gefühlssteigerung [1]. Sieh darüber: Grundzüge I. Thl. S. 85.

Zur zweckmäßigen Behandlung der zu erregenden Affecte gehört auch das rechte Maß in der Dauer derselben, und daher haben wir noch die Frage zu beantworten, wie man von der bewegten Stimmung wieder in die ruhigere übergehe. Je heftiger die Gefühle, um so weniger lang pflegen sie in ihrer Stärke anzudauern. Ist also der Zuhörer zu einem außergewöhnlichen Grade von Ergriffenheit geführt, so muß man sein Gefühl nicht gewaltsam in dieser Höhe festzuhalten suchen, und ja nicht sich selbst im Pathos überbieten wollen: der gehoffte Erfolg könnte leicht in sein Gegentheil umschlagen. Dagegen darf man ebenso wenig mit dem Affecte schroff abbrechen oder das bewirkte Gefühl gleichsam zerstören. Die Rede wird also nach starken Zügen noch immer Wärme und Lebendigkeit, nur nicht jene gesteigerte, bewahren und nur stufenweise wie die Natur selbst zur ruhigern Stimmung herabsteigen. Sie wird hier bald dem der Wirkung des Feuers ausgesetzten Metalle gleichen, das durch ununterbrochene Wärmestrahlung in allmählichen Uebergängen von der Glühhitze wieder zu tiefern Temperaturgraden gelangt; bald den verschiedenen Farbentönen in einem Gemälde, die in den sanftesten Abstufungen in einander übergehen und sich eben durch diese harmonische Durchdringung zu einem lieblichen Ganzen verschmelzen [2].

Dritter Artikel. Beschwichtigung ungünstiger Gemüthsstimmungen.

Häufig hat der Redner unordentliche oder wenigstens für den Zweck des Vortrages ungünstige Gemüthsregungen in den Zuhörern zu bekämpfen. Die Lösung dieser Aufgabe erfordert große Sorgfalt. Wir haben das Wichtigste hierüber schon oben kennen gelernt (Kapitel von der Vorsicht des Redners) und werden hier nur die besondere Anwendung davon machen müssen.

Die allgemeinen Mittel, ein Gefühl zu dämpfen, sind: 1) Eine gewisse Kälte und Ruhe in Ton und Gedanken; 2) Vermittelung vernünftiger Einsicht in die Natur des Gegenstandes, daher auch ruhiger und besonnener Anschauung desselben; 3) Hinlenkung der Gemüther auf ein anderes, besseres Object; 4) Hervorrufung entgegengesetzter Gemüthszustände.

---

[1] *S. Euch.* hom. 1. ad monach. (Verzweiflung des sterbenden Sünders); *S. Bern.* serm. de quadr. bono (Dankbarkeit gegen Christus); *id.* de sex tribulat. (heilsame Furcht vor dem Tode).

[2] Vgl. das Beispiel Cicero's: Grundzüge S. 105—107. Als Beispiel fortlaufenden Wechsels zwischen höherm und geringerm Affecte vgl. Dupanloups Trauerrede auf die bei Castel Fidardo Gefallenen.

Damit diese Mittel aber wirklich erfolgreich seien, ist nöthig, bei Anwendung derselben so viel möglich an die Stimmung des Zuhörers anzuknüpfen oder jedenfalls der letztern in keiner Weise schroff entgegen zu treten. Manches, was sich langsam biegen läßt, bricht, wenn es gewaltsam gebogen wird. Das hat auch auf geistigem Gebiete seine Anwendung. Daher nimmt die beschwichtigende Ansprache ihren Ausgangspunkt naturgemäß von dem Herzen des Zuhörers und reiht hieran dann ihre weitern Gründe.

Setzen wir den Fall, der Redner hätte Tiefgebeugte zu trösten und aufzurichten, also den Affect der Trauer zu mildern oder ganz zu heben. Er würde damit beginnen müssen, den Unglücklichen ungeheuchelte Theilnahme und Mitleid zu beweisen und den Schmerz derselben zu würdigen und anzuerkennen. Hierauf könnte er dann mit um so mehr Erfolg zur Ergebung und Standhaftigkeit aufmuntern, sie an die Alles leitende Vorsehung, an das edle Beispiel anderer geprüfter Personen, an ihre Unschuld erinnern, vielleicht auch die Hoffnung baldiger Abhülfe in Aussicht stellen. Endlich würde er den Ungrund der Traurigkeit (sofern dieß nachweislich) oder des Maßes derselben zeigen, auf mildernde oder tröstende Umstände hinweisen, ebenso die Fruchtlosigkeit und den Nachtheil dieser Seelenstimmung sowie andererseits das hohe Verdienst christlicher Geduld hervorheben u. s. w. Würde er dagegen mit den in letzterm Satze genannten Motiven beginnen wollen, so könnte er nur zu leicht die Erfahrung machen, daß ihm die Herzen verschlossen blieben.

Wäre der Haß, eine der hartnäckigsten Leidenschaften, zu beschwichtigen, so ließe sich damit beginnen, daß die Geduld des Menschen oft auf harte Proben gestellt werde, und daß das Gefühl gegen Unrecht gerade in edlen Naturen sehr lebendig sei; hierauf könnte der Redner aber bemerken, daß es in Beurtheilung mißlicher Verhältnisse, besonders die das eigene Herz berühren, stets großer Mäßigung bedürfe, daß bisweilen Irrthum und Mißverständniß, vielleicht auch Verleumdung Uebelgesinnter in der Sache vorwalten; nun würde er ferner versuchen, zu entschuldigen, was sich entschuldigen ließe, auf passende Weise die bessere Seite einer angeschuldigten Person hervorzukehren oder Mitleid mit ihrem gegenwärtigen Zustande zu erregen; endlich das Edle großmüthiger Verzeihung zeigen, rührende Beispiele erwähnen, das ausdrückliche Gebot des Evangeliums, die Kraft der Gnade, das Glück der Eintracht, das Verdienst der Selbstüberwindung betonen, dagegen das Vernunftwidrige und Entehrende des Hasses, die verderblichen Folgen desselben schildern u. dgl. Segneri zeigt in Bekämpfung dieser Gemüthsstimmung eine bewunderungswürdige Herzenskenntniß und Beredsamkeit [1]. Ebenso Chrysostomus, der auf diesem Gebiete die schön-

---

[1] Fastenpr. Pred. von der Feindesliebe.

sten Triumphe gefeiert. Als der bekannte Eunuch Eutropius nach seinem Sturze in das Haus Gottes flüchtete, das er früher verfolgt hatte und es sich nun darum handelte, ihn der Rache des herbeiströmenden Volkes zu entziehen, fesselte Chrysostomus erst den Sinn der erbitterten Menge durch sein erschütterndes Gemälde von der Eitelkeit der Welt, hielt dann dem Unglücklichen seine Verblendung und seine Ungerechtigkeit vor und schien so gleichsam dem gerechten Unwillen des Volkes Worte zu leihen, verband hiemit aber eine ergreifende Schilderung der Hinfälligkeit menschlicher Größe und der hülflosen Lage des Unglücklichen, wies dann in beredten Worten auf die Ehre der Kirche hin, jenem nun ihren Schutz anzubieten, von dem sie verfolgt worden, ebenso auf die Liebe des sterbenden Erlösers gegen seine Feinde; auf diese Weise besänftigte er allmählich das Volk, flößte ihm Mitleid und dadurch Gesinnungen der Versöhnlichkeit ein; Eutropius ward gerettet.

Soviel von der Bewältigung ungünstiger oder ungeregelter Affecte. Handelt es sich dagegen nicht um eine besondere Gemüthsstimmung des Auditoriums, nicht um speciell Persönliches, sondern um Bekämpfung der bösen Neigungen im Allgemeinen, so kann der Redner mit weit mehr Freiheit vorgehen und alle Kraft und Fülle der Beredsamkeit gegen sie einsetzen. So erhebt sich Chrysostomus in großen und feurigen Zügen gegen Geiz, Hartherzigkeit, Hochmuth, Neid, Vergnügungssucht u. dgl. und alle großen geistlichen Redner sind an ähnlichen Zügen reich.

Zweiter Theil.

Anordnung des Redestoffes (Dispositio).

Beim ersten Nachdenken taucht gewöhnlich ein gewisses Vielerlei ohne organische Bildung auf. Junge Redner sind nun sehr versucht, sich von den ersten besten Gedanken, die etwas Schimmerndes bieten, bestechen zu lassen, ohne dem Stoffe weiter auf den Grund zu gehen und aus diesem Grunde den Redeplan in fester Gestaltung zu erheben. Ihr Bestreben geht vielmehr dahin, in die unreife, lose Masse von Vorstellungen, die sie weder aufgeben noch sondern und sichten wollen, nachträglich einen organischen Gedanken hineinzubilden. Dieß ist die Genesis einer Menge von Reden. Wie aber die Arbeit ohne künstlerisches Gewissen vor sich ging, bleibt sie auch ohne erfreuliches Resultat. Die nothdürftigen ersten Lineamente, die auf dem Papiere eben so dunkel wie in dem Gedanken selbst aufdämmern, können dieser Arbeit nicht zu festen Anhaltspunkten dienen, und so strebt die ganze Rede in's Leere und Blaue. Statt einer Anordnung,

„wo Alles Eines, Eines Alles hält,
und mit dem Einen Alles stürzt und fällt“

um hier die bekannten Worte eines Dichters auf unsern Gegenstand anzuwenden — statt eines festen Baues, eines kernigen Gebildes findet sich nur eine von dem Ungefähr gebotene, gut oder schlecht verdeckte äußere Anreihung verschiedener Elemente, hiemit aber auch eine vollständige Haltlosigkeit des Ganzen. In einer solchen Rede verschwimmt auch das Gute in der Masse des Mittelmäßigen und Ungehörigen; je länger sie ist, um so matter ist sie, und je mehr sie sich bald hierhin bald dorthin wendet, um so wirkungsloser. Sie gleicht jenen Strömen, die sich in viele Bäche auflösen und zuletzt im Sande verrinnen.

Der junge Redner muß sich also frühe daran gewöhnen, seine Gedanken zu ordnen. Dafür wird er sich aber Zeit gönnen. Auf dem Gebiete der Disposition heißt die erste Regel: Festina lente. Die regelmäßige Krystallbildung geht nur in der Ruhe vor sich. So wird auch der Redner nur durch ruhige Ueberlegung dazu gelangen, Alles in seiner Rede zweckmäßig zu vertheilen [1], und hierin besteht eben die Kunst der Anordnung: Dispositio est rerum inventarum in ordinem distributio [2].

Das Disponiren der Redeelemente hat nach einem zweifachen Gesichtspunkte stattzufinden: 1) in Bezug auf den innern Bau der Rede oder auf deren Inhalt; 2) in Bezug auf die organische Form der Rede als eines ästhetischen Ganzen — oder auf die methodischen Theile derselben. Wir wollen beide Momente betrachten.

Erster Abschnitt.

Die Anordnung in Bezug auf den Inhalt der Rede.

Die innere Anordnung der Rede wird vollzogen mittelst der rednerischen Eintheilung oder Gruppirung des Materials, ob diese später in der Rede klar hervortrete oder nur dem Redner selbst als Leitstern bei Anordnung und Ausführung diene. Unter rednerischer Eintheilung versteht man die Zerlegung des Hauptsatzes in seine wichtigsten Punkte [3]. Entweder tritt diese als Division auf, indem ein Gattungsbegriff in seine Arten — oder als Partition, indem das Ganze in seine Theile aufgelöst wird.

Es ist Division, wenn ich sage: die Sünde macht den Menschen un-

---

[1] Leibnitz drückt dieß durch ein anderes Gleichniß aus: „Man kann einen Zwirnknäuel zu einem gordischen Knoten machen, wenn man ihn unordentlich aufthut." Brief an G. Wagner.

[2] Gewöhnliche Definition der Alten.

[3] Der Klarheit und Vollständigkeit wegen wird bei der Dispositionslehre die regelmäßige, sog. classische Rede zu Grunde gelegt. Die angewandte oder specielle Rhetorik weist sodann die vorkommenden Ausnahmen oder Modificationen bei gewissen einfachern Redegattungen nach.

glücklich 1) in diesem, 2) im ewigen Leben (Gattungsbegriff Dauer oder Leben). Aber Partition: die Sünde macht den Menschen unglücklich 1) dem Leibe, 2) der Seele nach (der Totalbegriff Mensch in seine Theilbegriffe zerlegt).

Die Eintheilung wird ihren Zweck um so besser erfüllen, je mehr sie durch gewisse Eigenschaften ausgezeichnet ist. Wir können letztere als logische und psychologische bezeichnen, und schon Cicero hatte diesen doppelten Charakterzug einer guten Stoffgliederung im Auge, als er sagte: Cujus (collocationis) ratio est duplex: altera, quam affert natura causarum (logische —): altera, quae oratorum judicio et prudentia comparatur (psychologische oder oratorische Anordnung) [1].

I. Logische Eigenschaften der Eintheilung. Diese muß

1) vollständig oder erschöpfend sein. Denn da das Ganze durch seine Theile gestützt oder erhärtet werden soll, so wird es in dem Maße unvollständig und unerwiesen erscheinen, als die Theilung lückenhaft ist. Hier muß jedoch bemerkt werden, daß der Ausdruck „Ganzes" relativ nicht absolut genommen wird: der Redner betrachtet seinen Gegenstand wie der Maler den seinigen — nach einem bestimmten Gesichtspunkte und einem speciellen Zwecke; es genügt, daß diesem vollständig entsprochen werde.

2) Coordinirt, d. h. die Theile sollen von derselben Rangordnung oder Würde sein und nicht im Gegentheile Unterbegriffe auf Eine Linie mit höhern gestellt werden. Das der Regel des Coordinirens entgegengesetzte, sprungweise Verfahren erzeugt ebenso Confusion, wie wenn in einer arithmetischen Operation Einheiten, Zehner, Hunderter ordnungslos mit einander vermengt würden.

3) Die Theile müssen sich ausschließen oder: kein Punkt darf in einen andern übergreifen. Die Nichtbeachtung dieser Regel erzeugt außer der innern Unklarheit des Redeganges unnütze Wiederholungen und wird zudem leicht zu einer Klippe für das Gedächtniß des Redners. Die Redetheile sollen also nicht irgendwie unter sich tautologisch, sondern einander vielmehr entgegengesetzt sein (d. h. vollkommen selbstständig), obwohl sie andererseits als Glieder eines gemeinschaftlichen Hauptsatzes alle Einem Ziele zustreben.

II. Psychologische Eigenschaften der Eintheilung.

1) Sie sei einfach. Zu viel Theile oder Unterabtheilungen erzeugen eben jene Unklarheit, gegen welche die Eintheilung überhaupt angewandt wird. Zwei oder drei Theile genügen und sind einer größern Anzahl vorzuziehen.

---

[1] De orat. l. 2. c. 76.

2) Sie sei natürlich und ungekünstelt. Daher darf sie nicht wie ein Räthsel oder Epigramm aussehen. Witze und Spitzfindigkeiten sind hier Tändelei. Je ungezwungener die Theilung, je mehr einer sich selbst erschließenden Blüthe oder Frucht vergleichbar, desto besser.

3) Sie sei fortschreitend oder enthalte eine Steigerung. Dieß ist eine der wichtigsten Regeln der Beredsamkeit. Die Steigerung kann eine logische sein, indem die Beweise an Kraft oder die Erklärungen an Klarheit zunehmen; oder eine pathetische, indem der Fortschritt im Gefühle liegt. Am besten ist sie Beides zugleich und zwar dadurch, daß der Gesammtinhalt der Rede an Wichtigkeit fortwährend zunimmt und die höchsten Momente des Affectes gegen Ende derselben entfaltet.

4) Es ist endlich ein Vorzug der Eintheilung, wenn sie so viel möglich neu und spannend ist: weil sie auf diese Weise Aufmerksamkeit und Interesse weckt. Vgl. oben I. Kap.

Es ist in Betreff der psychologischen Auffassung der Redematerialien noch zu bemerken, daß für den Redner bisweilen der Fall eintritt, Beweise, Belehrungen oder Wiederlegungen durch irgend einen Zug anderer Natur zu unterbrechen: dann nämlich, wenn eine bloß logische Anordnung Einförmigkeit erzeugen und den Redner nöthigen würde, sich zu lange in demselben Geleise zu bewegen. Das gilt auch hinsichtlich der Beweggründe, so oft einseitige Verkettung derselben dazu führen könnte, auf eine den Hörer ermüdende Weise zu lange in Affecten zu verweilen. Ueberhaupt weisen gewandte Redner manchem Gedanken in Absicht höherer Kraft oder zu erregender Spannung eine ganz andere Stellung in dem Redegefüge an, als dieß bloß logische Rücksichten erfordern würden. Die Kunst hiebei ist immer, Mannigfaltigkeit und Leben in die Disposition zu bringen, ohne dabei der Klarheit und Einfachheit Eintrag zu thun.

Ganz besondere Beachtung verdient hinsichtlich des psychologischen Charakters der Anordnung noch ein Wink Cicero's über die Verwebung des pathetischen Moments mit der ganzen Redeentwicklung, oder: über die öftere pathetische Digression. Er will nämlich, daß die Rede überall Leben und Wärme athme und deßhalb die Disposition vielfache Anknüpfungspunkte zu affectvoller Erhebung biete: Degredi ab eo quod proposueris atque agas [1] permovendorum animorum causa saepe utile est. Itaque vel narratione exposita, saepe datur ad commovendos animos degrediendi locus, vel argumentis nostris confirmatis, vel contrariis refutatis, vel utroque loco, vel omnibus, si habet eam causa dignitatem atque copiam, recte id fieri potest: eaeque

[1] Von der eigentlichen Beweisführung.

causae sunt ad augendum et ad ornandum gravissimae atque plenissimae, quae plurimos exitus dant ad ejusmodi degressionem, ut iis locis uti liceat, quibus animorum impetus eorum, qui audiunt, aut impellantur, aut reflectantur [1]. Diese Regel, so wichtig sie ist, so häufig wird sie übersehen und dadurch gleicht dann die Rede einem Körper ohne Adern. Die Hauptstellung des Affects, wie wir unten sehen werden, ist zwar am Schlusse der Confirmation oder im Epiloge selbst, oder in beiden zugleich: allein die ganze Rede muß in der Regel einzelne Züge affectvoller Färbung an sich tragen, soll sie eine wahrhaft lebendige sein. Dieß wird aber durchaus nicht erreicht, wenn nicht schon in der ersten Anlage der Rede darauf Bedacht genommen und der Affect durch die Stellung der einzelnen Redetheile vorbereitet und vermittelt wird. So viel über die logischen und psychologischen Eigenschaften der Eintheilung.

Bisweilen wird der innere Zusammenhang der Redeglieder oder der Grund der gewählten Anordnung in besonderer Weise hervorgehoben und erklärt.

So thut es Bossuet, indem er das Thema von der Gerechtigkeit in lichtvoller Ordnung und lebendigem Fortschritte gliedert: „Ist die Gerechtigkeit die Königin der sittlichen Tugenden, so darf sie auch nicht allein erscheinen. Wirklich erblicket ihr sie auf ihrem Throne umgeben und unterstützt von drei ausgezeichneten Tugenden, die wir ihre Gehülfinnen nennen können: der Standhaftigkeit, der Klugheit und der Güte. Die Gerechtigkeit muß sich an eine feste Regel binden, sonst ist sie in ihrer Handlungsweise unbeständig; sie muß in den Thatsachen, worüber sie entscheiden soll, das Wahre und Falsche erkennen, sonst ist sie in ihrem Urtheile blind; sie muß endlich bisweilen die Schärfe des Rechtes etwas mildern und der Sanftmuth Raum geben, sonst ist sie in ihrer Strenge übertrieben. Nun aber befestigt die Standhaftigkeit sie in der Aufrechthaltung des Gesetzes; die Klugheit klärt sie über die in Frage stehenden Handlungen auf; die Güte flößt ihr Nachsicht gegen Schwäche und Gebrechlichkeit ein: die erste hält sie aufrecht, die zweite leitet, die dritte mäßigt sie: alle drei setzen ihr durch ihre Vereinigung die Krone der Vollkommenheit auf das Haupt."

Die Anordnung des Redematerials zu einem festgeschlossenen Ganzen kann übrigens entweder auf analytischem Wege vor sich gehen, indem man den Hauptsatz erst in seine nächsten Theile, diese wieder in die ihnen untergeordneten Vorstellungen auflöst; oder auf synthetischem Wege, indem man die verschiedenen Einzelgedanken nach dem Gesichtspunkte der Aehnlichkeit ordnet, d. h. die unter sich ähnlichen zu Unter-

---

[1] De orat. l. 2. c. 77.

abtheilungen, letztere wieder in derselben Weise zu Abtheilungen verbindet und diese endlich in einem obersten Gedanken oder in dem Hauptsatze zusammenfaßt [1]. Anfänger thun gut daran, sich in beiden Methoden zu üben. Diese unterstützen sich gegenseitig. Bei einiger Uebung wird es später das Leichteste und Kürzeste sein, das analytische Verfahren in der Weise zu befolgen, daß man mit sich erst über den Hauptsatz und dessen wichtigste Stützpunkte oder Haupttheile in's Klare zu kommen sucht, von dieser Grunddisposition dann wieder zur Inventio oder Stoffermittelung zurückkehrt und die weitere Entfaltung der Theilglieder versucht, so daß man allmählich zu den Unterabtheilungen und dem vollständigen Inhalte der unten zu erörternden organischen Redebestandtheile (Eingang u. s. w.) gelangt.

Wenn sowohl der Hauptsatz die ihm eigenen Vorzüge (Thl. 1. K. 1.), als auch die Eintheilung ihre rechten Eigenschaften besitzt, wird der ganze Redeplan auch die Vollkommenheit erlangen, die er vom Gesichtspunkte der Kunst aus haben soll: er wird Einheit besitzen, indem in ihm Alles sich mit innerer Wahrheit um einen Satz gruppirt und Einem Ziele zustrebt; Richtigkeit, indem er den Gegenstand nach seiner ganzen Ausdehnung umfaßt, aber auch nicht über diese hinausgeht; Einfachheit und Klarheit, indem der Gesammtinhalt sich in wenige engverkettete Grundgedanken auflöst und sich mit Einem Blicke übersehen läßt; Fruchtbarkeit, wonach jeder der Hauptpunkte leichter und reicher Entwickelung fähig ist. Eine natürlich schöne Anordnung wird es auch in den meisten Fällen leicht machen, in dem gegenseitigen Verhältnisse der Redetheile ein gewisses Ebenmaß walten zu lassen, wodurch sich die Rede in unverkümmerter Entfaltung des Einzelnen zu einem harmonischen Ganzen abrundet und zugleich alle Hauptgedanken die gehörige Hervorhebung (gleichsam ihr Relief) erhalten. Diese Eigenschaften des Redeplans wird übrigens der Redner, so viel thunlich, auch dann noch anstreben, wenn es ihm nicht möglich ist, seinen Vorträgen eine eigentliche Eintheilung, von der wir bisher gesprochen, zu Grunde zu legen. Da die Beredsamkeit wegen ihrer Stellung zum Leben ganz practischer Natur ist und daher in der Auffassung ihrer Gegenstände den mannigfachsten äußern Verhältnissen und Anforderungen Rechnung zu tragen hat: so kann sie dieselben allerdings nicht immer aus einer Grundidee wie der Logiker entwickeln noch streng einheitlich gliedern, sondern hat sie oft nach mehrfachen, vielleicht sogar ziemlich heterogenen Gesichtspunkten zu behandeln. Es kann für sie der Fall sein, in einer und derselben Rede die Wahrheit eines Satzes darthun, entgegenstehende Ansichten widerlegen, die Beweggründe zu einem Werke geltend machen, zugleich die

[1] Vgl. die Beispiele in den Grundzügen S. 116—118.

Mittel oder Hindernisse seiner Ausführung besprechen zu müssen. Aber auch in diesem Falle wird sie suchen mit der Vielheit die Einfachheit zu verbinden. Sie wird der streng logischen Anordnung eine freiere oratorische substituiren, die einerseits der natürlichen Folge der einzelnen Dinge entspricht, andererseits aber auch den besondern Forderungen der Seelenvermögen und den Grundeigenschaften jeder guten Rede gerecht zu werden weiß.

Zweiter Abschnitt.

Die Anordnung in Bezug auf die (innere) Form der Rede.

Es erübrigt uns nun noch, die Bestandtheile der Rede nach deren organischen Gestaltung, als eines kunstgerechten Ganzen, genauer kennen zu lernen. Wie jedes natürliche Ganze und jedes abgeschlossene Kunstwerk hat auch die Rede Anfang, Entwickelung und Schluß[1]. Wir können hier daher unterscheiden:

I. Die Vorbereitung des Gegenstandes
- 1) Eingang.
- 2) Hauptsatz.
- 3) Theilung.

II. Die Ausführung desselben
- 1) Erläuterung.
- 2) Beweisführung.
  - a) directe Ueberzeugungsgründe.
  - b) indirecte oder Widerlegung.
- 3) Beweggründe.

III. Abschluß desselben oder: Epilog.

Erstes Kapitel.

Vorbereitung des Gegenstandes.

§ 1. Eingang.

Der Eingang ist die Einleitung in die Rede, oder jener Bestandtheil derselben, der den Zuhörer in die Redehandlung einführt[2]. Bei ruhigen Zuhörern geschieht dieß allmählich vorbereitend, bei bereits ergriffenen durch unmittelbare Anknüpfung an ihre Stimmung. Hieraus

---

[1] Ihre nähern Bestandtheile oder deren Aufeinanderfolge können wir uns aus folgender Stelle Cicero's klar machen: a) Ut aliquid *ante rem* dicamus, deinde ut b) rem *exponamus*; post ut c) eam probemus α) nostris praesidiis *confirmandis*, β) contrariis *refutandis*; deinde d) ut *concludamus* atque ita peroremus hoc dicendi genus natura ipsa praescribit (de orat. l. 2. c. 76).

[2] Exordium est oratio animum auditoris idonee comparans ad reliquam dictionem. *Cic.* de inv. l. 1. c. 15.

erhellten Zweck, Arten und Eigenschaften des Eingangs, zum Theil auch dessen Quellen.

I. Zweck des Eingangs. Er ist ein dreifacher: daß der Zuhörer günstig gestimmt, daß er aufmerksam, daß er der Belehrung möglichst fähig, d. h. daß er hinreichend in den Sinn des Themas eingeführt werde. Dieser dreifache Zweck ist zwar im Verlaufe der ganzen Rede festzuhalten, selbstredend aber im Eingange ganz vorzüglich zu berücksichtigen. Mittel zu dessen Erreichung haben wir schon oben (in den Artikeln von den oratorischen Sitten u. s. w.) kennen gelernt. Besonders gilt hier das Wort Cicero's: Principia verecunda [1].

II. Arten des Eingangs. Man unterscheidet einen gemäßigten und einen pathetischen Eingang. Der erstere, der den Zuhörer in ruhigem und stufenweise voranschreitendem Ideengang in den Hauptgegenstand einführt und der gewöhnliche ist, heißt entweder einfacher Eingang, wenn er auf dem kürzesten Wege und in der einfachsten Form dieß bewerkstelligt; oder insinuirender Eingang, wenn er in besonderer Weise und wie auf einem Umwege entweder dem Redner oder dem Thema die Theilnahme des Zuhörers erwerben soll; oder glänzender Eingang, indem er wegen Größe des Gegenstandes oder wegen der feierlichen Natur des Redeanlasses sich nach Inhalt und Ausdruck über die Linie der gewöhnlichen Ansprache erhebt.

Der pathetische Eingang (auch exordium ex abrupto genannt) findet seine Anwendung in außerordentlichen Fällen, wo die Zuhörer bereits von einem lebhaften Gefühle, das der Redner theilt, beherrscht sind, oder wo dieser selbst sich in einem Zustande ungewöhnlicher Ergriffenheit befindet, diese Ergriffenheit aber den Zuhörern durch die Umstände oder den Gegenstand selbst vollkommen erklärlich und daher geeignet ist, in ihnen eine verwandte Stimmung hervorzurufen.

III. Eigenschaften des Eingangs. Diese beziehen sich zunächst auf den regelmäßigen, ruhigen Eingang, indem der ex abrupto seinen besondern Charakter eben aus der Eigenthümlichkeit der jedesmaligen Umstände schöpft und es von diesen abhängt, inwiefern die folgenden Regeln bei ihm Anwendung finden. Der Eingang soll sein:

1) Treffend, d. h. eigenthümlich, wie von selbst aus dem Gegenstande erblühend, nicht im Gegentheile zu weit hergeholt, fremdartig, oder allgemein.

2) Lediglich einleitend, nicht vorgreifend. Er wird also nicht die Rede im Kleinen sein, sondern nur zum Redeinhalte führen. Das durch den Eingang zu Bietende soll hier nach dem Ausdrucke Quintilian's gleichsam nur verkostet, nicht schon genossen werden: Degustanda

---

[1] Orat. c. 36. Hieher gehört auch die Angemessenheit und Sorgfalt der Sprache.

haec prooemio, non consumenda [1]. Daher wird der Redner hier auch nicht die Reichthümer der Kunst verschwenden, sondern den bescheidenen Gang der Natur nachahmen [2].

3) Er stehe in einem natürlich schönen Verhältnisse zur Rede, sowohl in Hinsicht der Länge [3] als in Bezug auf die besondere Gattung und den jedesmaligen Ton.

4) Ebenso schließe er sich, durch einen ungezwungenen Uebergang auf das Thema, wie ein lebendiges Glied an den Körper der Rede an [4]. Dieser Punkt erfordert besondere Aufmerksamkeit. Je natürlicher und einfacher übrigens der Eingang selbst, um so leichter ist auch der Weg zum Hauptsatze. Eine gute Meditation des Redestoffes gibt immer einen zwanglosen und bündigen Eingang an die Hand.

IV. Was schließlich die Quellen des Eingangs betrifft, so läßt dieser sich schöpfen: a) aus dem Gegenstande selbst, indem man z. B. von seiner Zeitgemäßheit, Wichtigkeit, Annehmlichkeit spricht (aber wie schon bemerkt, nur kurz berührend, nicht vorwegnehmend). Cicero räth auch in dem Falle sogleich mit dem Gegenstande zu beginnen (eigentlich den Eingang zu umgehen), als letzterer weniger erheblich oder vor einem geringen Auditorium zu behandeln ist [5]. b) Aus den jedesmaligen Umständen (der Zeit, des Ortes, der Personen), besonders wenn diese hervorstechender Natur sind. Letztere Art von Eingang gehört häufig zu den interessantesten, verlangt aber tactvolle Auffassung. c) Aus einem zu dem Gegenstande leicht hinführenden anschaulichen Zuge, z. B. einem Gleichnisse oder Bilde, einem Ausspruche, einer kurzen Erzählung. Man nennt diesen Eingang exordium ab illustratione. d) Aus verwandten Ideen; z. B. von der nächsten Gattung, zu welcher das Thema (Gegenstand) als Art gehört — doch ist hierbei vor Breite zu warnen —, von dem Gegentheile u. s. w. [6]

---

[1] Inst. or. l. 4. c. 1.

[2] Nihil est in natura rerum omnium, quod se universum profundat et quod totum repente evolet. *Cic.* de orat. l. 2. c. 78. Wie allmählich geht der Tag aus der Dämmerung hervor!

[3] Oportet ut aedibus ac templis vestigia et aditus, sic causis principia pro portione rerum praeponere. *Cic.* l. c. c. 79.

[4] Connexum ita sit principium consequenti orationi, ut non tanquam citharoedi prooemium affictum aliquod, sed cohaerens cum omni corpore membrum esse videatur. *Cic.* l. c. c. 80.

[5] In parvis atque infrequentibus causis ab ipsa re est exordiri saepe commodius. *Cic.* l. c. c. 79. So auch *Quint.* inst. or. l. 4. 1. n. 72. Wenn Cicero ferner sagt: Principia vel non longa, vel *saepe nulla* (orat. part. c. 4), so bezieht sich dieß zunächst auf den Fall, daß ein (Gerichts-) Redner nach einem oder mehreren andern aufzutreten hat, wie dieß Auct. ad Her. l. c. c. 9. näher erklärt.

[6] Vgl. hiezu die Beispiele in den Grundzügen S. 122.

§ 2. Hauptsatz. Eintheilung.

Auf eine kurze, bestimmte und präcise Angabe der Hauptmomente der Rede legten schon die Alten einen großen Werth. Diese Angabe, wo sie vollständig sein will, befaßt sich mit zwei Dingen: mit der klaren Aufstellung des Zieles, dem die jedesmalige Rede zustrebt, und worauf sie die unverwandte Aufmerksamkeit des Zuhörers richten möchte; und zudem mit der nähern Andeutung des Weges, wenigstens in allgemeinen Umrissen, den sie zu diesem Ziele einschlägt. Das Erste wird erreicht durch Darlegung des Hauptsatzes; das Zweite durch Ankündigung der Eintheilung. Cicero begreift beides unter dem Ausdrucke: partitio, und sagt in diesem Sinne: Recte habita in causa partitio illustrem et perspicuam totam efficit orationem [1].

Was nun zunächst den Hauptsatz betrifft, so ist die Frage von der größern oder geringern Wichtigkeit seiner ausdrücklichen Ankündigung durch die Natur der jedesmaligen Rede bedingt. So sagt Quintilian in Bezug auf die Profanrede: Ea (pr.) non semper uti necesse est. Aliquando enim sine propositione aliqua quoque satis manifestum est, quid in quaestione versetur: utique si narratio ibi finem habet, ubi initium quaestio [2] . . Sed nonnunquam valde utilis est . . nec semper propter hoc solum, ut sit causa *lucidior*, sed aliquando etiam, ut magis *moveat* [3]. Die innern Eigenschaften des Hauptsatzes wurden früher erwähnt. Hinsichtlich seiner Fassung mag hier vorbeigehend bemerkt werden, daß er klar, bündig, anziehend sein soll (ganz dasselbe ist auch von der Eintheilung zu sagen).

Hinsichtlich der deutlichen Darlegung der Redetheile gilt dasselbe, was von der relativen Nothwendigkeit des Hauptsatzes gesagt worden ist. Quintilian schließt sich an das oben angeführte Urtheil Cicero's an, indem er von der Anwendung und Ankündigung der Division sagt: Orationi plurimum lucis et gratiae confert. Neque enim solum id efficit, ut clariora fiant, quae dicuntur, rebus velut ex turba extractis, et in conspectu judicum positis; sed reficit quoque audientem certo singularum partium fine: non aliter, quam facientibus iter multum detrahunt fatigationis notata inscriptis lapidibus spatia [4].

---

[1] De inv. l. 1. c. 22. Er fährt fort: ejus partes duae sunt . . wo er als erstes Glied die Proposition, als zweites die Theilung bezeichnet. Auf die Ankündigung des Hauptsatzes bezieht sich auch die Stelle de orat. l. 2. c. 81: Sequitur, ut *causa ponatur*, etc.

[2] D. h. also, jene Ankündigung kann unterbleiben, wo der Hauptinhalt der Rede durch eine vorausgehende Erzählung u. dgl. schon deutlich genug bestimmt ist.

[3] Inst. or. l. 4. c. 4.

[4] l. c. c. 5. So sagt auch ein Dichter aus dem vierten Jahrh. (Rutilius):

Die scharf ausgeprägte Theilung wird sich am nützlichsten in der belehrenden und einläßlichen, am entbehrlichsten in der vorzugsweise rührenden oder ganz kurzen Rede erweisen.

Zweites Kapitel.

Ausführung des Gegenstandes oder: rednerische Abhandlung.

Diese, auch Confirmation genannt, ist, wie der Name selbst andeutet, derjenige Bestandtheil der Rede, der ihre Begründung und Entwickelung enthält [1]. Es ist für den Maler nicht genug, in der gut proportionirten und festen Zeichnung seiner Figuren den Grund oder allgemeinen Umriß seines Gemäldes bereitet zu haben; er muß diese Zeichnung nun überdieß durch eine in's Einzelne gehende, reiche und farbenfrische Ausführung heben und ihr so Wirklichkeit, Fülle und Leben vermitteln. So auch der Redner. Durch die Ankündigung des Themas und die Darlegung des Redeganges hat er dem Zuhörer die Grundgestalt des Gegenstandes gezeigt: diesen muß er nun aber ausführen, um ihn jenem als vollendetes, lebendiges und ergreifendes Ganze vor die Seele zu stellen. Das geschieht zwar vorzüglich durch die rednerische Darstellung des Stoffes, aber auch schon und zwar wesentlich durch die gehaltvolle Entfaltung seiner innern Elemente. Und insofern bildet diese nach Umfang und Bedeutung den Körper der Rede. Ihr vorzüglichstes Moment — soweit es dem Gebiete der Disposition anheimfällt — liegt in der Anordnung der Beweis- und Beweggründe, der gewöhnlich eine einleitende Erläuterung vorangeht. Das Nähere hierüber in Folgendem.

§ 1. Erläuterung.

Insofern der Redner seinen Gegenstand oder den Sinn, in dem er ihn aufgefaßt wissen will, noch deutlicher auseinander zu setzen, oder die Zuhörer über gewisse Verhältnisse, über Lage und Sachverhalt aufzuklären beabsichtigt, wird er dieß füglich im Eingange der Confirmation thun. In vielen Fällen ist die Erklärung nothwendiger Ausgangspunkt der Beweisführung. Bisweilen hat sogar jene eine ganz selbstständige Stellung als Redetheil, so z. B. wenn eine Pflicht nach Begriff, Grund, Wichtigkeit betrachtet werden soll. Andererseits ist die Erläuterung nicht

---

Intervalla viae fessis praestare videtur
Qui notat inscriptus millia multa lapis.

Eine alte Rhetorik faßt die Empfehlung der Eintheilung in die kurzen Worte zusammen: Gratiam habet, quia lumen affert orationi, oratoris ubertatem restringit, juvat memoriam, et auditoris levat fastidium.

[1] Confirmatio est, per quam argumentando nostrae causae fidem et auctoritatem et firmamentum adjungit oratio. *Cic.* de inv. l. 1. c. 24.

immer nöthig, noch ihre Stelle im Redenetze immer dieselbe: Vieles muß hier dem Ermessen des Redners überlassen werden. Bisweilen geht die Erläuterung, besonders wenn sie in Darlegung der Sachlage oder in Erzählung besteht, sogar dem Hauptsatze und der Theilung voran als das beide Motivirende oder Bedingende (so öfter in der Gerichtsrede der Alten).

Was früher über Wesen und Mittel der Erklärung gesagt worden ist [1], genügt, um hier den Redner in deren Anwendung zu leiten. Demnach wird er also je nach Erforderniß ein Wort, einen Begriff, eine Sache erklären, und zwar an sich oder im Verhältniß zu andern (verwandten oder entgegengesetzten) Gegenständen, er wird falsche Ansichten berichtigen u. s. w.; als Mittel hiezu stehen ihm zu Gebote die Begriffsbestimmung, die Auflösung des Ganzen in einzelne Theile (Individualisiren), die Beschreibung (für den Zweck der Popularität besonders zu empfehlen), das Gleichniß und Beispiel, der Contrast . .

Ist die Erläuterung geschichtlicher Natur und soll sie durch Erzählung vermittelt werden, so muß letztere den Erfordernissen des Redezweckes entsprechen und also jene und nur jene Punkte hervorheben, die auf diesen Bezug haben (allerdings ohne Einseitigkeit oder Entstellung); dabei klar, anziehend, lebhaft fortschreitend (dramatisch) und möglichst überzeugend sein [2].

§ 2. Beweisführung.

I. Eigentliche Beweise. Ihre Anordnung. Homer läßt den weisen Nestor folgende Anordnung in der Aufstellung der griechischen Streitkräfte treffen: An die Spitze stellte er die Reiterei und die Kriegswagen, die seine Stärke ausmachten; die hinterste Linie wies er seinem zahlreichen und tapfern Fußvolk an; zwischen diese beiden Abtheilungen schob er diejenigen aus seinen Truppen, die ihm die schwächsten zu sein schienen [3]. Diese homerische Disposition, wie sie bei Quintilian heißt, wurde auch auf die Beredsamkeit übertragen. Dagegen stellten Andere als Regel auf, in allmählichem Fortschritte der Beweismittel mit den schwächern zu beginnen und zu den stärkern voranzugehen. Diese Regel kann vollkommen genügen, so oft der erste Grund gehörige Kraft besitzt, nicht aber, wo er dieser ermangelt. Cicero bemerkt hierüber: Atque etiam in illo reprehendo eos, qui quae minime firma sunt, ea prima collocant. Res enim hoc postulat, ut eorum exspectationi, qui audiunt, quam celerrime occurratur: cui si initio satis-

[1] 1. Thl. 2. Abschn. Kap. 1.
[2] Vgl. Grundzüge S. 127—128.
[3] Il. l. 4. 297 sqq. *Quint.* inst. or. l. 5. c. 12.

factum non sit, multo plus sit in reliqua causa laborandum[1]. Er erklärt sich daher für folgendes Verfahren: In oratione firmissimum quodque sit primum: dum illud tamen in utroque teneatur, ut ea quae *excellent*, serventur *etiam* ad perorandum: si quae erunt mediocria (nam vitiosis *nusquam* esse oportet locum) in mediam turbam atque in gregem conjiciantur (*ib.*). Eine Hauptrücksicht wird immer die Natur des Gegenstandes selbst fordern, d. h. die Beweggründe werden sich am besten so folgen, wie sie in der Sache selbst liegen. In dieser natürlichen Verbindung werden sie dann auch dem Zuhörer gleichsam als Stufen dienen, zu immer festerer Ueberzeugung zu gelangen; sie werden wie Ringe einer Kette in einander greifen und sich gegenseitig tragen. Diese natürliche, durch die Beschaffenheit des Themas und die jedesmaligen Umstände gebotene Ordnung empfiehlt auch Quintilian, aber so, daß das Grundgesetz der rednerischen Entwickelung, die Steigerung, hiebei nicht verletzt werde[2]. Zu der genannten natürlichen Ordnung wird jederzeit auch gehören, daß die belehrenden und überzeugenden Gründe jenen vorangehen, die schon mehr zur Klasse der unten zu besprechenden Beweggründe gehören. Durch die Natürlichkeit in der Aneinanderreihung der Redegründe wird von selbst auch folgender, sehr beachtenswerther Bemerkung Quintilians genügt werden: non modo ut sint ordine collocati, elaborandum est, sed ut inter se juncti, atque ita cohaerentes, ne commissura pelluceat: corpus sit, non membra[3].

Mit der Anordnung der Beweise hängt ferner noch folgender Wink für ihre Behandlung zusammen: Starke Gründe trage man einzeln vor, schwächere (jedoch wahre) fasse man zusammen, um ihnen durch gedrungene Aufeinanderfolge Gewicht zu geben.

Quintilian zeigt uns Letzteres an einem Beispiele, das er von der gerichtlichen Beredsamkeit nimmt: Ut si quis hereditatis gratia hominem occidisse dicatur: „Hereditatem sperabas, et magnam hereditatem: et pauper eras, et tum maxime a creditoribus appellabaris: et offenderas eum, cujus heres eras, et mutaturum tabulas[4] sciebas." Quintilian fügt bei: Singula levia sunt et communia: universa vero nocent, etiamsi non ut fulmine, tamen ut grandine[5].

---

[1] De orat. l. 2. n. 313.

[2] (Argumenta) prout ratio causae cujusque postulabit, ordinabuntur. Hiemit wird die Eine Ausnahme verbunden „ne a potentissimis ad levissima *decrescat* oratio." *l. c.*

[3] Inst. or. l. 7. c. 1.

[4] Testament.

[5] Inst. or. l. 5. c. 12.

II. Uneigentliche Beweisführung oder Refutation. Einwürfe sind wie Pfeile, die oft tief treffen. Der Redner hat daher der rechtzeitigen Berücksichtigung derselben oder der passenden Eingliederung der Widerlegung in den Körper der Rede, eine besondere Sorgfalt zu weihen. Kommt die Widerlegung in einem bestimmten Falle zu spät, so bleibt die Beweisführung ohne Erfolg. Vor Allem hat er sich also die Frage zu stellen: Sind meine Zuhörer gegen mein Thema oder gegen eine meiner Anforderungen fest eingenommen? In diesem Falle ist das Erste: die Beseitigung dieses Hindernisses.

Findet sich dagegen nichts so dringender Natur vor, so ist die gewöhnliche und naturgemäße Stellung der Refutation nach den Beweisen, deren weitere, indirecte Begründung und Vollendung sie bildet.

Sind endlich gewisse Einwendungen ganz untergeordneter Natur und leicht durch eine kurze Antwort abzufertigen; so wird die Widerlegung vorübergehend und gelegentlich mit jenem Punkte der Rede verwebt, zu dem sie in unmittelbarer Beziehung steht, und kann daher überall in der Rede eingeschaltet werden. Man hüte sich übrigens bei Besprechung der Einwendungen (wenn deren mehrere zu erledigen sind) immer die Ordnung der Gegner zu befolgen. Häufig ist die ganz entgegengesetzte zu wählen. Von dem richtigen Tacte in der Stellung und Verwendung seiner Vertheidigungsmittel bemerkt Cicero treffend: Id est vel maxime proprium oratoris *prudentiae* [1].

§. 3. Willensbewegung.

Bisher haben wir die Grundsätze betrachtet, die sich auf den Zweck klarer Belehrung und möglichst gründlicher und fester Ueberzeugung beziehen; es erübrigt nun noch das pathetische Moment der Anordnung, oder die Kenntniß der Grundsätze, die uns in Bezug auf Ansprache des Gefühls- und Begehrungsvermögens leiten sollen. Das Wichtigste hiebei wird durch die Stellung der Beweggründe bedingt.

Die Anordnung der Motive hängt natürlich zunächst von der Eigenthümlichkeit des gesammten jedesmaligen Redeplanes ab, ob derselbe z. B. einen vorherrschend practischen, oder ob er eben so sehr einen didactischen Charakter habe. Bisweilen nämlich bilden die Beweggründe die eigentliche Erhärtung der Rede, ihren Gesammtinhalt, und dieß eben bei Gegenständen practischer Natur, z. B. Aufforderung zu einem Unternehmen: in diesem Falle stehen sie als Beweise da und nehmen das so eben von diesen Gesagte in Anspruch. Bisweilen hingegen gehen die Beweg-

---

[1] De orat. l. 2. c. 76. Vgl. hiemit den Schluß des gegenwärtigen Abschnitts (vor Thl. III.).

gründe den Beweisen voraus [1]: so in Fällen, wo erst zu zeigen ist, daß (warum) etwas geschehen —, hierauf wie es geschehen soll. So entwickelt Cicero in seiner Rede pro lege Manilia zuerst die Gründe, warum der Krieg gegen Mithridates mit Aufgebot aller Mittel zu führen, hierauf die Beweise, daß Pompejus hiefür als Feldherr aufzustellen sei. In andern Fällen endlich, und das ist die gewöhnliche Ordnung, folgen die Motive auf die Beweisgründe. So wenn über die Uebung einer Pflicht zu sprechen wäre, könnte erst das Wesen dieser letztern erklärt, ihre Verbindlichkeit nachgewiesen, hierauf das zu ihrer Erfüllung Bewegende erörtert werden, z. B. wie edel, verdienstlich, beseligend, nothwendig . . . sie sei.

Das Bisherige bezieht sich auf die Stellung oder das Verhältniß der Motive zum Ganzen der Rede; was nun aber die Stellung derselben unter sich betrifft, so findet diese ihre nächste Bestimmung wieder in dem oben genannten Gesetze der Steigerung. Die Eindrücke sollen in ununterbrochenem Fortschritte sich verstärken bis sie sich zum beabsichtigten und entscheidenden Totaleindrucke verschmelzen. Auch wo der Redner von feurigen Stellen wieder zu sanftern überlenkt, soll doch diese Durchdringung der verschiedenen Gefühlswendungen derart sein, daß eben durch die Natürlichkeit und Mannigfaltigkeit des Ganzen der Gesammteindruck immer mehr erhöht wird. Die Steigerung kann übrigens in dem innern Gewichte der Gründe, oder — was immer entscheidender ist — in der Wirksamkeit derselben auf das Herz der jedesmaligen Zuhörer liegen. Der Redner fühlt diese letztern leicht heraus, wenn er darauf achtet, wo und wann in der seelenvollen Betrachtung seines Gegenstandes die Saiten seines eigenen Gemüthes am zartesten oder lautesten erklingen. Die Gründe, die ihn selbst am meisten rühren, setze er jederzeit zuletzt.

In der bekannten Anrede des Patriarchen Flavian von Antiochien an den Kaiser Theodosius, wo die Beweggründe den Kern der ganzen Rede bilden, finden wir die Steigerung in meisterhafter Weise ausgeprägt. Obwohl hier alle Gründe sich gewissermaßen in Einem gemeinschaftlichen Gefühle verschmelzen und ohne Unterbrechung wie aus Einer Quelle hervorströmen, läßt sich im Ganzen doch bei genauerer Analyse deutlich folgender logische Stufengang der Anordnung erkennen [2]:

---

[1] Das gilt namentlich von den verpflichtenden Gründen: die rührenden hingegen werden für den Schluß der Rede aufbewahrt und schließen sich bei der Recapitulation ganz natürlich an die erstern an.

[2] Siehe diese Rede mit vorangehender Uebersicht ihrer Hauptelemente in den Grundzügen S. 275 ff.

A. Rücksicht auf deine zeitliche Krone.

a) Diese fordert nicht, daß du, o Kaiser! dich rächest.

b) Sie fordert, daß du dich nicht rächest.

B. Rücksicht auf deine ewige Krone.

a) Diese ladet dich ein, zu verzeihen.

b) Diese verbietet dir, dich zu rächen.

Hier ist die Steigerung sowohl in den Haupttheilen als in den Unterabtheilungen augenscheinlich. Den Schluß bildet der Grund, der für den Kaiser im höchsten Grade persönlicher Natur ist, nämlich die Bedingung des Seelenheiles: Wie du jetzt richtest, mit oder ohne Barmherzigkeit, so wirst auch du gerichtet werden. An diesen Punkt knüpft sich, als das Zarteste, die herzergreifende Erklärung des tiefgebeugten greisen Bischofes: Wenn du glaubest, dennoch nicht verzeihen zu können, so werde ich meine Stadt nie mehr sehen. Ich werde das Unglück nicht ertragen, eine Stadt zur Vaterstadt zu haben, welche der mildeste Fürst auf Erden mit Unwillen betrachtet und deren Verbrechen er zu verzeihen sich nicht hat entschließen können! — Wer sieht nicht ein, daß diese Worte den Fürsten auf's Tiefste rühren und erschüttern mußten, und zugleich, daß eine Hauptkraft dieser ausgezeichneten Rede in ihrer Steigerung liegt?

Eine ähnliche Gradation der Gründe finden wir in einem ergreifenden Briefe des heil. Gregor von Nazianz an einen Familienvater, der seine Kinder verstoßen hatte, sowie in dem rührenden Epiloge seiner Anrede an den erzürnten Präfekten und die Bürger von Nazianz [1].

Je nach der, den obigen Grundsätzen entsprechenden Stellung der Beweggründe wird auch die der Affecte sich richten, da diese ja nur der rednerische Ausdruck jener, ihre Belebung und ihre Weihe sind: mit dem Unterschiede jedoch, daß allerdings vorübergehend das von mächtigen Gründen ergriffene Gemüth des Redners sich affectvoll äußern kann, auch wo es diese Gründe noch nicht entwickelt [2]. Letzteres findet namentlich in der geistlichen Beredsamkeit statt, weil diese vorzüglich pathetisch ist: so oft bei Massillon und Bossuet.

Ist der Hauptzweck der bewegenden Redegründe die Entschließung zu einem wichtigen Schritte, so wird die Ausführung derselben naturgemäß in Belebung der Hoffnung und Zuversicht, des Muthes u. dgl. übergehen; ist er Beschwichtigung der Trauer oder des Unwillens, — in Belebung trostvoller oder wohlwollender Gefühle; ist er Warnung, so wird die Ausführung mit dem Affecte lebhafter Furcht vor den Folgen des zu vermeidenden Uebels enden. Die zwei Hauptmittel, in die Gefühlserregung ebenso wie in die Beweggründe Steigerung zu bringen,

[1] Siehe den genannten Epilog in den Grundzügen S. 75.

[2] Vgl. oben 1. Abschn. S. 50.

die Verkettung der Affecte und das pathetische Gemälde, haben wir schon oben kennen gelernt.

Drittes Kapitel.

Redeschluß.

Derselbe, auch Epilog und Peroration genannt, ist die naturgemäße Vollendung der Rede, oder wie der Ausdruck selbst sagt: ihr Abschluß. Da die Natur in ihren Bildungen nichts plötzlich aufstellt oder abbricht, sondern Alles in allmählicher Ordnung entwickelt und wie auf einem Stufengange auf- oder absteigt; so ist der Schluß der Rede ebenso in der Natur begründet wie der Eingang. Dem Zwecke der Beredsamkeit gemäß, welche als letztes Resultat den höchstmöglichen Eindruck beabsichtigt, wird der Epilog in der Regel die Krone oder den Höhepunkt der Rede bilden [1].

Was nun seine methodische Fassung oder Ausführung betrifft, so kann diese in dreifacher Weise stattfinden: a) durch Wiederholung der Hauptgründe, die in der Rede entwickelt wurden; b) durch pathetische Beweggründe; c) oder durch beides zugleich.

Die Wiederholung ist besonders bei belehrenden Gegenständen zweckmäßig, weniger bei pathetischen, es sei denn, daß sie eben nur in kräftiger Recapitulation der Beweggründe bestehe. In jedem Falle muß sie lebendig und kurz sein — ut renovetur, non redintegretur oratio [2].

Die Erregung der Affecte hängt ganz mit der allgemeinen Bestimmung des Redeschlusses zusammen, einen starken Eindruck zu hinterlassen. Doch ist auch hier die Frage, ob das nicht schon unmittelbar vorher, am Schlusse der Confirmation, geschehen und ob nicht vielleicht in der ganzen Rede die Gefühlsansprache vorgewaltet: in diesem Falle wird das Pathos keiner neuen Entwickelung bedürfen und nur darauf zu sehen sein, daß der Redeschluß den natürlichen Ton des ganzen Vortrags bewahre.

Die Verbindung der beiden Arten, der Recapitulation und der Gemüthsbewegung ist die gewöhnliche Form des Epilogs und eignet sich für die meisten Gegenstände. Die summarische Wiederholung nimmt dann die erste, das pathetische Moment die zweite Stelle ein. Das

---

[1] Daher erblickt Cicero in ihm die Bestimmung oder Vollendung der Rede zur Erreichung des Totalzweckes, ihr letztes dynamisches Mittel: Conclusio est exitus et determinatio totius orationis. De inv. l. 1. c. 52. Dieser Auffassung entspricht auch der Ausdruck: peroratio.

[2] Auct. ad Herenn. l. 2. c. 30.

Ganze zeichne sich aus durch Bündigkeit, Natürlichkeit und Wärme.

Ausnahmsweise kann endlich der Redeschluß auch in irgend einem gewichtigen Gedanken bestehen, der weder Recapitulation noch Pathos in sich begreift, aber doch ganz mit dem Geiste der Rede zusammenhängt und eine oder mehrere Folgerungen betont, die sich aus dem Ganzen ergeben. Diese, meist sehr kurze Art von Epilog eignet sich besonders für den Fall, wo nach dem oben Bemerkten weder die nochmalige Erinnerung an die in der Rede behandelten Hauptgedanken, noch weitere Affecterregung zweckmäßig erscheint. Bisweilen tritt dieser Schluß als einfache, das Ganze zusammenfassende oder anwendende Sentenz, als sinnvolles Epiphonem auf. So enden auch Vorträge von großartigem und schwungvollem Charakter (vgl. Massillons Predigt von der Zeit).

Die Berücksichtigung der Natur des Themas, der bisherigen Ausdehnung der Rede, der Stimmung der Zuhörer und des Redners selbst, überhaupt einige Kenntniß des menschlichen Herzens wird am besten lehren, welche der genannten Arten für jeden einzelnen Fall die zweckmäßigste sei. Jedenfalls hüte man sich davor, immer in derselben Weise zu schließen. Was könnte ein Schluß voll Monotonie wirken?

Ebenso ist es wichtig, sich immer sorgfältig den passenden Augenblick zu merken, wo, und den letzten Gedanken, mit dem man schließen soll. Nichts ist so schädlich, als ein unpassender Schluß, und nichts so häufig als Schlußversuche, die sich — besonders bei schlechter Vorbereitung — gewissermaßen auf einander thürmen wie unförmliche Stockwerke eines nie endenden Baues. Ende gut, Alles gut, kann auch die Rhetorik sagen.

Ehe wir diesen Abschnitt von der Disposition beschließen, wollen wir noch auf ein wichtiges Wort Quintilians über diesen gesammten Gegenstand aufmerksam machen. Dieser höchst verständige Lehrer erinnert uns mit Recht daran, daß Alles, was die Theorie über die Anordnung der Rede zu sagen vermöge, sich nur auf allgemeine Bemerkungen beschränke, und daß es durchaus der freien Ueberlegung des Redners anheimgestellt werden müsse, welche Gestaltung und Verwerthung des Redestoffes in jedem einzelnen Falle die beste sei: daß die wahre Ordnung immer aus dem concreten Stoffe und den ihn individualisirenden wirklichen Verhältnissen erblühe. Illa enim potentissima est, quae vere dicitur oeconomica totius causae dispositio, quae constitui, nisi velut in re praesenti, non potest.. Und indem Quintilian hier verschiedene Behandlungsarten der einzelnen Redepartien aufzählt, unter denen der umsichtige Redner jedesmal zu wählen habe, fügt er bei, daß dieser daher über seinem Stoffe stehen müsse, wie der Feldherr über seinen Streitkräften — mit dem unbefangenen, practischen

Blicke in alle Verhältnisse. **Haec est velut imperatoria virtus copias suas partientis ad casus praeliorum, retinentis partes propter castella tuenda custodiendasve urbes, petendos commeatus, obsidenda itinera, mari denique ac terra dividentis** [1]. Die wahre Kunst ist also Freiheit und Natur, und ihre Vollendung besteht eben darin, mit der Freiheit zugleich Logik und rednerische Kraft zu verbinden. Der obige Grundsatz Quintilians, der vollkommen auch der Cicero's sowie der größten griechischen Rhetoren ist, dient übrigens auch trefflich zur Beleuchtung eines sich nur zu oft kundgebenden Vorurtheils gegen Rhetorik. Oberflächliche Rhetorik kann allerdings von der Natur abführen; ächte Rhetorik führt zu ihr zurück: gerade wie seichte Anschauung auch von der Rhetorik selbst abführt, gründliche mit ihr versöhnt.

Dritter Theil.

Sprachliche Darstellung des Redestoffs (Elocutio).

Unter rednerischer Darstellung versteht man den zweckmäßigen (d. h. dem jedesmaligen Endzwecke der Redehandlung entsprechenden) Ausdruck der Gedanken und Gefühle des Redners durch das Wort.

Wie wir im Obigen gesehen, liefert die Disposition den Plan zum Aufbau der Rede, gleichsam den technischen Aufriß; sie führt sodann die großen Baumassen auf und stützt sie gewissermaßen durch Pfeiler und Gewölbe. Damit ist aber das Gebäude noch nicht vollendet. Es muß nun überdieß Alles gefällig verbunden, abgerundet, geglättet, ausgestattet werden. Das ist auf unserem Gebiete Aufgabe der oratorischen Darstellung, und hier sind wir auf dem eigentlichen Standpunkte oder Felde der Rhetorik angelangt, wenn wir diesen Begriff in seiner engern Bedeutung nehmen wollen. Die zwei erstern Momente, Auffassung und Ordnung des Redestoffs, vollzieht die Rhetorik größtentheils an der leitenden Hand der Logik; hier aber hat sie ihre eigensten Schätze zu entfalten und uns die schönen Formen zu vermitteln. Quintilian bemerkt hierüber [2]: **M. Tullius inventionem quidem ac dispositionem**

[1] **Inst. or. l. 7. c. 1.**

[2] **Inst. or. l. 8. Prooem. § 13.** Er fügt bei: **Eloqui enim hoc est, omnia, quae mente conceperis, promere atque ad audientes perferre, sine quo supervacua sunt priora, et similia** ***gladio condito, atqui intra vaginam suam haerenti.*** So auch Cicero: **Quum autem quid et quo loco dicat, invenerit, illud est longe maximum, videre** ***quomodo*** **(Orat. 16).** Aus diesem Grunde machte man den Ausdruck, wodurch dieser dritte Theil der Redekunst bezeichnet wird, zur Bezeichnung der Beredsamkeit selbst (**elocutio, eloquentia**).

prudentis hominis putat, eloquentiam *oratoris*[1]. Die Darstellung selbst nennt er: partem operis, ut inter omnes oratores convenit, difficillimam[2]. Das sei, was vorzüglich gelehrt und gelernt, d. h. durch Schulübungen errungen sein wolle; das aber auch sei es, was die Grade der Vollkommenheit in der Gabe des Wortes bedinge[3]. So Manchen, deren Rede entweder an asiatischer Breite des Styls oder im Gegentheile an Dürre gescheitert, habe es nicht an Gedanken und Disposition, sondern an lebendiger Rhetorik — jenen an Maß und Geschmack, diesen an der Macht des Wortes gefehlt[4]. Wie viel sprachliche Gewandtheit vermag, weist Cicero in einer interessanten Erzählung von den vielfachen Verstößen eines römischen Redners (des ältern Curio) nach, der trotz aller seiner Fehler dennoch wegen der Anmuth und Leichtigkeit der Diction nahezu den ersten Rednern seiner Zeit an die Seite gestellt wurde: proximus optimis numerabatur[5]. Dieß läßt sich leicht erklären: Der Zauber des Wortes hat eine eigenthümliche Gewalt und wird auch von dem Ungebildeten empfunden, während der innere Werth des Gedankens, oder auch die harmonische Anlage des Ganzen ohne jene rednerische Darstellung meist nur von dem Gebildeten erfaßt wird. Wer fühlt sich nicht von einer lebhaften und kühnen Wendung, von einem lieblichen oder rührenden Bilde ergriffen? Der Gedanke spricht nur zu dem Geiste, das rednerische Wort aber zu den Sinnen und der Einbildungskraft.

Nach diesen Bemerkungen werden wir nun die Bedeutung der oratorischen Darstellung vollkommen zu würdigen vermögen. Indeß darf diese andererseits doch auch nicht überschätzt oder zu einseitig aufgefaßt werden. Es bleibt immer wahr, daß der Inhalt den Körper, die Darstellung nur das Kleid der Rede bildet; daß die erste Aufmerksamkeit dem Gedanken und nur die zweite dem Ausdrucke gebührt. Die Vollkom-

---

[1] Orat. c. 14. § 44.

[2] Inst. or. l. c. Dieser Schwierigkeit wegen wurde in früherer Zeit so viel Fleiß auf die rhetorischen Stylübungen verwandt (Curse der Humanität und Rhetorik). Ist die Sprache aber einmal errungen, so bildet sie auch für das ganze Leben eine immer fertige Waffe des Redners. Dagegen ist der rednerische Beruf ohne diese Errungenschaft eine ununterbrochene Kette von Schwierigkeiten.

[3] Hoc itaque maxime docetur; hoc nullus nisi arte adsequi potest; hue studium adhibendum; hoc exercitatio petit, hoc imitatio; hic omnis aetas consumitur; hoc maxime orator oratore praestantior; hoc genera ipsa dicendi alia aliis potiora. *l. c.*

[4] Neque enim Asiani aut quocumque alio genere corrupti, res non viderunt, aut eas non collocaverunt: neque, quos aridos vocamus, stulti aut in causis coeci fuerunt; sed his judicium in exsequendo ac modus, illis vires defuerunt. Ut appareat, in hoc et *vitium* et *virtutem* esse dicendi. *l. c.*

[5] Brutus c. 59—62.

menheit besteht eben in der glücklichen Verbindung beider Momente, und den Grund gibt Cicero uns treffend an: Nam quum omnis ex re atque verbis constet oratio; neque verba *sedem* habere possunt, si rem subtraxeris, neque res *lumen*, si verba semoveris [1]. Und er bemerkt ebenso wahr: Neque *infantiam* ejus, qui rem norit, sed eam *explicare* dicendo non queat: neque *inscientiam* illius, cui *res* non suppetat, verba non desint, esse laudandam: quorum si alterum sit optandum, malim equidem indisertam prudentiam, quam stultitiam loquacem [2].

Um nun näher in die Lehre der rednerischen Darstellung einzutreten, können wir den Styl in zweifacher Beziehung betrachten: einmal in allgemeiner oder nach seinem Wesen und den dasselbe charakterisirenden Eigenschaften, wodurch er überhaupt zum rednerischen Style wird; dann in besonderer Beziehung oder hinsichtlich seiner nächsten Anwendung. Diese Anwendung kann wiederum eine zweifache sein; entweder handelt es sich nur um den Ausdruck des Gedankens, oder es handelt sich um dessen Ausführung; im erstern Falle haben wir den Styl im engern, im zweiten den Styl im weitern Sinne. Wir wollen nun alle diese Gesichtspunkte der Reihe nach verfolgen.

Erster Abschnitt.

Von dem rednerischen Style in allgemeiner Beziehung.

Wie jeder Styl, soll insbesondere auch der rednerische der treue, natürliche, erschöpfende Ausdruck des Gedankens sein, oder nach einem bekannten Vergleiche sich der innern Vorstellung so enge anschließen, wie ein enges Gewand dem Körper. Zu den vorzüglichsten Eigenschaften des rednerischen Styles gehören: 1) Klarheit, 2) Ton der Mittheilung, 3) Angemessenheit, 4) Kraft, 5) Gefälligkeit.

Erstes Kapitel.

Klarheit.

Verständlichkeit ist die erste Eigenschaft jedes Styles: spricht man ja nur, um verstanden zu werden. Dem rednerischen Style zumal ist sofortige und unmittelbare Verständlichkeit unentbehrlich, weil der Redner ununterbrochen voranschreitet und andererseits eine hohe Wirkung auf die Seelenvermögen anstrebt. Das Mittel der Verständlichkeit ist aber die durchsichtige Klarheit des Ausdrucks, oder die mit dem Worte

---

[1] De orat. l. 3 c. 5.
[2] De orat. l. 3. c. 35.

sich unmittelbar verknüpfende Deutlichkeit und Bestimmtheit des Begriffes. Die Klarheit ist in der Rede das, was das Licht in der Natur. Sie gilt als ein charakteristischer Zug heller und großer Geister und als Merkmal eines vollkommen gesunden Geschmackes. Zur Klarheit des Styls trägt bei:

1. Die innere Logik und natürliche Verbindung der Gedanken. Ordnung und Planmäßigkeit sind die Seele der Klarheit. Wo diese fehlen, gilt von der Darstellung gewöhnlich das Wort Cicero's: **Ita confusa est oratio, ita perturbata, nihil ut sit primum, nihil ut secundum, tantaque insolentia ac turba verborum, ut oratio, quae lumen adhibere rebus debet, ea obscuritatem et tenebras afferat, atque ut quodammodo ipsa sibi obstrepere videatur** [1].

2. Die Reinheit und Richtigkeit der Sprache. Die Zurückstrahlung des Lichts von Krystallflächen ist bekanntlich um so lebhafter und regelmäßiger, je reiner und vollkommener diese sind; so verbreitet auch die Sprache um so mehr Licht, je reiner und richtiger sie ist. Für Alles den eigenthümlichen und richtigen Ausdruck finden, gilt als Beweis vollendeter Sprachfertigkeit; aber ebenso ist es ein Mittel vollkommener Deutlichkeit. Dagegen erzeugt der allzufreie Gebrauch von Fremdwörtern (besonders von wissenschaftlichen oder technischen, die specifische Kenntnisse voraussetzen), von veralteten und überhaupt von ungewöhnlichen Ausdrücken um so mehr Dunkelheit, je weniger dieß der Redner selbst ahnt, und je mehr er durch Originalität der Sprache glänzen will [2]. Cicero setzt bei jedem zum Rednerberufe Aspirirenden die Kenntniß der Muttersprache als unerläßliche Bedingung voraus und sagt: **Neque enim conamur docere eum *dicere*, qui *loqui* nesciat; nec sperare, qui Latine non possit, hunc ornate [3] esse dicturum: neque vero, qui non dicat, quod intelligamus, hunc posse, quod admiremur, dicere** [4].

3. Bestimmtheit oder Wahl solcher Ausdrücke, welche die Idee möglichst genau bezeichnen. Die Bestimmtheit ist in der Sprache dasselbe, was scharfe Umrisse in dem Gemälde sind. Man wähle daher treffende Ausdrücke (im Gegensatze zu sog. schielenden oder zweideutigen); man halte sich an die Bedeutung, welche sie im Leben haben [5];

---

[1] De orat. l. 3. c. 13.

[2] Der junge Redner muß sich frühzeitig den Unterschied zwischen der rednerischen und jeder andern nicht rednerischen, z. B. bloß didactischen Schreibart klar machen.

[3] Ornate, d. h. nicht nur zierlich, sondern überhaupt rednerisch: daher ornare und adornare = ausstatten, ausrüsten.

[4] De orat. l. 3. c. 10.

[5] Consuetudo certissima loquendi magistra, utendumque plane sermone ut *nummo*, cui publica forma est. *Quint.* inst. or. l. 1. c. 6.

man überlege, ob gewisse Bezeichnungsweisen der Anwendung grammatischer Bestimmungswörter, überhaupt einer näheren Beschränkung, einer Erklärung, oder einer andern Stellung im Satzgefüge bedürfen. (Fehlerhaft: Ich werde im Vertrauen auf Gott allein dieß unternehmen; er beschrieb ihn sehr einfältig.)

4. Kurzer Satzbau und kernhafte Präcision oder Gedrungenheit des Styls. Je leichter sich ein zusammengehöriges Ganze von Vorstellungen übersehen läßt, um so leichter wird es begriffen. Die Vermeidung langer und schwerfälliger Satzverbindungen, sowie geschwätziger Breite oder der Anhäufung zu vieler untergeordneter Beziehungen fördert wesentlich die Klarheit. Je dichter ein Wald, um so dunkler ist er. Langgewundene Perioden sind wie verschlungene Ranken: sie hemmen den Durchgang. Das Gegentheil der oben geforderten Uebersichtlichkeit findet sich vorzüglich in dem sog. Kanzleistyle mit seinen langen und steifen Redeformen, seinen ermüdenden Einschiebseln und schleppenden Satzgefügen; aber manche dieser Sonderbarkeiten sind auch in Reden übergegangen.

Indeß ist auch die rednerische Kürze eine vollkommen relative: die nothwendige Mittelstraße zwischen Weitschweifigkeit und Abgebrochenheit. Wie jene die Uebersichtlichkeit aufhebt (officit quod non prodest) [1], so erzeugt diese Dunkelheit (brevis esse laboro, obscurus fio). Das Auge wird beim Lesen sowohl durch zu gedrängte, als durch zu lose und weite Schrift ermüdet. Etwas Aehnliches begegnet auch dem Zuhörer.

Um es übrigens zu vollendeter Deutlichkeit zu bringen, ist durchaus nöthig, längere Zeit seine Sorgfalt auch den geringern Dingen in der Sprache zuzuwenden: den einzelnen Wörtern, ihrem Verhältnisse zu dem Begriffe (Synonymik), ihrer Verbindung zu einem regelmäßigen Satzgefüge u. dgl. Diese Sorge ist eine elementäre, aber unerläßliche. Wie die Schönheit der Aussprache aus der Reinheit der einzelnen Laute, so entsteht die Klarheit des Styls aus der Regelmäßigkeit der einzelnen Bestandtheile. Treffend bemerkt Cicero von der Beredsamkeit, wie von allen schönen Künsten: Omnium magnarum artium, sicut arborum altitudo nos delectat, radices stirpesque non item: sed esse illa sine his non possunt [2].

Zu den bisher betrachteten Mitteln, dem Style Klarheit zu verleihen, gehört auch noch insbesondere die richtige Anwendung der red-

---

[1] Ein Dichter sagt etwas derbe:
Schließ', was du denkst und sprichst, in angemess'ne Schranken,
In deinem Redestrom „ersäufst" du die Gedanken. (Gleim.)

[2] Orat. c. 43.

nerischen Uebergänge von einem Punkte der Rede zum andern; davon aber später.

Der Redner soll endlich nicht bloß nach Deutlichkeit, sondern überdieß noch nach einer solchen Anschaulichkeit des Ausdrucks ringen, wodurch seine Gegenstände gleichsam zu unmittelbarer sinnlicher Wahrnehmung gebracht werden und den Zuhörern als concretes Bild vor die Seele treten. Das ist eine große Kunst, aber für die Zwecke der Beredsamkeit ebenso sehr eine nothwendige. Namentlich ist sie für die Volksberedsamkeit wichtig und am meisten bei Gegenständen geboten, die ihrer Natur nach zunächst der reinen Begriffswelt angehören. Es wäre eine arge Täuschung, die Spannung oder Bewunderung der Zuhörer durch Erhebung in die Sphäre der Abstraction erregen zu wollen. Keine Klippe ist für die Beredsamkeit gefährlicher, als die der abstracten Speculation. Der Redner ist etwas ganz Anderes, als ein — Jupiter in den Wolken. Wer nicht mitten unter seine Zuhörer herabsteigt und sich ganz in ihre Anschauungsweise hineinzuleben versteht, für den hat die Beredsamkeit keine Palmen. Die Bedeutung lebendiger Anschaulichkeit hängt aber auch auf's Innigste mit einer andern Styleigenschaft zusammen, die wir eben betrachten wollen.

Zweites Kapitel.

Charakter der Mittheilung.

Hierin liegt ein fernerer Grundzug des rednerischen Styls. Ist ja der Redner für den Zuhörer da und bildet eben diese Mittheilung den Kanal, wodurch das Innere des Redners sich in das des Zuhörers ergießt, somit die wesentliche Bedingung eines wahren geistigen Wechselverkehrs, die Lebenswurzel eines eigentlichen, durchgreifenden, fruchtbaren Verhältnisses zwischen Rede und Wille. Daher bei allen Rednern voll Menschenkenntniß die Regel: den Zuhörer nie aus dem Auge zu verlieren und ihn wiederholt und ausdrücklich anzusprechen [1]. Wir können es schlechtweg als Unterscheidungspunkt der wahren und falschen Beredsamkeit bezeichnen: der wahre Redner lebt und webt in seinen Zuhörern, der Scheinredner in schönen Worten oder glänzenden Gedanken. Dieser Letztere wird vielleicht bewundert und als geistige Größe gefeiert, aber nur der Erstere spricht an und wirkt. Die Beredsamkeit ist in ihrem Grundwesen Dialog, ihre Sprache Ansprache und Conversation. Das muß dem Redner schon bei der Composition vorschweben: Anlage wie Darstellung muß diese Idee ausprägen. Die

[1] Das kann geschehen, ohne daß deßhalb gewisse Ausdrücke, wie: meine Zuhörer, meine Christen, bis zum Ueberdrusse als Flickwörter wiederholt werden.

rednerische Auffassung vertritt gewissermaßen zwei Parteien: die des Gegenstandes und die der Zuhörer. Der Redner muß Geist und Herz der Letztern in seinem Innern sprechen lassen und nun seinerseits zu diesem Geiste und Herzen erwiedernd, belehrend, anregend sprechen. Wie die Fluth immer dem Maschinenrade zuströmt, das sie in Bewegung setzen soll; wie in einem Uhrwerke die Spannkraft der Metallfeder unausgesetzt auf das ihr untergeordnete System von Kräften wirkt und immer der Zahn eines Rades in den ihm entsprechenden des folgenden Rades eingreift: so muß auch die Rede ohne Unterbrechung und in voller geistiger Energie in die Seelenvermögen der Zuhörer eingreifen; Alles in ihr muß nicht nur etwas vor den Zuhörer sich objectiv Hinstellendes, sondern etwas in ihn Uebergehendes, muß nicht nur Inhalt, sondern lebendige Bewegung und Strömung sein. Nur so wird die Beredsamkeit ein dynamisches Princip, nur so die Rede geistige Action. Das ist aber ohne Ton der Mittheilung unmöglich. Daher hat denn auch die Naturberedsamkeit von selbst sich eine Menge von Redewendungen geschaffen, die alle diesem Streben der Mittheilung dienstbar und ihr lebendiger Ausdruck sind, so die sog. Figuren der Frage, der subjectio, suspensio, dubitatio, communicatio u. s. w., die wir unten werden kennen lernen. Ebenso hat das früher von der Kunst, zu interessiren und von dem Affecte Gesagte hier seine eigenste und ununterbrochene Anwendung. Wo dagegen die Mittheilung fehlt, ist die rednerische Belehrung nur noch Reflexion, und etwaiger Affect (gewöhnlich gar nicht vorhanden) allenfalls Monolog. Die ganze Darstellung aber, weil eines wesentlichen Elementes entbehrend, tritt aus dem Gebiete der Rede in das des bloßen Aufsatzes hinüber. Der junge Redner hat der hier besprochenen Styleigenschaft um so mehr Aufmerksamkeit zuzuwenden, als die vorherrschende Angewöhnung an den Aufsatzstyl und der Mangel an frühern rhetorischen Uebungen nur zu leicht diesen Sprachton gänzlich übersehen läßt. Er wird sich mit demselben am besten durch Lectüre guter Muster vertraut machen; schon Cicero allein bietet ihm in der bloßen Einleitung zur Vertheidigung des Milo[1] eilf Beispiele der directen Ansprache an die Richter, außer dem die ganze Darstellung durchwehenden seelenvollen Hauche der Mittheilung.

Drittes Kapitel.

Angemessenheit.

Diese besteht in der vollendeten Uebereinstimmung des Styls mit dem Gedanken und zugleich mit allen Forderungen, die sich aus der

[1] Bis zur narratio.

Natur der jedesmaligen Rede, sowie anderer Umstände ergeben. So nennt man auch einen einzelnen Ausdruck angemessen, wenn er dem Zwecke entspricht, den seine Stelle ihm anweist. Es versteht sich übrigens von selbst, daß die Angemessenheit des Styls immer die Angemessenheit der Gedanken, ihre zweckmäßige Einschaltung, ihre größere oder geringere Hervorhebung voraussetzt. Aus dem, was früher von dem Momente des Decorums gesagt worden, ergibt sich die Wichtigkeit der hier zu besprechenden Styleigenschaft von selbst. Unangemessenheit ist in allen Fällen ein bedenklicher Fehler der Rede, Angemessenheit daher Grundbedingung vortheilhafter Wirksamkeit.

Der wahre Styl wird immer aus dem Gegenstande geboren. Wie dieser ist er ernst und feierlich, oder gemüthlich und einfach, oder reich und blühend. Der bekannte römische Baumeister Vitruv macht über die Wahl des Baustyles, in dem die Tempel der Griechen und Römer aufgeführt wurden, die Bemerkung, daß die erste Rücksicht immer auf den Charakter der zu ehrenden Gottheit ging. Für die Göttin der Weisheit und den Gott des Krieges sah man den ernsten und einfachen dorischen Styl als den geeignetsten an; für die Göttin des Frühlings und der Schönheit, sowie für die Nymphen wählte man den reichen und blühenden korinthischen Styl mit seinen Canthus- und Rosenverzierungen; für die übrigen Gottheiten wandte man mit Vorliebe den jonischen Styl als jenen an, der zwischen dem ernsten Charakter des dorischen und dem weichen und gefälligen des korinthischen durch einfache Schönheit die Mitte hielt. So hat auch die Beredsamkeit ihre bestimmten Stylformen, gleichsam ihre ästhetischen Tonfarben. Man unterscheidet in dieser Beziehung eine dreifache Sphäre der Schreibart: die niedere, mittlere und höhere. Die erste heißt auch die einfache [1], die zweite die blühende, die dritte die erhabene, feierliche, pathetische, weil sie häufig bei stark erregter Stimmung Anwendung findet.

Der römische Redner charakterisirt das Wesen dieser drei Stylarten folgendermaßen: In dem einfachen, den er übrigens in seiner edeln Natürlichkeit für sehr schwer hält, liegt das Wesen der Umgangssprache, aber der gebildeten und feinern: Summissus est et humilis, consuetudinem imitans, ab indisertis re plus quam opinione differens . . etsi non plurimi sanguinis est, habeat tamen succum aliquem oportet, ut etiamsi illis maximis viribus careat, sit, ut ita dicam, integra valetudine [2]. Der mittlere ist ihm ein Styl voll

[1] Bei Cicero genus subtile, argutum, weil sie Kürze und Gedrängtheit liebt und besonders bei der Ansprache an das Erkenntnißvermögen angewandt wird; Cicero sieht sie als Grundzug des attischen Styles an. Die zweite Gattung heißt: genus modicum, temperatum; die dritte: genus sublime.

[2] Orat. c. 23.

Anmuth, der in Bezug auf rednerische Fälle zwischen der ersten und dritten Gattung die Mitte hält. Uberius est aliud aliquantoque robustius (genus), quam hoc humile, de quo dictum est; summissius autem, quam illud de quo jam dicetur, amplissimum. Hoc in genere nervorum vel minimum, suavitatis autem est plurimum. Est enim plenius quam hoc enucleatum: quam autem illud ornatum, copiosum, summissius. Huic omnia dicendi ornamenta conveniunt, plurimumque est in hoc orationis forma suavitatis [1].

Tertius est ille amplus, copiosus, gravis, ornatus, in quo profecto vis maxima est. Hic est enim, cujus ornatum dicendi et copiam admiratae gentes, eloquentiam in civitatibus plurimum valere passae sunt . . Hujus eloquentiae est tractare animos, hujus omnimodo permovere. Haec modo perfringit, modo irrepit in sensus: inserit novas opiniones, evellit insitas [2]. Das ist also bei Cicero das schwung- und glanzvolle Wort, die Beredsamkeit der großen Züge.

Uebrigens ist der sog. erhabene Styl und das Erhabene (großer Gedanke) durchaus nicht zu verwechseln. Letzteres ist von jenem unabhängig: es kann mit oder ohne denselben auftreten. Ein Beispiel wird dieß veranschaulichen. Sagt man von der Macht des Sünders: „Ein Frevler, den ich gleich einer Ceder aufblühen sah, trug sein Haupt hoch empor; er schien den Wolken zu nahen und dem Donner zu gebieten; die Völker priesen ihn und warfen sich vor seiner Macht zitternd in den Staub. Ich ging vorüber; er war nicht mehr": — so wird diese Darstellungsweise zur erhabenen gerechnet. Der Gedanke von dem Glücke des Sünders ist an sich nicht erhaben, wohl aber der Ausdruck desselben; dagegen ist der Schluß jener Beschreibung, oder der Sturz des Sünders dem Gedanken nach erhaben, der Styl hier aber ganz einfach. Gewöhnlich erscheint in der höhern Schreibart das Erhabene des Gedankens, wo es vorkommt, in seinem einfachsten Ausdrucke; das Erhabene eines Bildes dagegen bald im einfachen, bald im höhern Style.

Nicht selten fließen alle genannten Stylarten in einer und derselben Rede abwechselnd ineinander über; in einigen Vorträgen wechseln besonders der einfache und mittlere, in andern der mittlere und höhere Styl miteinander. Immer muß es der Gegenstand sein, der zunächst die Wahl des Tones bestimmt, sowie auch der Charakter des Redeanlasses und des Auditoriums hier maßgebend ist [3]. Von der Unangemessenheit eines mit obigen Rücksichten contrastirenden Redetones sagt Cicero: Quam indecorum est, de stillicidiis quum apud unum judicem dicas, amplissimis verbis et locis uti communibus: de ma-

[1] L. c. c. 26—27.
[2] L. c. c. 28.
[3] Vgl. in dieser Beziehung das oben S. 31 mitgetheilte Wort Cicero's über die eigentliche Volksrede (de or. l. 2. c. 82).

jestate populi Romani summisse et subtiliter![1] Der einfache Styl waltet vor in der Geschäftsrede, der blühende in der sog. academischen und in manchen Gelegenheitsreden, der höhere in feierlichen und pathetischen Vorträgen.

Die Schicklichkeit der Schreibart fordert übrigens nicht nur die geeignete Anwendung der Stylgattung, sondern auch deren rechtes Maß; in dieser Beziehung bemerkt Cicero ferner: In omnibus videndum est *quatenus*[2]. Ohne jenes Maß wird die einfache Schreibart leicht trocken (aridum et exsangue genus. *Auct. ad Herenn. l. 4. c. 11*), die mittlere wässerig (fluctuans et dissolutum *l. c.*), die höhere schwülstig (oratio inflata *ib.* c. 10)[3]. Die richtigen Grenzen muß hier der gute Geschmack vorzeichnen. Der Anfänger wird bei classischen Rednern mit Nutzen darauf achten, wie sie einerseits bei einer und derselben Schreibart Maß zu halten verstehen, und wie fein andererseits bei ihnen die Mischungen und Uebergänge von einer Stylart in die andere sind.

Außer der bisher besprochenen Angemessenheit in Bezug auf die Stylgattungen gibt es aber auch noch eine in Betreff der einzelnen Vorstellungen. Ist z. B. erforderlich, diese hervorzuheben, so liegt die Angemessenheit eben in der geeigneten Wahl der anzuwendenden Mittel. Solche sind[4]: Gebrauch kräftig bezeichnender Ausdrücke, stellenweise Häufung der Wörter mit Steigerung, überhaupt Anwendung der unten zu entwickelnden Redefiguren, bisweilen auch der oratorischen Erweiterung; ausdrucksvoller Satzbau (so wird z. B. der Relativ- oder abhängige Satz bei Hauptgedanken vermieden und vielmehr der Hauptsatz gewählt). Eines der häufigsten Mittel ist auch hier wieder die Anwendung des Gegensatzes. Wie die Projection der Schatten wegen einer verwandten Bestimmung ein wichtiges Kapitel in den zeichnenden Künsten bildet, so ist auch die Hervorhebung durch schlagende Contraste ein Geheimniß der rednerischen Darstellung.

Endlich gehört zur Angemessenheit des Redestyles insbesondere noch, daß derselbe durchgehends den Charakter der Würde und edeln Einfachheit bewahre. Manches, was in andern leichtern Stylgattungen nicht unzulässig ist, verstößt durchaus gegen den Ernst der Rede.

---

[1] Orat. c. 21.

[2] Orat. c. 22. Es ist dieß eben nur das bekannte Wort des Aristoteles: ἔστι γὰρ καὶ τοῦ ποσοῦ ὅρος (rhet. l. 3. c. 17).

[3] Aristoteles sagt namentlich von der hiebei gewöhnlichen Verschwendung und Uebertreibung der Epitheta: „Wo nicht Maß gehalten wird, wirkt man mehr Uebles, als wenn man in gemeiner Rede spricht. Letzteres hat wohl nichts Gutes, Ersteres aber viel Schlimmes“ (rhet. l. 3. c. 3).

[4] Das Gegentheil des hier anzugebenden Verfahrens tritt selbstredend in dem Falle ein, wo ein Gegenstand zurücktreten soll.

Viertes Kapitel.

Kraft.

Diese Eigenschaft zählt zu den ausgezeichnetsten des oratorischen Styles. Nur die Sprache voll Kraft vermag durchgreifend zu wirken, und letzteres ist ja Zweck des rednerischen Wortes. Dieses soll also der Ausdruck der Entschiedenheit und Ueberzeugung sein: ein bestimmtes, gehaltvolles, markiges. Der kräftige Styl liebt kernhafte Worte, rasche Uebergänge, lebendige Figuren, gedrungenen Ausdruck, indem er Partikeln und Beziehungswörter möglichst einschränkt, bezeichnende Wortstellung (besonders durch Inversion), kurzen Satzbau, auch allgemeine, durch nähere Bestimmungen nicht zerschnittene Sätze, daher die sententiöse Ausdrucksweise, überhaupt einen markirten, raschen Gang. Doch ist hiebei vor Steifheit, Uebertreibung und einem, wenn auch nur scheinbar, anmaßenden Tone zu warnen.

Was den sententiösen Styl insbesondere betrifft, so kann er bei gewissen ernsten und großen Gedanken von kräftiger Wirkung sein; er fordert aber Einfachheit und Maß. Das Glänzende desselben hat, wie das der Antithese, oft zur Affectation verleitet. Schon Quintilian beklagt es hinsichtlich mancher seiner Zeitgenossen, daß sie jeden Satz in eine sententiöse Clausel ausspitzen wollten, und nennt diese Clauseln: minuti corruptique sensiculi et extra rem petiti. Er findet mit Recht, daß dieß Streben nicht nur alle Natürlichkeit des Styls aufhebt, sondern der Sentenz selbst die Kraft und der Sprache den Fluß benimmt [1].

Beispiele der sententiösen Darstellung bietet unter den alten Rednern in Menge Gregor von Nazianz, unter den neuern Bossuet (vgl. von Ersterem or. in nat. Dom. — Eingang; von Letzterem den Schluß der Trauerrede auf M. Th. von Oestr.).

Der reichste Quellpunkt aller sprachlichen Energie ist übrigens die Kraft und Fülle der Gedanken. Durch diese, verbunden mit der Kürze des Ausdrucks, hat unter den alten Rednern Demosthenes, unter

---

[1] Densitas earum (sent.) obstat invicem; ut in satis omnibus fructibusque arborum nihil ad justam magnitudinem adolescere potest, quod loco in quem crescat, caret. Nec pictura, in qua nihil circumlitum est, eminet. Ideoque artifices etiam, quum plura in unam tabulam opera contulerunt, spatiis distinguunt, ne umbrae in corpora cadant. Diese Abgebrochenheit der Sprache findet Quintilian ebenso ungefällig, als ein ununterbrochen und regellos sich aufwerfendes Erdreich: Quae crebis parvisque conatibus se attollunt, inaequalia tantum et velut confragosa, nec admirationem consequuntur eminentium, et planorum gratiam perdunt. Inst. or. l. 8. c. 5. Das gilt von jeder Art Künstelei.

den Geschichtschreibern Thucydides, Sallust und Tacitus, unter den beredten Auctoren der christlichen Zeit Tertullian, Cyprian, Leo, Hieronymus . . sich durch Züge voll höherer Kraft und männlicher Sprache ausgezeichnet.

Die Erwerbung dieser Styleigenschaft ist ganz besonders für den Volksredner wichtig. Das Volk liebt die kraftvolle Sprache wie die starken Farben. Es selbst redet in kräftig bezeichnenden Ausdrücken, in kernigen Sentenzen und Bildern. Was vor ihm nicht in scharfer Prägung auftritt, was nicht Energie und Leben ist, vermag es nicht zu fesseln und noch weniger zu erschüttern. Bloße Rundung und Glätte, bloße Regelmäßigkeit des Ausdrucks oder Feinheit des Gedankens ist für dasselbe, was ein Miniaturbild an einem hohen Kirchengewölbe.

Fünftes Kapitel.

Gefälligkeit.

Es ist ein eigener Vorzug der Rede, den Zuhörer immer angenehm anzusprechen. Diesen Vorzug erlangt sie durch die gefällige Darstellung, oder durch den Charakter des Anziehenden. Nichts ist für den Redner mißlicher, als daß sein Wort trocken, nüchtern, kalt erscheint; wir haben dieß bereits früher erwogen. Er wird also sorgfältig darauf sehen müssen, dasselbe in passender Weise auszustatten. Die Grundzüge nun, die der Darstellung den oben genannten Vorzug vermitteln, sind vorzüglich folgende:

1. Lebendigkeit. Wir nennen die Sprache lebhaft, die Leben athmet und Leben weckt. Sie setzt immer innere Bewegung der Rede, sowie Leichtigkeit und Frische des Ausdrucks voraus (ihr gewöhnlichstes Mittel sind daher die Redefiguren) und liebt die Unmittelbarkeit und Raschheit des Dramatischen.

2. Gewandtheit. Hierunter versteht man die Leichtigkeit und Natürlichkeit, oder den sogenannten Fluß der Rede. Wie das Mühsame, Schwerfällige, Abgebrochene der Diction störend und ermüdend, so wirkt das Fließende anziehend. Man hat nicht mit Unrecht den angenehmen Eindruck einer gewandten Sprache mit der gefälligen Bewegung eines uns leicht dahin tragenden Kahnes, den entgegengesetzten mit der eines unbequemen Fuhrwerkes auf holperichter Straße verglichen. Obwohl der Redefluß großentheils Naturgabe ist, läßt sich doch durch Lectüre und Uebung das Vermögen vermehren, sich den Gedanken ungezwungen anzuschließen und ihren Wendungen zu folgen. Die gewandte Sprache besitzt Wörterreichthum, leichte Satzverbindungen und überhaupt gefällige und geschmeidige Formen. Namentlich kennzeichnet sie sich auch durch natürliche und treffende Uebergänge. Da diese ein

so wichtiges Mittel sind, der Rede durch Verbindung und Abrundung des Ganzen eine ästhetische Form zu geben, sowie sie dem früher Bemerkten zufolge auch wesentlich zur Klarheit derselben beitragen, wollen wir sie hier etwas näher betrachten.

Man versteht unter Uebergang[1] eine Wendung, welche passend von einer Gedankenreihe auf eine andere führt. Diese Mittelgedanken oder Verbindungsglieder werden aus dem Gegenstande selbst geschöpft. Sie erfüllen ihren Zweck am besten, wenn sie kurz, einfach und ungezwungen sind. Bisweilen erscheinen sie in einer reichern Form, wenn sie nämlich glänzenden und schwungvollen Stellen des Vortrags einzuflechten sind, und überhaupt sucht man häufig zur Vermeidung der Einförmigkeit ihnen die lebhaftere Fassung einer Redefigur zu geben (z. B. Gradation, Communication, Präterition u. s. w.)[2].

Beispiel der einfachsten Art von Uebergängen: „Gehen wir nun zu den Eigenschaften des Geistes über." Bossuet.

Beispiel des hervorgehobenen Zusammenhanges zwischen Vorhergehendem und Nachfolgendem: „Wenn die Menschenfreundlichkeit gegen die Untergebenen die erste Pflicht der Großen ist; liegt in ihr nicht ebenso auch die süßeste Anwendung der Größe?" Massillon.

Beispiel des glänzenden Ueberganges. In seiner Trauerrede auf die Herzogin von Orleans leitete Bossuet, nachdem er den ersten Theil der Rede (Nichts des Menschen) recapitulirt, den zweiten Theil (Größe des Menschen) mittelst der Figur der Correction ein. Wir führen hier die ganze Stelle an:

„So ist denn in der That, wie wir gesehen, die Gesundheit nur ein Wort, das Leben nur ein Traum, der Ruhm nur ein Schein, die Stärke nur ein gefährliches Spielwerk. Alles an uns ist Eitelkeit, außer dem demüthigen Bekenntnisse derselben vor Gott und der aufrichtigen Ueberzeugung, daß wir uns ganz und gar verachten müssen. Aber spreche ich die Wahrheit? Wie? der Mensch, den Gott zu seinem Ebenbilde schuf, er wäre weiter nichts, als ein Schatten? er, den zu suchen Jesus Christus vom Himmel zur Erde niederstieg, und den er glaubte ohne Selbstentehrung mit all' seinem Blute erlösen zu können — er wäre nur ein leeres Nichts? Gestehen wir, daß wir uns geirrt haben. O dieß entsetzliche Schauspiel menschlicher Nichtigkeit hat uns zu weit geführt, und der furchtbare Schlag, der in dem Tode dieser Prinzessin so unerwartet die Hoffnung des Landes knickte, hat uns zu tief erschüttert. Nein, wir dürfen dem Menschen nicht gestatten, sich gänzlich zu verachten, damit er nicht etwa mit den Gottlosen dieß Leben für

[1] Transitio, transitus.

[2] Vgl. diese Anwendung der Redefiguren in den Grundsätzen, S. 193.

ein Spiel des Zufalls ansehe und sich ohne Ziel und Willen dem blinden Drange der Leidenschaft überlasse."

Wo indeß der Uebergang, wie in letzterm Beispiele, eine reichere Ausstattung erhält, ist in besonderer Weise darauf zu achten, daß sich mit der Belebung Klarheit und Natürlichkeit vereine, indem sonst diese Transitionen nur zu leicht gekünstelt erscheinen.

Außer der bisher betrachteten Gewandtheit verlangt der gefällige Styl aber ferner

3) Mannigfaltigkeit. Alles Monotone ermüdet. Soll die Sprache interessiren, so muß sie sich in gefälliger Abwechselung bewegen. Wie die öftere Wiederkehr des nämlichen Ausdruckes, so ist auch das einförmige Festhalten eines und desselben Redetons, derselben Wendung u. s. w. zu vermeiden. Namentlich wird in Bezug auf die sog. Periodirung oder die Vertheilung der Gedanken in größere und kleinere Satzgefüge sehr darauf zu achten sein, daß durchgehends eine ansprechende Verschiedenheit herrsche.

Mit der Mannigfaltigkeit hängt auch die Neuheit zusammen. Eine gewisse ungekünstelte Abweichung von dem Allgewöhnlichen und Gemeinen, liege sie nun im Gedanken oder im Ausdrucke, spricht angenehm an. Sie darf aber nicht zu auffallend und häufig eintreten und der ganzen Schreibart nicht die Schattirung des Sonderbaren und Affectirten geben.

Hieher gehört endlich auch die Anwendung der Digression oder die sog. Abschweifung (d. h. Uebergang auf einen Gegenstand, der mit dem Hauptgegenstande nicht nothwendig zusammenhängt). Diese kann zulässig und sogar von guter Wirkung sein, wenn 1) der zu berührende Nebengesichtspunkt an sich treffend, d. h. für die Zuhörer entweder angenehm oder bedeutsam ist; 2) wenn er dem Hauptgegenstande nicht zu ferne liegt und für den Gesammtzweck der Rede nicht eher störend als förderlich erscheint; 3) wenn er nur als vorübergehende Berührung (sofern nicht practische Rücksichten mehr verlangen) und überhaupt selten auftritt. Dagegen sind Digressionen fehlerhaft, die mehr einer Zerstreuung als einer treffenden Bezugnahme gleichen, die gewaltsam herbeigezogen, die gehäuft oder in ihrer Ausführung zu breit sind.

4) Zierlichkeit und Anmuth oder: rednerischer Schmuck. Wie die Schönheit im Allgemeinen mächtige Reize für das menschliche Herz besitzt, so hat auch insbesondere die Schönheit der Sprache ihren geheimnißvollen Zauber und ist daher für die Beredsamkeit von nicht geringer Bedeutung [1]. „Ein Diamant, der übel gefaßt ist, verliert etwas von

---

[1] Sie bewirkt, daß man den Redner lieber hört, und das schlägt hier Quintilian mit Recht hoch an. Qui libenter audiunt, et magis attendunt et facilius

seinem Werthe. Die Wahrheit in schöner Einkleidung ist wie ein Sonnenstrahl, der durch Krystall dringt: sie ist lebhafter, anziehender und fällt stärker in das Auge." Gaichies. Da jedoch die genannte Styleigenschaft mehr als jede andere irriger Auffassung und mannigfachem Mißbrauche ausgesetzt ist, so erscheint es vor Allem wichtig, das wahre Wesen der sprachlichen Schönheit richtig in's Auge zu fassen. Ein Alter sagt: Die Schönheit ist die Blüthe der Gesundheit. Die Blumen selbst sind Erzeugniß und Merkmal der innern Kraft einer Pflanze. Das gilt auch von der Rede. Ihre Anmuth erblüht vor Allem aus ihrem innern Werthe, aus ihrer Gediegenheit, ihrer Fülle, ihrer schönen Gliederung: Wer bemüht ist, seiner Rede Gründlichkeit, Leben und Ordnung zu geben, der sorgt hiedurch selbst für ihre Schönheit. Die erste Sorge für letztere wird also immer diese sein müssen. Seneca erklärt uns dieß durch ein passendes Gleichniß, das er von dem Bau des menschlichen Körpers nimmt: In corpore nostro ossa, nervique et articuli, firmamenta totius et vitalia, minime speciosa visu, prius ordinantur; deinde haec ex quibus omnis in faciem aspectumque decor est; post haec omnia qui maxime oculos rapit color ultimus perfecto jam corpore affunditur. Befolgen wir diesen Gang der Natur, so wird auch unser Styl die schönen Eigenschaften eines in voller Gesundheit blühenden Körpers besitzen: Spannkraft, Biegsamkeit, Anmuth. Andererseits trägt eben die Schönheit der Rede auch wieder zu ihrer Eindringlichkeit bei. Nunquam vera species ab utilitate dividitur — bemerkt hierüber Quintilian und schickt diesem Satze eine interessante Beleuchtung durch eine Reihe treffender Vergleichungen voran [1]. Diese vortheilhafte Wirkung des Schönen findet aber nur statt bei sehr bescheidenem Maße desselben: das Zuviel, sogar wo es nicht unnatürlich scheint, stumpft bald ab [2]. Meist aber erscheint es wirklich unnatürlich und affectirt. Ueppiger Schmuck ähnelt den krankhaften Auswüchsen des Körpers. Zudem lenkt das Bestreben zu glänzen die Aufmerksamkeit des Redners selbst von viel wichtigern Dingen ab und erzeugt eine durchaus ungediegene habituelle Richtung. Geister, die zu sehr nach Zierlichkeit haschen, ersticken ihr Talent. Sie sind wie Menschen, die unter Blumen sterben. Das Höchste, was sie in ihrer Art erreichen, ist Uebertreibung und

---

credunt, plerumque ipsa delectatione capiuntur, nonnunquam admiratione auferuntur. Die Rede macht durch Glanz Eindruck wie das blanke Schwert und der leuchtende Blitz: Nam et ferrum adfert oculis terroris aliquid, et fulmina ipsa non tam nos confunderent, si vis eorum tantum, non etiam ipse fulgor timeretur (Inst. or. l. 8. c. 3.).

[1] Inst. or. l. 8. c. 3.

[2] Cicero beleuchtet diesen Gedanken vortrefflich durch eine von unsern Sinnen genommene vergleichende Induction: de orat. l. 3. c. 25. n. 98—101.

Schwulst. Statt Bewunderung zu ernten, machen sie sich lächerlich. Quintilian erlaubt sich gegen sie eine sehr verdemüthigende Bemerkung: Quo quisque ingenio minus valet, hoc se magis attollere et dilatare conatur. Tumidos et corruptos et tinnulos et quocunque alio cacozeliae [1] genere peccantes certum habeo non virium, sed infirmitatis vitio laborare. Das heißt also: ihr Reichthum ist nicht innere Fülle, sondern übertünchte Armuth. Wo sie es einmal zu wirklicher Schönheit bringen, ist diese selbst doch eine unfruchtbare, und mit Recht fragt Quintilian, der nur die nützliche will: An ego fundum cultiorem putem, in quo mihi quis ostenderit lilia et violas et amoenos fontes surgentes, quam ubi plena messis aut graves fructu vites erunt? Sterilem platanum tonsasque myrtos, quam maritam ulmum et uberes oleas praeoptaverim? [2] Mögen junge Redner dieß Urtheil des alten Lehrers auch hinsichtlich der Wahl der Muster zu dem ihrigen machen und sich vor Rednern hüten, deren ganzes Verdienst in magerer Zierlichkeit besteht.

Als Erstes und Nöthigstes gehört zur rednerischen Schönheit die Vermeidung alles Unschönen, Unedeln, Niedrigen, Trivialen. Bisweilen liegt der lieblichste Schmuck der Darstellung in ihrer Einfachheit oder kunstlosen Natürlichkeit: so meist bei Erklärungen, Beweisen, Erzählungen; bei Gedanken, die besondere Naivetät besitzen, so wie bei solchen, deren tiefe Wahrheit, deren Schönheit oder Erhabenheit gleichsam durch sich selbst sprechen soll (man nennt dann den einfachen Ausdruck: edel, großartig).

Ueberhaupt ist wohl zu merken, daß Dasjenige, was man mit der Redensart: etwas gut ausdrücken, zu bezeichnen pflegt, nie in der bloßen Wortverbindung liegt. Das sog. „treffende Wort" ist nicht nur das ästhetische Kleid, es ist der Gedanke selbst mit seiner Form, ist gleichsam, wie Villemain sagt, „die Seele, die in die äußere Erscheinung tritt." Die Sonne ist es, welche den wunderherrlichen Farbenglanz in dem Thautropfen abspiegelt; zieht sie sich zurück, so ist er farblos. Dasselbe innige Verhältniß besteht zwischen Gedanke und Ausdruck. Daher wird denn auch in der Lehre von dem schönen Ausdrucke immer auf die verschiedenen Gattungen von Gedanken Rücksicht genommen. So theilt Wurz die sog. schönen Gedanken ein 1) in solche, die ihre Schönheit von dem Gegenstande selbst, 2) solche, die sie von der Art ihrer Auffassung haben [3]. Die erstern, die an sich selbst schön, unterscheidet er wieder in große (erhabene), liebliche,

---

[1] Quintilian erklärt dieß Wort selbst: κακόζηλον, id est, mala affectatio (*l. c.*).

[2] l. c.

[3] Geistl. Beredſ. 2. Bd. S. 7—29.

rührende, edle (moralischen Adel bekundende) Gedanken — die andern dagegen, die durch die Art sie zu denken schön sind, in erhabene, lebhafte, starke, reiche, glänzende, kühne, feine Gedanken. So sind ihm z. B. die Gedanken von Gott, Unendlichkeit, Ewigkeit u. dgl. an sich selbst groß und erhaben; durch die Art der Auffassung [1] dagegen erscheinen die Gedanken groß, welche weit auseinander liegende Gesichtspunkte in Einer kräftigen Vorstellung zusammenfassen und hiedurch Bewunderung erregen. Z. B. Gott sprach, es werde Licht, und es ward Licht. Hier liegt das Hohe in der überraschenden Verbindung von Wort und der augenblicklichen Wirkung desselben. Je mehr dagegen die markante Verbindung zurücktritt, um so mehr verschwindet der Eindruck des Erhabenen. So in dem Satze: „Gott hat das Licht in einem Augenblicke erschaffen" offenbart sich dieser Eindruck nicht mehr, weil jene zwei äußersten Grenzen nicht mehr so bestimmt hervortreten.

Dagegen widerstreben der natürlichen Schönheit in hohem Grade Künstelei, in die Höhe geschraubte Vornehmheit des Ausdrucks, Sucht nach Außergewöhnlichem, kleinliches Ausspinnen eines gefundenen geistreichen Gedankens [2] u. dgl.

Ein besonderes Mittel, dem rednerischen Style Glanz und Würde zu vermitteln, ist die angemessene Anwendung des periodischen Styls. Man versteht unter Periode einen Satz von größerm Umfange, dessen Hauptglieder (Vordersatz und Nachsatz) in einem Causalverhältnisse — jedenfalls in einem Abhängigkeitsverhältnisse — stehen, so daß der Nachsatz im Vordersatze gegründet ist. Andere nennen jedes längere Satzgefüge Periode. Die Eigenschaften einer guten Periode sind Einheit, wodurch der rasche Ueberblick des Ganzen gewährt wird, Rundung, indem alle Satzglieder in einem schönen Ebenmaße zu einander stehen, endlich Wohlklang (darüber unten). Aristoteles empfiehlt die periodische oder gerundete Sprache, sofern sie nämlich bei einem „wohl zu übersehenden Umfange" stehen bleibt. Er sagt davon im Gegensatze zum zerschnittenen und der Ruhepunkte entbehrenden Style: „Diese Sprache ist angenehm und gut zur Auffassung. Angenehm, weil sie das Gegentheil des Unbegrenzten ist. Gut zur Auffassung, weil leicht zu

---

[1] Man könnte beisetzen: und durch die Ausdrucksweise — insofern hier Auffassung und Ausdruck sich vollkommen identificiren. Dieß durch die Ausdrucksweise Erhabene ist noch immer verschieden von der sog. erhabenen Schreibart, wie dieß aus dem angeführten Beispiele oder auch aus folgendem erhaben kurzen Worte erhellt, das der hl. Ambrosius von Gott spricht: (Deus) cui velle fecisse est. In beiden ist die Schreibart die niedere.

[2] Swift sagt hievon beißend: Wenn schlechte Schriftsteller einmal einen witzigen Einfall haben, so jagen sie den Hasen so lange, bis er todt zu ihren Füßen niederfällt.

behalten. Und zwar ist sie leicht zu behalten, weil sie Numerus besitzt, was für's Behalten am allerbesten ist. Darum behält Jedermann Verse besser als Prosa." Dagegen tadelt Aristoteles die langgedehnte Periode, aus der wieder eine Rede wird und die wie ein Streckvers aussieht [1].

So viel über den Redeschmuck. Zur Annehmlichkeit des Styls gehört endlich auch —

5) der Wohlklang oder jene Eigenschaft der Sprache, wodurch diese auf eine angenehme Art durch das Gehör empfunden wird. Der Wohlklang entsteht nicht nur dadurch, daß in den einzelnen Worten ein angenehmer Laut herrscht (Euphonie), sondern auch und vorzüglich dadurch, daß die Sätze zu einem schön geordneten, harmonischen und volltönigen Ganzen gebildet werden (Numerus) [2]. Der Redner wird sich übrigens auch hier wieder erinnern, daß gute Prosa nicht vorzugsweise Ton-, sondern Gedankendarstellung ist. Er wird daher zunächst auf Fernehaltung dessen sehen, wodurch die Sprache eintönig, schleppend und nachdrucklos wird. Manche Fehler gegen den Wohlklang werden nämlich zugleich zu Fehlern gegen wichtigere Styleigenschaften.

So wird die Sprache matt und schleppend, wenn mehrere Sätze mit demselben Worte anfangen oder schließen [3]. Z. B. Da ich es vernommen hatte, wandte ich mich an ihn. Da ich ihm nun aber vorstellte... Es thut mir leid, daß es ihn gekränkt hat; darf man aber verschweigen, was man Schädliches gehört hat? — Ebenso durch nahe liegende Reimsylben u. dgl. „Man muß sich der Armen erbarmen. In der Mitte des Palastes des Königes. — Die Sprache wird nachdrucklos, wenn die Sätze, besonders die Perioden, mit einem unbedeutenden Schlußfalle enden: Z. B. Die Sonne ging am frühen Morgen über fruchtbare Hügel, welche ihr Haupt in die Ferne streckten, mit majestätischem Glanze auf. — Daher sind nachhinkende Verben und Partikeln, Flick- und Fülltöne, Parenthesen, welche dem Satze als Schleppe angehängt werden u. dgl. sorgfältig zu vermeiden. — Die Sprache wird unklar, wenn der Styl zu abgebrochen oder durch Nebensätze zerhackt ist. Z. B. „Es ist unläugbar, daß alle Mängel, welche aus der Unüberlegtheit der Menschen, die darauf achten

[1] Er wendet darauf den Spott Demokrits gegen einen schleppenden Dichter an: „dem Dichter selbst ist zum Verderben der langathmige Streckvers." (Rhet. l. 3. c. 9.) Jene Breite rächt sich besonders beim mündlichen Vortrage.

[2] „Das Aeußere der Sprache muß weder in Versmaßen, noch ohne Rhythmus sein. Das erste ist gegen die Glaubwürdigkeit (Natürlichkeit), weil es gesucht erscheint; zugleich zieht es von der Sache ab, indem es die Aufmerksamkeit auf die gleichen Tonfälle lenkt. Das Unrhythmische dagegen ist ohne Ruhepunkt: dieser muß durchaus stattfinden; was ohne Ziel, das ist unangenehm und undeutlich." (*Arist.* rhet. l. 3. c. 8.)

[3] Eine Ausnahme bildet die absichtliche Wiederholung, z. B. als Figur.

sollten, entstehen, schaden. Sind dieß Gründe, welchen beizupflichten irgend Jemand, der Gefühl und Einsicht hat, wie er auch sonst denken mag, Bedenken tragen wird?" Es ist einleuchtend, daß dergleichen Sätze auch für das Memoriren ungeeignet, sowie andere mit harten Wortverbindungen für die Aussprache störend und endlich schwerfällige und langgedehnte für die Brust ermüdend sind. Der beste Wohlklang liegt in dem natürlichen Flusse der Sprache und der vollkommenen Rundung der Construction.

Möge denn der junge Redner — was wir zugleich auch für die folgenden Gegenstände bemerken — die erste Mühe der Stylbildung nicht scheuen, und wenn sein Muth ermatten will, sich der anregenden Verheißungen eines großen Meisters erinnern: Reich, fruchtbar, erhaben, wird der fleißige Redner sich bald mit einer Fülle oratorischer Mittel ausgestattet sehen. Das mühsame Ansteigen hat ein Ende, sobald die Höhe gewonnen ist: wenn der Anfang der Bahn etwas steil erscheint, muthig voran! mit jedem Schritte werden die Pfade freundlicher und die Gegend lachender [1].

Zweiter Abschnitt.

Von dem rednerischen Style in besonderer Beziehung.

Wir haben bisher den eigenthümlichen Charakter des rednerischen Styles nach seinen wichtigsten Hauptzügen betrachtet und gehen nun zur nähern **Anwendung** desselben über.

Erstes Kapitel.

Rednerischer Styl im engern Sinne.

Die erste und einfachste Art der Anwendung des rednerischen Styls bezieht sich auf die Darstellung des einzelnen Gedankens, wobei also die im vorigen Abschnitte enthaltenen Winke nun ihre besondere practische Geltung finden. Es gibt jedoch, wie dort schon angedeutet wurde, außer den allgemeinen stylistischen Formen noch gewisse eigenthümliche Ausdrucksweisen, die man **rednerische Wendungen** nennt. Hierunter versteht man die Auffassung (Darstellung eines Gedankens von einer nicht gewöhnlichen, dabei sinnvollen und ansprechenden Seite. Ihr Zweck ist, diesem Gedanken mehr Neuheit, Lebendigkeit oder Würde zu geben.

[1] Nitidus ille et sublimis et locuples circumfluentibus undique eloquentiae copiis imperat: desinit enim in adversa niti qui pervenit ad summum: scandenti circa ima labor est, ceterum quantum processeris, mollior clivus ac laetius solum. *Quint.* inst. or. l. 12. c. 10. Vgl. hiemit auct., ad Herenn. l. 4. c. 56.

Statt zu sagen: Wir nennen die irdischen Dinge eitel und lieben sie dennoch, spricht Massillon: „Die Menschen reden von der Nichtigkeit des Irdischen die Sprache des Glaubens und der Wahrheit; ihre Wege sind aber Wege der Eitelkeit und der Lüge." Eines der gewöhnlichsten Mittel hiefür ist die sinnige Anspielung auf einen geschichtlichen Zug, auf einen Ausspruch der hl. Schrift oder eines grossen Mannes u. dgl. So bei folgenden Sätzen: „Sie blühte am Morgen — und ihr wisset, mit welcher Anmuth: am Abende sahen wir sie schon verwelkt." Bossuet. — „Die Herrlichkeit ist das Land der Verheißung, wo Milch und Honig fließt; aber um dahin zu gelangen, muß man das Meer durchschritten und die dürre Wüste dieser Welt durchwandert haben." Flechier. — Die Kunst treffender Wendungen kann man vorzüglich von Bossuet lernen, der in der Originalität und Frische derselben unerreichtes Muster ist.

Die gewöhnlichste Art rednerischer Wendungen ist jedoch die aus höherer Erregtheit hervorgegangene, die man Redefigur nennt [1]. Diesen Namen trägt sie eben deßhalb, weil sie κατ᾽ ἐξοχήν die von der einfachen ruhigen Ausdrucksweise abweichende Redeform ist und sich durch ihr besonderes Gepräge, gleichsam durch eine charakteristische Physiognomie auszeichnet. Wir haben uns daher mit dieser Art Wendung nun näher zu befassen.

In der Figur liegt das Moment des Ueberraschenden. Sie ist der unmittelbare Wiederschein des menschlichen Gemüths und bringt die Lebendigkeit des innern Gefühls zur Anschauung. Aber eben darin liegt auch ihre Kraft, auf das menschliche Gemüth einzuwirken [2]. Wir unterscheiden sie in Wort- und Sachfigur. Die erstere hat ihr Gepräge mehr von der Eigenthümlichkeit der Ausdrucksweise als von der des Sinnes; die letztere dagegen mehr von dem Gedanken als von dem Worte.

---

[1] Aus dem Momente höherer Stimmung als der Quelle der Redefigur geht auch hervor, daß sog. Figuren, bei deren Entstehen besonders das Erkenntnißvermögen thätig ist, wie die Periphrase, die Antithese, die Synonymie u. dgl. in den meisten Fällen nicht wirkliche Figuren, sondern nur Wendungen sind. Quintilian definirt die Figur: Conformatio quaedam orationis, remota a communi et primum se offerente ratione. (Inst. or. l. 9. c. 1.) Er faßt also Wendung und Figur in demselben Begriffe zusammen. Uebrigens heißen beide nur in dem oben bezeichneten Sinne ungewöhnliche Sprechweise, nicht dagegen als kämen sie selten vor.

[2] Nam et *vim* adjiciunt et *gratiam* praestant. *Quint. l. c.* Aus der wahren Auffassung der rednerischen Figur ergibt sich übrigens auch die Befangenheit jener Ansicht, welche die rhetorische Figurenlehre schlechtweg als schülerhaften, lächerlichen und pedantisch kleinlichen Mechanismus verwirft.

§ 1. Wortfiguren.

Bei den Wortfiguren macht sich wieder eine doppelte Rücksicht geltend: die einen verändern nämlich die eigentliche Bedeutung des Wortes und heißen Tropen (Vertauschung); die andern lassen die Bedeutung unverändert und heißen Wortfiguren im engern Sinne.

Erster Artikel. Tropen.

Die vorzüglichsten Arten von Tropen sind:

1) Die Metapher, oder ein uneigentlicher (bildlicher) Ausdruck, dessen Grund in der Aehnlichkeit zweier Vorstellungen liegt: z. B. rauschendes Vergnügen, das Feuer des Edelsteins, die Blüthe der Jahre.

Wird die Metapher ausgemalt, so entsteht die Allegorie: So von dem Schiffe der Kirche: „O wahrhaft reiches, prächtiges, königliches, himmlisches, göttliches Schiff! Sein Mastbaum, der den glorreichen Gipfel bis zum Himmel emporträgt, ist das heilvolle Holz des Kreuzes, von dem die Segel der evangelischen Lehre herabwehen, angeschwellt vom Hauche des heiligen Geistes! Sein Steuerruder ist der Glaube, sein Eigenthümer Jesus Christus, sein Steuermann Petrus und die Apostel, welche in seiner Gesellschaft fahren; seine Ruderer sind die Engel, seine Reisenden die Chöre der Gläubigen und Heiligen; seine Fahrt geht durch das stürmische Meer dieser Zeit; sein Lauf ist immer heilvoll, sein Hafen das Paradies, sein Ziel die selige Ewigkeit“ [1].

2) Wird dagegen eine Vorstellung durch darunter enthaltene Theilvorstellungen oder damit nothwendig verbundene Nebenvorstellungen bezeichnet, so entsteht die Synekdoche und Metonymie.

Die Synekdoche ist die Vertauschung von Begriffen größern und kleinern Umfanges mit einander, z. B. Verwechselung des Ganzen und des Theiles, der Gattung und der Art, der Mehrheit und der Einheit. Die Metonymie ist die Verwechselung von Verhältnißbegriffen, die mit einander in natürlichem Zusammenhange stehen. Die Wechselbeziehung ist entweder eine innere, wie zwischen Ursache und Wirkung, Zeichen und bezeichneter Sache, Stoff und aus dem Stoffe Gefertigtes, Vorhergehendem und Nachfolgendem; oder sie ist eine äußere, wie zwischen Ort und darin Befindlichem, zwischen der Zeit und dem in ihr Geschehenen. Die Schriftstelle: In *sudore vultus* tui vesceris *pane* (Gen. 3, 19) enthält zugleich Metonymie und Synekdoche.

So ist es Synekdoche, wenn gesagt wird: der Wald rauscht, die Sterblichen, der Mann ist für den Kampf geboren. Aber Metonymie:

---

[1] Origenes.

den Lorbeer erringen, das stolze Jahrhundert, der Mann im Purpur, der Segen strömt auf unsere Gefilde hernieder (Regen).

Wird endlich ein Gegenstand dergestalt durch eine Reihe mit ihm zusammenhängender Vorstellungen bezeichnet, daß er dabei gar nicht genannt wird, so entsteht die Periphrase oder Umschreibung, die man als länger fortgesetzte Redeweise gewöhnlich zu den im II. Art. folgenden Figuren zählt. Die Periphrase liegt beiden obengenannten Tropen zu Grunde.

3) Die Ironie oder der Contrast zwischen Ausdruck und Gedanke stellt einen Gegenstand durch das Gegentheil dar.

Z. B. O vitam beatam, quae ut finiatur mortis quaerit auxilium! *S. Aug.* [1] Einer großartigen Anwendung der Ironie begegnen wir bei Salvian [2], bei Segneri (11. Fastenpred. Nachahmung einer Ironie des hl. Ambr. ep. 82. ad Vercell.) und bei Massillon (3. Sonnt. im Adv. 2. Thl.).

4) Die Hyperbel ist ein Tropus, welcher in der Auffassung des Gegenstandes dem Wortlaute nach über die Wahrheit hinausgeht. Sagen dagegen die Ausdrücke, wörtlich genommen, von dem Gegenstande zu wenig, so entsteht die Litotis (λιτότης, μηίωσις) oder der Tropus der Verkleinerung.

Von dem großen Feldherrn Condé sagt Bossuet mit Anwendung der Hyperbel: „Sein Schatten selbst hätte Siege erfochten"; Frayssinous bezeichnet denselben als den Helden, „der den Sieg in seinem Blicke trug." Die Schrift selbst, die überhaupt die tropische Bezeichnung sehr liebt, wendet die Hyperbel zu kräftiger Beschreibung an; z. B. das Land, „das von Milch und Honig fließt," oder den Stolz des Antiochus schildernd: Is, qui sibi videbatur etiam fluctibus maris imperare, et montium altitudines in statera appendere [3].

Eine Litotis dagegen ist es, wenn gesagt wird: die Minute unsers Daseins. Er hat sich der vergangenen Jahre seines Lebens nicht zu schämen. Gratia ejus in me vacua non fuit [4].

Dieser letztere Tropus geht bald aus Bescheidenheit, bald aus einem

---

[1] De civ. Dei. l. 19. c. 4.

[2] Wiederholt, z. B. Ad eccl. cath. l. 3. gegen Ende: Sed videlicet causa grandis est, qua Deum audire non possis . . bis: quem mori tam multi velint, dann l. 4: Sed videlicet magna causa est . . (gegen Frauen, die zu Gunsten genußsüchtiger Erben darben); und besonders l. 4. de gubern. gegen Solche, die den Namen Christi zu Bösem anwenden: denique multi non otiosas tantummodo. . .

[3] 2 Macc. c. 9.

[4] 1 Cor. 15, 10.

zarten Gefühle der Schonung oder des Anstandes, bald aber auch aus einem beabsichtigten feinen Spott hervor. Er verlangt, wie die Hyperbel, Umsicht.

Zweiter Artikel. Wortfiguren im engern Sinne.

Als die gebräuchlichsten derselben lassen sich die folgenden bezeichnen:

1) Wiederholung, oder mehrmaliger Gebrauch desselben Ausdrucks, um die Wichtigkeit einer Idee hervorzuheben oder die Aufmerksamkeit zu spannen:

Sibi habeant literas suas oratores, sibi sapientiam philosophi, sibi divitias suas divites, sibi regna sua reges: nobis gloria et possessio et regnum Christus est; nobis sapientia in stultitia praedicationis, nobis virtus in infirmitate carnis, nobis gloria in crucis scandalo, quo mihi mundus occiditur et ego mundo. *S. Paulin.*[1]

2) Synonymie und Expolition. Diese Redefigur malt einen Gedanken aus, um ihn um so tiefer einzuprägen. Synonymie heißt sie als Anhäufung verwandter Worte, Expolition als Anreihung verwandter Gedanken oder Sätze (in letzterer Beziehung als Sachfigur). Hiebei ist vor Tautologie zu warnen. Es soll in allen Elementen dieser Figur etwas Treffendes und Fortschreitendes liegen: bloß grammatische . . Synonymie ist keine Figur.

Mittelst einer sinnvollen Expolition erhebt der hl. Eucherius das glückliche Loos der unschuldigen Kinder: Quam beata aetas, quae necdum Christum potest eloqui, et jam pro Christo meretur interfici! nondum opportuna vulneri, et jam idonea passioni! Quam feliciter nati, quibus in primo nascendi limine aeterna vita obviam venit! Incurrunt quidem inter ipsa principia acceptae lucis periculum et finem salutis, sed de ipso protinus fine capiunt principia aeternitatis . . . Nondum ingressi infantiae cunas jam perveniunt ad coronas. Rapiuntur a complexibus matrum, sed redduntur gremiis angelorum [2].

3) Steigerung. Sie besteht in einer Reihe von Vorstellungen, worin jede nächstfolgende stärker als die vorhergehende ist (gleichviel ob der Fortschritt in derselben auf- oder abwärts liegt).

Steigendes Climax: Die Heiligkeit eines Christen kann als das

---

[1] Epist. 38 (alias 29) ad Aprum.

[2] Serm. de innoc. Dagegen ist es zunächst Synonymie, wenn Vieira sagt: „An dem Baume, so lange er lebt und grünt, ist Alles Anmuth, Alles Schöne, Alles Pracht: endlich stirbt der Baum mit der Zeit — und von jenem schönen bunten Gebilde, welches Blätter bekleideten, Blüthen schmückten und Früchte bereicherten, erblickt man nichts mehr, als einen ausgedorrten, traurigen, verstümmelten Leichnam" (Tod vor dem Tode, 2. Fastenpred.).

gewöhnliche Werk der Gnade betrachtet werden; die Heiligkeit eines Großen ist ihr Meisterstück; die Heiligkeit eines Königs ihr Wunder; die des größten Königs aber ihr größtes Wunder. Bourdalone[1].

Fallendes Climax: Wer kann sich ein Jahr, ja wer kann sich einen Monat, einen Tag, eine Stunde des Lebens versprechen?

4) Periphrase[2]. Wir haben sie schon im vorhergehenden Artikel kennen gelernt. Ihre Aufgabe ist es, dem Gewöhnlichen einen gefälligern oder nach Erforderniß der höhern Schreibart edlern Ausdruck zu geben.

So statt Galeerensträfling: „Jene Unglücklichen, welche unter der Arbeit des Ruders seufzen." Flechier. Statt Spital: „Ich könnte euch in jene traurigen Wohnungen einführen, in denen sich das Elend und die Armuth verbergen und wo sich so viele Bilder des Todes und mannigfacher Krankheiten zeigen." Derselbe.

Ganz so wird die Umschreibung auch angewandt, um etwas Herbes zu mildern, Ungefälliges gleichsam zu bergen, Verletzendes zu umgehen.

5) Ellypse (Auslassung der Mittel- und Nebenbegriffe).

Segneri sagt von der Beschämung des Sünders am Tage des Gerichtes: „Wie? ein Christ von einem Tataren zurechtgewiesen? ein Christ von einem Türken angeklagt? ein Christ von einem Heiden verurtheilt? O welche Schmach! welch' ewige Schande! Wer wird das jemals beschreiben können?"[3]

Bisweilen unterbricht der Redner im Feuer der Rede sogar das angefangene Satzgefüge und läßt den Sinn unvollendet (Aposiopesis):

„Darum wehe der Kirche Gottes, wenn sie je — doch das ist unmöglich! — aber wehe denen, die in der Kirche Namen zu ihrem vermeinten Nutzen ein Bündniß schließen mit der Partei des Umsturzes! Diepenbrock[4].

Mit der Ellypse ist auch das Asyndeton verwandt, welches der Lebendigkeit wegen die Bindewörter wegläßt:

Si quae sunt in te viscera pietatis, si qua est in nobis contemplatio humanitatis, si qua nos habet fraternae salutis affectio: abstrahamus eos, qui sic ad perditionem currunt, rapiuntur ad mortem, trahuntur ad tartara, festini sunt in gehennam. *S. P. Chrysol.*[5]

Verbannung, Kerker, Tod traf den Schuldigen.

---

[1] 1. Pred. von der Auferstehung.
[2] Nicht zu verwechseln mit der Paraphrase, die nur Erklärung ist.
[3] Fastenpred. 5. Pred.
[4] Fastenmandat 1849.
[5] Serm. 155.

Bisweilen wird derselbe Zweck: eindringliche Betonung des zu Sagenden, durch eine dem Asyndeton entgegengesetzte Redewendung oder durch das —

6) **Polysyndeton** (Häufung der Bindewörter) erreicht, z. B. Et cum tibi creditur, juras? et cum nemo exigit, juras? et horrentibus hominibus juras? *S. Aug.* [1]

Et reges terrae et principes et tribuni et divites et fortes et omnis servus et liber absconderunt se in speluncis et in petris montium: et dicunt montibus et petris: Cadite super nos .. [2]

7) **Antithese** oder Gegensatz (Zusammenstellung contrastirender Vorstellungen). Eine der häufigsten Redewendungen. Sie fordert kernhafte Gedanken. Gut gebraucht ist sie übrigens äußerst bezeichnend und eindringlich: Gegensätze prägen sich leicht dem Gedächtnisse ein.

Deum praedicabas et non requirebas. Daemonia abominabaris et illa adorabas. Judicium Dei appellabas, nec esse credebas. Inferni supplicia praesumebas et non praecavebas; christianum nomen sapiebas et Christum persequebaris. Suspectam habe convenientiam praedicationis in tanta disconvenientia conversationis! *Tertull.* [3]

Die Antithese wird besonders auch angewandt zur Ausführung rednerischer Parallelen. Ein schönes Beispiel hievon bietet der hl. **Fulgentius** in seiner bekannten Vergleichung der Geburt des Heilandes mit dem Martertode des hl. Stephanus [4].

Liegen die einzelnen Gegensätze, die in dieser Figur zusammengestellt werden, weit auseinander, so entsteht daraus öfter der überraschende Ausdruck oder das sog. **Paradoxon** (auch mit der unten anzuführenden Suspensio verwandt). Z. B.

„Sehet da im Stalle zu Bethlehem: die unendliche Majestät in den Windeln — ohne Reich, die Allmacht in der Kindheit — ohne Kräfte, die Gerechtigkeit im Schooße der Mutter — ohne Waffen, die Allgegenwart — ohne Stätte auf Erden, die ewige Weisheit in der Wiege — dem Anscheine nach des Gebrauches der Vernunft unfähig, Gott — unerkannt! Das ist, was ich bewundern, aber nicht begreifen kann." **Hunolt.** [5]

Vor Mißbrauch dieser Figur zu warnen!

---

[1] Serm. 180 (alias 28) de verb. ap.

[2] Apoc. 6, 15—16.

[3] De testim. animae. c. 6.

[4] Brev. Rom. 26. Dec. 2. noct.

[5] Pred. a. d. Geb. d. Herrn. Dieß Auffallende liegt auch in folgender Ausdrucksweise des hl. **Basilius** über Bewahrung und Verlust des Reichthums (d. h. Thorheit des Geizes und Lohn der Wohlthätigkeit: *Σκορπιζόμενος γὰρ ὁ πλοῦτος, καθ᾽ ὃν ὁ κύμος ὑποτίθεται τρόπον, πέφυκε παραμένειν· συνεχόμενος δὲ, ἀλ-*

8) Correction (Selbstverbesserung), indem der Redner einen Satz oder Ausdruck scheinbar zurücknimmt, dadurch ihn aber meistens verstärkt, bisweilen auch nur mit einer cautio oratoria versieht.

Sed me miserum! puto non creditur Deo. Et quid dico *puto?* utinam ambigue putarem et non evidenter agnoscerem! *Salvian.* [1]

Nachdem Flechier die edle Abkunft Turenne's erwähnt, fügt er sogleich bei: „Aber was sage ich? darum ist er hier nicht zu loben, sondern zu beklagen. Wie glänzend die Quelle war, der er sein Dasein verdankt, der Irrglaube hatte sie getrübt." (Trauerr. a. Tur.)

9) Figuren, die auf Symmetrie der Satzglieder, Aehnlichkeit der Wortendungen u. s. w. beruhen. Die bekanntesten dieser Redeformen heißen: Compar, adjunctio, disjunctio, similiter cadens, similiter desinens [2].

Omnia Christus est nobis. Si vulnus curare desideras, medicus est; si febribus aestuas, fons est; si gravaris iniquitate, justitia est; si auxilio indiges, virtus est; si mortem times, vita est; si coelum desideras, via est; si tenebras fugis, lux est; si cibum quaeris alimentum est. Gustate igitur et videte, quoniam Dominus suavis est [3].

An ad hoc, frater charissime, deponenda est ecclesiae catholicae dignitas et sacerdotalis auctoritas et potestas, ut judicare velle se dicant de ecclesiae praeposito extra ecclesiam constituti? de sano saucii? de integro vulnerati? de stante lapsi? de judice rei? de sacerdote sacrilegi? [4]

Auch bei diesen Redewendungen ist sehr vor Künstelei zu warnen.

§ 2. Sachfiguren.

Wir werden uns auch hier wieder auf die wichtigsten und gebräuchlichsten beschränken. Einige derselben gehören beinahe ausschließlich dem Gefühle an, andere beziehen sich zugleich auf das Erkenntnißvermögen und treten als belebendes Element in der Beweisführung u. s. w. auf. Diese letztern schließen gewöhnlich noch einen eigenthümlichen Contrast zwischen Gedanken und Ausdruck in sich, wie mehrere der bereits angeführten Figuren, und heißen deßhalb auch: Figuren mit Fiction. Wir wollen diese zuerst betrachten.

λοτρωοῦσθαι. ἐὰν φυλάσσῃς, οὐχ ἕξεις· ἐὰν σκορπίσῃς, οὐκ ἀπολέσεις. Hieher gehören auch Ausdrücke wie: süßer Schmerz, kriechender Stolz u. dgl.

[1] Lib. 2. ad eccl. cath.

[2] Ueber die einzelnen dieser Wortfiguren, die meist nur zur Eleganz des Styles dienen, vgl. Grundzüge . . S. 173—174.

[3] *S. Ambr.* de virgin.

[4] *S. Cypr.* Epist. 55. ad Corn. (Zugleich Beispiel des Gegensatzes und des Argumentes ex absurdo.)

Erster Artikel. Sachfiguren als Mittel der belebtern Gedankendarstellung[1].

1) Präterition oder scheinbare Uebergehung eines Gegenstandes, der eben durch diese Wendung um so kräftiger hervortritt. Bisweilen wird übrigens diese Redeweise auch angewandt, um auf einmal viele Gegenstände in raschem Redeflusse zusammen zu fassen und zu einem kurzen Bilde zu verschmelzen; sie wechselt dann auf ähnliche Weise mit andern Formen der Schilderung, wie die bekannte Definition per negationem mit der d. per affirmationem und bildet eine der gewöhnlichsten Redewendungen in der Lobrede.

Erwarten Sie nicht, meine Herren, daß ich vor Ihnen eine Trauerscene entfalte; daß ich Ihnen diesen großen Helden auf seinen Trophäen entseelt vorstelle; daß ich Ihnen den blutigen Leichnam aufdecke, bei welchem der Blitz noch raucht, der ihn getroffen; daß ich sein Blut gen Himmel schreien lasse wie das Blut Abels und Ihren Augen die traurigen Bilder der klagenden Religion und des weinenden Vaterlandes zeige! Flechier[2].

2) Frage. Diese vertritt bald die behauptende, bald die verneinende Rede: im ersten Falle liegt das Figürliche in der Fiction, im zweiten in der Lebhaftigkeit.

Was brüstest du dich, Staub und Asche? Warum blähest du dich auf, o Mensch? worauf bist du stolz? was versprichst du dir von Ehre und Reichthum? Treten wir zusammen hin an die Gräber, sehen wir da erschütternde Geheimnisse: die Natur in der Auflösung, unsern Leib in der Verwesung! Wenn du weise bist, so untersuche hier — und wenn du scharfsichtig, so sage mir: wer ist da König, wer Privatmann? wer ist Edler und wer ist Sklave? wer ist gelehrt und wer unwissend? Wo findest du hier die Schönheit der Jugend? wo die Lieblichkeit des Anblickes? wo die lachenden Blicke? wo die feurigen Lippen? wo die blühenden Wangen? wo die strahlende Stirne? Ist nicht Alles Asche, Alles Verwesung und Todesgrauen? O meine Zuhörer, dieses laßt uns betrachten und endlich, da es noch Zeit ist, zurückkehren von dem Wege, auf dem wir uns verirrt haben! Chrysostomus[3].

Besondere Lebhaftigkeit hat die Frage, wenn ihr sofort die Antwort beigefügt wird. Man nennt diese Redewendung alsdann —

3) Subjection. Sie bildet eine Art von Dialog und besitzt für

---

[1] Vgl. oben S. 84, Note 1. Selbstredend bedeutet die mit dieser Figurenklasse verbundene Fiction weder Künstelei noch Täuschung, sondern eben das im Naturausdrucke selbst liegende Eigenthümliche und Contrastirende.

[2] Trauerrede auf Turenne.

[3] Hom. 9. de poenit. Vgl. hiemit die Parallelstelle von Gregor von Nyssa (oben S. 10).

den Zuhörer etwas Spannendes und dramatisch Interessantes. Daher ihre häufige Anwendung in der Beredsamkeit.

„Was kannst du, o Weltkind! vor dem Richterstuhl Christi vorschützen, das nicht durch das Beispiel der Frommen widerlegt würde? Daß du dich den Sitten der Welt anbequemen mußtest? Aber thun das die Gerechten, die neben dir mitten in der Welt leben? Daß dein vornehmer Stand dir besondere Rücksichten auferlegte? Aber .. Oder etwa die Lebhaftigkeit der Jugend? Aber .. Die zerstreuende Natur deiner Geschäfte? .. dein Temperament, deinen natürlichen Hang für das Vergnügen? .. dein Mißgeschick? .. dein Glück? .. den Zustand deiner Gesundheit? .. Wende dich nach allen Seiten: so viel Gerechte, so viel Zeugen gegen dich!" Massillon [1].

4) Einräumung. Durch diese Figur gibt der Redner dem Zuhörer etwas zu, wodurch er ihm scheinbar die Oberhand läßt, aber nur um so kräftiger einen Gedanken einprägt. Zuweilen wird dem Zuhörer mehr eingeräumt, als er selbst verlangt, um ihm eben hiedurch eine Verpflichtung u. dgl. um so eindringlicher an's Herz zu legen.

Der hl. Ambrosius sagt seinen Gläubigen, daß er ihnen nicht verwehren wolle, an Wucher und Zinsen zu denken — lenkt aber Alles auf geistige Zinsen über: Sed foeneratorum vos delectat et usurarum vocabulum. Id quoque non invideo. Docebo quomodo boni foeneratores esse possitis, quomodo bonas quaeratis usuras. Dicit Salomon: *Foeneratur Domino, qui miseretur pauperi; secundum datum autem ejus retribuet ei.* Ecce bonum foenus de malo factum est. Ecce irreprehensibilis foenerator, ecce usura laudabilis. Nolite ergo jam invidentem me vestris commodis aestimare. Putatis quod hominem subtraham vobis debitorem? Deum provideo, Christum subrogo; illum demonstro, qui vos fraudare non possit ... [2] Bisweilen wird diese Redeform zu kräftigen Sentenzen angewandt: Si peccare vis, quaere, ubi te Deus non inveniat, et fac quod vis. *S. Aug.* [3]

5) Berathschlagung: eine Wendung, durch die der Redner an das Urtheil der Zuhörer appellirt oder sie zur eigenen Prüfung und Betrachtung einladet. Hieher gehören die Formeln: Saget selbst, ich frage euch, gibt es etwas Gerechteres; nicht wahr, a. Z., ihr selbst ...

Bourdaloue sagt von den Gesinnungen des Friedens, die uns das Geheimniß der Geburt Christi einflößen soll:

O saget mir, ein Christ, dem sich der Geist dieses rührenden Geheimnisses erschlossen hat, sollte er noch versucht sein, von diesem Richter-

---

[1] Pr. von der Vermengung der Guten und der Bösen.

[2] Lib. de Tob. c. 16.

[3] Serm. 132 (alias 46) de verb. Dom.

stuhle der Krippe sich an einen andern zu wenden? sollte es ihm schwer werden, alle seine Interessen in die Hand eines Gottes zu legen, der nur in die Welt kam, ihr den Frieden zu bringen? [1]

6) Dubitatio oder der Zweifel, indem man anscheinend Bedenken trägt, etwas zu sagen und es auf diese Weise um so tiefer einprägt.

Unde incipiam? quid primum, quid ultimum dicam? bona commemorem quae perdidisti? an mala defleam quae invenisti? [2]

Soll ich sie alle zurückrufen in Ihre Seele, die traurigen Bilder der Vergangenheit? Soll ich sie aufreißen, die blutenden Wunden, die kaum noch verharscht sind? Soll ich Sie zurückerinnern an die Tage der Angst und der Verzweiflung, an die Gräuel der Verwüstung, den eine übermüthige Nation bis in das Herz unseres Vaterlandes hineintrug? Dittrich. [3]

7) Spannung. Das Eigenthümliche dieser Redewendung besteht darin, daß sie durch eine Reihe von Vorstellungen auf den erst am Ende zu enthüllenden Gegenstand aufmerksam macht, und die Wißbegierde steigert, indem sie dieselbe hinhält. Z. B.

In diesem Zustande befand sich das Gemüth des hl. Karl, als ihn Gott plötzlich auf eine Prüfung stellte, die an sich mächtig genug ist, eine noch junge Tugend zu stürzen. Und welche Gefahren glauben Sie, daß dieß waren, meine Herren? Vielleicht widerwärtige Glückszufälle?.. Vielleicht der Tod seines Vaters.. Angriff der Verleumdung.. Krankheit?.. Welches ist demnach jene Prüfung, der es so schwer ist zu widerstehen? Es ist das Glück. Flechier. [4]

8) Licentia oder lebhafter Ausdruck der Freimüthigkeit und des Muthes in Hervorhebung solcher Dinge, die auffallend, gewagt oder sogar beleidigend erscheinen könnten: der Redner beruft sich auf sein Recht, seine Pflicht oder sein Vertrauen, das er auf den Edelmuth der Zuhörer setzt (daher liegt hier unter der anscheinenden Kühnheit häufig ein feines Lob der Zuhörer), und gerade durch das Hervorstechende der Wendung mildert er das zu Sagende.

So leitet Massillon eine Standespredigt für das Regiment des Generals Catinat mit den Worten ein: ..Ich weiß, daß hier eine Kriegerschaar steht, die von mir vielmehr Belehrungen über die Frömmigkeit als über die Tapferkeit erwartet, mehr eine Anleitung, sich unter den Waffen zu heiligen, als eine Ermahnung, sich unter denselben auszuzeichnen... Er-

---

[1] Pred. auf Weihn. — Ein anderes viel weiter ausgeführtes Beispiel siehe in Colmar's 2. Pred. auf Pfingst. (Eingang).

[2] *S. Ambr.* cred. de lapsu virg. cons. c. 2.

[3] Siegesrede.

[4] Lobrede auf den hl. Karl Borrom.

lauben Sie mir daher, daß ich Ihnen, anstatt von dem Ruhme, vielmehr freimüthig von den Gefahren Ihres Standes und von den Mitteln spreche, sich darin ewige und wahre Ehre zu erwerben [1].

9) Vorwegnahme (Selbsteinwurf). Diese Figur ist eine Wendung, wodurch man einem Einwurfe oder einer ungünstigen Gemüthsstimmung zum voraus begegnet oder deren etwaigem Auftauchen vorbeugt. Das Figürliche liegt hier darin, daß eine geahnte Schwierigkeit als eine bereits ausgesprochene aufgefaßt und lebhaft zurückgewiesen wird.

Ich weiß es, meine Geliebten! Viele aus euch sehen mich befremdlich an und fragen: wo sind denn diese Blüthen und Früchte, wo sind denn diese Erzeugnisse des christlichen Glaubens und der Liebe, die von einer solchen innern Entwickelung der Herrlichkeit der Kirche unter uns Zeugniß geben? Wollt ihr aber darauf die rechte Antwort haben, so laßt mich euch zuvor fragen: Wo sind denn die Länder, in welchen sich in diesen unsern Tagen die Kirche frei entwickeln kann und darf? Förster. [2]

Häufig findet hier die oben genannte subjectio Anwendung.

So in folgender Stelle, worin Salvian zeigt, daß in den Wechselfällen der Frommen nicht das Drückende liege, welches die Weltkinder darin ahnen: Humiles sunt religiosi? hoc volunt. Pauperes sunt? pauperie delectantur. Sine ambitione sunt? ambitum respuunt. Inhonori sunt? honorem fugiunt. Lugent? lugere gestiunt. Infirmi sunt? infirmitate laetantur. *Cum enim*, inquit apostolus, *infirmor, tunc potens sum.* [3]

Zweiter Artikel. Sachfiguren als Gefühlsausdruck.

Die Redewendungen, die besonders den Affect ausdrücken, sind hauptsächlich folgende:

1) Der Ausruf — der bald in einzelnen Worten, bald in kurzen Sätzen besteht.

O suavitatem! o gratiam! o amoris vim! Itaque summus omnium unus factus est omnium? Quis hoc fecit? Amor dignitatis nescius, dignatione dives, affectu potens, suasu efficax. Ouid violentius? triumphat de Deo amor! *S. Bernard.* [4]

O beatos nos, quorum causa Deus jurat! o miserrimos, si nec juranti Deo credimus! *Tertull.* [5]

2) Bitte und Beschwörung (obtestatio) mit Erwähnung bewegender Gründe.

---

[1] Rede bei Gelegenheit einer Fahnenweihe.
[2] Zeitpred. 6. Sonnt. nach Epiph.
[3] De gubern. l. 1.
[4] Ueber die Menschwerdung (serm. 64. in cant.).
[5] Lib. de poen. c. 4.

So ruft der hl. Pacian den Sündern zu:

Per rogo vos ecclesiae fidem, fratres! per sollicitudinem meam, per communes omnium animas obtestor et deprecor: ne pudeat in hoc opere [1], ne pigeat opportuna quam primum remedia salutis invadere, dejicere moeroribus animum, sacco corpus involvere, cinere perfundere, macerare jejunio, moerore conficere, multorum precibus adjuvare. In quantum poenae vestrae non peperceritis, in tantum vobis Deus parcet... [2]

Bisweilen tritt diese Figur zugleich als **Betheuerung** oder Schwur auf, indem Gott, die Heiligen, Himmel und Erde als Zeugen angerufen werden; auch findet letztere affectvolle Wendung ohne die Bitte statt.

Vgl. *S. Hier.* ep. 115 (alias 27) ad Eust. über die hl. Paula: Testor Jesum et sanctos ejus, ipsumque proprium angelum, qui custos fuit et comes admirabilis feminae, me nihil in gratiam, nihil more blandientium loqui etc. Ebenso *S. Bern.* (ep. 7): Tuum, Domine Jesu, tribunal appello, tuo me judicio servo, tibi committo causam meam.. tu vides, qui tua, vides, qui quaerunt et sua!

Bisweilen reihen sich an die obigen Wendungen auch die **Verwünschung** (z. B. der Sünder) und die **Abbitte**.

3) **Wunsch.** Eine affectvolle Aeußerung des Redners, wodurch er, gewöhnlich mit dem Ausrufe die Bitte verbindend, sein Verlangen nach dem Glücke der Zuhörer oder anderer Personen, sein Besorgtsein um Abwendung eines Uebels u. dgl. ausspricht.

O steige hernieder, du Tochter des Himmels, du Gabe des Allerhöchsten, heißersehnte Eintracht! O daß die beiden Fürsten, welche die Kirche verlor, daß sie jetzt, nachdem sie im Schooße Gottes vereinigt sind, dich ihren Völkern erflehen möchten! O daß der Friedensbund in den ewigen Gezelten von den Schutzgeistern der Völker möchte geschlossen und von ihnen auf die Erde gebracht werden! O möchte der Zorn Gottes diese beiden hohen Opfer annehmen! O möchte ihre Asche... **Massillon.** [3]

4) **Apostrophe:** Die begeisterte Anrede einer entfernten Person oder Sache, als ob jene gegenwärtig, diese belebt wäre.

Algier, reich durch Beraubung der Christenheit, du wirst weichen oder unter diesem Ueberwinder fallen! Du sprachest in deinem raubgierigen Herzen: „Das Meer steht unter meinen Gesetzen, die Nationen sind meine Beute." Die Geschwindigkeit deiner Schiffe war deine Zuversicht; aber du wirst dich in deinen Mauern angegriffen sehen gleich dem Raubadler, den man in seinen Felsen und seinem Horste aufsucht, wo er den Raub mit

---

[1] Buße.
[2] Paraen. ad poenit.
[3] Trauerrede auf den Dauphin.

seinen Jungen theilte.. schon jetzt rufen die erstaunten Steuermänner: „Wer ist wie Tyrus? und doch sie ist verstummt in der Mitte des Meeres!" (Ezech. 27, 32.) Bossuet.[1]

5) Personification (Prosopopöe), d. h. eine Redewendung, wodurch Personen als redend eingeführt, oder selbst unbelebte Gegenstände als lebende und handelnde Personen dargestellt werden.

De Boulogne, gegen den Unglauben der neuern Zeit[2] sprechend, führt die Wahrheit in glänzender Personification vor: „Vernehmet denn, m. Z., was die Wahrheit mit vernichtender Gewalt diesen Gottlosen zuruft: Ihr Unsinnigen! welches ist denn die Wuth, die euch betäubt, welches euere Verblendung? Wisset es, ich bin die Tochter des Himmels: was vermögen gegen mich die Würmer der Erde? Wähnet ihr, daß eure muthwillige Zweifelsucht, daß euer ränkevoller Ingrimm in meine ewige Sphäre hinaufreicht? Werfet einen Blick auf die lange Kette der Jahrhunderte: zahlreichere und furchtbarere Feinde als ihr haben sich der Reihe nach gegen meine Wissenschaft erhoben, und der Reihe nach habe ich sie besiegt. Ich sah die ganze Welt umschlungen von der Binde des Aberglaubens und schmählich hingeworfen vor Götzen aus Thon; ich habe gesprochen, und alle diese Götzen stürzten von ihren Thronen in den Abgrund der Verachtung und des Spottes: ich habe sie besiegt. Ich sah Gewalthaber und Cäsaren gegen mich alle Schrecken ihrer Macht entfalten: aber durch ihre Grausamkeit vermehrte ich meine Triumphe, durch ihre Blutbefehle meine Schüler: ich habe sie besiegt. Ich sah Alles gegen mich anstürmen, was sich mit Weltweisheit brüstete: Philosophen des Porticus, Philosophen des Lyceums, Philosophen von Mittag, Philosophen von Mitternacht: aber ich entlarvte das Nichts ihrer Lehrgebäude wie das Nichts ihrer Tugenden; sie gingen unter in der Thorheit ihrer Gedanken: ich habe sie besiegt. Nun denn: erhebet euch gegen mich in Streitreden und Büchern, schaaret euch zusammen, waffnet euch: auch ihr werdet besiegt werden. Gefäße aus Thon, ich werde euch in Staub zermalmen! Stolze Riesen, versuchet es, den Himmel zu stürmen: ihr kommet meinen Blitzen nur um so näher: gerade auf die schwindligen Höhen der Vernunft lasse ich sie am liebsten fallen! Euere Klugheit, ich werde sie vernichten; euere Weisheit, ich werde sie zu Schanden machen: ein Hauch meines Mundes, und dahin sind euere Erfolge, euere Werke, euere Jünger, euer Jahrhundert, gleich den luftigen Gebilden, womit Kinder spielen, gleich dem Staube, den der Wind vor sich aufwirbelt: Sicut pulvis ante faciem venti (Ps. 34, 5.)."

6) Vergegenwärtigung: lebendige Schilderung, Gemälde. Diese Figur (in ihrem höchsten Grade, wo sie Entferntes und Zukünf-

---

[1] Trauerrede auf M. Ther. von Oesterreich.
[2] Französischen Philosophismus.

tiges dichterisch vergegenwärtigt, auch Vision genannt) bedient sich gerne des malenden Präsens und überhaupt drastischer Farben.

Der höchste Richter wird von einer Wolke dahergetragen; der Glanz, der ihn umleuchtet, löscht die Schmach seiner frühern Erniedrigung aus. Die Fahne des Kreuzes geht strahlend vor ihm her; alle Heerschaaren des Himmels stehen an seiner Seite. Die Posaune erschallt, jene furchtbare Posaune, von der Paulus spricht, daß ihr Klang in die Tiefe der Gräber und in die Nacht der Abgründe dringen werde. „Stehet auf, ihr Todten!“ Auf diese Stimme erwacht die ganze Natur. Die Leiber werden belebt: das Meer gibt alle Opfer zurück, die es in seinen Wogen begraben, die Erde alle, die sie in ihrem Schooße verschlossen, der Tod alle, die er in Staub verwandelt; die zerstreute Asche wird von dem Geiste des Herrn gesammelt, sie verbindet sich und nimmt ihre erste Gestalt wieder an . . Bretonneau.

7. Porträt (Charaktergemälde, Sittenschilderung). Das Figürliche dieser Redeform liegt in der überraschenden Anschaulichkeit und der lebenathmenden Originalität derselben.

Der hl. Ennodius [1] zeichnet die unschuldige Jugend eines Heiligen in folgendem lieblichen Bilde: Cana consilia in annis puerilibus meditabatur. Vernabat in illo prae ceteris mater bonorum operum verecundia. Formositas lucis corporeae index animae fuit. Ridebant genae; nitida simul labia commendabant dupliciter mella sermonum; nec non quocumque vertisset oculos, serenitatem mentis nuntiabat aspectus; frons cereae pulchritudinis et candoris illius, quae solis passa radios colorem traxit ab aethere: vultus vitae similis. Erat prioribus sancta injungentibus obsecundans, aequalibus blandus atque officiosus, sequentibus [2] mera charitate communis; nulli se praeferens, cum religioso cursu per coelestem tramitem omnibus anteiret; laudationis amore vacuus, cum quotidie in eo laudanda adolescerent. De pudicitia juvenis mei quid loquar? Carnem se habere, nisi cum se moriturum esse meminerat, nesciebat [3].

8. Voraussetzung oder rednerische Hypothese. Sie findet statt, indem ein bestimmter Fall angenommen und erwogen, d. h. eine treffende Situation erdacht und lebendig vorgeführt wird, aus der sich in überzeugender oder ergreifender Weise die Wahrheit oder Wichtigkeit eines Gegenstandes ergibt. Weil sich hier zunächst das imaginative Moment äußert, wird diese Wendung zu den Affectfiguren gezählt [4].

Wenn Jemand uns ein Diadem auf das Haupt setzte oder eine goldene

---

[1] Bischof von Pavia, † 521.
[2] Tiefer Gestellten.
[3] Vita S. Epiph. episc. Tic. († 497).
[4] Sie tritt nicht immer als Figur auf, sondern wird dieß nur in dem Falle, als sie aus höherer Lebhaftigkeit des Gefühls hervorgeht.

Krone, würden wir nicht Alles thun, um der leblosen Steine uns würdig zu zeigen? Nun ist aber nicht ein bloßes Diadem auf unser Haupt gesetzt worden: Christus selbst ist unser Haupt, dessen Erhabenheit unvergleichlich. Die Engel und Erzengel und alle himmlischen Mächte verehren ihn: und wir, die wir sein Leib sind, wollten ihn nicht verehren? Chrysostomus[1].

Bossuet malt die Nichtigkeit irdischen Nachruhms in folgender, beinahe dichterischer Stelle, worin er sich an die Hingeschiedenen wendet: „Schlafet euren Schlaf, Reiche der Erde, und bleibt in eurem Staube! O wenn ihr nach einigen Menschenaltern — was sage ich? wenn ihr einige Jahre nach eurem Tode zurückkehrtet mitten in die Welt, o längstvergessene Menschen! ihr würdet euch beeilen, wieder hinabzusteigen in eure Gruft, um nicht euern Namen verdunkelt, euer Andenken ausgelöscht, eure Voraussicht getäuscht zu sehen, getäuscht in euren Freunden, in euren Creaturen, noch weit mehr in euren Erben und euren Kindern! [2]

9. Im starken Affecte wird endlich bisweilen eine Figur angewandt, die Epimone[3], coacervatio, heißt und darin besteht, daß der Redner durch gehäufte Fragen oder andere, in rascher Aufeinanderfolge sich drängende Wendungen, Gedanken und Gefühle auf den Zuhörer gleichsam anstürmt und ihn von allen Seiten einschließt.

So spricht Chrysostomus — um uns auf kürzere Beispiele zu beschränken — zu dem Hartherzigen:

Wie wagest du es, den Leib des Herrn zu empfangen, da deine Zunge von Menschenblut geröthet ist? Wie willst du den Friedenskuß geben mit diesem feindseligen Munde? Wie kannst du noch Nahrung genießen, da du in deinem Innern so viel Gift zusammenhäufest? Du richtest den, der da liegt, nicht auf: warum wirfst du ihn noch heftiger darnieder? Du hebest seine Traurigkeit nicht: warum vergrößerst du sie noch? Du würdigest ihn keiner Gabe: warum übergießest du ihn mit Schmach? Hast du nicht gehört, wie furchtbar diejenigen bestraft werden, welche die Armen nicht ernähren? weißt du nicht, welche Verdammung sie trifft? Hinweg, heißt es, hinweg in das ewige Feuer, das dem Teufel und seinen Engeln bereitet ist! Wenn nun diejenigen, welche sie nicht speisen, so gezüchtigt werden, welche Strafe wird Jener harren, die sie überdieß mit Schmach sättigen? Welche Rache, welches Feuer bereiten sie sich? [4]

Ebenso in folgender Stelle (gegen Lieblose):

Lasset nicht solcher Dinge uns rühmen, deren wir uns schämen müßten;

---

[1] Hom. 3. in ep. ad Ephes. Eine der schwungvollsten Wendungen dieser Art ist auch die des Weltapostels 1 Cor. 13, 1—3.

[2] Trauerrede auf Le Tellier.

[3] Ἐπιμονή, eigentlich Wiederholung eines Wortes oder Gedankens (z. B. Erras, erras..). Cicero nennt sie commorationem in una re. *De orat. l. 3. c. 53.*

[4] Hom. 21. in ep. ad Rom.

nicht sprechen, wie der niedrigste Pöbel: „Ich frage nichts nach Andern, nichts nach Tausenden.“ Wenn wir Jemand so sprechen hören, sagen wir ihm, um ihn zu beschämen und zum Schweigen zu nöthigen: Wie? du verachtest einen Gläubigen, den Christus nicht verachtete, auch da jener noch ungläubig war? was sage ich nur — ihn nicht verachtete? den er so sehr liebte, den Feind, den Verachtungswürdigen, daß er für ihn starb! Christus liebte ihn in jenem Zustande: und nun er schön und herrlich geworden, nun er Christi Glied und Christi Leib ist, sage mir, jetzt wagest du ihn zu verachten? Weißt du, was du sprichst? Begreifest du, was du wagest? Christus ist sein Haupt, sein Tisch, sein Kleid, sein Leben, sein Licht, sein Bräutigam; er ist ihm Alles, und du erkühnest dich, zu sprechen: Ich verachte ihn, und wie ihn jeden Andern! Halt ein, o Mensch! bezähme deinen Haß, erkenne deinen Bruder; lerne einsehen, daß deine Sprache die eines Verblendeten und Wahnsinnigen ist! [1]

§. 3. Gebrauch der Figuren.

Cicero sagt irgendwo von der Schönheit der Rede: Ornatur oratio *genere primum et quasi colore quodam et succo suo.* Nam ut gravis, ut suavis, ut erudita, ut liberalis [2], ut admirabilis, ut polita, ut sensus, ut dolores habeat, quantum opus sit, non est singulorum articulorum: in tuto spectantur haec corpore. Ut porro conspersa sit quasi verborum sententiarumque *floribus*, id non debet esse *fusum aequabiliter* per omnem orationem, sed ita *distinctum*, ut sint, quasi in ornatu [3], disposita quaedam insignia et lumina [4].

Um diese vortreffliche Bemerkung vollkommen zu würdigen, müssen wir uns an einen allgemeinen Grundsatz des guten Geschmacks erinnern. Bekanntlich bezeichnen die Bewunderer der Antike als ächten Geist derselben die einfache Größe der Conception und Ausführung, die Energie bei maßvoller Ruhe und ungetrübter Klarheit, die völlige Durchdringung und Verschmelzung von Inhalt und Form, von Idee und Darstellung, überhaupt eine allseitige künstlerische Begrenzung bei innerer Fülle und Fruchtbarkeit. Dieser classischen Einfachheit und Reife gegenüber, an die uns in der That manche Gebilde der alten Poesie und Sculptur erinnern, gilt das Unruhige und Grelle, noch weit mehr das Ueberladene an künstlerischen Productionen als entstellender Fehler. Die wahre Kunst soll überhaupt Natur sein (allerdings ideal gefaßte) und nie das

[1] Hom. 27. in ep. ad Rom.

[2] Edel.

[3] D. h. wie bei einer geschmackvollen Decoration.

[4] De orat. l. 3. c. 25. Diese lumina nennt Cicero auch: stellae orationis, so orat. c. 27.

Nebenwerk zum Hauptwerke machen. Wollen wir diese Bemerkung in sofern nun auf die Figurensprache übertragen, als sie auch hier Anwendung finden kann, so wird uns die Unterordnung derselben unter die höhern Zwecke der Rede, daher Angemessenheit und Natürlichkeit als erste Regel ihres Gebrauches erscheinen. Sie wirken am meisten, um nicht zu sagen allein, wo sie einfacher und unbewußter Erguß innerer Stimmung sind; am wenigsten, wo sie als gesuchter und absichtlicher Schmuck auftreten und die Gegenstände in einem auf Effect berechneten Lichte malen sollen. Besondere Vorsicht ist im Gebrauche auffallender und kühner Figuren nöthig: der Styl erscheint frostig, vielleicht wohl gar lächerlich, wo jene nicht von der Größe des Gegenstandes getragen sind. Außer dem unangenehmen Eindrucke aber, den drastische Glanzmittel auf den besonnenen Zuhörer machen, sind sie auch an sich der Rede nachtheilig. Wo Alles glänzt, sticht nichts hervor, und wo Alles Eindruck machen soll, macht nichts Eindruck [1].

Der ungemäßigte Gebrauch der Figuren beruht überhaupt auf einer unrichtigen Ansicht. Die Figuren sind für den Redner Waffen: das ist ihre wichtigste Bedeutung. Man bedient sich aber der Waffen nur, wo man ihrer bedarf. Daher bei großen Classikern die besonnene Wahl dieser Redeformen. Wir finden z. B. in Bezug auf den metaphorischen Ausdruck diesen nicht nur in der philosophischen Schreibart eines Plato und Aristoteles [2], nicht nur in den historischen und rednerischen eines Thucydides und Demosthenes, sondern auch in der dichterischen eines Homer und Sophokles in enge Grenzen eingeschlossen und dafür dem eigentlichen Ausdrucke das Uebergewicht eingeräumt, so ziemlich im Gegensatze zum modernen Style. Ob nun allerdings die öftere Anwendung der Metapher auch der gerühmten plastischen Strenge und Gediegenheit der Alten keinen Eintrag gethan hätte, eben so wenig als dieß bei der öftern Anwendung anderer Redefiguren der Fall war: so ist dennoch lehrreich, daß jene Sprache bei ihrer Zurückhaltung das leistete, was sie wirklich geleistet. Dagegen gereichte die glänzende Rhetorik Cicero's der Beredsamkeit desselben nicht immer zum Vortheile und zog ihm sogar von seinem Freunde Brutus den Vorwurf einer oratio elumbis zu.

Wir werden daher mit der oben genannten Eigenschaft auch noch die Vorsicht einer weisen Sparsamkeit verbinden, einer solchen nämlich, welche der Rede durchgehends den Charakter edler Einfachheit wahrt. Hierdurch werden die in der Darstellung auftretenden Figuren um so kräftiger wirken. Namentlich ist in Betreff der tropischen Sprache sehr

---

[1] Dieß ist auch der Gedanke Quintilians: Lumina illa non flammae, sed scintillis inter fumum emicantibus similia dixeris; quae ne apparent quidem, ubi tota lucet oratio, ut in sole sidera ipsa desinunt cerni. Inst. or. l. 8. c. 5.

[2] Dessen suavitas dictionis Cicero mehrmals rühmend erwähnt.

darauf zu achten, daß das Bildliche nie in's Bunte ausarte [1]: um wirklich edel zu sein, wird es, wie an sich interessant und treffend, so stets auch gemäßigt sein.

Mit der hier empfohlenen Mäßigung soll jedoch dem Nichtgebrauche der Figuren keineswegs das Wort geredet werden. Das wäre ein anderes Extrem. Quintilian bemerkt ganz treffend von den Vertretern des letztern: . . nihil probantes, nisi planum, et humile, et sine conatu. Ita dum timent, ne aliquando cadant, semper jacent — d. h. ihre ängstliche Nüchternheit lähmt allen Aufschwung der Rede [2]. Die Figuren sind eine eminent oratorische Form. Allerdings hängt das Mehr oder Weniger ihrer Anwendung von der besondern Art der Rede und der Natur des jedesmaligen Gegenstandes ab: doch sind sie der Beredsamkeit gerade für ihre ergreifendsten Züge unentbehrlich. Diese bedarf ihrer Lebhaftigkeit und Kraft, um der Sprache Schwung und Feuer zu geben; ihrer Frische und ihres reichen Colorits, um dasjenige mit Grazie auszudrücken, was ohne sie dürre erscheinen würde. Bisweilen sogar ist ihr eine Darstellung voll Pracht, Fülle und Kühnheit nöthig, und in diesen Fällen wäre eine magere oder unbelebte Sprache Unnatur. Aber auch im Allgemeinen gesprochen, ist es mit der bloß abgerundeten und schriftstellerischen Darstellung so mancher phlegmatischen Redner durchaus nicht gethan. Eine Beredsamkeit ohne große Züge ist keine Beredsamkeit. Das rechte Maß, sowie die Auswahl der geeigneten Redewendungen hat eben der gute Geschmack zu bestimmen.

Endlich ist hinsichtlich der Anwendung der großartigern Figuren, besonders jener, die starke Gemüthsbewegungen erzeugen sollen, noch zu bemerken, daß sie ebenso vorbereitet und mit Geschick eingeführt werden müssen, wie die großen Affecte selbst: sonst verfehlen sie ihre Wirkung. Als Muster hiefür kann Segneri dienen [3].

---

[1] Dies geschieht am leichtesten bei der Metapher durch Häufung des Ungleichartigen, bald indem so die Einheit des Bildes verletzt wird, bald indem bei der Ausmalung des letztern falsche Beziehungen unterlaufen. Alle einzelnen Züge des Bildes müssen stets mit der Idee in Harmonie stehen. Wo jedoch nicht Ein Bild ausgemalt wird, sondern verschiedene Bilder in unabhängiger Stellung als Parallelen auftreten, ist eine gewisse Mannigfaltigkeit der Metapher auch hinsichtlich desselben Gegenstandes nicht unzulässig. So sagt z. B. Feller von dem unversehrten Leibe des hl. Franz Xaver als einem fortdauernden Wunder: „Hier ist eine Sonne, die noch leuchtet, wenn sie schon in den Schooß des Meeres versunken ist; ein Baum, der zwei Jahrhunderte nach seinem Falle in seiner Lebensfrische bleibt; ein Mund, der noch spricht, wie der Mund Abels, im Stillschweigen des Grabes" (Lobrede a. d. hl. F. X.). Vgl. Sap. 2, 3; 5, 9—12.

[2] Inst. or. l. 8. c. 5.

[3] Vgl. über diesen ganzen Gegenstand auch: Grundzüge, Gebrauch der Tropen (S. 162—165) und Figuren (S. 192 ff.).

Zweites Kapitel.

Rednerischer Styl im weitern Sinne.

Wir haben bisher die verschiedenen, in ihrem Wesen ganz eigenthümlichen oratorischen Formen betrachtet, welche nebst der gewöhnlichen und einfachen Ausdrucksweise zur Darstellung eines Gedankens dienen. Es bleibt uns nun noch der fernere Fall zu erwägen übrig, wo es sich um die Anwendung des rednerischen Styles im weitern Sinne, d. h. nicht nur um Ausdruck, sondern um Ausführung und weitere Entwickelung eines Gedankens handelt, und zwar um eine tiefere und selbstständigere, als wie sie nur etwa in Anwendung einer Redefigur liegt. Hier bieten sich uns zwei Gesichtspunkte dar. Entweder ist der Zweck der Entwickelung die Begründung eines Gedankens, oder er ist vielmehr dessen ergreifende Einprägung, d. h. derselbe ist entweder rein logischer, oder er ist psychologischer Natur. Im ersten Falle haben wir die rednerischen Beweisformen zu betrachten, wodurch die Wahrheit, im zweiten die sprachlichen Mittel, wodurch die Wichtigkeit einer Idee oder einer Behauptung hervorgehoben wird.

§. 1. Rednerische Beweisformen.

Da alle Beweisformen nothwendig den logischen Denkgesetzen entsprechen müssen, so sind auch die rednerischen ihrem Wesen, d. h. ihrer Grundform nach streng philosophisch. Wie sie immer die Kunst der Darstellung einkleiden und verschönern mag, sie bleiben eben als dialectische oder vollkommen logische der Nerv der Rede. Die wichtigsten Beweisarten sind bekanntlich der einfache Syllogismus; der verkürzte Syllogismus oder das Enthymema; der durch sofortigen Beweis eines oder mehrerer seiner Glieder erweiterte Syllogismus oder das Epicherema; das Dilemma; der (weniger gebräuchliche) Kettenschluß oder Sorites[1]; endlich die Induction, die Analogie und das Beispiel.

Diese verschiedenen Arten der Argumentation können in mehrfacher Weise angewandt werden.

Erstens in ihrer einfachen, strengen Form: diese hat in ihrer Kürze den Vorzug der Uebersichtlichkeit und Kraft. Es wird von der Natur des zu erhärtenden Gedankens und von der Fassungskraft der Zuhörer abhängen, ob und wann diese Kürze an der Stelle, oder dagegen weitere Beleuchtung und Geltendmachung einzelner Momente der philosophischen Beweisform geboten sei.

---

[1] Das Nähere über diese Beweisformen siehe in den Grundzügen, S. 194 bis 196.

In folgendem Beispiele argumentirt der hl. Eucherius mit philosophischer Kürze (über die Liebe zu diesem und dem ewigen Leben): Absurdum atque contrarium est, ut vitae detrimentum afferat amor vitae. Igitur sive vitam hanc contemnendam putas, sive complectendam, in utroque facilis negotii mei causa est. Nam si spernitur, una est spernendi ratio, ut melior appetatur: et si diligitur, tanto magis est diligenda, quae major est [1].

Diese Art wendet bisweilen auch Augustin, unter den Neuern Bourdaloue an, und sie läßt sich bei aller Strenge mit rednerischer Lebhaftigkeit verbinden.

Die zweite Weise der Anwendung besteht darin, daß der rednerische Beweis zwar in gedrungener logischer Form ausgesprochen, aber entweder vorher erklärend eingeleitet, oder nachher weiter entfaltet wird.

Als Beispiel kann uns Tertullians bekannter Zug gegen Trajan dienen, worin er mit schneidender Schärfe dessen Decret gegen die Christen als einen sich selbst richtenden Widerspruch brandmarkt: O sententiam necessitate confusam! negat inquirendos, ut innocentes, et mandat puniendos, ut nocentes; parcit et saevit, dissimulat et animadvertit. Quid temetipsum censura circumvenis? Si damnas, cur non et inquiris? Si non inquiris, cur non et absolvis? Latronibus vestigandis per universas provincias militaris statio sortitur [2]: in reos majestatis et publicos hostes omnis homo miles est: ad socios, ad conscios usque inquisitio extenditur. Solum Christianum inquiri non licet, offerri licet: quasi aliud esset actura inquisitio, quam oblationem. Damnatis ergo oblatum, quem nemo voluit requisitum; qui puto jam non ideo meruit poenam, quia nocens est, sed quia, non requirendus, inventus est [3].

Die dritte Weise der Behandlung des rednerischen Beweises kann man die rein oratorische oder freie nennen. Diese faßt nur die Grundform, oder vielmehr die Grundidee des Arguments auf, entwickelt dieselbe aber, sowohl was Stellung als Ausdehnung der einzelnen Momente (z. B. der Theile des Syllogismus) betrifft, in beliebiger rednerischer Form.

So entfaltet Bourdaloue folgende philosophische Vergleichung: „Kein bedeutendes Werk kann ohne Leitung bestehen; also noch viel weniger das Universum," — indem er sich mit seiner gewöhnlichen kräftigen Logik an Jene wendet, welche die Vorsehung läugnen:

Der Zweifler glaubt es, daß ein Staat nicht anders gut regiert werden kann, als durch die Weisheit und Umsicht eines Oberhauptes. Er glaubt

---

[1] Paraen. ad Valer.

[2] I. e. destinatur. Sortio steht hier statt sortior, und zwar in eigenthümlicher Anwendung. Uebrigens bildet dieser Satz mit dem Nachfolgenden nun die (oben angedeutete) weitere Entfaltung des Dilemmas.

[3] Ironie — Apologet. c. 2.

es, daß ein Hauswesen ohne die Wachsamkeit und Sorge des Familienvaters nicht zu bestehen vermag. Er glaubt es, daß ein Schiff nicht gut geleitet wird, wo es an der Aufsicht und Geschicklichkeit des Steuermannes fehlt. Und sieht er dieß Schiff auf offenem Meere glücklich einhersegeln, diese Familie gut eingerichtet, dieß Reich in blühender Ordnung und Eintracht: so schließt er unbedenklich auf das Walten eines Geistes, der hier Alles mit Einsicht leitet. Sobald er aber von dem Weltall spricht, macht er eine ganz andere Anschauung geltend: er will, daß dieß große und herrliche Weltgebäude ohne Vorsehung, ohne die Weisheit eines waltenden Geistes, durch die bloße Wirkung des Zufalls sich in seiner wundervollen Ordnung erhalte. Heißt dieß nicht gegen seine eigene Einsicht ankämpfen und seiner Vernunft Hohn sprechen? [1]

Die Beweise lassen sich sogar mit allem Schwunge und Feuer des Affects verbinden, je nach ihrer innern Beschaffenheit oder ihrem Zusammenhange mit gewissen großen Wahrheiten und Folgen.

Ein Beispiel hievon haben wir an folgender Stelle, wo de Ravignan ein Enthymema (aus der Weigerung des Unglaubens folgen Widersprüche, also ist dieser falsch) oratorisch ausführt — er spricht von dem Geheimnisse der Menschwerdung:

Aber, ruft man mir hier zu, dieß Geheimniß ist unbegreiflich, unerklärlich! Gleichviel: es nicht annehmen, heißt sich in ein Chaos von Widersprüchen stürzen. Denn dann ist das Christenthum Irrthum, die ganze Welt im Irrthum, bekehrt, wiedergeboren, zur Civilisation erhoben durch den Irrthum: dann ist der Irrthum im Glauben, in der Liebe, in all' den herrlichen Schöpfungen des Christenthums; der Irrthum in jenem unabsehbaren Strome wohlthätiger Werke, der sich im Namen des Erlösers über die Menschheit ergoß; der Irrthum in dem Heroismus unzähliger Blutzeugen, der Irrthum in allen christlichen Geistesgrößen, und welchen Größen! der Irrthum in jener wundervollen Harmonie von Wissenschaft, Eifer, Aufopferung, übermenschlichen Tugenden; der Irrthum in der ganzen Reihenfolge der kirchlichen Zeitalter, in allen Denkmälern, in allen Zeugnissen der Geschichte; der Irrthum in dem gesammten katholischen Priesterthum und dem Apostolate aller Jahrhunderte; der Irrthum in dem Glücke des Glaubens und eines reinen Gewissens; der Irrthum auf der Kanzel, der Irrthum auf meinen Lippen, der Irrthum in meinem Herzen. Wie? eure leichtfertige und stolze Zunge, sie fände ein geringeres Geheimniß in allen diesen Folgen, die doch mit eiserner Nothwendigkeit aus euren Grundsätzen hervorgehen? So hört: mich machen sie schaudern! [2]

---

[1] Fastenpred.

[2] Rede über die Gottheit Christi.

Während die streng philosophische Form leicht trocken, wird die frei oratorische leicht breit oder gar ungediegen, indem der Einbildungskraft zu viel Freiheit eingeräumt wird. Der Redner hat daher bei der Darstellung der Beweise — welche Form er immer wähle — stets darauf ein vorzügliches Augenmerk zu richten, 1) daß der Beweis in seiner ganzen Kraft hervortrete, 2) daß der Ausdruck lebhaft und anziehend sei, daher 3) daß in der Anwendung der genannten dreifachen Darstellungsform ein gehöriger Wechsel walte.

§. 2. Rednerische Erweiterung.

Wie das Sonnenprisma uns gleichsam einen neuen Blick in die innere Schönheit des Lichtes thun läßt, wenn es zum ersten Male vor unsern Augen den einfachen Strahl in seine sieben herrlichen Farben zerlegt: so führt die Redekunst durch ein besonderes Mittel der Analyse in die Schönheit und Tiefe eines Gedankens oder einer Wahrheit ein, indem sie dieselben gleichsam in ihren mannigfachen Strahlenbrechungen an uns vorübergehen läßt. Dieses Mittel heißt: die rednerische Erweiterung, amplificatio. Es besteht darin, daß ein Gedanke nach seinen verschiedenen Seiten oder Beziehungen lebhaft entwickelt und der Seele so lange vorgehalten wird, bis er einen tiefen Eindruck auf sie macht [1]. Der vorzüglichste Zweck der Erweiterung ist die Wirkung auf das Gemüth. Daher Cicero's Definition derselben: Gravior quaedam affirmatio, quae motu animorum conciliat in dicendo fidem. Doch ist sie auch ein wichtiges Moment bei der Entfaltung der Beweisgründe und steht überhaupt zu allen früher genannten Zwecken der Rede in enger Beziehung. Daher Cicero's fernere Bemerkung: Summa laus eloquentiae est, amplificare rem ornando [2], quod valet non solum ad augendum aliquid et tollendum altius dicendo, sed etiam ad extenuandum atque abjiciendum. Id desideratur omnibus iis in locis, quos ad fidem orationis faciendam (adhibemus), vel quum *explanamus* aliquid, vel quum *conciliamus* animos, vel quum *concitamus*. Sed in hoc, quod postremum dixi, amplificatio potest plurimum, eaque maxima laus oratoris est et propria maxime [3]. Ja ohne Anwendung pathetischer Erweiterung scheint dem römischen Redner die Ge-

[1] Minus est *totum* dicere quam *omnia*. *Quint.* inst. or. l. 8. c. 3. Vgl. das malerische Beispiel, das er hiebei anführt (Erstürmung einer Stadt).

[2] Dieß ornare, wie früher schon angedeutet wurde, hat einen weit umfassendern Sinn, als unser „Zieren". Daher ist bei Cicero das orationis genus ornatum nicht der „zierliche", sondern der erhabene Styl (s. oben: Kap. Angemessenheit).

[3] De orat. l. 3. n. 104—105.

müthserregung kaum möglich. Quam [1] consequi nisi multa et varia et copiosa oratione et simili contentione actionis nemo potest [2].

Die Erweiterung gilt bald dem Gedanken oder Gefühle (indem z. B. hervorgehoben wird, wie bedeutungsvoll, edel, groß, dringend, nützlich . . etwas ist, oder im Gegentheile wie verächtlich, unwürdig, gefährlich u. s. w.), und hierin liegt ihre wichtigste Anwendung; bald gilt sie einem Ausdrucke, den man besonders auszeichnen, entwickeln, verstärken und dadurch einprägen will (amplificatio rerum et verborum).

Worterweiterung. Der hl. Augustin will das Wort bona (Domini) hervorheben und ruft aus: O bona Domini! dulcia! immortalia! incomparabilia! sempiterna! immutabilia! Et quando vos videbo bona Domini? [3] Hier war der Zweck nicht Erklärung, sondern Einprägung, daher die Erweiterung durch verstärkende oder pathetische Epitheta.

Sacherweiterung. Flechier entfaltet den Gedanken: „Alle irdische Ehre ist eitel“ mittelst folgender Personification:

O daß die erlauchte Verblichene noch selbst zu euch sprechen könnte! Sie würde euch sagen: Weinet nicht über mich, Gott hat durch seine Erbarmung mich zurückgezogen von dem Elende des sterblichen Lebens. Weinet über euch selbst, die ihr noch inmitten einer Welt lebt, wo man täglich des Bösen so viel sieht, leidet und thut. Lernet von mir die Hinfälligkeit aller menschlichen Größe! Mag man euch mit Blumen schmücken und euch Festkränze winden: diese Blumen dienen nur dazu, auf eurem Grabe zu welken! Mag euer Name in allen Werken strahlen, welche die Hoffart des Geistes verewigen möchte: wie bedaure ich euch, wenn er nicht im Buche des Lebens geschrieben steht! Mögen die Könige der Erde euch ehren: nur Eines ist für euch wichtig, daß Gott euch in seine ewigen Gezelte aufnehme! Mögen aller Menschen Zeugen euch loben: wehe euch, wenn ihr nicht selbst dereinst Gott mit den Engeln im Himmel lobt! O so verlieret nicht diese kostbaren Augenblicke des Lebens, die für euch eine Ewigkeit von Freuden werth sind! [4]

Die Mittel der Erweiterung sind: die Anwendung der rhetorischen Erfindungsquellen und der Redefiguren. Von erstern besonders die Auflösung des Ganzen in Theile, die Wirkungen, die Umstände, die Vergleichung einer Sache oder That mit andern, die Gegensätze, die

---

[1] Perturbationem (d. h. Affect). Ueber diesen tropischen Ausdruck vgl. Grundzüge S. 79, Note 2.

[2] De orat. l. 2. c. 53.

[3] Enarr. 2. in Ps. 26: „Credo videre bona Domini in terra viventium.“

[4] Trauerrede auf die Herzogin von Montausier. Vgl. hiemit eine ähnliche Erweiterung in der Trauerrede des hl. Gregor v. Nazianz auf seinen Bruder Cäsarius (gegen Ende). Eine treffliche Erweiterung des Gedankens: „Gott will das Gebet erhören“ findet sich bei Petr. Chrysol. serm. 39.

Zeugnisse. Von den Figuren dagegen die expolitio und Synonymie, die Wiederholung, die Steigerung, die Präterition, die Häufung (epimone). Bei der pathetischen Erweiterung werden besonders die Affectfiguren angewandt: so die Vergegenwärtigung, die Personification, die gehäufte Frage, die Subjection, der Ausruf, die Betheuerung.

Beim Gebrauche dieser Erweiterungsmittel ist übrigens strenge Einheitlichkeit (wenigstens in Bezug auf den Gesammtzweck) nöthig, ist ja die Hauptaufgabe der Erweiterung: Einprägung Eines Gedankens, diese aber ohne Einheitlichkeit unmöglich.

Ebenso ist die Erweiterung auf die wichtigsten Punkte der Rede zu beschränken: nur so wirkt sie kräftig. Die kühnere, malerische und drastische Erweiterung ist nur bei den größten Gegenständen zulässig; sie wird daher selten sein. Es ist übrigens eben so gefehlt, die rednerische Amplification nie, als sie zu oft anzuwenden. Eine Rede, die nichts erweitert, prägt nichts ein; die Alles erweitert, ist Geschwätz.

Was die Stelle der Erweiterung in dem Bau der Rede betrifft, so ist diese durch den jedesmaligen nächsten Zweck derselben bedingt, und von diesem hängt zugleich auch ihr Umfang ab. Soll sie zur Erklärung und zur kräftigen Hervorhebung eines wichtigen Beweises dienen, so wird sie zu den frühern Redepartien gehören und namentlich in letzterem Falle möglichst gedrungen sein. Incisa et membratim tractata oratio in veris causis plurimum valet, maximeque his locis, quum aut arguas aut refellas [1]. Die beste und daher gewöhnliche Ausstattung der Beweise ist ihre Ordnung, Klarheit, Bündigkeit; größere Ausdehnung oder Ausschmückung soll nur ausnahmsweise angewandt werden. Die entgegengesetzte Methode, größtentheils durch einseitige und übelverstandene Nachahmung Cicero's entstanden, ist für die Beredsamkeit, namentlich im siebenzehnten und achtzehnten Jahrhundert, mehr als einmal zur Klippe geworden und hat nicht wenig dazu beigetragen, die Rhetorik selbst in Mißcredit und hiedurch ihr Studium in Verfall zu bringen.

Ist endlich die Erweiterung pathetischer Natur, so fällt sie gewöhnlich mit dem zusammen, was man affectvolle Erörterung der Motive nennt, und findet daher ihre Stelle gegen Ende des Theiles, dem sie angehört, oder auch in der Peroration selbst. Letztere Stellung hat sie besonders in der alten Gerichtsrede, wo sie denn all' ihren Reichthum entfaltet [2]. Soviel über die rednerische Darstellung.

---

[1] *Cic.* Orat. c. 67.

[2] Hic exclamat, insultat, deprecatur, irascitur, orat, minatur. Vgl. *Cic.* orat. c. 38.

Vierter Theil.

Mündlicher Vortrag (Pronuntiatio).

Hier gelangen wir zur sog. körperlichen Beredsamkeit, wie schon Cicero den äußern Vortrag zu bezeichnen pflegte [1]. Das Studium dieses Theiles galt seit den ältesten Zeiten für ein hochwichtiges. Es ist bekannt, wie hoch Demosthenes, den das bewundernde Alterthum lex orandi, das lebendige Gesetz der Beredsamkeit, nannte [2], die Kunst des äußern Vortrags stellte. Er selbst verdankte der beharrlichen Uebung in demselben einen großen Theil seines Rednerruhms; ja Valerius Maximus nennt ihn (l. 8. c. 7) wegen des eisernen Fleißes in der Ueberwindung seiner natürlichen Schwierigkeiten sehr bezeichnend: den Sohn seiner eigenen Arbeit; den Demosthenes, den die Natur schuf, und jener, den er selbst bildete, seien als zwei ganz verschiedene Wesen erschienen. Hortensius hatte eine so hinreißende Action, daß selbst die Schauspieler seinen Vorträgen zuströmten, um von ihm die Kunst der schönen Darstellung zu lernen. Cicero übte sich in derselben Kunst bis in's hohe Alter [3]. Ganz richtig bemerkt d'Aguesseau, indem er den großen Abstand zwischen todter Vorlesung und lebendiger Declamation der Rede hervorhebt und es tadelt, daß die Sachwalter seiner Zeit ihre Reden meist von einem Papiere ablasen: „Sich mit seiner Arbeit als bloßen unerquicklichen Vorleser und todten Recitator hinstellen, heißt dem Redner Leben und Bewegung rauben, indem man ihm Gedächtniß und Vortrag raubt. Welchen Eindruck soll denn in aller Welt eine kalte, einförmige, seelenlose Beredsamkeit machen, die in diesem Zustande des Todes, in den man sie gebracht, von der eigentlichen Beredsamkeit nichts

---

[1] Orat. c. 17. De orat. l. 3. c. 59.

[2] *Cic.* de orat. l. 3. n. 213. So verband auch Perikles mit der innern Kraft der Rede einen so einnehmenden Vortrag, daß man zu Athen sagte, die Anmuth wohne auf seinen Lippen, indeß die Kraft seines Wortes die Gemüther mit einem Stachel durchbringe. *Cic.* de or. l. 3. c. 34. Itaque hic.. eloquentia excellens quadraginta annos praefuit Athenis et urbanis eodem tempore et bellicis rebus. *l. c.*

[3] So sagt u. A. Suetonius von ihm: Cicero ad praeturam usque graece declamavit; latine vero senior quoque. *De clar. rhet.* Cicero selbst aber erzählt von sich: Commentabar declamitans saepe cum M. Pisone et cum Q. Pompejo, aut cum aliquo *quotidie* etc. (Brut. c. 90). Ebenso übten sich bei ihm Männer des ersten Ranges im äußern Vortrage (ep. 16). Der Redner C. Carbo nahm solche Uebungen auch noch im Kriegszelte vor (Quint. inst. or. l. 10. c. 7), ebenso August während des Mutinensischen Krieges.

Anderes als den Schatten, oder, wenn wir so sagen dürfen, das nackte Gerippe bewahrt?" [1]

Auch die gelungenste und seelenvollste Composition verliert Leben und Empfindung, wenn sie matt und unbeholfen vorgetragen wird. Schon Cicero sagt lakonisch: Omnia perinde sunt, *ut aguntur* [2], und Quintilian: Affectus omnis languescat necesse est, nisi voce, vultu, totius prope habitu corporis **inardescat** [3]. Ja dieser letztere Lehrer thut sogar den Ausspruch: Equidem vel mediocrem orationem, commendatam viribus actionis, affirmaverim plus habituram momenti, quam optimam eadem illa destitutam [4].

Nach diesen allgemeinen Bemerkungen über die Bedeutung des äußern Vortrages wollen wir nun etwas mehr in das Besondere des Gegenstandes eintreten. Dem Verfasser des Werkes ad Herennium ist die „Pronuntiatio": vocis, vultus, gestus moderatio cum venustate [5]. Da diese Zweierlei in sich begreift: die Wort- und Geberdensprache (Declamation und eigentliche Action), so wollen wir sie auch nach dieser doppelten Beziehung durchgehen.

Erster Abschnitt.

Declamation.

Die Declamation besteht in der klaren, angenehmen und eindringlichen Mittheilung der Gedanken und Empfindungen durch die lebendige Sprache. Als ihre wichtigsten Eigenschaften müssen daher bezeichnet werden:

1. Verständlichkeit. Die Unerläßlichkeit dieser Eigenschaft leuchtet von selbst ein. Diese Verständlichkeit ist bedingt a) durch die Richtigkeit oder Angemessenheit der Aussprache rücksichtlich der Qualität und Quantität der Buchstaben, Sylben und Wörter (reiner Laut der Vocale und Consonanten, ohne Vermengung, Verdoppelung, Verstümmelung; natürliche Länge und Kürze; Vermeidung des Pöbelhaften oder Sonderbaren irgend einer Mundart); — b) durch die Deutlichkeit der Aussprache (fleißige und entschiedene Bewegung der Sprachwerkzeuge, d. h. kräftige und nicht im Gegentheile träge oder schwerfällige Arti-

[1] T. 1. p. 32.
[2] De or. l. 3. c. 56.
[3] Inst. or. l. 11. c. 3.
[4] L. c.
[5] Lib. 1. c. 2. Diese moderatio ist jener ausdrucksvolle Charakter, der ganz der Natur des jedesmaligen Gedankens oder Gefühls entspricht. — Quintilian bemerkt über den rhetorischen Ausdruck selbst: *Pronuntiatio* a plerisque *actio* dicitur, sed prius nomen a voce, sequens a gestu videtur accipere. *L. c.*

culation, daher Bildung der Töne gegen den Vordergaumen hin mit Anwendung der Zähne und Lippen; Beobachtung des Wortaccentes und der grammatischen Pausen; gehörige, d. h. der jedesmaligen Oertlichkeit entsprechende Stärke des Tones).

2. Natürlichkeit. Nichts hindert den Eindruck der Rede mehr, als Affectation und Unnatur, und nichts ist mehr geeignet, den Redner selbst zu ermüden, als ein erzwungenes Wesen in Ton und Sprache. Der Vortrag wird natürlich sein, wenn Aussprache, Betonung und Stimme der individuellen Eigenheit des Sprechenden (allerdings mit Abzug vorhandener Fehler), sowie der Beschaffenheit des Redeinhalts angemessen ist. Um also natürlich zu sprechen, suche der Redner sich mit dem gegebenen Inhalte zu durchdringen und sodann seine eigenen Eindrücke frei und unbefangen wiederzugeben. Er hüte sich, mit fremder Stimme zu sprechen, d. h. die Eigenthümlichkeit anderer Redner nachzuahmen: auf diesem Wege tritt die Verbildung und Affectation viel öfter ein, als man denkt. Die wahre Temperatur der Stimme wird am besten getroffen, wenn Höhe und Stärke derselben mehr der zweifachen Natur des Redners und des Gedankens, als technischen Regeln oder modischen Cadenzen angepaßt wird.

3. Lebhaftigkeit. Die Rede hieß bei den Alten wegen der ihr wesentlichen Lebensthätigkeit bisweilen einfach: Handlung oder Kampf, so besonders die Gerichtsrede, wo diese Energie gewöhnlich am stärksten hervortrat [1]. Es ist jedenfalls einleuchtend, daß der mündliche Vortrag ein beseelter und warmer sein muß, um ein dynamisches Mittel zu werden. Der matte, gedehnte, schleppende oder einförmige Ton vermag höchstens eine ganz entsprechende schläfrige Seelenstimmung bei den Zuhörern hervorzurufen. Nur Leben erzeugt Bewegung, nur Ergriffenheit erweckt Theilnahme. Cicero entgegnete einst einem langweiligen Redner: An ista, si vera essent, sic a te dicerentur? Tantum abest, ut inflammares nostros animos, somnum isto loco vix tenebamus (*Brut. c. 80*).

4. Mannigfaltigkeit mit Einheit. Die Mannigfaltigkeit im mündlichen Vortrage hängt auf's Innigste mit der eben besprochenen Lebhaftigkeit zusammen: eine bedingt und verstärkt die andere. Die Mannigfaltigkeit verlangt a) einen angemessenen Wechsel in den Tönen (rednerische Modulation), also Vermeidung der Monotonie oder immer gleichförmigen, steifen Tonhaltung, sowie der Isotonie oder gleichförmigen Tonmodulirung (Einerlei der Cadenzen); — b) Wechsel in der Geschwindigkeit und Stärke. Hier ist Inhalt und

[1] Daher die Ausdrücke: actio, *ἀγών*, *ἀγωνίζεσθαι λόγον* = eine Rede halten und bisweilen *ἀγώνισμα* als äußerer Vortrag.

innere Stimmung maßgebend; wie diese, wechseln auch jene. Jedenfalls hat der junge Redner aber sehr auf folgende Mahnung Quintilians zu achten: Vox *ultra vires urgenda* non est.. nec *volubilitate nimia* confundenda, quae dicimus: qua et *distinctio* perit et *affectus* [1].

Allein mit der genannten Mannigfaltigkeit des Vortrags muß sich zugleich eine gewisse, der Beschaffenheit der ganzen Rede entsprechende Einheit paaren: nur so erzeugt der Vortrag einen ununterbrochen fortschreitenden und einheitlichen Gesammteindruck. Es hat mit der Declamation vollkommen dieselbe Bewandtniß, wie mit der stylistischen Darstellung. Mannigfaltigkeit ohne den sie durchdringenden eigenthümlichen Charakter des Ganzen wirkt störend. Wie die Stimme des Redners einen vorherrschenden Mittelton, und wie sein Gemüth eine eigenthümliche, Alles durchwehende und tragende Stimmung, so hat auch die Rede einen ihrem innern Wesen wie den äußern Umständen entsprechenden charakteristischen Grundton: in der sichern, entschiedenen und männlichen Haltung desselben besteht die genannte Einheit des Vortrags.

5. Würde. Obwohl in dem Worte des Redners der Ton der Mittheilung, und zwar der lebendigsten, liegen soll, so ist der oratorische Vortrag dennoch verschieden von dem gemeinen alltäglichen Conversationston, sowie von der Sprache oder Modulation des Schauspielers: er ist ernster als jener und einfacher als diese. Allerdings ist er ebenfalls, und zwar seinem tiefsten Wesen nach, Conversationston, allein nicht der bewegliche, flüchtige, vertrauliche des täglichen Verkehrs, sondern ein durch würdevollen Nachdruck gehobener. Ebenso ist ihm die in's Einzelne gehende Tonmalerei des dramatischen Declamators fremd und am meisten das, was man eben „declamatorisch" nennt: Alles, was zu sehr an Kunst erinnert, oder eben nur Kunst sein will, streitet mit der würdevollen Einfachheit der Rede.

6. Wohlklang. In dem Sinne, als wir diese Eigenschaft früher in der Styllehre betrachtet haben, hat sie auch Bedeutung für den mündlichen Vortrag. Sie ist weniger ein wesentliches, als ein verschönerndes Element desselben. Die Hauptrücksicht, die sich hier geltend macht, ist Vermeidung des Ungefälligen und Störenden: als solches gelten der abgebrochene, stotternde oder stockende Vortrag, Rauheit, Heiserkeit, Härte und andere Fehler der Sprache (z. B. das allzuscharfe und widrig lispelnde Aussprechen des s, das wirbelnde des r, das sog. durch die Nase Sprechen), der singende, hölzerne, spitzige, schneidende und gellende Ton (letzterer für die Zuhörer überaus ermüdend). Dagegen wird der Vortrag für das Ohr angenehm durch gefällige Temperatur der Stimme,

---

[1] Inst. or. l. 11. c. 3.

durch einen gewissen Fluß derselben, oder durch leichtes und natürliches Uebergehen der Töne ineinander.

Obwohl eine reine, helle, metallreiche, biegsame Stimme, sowie das Vermögen reiner und fließender Aussprache [1] mehr Naturgabe, als Sache der Kunst und des Fleißes ist: so läßt sich doch durch Vorsicht und Fleiß nicht nur das Empfangene sicherer bewahren [2], sondern auch manches Fehlende allmählich ersetzen und Unschickliches abgewöhnen. Gerade auf diesem Gebiete hat die Geschichte der Beredsamkeit des Belehrenden und Ermuthigenden sehr viel aufzuweisen [3].

Bisher haben wir die Eigenschaften des mündlichen Vortrags in absoluter Weise oder an und für sich betrachtet; um sie nun auch in relativer Weise oder in ihrer besondern und nähern Anwendung in's Auge zu fassen, mögen folgende beleuchtende und specielle Bemerkungen noch zu weiterer Ergänzung dienen.

Verschiedene Vorstellungen und Affecte haben auch einen verschiedenen Ausdruck: man achte in dieser Hinsicht auf ihre Aeußerungen im gemeinen Leben; dasselbe kann mit seinen mannigfaltigen Phasen für den Redner zu einer nützlichen Schule werden. Ruhige Mittheilung, Erklärung und Erzählung verlangen den vertraulichen Ton, der in der mittlern Stimmregion mit vielen, aber sanften und ruhigen Veränderungen einhergeht [4]; ist dagegen die Erzählung lebhafter und pathetischer Natur, so wird es natürlich auch die mündliche Darstellung sein. Ruhige Forschung und Beweisführung liebt den ernsten und bedächtigen Ton, daher auch eher langsames, als zu rasches Zeitmaß [5]. Anders dagegen spricht der Affect: er ist belebter, volltöniger und in seiner Bewegung

---

[1] Bei dieser vermag allerdings schon die erste Erziehung Vieles zu leisten und gewissermaßen als zweite Natur zu wirken.

[2] Cicero sagt von der Stimme ganz treffend: Vox primum est optanda nobis, deinde, quaecunque erit, ea *tuenda*. *De orat. l. 3. c. 60.* Darauf fügt er bei: Ad vocem obtinendam nihil est utilius, quam *crebra mutatio:* nihil perniciosius, quam effusa sine intermissione contentio. Dieß ist jungen Rednern wohl zu beherzigen.

[3] Vgl. über Demosthenes *Quintilian.* inst. or. l. 11. c. 3, und über Cicero dessen eigene interessante Mittheilung: Brut. n. 305 und besonders cc. 90. 91; über Hortensius ib. c. 88, und über den Grund seiner nachmals sinkenden Größe c. 93.

[4] Namentlich verlangt der Eingang diesen gemäßigten Ton. Quid insuavius quam clamor in exordio causae? (*Auct. ad Her. l. 3. c. 12.*) Derselbe Verfasser gibt auch noch einen andern Grund an: Utile est ad firmitudinem (Stimmerhaltung) sedata vox in principio (*l. c.*).

[5] Aber auch hier gibt es Ausnahmen. Quintilian sagt von der gerichtlichen Beweisführung: Argumentatio plerumque agilior et acrior et instantior etc. (*Inst. or. l. 11. c. 4.*)

rascher [1]. Zur markanten Hervorhebung bedeutender Gedanken dient der oratorische Accent oder die Emphase. Wie die Münze ihre Geltung von dem Gepräge, so erhalten die Ausdrücke ihre Bedeutung von dem Accente. Dieser besteht darin, daß man den wichtigsten Gedanken eines Satzes, oder ein einzelnes bedeutendes Wort durch einen Druck der Stimme hervorhebt und so die Grundidee des Ganzen auszeichnet. Damit hiebei aber das Einzelne in harmonischer Verbindung mit dem Uebrigen stehe und nicht gewaltsam herausgerissen erscheine, wird schon auf die vorhergehenden Wörter ein mehr articulirter Ton gelegt, und eben so fließend wird auch später wieder der Uebergang zum ruhigen Tone sein. Ganz Abgebrochenes kommt nur bei außerordentlichen Dingen oder im heftigsten Affecte vor. — Bei Sätzen, die eine Erwartung enthalten, hebt sich die Stimme; bei Sätzen dagegen, die diese Erwartung befriedigen, geht sie in die Tiefe. Deßhalb steigt die Stimme bei einer Frage, oder bei dem Vordergliede einer Periode (d. h. bei der eigentlichen, wo der Vordersatz wirklich auf den Nachsatz spannt), senkt sich aber bei der Antwort und dem das Ganze abschließenden Nachsatze. In dem steigenden Climax erhöht sich die Stimme bei jedem Satze, in dem fallenden dagegen fällt sie immer mehr. Gegensätze prägen sich durch Abfall und Wechsel der Töne aus; Zwischensätze, Parenthesen, eingestreute Bemerkungen werden durch veränderten tiefern und schwächern Ton von dem Uebrigen unterschieden (sehr wichtige Erinnerungen dagegen durch gehobene und verstärkte Stimme). Ebenso ist für das Steigen und Fallen des Tones der größere oder geringere Zusammenhang der einzelnen Elemente einer Ideenreihe maßgebend. Je schwächer dieser Zusammenhang, oder je mehr ein Abschluß anzudeuten ist, um so tiefer sinkt (am Ende) die Stimme, somit am meisten bei Punkten. Mit der Verschiedenheit der Tonfälle hängt auch das Zeitmaß zusammen in Bezug auf Pausenhaltung. Nach Allem, was besonders hervortreten soll, findet eine Pause statt, daher nach der Ankündigung des Hauptsatzes und der Gliederung, nach Fragen, Exclamationen u. dgl. (doch hängt auch hier wieder viel davon ab, ob die Natur der Redewendungen eine höhere oder geringere Lebhaftigkeit und Raschheit bedinge). Je mehr ein Ganzes von Vorstellungen sich abschließt, oder je geringer der unmittelbare Zusammenhang mit dem Nach-

[1] Attollitur autem vox concitatis affectibus, compositis descendit, pro utriusque rei modo altius vel inferius. *Quint.* ib. c. 3. Doch soll im erstern Falle zu heftige und zumal andauernde Stimmanstrengung vermieden werden: Continuum clamorem remittere et ad **sermonem** transire oportet (*Rhet. ad Her. l. 3. c. 12*). Nur einzelne Kraftstellen sollen durch besondere Erhebung und Raschheit der Bewegung ausgezeichnet werden: Instandum *quibusdam in partibus* et densanda oratio. *Quint.* ib. c. 4.

folgenden, um so bedeutender wird die Pause sein: daher am größten beim Schlusse eines Theiles. Längere Pausen treten auch wohl im Anfange oder in der Mitte einer Periode ein, bisweilen sogar nach einzelnen Ausdrücken (doch — nein — denn — aber . .), wenn auf diese ein wichtiger Gedanke folgt [1].

Um es überhaupt zu wahrer Angemessenheit des mündlichen Vortrages zu bringen, lerne der Redner frühzeitig den Leseton und den eigentlich oratorischen, freiern und ausdrucksvollern Ton unterscheiden; hinsichtlich des letztern aber den vertraulichen oder herzlichen, den feierlichen oder getragenen, endlich den pathetischen oder schwungvollen Ton. Mehr oder weniger durchdringen alle diese Tonschattirungen sich in den meisten Reden und bestimmen auch Zeitmaß und andere Elemente der guten Declamation.

Zweiter Abschnitt.

Action.

Die rednerische Action besteht in der ausdrucksvollen und angemessenen, die Declamation begleitenden Darstellung der Gedanken und Gefühle durch Mienen und Geberden. Aus diesem Begriffe derselben ergeben sich sofort auch ihre wichtigsten Eigenschaften, die im Grunde mit den früher genannten der Declamation zusammenfallen. Die Action wird sich sonach empfehlen müssen durch

1. Natürlichkeit: soll sie ja eben die Ueberzeugung und Ergriffenheit des Redners, also sein innerstes Selbst darlegen. Zu dieser Natürlichkeit gehört in erster Linie Einfachheit, im Gegensatze zur Ziererei und Affectation; Unbefangenheit, im Gegensatze zu dem steifen und eckigen Wesen ängstlicher Verlegenheit; endlich Fluß und Leichtigkeit der Geberdensprache.

2. Lebhaftigkeit. Die ganze Erscheinung des Redners oder der Umstand selbst, daß eine Rede gehalten wird, setzt einen höhern Grund und mit diesem eine höhere Stimmung des Sprechenden voraus: diese muß sich aber nothwendig im Vortrage spiegeln. Daher wird in der Geberdensprache, je nach der Natur des Inhalts, Rührung, Feuer, Kraft, Bewegung und die alles wahre Leben charakterisirende Mannigfaltigkeit liegen, wie wir diese Erscheinungen in dem ganzen äußern Ausdrucke eines jeden tiefergriffenen und seine innere Bewegung

---

[1] Ein alter Rhetor sagt von der Wichtigkeit der Pausen: Intervalla *vocem confirmant* (d. h. erhalten, stärken sie): eadem *sententias concinniores* divisione reddunt, et auditori *spatium cogitandi* relinquunt (*Rh. ad Her. l. 3. c. 12*): lauter bedeutungsvolle Punkte!

frei äußernden Menschen finden. Wie diese Lebhaftigkeit an sich natürlich, ist sie auch für den Zweck der Rede nothwendig. Was nützte alles Leben, das vielleicht in der meditirten Rede vollauf strömte, wenn es in einem todten und eisigen Aeußern derselben wieder erstarrte? Gerade im Augenblicke der Entscheidung muß es sich im vollen Strome und freiester Bewegung ergießen, soll es selbst Bewegung erzeugen, und zwar innere, mächtige, nicht die andere, von der ein Dichter sagt:

> Ja, du hast alles Volk bewegt, wie du zu reden angefangen,
> Denn Alle, welche dich gehört, sind ungesäumt davongegangen [1].

3. Bescheidenheit und überhaupt Anstand. Die Nothwendigkeit dieser Eigenschaften geht aus dem früher von den oratorischen Sitten Gesagten hervor. Auch hier besteht die Hauptsache wieder in Vermeidung alles mit denselben Contrastirenden oder Anstoßerregenden, z. B. zu großer Freiheit, Nachlässigkeit, kleinlicher Eitelkeit oder gravitätischer Vornehmheit, und zumal alles dessen, was unbewachte Leidenschaftlichkeit verräth. Durch Bescheidenheit und Anstand soll allen Geberden des Redners jene Mäßigung gewahrt werden, die schon Erziehung und Bildung dem öffentlich Auftretenden zur Pflicht macht, und zugleich jene natürliche Würde, die der Ernst der Rede fordert.

Aus den aufgezählten Eigenschaften oder dem Grundcharakter der rednerischen Action geht nun zunächst die schon oben (1. Abschn.) angedeutete allgemeine Hauptregel hervor, daß dieselbe nie in's Kleinliche, Spielende, übertrieben Figürliche fallen dürfe, d. h. daß eine Menge Ausdrucksweisen, die dem gesellschaftlichen Declamator und besonders dem dramatischen Acteur erlaubt sind, dem Redner durchaus ferne bleiben müssen. Daher erweisen sich auch viele Winke, die in den gewöhnlichen Declamationsanleitungen vorkommen, für ihn nicht nur als vollkommen überflüssig, sondern geradezu verwerflich. Non comoedum esse, sed oratorem volo — sagt schon die alte Rhetorik [2], der die verfeinerte Neuzeit mit Unrecht Künstelei vorgeworfen. *Actione* constat (oratio) non *imitatione*. Quare non immerito reprehenditur pronuntiatio *vultuosa* et gesticulationibus *molesta* [3] et vocis mutationibus *resultans* [4]. Sit gestus ad *sensus* magis quam ad *verba* accommodatus [5].

---

[1] J. L. Prasch (beweglicher Vortrag).
[2] *Quint.* inst. or. l. 11. n. 42.
[3] Ueberladen, unruhig.
[4] Hervorspringend, bunt. *L. c.* n. 43.
[5] L. 11. c. 3. Alle diese Bemerkungen faßt Cicero in folgendem trefflichen Satze zusammen: Omnes autem hos motus subsequi debet gestus, non hic verba exprimens, scenicus, sed universam rem et sententiam, non *demonstra-*

Nach diesen allgemeinen Vorbemerkungen mögen nun noch einige besondere Winke folgen.

Die Haltung des Redners sei edel, natürlich, gerade. Das von dem Redner Vorzutragende kann eine mäßige Bewegung oder Neigung des Körpers nach dieser oder jener Seite veranlassen; im Allgemeinen aber ist immerwährendes Hin- und Herschwanken unpassend. Quintilian bemerkt auch: *Humerorum* raro decens allevatio atque contractio est [1]. Bekanntlich gewöhnte sich Demosthenes letztern Fehler durch ein sehr schmerzliches Mittel ab.

Aehnliches gilt von der Haltung und Bewegung des Kopfes. Praecipuum in actione, sicut in corpore ipso, caput est . . Sit primo rectum et secundum naturam . . tum accipiat aptos ex ipsa actione motus, . ut cum gestu concordet, et manibus ac lateribus obsequatur: adspectus enim semper eodem vertitur, quo gestus, exceptis, quae aut damnare, aut non concedere, aut a nobis removere oportebit [2].

Die Miene sei ungezwungen, bescheiden, in ihrem besondern Ausdrucke ernst, sanft und heiter, oder wie es eben der Redeinhalt verlangt; der Blick unbefangen, das ganze Auditorium umfassend, weder unbeweglich einer Stelle zugewandt, noch flatterhaft hin- und herschweifend.

Was die Bewegung der Arme und Hände betrifft, so faßt Quintilian das Wichtigste hierüber in folgenden Worten zusammen: Veteres artifices illud recte adjecerunt, ut manus cum sensu et *inciperet* et *deponeretur* — dieß ist ein allgemeines Gesetz der Geberdensprache und folgt aus der nothwendigen Natürlichkeit und Angemessenheit derselben. Tolli manum artifices supra oculos, demitti infra pectus vetant. Optime autem manus a sinistra parte incipit, in dextra deponitur . . nonnunquam resilit vel negantibus nobis vel admirantibus. Manus sinistra nunquam sola gestum recte facit: dextrae se frequenter accommodat . . [3]

---

tione, sed *significatione* declarans, laterum inflexione hac forti ac virili, non ab scena et histrionibus . . (de orat. l. 3. c. 59). Mit diesen und ähnlichen Bemerkungen bildet die in neuern Rhetoriken, besonders protestantischen, aufgeführte und von Katholiken „zum Besten geistlicher Redner" nachcopirte sog. objective Semiotik oder malende Action einen ganz merkwürdigen Gegensatz!

[1] Inst. or. l. 11. c. 3.

[2] *Id.* l. c.

[3] Er fügt erklärend bei: sive in digitos argumenta digerimus (a. d. F. aufzählen — was nicht zu oft geschehen soll), sive aversis in sinistrum palmis abominamur, sive objicimus adversas (vor sich hin), sive in latus utrumque distendimus (indem die Hände in verschiedener Richtung auseinander gehen), sive satisfacientes aut supplicantes (im ersten Falle mit einer Bewegung gegen den Zuhörer hin, im zweiten die Hände bittweise ausgestreckt oder gefaltet). Inst. or.

Keine Art von Bewegung soll zu lange dauern oder zu oft wiederkehren, sondern natürlich mit einer neuen oder mit Ruhe abwechseln. Ebenso sei die Bewegung nicht zu abgebrochen, sondern vielmehr getragen und continuirend, sie gehe eben nur mit dem Verlaufe der Periode selbst in eine andere über. Endlich sei sie stets bedeutsam. Der ruhige Anfang der Rede verlangt übrigens sehr wenige Geberden; ebenso reichen bei Erklärungen u. dgl. einige ganz leichte und einfache Handbewegungen hin. Je weniger der Inhalt speciell bezeichnend und hervorstechend, um so willkürlicher ist auch die Art des Gestus, sofern sie nur natürlich bleibt.

So viel über Geberdensprache. In Bezug auf alles bisher sowohl über Declamation, als Action Gesagte ist schließlich zu erinnern, daß es in keinem Punkte der Beredsamkeit so viel Relatives gibt, als in dem des äußern Vortrages. Die nähere Anwendung der meisten oben mitgetheilten Vorschriften modificirt sich in den einzelnen Fällen a) nach der Beschaffenheit der Rede und besonders nach der des Auditoriums; — b) nach Sitten und Gebräuchen verschiedener Länder und Völker (so z. B. ist die Lebhaftigkeit des Vortrages, die Anwendung einzelner Gesten u. s. w. für den italienischen Redner eine ungleich freiere, als für den deutschen); — c) nach der Individualität des Redners, der hier die ausgedehnteste Rechnung getragen werden muß. Ganz treffend sagt Quintilian: Unum jam his adjiciendum est, quum praecipue in actione spectetur decorum, saepe aliud alios

---

l. 11. c. 3. So gelten auch fest vor sich hin gehaltene, von Zeit zu Zeit nach unten sich bewegende Hände als Ausdruck des festen Sinnes; dagegen schwankende Bewegung der flachen, etwas ausgestreckten Hände als Ausdruck der Unentschlossenheit. Etwas zurückgebogene Arme können Vergangenheit, ausgestreckte, etwas gehobene Hände die Zukunft andeuten. Der Redner bezeichnet ein Ziel, indem er mit dem Finger vor sich hinweist; Höhe oder Tiefe durch aufwärts oder abwärts sich bewegende Hand; er prägt etwas ein, indem er mit einer Miene voll Ernst die eine Hand aufhebt; er betheuert, er gesteht eine Schuld ein mit der Hand auf der Brust; letzterer Gestus findet auch bei bedeutenden, aber sanften Empfindungen statt; zur Bezeichnung einer starken Leidenschaft dagegen bewegt sich die Hand heftiger gegen die Brust. Bei Wünschen streckt der Redner seine Arme aus und bewegt sie sanft nach sich zu; abwesende theure Personen, z. B. Verstorbene, redet er im Affecte mit erhobenen Händen, oder auch Gott mit gefalteten Händen an u. s. w. Aber wohl gemerkt: ob auch allerdings dergleichen Gesten da, wo sie mit dem natürlichen Gefühle des Redners harmoniren, angewandt werden können, so müssen sie es doch keineswegs. Die schlechteste aller Declamationen ist die angelernte, mechanische, die statt der eigenen Natur nur ein Buch reproducirt. Der angehende Redner sehe daher Bezeichnungen, wie die eben mitgetheilten, nur als Winke aus weiter Ferne an; und ob es auch nützlich sein mag, bei den ersten Vorübungen auf dieselben einigermaßen Bedacht zu nehmen, so mache er es sich doch zum Grundsatze, bei wirklichen Vorträgen nur die Natur sprechen zu lassen.

docere ... Quare *norit se quisque*, nec tantum ex communibus praeceptis, sed etiam *ex natura sua* capiat consilium formandae actionis [1].

Deßhalb vermag die Theorie in Bezug auf mündlichen Vortrag nicht viel mehr zu leisten, als dessen allgemeine Eigenschaften, und die vorkommenden Verstöße gegen letztere anzugeben: die besondere Anwendung ihrer Grundlehren oder die Bildung des Individuums muß sie dem lebendigen Unterrichte überlassen. Nur letzterer, wenn er anders richtig ist, vermag practisch und speciell zu werden. Aber eben, weil er unerläßlich und andererseits eine gute rednerische Action von der höchsten Bedeutung ist, darf er keinem jungen Redner fehlen und muß so frühzeitig als möglich begonnen werden [2].

Was der angehende Redner aber seinerseits zu leisten hat, um sich einen tüchtigen Vortrag zu erwerben, möchte hauptsächlich in Folgendem liegen: 1) Er lerne vor Allem gut lesen, d. h. öffentlich mit Sinn und Ausdruck, mit fester Articulation und gesetztem, nicht übereiltem Zeitmaße vorlesen. So verschieden an sich der Leseton von dem Redetone ist, so ist dieß Verfahren doch eine nöthige Vorübung zum mündlichen Vortrage. 2) Bevor er ein Stück vorträgt, suche er in den Geist desselben einzudringen; er merke sich genau Bedeutung und Zusammenhang der einzelnen Stellen, daher auch was dabei hervor-, was hingegen zurücktreten soll. 3) Die ersten Uebungsstücke suche er auf das Vollkommenste dem Gedächtnisse einzuprägen, so daß er mit unbehinderter Freiheit und Sicherheit sprechen und sein ganzes Selbst in den Ausdrück des Vorzutragenden legen kann [3]. 4) Es wird nützlich sein, im Anfange der Uebungen gewählte Stellen erst ohne alle Gesticulation vorzutragen, um dabei die ganze Aufmerksamkeit auf die lebendige und ausdrucksvolle Betonung, überhaupt auf die Declamation, zu richten; hierauf dann dieselben Stellen mit der passenden Action zu verbinden. Wo dieß nicht befolgt wird, wenden Anfänger meist alle Aufmerksamkeit auf die sie präoccupirende Geberdensprache und bringen es so in der Hauptsache, der seelenvollen Darstellung durch das lebendige Wort, nie zu wahrer Tüchtigkeit [4].

---

[1] Inst. or. l. 9. n. 41—42.

[2] Quintilian bemerkt in dieser Beziehung: Hoc diligentiae genus ausim dicere plus collaturum discentibus, quam omnes omnium artes. — Nam in omnibus fere minus valent praecepta quam exempla. L. 1. Vgl. übrigens mit allem Bisherigen auch die Winke und practischen Beispiele in den Grundzügen S. 206—213.

[3] Ueberhaupt ist sorgfältiges Memoriren eine der ersten Bedingungen für den guten Erfolg der Declamationsübungen. Ohne diese Sorgfalt werden letztere zu bloßer Formalität.

[4] Es möge über diesen Gegenstand auch noch eine Bemerkung Sulzers hier

Um dem Redner die Vorbereitung zum mündlichen Vortrage zu erleichtern, pflegten schon die ältesten Rhetores demselben die Grundsätze der Gedächtnißkunst (Mnemonik) vorzulegen [1]. Allerdings ist das Gedächtniß nach Quintilians Ausdruck: thesaurus eloquentiae; allein wenn es sich hiefür um eine Anweisung handelt, die allen Arten von Naturanlagen angemessen sein soll, läßt sich wohl keine andere geben als die des eben genannten Lehrers: Si quis tamen unam maximamque a me artem memoriae quaerat, *exercitatio* est et *labor*: multa ediscere, multa cogitare, et, si fieri possit, quotidie, potentissimum est [2]. Sorgfältige, frühzeitig begonnene Cultur des Gedächtnisses erzeugt leichtes und treues, fortgesetzte festes und umfassendes Memoriren. Wie die Kraft des Magnetes allmählich zunimmt, wenn man sie fortwährend übt und das angehängte Gewicht stufenweise vergrößert; so wird auch die Kraft des Gedächtnisses durch fortschreitende Uebung außerordentlich erhöht und seine Leistung vervielfacht. Die Haupterleichterung für das Gedächtniß ist: 1) daß man seine Rede sorgfältig schreibe: Selbstgearbeitetes ist schon zur Hälfte memorirt; 2) daß man gut disponire; 3) daß man sich vor Allem die Sachen, die Hauptmomente des Inhalts, einpräge. Aber wie hiedurch das Sachgedächtniß, wird auch ebenso leicht das Wortgedächtniß geübt und gefördert. Quintilian gibt hiefür noch folgende Winke: Si longior complectenda memoria fuerit oratio, proderit per partes ediscere... Non est inutile, iis, quae difficilius haereant, aliquas apponere notas, quarum recordatio commoneat et quasi excitet memoriam... Illud neminem non juvabit, iisdem quibus scripserit ceris [3] ediscere... Si memoria suffragatur, tempus non defuit, nulla me velim syllaba effugiat.. si vero aut memoria natura durior erit, aut non suf-

---

Platz finden: „Wenn irgend ein Theil der Kunst ist, der eine lange und sehr fleißige Uebung erfordert, so ist es dieser .. der Redner muß sich zu seinen Uebungen eine Sammlung vorzüglicher Stellen aus den besten Rednern anfertigen, die er erst wohl auswendig lernt und hierauf für sich so lange declamirt, bis er Stellung und Geberden, die jedem Stücke zukommen, gefunden hat. Wie ein Zeichner nicht leicht einen Tag vorbeigehen läßt, ohne etwas zu zeichnen, so muß auch der Redner täglich wenigstens eine Stelle declamiren. Es ist ein wirklicher Mangel auf unsern Universitäten, daß kein methodisch eingerichteter Unterricht in der Schule gegeben wird. Daher kömmt es denn, daß man sehr selten einen geistlichen Redner findet, der die Kunst versteht, seinen Worten durch die Geberden Nachdruck zu geben." Theorie d. sch. K. u. W.

[1] Cf. *Auct. ad Her.* l. 3. c. 16 sqq. Er nennt das Gedächtniß: thesaurum inventorum atque omnium partium rhetoricae custodem. Ein Werk des Aristoteles über diesen Gegenstand (τὸ μνημονικόν) ist uns verloren gegangen.

[2] Inst. or. l. 11. c. 2. n. 40.

[3] Bekanntlich schrieben die Alten auf wächserne Tafeln.

fragabitur tempus, inutile erit ad omnia se alligare verba, — totiusque multo, comprehensis animo rebus ipsis, libertatem sibi eloquendi relinquere etc. [1]. Es versteht sich von selbst, daß Ruhe des Geistes sowie Ruhe der Zeit und des Ortes (ungestörte stille Einsamkeit) dem Geschäfte des Memorirens vor Allem förderlich ist: daher werden die Morgen- und Abendstunden besonders empfohlen. Ebenso der Zusammenhang der Gedanken: weßhalb diese Uebung nicht auf zu geringe und zerstückelte Zeitparcellen zu vertheilen. Endlich fordert die von Quintilian ganz richtig bemerkte Unzuverlässigkeit des frisch Erlernten (recens memoria), daß das Memoriren nie auf die äußerste Grenze des Möglichen hinausgeschoben, sondern möglichst frühzeitig vorgenommen werde.

Wo der Fall eintritt, ohne gehörige Vorbereitung sprechen zu müssen (extemporalis oratio), gibt Quintilian den Rath: Nobiliore quodam opus erit ingenio, et vis omnis intendenda *rebus*, et in praesentia *remittendum aliquid ex cura verborum*, si consequi utrumque non dabitur. Tum et *tardior pronuntiatio* moras habet... Hoc dum egredimur e portu, si nos nondum aptatis satis armamentis aget ventus, deinde paulatim simul euntes aptabimus. Id potius quam se inani verborum torrenti dare quasi tempestatibus quo volent auferendum. Dabei warnt er aber sehr davor, ohne Besonnenheit sich auf Improvisation beschränken und in rhetorischer Mundfertigkeit Lorbeern suchen zu wollen: Tam contumeliosos in se ridet invicem eloquentia, et qui stultis videri eruditi volunt, stulti eruditis judicabuntur [2]. Gute Improvisation ist nur dem möglich, der sich vorher die Mühe sorgfältiger Vorbildung gefallen ließ und sowohl für Stofferhebung als Disposition und Ausdruck sich Fertigkeit errungen. Ausnahmen hievon sind auf Rechnung besonderer Naturanlage oder außerordentlicher Umstände zu setzen.

Indem wir hiemit die bisherigen Belehrungen über die allgemeine Beredsamkeit beenden, um den jungen Redner nun zu einer kurzen Umschau auf dem reichen und erhebenden Gebiete der geistlichen Beredsamkeit einzuladen, wollen wir ihm zugleich noch einmal den öftern vergleichenden Rückblick auf die besprochenen Grundzüge der Theorie angelegentlich empfehlen und sagen ihm mit einem alten Lehrer: Tu primas quasque partes in animo frequenta, *et, quod maxime necesse est, exercitatione confirma* [3].

---

[1] L. c. n. 27—48.

[2] Inst. or. l. 10. c. 7.

[3] *Auct. ad Her.* l. 3. c. 24.

Abriß der geistlichen Rhetorik.

Einleitung.

I. Wesen des Predigtamtes.

Eine der schönsten und lieblichsten Erscheinungen in der Geschichte ist die Predigt des Evangeliums, die mitten in die trostlose Nacht der Heidenwelt auf einmal wie eine ungeahnte Morgenröthe die Hoffnungen eines neuen und herrlichen Tages trug und ohne Geräusch oder zerstörende Gewalt, allein durch das demüthige Wort armer und schwacher Menschen, ein Reich von unverwüstlicher Stärke gründete, — das Reich des Lichts, des Lebens und der Liebe. Noch immer geht unter dem Wehen des göttlichen Geistes diese Predigt segnend und heiligend durch die Welt, und täglich ruft die Kirche aus der Schaar ihrer Kinder neue Kräfte in die Reihen ihrer Apostel. Glücklich, an wen dieser Ruf erging! „Wie schön sind die Füße derer, die den Frieden verkündigen, die frohe Botschaft vom Guten bringen!“ [1] Wer nun aber diesen Ruf vernommen, oder wer desselben gewürdigt zu werden wünscht, für den wird es in Absicht weiser und segensvoller Verwaltung des Predigtamts das Erste und Nothwendigste sein, sich Wesen und Geist des letztern zu klarer Anschauung zu bringen. Diese Erkenntniß, als glaubensinnige und glaubenstiefe, wird für ihn auch zur mächtigen und dauernden Anregung werden, seinem gnadenvollen Berufe sich mit freudigem Eifer und rückhaltsloser Hingabe zu weihen.

Von jeher galt das Predigtamt in der Kirche als eine heilige Function, durch welche die Menschen in der christlichen Wahrheit unterrichtet und zu einem dieser entsprechenden Wandel angefeuert werden sollen, und daher die Predigt nach dem Ausdrucke des hl. Franz von Sales — „als die auf kirchliche Sendung hin unternommene Verkündigung des Wortes Gottes, damit so die Seelen unterrichtet und angeeifert werden, Gott in diesem Leben zu dienen und sich der ewigen

[1] Rom. 10, 15. Is. 52, 7.

Seligkeit würdig zu machen." Da die Kirche durch Spendung des heiligen Wortes das Lehramt Jesu Christi fortsetzt, so wird die Predigt auch ganz richtig ihrem Charakter nach als ein besonderer und zwar höchst wichtiger Zweig der in der Kirche fortlebenden gottmenschlichen Thätigkeit Christi bezeichnet.

Zergliedern wir nun den obigen Begriff, oder untersuchen wir näher Grund und Wesen des Predigtamts, so werden sich uns folgende Gesichtspunkte als Hauptmomente desselben darstellen:

1) Die göttliche Einsetzung des Predigtamts. Das Predigtamt wurzelt für die gesammte Kirche in dem den Aposteln gewordenen feierlichen Auftrage: Docete omnes gentes [1]... Euntes in mundum universum praedicate evangelium omni creaturae [2]; — für jeden Prediger insbesondere aber in seiner Weihe und der Sendung durch die Kirche: Quomodo praedicabunt, nisi mittantur? [3]

2) Der Inhalt des Predigtamts: Das Evangelium oder die frohe Botschaft des Heiles, also der Inbegriff alles Großen und Herrlichen. Die hl. Schrift bezeichnet diesen alle Schätze natürlichen Wissens übersteigenden Inhalt als verbum *Christi*, verbum *Dei*, verbum *fidei*, verbum *reconciliationis*, verbum *crucis*, verbum *salutis*, verbum *gratiae*, verbum *vitae*, *spiritus* et *vita* [4], und zeigt uns darin den innersten Geist, der das apostolische Wort als solches kennzeichnet.

3) Der Zweck des Predigtamts: Erbauung und Heiligung, und zwar andauernde. Denn die Lehrer und Hirten sind, wie der Apostel spricht, von Gott gegeben ad consummationem sanctorum, in aedificationem corporis Christi [5]. Posui vos ut eatis et fructum afferatis et fructus vester maneat [6]. Also Pflanzung des christlichen Glaubens und Lebens, Erhaltung, Fortbau und Vollendung desselben ist die ebenso große und umfassende als wesentliche und eigenthümliche Aufgabe des heiligen Lehramts und hiedurch steht es ebenso hoch über den Zwecken der irdischen Beredsamkeit, als der Himmel über der Erde, als die Ewigkeit über der Zeit.

---

[1] Matth. 28, 19. Der Erlöser leitete diese Sendung mit den erhabenen Worten ein: Data est mihi omnis potestas in coelo et in terra, und beschloß sie mit den eben so gewichtigen: et ecce ego vobiscum sum omnibus diebus usque ad consummationem saeculi. — Hierin liegt Ursprung, Auctorität, Umfang, Dauer und Segen des Predigtamts.

[2] Marc. 16, 15.

[3] Rom. 10, 15.

[4] Col. 3, 16; 1 Thess. 2, 13; Rom. 10, 8; 2 Cor. 5, 19; 1 Cor. 1, 18; Act. 13, 26; ib. 20, 32; Jo. 6, 69; ib. v. 64.

[5] Eph. 4, 11—15.

[6] Jo. 15, 16.

4) Die Würde des Predigtamts. Diese, im Geiste des Glaubens angeschaut, ist eine alle Begriffe überragende, indem der Prediger die Stelle Jesu Christi vertritt: Pro Christo legatione fungimur, tamquam Deo exhortante per nos [1]. Cum accepissetis a nobis verbum auditus Dei, accepistis illud, non ut verbum hominum, sed *sicut est vere, verbum Dei* [2]. Gleichwie Jesus Christus es ist, der taufet, so ist es auch Jesus Christus, der prediget [3]. Daher sprach der Apostel im Gefühle der Hoheit dieses göttlichen Wortes, vor der Alles sich beugen muß: Arma militiae nostrae non carnalia sunt, sed potentia Deo ad destructionem munitionum, consilia destruentes et omnem altitudinem extollentem se adversus scientiam Dei, et in captivitatem redigentes omnem intellectum in obsequium Christi [4]. Das Predigtamt ist aber auch überaus würdevoll wegen seiner Aufgabe, die Seelen zu retten. „Das erhabenste Werk," ruft ein berühmter Missionär seinen Mitbrüdern zu, „welches in der heiligen Kirche ausgeübt wird, es ist ohne Zweifel das der Mitwirkung am Heile der Seelen, wie auch der Areopagite bezeugt: divinorum divinissimum est cooperari Deo in salutem animarum" [5].

Das Predigtamt ist ferner unvergleichlich würdevoll wegen der erhabenen Wirkungen, die es krönen. Die christliche Kanzel ist der Lehrstuhl der Welt. Von ihrer Höhe, wie wir oben bemerkten, ergoß das Wort Gottes gleich einer Centralsonne seit Jahrhunderten seine himmlischen Strahlen über die weite Erde und erlöste Millionen, die in dem dunkeln Schatten des Todes und der Nacht des Aberglaubens begraben lagen; und bis an das Ende der Tage bleibt es für die Menschheit der Mittelpunkt des Lichtes und der Wahrheit, der Grundpfeiler der Civilisation und Gesittung, der Hafen des Heiles, das geheimnißvolle Salz der geistigen Wiedergeburt. Mit Recht ist gefragt worden: Was ist alle Gelehrsamkeit und Wissenschaft, was sind alle Schulen und Anstalten, so ehrwürdig sie immer sein mögen, im Vergleiche mit jenem Lehrstuhle der Religion!

II. Verpflichtung zum Predigtamte.

Das Lehramt oder die Verkündigung des Wortes Gottes wird als die erste Amtspflicht des Seelsorgers bezeichnet und gehört jedenfalls zu dessen wichtigsten Verrichtungen. Der Kirchenrath von

---

[1] 2 Cor. 5, 20.
[2] 1 Thess. 2, 13.
[3] *Gaichiés*, Maximes sur le ministère de la chaire. I.
[4] 2 Cor. 10, 4—5.
[5] Sel. Leonardo von Porto Maurizio (Grundsätze für Missionäre).

Trient erklärt ausdrücklich in Betreff der Bischöfe: Praedicatio episcoporum munus praecipuum [1]. Alle andern Seelsorger üben nun aber dieß Amt als Gehülfen der Bischöfe; daher haben sie dessen Verbindlichkeit auch in entsprechender Weise auf sich zu beziehen.

Der Grund der hier zu erörternden Verpflichtung ist ein dreifacher:

1) Die innere Nothwendigkeit der Sache. Davon sagt das allgemeine IV. Lateranische Concil: Inter cetera, quae ad salutem spectant populi christiani, pabulum verbi Dei *permaxime noscitur necessarium*. Quia sicut corpus materiali, sic anima spirituali cibo nutritur: eo quod non in solo pane vivit homo, sed in omni verbo quod procedit de ore Dei [2]. Schon der Apostel sprach: Fides ex auditu; quomodo autem audient sine praedicante?

2) Das ausdrückliche Gebot des Erlösers (siehe oben I. 1). Die Dringlichkeit dieses Gebotes schwebte dem Apostel auf's Lebhafteste vor, als er ausrief: Vae mihi est, si non evangelizavero, necessitas enim mihi incumbit! [3] Seinem Gehülfen in Verkündigung des Wortes Gottes, dem Timotheus, legt er den Eifer in diesem Amte mit folgenden feierlichen und feurigen Worten an's Herz: Testificor coram Deo et Jesu Christo, qui judicaturus est vivos et mortuos, per adventum ipsius et regnum ejus: praedica verbum, insta opportune, importune: argue, obsecra, increpa .. opus fac evangelistae, ministerium tuum imple! [4] Gewiß eine Sache von der höchsten Be-

---

[1] Sess. 5. c. 2. Deßhalb ist denn auch der Bischof in der Sprache der hl. Väter κατ' ἐξοχήν Diener des Wortes, Vorsteher des göttlichen Wortes, Wächter der hl. Wissenschaft, Lehrer der Frömmigkeit und Religion; seine Würde — Lehrwürde, sein Thron — Lehrthron, cathedra (deßwegen auch seine Kirche: Kathedralkirche). So nennt auch der hl. Thomas von Aquin das Predigtamt in Bezug auf die Apostel selbst: das hervorragendste ihrer Aemter, principalissimum (Summa p. 3. q. 67. a. 2). Nach ihm gehört es primario oder vielmehr proprie den Bischöfen an; so sagt er l. c. a. 1: Ad diaconum pertinet *recitare* evangelium in ecclesia et praedicare ipsum per modum *catechizantis* .. sed *docere*, idest *exponere evangelium*, pertinet *proprie* ad episcopum, cujus actus est perficere (secundum Dion. c. 5. eccl. hier.). Perficere autem idem est quod docere.

[2] C. 10. de praedicatoribus instituendis. — Rom. 10, 14. Ueber die hieraus für den Seelsorger entspringende Pflicht der Gerechtigkeit vgl. *Obstraet*, pastor bonus. p. 22. Die kirchlichen Statuten brauchen hier sogar hinsichtlich des Predigtamtes die Ausdrücke: das vorzüglichste Amt der Pfarrer, die schwerste Verpflichtung u. dgl.; so die Satzungen des Bisthums Regensburg (p. 2. c. 2. § 2. n. 1. 2.).

[3] 1 Cor. 9, 16.

[4] 2 Tim. 4, 1—5. Der hl. Karl Borromäus bemerkt zu dieser Stelle: Quibus ex verbis perspicuum plane fit, quod et sacrarum literarum monumentis perpetuo proditum, et aliorum apostolorum veterumque patrum exemplis demonstratum, oecumenica etiam Synodus Tridentina proxime cen-

deutung, bei welcher der Weltapostel mit so erschütterndem Ernste die Betheuerung und Beschwörung bei Gott, Gericht und Seligkeit anwendet.

3) Die wiederholten Erklärungen der Kirche. Es genüge hier die Bestimmungen des Kirchenrathes von Trient anzuführen: *Praecepto divino* mandatum est omnibus, quibus animarum cura commissa est, oves suas verbi divini praedicatione pascere [1]. *Praecipit* sancta synodus, ut inter missarum solemnia aut divinorum celebrationem sacra eloquia et salutis monita singulis diebus festis explanent [2]. *Mandat* sancta synodus pastoribus et singulis curam animarum gerentibus, ut frequenter inter missarum celebrationem .. aliquid exponant .. diebus praesertim dominicis et festivis (und sess. 29. c. 4: *saltem omnibus* dominicis et solemnibus diebus festis) [3]. Ebenso sprechen alle Diöcesanstatuten.

Somit wurzelt die Verpflichtung zu dem Predigtamte für den Seelsorger zugleich in dem Naturgesetze, in dem positiv-göttlichen und dem positiv-kirchlichen Gesetze.

Das Nähere über Wesen und Umfang dieser Verpflichtung sowie über die mit deren Vernachlässigung zusammenhängenden Versündigungen siehe in dem: Kirchl. Predigtamte S. 13—18.

Für jene Priester aber, die nicht mit Ausübung der Seelsorge betraut sind, bleibt die Spendung des Gotteswortes jedenfalls Sache des Seeleneifers (allerdings immer in Voraussetzung der nöthigen, speciellen kirchlichen Sendung); und sie werden nach Maßgabe der Umstände um so mehr auf fruchtbringende Bethätigung desselben bedacht sein, als ihnen bei der heiligen Weihe nicht umsonst gesagt wurde: Sacerdotem oportet praedicare [4].

III. Vorbereitung zum Predigtamte.

Mit der Nothwendigkeit des Predigtamtes und der Verpflichtung zu demselben hängt unläugbar auch die weitere Verpflichtung zusammen, sich zu dem Predigtamte zu befähigen, daher sich auch mit den

---

suit, verbi Dei praedicationem episcopi esse munus praecipuum idemque maxime necessarium. *Past. instr. p. 1. c. 1.*

[1] Sess. 23. c. 1.

[2] Sess. 24. c. 7.

[3] Sess. 22. c. 8. — Es ist hier noch zu bemerken, daß außer der Verpflichtung zur sonn- und feiertäglichen Predigt noch die ganz besondere zur Katechese besteht (Conc. Trid. sess. 24. c. 4 de reform.), so daß also jener durch bloße Katechisation ebenso wenig, als dieser durch bloße Predigt genügt wird.

[4] Pontificale Rom. Das Wort des hl. Basilius: si de verbo otioso reddes rationem, quanto magis de otiositate Verbi divini — es gilt von der Spendung wie von der Benützung des Wortes Gottes.

Vorschriften und Uebungen der geistlichen Beredsamkeit hinlänglich vertraut zu machen. Ohne diese letztere Sorgfalt wäre die bloß principielle oder speculative Anerkennung der Verbindlichkeit des Predigtamtes eine rein illusorische und würde dem sich selbst täuschenden nachlässigen und vermessenen Prediger die Drohung der Schrift zuziehen: Maledictus, qui facit opus Domini fraudulenter [1]. Da indeß gerade auf diesem Gebiete sich Gleichgültigkeit und vornehmthuende Geringschätzung sog. homiletischer Bildung oft genug und zwar zum größten Nachtheile der Religion kundgab; so wird es nicht unnütz sein, auf einige Gesichtspunkte speciell hinzuweisen, aus denen sich die obengenannte weitere Verpflichtung ergibt.

1) Je höher und heiliger eine Function, um so bedenklicher ist es, sie auf Gerathewohl üben zu wollen; sie ohne die ihr gebührende Ehrfurcht zu behandeln; sie nutzlos und für die Gläubigen verächtlich zu machen: was gibt es nun aber Ehrwürdigeres, Erhabeneres, Heiligeres als das Predigtamt? die Concilien nennen es opus praestantissimum, sublime, divinum [2].

2) Die Verpflichtung, die Regeln einer Kunst zu kennen, steht im Verhältnisse zu der Größe der Interessen oder Folgen, die sich daran knüpfen. So würde, sagt ein homiletischer Schriftsteller, Derjenige, welcher ohne ärztliche Kenntniß und Erfahrung den Beruf des Arztes üben wollte, ein dem Menschenmorde ähnliches Verbrechen begehen, aus dem einleuchtenden Grunde, daß seine Unkenntniß das Leben des Mitmenschen der Gefahr preisgäbe. Nun aber knüpfen sich an das Predigtamt ungleich höhere Interessen als alle irdischen und das sterbliche Leben selbst sind: denn es handelt sich hier um Himmel oder Hölle für die Zuhörer, je nachdem der Priester das übernommene Predigtamt gut oder schlecht verwaltet [3]. Das ist der Grund, warum sogar ein Chrysostomus und Augustin, ein Gregor von Nazianz und Gregor der Große sich nicht ohne viele Bedenken der Ausübung des Predigtamtes unterzogen.

3) Der Apostel fordert von dem Prediger ausdrücklich, daß er in seinem Amte tüchtig sei: *Recte* tractantem verbum veritatis [4]; ja er sagt: **potens** sit exhortari [5]. Und ganz so spricht die Kirche. Sie verpflichtet in gemessenen Worten zu würdiger Verwaltung

---

[1] Jer. 48, 10.

[2] Conc. Col. 1536. Conc. Lemov. 1031. Conc. Warm. 1610. Conc. Leod. 1851.

[3] Traité de la prédicat. Introd.

[4] 2 Tim. 2, 15.

[5] Tit. 1. 9. Und dieß zwar nach dem Vorbilde des Erlösers, dessen Stelle der Prediger vertritt: Luc. 24, 19.

des heiligen Lehramtes und erlaubt dem Seelsorger im Falle der Behinderung sich nur durch tüchtige Prediger, idoneos, vertreten zu lassen. So sagt das oben angeführte Lateran. Concilium (unter Innocenz III. 1215): Cum saepe contingat, quod episcopi propter occupationes multiplices .. per se ipsos non sufficiant ministrare populo verbum Dei .. generali constitutione sancimus, ut episcopi *viros idoneos* ad sanctae praedicationis officium *salubriter exequendum* assumant, *potentes in opere et sermone*, qui plebes sibi commissas vice ipsorum, cum per se idem nequiverint .. verbo aedificent et exemplo ... Si quis autem hoc neglexerit adimplere, districtae subjaceat ultioni [1]. Diese Bestimmung hat der Kirchenrath von Trient in feierlicher Weise und beinahe mit denselben Worten erneuert [2]. Nun bietet aber die Verwaltung des Predigtamtes ihre unverkennbaren Schwierigkeiten dar, weßhalb dieses von den Synoden opus arduum, munus gravissimum ac difficillimum ... genannt wird [3]. Wie könnte der Priester also ohne gründliche Vorbereitung allen jenen Anforderungen und seinem Gewissen genügen? Wie demnach eine ernste Verpflichtung in den Händen jener liegt, denen von der Kirche die Ueberwachung des Predigtamtes oder die Heranbildung zu demselben anvertraut ist; so besteht auch eine entsprechende Verpflichtung für jene, welche die Ausübung desselben übernehmen. Und zwar steht diese Verpflichtung in unmittelbarem Verhältnisse zu den Bedürfnissen und Anforderungen der Zeit. Es ist nun aber klar, daß gerade in unsern Tagen dieß letztere Moment auf besondere Berücksichtigung Anspruch macht. Drei Dinge erschweren unverkennbar das heutige Predigtamt: 1) die der Auctorität und dem Geiste der Kirche vielfach entfremdete Schulbildung und Erziehung; 2) der durch dieselbe erzeugte Verstandesstolz und Indifferentismus; 3) die überall sich eindrängenden, durch die schlechte Presse und die ihr entgegen kommende Lesewuth unablässig genährten Irrthümer und schlechten Grundsätze. Nenne man unsern Culturzustand Bildung oder Verbildung, gleichviel: soll die Predigt eine wirksame sein, so wird sie heutzutage mehr als in manchen frühern Zeiten den Stempel realer und formaler Gediegenheit an der Stirn tragen müssen. Das Predigtamt ist das mächtigste Gegengewicht gegen die Alles be-

---

[1] C. 10. de praedicatoribus instituendis.

[2] Sess. 5. c. 2. Deßhalb verlangt der hl. Karl Borromäus von jedem seiner Suffraganbischöfe rücksichtlich der hier besprochenen Delegation oder Betrauung mit dem Predigtamte: quam diligentissime videbit, cui illius facultatem det, ne tanto muneri injuria fiat, neve res sanctissima violetur. Past. instr. p. 1. c. 1.

[3] Syn. Osnabr. (1628) p. 1. c. 4; Conc. Col. (1536) p. 6. c. 7. u. a.

wältigende Presse: aber nur wenn es ein tüchtiges ist. Hat es sich oft genug im traurigsten Sinne als eine Stimme des Rufenden in der Wüste erwiesen; verhallte es in leeren Räumen wie in leeren Herzen, ohne sich als Kraft Gottes zu bewähren: so lag die Schuld hievon wenigstens theilweise an der Geringschätzung, mit der mitunter dem heiligen Amte von priesterlicher Seite selbst begegnet wurde; sie lag in der Oberflächlichkeit, welche sowohl die allgemeine als die individuelle Heranbildung zum Apostolate des Wortes begleitete oder — vereitelte. Es ist klar, daß so kein Segen zu hoffen war. Werden nun aber bei dem neu erwachten kirchlichen Bewußtsein dergleichen Zustände tief bedauert, so spricht sich hierin selbst auch die Ueberzeugung von der Nothwendigkeit gründlicher Vorbildung, daher auch die Anforderung aus, derselben, wo es nothwendig ist, eine ganz andere Basis zu geben, als sie bisher hatte. Die mächtigste Anregung zu gewissenhafter Pflege eines Amtes, das der hl. Karl Borromäus gravissima functio nennt [1], bietet die einfache kirchliche Anschauung desselben, und deßhalb möge der junge Prediger oft die schönen und inhaltschweren Worte erwägen, worin das letzte Provinzialconcil von Köln die Hauptmomente desselben zusammenfaßt und womit wir unsere bisherigen Betrachtungen über das Predigtamt als mit einem allgemeinen Rückblicke beschließen wollen:

Gravissimum sane et plane eximium sacri oratoris est munus. *Originem* enim si attendis, Prophetarum, Apostolorum ipsiusque Christi premit vestigia; si *finem*, Dei omnipotentis gloriam et animarum provehit salutem; si *res*, quas enuntiat, divina pandit mysteria; si *illos ad quos loquitur*, animae immortales et Christi sanguine redemptae vocem ejus auscultantur; si *adversarios*, contra quos nitendum est, portae inferi validissimas objiciunt acies; si *auxilia* quibus juvatur, Ecclesia opem divinam implorat, Spiritus sancti gratia, Christus ipse ei praesto est; si denique laborum *praemium*, „fulgebunt qui ad justitiam erudiunt multos, quasi stellae in perpetuas aeternitates" [2]. — Munus gravissimum diligentissimam requirit praeparationem. Assidue tela paranda, cui cum hoste validissimo assidue committenda est pugna [3]. — Und in Betreff der Mittel zur homiletischen und oratorischen Ausbildung: Ut gratia non respuit naturam, quam potius elevat et perficit, ita etiam

---

[1] Past. instr. p. 1. Introd.

[2] Dan. 12, 13.

[3] Hier betont also das Concil nicht nur die Vor-, sondern auch die immerwährende Fortbildung oder die beständige Verbindung der entferntern und der nächsten Vorbereitung.

verbum divinum non recusat artem. „Quisquis . .," S. Augustini sunt verba, „dicit, non esse hominibus praecipiendum, quid vel quemadmodum doceant, si doctores sanctus efficit Spiritus, potest dicere, nec orandum nobis esse, quia Dominus ait: Scit Pater vester, quid vobis necessarium sit, priusquam petatis ab eo" (de doctr. chr. l. 4. c. 16) [1].

Wenn es übrigens auch ganz wahr ist, was der große hl. Erzbischof von Mailand sagt: Multa sunt, quae ad concionandi rectum officium pertinent [2]; so wird andererseits doch das Predigtamt durch die Kenntniß des geeigneten Verfahrens außerordentlich erleichtert. Die größte Schwierigkeit kam von jeher von dem, wodurch man zum Voraus aller Mühe entgehen wollte: von der Hintansetzung des ersten nöthigen Unterrichts, von dem Mangel an practischer Einschulung. Es ist natürlich, daß dem unerfahrenen Prediger jederzeit dasselbe begegnen muß, was einst David in der ungewohnten Waffenrüstung und daß er bei jedem neuen Schritte mit jenem sprechen kann: Non possum sic incedere, quia non usum habeo [3]. Er würde dem Worte Gottes leicht den Weg zu Andern bereiten, hätte er diesem erst den Weg bei sich selbst bereitet. Hiemit ist also anzufangen. Da liegt das Geheimniß wahrer Erleichterung. Das Wichtigste bei einer schweren Aufgabe ist, schon gleich von Anfang den rechten Weg einzuhalten. Ganz wahr spricht ein alter Dichter:

Dimidium facti, qui bene coepit, habet [4].

Wir wollen daher versuchen, mit dem jungen Homileten nun diesen Weg zu verfolgen. Er wird kurz sein. Zu besonderm Troste kann es ihm gereichen, daß das Wichtigste und Entscheidende im Predigtamte ganz in seine Hand gelegt ist und lediglich von seinem guten Willen und religiösen Eifer abhängt. Dieß kann er ohne Rücksicht auf hervorragende Talente und äußere Bedingungen erringen und es wird für ihn zugleich das wahre Mittel werden, jene andern natürlichen Momente zu erhöhen, zu benützen und fruchtbar zu machen. Was ist dieß? es ist der apostolische Geist oder jene innere Ausstattung des Predigers, wodurch dieser, wie ein lebendiges Ebenbild seines Heilandes, des höchsten Lehrers, so auch ein mächtiges Werkzeug in seiner Hand, ein Gefäß der Auserwählung zum Heile Vieler wird [5].

---

[1] C. Pr. Col. 1860. p. 2. t. 2. c. 21.
[2] L. c.
[3] 1 Reg. c. 17, 39.
[4] *Hor.* l. 1. epist. 2. v. 40.
[5] Act. 9, 15. Luc. 1, 16.

Erster Theil.

Von dem geistlichen Redner.

Erster Abschnitt.

Der geistliche Redner in moralischer Beziehung betrachtet.

Erstes Kapitel.

Von dem geistlichen Sinne und Wandel des Predigers im Allgemeinen.

Spiritus Domini super me: propterea quod unxit me, evangelizare pauperibus misit me...[1] Also der Geist Gottes — Bedingung, Quelle, Siegel des Predigtamtes: mit dem Erlöser muß auch sein Gesandter sprechen können: der Geist Gottes ist über mir, darum hat er mich gesalbt und mich gesendet, das Evangelium zu verkündigen. Ohne diesen Geist ist unser Wort todt, mit diesem Geiste ist es eine Gotteskraft. Die innere Weihe des Predigers wurde denn auch von jeher als sein Erstes und Höchstes angesehen: in ihr wurzelt der innere Beruf zum Predigtamte. Daher sagt der hl. Gregor d. Gr. von dem Verkündiger des Wortes Gottes: Si supervenientis in se Spiritus sancti virtutem nondum habet, prophetare[2] non potest. Sine illo etenim spiritu pastor carnalis est, et quod loquitur, non ad dignitatem praedicationis referri potest, sed ad ausum temeritatis[3]. Wie sich die Triebkraft in ununterbrochener Strömung durch den Baum und alle seine Verästungen ergießen muß, und wie jeder seiner Zweige sofort vertrocknet und abstirbt, wenn er außer Berührung mit dieser innern Lebensquelle gesetzt wird: so muß der apostolische Geist Predigt und Prediger immerdar als belebendes, bildendes und erhaltendes Princip durchdringen und hinwiederum Alles in dem Prediger und der Predigt diesem himmlischen Geiste zustreben. Aus diesem innigen Wechselverhältnisse quillt des priesterlichen Wortes Weihe, Kraft und Schön-

---

[1] Luc. 4. 18. Is. 61, 1.

[2] Predigen. So häufig bei den Vätern, nach 1 Cor. 14, 1.

[3] In l. 1. Reg. c. 10. Im Hinblicke auf letztere Gefahr warnt der hl. Lehrer vor der Anstellung geistlich Unreifer (Past. p. 3. adm. 26): Admonendi sunt isti, ut considerent, quod pulli avium, si ante pennarum perfectionem volare appetunt, unde ire in alta cupiunt, inde in ima merguntur. Admonendi sunt, ut considerent, quod structuris recentibus necdum solidatis, si lignorum pondus superponitur, non habitaculum, sed ruina fabricatur.

heit; ist aber auch dahin, wie jenes zerstört wird. Jeder Fortschritt auf den Wegen Gottes ist ein Fortschritt in dem Predigtamte; der Fortschritt der Heiligen erzeugt die Redegewalt der Heiligen. Pro custodia quippe mandatorum Dei percipiunt *gratiam verbi* in sublimi revelatione Redemptoris. Quid enim mirum, si lucem scientiae percipere subito possunt, qui per vitae puritatem sedes sancti Spiritus semper sunt? So der hl. Gregor d. Gr. [1].

Aus diesem Geiste, den schon David spiritus principalis nannte, erblüht denn auch das äußere Leben mit seiner ganzen vielgestaltigen Thätigkeit. Wie nach einem Gleichnisse des eben angeführten Kirchenlehrers [2] aus dem Kerne des Obstbaumes sich in fortschreitender Entwickelung der ganze herrliche Baum mit Wurzeln, Stamm, Aesten, Blüthen und Früchten entfaltet: so der priesterliche Wandel aus der innern Gnadenfülle. Und dieser Wandel ist eine zweite wesentliche Bedingung der würdigen und segensvollen Verwaltung des Predigtamtes. Wir wollen seine Wichtigkeit näher betrachten.

Diesen erbauungswürdigen Wandel schuldet der Prediger erstens der Heiligkeit des Wortes Gottes, dessen Träger, sowie der Heiligkeit Jesu Christi, dessen Gesandter er ist. Das schöne Wort des hl. Gregor von Nazianz: Christus magna sacerdotum tunica [3] — von wem sollte es mehr gelten, als von dem Prediger, der die Person Christi an heiliger Stätte vertritt? An wem müßte es sich mehr zeigen, daß er nach dem Worte des Apostels Christum angezogen habe? [4]

Diesen Wandel schuldet er zweitens dem Nächsten, den er bekehren und heiligen soll. Nur das vom Glauben ergriffene Leben kann Glauben predigen. Und das ist nicht genug. Das Evangelium will nicht nur geglaubt, sondern gelebt sein. Wie sollte aber der die Menschen aus der Tiefe irdischer Gesinnung zur Höhe eines himmlischen Wandels erheben, der nicht selbst auf einer höhern Stufe des religiösen Lebens steht? Nur an dem unverbrüchlichen Siegel eines gottgeheiligten Wandels erkennt das Volk seine Apostel; und mit Recht, da Christus selbst spricht: Vos estis *sal* terrae .. vos estis *lux* mundi .. *civitas* supra montem posita — mit der ausdrücklichen Erklärung, daß vor dem Richterstuhle Gottes selbst nur solche als Apostel Christi anerkannt

---

[1] In l. 4. Reg. c. 10. Was hier von lux scientiae, gilt von allen andern Gaben des hl. Geistes. Die Geschichte des Predigtamts ist reich an Belegen zu diesem Ausspruche des großen Papstes.

[2] Hom. 26 in ev. (wo Gregor das Wunder der Auferstehung versinnlicht).

[3] Orat. 4.

[4] Gal. 3, 27. Rom. 13, 14.

werden [1]. — Wo Lehre und Leben des Predigers sich gegenseitig bekämpfen und aufheben, was ließe sich da hoffen? Wenn in einem Kampfe die Krieger ihre Waffen gegen einander statt gegen den gemeinschaftlichen Feind richten, so ist ihr Ende Niederlage statt Sieg. Schon ein heidnischer Redner stellte den Satz auf: Qui sibi hoc sumpsit, ut corrigat mores ceterorum et peccata reprehendat, quis hunc ignorat ab omni labe et peccato immunem se praestare debere? [2] Der hl. Gregor aber bemerkt sehr schön, indem er die Worte des Hohenliedes commentirt (Labia ejus lilia stillantia myrrham primam): Quid per labia sponsi, nisi ipsos quos dicimus praedicatores Christi intellegimus? Quid est quod labia sponsi lilia esse dicuntur, nisi quod illi, per quos Christus loquitur, necesse est ut mundi sint et per eos bonus odor aspergatur? De quibus erat apostolus *Paulus*, qui dicebat: *Bonus odor sumus Deo in omni loco et in his qui pereunt et in his qui salvi fiunt* [3]. Wirklich geht von den Lippen des frommen Priesters ein religiöser Anhauch über die ganze Gemeinde aus, der als geistige Würze Alles durchdringt, was er sagt; und ein heiliges Beispiel hat oft schon den Widerstand gebrochen, an dem jeder Beweisgrund scheiterte. Das sind jene Wohlgerüche, die Alles mit Zaubergewalt nach sich ziehen [4]. „Gebt uns einen Prediger von ausgezeichneter Tugend," spricht die hl. Theresia, „und er wird mehr Frucht wirken als hundert andere!" Das Leben eines hl. Dominicus oder Vinzenz Ferrerius war die beredteste aller Predigten. Wie dieß Leben, überströmt und verklärt von der Gnade, war auch das Wort: daher wirkte es Wunder in den Seelen, wie in der Natur. In der eifrigen Nachfolge dieser Apostel ist uns also das sichere Mittel geboten, Großes und immer Größeres für das Heil der Seelen zu wirken. Wie ein Baum, sagt ein Geisteslehrer, seinem Herrn desto mehr Früchte und Nutzen bringt, je größer er wird; ebenso wird ein Prediger um so Größeres für Gott und die Seelen leisten, je mehr er in der Heiligkeit des Lebens voranschreitet [5].

Endlich schuldet der geistliche Redner den seiner Lehre vollkommen entsprechenden Wandel sich selbst. Was nützte es Andern zu predigen und dabei in Gefahr zu schweben, selbst verworfen zu werden? [6] Von dem Prediger, der nicht auf sich anwendet, was er andern verkündet,

---

[1] Matth. 5, 13—16. Matth. 7, 16—22. 23. Matth. 5, 19.
[2] 3. Verr. n. 2.
[3] Expos. in Cant. c. 5. v. 20.
[4] Cant. 1. 3.
[5] Rodriguez, 3. Bd. 3. Thl. 1.—8. Kap.
[6] 1 Cor. 9, 27.

sagt Jemand: „Er ist eine Schale, welche nichts von dem Safte behält, den sie ausgießt“ [1]. Der hl. Chrysostomus vergleicht denselben mit einem Schauspieler, der hl. Augustin mit einem Wegweiser, der andern den Pfad zeigt, selbst aber unbeweglich an derselben Stelle bleibt; der hl. Basilius mit einem Maler, der schön malt, aber selbst häßlich ist [2]. Und welch' ein Schatz von Verdiensten des heiligen Amtes würde so preisgegeben, oder vielmehr, welches Verdienst wäre hier überhaupt für so viele Anstrengungen zu hoffen? Das Wort, das der Prediger verkündet, ist auch dasjenige, welches ihn richtet. Fänden sich bei dem Prediger nur heilige Worte ohne die heiligen Werke vor, so hätte er zu befürchten, daß auf ihn Anwendung finden möchte, was Beda der Ehrwürdige von dem Loose des unfruchtbaren Feigenbaumes als Symbols der jüdischen Priester sagt: **Arefecit Dominus arborem maledicto, ut homines intelligerent sese divino condemnandos esse judicio, si absque operum fructu de plausu tantum sibi religiosi sermonis, velut de sonitu et tegumento blandirentur viridantium foliorum** [3]. Der geistreiche Bischof De la Motte von Amiens nennt es: seine Predigt halten [4], wenn man mehrere Wochen vorher sich selbst in der Tugend übt, über die man zu predigen vorhat. Das ist ohne Zweifel ein vortreffliches Mittel, als wahrer Apostel zu predigen. Die erste Predigt des Erlösers war von der Buße: **poenitentiam agite**; vor derselben aber empfing er selbst die Taufe der Büßenden, obwohl der Heiligste, und brachte vierzig Tage in den Uebungen der strengsten Buße zu. Er wollte seinen Aposteln zum Vorbilde werden.

Zweites Kapitel.

Von einigen apostolischen Eigenschaften des Predigers insbesondere.

In dem Vorhergehenden haben wir das Charakterbild des kirchlichen Predigers nur im Allgemeinen und großen Ganzen betrachtet; es wird aber nützlich sein, uns dasselbe auch nach seinen einzelnen Zügen, we-

---

[1] Maximes sur le ministère de la chaire. I.

[2] S. Chrys. hom. 2. in act. (und mit ihm Basil. hom. 24); S. Aug. serm. 34. de temp. Der hl. Basilius l. c. sagt von dergleichen Predigern: „Sie malen die Demuth mit allen ihren Zügen und mit den sprechendsten Farben, sind aber selbst voll Eitelkeit und Hoffart. Ihr Gemälde von der Geduld ist herrlich, selber aber lassen sie sich jeden Augenblick von Ungeduld und Zorn hinreißen. Sie entwerfen ein liebliches Bild von der Sittsamkeit, der Sammlung und dem Stillschweigen; sie selbst aber sind immerdar durch tausend leichtfertige Dinge zerstreut.“

[3] Hom. 7. in quadrag.

[4] *Faire* son sermon (zugleich: anfertigen und im Werke üben).

nigstens nach einigen der wesentlichsten, vorzuführen. Das wollen wir in möglichster Kürze thun. Als ersten dieser Züge können wir bezeichnen:

I. den Geist lebendigen Glaubens. Exemplum esto fidelium in fide, ruft der Apostel seinem Schüler Timotheus zu [1]. Der hl. Cyrillus von Alexandrien aber nennt die Priester: die Wächter und Lehrmeister des Glaubens [2]. Nur wo in dem Prediger das eigene, tief ergriffene religiöse Bewußtsein sich ausspricht; nur wo das Wort wie ein urkräftiger Strom aus der Tiefe und Fülle des Gemüthes quillt, d. h. nur wo der lebendige Glaube selbst predigt: da allein wird auch jene glaubensfreudige Ueberzeugung in den Zuhörern geweckt, die in das Leben eingreift und die Welt überwindet [3].

Dieser Glaube muß aber zugleich der Leitstern des Predigers selbst sein. Nur durch ihn steht er unerschütterlich fest inmitten des Schwankens und Wagens menschlicher Ansichten und des unaufhörlichen Auftauchens so vieler trügerischer Wandelsterne, die man ihm als die Gestirne des Tages preist. Nec sapiens ut parvulus fluctuat, ut circumferatur omni vento doctrinae, sed manet perfectus in Christo, fundatus in Christo, fundatus in charitate, radicatus in fide. So Ambrosius [4]. In dem Glauben ist ihm aber auch Alles geboten: in ihm wird ihm der Vollbesitz heiliger Wahrheit und Erkenntniß. Daher nennt der hl. Bernhard den Glauben schön und tiefsinnig: Velut quoddam aeternitatis exemplar, praeterita simul et praesentia ac futura sinu quodam vastissimo comprehendit, ut nihil ei praetereat, nihil pereat, praeeat nihil [5]. Der demüthigen, kindlichen, selbstverläugnenden Hingabe an das Wort Gottes und der Kirche, der andachtsvollen und heilsbegierigen Versenkung in die Lehren des Evangeliums ist es gegeben, einzugehen in die Kraft des Herrn [6], Weide des Lebens für sich und Andere zu finden, und nicht selten sogar überraschend tiefe Blicke in den Organismus der Offenbarung und in die Geheimnisse des innern Lebens zu thun, wie wir dieß an den Vätern, an den Geisteslehrern, bisweilen auch an einfältigen, aber heiligen Seelen bewundern. Hier findet der Prediger selbst die Macht und Fülle der Rede. In der Betrachtung der unendlichen Gebiete, welche die geheimnißvollen Tiefen der Weisheit und Erkenntniß Gottes, das Reich seiner Vorsehung und Gnade, die hohe Bestimmung der Seelen vor dem Geiste erschließen, taucht sich Gemüth und Phantasie in die lieblichsten und zugleich kräf-

---

[1] 1 Tim. 4, 12.
[2] Apol. ad Theod. imp. p. 3. conc. Eph.; und Comment. in Jo. l. 12.
[3] 1 Jo. 5, 4. [4] In Eph. 4.
[5] Serm. 6. in vig. nativ. [6] Ps. 70, 16.

tigsten und ergreifendsten Farben und schafft jene glühenden Worte, welche den Aposteln der Kirche eigen sind. Dieser Glaube ist endlich die Kraft und der Muth des Predigers, oder wie der hl. Augustin sagt: **Fides lorica et scutum**[1], und Laurentius Justiniani: **Hoc tenete scutum, hoc inimicis semper opponite, nusquam amoveatur, nusquam a latere vestro discedat: fide state, fide certate**[2]. Durch diese Kraft gestärkt, rief ein Hilarius mitten unter den Drohungen des Arianismus aus: **Melius est mihi in hoc saeculo mori, quam alicujus privati potentia dominante castam veritatis virginitatem corrumpere**[3]. Dieß Wort hat sein Echo in allen Jahrhunderten gefunden und alle Apostel begeistert.

Würde dagegen der Prediger, statt sich demüthig und entschieden von dem kirchlichen Geiste führen zu lassen, vielmehr sich subjectiven Richtungen und Ansichten, oder eben so mißlichen Zeiteinflüssen hingeben: von wem mehr als von ihm könnte die Kirche klagen: **Filios enutrivi et exaltavi, ipsi autem spreverunt me!**[4] Es liegt in einem gewissen und nicht ganz seltenen Dünkel sogenannter Wissenschaftlichkeit — auch wo er sich nicht an den Glauben wagt — immer das Schlimme und zugleich Charakteristische, daß er sich die reichsten und besten kirchlichen Quellen verschließt, den ächten und einfachen, wir möchten sagen den altkatholischen Ton nicht trifft und die Predigt mit einem gewissen erkältenden Hauche durchdringt, der von einer ganz fremden Atmosphäre zeugt. Das Wort der Apostel ist ihm versagt. **Confiteor tibi, Pater, Domine coeli et terrae, quia abscondisti haec a sapientibus et prudentibus, et revelasti eà parvulis!**[5]

Als einen zweiten Grundzug im Charakter des apostolischen Predigers müssen wir ansehen:

II. den Geist der Frömmigkeit und des Gebetes. Der hl. Verfasser des Buches Ecclesiasticus fleht zu dem Herrn: **Reple Sion inennarrabilibus verbis tuis et gloria tua populum tuum. Da testimonium his, qui ab initio creaturae tuae sunt; et suscita praedicationes, quas locuti sunt in nomine tuo prophetae priores**[6]. Täglich erneuert die heilige Kirche dieß Flehen: sie bittet um jenen Geist, der die Propheten, Apostel, Heiligen erfüllte und zu Gefäßen der Gnade und himmlischen Wissenschaft machte. Denn sie weiß, daß wir aus uns nicht tüchtig sind, auch nur etwas Heilsames zu denken[7], geschweige

---

[1] In Ps. 34.
[2] De int. inflictu. c. 8. Siehe auch Eph. 6, 16.
[3] L. 1. ad Constant. Aug.
[4] Is. 1, 2. [5] Matth. 11, 25.
[6] Eccli. 36, 16—17. [7] 2. Cor. 3, 5.

Andere durch das Wort zu heiligen; daß dagegen die Weisheit Gottes auch den Mund der Stummen zu öffnen und die Zungen der Unmündigen beredt zu machen vermag [1]. Daher ruft auch der hl. Ambrosius dem Priester zu: Cur non illa tempora, quibus ab ecclesia vacas, lectioni impendas? Cur non Christum revisas, Christum alloquaris, Christum audias? Illum alloquimur, cum oramus, illum audimus, cum divina legimus oracula [2]. Der hl. Bernhard aber fügt bei: Origo omnium fontium et fluviorum mare est: virtutum autem et scientiarum origo est Dominus Jesus Christus [3]. Hier ist also der Zusammenhang zwischen Predigt und Gebet klar dargelegt. Der gottselige Stifter des Seminars von St. Sulpiz in Paris, Johann B. Olier, aber hob denselben noch insbesondere aus den wesentlichen Eigenschaften der apostolischen Predigt hervor: in virtute Christi, Christi spiritu, nomine praesentia. Der Prediger spricht in der Kraft Gottes: si quis loquitur, quasi sermones Dei: si quis ministrat, tanquam ex virtute quam administrat Deus [4]; — im Geiste Gottes: audies de ore meo verbum, et annuntiabis eis ex me [5]; — im Namen Gottes: pro Christo legatione fungimur . . [6]; — in der Gegenwart und Vereinigung Gottes: sicut ex Deo, coram Deo, in Christo loquimur [7]; — daher auch in vollständiger Abhängigkeit von Gott: denn von den Aposteln heißt es: coeperunt loqui . . *prout* Spiritus sanctus dabat eloqui illis [8]; alligatus ego Spiritu . . [9] Diese Beredsamkeit allein besitzt jene „unaussprechlichen Worte", um welche Jesus Sirach flehte, diese ist der „Ruhm" der Kirche Gottes, diese ist das Wort des Lebens für die „von Anbeginn" vom Herrn Erkornen, diese die „alte" Predigt in der Kirche und eben deßhalb voll unvergänglicher Jugendfrische. Nun aber setzt diese Predigtweise offenbar das Gebet voraus: ja der Prediger wird ihrer nur in dem Maße mächtig, als er Mann des Gebetes ist. Diese Nothwendigkeit des Gebetes leuchtet uns aus jedem der einzelnen Momente entgegen, in welche sich die Aufgabe des Predigers gliedert. Dieser bedarf des Gebetes, 1) um seinen Vortrag gut vorzubereiten: was er sagen soll, wie er es sagen soll, die Stimmung, in der er ar-

---

[1] Sap. 10, 21.
[2] De offic. l. 1. c. 20.
[3] Serm. 13. in cant.
[4] 1 Petr. 4, 11, Ps. 67, 12.
[5] Ezech. 3, 17. Jo. 8, 28; 12, 50; 14, 10.
[6] 2 Cor. 5, 20; 13, 3. Luc. 1, 76.
[7] 2 Cor. 2, 17. [8] Act. 2, 4.
[9] Act. 20, 22. Act. 6, 10 (vom hl. Stephanus).

beten soll, Alles bedingt hier den übernatürlichen Beistand Gottes — nur dann ist „die Quelle geheiligt“ [1]: inspiratio omnipotentis dat intelligentiam; — 2) um die Predigt gut vorzutragen, d. h. um mit Vertrauen und ohne Befangenheit, mit Kraft und Ergriffenheit, nicht bloß im Tone alltäglicher Routine, mit aller Freimüthigkeit, welche die Interessen Gottes fordern, — besonders aber, um mit Salbung zu sprechen: das ist eine unaussprechliche Gabe, „die der Herr nur für seine Kirche gemacht hat“ [2], und die er nur als Gnade spendet; — 3) um von Gott den Alles bedingenden Segen für seine Predigt — die Bekehrung und Heiligung der Zuhörer — zu erlangen. Daher muß dieselbe ganz und gar mit Gebet umschlossen, gleichsam wie mit einem himmlischen Walle umgeben sein. Der apostolische Prediger, bemerkt Gaichiés, nimmt sich vor Gott am Altare der Angelegenheiten des Volkes an, um hienach auf der Kanzel und vor dem Volke die Angelegenheiten Gottes zu fördern. Er ist ein Engel, der mittelst der geheimnißvollen Leiter eine beständige Verbindung zwischen Himmel und Erde unterhält. Er umfängt insgeheim das Kreuz und ist bereit, für dasselbe öffentlich, wenn es nöthig, Zeugniß mit seinem Blute zu geben [3]. Gleich einem zweiten Moses erscheint er erst vor dem Volke, nachdem er sich mit Gott auf dem Berge in heiliger Zwiesprache unterhalten, und wenn auf seinem Antlitze noch gewissermaßen ein Schimmer jener Herrlichkeit Gottes leuchtet, die ihn sendet — und bei wie vielen Heiligen war dieß der Fall, so oft sie auftraten! — so ist dieses der herrlichste Eingang zu seiner Predigt [4].

Nach dem hl. Thomas von Aquin geht die kirchliche Predigt, wie die kirchliche Wissenschaft wesentlich aus der „Fülle der Beschauung“, d. h. aus Betrachtung und Gebet hervor [5]. Der eifrige Prediger wird sich also, so viel ihm möglich, in dem betrachtenden Gebete wie in seiner Lebenssphäre bewegen, er wird sich nicht nur um das Gebet, sondern um den Geist des Gebetes bemühen und überzeugt sein, daß

---

[1] *Gaichiés*, Maximes .. Job. 32, 8.

[2] *Bellefroid*, Manuel d'éloqu. sacrée p. 1 (a. piété).

[3] L. c.

[4] Traité de la prédic. (art. prière).

[5] Er sagt: Opus vitae activae est duplex. Unum quidem, quod *ex plenitudine contemplationis derivatur*, sicut *doctrina et praedicatio*. Unde et *Gregorius* dicit (hom. 5. sup. Ezech.), quod de perfectis viris post contemplationem suam redeuntibus dicitur Ps. 144: *Memoriam suavitatis tuae eructabunt*. Et hoc praefertur simplici contemplationi. Sicut enim majus est illuminare, quam lucere solum; ita majus est **contemplata aliis tradere**, quam solum contemplari .. (II. 2. 188. a. 6). Contemplata aliis tradere — das also heißt dem hl. Thomas predigen!

die Treue in den täglichen Uebungen, welche das innerliche Leben befördern, in der Meditation, der Gewissenserforschung, der geistlichen Lesung, der öftern Sammlung und Erhebung des Herzens zu Gott .. die schönste allgemeine Vorbereitung zur segensvollen Verkündigung des Wortes Gottes sind, der goldene Schlüssel zu den größten Geheimnissen der priesterlichen Beredsamkeit und im Vereine mit den durch sie erzeugten Früchten das erste Nothwendige, das durch keine Wissenschaft und kein natürliches Talent ersetzt werden kann. Vorzüglich wird er sich in Absicht auf Erlangung besonderer Gnaden für die Bekehrung der Sünder und überhaupt für tiefe Einwirkung auf die Seelen die doppelte Andacht zum heiligsten Herzen Jesu und zur seligsten Jungfrau Maria, der Mutter der göttlichen Gnade und der Zuflucht der Sünder, empfohlen sein lassen [1].

Wir können diese Bemerkungen nicht besser beschließen, als mit den eindringlichen Worten, womit die in Würzburg versammelten Bischöfe Deutschlands (1848, 15. Nov.) dem Clerus ihrer Diöcesen den beharrlichen Eifer im Gebete empfahlen: „Was wären wir Priester ohne Gebet? Unsere heiligsten Functionen sinken herab zu mechanischen Verrichtungen, sie lasten auf uns wie ein drückendes Joch, sie sind uns wie ein schwerer Stein, den wir täglich von Neuem wälzen müssen. Nur das Gebet erhält in uns den Geist der Weihe, gießt die rechte Freudigkeit für unsere Wirksamkeit in unsere Adern, sichert das Gelingen unserer Erfahrungen und tröstet uns bei dem geringen Erfolge unserer Leistungen. Das Gebet ist der Thau des Himmels, der Leib und Seele erfrischt und das Gedeihen verbreitet über unser gemeinsames Ackerland.“

Als fernern Grundzug des Predigers, wie ihn die Kirche haben will, d. h. des Apostels, erkennen wir eben so klar

III. den Geist der Demuth. Das Predigtamt ist ein so heiliger Beruf, daß nur die Demuth würdig ist, ihn zu üben, und nur sie vermag, ihn mit Segen zu üben. Eine der vorzüglichsten Früchte des eben betrachteten Gebetes ist die, daß es dem Verkündiger des göttlichen Wortes die nöthige Demuth, sowie den später zu erwägenden apostolischen Eifer erflehe. „Der erste Grundsatz des Predigers,“ sagt der selige Leonardo von Porto Maurizio, muß der sein, der den glorreichen hl. Bernardin von Siena leitete. Auf die Frage, welche Mittel er angewandt habe, um so viele Seelen zu Gott zurückzuführen, antwortete er: das vorzüglichste Mittel sei gewesen, in all' seinem Thun und Lassen nichts Anderes zu suchen, als allein Gottes Ehre und

---

[1] Siehe hierüber und über alles Vorhergehende: Predigtamt (S. 60. et praeced.).

das Heil der Seelen" [1]. Das wird also auch für uns zum großen Mittel und zum unverbrüchlichen Grundsatze werden müssen. Das äußere Wort des Predigers wirkt nur, wo das innere Wort des heiligen Geistes hinzutritt. Letzteres vereint sich aber nicht mit den Worten des eiteln und selbstsüchtigen Predigers. Wo vielleicht wegen der Gebete der Kirche, oder der frommen Stimmung der Zuhörer jene Worte dennoch eine Gnadenwirkung begleitet, hat jedenfalls der Prediger kein Verdienst davon und wird statt der Gnade seiner Zuhörer nur Strafe ernten. Bei der ersten Predigt, welche die Welt beglücken sollte, wählte Gott weder Gelehrte, noch große Redner, sondern „das Schwache vor der Welt, um das Starke zu beschämen, und das Geringe vor der Welt und das Verachtete und das, was nicht ist, um das, was etwas ist, zu nichte zu machen." Und warum? „Damit sich kein Mensch vor Gott rühme" [2]. Gloriam meam alteri non dabo — und: Neque qui plantat est aliquid, neque qui rigat, sed qui incrementum dat Deus [3] — diese zwei Wahrheiten hat der Prediger stets vor Augen zu halten, um daraus die doppelte Ueberzeugung zu schöpfen, daß ohne Gottes Beistand sein Bemühen nichtig, und daß ohne Demuth dasselbe ein gnadenarmes, gottverlassenes sei. „Die ganze Welt ist durch eine kleine Anzahl einfacher und ungebildeter Arbeiter, die Gott suchten, bekehrt worden. Heutzutage bekehren unzählige Priester, die sich selbst suchen, nicht eine Person" [4]. Nisi granum frumenti cadens in terram mortuum fuerit, ipsum *solum* manet; si autem mortuum fuerit, *multum fructum* affert [5]: das hat auch für den Prediger einen Sinn. Allein noch aus einem ganz andern Grunde ist ihm die Demuth unentbehrlich. Ohne den festen Halt dieser Tugend kann das Predigtamt selbst für ihn zur gefährlichen Klippe werden. Die hohe innere Würde dieses Amtes, die äußere Auszeichnung, die es ihm gewährt, als Redner und Lehrer vor der horchenden Menge aufzutreten; die Schmeicheleien, die bei einigem Erfolge sich an seine Pfade heften

---

[1] Grundsätze für Missionäre.

[2] 1 Cor. 1, 27—31. Hiezu bemerkt der hl. Augustin: Dominus noster Jesus Christus volens superborum frangere cervices, non quaesivit per oratorem piscatorem, sed e piscatore lucratus est imperatorem. Magnus Cyprianus orator, sed prius Petrus piscator, per quem postea crederet non solum orator, sed et imperator (*Tract. 7. sup. Jo.*). Der Grund des bei Stiftung der Kirche gewählten Verfahrens ist für Gott noch immer leitendes Gesetz in der Spendung seiner Gnaden beim homiletischen Worte: die großen Wirkungen, die Wunder der Gnade und des Wortes sind nur den Demüthigen vorbehalten.

[3] Is. 42, 8; 48, 11. 1 Cor. 3, 7.

[4] *Gaichiés*, Maximes . .

[5] Jo. 12, 24—25.

und so gerne als Wahrheiten geglaubt werden: dieß Alles wird leicht zur Versuchung und zum Falle. Die Anhöhen sind am meisten den Windstößen ausgesetzt, die Gipfel der Berge den Blitzen, und wenige Menschen vermögen es, sich auf steiler Höhe des Schwindels zu erwehren. „Wie Viele sind schwindelig geworden — sagt mit Recht Rodriguez, wie Viele von der Höhe, worauf sie standen, herabgestürzt!“ [1] Die Kirchengeschichte liefert hiezu traurige Belege: wie manche Prediger nennt sie uns, die der Stolz in Auflehnung gegen die Kirche, in Häresie und andere Vergehen stürzte (es genüge, bloß an die Reformationsepoche zu erinnern)! Noli altum sapere sed time [2]: diese Warnung des Apostels ist dem Homileten um so mehr zu beherzigen, als es ohne den kindlichen Geist der Demuth eben so leicht als gefährlich ist, in der Verkündigung des Wortes Gottes, in Aufstellung von Ansichten und Behauptungen die weitere Warnung zu vergessen: non plus sapere, quam oportet sapere, sed sapere ad sobrietatem [3]. Es gibt sogar Fälle, wo der Prediger Selbstverläugnung genug besitzen muß, irrthümliche Aeußerungen zu widerrufen; fehlt ihm aber die Demuth, was dann? Und wo ist ohne Demuth seine Kraft und sein Verdienst, wenn Kränkungen, Verleumdungen, vielleicht sogar Verfolgung — so häufig in diesem Leben der Antheil des apostolischen Berufs [4] — über ihn hereinbrechen? wo seine Freudigkeit und seine Ausdauer, wenn die gehofften Früchte ausbleiben, wenn das Erdreich undankbar ist, wenn die Vorsehung ihm einen geringen oder dunkeln Wirkungskreis anweist, wenn sich sehr wenige Zuhörer um seine Kanzel sammeln ..? In patientia vestra possidebitis animas vestras [5] — aber diese Himmelsgabe und all' ihr entquellender Seelentrost ist das Erbtheil demüthiger Herzen, eine der höchsten und köstlichsten Blüthen des Kreuzes Jesu Christi, das selbst nur Demuth und Selbstentäußerung ist.

Endlich hat die Demuth, d. h. der aus ihr entspringende gerade, einfache, apostolische Sinn, noch eine ganz besondere Bedeutung für die nächste, innere und äußere Gestaltung der Predigt selbst. Ein durch Heiligkeit des Lebens ausgezeichneter Geisteslehrer P. Lud-

[1] Zw. Bd. III. 4. Auch wo es mit dem eiteln Selbstgefühle nicht so weit kommt und eben nur bei habituell sich in das Predigtamt einmischender Eitelkeit stehen bleibt, ist das Uebel noch immer ein höchst beklagenswerthes: Amen dico vobis, quia receperunt mercedem suam (Matth. 6, 2. 5. 16) — der hl. Augustin fügt bei: vani vanam!

[2] Rom. 11, 20.

[3] Rom. 12, 3.

[4] Matth. 5, 11—12. Jo. 16, 2; id. 15, 20.

[5] Luc. 21, 19.

wig Lallemant, spricht das sehr beherzigenswerthe Wort: „In den Reden der Prediger sind der Plan, die Gedanken, der Styl und der äußere Vortrag häufig voll Unvollkommenheiten, ja voll unverzeihlicher Fehler wegen der unreinen Absichten, von denen sie geleitet werden, und des eiteln Wohlgefallens, das sie in Alles hineintragen“ [1]. Aus Eitelkeit wählt man die Themata, nicht wie sie der Nutzen der Zuhörer, sondern die Aussicht empfiehlt, zu glänzen; aus Eitelkeit werden bei der Ausführung vor Allem die schimmernden, viel weniger die practischen Gedanken gewürdigt, und in diesem Tone geht die ganze Rede fort. Man sagt Unnöthiges, weil man gefallen –, und man umgeht Nöthiges (namentlich in den Nutzanwendungen!), weil man nicht mißfallen will. Wie der Styl in nebelhafter Gelehrtheit oder in unfruchtbarer Blumenfülle, so geht der äußere Vortrag in KokETTERIE mit der Salonsmode oder mit der Schaubühne auf.

Der Apostel sprach: **Non nosmetipsos praedicamus, sed Jesum Christum Dominum nostrum!** [2] Möge dieses Wort für jeden Prediger zum Losungsworte werden und ja nie im Gegentheile für ihn ein **verbum absconditum** sein! In jenem Worte ist seine Größe, seine Kraft, sein Vertrauen, sein Segen, und ihm wird auch das andere folgen: Ego .. **merces tua magna nimis!** [3] — Endlich haben wir als einen der leuchtendsten Züge im Charakterbilde des Apostels noch zu betrachten:

IV. die Liebe Gottes und des Nächsten, oder den Geist des Eifers und herzlichen Wohlwollens. Wie die Liebe das allgemeine Kennzeichen des Jüngers Christi [4], so ist sie um so mehr Merkmal des Apostels Christi und der göttliche Stempel des Predigtamtes. Wer den Gläubigen gegenüber als Hirt, Lehrer, Führer und Vater aufzutreten hat: wie müßte der nicht von der Flamme heiliger, Alles umfassender, göttlich reiner und inniger Liebe durchglüht sein? Apostel sind Gold, sagt der hl. Chrysostomus, und zwar nicht rohes und unreines Gold, wie es aus der Erde gegraben wird, sondern im Feuer geglühtes und geläutertes: **aurum igne examinatum, probatum terrae, purgatum septuplum** [5]. Dieß Feuer aber, in dem sie geläutert wurden, es ist nach der Erklärung des hl. Paulus Gott selbst [6]: nicht der Gott, von dem geschrieben steht: **Deus noster ignis consumens est;** sondern der Gott der Liebe: **Deus charitas est;** es ist der hl. Geist, der seine Liebe ausgießt in unsere Herzen [7].

---

[1] **Doctrine spirituelle,** *art. prédicat.*
[2] 2 Cor. 4, 5. [3] Gen. 15, 1. [4] Jo. 13, 35.
[5] Ps. 11, 7. [6] Rom. 5, 3.
[7] Vgl. Bourdaloue, Pred. auf Pfingsten.

Diese Liebe des Apostels ist brennender Eifer: charitas Dei urget nos [1]; sie ist Begeisterung für die Sache Jesu Christi, freudige Hingabe an den herrlichen Beruf, das Reich Gottes auszubreiten und dem Erlöser Seelen zu gewinnen; sie ist die reinste Uneigennützigkeit und Selbstverläugnung, der vollendete Gegensatz jenes Egoismus, worüber der Apostel seufzt: Omnes quae sua sunt quaerunt, non quae Jesu Christi [2]; sie ist Ausdauer in Leiden und Gefahren, sie ist unerschöpfliche Geduld und Langmuth, sie ist Freude und Friede im heiligen Geiste.

Die Liebe des Apostels ist die Kraft seiner Beredsamkeit. Sie haucht dem Prediger jene starken, ergreifenden, feurigen Züge ein, welche die Herzen erschüttern und umwandeln; sie ist jene heilige Leidenschaft, die Alles, was die Rhetorik über sog. Leidenschaften oder Affecte geschrieben, in himmlischer Reinheit und reichster Fülle in sich schließt und ersetzt; sie ist Wurzel und Gipfelpunkt der seelsorgerlichen Thätigkeit, das Siegel des ächten Apostolats [3], die Seele des welterneuernden Wortes.

Diese Liebe ist aber auch der Zauber der geistlichen Beredsamkeit. Sie ist der Schlüssel der Herzen, das tiefste Geheimniß aller Beredsamkeit, ein Geheimniß, das erst vollkommen erkannt wurde, seit die ewige Liebe lehrend und predigend auf Erden erschien und durch ihre Apostel Dinge vollbrachte, welche die Welt nicht begreifen und keine Redekunst lehren konnte. Sie ist ein bis in's Wunderbare vielgestaltiges

---

[1] 2 Cor. 5, 14. [2] Phil. 2, 21.

[3] Der hl. Gregor d. Gr. bezeichnet diese Liebe schlechtweg als conditio sine qua non für den Antritt des Predigtamtes: hom. 17. in evang. Ganz in diesem Sinne verbindet auch die Kirche die Idee der apostolischen Liebe und Beredsamkeit als ein Untrennbares. In ihrem Pfingsthymnus *) betrachtet sie mit den hl. Vätern die Feuerzungen, unter denen der hl. Geist erschien, zugleich als Symbol der Liebe, der Wissenschaft und Beredsamkeit:

Ignis vibrante lumine
Linguae figuram detulit (Sp. s.),
Verbis ut essent proflui
Et charitate fervidi.

Denn nur solche Prediger vermögen nach dem hl. Beda d. E. die Menschen zur Kenntniß und Liebe Jesu Christi zu führen —

Linguas habent qui *flammeas*,
Cum charitatis spiritu,
Ardore mentem proximi
Christum sonando suggerunt. (Pfingsthymnus.)

Die hl. Väter fassen nicht selten alle früher erwogenen Tugendvorzüge des Predigers unter dem Einen Ausdruck charitas zusammen.

*) Von dem hl. Hilarius.

und doch seinen Einen himmlischen Grundzug nie verläugnendes universales Element: ob sie ihr mildes und herzliches Wort wie Frühlingslüfte über die Erde wehen, oder ihre erschütternden Wahrheiten wie Donner erschallen läßt: immer ist sie dieselbe Liebe und wird auch von den Zuhörern als Liebe gefühlt. Sie redet alle Sprachen: die des Wohlwollens, des Eifers, der Bitten, der Thränen, der Rüge und Drohung, wie es Noth thut — aber am liebsten jene, die ihr göttlicher Meister am öftesten sprach: verba gratiae [1]; denn sie weiß, daß das menschliche Herz keine andere besser versteht, und daß diese nicht selten jede andere, keine andere aber diese ersetzt. Das Wort des hl. Franz von Sales war ein unwiderstehliches; wie ein himmlischer Thau oder wie Balsam in die Seelen sich ergießen, erweichte es auch die härtesten Herzen — weil es ein Wort der Liebe war. Ama et dic quod vis — ist seit den Vätern das Axiom der christlichen Beredsamkeit geworden.

Nach dieser kostbaren Gnadengabe also, dem doppelten Geiste der Liebe, der starken und der milden, der Alles wagenden und Alles opfernden, muß der Prediger mit Demuth und Inbrunst ringen. Sie lernt sich nur in der Schule des heiligen Geistes: die Heiligen schöpften sie am Fuße des Kreuzes, in dem täglichen heiligen Opfer, in dem göttlichen Herzen Jesu. Da müssen auch wir sie schöpfen. Ignem veni mittere in terram et quid volo nisi ut accendatur [2]: wem ist der liebevolle Erlöser geneigter diese himmlische Gluth mitzutheilen, als jenen, durch die sie in allen Herzen angefacht werden soll? War nicht die Frage der Liebe die erste und einzige, die er an Petrus stellte, ehe er ihn sandte, seine Schafe zu weiden: Simon Joannis, diligis me? O daß wir ihm mit diesem hochbegnadigten Jünger antworten können: Etiam Domine: tu scis quia amo te! [3] Und daß diese Liebe eine thatkräftige sei, die unablässig nach dem Heile der Seelen dürste! Die heiligen Väter sind unerschöpflich in ihren Lobsprüchen auf den apostolischen Seeleneifer. Allen Heiligen schien dieß das Größte. Sah die hl. Katharina von Siena einen Prediger über die Straße gehen, so trat sie aus ihrer Wohnung, um dessen Fußstapfen zu küssen. Als man sie über den Grund dieser außerordentlichen Verehrung befragte, antwortete sie: Gott hätte ihr die volle Schönheit einer Seele im Zustande der heiligmachenden Gnade erkennen lassen, und seit diesem Augenblicke sei ihre Ehrfurcht gegen apostolische Männer so groß, daß sie es nicht unterlassen könne, den Boden zu küssen, den ihre Füße berührt hätten [4]. Und welche herrliche Beispiele des größten, ganz für Gottes Ehre und der Seelen Heil erglühten Eifers findet der Prediger nicht in den apo-

---

[1] Luc. 4, 22. [2] Luc. 12, 49. [3] Jo. 21, 15—17.
[4] In vita.

stolischen Männern aller Zeiten? Sucht er die Gluth dieses Eifers? Schon von dem Propheten Elias sagt die Schrift: **Surrexit Elias propheta quasi ignis, et verbum ipsius quasi facula ardebat**[1]. Sucht er die Unerschrockenheit und Festigkeit dieses Eifers? Er findet sie in dem entschlossenen Auftreten desselben Propheten vor dem Könige Achab[2], in dem eben so beherzten des Propheten Elisäus vor den Königen Joram und Josaphat[3], in dem muthvollen **Non licet tibi** des hl. Täufers Johannes[4], in dem entschiedenen **Non possumus** der Apostel vor dem hohen Rathe der Juden[5]. Sucht er die Allen Alles gewordene Aufopferung dieses Eifers? Er findet sie in dem hl. Paulus: **Cum liber essem ex omnibus, omnium me servum feci, ut plures lucrifacerem. Factus sum infirmis infirmus, ut infirmos lucrifacerem: omnibus omnia factus sum ut omnes facerem salvos. Per omnia omnibus placeo, non quaerens quod mihi utile est, sed quod multis, ut salvi fiant**[6]. Sucht er die demüthige Ausdauer dieses Eifers bei der betrübendsten Erfolglosigkeit? Er findet sie in dem göttlichen Haupte aller Apostel und Lehrer. Das Evangelium sagt von der letzten Zeit des Lehramtes Jesu Christi: **Erat quotidie docens in templo**[7]: das waren also die Tage vor dem Leiden. Obwohl der Erlöser wußte, daß seine Predigt vergeblich sei; daß dieselbe Stadt, der er das Wort des Lebens verkündigte, ihn nach wenigen Tagen zum Tode führen würde: so lehrte er doch täglich im Tempel, um bis zum Ende des Lebens den Willen seines himmlischen Vaters zu erfüllen und uns ein Beispiel zu geben, in den Anstrengungen für das Heil der Seelen bis zum letzten Athemzuge auszuharren und gleichsam auf dem Kampfplatze zu sterben. Und dieß Lehramt setzte der Herr unter den gewohnten Entsagungen fort. So, als er nach seinem Einzuge in Jerusalem den ganzen Tag lehrend im Tempel zugebracht, ohne Nahrung zu sich zu nehmen, zog er am Abende von Jerusalem, wo keine Stätte für ihn war, an den Oelberg nach Bethanien, brachte daselbst die Nacht wachend, betend und fastend zu, um am Morgen wieder zum Tempel und zur Ausübung des Predigtamtes zurückzukehren[8]. Dieses Beispiel

---

[1] Eccli. 48, 1.

[2] L. 3, reg. c. 18: Cum (Achab) vidisset eum, ait: Tune es ille, qui conturbas Israel? Et ille (Elias) ait: Non ego turbavi Israel sed tu et domus patris tui ... (v. 17—18). Ebenso c. 21. v. 20 sqq.

[3] 4 Reg. 3, 14; 6, 15 sqq. Der hl. Geist sagt von ihm: In diebus suis non pertimuit principem, et potentia nemo vicit illum, nec superavit illum verbum aliquod (Eccli. 48, 13—14).

[4] Marc. 6, 18. [5] Act. 4, 20.

[6] 1 Cor. 9, 19—22; 10, 33. [7] Luc. 19, 47.

[8] Matth. 21, 17. Lucas aber (c. 21, 37) bemerkt allgemein: Erat autem

unermüdlicher Liebe und Aufopferung hat die Heiligen begeistert und unter allen Beschwerden und Widersprüchen getröstet; dieses hat sie ermuntert, mit derselben ungetrübten Heiterkeit vor Großen und Kleinen, vor Vielen und Wenigen das Brod des Lebens zu brechen, wie auch immer die äußern Verhältnisse bei und nach ihrer Predigt sich gestalten mochten. Das schöne Zeugniß, welches der hl. Bonaventura dem demüthigen Stifter seines Ordens gibt: **Eadem mentis constantia magnis loquebatur et parvis, eademque spiritus jucunditate paucis loquebatur et multis** [1] — es ist an allen Aposteln des Herrn unter den mannigfachsten Prüfungen zur Wahrheit geworden: wie die ewige Liebe ihnen zuvorgekommen war „mit den Segnungen der Süßigkeit" und in der Königin aller Tugenden „ihr Haupt mit einer Krone von Edelsteinen" geschmückt hatte [2]; so ergoß sich auch ihr Wort mit der Süßigkeit himmlischer Liebe, und diese Liebe blieb mit königlichem Hochsinne über alle Wandlungen und Widersprüche des Lebens erhaben.

Jeder dieser Apostel ruft uns zu: **Imitatores mei estote sicut et ego Christi** [3]. Es ist ein eigenes Vorrecht und eine unbeschreibliche Auszeichnung der Kirche, daß wie der Herr ihr allein das heilige Wort, so auch ihr allein heilige Männer gab, es zu verkünden. Gleich leuchtenden Sternen zieht sich die Schaar derselben in ununterbrochener Verkettung durch alle Jahrhunderte und bildet die lebendige Tradition der wahren Predigt. Was wir in dem bisherigen Abschnitte über Nothwendigkeit und Charakter des apostolischen Geistes betrachtet und in dem Wesen der einzelnen wichtigsten Tugenden nachgewiesen haben, das ließe sich Alles ebenso überzeugend an der gesammten Geschichte des Predigtamts nachweisen und so zu dem innern auch noch der äußere und empirische Beweis liefern: daß das Predigtamt vor Allem in der apostolischen Idee wurzle, oder daß die Geschichte der Predigt im Grunde die des apostolischen Geistes sei. Da dieß bereits anderswo geschehen, so möge hier der bloße Hinweis darauf genügen [4].

---

diebus docens in templo; noctibus vero exiens morabatur in monte, qui vocatur Oliveti.

[1] In vita S. Franc.

[2] Ps. 20, 3.

[3] 1 Cor. 11, 1.

[4] Katholik. 1862. Sept. Die Geschichte des Predigtamts vom Gesichtspunkte des apostolischen Geistes, S. 299—325.

Zweiter Abschnitt.

Der geistliche Redner, in wissenschaftlicher Beziehung betrachtet.

Wenn die Kirche von jeher Wissenschaft und Kunst wie in mütterlichen Armen wiegte, so geschah dieß vorzüglich durch ihre Priester. Das Priesterthum war zu aller Zeit Träger der Wissenschaft. Ihm verdankt die Welt nicht nur die Civilisation, sondern auch die Erhaltung der alten Quellen und gelehrten Denkmale der Vorzeit. Da nun einerseits alle Wissenschaften ineinander greifen, andererseits von dem Geiste des Widerspruchs auf allen Gebieten menschlichen Wissens Einwürfe gegen die Religion erhoben werden, so ist einleuchtend, daß möglichst allseitige wissenschaftliche Bildung gerade jenen Mitgliedern des geistlichen Standes am meisten zieme, welche als Wächter Sions dastehen und das kirchliche Lehramt aus Beruf, oder wie man zu sagen pflegt, ex professo üben sollen [1]. Mit Recht sagt der hl. Vincenz von Paul: „Wer Andere unterrichten will, muß selbst lange gelernt haben; nur auf diese Weise wird das Wort Gottes, das aus unserem Munde kommt, hundertfältige Früchte tragen“ [2]. Daher waren denn auch die großen Prediger der Kirche von jeher Männer der Wissenschaft. Es genügt,

---

[1] Der hl. Thomas von Aquin beleuchtet diesen Gegenstand vortrefflich an einer Stelle, wo er von den Orden spricht, die sich mit Wissenschaften befassen: Competit studium literarum religiosis tripliciter. Primo quidem quantum ad id quod est proprium contemplativae vitae: *ad quam studium literarum dupliciter adjuvat.* Uno modo directe coadjuvando ad contemplandum, *illuminando* scilicet *intellectum.* Vita enim contemplativa, de qua nunc loquimur, principaliter ordinatur ad considerationem divinorum, in qua dirigitur homo per studium ad considerandum divina. Unde in laudem viri justi dicitur *Ps. 1.*, quod *in lege domini meditabitur die ac nocte.* Et *Eccl. 39.* dicitur: *Sapientiam antiquorum exquiret sapiens et in prophetis vacabit.* Alio modo studium literarum juvat ad contemplativam vitam indirecte, *removendo* contemplationis *pericula*, scilicet errores qui in contemplatione divinorum frequenter accidunt his, qui scripturas ignorant . . Secundo necessarium est studium literarum religiosis institutis *ad praedicandum* et alia hujusmodi exercendum. Unde Apostolus dicit ad Titum 1. de episcopo (ad cujus officium hujusmodi actus pertinent): *Amplectentem eum, qui secundum doctrinam est fidelem sermonem, ut potens sit exhortari in doctrina sana, et eos qui contradicunt arguere.* Nec obstat, quod Apostoli absque studio literarum ad praedicandum sunt missi, quia ut Hieronymus dicit in epistola ad Paulin.: Quidquid aliis exercitatio et quotidiana in lege Dei meditatio tribuere solet, hoc illis Spiritus sanctus suggerebat. Etc. (S. II. 2. q. 188. a. 5.) Das Alles findet auf jeden Prediger Anwendung (vgl. oben: Art. Geist des Gebetes S. 137, Note 5).

[2] Grundsätze d. H.

an die glänzenden Namen der Väterperiode, an einen Origenes, Basilius, Gregor von Nazianz, Gregor von Nyssa, Chrysostomus, Leo, Augustin . . zu erinnern. Weder Gott noch die Kirche will denjenigen zur Ausübung der priesterlichen Amtsverrichtungen ermächtigen, dem es an der nöthigen Wissenschaft gebricht. Labia sacerdotis custodient scientiam, et legem requirent ex ore ejus. Und welchen Grund gibt der Prophet an? weil der Priester mit göttlicher Mission auftritt, als der Herold der ewigen Wahrheit: quia angelus Domini est [1]. Quia tu scientiam repulisti, repellam te, ne sacerdotio fungaris mihi [2]. Diese Anforderung an die Befähigung des Homileten macht sich heute mit erhöhtem Ernste geltend, indem, wie schon oben bemerkt, die ganze geistige Zeitströmung — leider nur zu einseitig! — der Verstandesbildung zustrebt und gerade der Un- und Irrglaube sich am lautesten mit dem vorgeblichen Monopole der Weisheit und Erkenntniß brüstet. Nicht mit Unrecht bemerkt Jarbl: „Wollen wir die Welt bekehren, so müssen wir ihr geistig überlegen sein.“ Somit wird der Prediger mit der im Vorhergehenden besprochenen Ausstattung des Herzens auch noch die des Geistes zu verbinden streben, um die doppelte Auszeichnung in sich zu vereinen, die der hl. Gregor d. Gr. vom vollendeten Lehrer fordert: fulgere scientia, ardere charitate.

In welchen Zweigen nun aber das wissenschaftliche Streben des Homileten sich besonders bethätigen soll, wollen wir in Nachfolgendem erwägen.

Erstes Kapitel.

Kirchliche Wissenschaft des Predigers.

§ 1. Kenntniß der Theologie.

Der Prediger verkündigt die Lehre Jesu Christi. Er muß sie also vollkommen kennen, muß den Gläubigen ihren ganzen Reichthum entfalten können. Das Gotteswort soll im vollsten Sinne sein Besitzthum, seinen Schatz bilden, aus dem er als kluger Hausvater nach Bedürfniß Neues und Altes spendet: de thesauro *suo* [3]. Wäre er in einem Punkte des Gesetzes unerfahren, so könnte der Erlöser zu ihm wie einst zu Nicodemus sprechen: Tu es magister in Israel et haec ignoras? [4] Ja, er würde sich durch die bekannte Forderung beschämt fühlen müssen, die ein heidnischer Lehrer der Redekunst an jeden Anwalt in zeitlichen Dingen stellt: Jus civile teneat quo egent causae fo-

---

[1] Malach. 2, 7. [2] Os. 4, 6.
[3] Matth. 13, 52. [4] Jo. 3, 10.

renses quotidie. *Quid enim est turpius, quam legitimarum et civilium controversiarum patrocinia suscipere, quum sis legum et civilis juris ignarus?* [1] Die Unsicherheit auf theologischem Gebiete wäre für den Homileten von den bedenklichsten Folgen. Der Prediger, bemerkt Gaichiès, muß nicht allein nicht fehlen, sondern auch versichert sein, daß er nicht fehle[2]. Wie wäre das möglich ohne gründliche Kenntniß der Theologie? Es handelt sich hier allerdings nicht um jene ausgebreitete Wissenschaft, die den Fachgelehrten bildet; aber doch um gediegene Erkenntniß der heiligen Wahrheiten, die der Prediger dem christlichen Volke zu erklären hat — daher vor Allem um Erwerbung des erforderlichen positiven Lehrschatzes: ut potens sit exhortari in doctrina sana . . [3]

Und abgesehen von diesem innern Momente der Sache ist ohne theologische Tüchtigkeit die Ausübung des Predigtamtes eine sehr schwierige und dabei doch immer lückenhafte. Wie an keinen Reichthum der Ernte zu denken, wo kein Saatfeld vorhanden ist, so gibt es auch keine Macht des Predigtamtes, wo der theologische Boden fehlt. Die Ursache, warum so viele Predigten seicht und gehaltlos sind, ist der Mangel an Theologie der Verfasser. Wenn schon die ästhetische Kritik es als Axiom aufstellt: Scribendi recte *Sapere* est et principium et fons: so hat dieß die Homiletik noch weit mehr zu thun. Wo es an Gedanken fehlt, wirft man sich auf die Worte; aber wie wahr sagt die Schrift: Qui tantum verba sectatur, nihil habebit[4]. Um aber gedankenvoll zu sein, ist unerläßlich, sich mit Geistigem zu erfüllen: Qui multa legit et intelligit, impletur; qui fuerit impletus, alios rigat; ideoque Scriptura dicit: *si repletae fuerint nubes, imbrem super terram effundent* — dieß ist der Weg, den der hl. Ambrosius dem geistlichen Redner vorzeichnet[5], und es hat sich jederzeit gerächt, diesen Weg verlassen zu haben.

1. Der Prediger muß somit erstens auf dem dogmatischen Boden

---

[1] *Cic.* Orat. c. 34. Der Schluß a pari liegt hier nahe.

[2] Maximes . . Wie nahe liegen aber Fehler und Verstöße aller Art, wo es an Gründlichkeit der Bildung fehlt! Ignorantia in sacerdotibus mater est omnium errorum, qui in ecclesia Dei oriuntur. *Conc. Tolet.* 4.

[3] Tit. 1, 9.

[4] Prov. 19, 7.

[5] L. 3, ep. 19. ad Constantium. Der Verfasser der Gedanken über die Restauration der Kirche in Deutschland bemerkt: „Unsere Zeit hat wenige wahrhaft tüchtige Prediger, weil wir so karg mit positiver theologischer Wissenschaft versehen und mit der hl. Schrift und den Vätern so wenig bis in's Innerste vertraut sind." Br. 9. Schon Fenelon fand sich zu der Aeußerung veranlaßt: Was vielen Predigern bei allem Talente entschieden mangelt, das ist die gründliche Wissenschaft.

feststehen. Die Dogmatik ist der wichtigste Theil, oder vielmehr, sie ist der Centralpunkt der Theologie; denn sie muß ihr Licht auf alle Gebiete derselben verbreiten. Daher wird sie auch die Grundlage für den Prediger sein und den Mittel- und Einheitspunkt seiner theologischen Studien bilden. Ohne Dogmatik wäre er, was der Schiffer ohne Compaß und Steuerruder. Es soll bei ihm wenigstens ein tüchtiger dogmatischer Einblick in alle wichtigern Gegenstände vorhanden sein, die er zu besprechen hat [1]. Wie ließen sich dogmatische Wahrheiten ohne Kenntniß des Dogmas behandeln, oder moralische ohne dieselbe Kenntniß dogmatisch feststellen? Und doch tritt diese doppelte Forderung so oft und zumal in unserer Zeit mit erhöhtem Nachdrucke an den Prediger heran! — Da wir übrigens den gegenwärtigen, sowie den folgenden Gegenstand noch später eigens zu besprechen haben, so möge hier genügen, auf beide eben nur hinzuweisen.

2. Der Prediger muß zweitens seine Moral gründlich kennen. Docentes eos servare omnia quaecunque mandavi vobis [2] — in diesen Worten des Heilandes liegt für den geistlichen Redner die deutliche Bestimmung, mit dem Glauben zugleich die gesammte Sittenlehre zu predigen, d. h. sie so zu erklären und einzuprägen, daß sie für die Menschen Weg und Antrieb zur Heiligung, daß sie Wahrheit und Leben werde [3]. Er muß also zwei Dinge vollkommen kennen: die theologischen Moralprincipien und ihre practische Anwendung oder Verwerthung im Leben. Ohne gediegene und durchaus umfassende Kenntniß dieser beiden Factoren steht er in der doppelten Gefahr, die evangelische Moral und damit die Predigt zu verwässern und falsche Gewissen zu bilden. Als Lehrer der Wahrheit muß er von zu laxer, wie von zu rigoroser Auffassung gleich fern bleiben und andererseits die einzelnen christlichen Lehren und Pflichten in so heller Anschauung im Geiste tragen, daß er auch in Fällen, wo er ohne genügende Vorbereitung zu sprechen hat, vor aller Ungenauheit und Unsicherheit der Darstellung bewahrt bleibe. Officium apostolicum est praedicare *veritatem* [4]. Das setzt gründlicheres Studium voraus, als man oft denkt, und zwar Studium in Werken, welche mit dem positiven Charakter des Inhalts zugleich eine durchaus practische, für Kanzel und Beichtstuhl gleich geeignete Auffassung verbinden. In letzterem Geiste sind die Werke von dem hl. Alphons von Liguori, von

[1] Wir sagen: wenigstens; denn zur Bewältigung mancher Gegenstände gehört überdieß eine weit tiefere Erfassung oder eingehendes dogmatisches Wissen.

[2] Matth. 28, 30.

[3] Eph. 4, 12—24.

[4] *S. Thom.* in ep. 2 Cor. lect. 5.

Scavini und Gury geschrieben, um hier bloß solche von mehr compendiöser als weitläufiger Fassung zu nennen: vorzüglich ist aber dem geistlichen Redner die vertraute Bekanntschaft mit der Summa th. des hl. Thomas, sowohl für die Sitten- als Glaubenslehre, zu wünschen.

8. Der Prediger muß ferner die ascetische Theologie hinlänglich besitzen. Wenn auch die Wichtigkeit der Ascese viel weniger auf den ersten Blick in die Augen springt, als die der eben genannten Grunddisciplinen, so ist sie dennoch mit jenen in erster Linie zu verbinden, und es lohnt der Mühe, uns den Grund davon möglichst klar zu machen: tritt doch die Ascese in unserer Predigtweise noch viel zu sehr in den Hintergrund. Die ganze Heilsökonomie zielt zunächst darauf hin, die Seelen zu heiligen, oder: das innere Reich Gottes zu gründen und auszubilden. Die Gnade ahmt hierin den Gang der Natur nach. Bevor die Rose sich in ihrer Pracht entfaltet, ist sie schon vollständig in der Knospe gebildet. Bei der geistigen Wiedergeburt, dieser zweiten Schöpfung, wird der Seele Glaube, Hoffnung und Liebe eingegossen. Alle fernern Gnaden bezielen die weitere und vollkommene Ausstattung der Seele, die Reinigung von ihren Sünden und Leidenschaften, die Vermehrung ihrer Verdienste: denn die ganze Schönheit dieses Ebenbildes Gottes ist eine innere[1], und aus dieser soll das äußere Leben erblühen. Erbarmt sich Gott des gefallenen Sünders, so gibt er ihm ein „neues Herz"[2]; soll der Gerechte voranschreiten, so muß er sich fortwährend „im Geiste seines Gemüthes erneuern"[3]. In diesem Geheimnisse der göttlichen Seelenleitung liegt nun aber eine wichtige Lehre für den Prediger. Er hat der Gnade Gottes die Wege vorzubereiten[4]: er muß also selbst die innern Wege Gottes kennen, muß — wenigstens bis zu einem gewissen Grade — Geistesmann und Geisteslehrer sein. Diesen Schluß zieht der hl. Chrysostomus[5]. Nun ist aber die Anleitung zur Ausbildung des innern Lebens eben dasjenige, was wir ascetische Theologie nennen[6]: in derselben darf also

---

[1] Ps. 44, 14.

[2] Ezech. 12, 19; 36, 26, 18, 31. Ps. 50, 12.

[3] Eph. 4, 23.

[4] Luc. 1, 76. S. Greg. M. hom. 17. in evang.

[5] „Wie werden Jene, denen die Sorge für den Leib Christi obliegt, der da zu streiten hat gegen unsichtbare Gewalten, diesen unversehrt und gesund erhalten können, wenn sie nicht wohl erfahren sind in jeder für die Seele ersprießlichen Heilkunst? Oder weißt du nicht, daß diesen Leib mehr Krankheiten und Nachstellungen bedrohen, als unser Fleisch, daß er schneller erkrankt und langsamer geheilt wird?" De sac. l. 4. c. 2—3.

[6] Als die Lehre von den Mitteln zur christlichen Tugend und Frömmigkeit heißt sie Ascetik, als die Lehre aber von den höhern Wegen der Vollkommenheit und

der Prediger durchaus nicht Fremdling sein, ja er wird seinem Berufe nur genügen können, wenn er zugleich durch Kenntniß und Uebung in ihre Geheimnisse eingeweiht ist. Wie zeigt sich gerade auf diesem Gebiete die Stärke und Meisterschaft der hl. Väter und anderer großer Kanzelredner, und wie dringen sie auf diesem ascetischen Pfade in die tiefsten und schönsten Seiten der Heilslehre ein! Wie hebt z. B. ein Bossuet, und vor ihm ein Chrysostomus die große Wahrheit von unserer Vereinigung mit Christus als der Glieder mit dem Haupte, und daraus die Würde, die Anrechte und die Pflichten des Christen, damit aber auch die Mittel zur Wahrung derselben hervor! Durch Ausscheidung der Ascese beraubt man die Predigt eines ihrer reichsten und nützlichsten Momente. Der Grund, warum die Moralpredigten der vergangenen Zeit sich als so unerquickliche erwiesen, liegt nicht darin, daß sie Moralpredigten waren, sondern daß sie die christliche Sittenlehre von der kahlsten und flachsten Seite auffaßten und nicht selten in einem milden Rationalismus aufgehen ließen, dagegen von der tiefern christlichen Mystik so unberührt blieben, als von dem Dogma selbst. Auch dogmatische Reden sind ohne ascetischen Geist dürre und unfruchtbar.

Es begegnen sich eben in der Durchdringung der verschiedenen geistlichen Wissenschaften die feinsten Lebensfaden des kirchlichen Geistes und Wesens, und so finden wir denn auch, daß wo jene nicht harmonisch sich ineinander bewegten, sogar ganz elementäre Lehren sowohl der theoretischen als der practischen Theologie mitunter übersehen oder durchaus ungenügend erklärt wurden, z. B. der höchst wichtige Unterschied zwischen Natürlichem und Uebernatürlichem, zwischen schwerer und läßlicher Sünde, die gehörige Würdigung der Sacramentalien und ihrer Anwendung, manche altkatholische und für die Erhaltung der Frömmigkeit und des christlichen Familienlebens keineswegs unwichtige Andachten und Gebräuche u. s. w.

4) Liturgie. Dem Prediger ist nicht nur gediegene Kenntniß der heiligen Liturgie, sondern auch die Durchdringung seines Innersten mit der erhebenden Fülle ihres herrlichen Inhalts nothwendig. Denn erstlich hat er als kirchlicher Lehrer den ihm pflichtmäßig obliegenden Unterricht über den Gottesdienst und dessen einzelne Bestandtheile sowie Zweck und Bedeutung derselben zu ertheilen; zweitens steht die Liturgie überhaupt durch den Reichthum der in ihr gelegenen erbaulichen Elemente in unmittelbarer Beziehung zu der großen Aufgabe der Predigt: der heilwirkenden Erbauung. Die Behandlung des Kirchenjahres, worin im Allgemeinen der fortlaufende Stoff oder Lehrgang des Pre-

deren Verfolgung Mystik. Ascese ist die practische Anwendung der Mittel zur Tugend und Heiligkeit, im Gegensatze zur bloßen Theorie.

digers liegt, ist als zweckmäßige, d. h. eingreifende und gehaltvolle ohne Vertrautheit mit dem innersten Geiste der Liturgie gar nicht denkbar. vollem Rechte legten daher die in Würzburg 1848 versammelten chen Bischöfe in ihrem gemeinsamen Hirtenbriefe den Predigern fol- e Mahnung an's Herz: „Lasset uns immer weiter eindringen in Sinn unserer Liturgie, in welcher seit Anbeginn der Kirche so viele Geiste Christi erfüllte Männer die schönsten Blüthen ihres reli- n Gefühls, den gediegensten Kern ihrer innersten Glaubenstiefe, das re Gold ihrer Andacht niedergelegt und so viele Jahrhunderte den n Ausdruck ihrer wahrhaft christlichen Gesinnung gefunden haben." Welch' einen Boden voll himmlischer Schätze würden wir uns verschließen, wenn dieses lebendige Buch des kirchlichen Glaubens und Lebens für uns ein versiegeltes bliebe! Die Heiligen haben darin eine Fülle erhebender Gedanken und Anregungen gefunden.

5) Endlich findet der Prediger noch eine kostbare Quelle für die Zwecke des Lehramtes in der Geschichte unserer heiligen Religion. Also auch diese wird nothwendig zu seinem wissenschaftlichen Reichthume gehören. Für manche Gegenstände bilden sie den populärsten und schlagendsten Beweis. Sie ist das fortlaufende Gemälde der Vorsehung, der Erbarmungen und Gerichte Gottes; die plastische Darstellung des Gottesreiches auf Erden in seiner Vorbereitung, seinem Entwickelungs- und Bildungsgange. Da die christliche Offenbarung zum großen Theile Geschichte ist, darf für den Prediger der Offenbarung die Religions- und Kirchengeschichte nichts Fremdes sein. Alle Beziehungen, in denen diese zur Dogmatik, zur Moral, zur Exegese und zum Kirchenrechte steht, sind auch Beziehungen zum Predigtamte selbst, und wenn nach dem Ausspruche von Melchior Canus der in der Religionsgeschichte Unerfahrene den Namen eines Theologen nicht verdient [1], wird auch dem der historischen Theologie Unkundigen der Name eines wissenschaftlich tüchtigen Predigers schwerlich beizulegen sein.

Als besondere Glanzpunkte der Kirchengeschichte aber haben Leben und Thaten der Heiligen noch ihre ganz eigene Bedeutung für die Predigt, deren Zweck ja ist, die wahre Heiligkeit den Gläubigen vor Augen zu stellen und zum Streben nach derselben anzuregen.

Soviel über einzelne Zweige der Theologie und ihre Beziehung zum Predigtamte.

Zur kirchlichen Wissenschaft des geistlichen Redners gehört aber insbesondere, nebst den bisher genannten Gegenständen und als nothwendige Erweiterung und substantielle Erfüllung derselben, die Kenntniß der hl. Schrift und der Lehre der Väter: und nur in der

[1] Loci theol. l. 2. c. 11.

übergroßen Wichtigkeit dieser doppelten Kenntniß liegt der Grund, warum dieselbe nach ihrem speciellen Verhältnisse zur Predigt einer eigenen, vom Vorhergehenden getrennten Erörterung vorbehalten bleiben mußte. Die oben genannten in Würzburg versammelten Bischöfe rufen in dem erwähnten Hirtenbriefe den Predigern zu: „Offenbaret die großen Thaten Gottes zum Heile der Menschheit in dem wundertiefen Geheimnisse der Erlösung [1] nicht mit eitlem Wortgepränge, sondern mit der Kraft der Wahrheit und der Wärme der Ueberzeugung, in der Sprache der hl. Schrift, im Geiste der Kirchenväter und nach dem Vorbilde eines Chrysostomus, eines Augustinus, eines Bernardus und so vieler Meister christlicher Beredsamkeit." Um dieser feierlichen und dringenden Mahnung, welche die Kirche seit so vielen Jahrhunderten wiederholt, und die Erfahrung ebenso vieler Jahrhunderte mit ihrem unverwerflichen Zeugnisse besiegelt hat, um diesem durchaus zeitgemäßen Hirtenworte möglichst vollkommen nachzukommen, wird der angehende Prediger von dem ersten Eintritte in das homiletische Gebiet an der Schrift und den Vätern eine ganz besondere Aufmerksamkeit schenken müssen; und um ihn unserseits hierin nicht nur zu ermuntern, sondern auch durch einige Fingerzeige zu unterstützen, wollen wir nun, wenn auch nur in kurzen Umrissen, diese Gegenstände seiner näheren Betrachtung vorführen.

§ 2. Bibelkunde.

Der hl. Ambrosius nennt die Schrift das Buch des Priesters. Aber ganz vorzüglich ist sie das Buch des Seelsorgers und des Predigers und als solches ihm von der Kirche in die Hand gegeben [2]. Sie ist die reiche nie versiegende Quelle, aus der alle geistlichen Lehrer die Schätze ihrer Weisheit, die eigene tiefe Fülle ihres Herzens, sowie die dieser entströmende Erleuchtung und Erhebung Anderer geschöpft haben. Ja der hl. Augustin sieht in der Durchdringung mit dem Worte und dem göttlichen Geiste der Schrift so sehr das Lebenselement der Predigt, die Bedingung ihrer Kraft und den Maßstab ihres Werthes, daß er

---

[1] Act. 2, 11.

[2] Ignorantia mater cunctorum errorum maxime in sacerdotibus Dei vitanda est, qui docendi officium in populis susceperunt. Sacerdotes enim legere sanctas scripturas frequenter admonet Paulus Apostolus dicens ad Timotheum: *Attende lectioni, exhortationi et doctrinae, et semper permane in his.* Sciant igitur sacerdotes scripturas sanctas et canones, ut omne opus eorum in praedicatione et doctrina consistat: atque aedificent cunctos tam fidei scientia quam operum disciplina. *Corp. jur. can.* Can. 1. dist. 38. (*Conc. Tol.* IV. c. 24.)

den kurzen, aber in seinem Laconismus vielsagenden Satz aufstellt: Sapienter dicit homo *tanto* magis vel minus, *quanto* in scripturis sanctis magis minusve profecit [1]; und der Prediger ist ihm einfach divinarum scripturarum tractator et doctor [2]. Die hochwichtige Auctorität eines solchen Lehrers läßt uns schließen, daß seinem Urtheile schwer wiegende Motive zu Grunde liegen müssen. Und in der That, was ist die hl. Schrift? Sie ist nach dem schönen Ausdrucke des hl. Gregor d. Gr. ein Sendschreiben des allmächtigen Gottes an seine Geschöpfe [3], ja nach demselben Lehrer: os Dei, lingua Dei, calamus Dei, cor Dei [4]; sie ist dem Propheten eine Leuchte inmitten der Finsternisse des Lebens [5]; sie ist dem hl. Hieronymus und Laurentius Justinianus ein lebendiger Spiegel, dem hl. Bernhard ein Garten Gottes, dem hl. Karl Borromäus aber insbesondere der Garten des Bischofs, und in ähnlichen Lobsprüchen erschöpfen sich alle Heiligen, deren „Waffenrüstung Gottes" [6] bei Verwaltung des Predigtamtes dieß Buch war. Wirklich liegt die hl. Schrift vor uns wie eine unermeßliche Schatzkammer, wie ein großes, von Segen überströmendes Gefilde. Der Prediger hat allerdings Vieles nothwendig, um seine Zuhörer zu ergreifen, zu heiligen, mit dem Geiste Gottes zu erfüllen; vor Allem die Kraft und Fülle der Wahrheit. Hier aber ist ihm Alles geboten: rein und voll sprudelt der Born, und es ist unsere Schuld, wenn wir nicht schöpfen. Ja wenn vier Ströme aus dem Schooße des irdischen Paradieses hervorbrachen, um die Erde zu bewässern; so gibt es hier nach dem hl. Chrysostomus so viele als Worte Gottes, denn jedes derselben vermag in dem, der es gläubig aufnimmt, und durch ihn für Tausende, immer wieder zu neuen Quellen zu werden, die in's ewige Leben fortströmen [7]. Daher finden wir denn auch, daß die Betrachtung der heiligen Bücher die süßeste und immerwährende Beschäftigung gotterfüllter Redner und ihre wichtigste Vorbereitung zu geistlichen Vorträgen war. Der hl. Antonius von Padua wurde wegen seiner überraschenden Vertrautheit mit der Schrift von Papst Gregor dem Neunten arca testamenti ge-

---

[1] De doctr. chr. l. 4. c. 5.

[2] L. c.

[3] Quaedam epistola omnipotentis Dei ad creaturam suam (*Ad Theod. l. 4. ep. 31.*).

[4] L. 2. mor. c. 1. Demselben Vater ist die Schrift ein dichter und lieblicher Wald, in dessen kühlen Schatten wir uns vor der Gluth dieser Welt bergen (*hom. 5. in Ezech.*).

[5] Lucerna pedibus meis verbum tuum et lumen semitis meis. Ps. 118, 101. — 2 Petr. 1, 19.

[6] *S. Laur. Just.* c. 19. de cast. connub.

[7] Jo. 4, 14; 7, 38. *S. Chrys.* hom. 3. in Gen.

nannt, Bernhard und Thomas von Villanova sprechen immerdar und gleichsam unwillkürlich die Sprache der Bibel, Vincenz Ferrerius und Franz Solano bedurften zu ihrer herzerschütternden Predigt nur des Breviers mit seinem Schrift- und Väterinhalte. Da das Wort des Apostels: Verbum Christi habitet in vobis abundanter [1], an diesen Heiligen zur vollen Wahrheit geworden war, so genügte ein Ausspruch der Bibel, um in ihnen eine Fülle von Gedanken anzuregen. In dem Maße, als wir mit dieser unvergleichlichen Fundgrube vertraut werden, wird sie auch uns ihre Schätze liefern. Die Aussprüche der Schrift sind die nützlichste Unterlage und Befruchtung unserer Predigt, sowohl wegen ihres göttlichen Ansehens als wegen der wundervollen Salbung, die der Sprache des hl. Geistes eigen ist. „Wenn der Prediger die Schrift anführt, redet das Wort selbst. Die Frucht ist nie gesunder als auf dem Baume; und das Wasser ist nie reiner als in seiner Quelle“ [2].

Die hl. Schrift bewegt sich in einer unendlichen Mannigfaltigkeit von Gegenständen, wenn wir dieselben auch nur äußerlich betrachten. Werfen wir hier zunächst einen Blick auf die Bücher des alten Testaments: wir finden in denselben eine dreifache Reihe, die geschichtlichen, moralischen, prophetischen Bücher. Unter den geschichtlichen besitzen wir:

1) Die Genesis, deren Mittelpunkt die Patriarchaloffenbarung. Diese zeigt uns in der Schöpfungsgeschichte die Größe, Güte und Weisheit Gottes, in der Geschichte vom Sündenfalle die göttliche Gerechtigkeit, in der Verheißung des Erlösers die göttliche Barmherzigkeit, in der Sündfluth die schrecklichen Folgen der Sünde und zugleich in der Arche das Bild der Kirche, in der Leitung der Patriarchen die wundervolle Vorsehung und Treue Gottes; und wie viele Vorbilder des Erlösers in den einzelnen Gerechten, denen sich immer neue in den folgenden Büchern anreihen! Die Genesis bietet den Schlüssel zu allen das Reich Gottes auf Erden betreffenden und sich im Laufe der Jahrhunderte folgenden göttlichen Rathschlüssen.

2) Das Buch Exodus oder die Geschichte von dem wunderbaren Auszuge des Volkes Gottes aus der Knechtschaft Aegyptens (Lobgesang des Moses), mit der Gesetzgebung auf Sinai als Mittelpunkt des Ganzen und der feierlichen Einsetzung und Beschreibung des heiligen Cultus. In diesem Buche finden wir neuerdings graphische Gemälde von der Verhärtung des Sünders und der Langmuth Gottes, von der Majestät des Unendlichen (wie wird er sich als Richter offenbaren, wenn er sich so als Gesetzgeber offenbart!), von seinem Hasse gegen die Sünde (Bestrafung der Unmäßigkeit und Abgötterei). Das Manna!

---

[1] Col. 3, 16.

[2] *Gaichies*, Maximes.

3) Das Buch Leviticus: weitere Begründung und Ausführung der Gesetzgebung, besonders in Bezug auf den Ritus der vorbildlichen Opfer. Strenge in der Abscheidung des israelitischen Volkes von dem versunkenen Heidenthum. Segen oder Fluch über die, welche Gottes Gebote erfüllen oder verachten (c. 26).

4) Das Buch Numeri, 5) Buch Deuteronomium und 6) Buch Josue. Auch diese Geschichte der Wanderung des hebräischen Volkes in der Wüste und der Besitznahme Kanaans ist mit höchst auffallenden Zügen der Gerechtigkeit sowie der erbarmungsvollen Langmuth Gottes durchwebt. Das Volk — schon in der Nähe des gelobten Landes — muß seiner Sünden wegen wieder zurück in die Wüste, um in achtunddreißigjähriger Wanderung seinen Ungehorsam zu büßen und in der Wüste zu sterben. Nur dem erneuten Geschlechte ist der Eingang in das Land der Verheißung gestattet. In der Nähe dieses Landes wiederholt Moses dem Volke Gottes noch einmal die Werke und Worte des Herrn (Deuteronomium), die gemachten Verheißungen und Drohungen und schließt mit seinem herrlichen und kraftvollen Gesange und den Segnungen über die Stämme Israels. Er selbst, dieser Liebling Gottes, wegen einer Anwandlung von Mißtrauen von dem schönen Lande ausgeschlossen! Unter Josue, der bis auf den Namen selbst Vorbild des Erlösers ist, die Eroberung des gelobten Landes: die Wasser des Jordans zertheilt, Jericho zusammenstürzend, die Sonne in ihrem Laufe aufgehalten, Kämpfe und Siege. Wenn Solches für das irdische Land der Verheißung geschah, was ist Gott bereit für das himmlische zu thun und was sollen wir thun? Josue's Schlußrede — eine interessante Parallele zur obengenannten des Moses.

7) Buch der Richter, 8) Ruth, 9) Bücher der Könige, 10) Chronik. Die wunderbaren Führungen des israelitischen Volkes unter seinen dreizehn, von Zeit zu Zeit von Gott erweckten Richtern und Rettern. Debora (ihr erhabener Lobgesang); Gedeon; Samsons Thaten und Fall: des Volkes Freiheit und Glück mit der Reinheit des Glaubens abwechselnd steigend und erliegend. Die liebliche Vorgeschichte der Familie Davids (B. Ruth). Heli's und seiner Kinder Strafe; Samuels Gehorsam; Sauls Erwählung, Ungehorsam, Verwerfung; Davids Sieg über Goliath, Größe in der Trübsal, Sündenfall im Glücke, Buße nach der Sünde; Salomons Weisheit, Glanz und Fall (wer sollte nicht für sich zittern!), Zerklüftung der Nation in zwei Reiche als Strafe für die Untreue des Hauses David, Gerichte Gottes über die Könige Israels, die großen Propheten Elias und Elisäus, der Schutz des Himmels über die treuen Könige von Juda, die Rache über die gottvergessenen und ihr Volk (Zerstörung Jerusalems, siebenzigjährige Gefangenschaft).

11) Die zwei Bücher Esdras, die Bücher 12) Tobias, 13) Judith, 14) Esther, die Bücher 15) der Machabäer. In denjenigen

dieser Bücher, welche Einzelgeschichte ausgezeichneter Personen bilden, liegen die schönsten Tugendgemälde wie in einem strahlenden Spiegel vor uns. Wie uns in dem oben genannten Buche Ruth die kindlich innige Pietät, so ist uns in Tobias die zarteste und werkthätigste Gottesfurcht mitten unter den Gottvergessenen, die Ergebung im Leiden (auch die Prüfung des Gerechten durch Leiden), die gottgefällige Erziehung der Kinder, andererseits aber auch die herrliche Belohnung von Seite Gottes dargestellt; in Judith das Bild des gottgeheiligten Wittwenstandes und des ebenso bewunderungswürdigen Gottvertrauens in Gefahr und Noth; in Esther die vollkommene Weltverachtung mitten in der Weltgröße, die Erhöhung der demüthigen Gesetzestreue (ebenso in Mardochäus, dagegen die Erniedrigung des Stolzes in Aman). In den Büchern Esdras bewundern wir den Eifer für den heiligen Cultus und das Haus des Herrn, und zumal im zweiten derselben an Nehemias das schöne Vorbild des Erlösers als Tröster der Weinenden und Erneuerer des alten Sion, wie Hieronymus und Augustin ihn uns darstellen (vgl. überdieß B. 1. K. 9. gegen ungesetzliche Mischehen, B. 2. K. 5. gegen den Wucher, K. 9. allgemeine Buße des Volkes). Das Buch der Machabäer endlich entrollt uns das erhebende Bild der hochsinnigsten Aufopferung für Gottes Gesetz in der Heldenfamilie der Machabäer, in dem Marterthum des Eleazar und der sieben Brüder mit ihrer Mutter, sowie andererseits Züge der göttlichen Gerechtigkeit (besonders das Ende des Antiochus), Beispiele der Fürbitte der Heiligen, der Fürbitte für die Abgestorbenen u. s. w.

Theils an die geschichtlichen, theils an die moralischen und prophetischen schließt sich das unvergleichliche Buch Job mit seiner überwältigenden Kraft und Erhabenheit und seiner rührenden Schilderung des Menschenherzens im wechselvollen Zwiekampfe zwischen Heroismus und Schmerz. Wenn das Buch Job einerseits als die Leidensgeschichte der unerlösten Menschheit aufgefaßt wird, so steht es andererseits zugleich als Hinweis auf die göttliche Erlösung da und führt uns in dem großen Dulder selbst ein Vorbild des Erlösers vor.

Unter den moralischen Büchern ist das vom Prediger innig mit dem eben genannten verwandt, und während letzteres das Elend des von Schmerz und Unglück erschütterten Lebens schildert, predigt uns jenes die Eitelkeit und Nichtigkeit alles irdischen Glanzes und Glückes und wird nach Augustin [1] zur ahnungsvollen Prophezeiung eines höhern Lebens, „welches keine Eitelkeit mehr hat unter der Sonne, sondern im Vollgenusse der Wahrheit unter Jenem ist, der die Sonne schuf." In dem Buche der Weisheit wird der falschen und fleischlichen Weisheit der Welt die wirkliche, in Gott lebende und durch göttliche Thaten uns geoffenbarte Weisheit

[1] De civ. Dei l. 21. c. 3.

gegenübergestellt und zwar als Richterin des Abfalles von Gott durch Laster und Götzendienst, als Wurzel der Heiligkeit und aller Güte, als Bürgschaft der göttlichen Huld und zur seligen Unsterblichkeit leitenden Versehung. Dieß Werk hat für den geistlichen Redner eine eigene Anwendbarkeit der heutigen Zeit gegenüber. Das Buch der Sprüche und Ecclesiasticus (Predigerbuch, Kirchenbuch) entwickelt nun die Lehren der Weisheit in näherer und zwar der vielseitigsten Anwendung und ist eine unerschöpfliche Fundgrube der treffendsten und beherzigenswerthesten sittlichen Lehren, namentlich Standeslehren. Dem hl. Hieronymus zufolge entfaltet das erstere Buch zunächst die Anfangsgründe der himmlischen Weisheit (mit eindringlicher Warnung vor dem Laster, Anregung zur Tugend und Gottseligkeit, zumal für die erwachsene Jugend); das früher als „Prediger" erwähnte behandelt den Fortschritt auf dem Tugendpfade durch Verachtung alles Irdischen; hierauf bietet der Ecclesiasticus die weitere Ausführung, indem er meist specieller und reichhaltiger als die „Sprüche" ist und zumal die Veranlassungen zur Sünde und deren allmählichen mächtigen Einfluß auf das Herz warnend heraushebt. Er zerfällt in zwei Theile, deren ersterer Sitten- und Klugheitsvorschriften, der zweite die historische Beleuchtung des Gesagten in erhabenen Tugendbeispielen aus der heiligen Geschichte umfaßt (daher besonders zu Lobreden auf die Heiligen geeignet). Wahrscheinlich hat dieß Buch seinen Namen daher, daß es vielfach in der Kirche bei Vorträgen über die Sittenlehre benutzt und vorgelesen wurde, wie es denn besonders auch beim Unterrichte der Katechumenen angewandt und den Neubekehrten in die Hände gegeben ward.

An die genannten Bücher reiht sich als Darstellung der in der Liebeseinigung mit Gott vollendeten Gottseligkeit das Hohelied, eine durchaus dramatisch ausgeführte Vorbildung des Reiches Gottes oder der geistigen Vermählung Christi mit der Kirche und der heiligen Seele [1]. So groß die Zartheit und mystische Tiefe in der Darstellung dieses hochpoetischen Buches, so groß muß auch die Geistigkeit in der Auffassung desselben sein. Zumal fordert der homiletische Gebrauch des Hohenliedes oder die Stellenanführung Umsicht und Zurückhaltung, um nicht beim Volke statt des tiefern Verständnisses bloß sinnliche Anschauung zu wecken. Dagegen haben die Heiligen in der tiefsinnigen Betrachtung dieses Buches Reiches und Herrliches gefunden, und in ihrem Geiste (daher auch in ihren Commentaren) ist dasselbe auch dem Prediger geboten.

Was nun endlich die prophetischen Bücher der Schrift als Quellen des geistlichen Redners betrifft, so ergibt sich ihre hohe Bedeutsamkeit un-

---

[1] Der hl. Hieronymus sagt: Salomon, pacificus et amabilis Domini ecclesiam jungit et Christum, sanctarumque nuptiarum dulce canit epitalamium. *Praef. in Sep.* (Hier. ad Paulin.).

mittelbar aus ihrer nächsten Beziehung zu Christus und seinem Reiche und aus der Eigenschaft der Propheten als Bußprediger und Tröster. Und da die religiöse Begeisterung der Lebensborn heiliger Beredsamkeit wie heiliger Poesie ist, wo würde diese mächtiger angeregt und fruchtbarer genährt, als in der eindringenden Betrachtung der prophetischen Bücher? Diese gehörten daher von jeher zu den wichtigsten Quellen apostolischer Redner. Obwohl aber der Prediger durchaus streben muß, mit sämmtlichen Propheten vertraut zu werden, so haben doch zunächst Isaias und Jeremias für ihn eine hervorragende Wichtigkeit. Den erstern nennt der hl. Hieronymus den fünften Evangelisten, und während er als solcher zumal in der zweiten Hälfte seiner Prophezeiungen auftritt, ist er in der ersten vorzüglich der kraftvolle Prediger der Gebote und Gerichte Gottes: schon sein erstes Kapitel ist eine erschütternde Bußpredigt. In diesem Geiste folgt ihm Jeremias, wenn auch nicht mit derselben Erhabenheit, doch mit ergreifendem Ernste und tiefsinniger Rührung, ebenso bewunderungswürdig, wo er vor Sünden schreckt und auf den nahenden Untergang des jüdischen Reiches hinweist, als wo er seinen Schmerz als Klagesänger des erfolgten Gottesgerichtes in unnachahmlichen Tönen ausspricht.

Mit den Prophezeiungen hängen nach Inhalt und Ausdruck, zugleich aber auch mit den moralischen und geschichtlichen Büchern der Schrift auf's Engste die Psalmen zusammen, indem diese theils prophetischer, theils ethischer, theils geschichtlicher Natur sind. Von jeher bildeten die Psalmen das Gebetbuch — oder wie Schegg ganz richtig sagt — das Herzensbüchlein der heiligen Kirche, wie es ja gewissermaßen das des Erlösers selbst genannt werden kann [1]. Und wie in den Herzen aller Heiligen, haben diese ewigen Gesänge mit ihrer göttlichreichen und lieblichen Harmonie insbesondere in dem Herzen und der Predigt aller Apostel ihr tausendfaches Echo gefunden. Von diesem ihrem Reichthume sagt Bellarmin: Est liber psalmorum quasi *compendium et summa totius veteris testamenti:* quicquid prophetae ceteri vel exhortando ad virtutes vel praedicando futura scripserunt, id *totum* in psalmis David brevissime comprehendit [2]; — von ihrer Lieblichkeit aber Cassiodor: Quid in illo libro non invenies, unde se humanum genus debeat suaviter consolari? Thesaurus in pectore mundo semper excrescens, consolatio magna lugentium, spes beata justorum . . ejusque fons indefecta perennitate servatur [3].

---

[1] Schegg, ausgewählte Psalmen. „In diesen las, betrachtete, betete der Erlöser auf seinem Leidenswege durch dieses Leben. Sie hinterließ er seiner Braut als Andenken seines Gebetes am Kreuze; und wie sollte sie eine solche Hinterlassenschaft nicht mit der zartesten Liebe umfangen, mit der sorglichsten Treue pflegen?" Und wem gälte dieß in der Kirche mehr als dem Priester und Prediger?

[2] Explan in Ps. (praefat.).

[3] Opp. t. 2. p. 8. ed. Maur.

Was nun endlich das Neue Testament betrifft, beschränken wir uns auf die einzige Bemerkung: der Prediger ist Verkündiger des Evangeliums, ja als Apostel soll er selbst das lehrende und lebende Evangelium sein: also muß er es ganz und gar in sich aufnehmen, muß es vollkommen besitzen. Tolle et lege, rief eine himmlische Stimme dem hl. Augustin zu, und Paulus dem Timotheus: haec meditare, in his esto [1]: ganz dasselbe ist dem Prediger zuzurufen; weniger läßt sich hier gar nicht sagen. Was aber von den Evangelien gilt auch von ihrem herrlichen Commentar, den Apostelbriefen, namentlich den an Gehalt unerschöpflichen des hl. Paulus; es gilt endlich auch von der Geschichte der aufsprossenden Kirche oder der Apostelgeschichte, die man in besonderer Weise das Evangelium des hl. Geistes genannt hat. Das Neue Testament ist das eigenste Feld des Predigers. Nunquam de manu tua et oculis tuis recedat liber — diese Mahnung des hl. Hieronymus hat er sich täglich in Erinnerung zu bringen [2]. Hier liegt Höhe und Tiefe, Auctorität und Norm, Salbung und Segen der Predigt.

Bisher haben wir nur von dem Inhalte der Bibel gesprochen. Allein dieser Inhalt ist auch von einer Form umgeben, welche die Schrift zu einem in ihrer Art einzigen Buche und zur ersten Schule des Predigers macht. Die biblische Sprache ist ganz aus Momenten der Anschauung gebildet, dabei von einer Lebhaftigkeit und Gestaltenfülle, einer Kraft und Kühnheit, einer Lieblichkeit und Zartheit, einer Klarheit und Tiefe, daß diese, die höchste Poesie mit der einfachsten Popularität verschmelzende Mannigfaltigkeit gerade in der unnachahmlichen Natürlichkeit der Schrift ihren überraschendsten Abschluß findet. Vorzüglich aber ist die Redeweise Jesu und der Apostel Vorbild homiletischer Darstellung [3].

§ 3. Väterkunde.

Die Väter haben für den Prediger eine dreifache Bedeutung: als Auctorität, als Quellen und als Muster der geistlichen Beredsamkeit [4]. Nach jeder dieser drei Beziehungen sind sie für ihn nicht nur

[1] Conf. S. Aug. l. 8. c. 12. — 1 Tim. 4, 15.

[2] Ad Rustic.

[3] Eine eingehende Besprechung des rhetorischen Charakters der Schrift findet sich in dem Predigtamte S. 97—119. Vgl. auch unten: Darstellung § 3. (Affectsprache der Schrift).

[4] Unter Kirchenvätern im engern Sinne versteht man jene alten Kirchenschriftsteller, welche von der Kirche wegen ihrer hohen Verdienste um die heilige Lehre und zugleich wegen ihrer persönlichen Heiligkeit als Zeugen und Träger der kirchlichen Lehre anerkannt und ausgezeichnet werden, so daß jener Titel eine vier-

wichtig, sondern unentbehrlich. Als Männer eines außerordentlichen innern und äußern Charakters, oder wie Melchior Canus sagt — quos in hunc usque diem tot saeculorum consensus approbavit, quos praeter admirabilem sacrarum literarum peritiam vitae quoque pietas mira commendat [1] — nehmen sie nicht nur unsere Verehrung, sondern auch, insofern sie als Zeugen und Vertreter der Tradition dastehen, unsere kirchliche Gelehrigkeit und Anhänglichkeit in Anspruch. Ihr übereinstimmendes Zeugniß ist für uns ein vollgültiges, authentisches und officielles, in Betreff dessen schon der hl. Vincenz von Lerin bemerkt, indem er von dem Urtheile des Concils von Ephesus über diesen Gegenstand spricht: (Concilio) divinitus placuit, nihil aliud posteris credendum decernere, nisi quod sacra sibi consentiens sanctorum Patrum tenuisset auctoritas [2]; ebenso ein spanisches Generalconcil: Quidquid creditur contra sanctos Patres, intelligitur aberrare a recta regula fidei [3]; was später die Kirchenversammlung von Trient auf's Neue bestätigte [4]. Die Väter nicht als das ansehen, was sie sind — kirchliche Zeugen und Lehrer, sie in der Predigt soviel als ganz ignoriren, ist protestantisch. Daraus folgt aber als weitere Consequenz, daß der katholische Prediger sie studiren, daß er sie zu Führern und Gewährsmännern auf dem nur zu schwierigen Pfade des Predigtamtes wählen muß, glücklich und hocherfreut, von der Kirche mit so ausgezeichneten Hülfskräften ausgestattet zu sein. Hierin gehen ihm die bedeutendsten geistlichen Redner aller Zeiten, welche die katholische Kanzel durch ihr Talent und ihre Erfolge verherrlichten, mit leuchtendem Beispiele voran, ja sogar die Väter selbst. *Majorum* in omni-

---

fache Bedingung in sich einschließt: kirchliche Wissenschaft *), Heiligkeit des Wandels, Approbation der Kirche und bedeutendes Alter (wonach die Väter den ältesten Zeiten der Kirche angehören — qui catholicam ecclesiam in ejus infantilibus annis educarunt, wie ein alter Schriftsteller sagt). Daher heißen solche, denen das letztere Merkmal fehlt, wie die hl. Petrus Damiani, Bernhard, Thomas von Aquin, Bonaventura eher Lehrer als Väter der Kirche, Andere dagegen, denen die kirchliche Anerkennung mangelt, wie Origenes, Tertullian, Clemens von Alexandrien, Eusebius .. genau genommen nur Kirchenschriftsteller. Im weitern Sinne jedoch werden alle diese Männer zu den Vätern gezählt und in dieser Bedeutung führt auch die Homiletik unter dem besagten Titel einen Tertullian, Lactantius u. A. auf.

*) Dieß gilt mehr von der Wichtigkeit als dem Umfange der Werke; so hinsichtlich eines hl. Clemens, Ignatius, Polycarp.

[1] Loc. theol. 7, 3.

[2] Commonit.

[3] Conc. Tol. XV. (688).

[4] Sess. 4. (siehe den folg. §). Vgl. auch das Decret von Pius VIII. über den hl. Bernhard als doctor eccl. (bei *Romsee* op. lit. t. 5).

bus secutus sum sententiam, schreibt der hl. Hieronymus an Pammachius über die Art seiner Schrifterklärung, und an Eustochium über denselben Gegenstand: Praestiti ut docerem quod didiceram, non a me ipso, id est, a praesumptione pessimo praeceptore, sed *ab illustribus ecclesiae viris.* Dem hl. Cyrillus von Alexandrien sind die Väter „himmlische Leuchten, die das Wort des Lebens in sich tragen" [1], ebenso der achten allgemeinen Kirchenversammlung, die den Satz aufstellt: Per aequam et regiam divinae justitiae viam inoffense incedere volentes, veluti quasdam lampades semper lucentes et illuminantes gressus nostros, qui secundum Deum sunt, sanctorum Patrum definitiones et sensus retinere debemus [2].

Aber außer dem Momente der Reinheit und Kirchlichkeit des Lehrbegriffes hat das patristische Studium für den Prediger auch hinsichtlich der Fülle, Schönheit und Salbung der Lehre seine hohe Bedeutung. In den Vätern ist der Quell der heiligen Schriften gewissermaßen zum Strome geworden. Der Beruf, den sie vom Himmel empfangen hatten, nach den Erschütterungen der Christenverfolgungen den Trost und die Herrlichkeit der Offenbarung vor den Augen der Gläubigen zu entfalten und in dem Reiche des Friedens nunmehr die kostbaren Früchte des Friedens aufsprossen zu lassen, zugleich aber diese zu verwahren vor dem giftigen Hauche auftauchender Irrlehren [3]; die Fülle göttlicher Erleuchtungen, die ihnen deßhalb zu Theil geworden war und ihre volle hingebende Liebe für Offenbarung und Kirche: dieß Alles machte die heiligen Väter zu eben so fruchtbaren und gehaltreichen als zuverlässigen Organen und Dolmetschern der göttlichen Lehre. Sie haben nicht nur für sich selbst in den reichen Gefilden der Schrift geistige Weide gefunden, sondern diese auch für die gesammte Kirche Gottes erschlossen und das Ihrige zur Erfüllung der herrlichen Verheißungen von dem Segensreichthume beigetragen, womit den Propheten zufolge das göttliche Hirtenamt die dem Herrn getreue Heerde dereinst beglücken sollte: Pascam eas (oves) in montibus Israel, in rivis et in cunctis sedibus terrae. In pascuis uberrimis pascam eas et in montibus excelsis Israel erunt pascua earum: ibi requiescent in herbis viren-

[1] Defens. anathematismi VIII.

[2] Sess. 10. can. 1. Diesem Satze folgt ein herrliches Lob der Väter (siehe *Denzinger*, enchirid. p. 114—115). Die hier ausgesprochene Auctorität der Väter als kirchliche ist diesen eben als Zeugen der Tradition eigen; wo sie dagegen nur als (Privat-) Lehrer ihre Anschauungen aussprechen, ist ihre Auctorität auch nur die persönliche, die ihnen Wissenschaft, Beruf und Heiligkeit verleihen. Vgl. hierüber: *Petavius*, Proleg. c. 2. § 2 sqq.

[3] Diese Ideen und damit die herrlichen Leistungen der Väter entwickelt der hl. Gregor sehr schön l. 9. mor. c. 6.

tibus, et in pascuis pinguibus pascentur super montes Israel [1]. Unter diesem Bilde der von göttlichem Segen triefenden Berge Israels führen uns die Väter selbst nicht selten die Apostel und ihre von demselben Geiste getragenen Nachfolger in Verkündigung und Auslegung des Wortes Gottes vor; so sagt der hl. Beda d. E. über die Worte des Propheten Amos: *Stillabunt montes dulcedinem* [2]: Bonae operationis studiosi viri, propter altitudinem beatae vitae, qua vivunt in ecclesia, montes dicuntur: qui dulcedinem sanctae conversationis quasi stillas lucidissimas fundunt, aliis praedicando. Von wem gälte das aber mehr als von den heiligen Lehrern der Kirche? Will also der Prediger selbst zu einem Berge Gottes, will er als Lehrer und Apostel groß werden, so suche er in den heiligen Vätern und durch diese in der Schrift zu erstarken und es auf ihren Fußstapfen zum vollendeten Wachsthume wie in der Gottseligkeit, so auch in der Weisheit und in „lebenskräftiger" [3] Erkenntniß zu bringen. Der patristische Reichthum ist sogar intensiv und extensiv oder in seinen für die Zwecke des Predigers unmittelbar geeigneten Erzeugnissen so groß, daß er sich in seiner ganzen Fülle kaum bewältigen läßt und in der Praxis immer zu einer sich auf relativ Weniges beschränkenden Auswahl nöthigt. Von Unzulänglichkeit dieser Quellen kann also keine Rede sein.

Zu dem bisher besprochenen realen Momente gesellt sich endlich auch noch das *formale* oder *oratorische*, d. h. die Väter sind für Prediger auch *Beispiele der wahrhaft kirchlichen und apostolischen Beredsamkeit*.

Die Atmosphäre des Göttlichen, welche die heiligen Bücher durchweht, wir athmen sie wieder in den homiletischen Schöpfungen der Väter. In dieselbe Quelle ist aber auch ihre Sprache getaucht. Bald spiegelt sie die Majestät und Fülle des biblischen Wortes, bald dessen wundersame Einfachheit. Letzteres am öftesten, weil es ja eben der eigenthümlichste Grund-

---

[1] Ezech. 34, 13—14.

[2] Am. 9, 13.

[3] Jer. 3, 15. Es möge hier in Bezug auf die Wichtigkeit der Väter für *fruchtbare* Schriftauffassung auch noch ein Wort Klee's (aus seinem Commentar über Johannes) stehen: „Daß ich die Kirchenväter so oft reden ließ, war Absicht; ich wollte die jüngern Theologen auf den reichen Fond *großartiger Exegese*, der in ihnen getroffen wird, aufmerksam machen; und da sie, vermöge ihrer hohen geistigen Stellung und des in Erfassung des Göttlichen durch ihre große Liebe und stete Uebung geschärften Sinnes wohl die Geschicktesten sind, das Evangelium mit rechter *Spiritualität*, *Kraft* und *Salbung* zu erklären, so wird der Billige in den angeführten Stellen nichts weniger als eine Verunzierung finden. Bei aller Achtung gegen neuere Leistungen konnte ich dennoch mehrentheils nicht umhin, mich für ältere Auslegungen zu bekennen."

zug der göttlichen Bücher ist. Uebrigens wechselt ihre Sprache selbstverständlich mit der Individualität der Verfasser, mit der Natur der Gegenstände, mit der Zeit, in der sie lebten, und ganz besonders mit dem geistigen Gepräge des Volkes, dem sie angehörten. Bei den Vätern der morgenländischen Kirche besitzt sie häufig orientalische Pracht und Gluth: sie ist die Sprache der Anschauung und Begeisterung. Wie ein reicher Quell der Poesie in dem Gemüthe eines Ephräm und Gregor von Nazianz strömte, so waltet auch nicht selten in ihrer Sprache der Aufschwung und die Fülle einer dichterischen Phantasie. Aehnliches zeigt sich bei Chrysostomus: ein unerschöpflicher Reichthum von Bildern und Gedanken webt und wogt in seiner Beredsamkeit, und diese unverwüstliche Jugendfrische des Geistes zeigt sich auch noch in den Producten seines spätern Alters. Bei Basilius begegnen wir mehr den beschreidenen Gebilden attischer Plastik: der Form von reiner edler Schönheit (nicht ohne Abwechselung mit kräftigen und einschneidenden Zügen), dem Inhalte voll Gediegenheit und practischer Weisheit. In den Schriften seines Bruders, des hl. Gregor von Nyssa, aber waltet vorherrschend die philosophische Auffassung und Darstellung und vielleicht weniger der reine Geschmack vor, doch verbindet auch er in manchen Stellen Kraft und Lebendigkeit mit farbiger Frische: er bildet gewissermaßen den Uebergang von Basilius zu Gregor von Nazianz. Athanasius paart durchsichtige Klarheit mit eingehender Tiefe, und dialectische Schärfe mit Lebendigkeit. Vielleicht am meisten tritt die üppigströmende Imagination der griechischen Natur bei Origenes zurück (allerdings nicht in seiner gehäuften Allegorie) und macht einer mehr didactisch breiten, dabei meist gemüthlichen und nicht unbelebten Darstellung Platz. Im Allgemeinen ist die Beredsamkeit der Väter des Abendlandes mit weniger Glanz und Reichthum ausgestattet, als die der Griechen; doch hat auch sie ihre Schönheiten und einen reichen practischen Gehalt (namentlich ragt sie in der Ascese hervor). Ambrosius und Petrus Chrysologus bieten einen großen Reichthum von Sentenzen mit zierlicher Concinnität und Präcision des Ausdruckes. Hilarius und Hieronymus besitzen bei gehaltvoller Schrifterklärung Kraft und Feuer [1]. Augustin, ein ebenso liebendes als klares Gemüth, ist durch Popularität und väterlichen Ton der Darstellung wie durch Feinheit und unerschöpfliches Hervorquellen der Gedanken ausgezeichnet. Mehr das afrikanische Gepräge trägt sein ältester Vorgänger Tertullian: wie die Gluth des Gemüthes, ist auch dessen Gedanke, die Sprache prägnant und eisern-kräftig; ähnliche Kraft und Lebhaftigkeit findet sich öfter auch bei Cyprian, aber meistens durch schöne und durchsichtige Form verklärt. Leo ist ruhig erhaben und

[1] Letzteres weniger in den Commentaren als in andern Werken, so Hieronymus besonders in seinen Briefen und polemischen Schriften.

einfach groß, seine Auffassung voll dogmatischer Bündigkeit und Tiefe, seine Sprache voll altrömischer Harmonie. Gregor der Große zeichnet sich durch Einfachheit, Würde und Salbung aus, sowie nicht minder durch Innigkeit des Glaubens und die Wissenschaft der Seelen. Und wie würdig reiht sich an diese Namen der eines hl. Bernhard! Der liebliche Redestrom, der von seinen Lippen ausging, erwarb ihm den Namen des honigfließenden Lehrers: doch hat er auch Worte voll Feuer und Kraft. Salvian theilt mit ihm im höchsten Grade die letztere, nicht aber die erstere Eigenschaft: in gewandter, durch Fülle und rednerische Wendungen an Cicero erinnernder Darlegung enthüllt und geißelt er mit prophetischer Strenge die Sünden seiner Zeit. Mehr durch innere Weihe und den Reichthum kirchlich frommer Auffassung als durch äußern Glanz der Rede empfehlen sich: Cäsarius von Arles, Petrus Damianus, und in noch späterer Zeit Thomas von Villanova. Das sind nur einige der vielen Namen, die in den Jahrbüchern christlichen Geistes und christlicher Beredsamkeit gleich Sternen in unvergänglichem Glanze leuchten; aber genug, um dem angehenden Redner eine Idee von der Mannigfaltigkeit der patristisch-homiletischen Literatur zu geben. Jedes Talent und jede Individualität findet in derselben angemessene Muster. Nicht alle der oben genannten Väter haben uns Reden hinterlassen, aber alle können dennoch durch ihre Schriften für den geistlichen Redner nützlich werden. Das kann und soll er von allen hl. Vätern lernen, sich in Behandlung religiöser Gegenstände mit vollem ganzem Sinne an den Inhalt des Glaubens hinzugeben und mit apostolischem Eifer die Bekehrung und Heiligung der Seelen und nur diese anzustreben. Bei vielen wird er aber auch die herrlichsten, an Kraft und Schwung mit dem Schönsten der classischen Beredsamkeit ringenden, an Zartheit, Innigkeit und Rührung sie weit überflügelnden oratorischen Züge finden. Es gab leider eine Zeit, in welcher der Anhauch protestantischerVäterschen paralysirend auf das kirchliche Gebiet hinüber wehte. Was ein Schriftsteller den gefährlichsten Feind der Bibliotheken nennt, der Staub — das lag lange genug auch, für einen großen Theil von Geistlichen wenigstens, auf diesem herrlichen Vermächtnisse der Vorzeit. Ganz wohl haben diesen gegenüber die Worte Anwendung, die Görres von der Vernachlässigung der Schätze christlicher Mystik spricht: „Alle diese reichen Metallstufen haben offen zu Tage am Wege gelegen und Niemand hat sich bücken mögen, um sie einzusammeln. Umsonst hat die reichste Ernte mit all ihren Aehren gewinkt; Niemand hat die Sichel anzulegen sich bemüht“ [1]. So erwahrte sich das Wort der Schrift: Sapientia abscondita et thesaurus invisus, quae utilitas in utrisque? [2] Es konnte nicht

[1] Christl. Mystik. 2. Bd. (Vorrede).

[2] Eccli. 20, 32; 41, 17.

fehlen, daß die von der positiven Grundlage apostolischer Gesinnung sich unbewußt ablösende Beredsamkeit in schaale Wohlredenheit umschlagen mußte. Das geschah denn auch; und nicht auf kurze Zeit. Heutzutage ist die Achtung für die Väter wieder erwacht, aber *bei weitem nicht genug das Studium und die Anwendung derselben.* Was nützt aber erstere ohne letztere? Und wie unermeßlich ist der Schaden, so lange letztere nicht eine durchgreifende wird! Bei den Vätern hat die Idee der apostolischen Beredsamkeit Gestalt gewonnen; könnten wir uns mit ihnen befassen, ohne uns letztere zur lebendigsten Anschauung zu bringen und sie uns allmählich eigen zu machen? Würdige Zierden und Schutzgeister des apostolischen Wortes, würden die Väter auch zu treuen Hütern *unserer* Beredsamkeit werden und sie am sichersten vor jeder Art von Ausschreitungen bewahren, welche das innerste Wesen derselben angreifen und ihre Kraft zerstören. Gelänge es dem Prediger, die Fülle christlicher Wahrheit mit dem Geiste und der Innigkeit eines Kirchenvaters zu durchdringen, welch' herrliche Früchte könnte er sich nicht versprechen! Hienach also muß er ringen. Sein Vertrauen wird nicht getäuscht werden. Der Väter Geist strömte einst mit so hohem Segen auf ihre Zeitgenossen aus; warum könnte er es nicht auch auf uns? Das ganze Mittelalter mit seiner geistigen Größe und Fruchtbarkeit, es ist im eigentlichen Sinne des Wortes aus den Vätern herausgeblüht: warum wäre die Wurzel, die noch immer unter uns lebt, für uns allein eine unfruchtbare? Und warum wollten wir uns eine Schule verschließen, oder nur als monumentalen Bau anstaunen, in der von Thomas bis Bossuet die Redner so gut als die Theologen groß geworden? Der Rath, den also in Bezug auf die Väter die Homiletik ihren gelehrigen Alumnen nicht nur geben kann, sondern als für gediegene Bildung grundbedingenden durchaus geben muß, wird sich einfach in die Worte der Schrift fassen lassen: State super vias, et videte, et interrogate de semitis antiquis, quae sit via bona, et ambulate in ea [1].

§ 4. Art und Weise, Schrift und Väter zu lesen und zu benützen.

Je wichtiger die bisher besprochenen Gegenstände, und je ausgedehnter beider Gebiete sind, das letztere an und für sich, das erstere in seinen Commentaren: um so unerläßlicher ist für ihre Benutzung die Kenntniß des geeigneten Verfahrens. Wir wollen hier daher den dreifachen Gesichtspunkt der Lectüre, des Verständnisses und der Anwendung dieser kostbaren Vorlagen in nähere Erwägung ziehen, und zwar zunächst in Bezug auf die hl. Schrift.

[1] Jer. 6, 16.

I. Lesung. In welchem Geiste und zu welchem Zwecke hat der geistliche Redner die heiligen Bücher zu lesen? Die Frucht der biblischen Lectüre wird in einer kirchlichen, für Prediger geschriebenen Anleitung mit prägnanter und tiefer Bezeichnung die Wissenschaft des Herzens genannt: Noverint concionatores, sibi necessarium esse ut orationis assiduitate *jugique legis meditatione* ac observatione fidei [1] sibi ipsis acquisierint solidam **cordis scientiam**: qua destituti vel steriliter, vel efficto tantum affectu loquentur; ea vero instructi ex abundantia cordis pietatem ac charitatem exprimentur [2]. Als weitere Erklärung kann uns folgende Stelle der letzten Provinzialsynode von Köln dienen, worin dem Prediger die Mittel angegeben werden, sich fortwährend zum heiligen Kampfe für das Reich Christi gerüstet zu halten: Sacram Scripturam, praestantissimos ejus interpretes, sanctorum Patrum, qui doctrinam coelestem tam alte imbiberunt, tanta ubertate tantaque vi effundunt, praestantiorum etiam, quibus ecclesia abundat, ascetarum libros multum et assidue orator legat necesse est, ut copiose et graviter ad populum verba facere possit. *Lectioni vero adjungenda est meditatio*, qua, quae intellectu percepimus et memoria tenemus, *alte in animum descendant eumque commoveant et incendant*, quum pectus sit, quod facit disertos, nec facile alios inflammet, qui friget ipse [3]. Diese Lehre ist die der heiligen Väter selbst. Schon Ambrosius sagt: Coelestium scripturarum eloquia diu terere et polire debemus, *toto animo et corde versantes, ut succus ille spiritualis sibi in omnes se venas animae diffundat* [4].

Also der göttliche Lebenssaft der Schrift ist hier Hauptzweck: nicht die Kenntniß, die steril, sondern die Nahrung, die befruchtend ist. Mit andern Worten: wir müssen die heiligen Schriften nicht zunächst für die Predigt, sondern für uns selbst betrachten. Die höchste Wissenschaft nennt der Apostel eminentem scientiam Jesu Christi, und diese, oder was derselbe Apostel anderswo als supereminentem scientiae charitatem Christi bezeichnet [5] — ist auch der höchste Zweck und die kostbarste Frucht der homiletischen Schriftbetrachtung: damit das Wort Gottes in uns „reichlich wohne" und wir „mit der ganzen Fülle Gottes erfüllt werden" [6]. Jeder andere Gewinn ist im Vergleiche mit diesem ein geringer und für die Höhe der homiletischen Aufgabe unzulänglicher. Der heilige Hieronymus bemerkt:

---

[1] D. h. durch Uebung des Betrachtetem. 2 Petr. 1, 8.
[2] Instr. pro conc. dioec. Leod.
[3] Conc. Col. 1860. P. 2. tit. 2. c. 21.
[4] L. 2. de Abel c. 6.
[5] Phil. 3, 8. Eph. 3, 19.
[6] Col. 3, 16. Eph. 3, 19.

Nos putemus, in verbis Scripturarum esse Evangelium, sed in sensu; non in superficie, sed in *medulla:* non in sermonum foliis, sed in radice rationis [1]. Wer nun aber nicht in den innern Geist eindringt, d. h. wer sich nicht in diesen Geist hineinlebt, der bleibt immer nur, bei aller äußern Wissenschaftlichkeit, an der Schale und der Rinde hängen, und das „Mark" des Lebensbaumes ist ihm verschlossen. Und doch ist es gerade dieses, was den Prediger macht. Allerdings muß der Homilet auch die Wissenschaft der Bibel besitzen und sie studiren: aber das ist nicht genug. Außer der Befruchtung des Geistes bedarf er der Befruchtung des Herzens; er muß die Schrift also zugleich in dem Geiste betrachten, in dem sie geschrieben ist, d. h. im göttlichen oder zunächst auf Gott gerichteten. Also 1) im Geiste des Gebetes, wie uns die obigen Aussprüche kirchlicher Hirten belehren — und dieß sogar im Interesse der Wissenschaft selbst: Quia Deus scientiarum Dominus est [2]; — 2) im Geiste der Demuth: Ubi humilitas, ibi et sapientia [3]; ja dem hl. Augustin ist dieß bei Erforschung der Wahrheit die erste, die zweite und die dritte Regel [4]; — 3) im Geiste der Furcht Gottes oder mit reinem Herzen und dem Verlangen, sich zu heiligen. „Denen, die reinen Herzens sind," pflegte der hl. Abt Antonius zu sagen, „offenbart Gott seine Geheimnisse." Timor Domini principium sapientiae [5]. Der Verfasser der Nachfolge Christi hat diese Regeln vortrefflich beleuchtet in den ersten Kapiteln seines goldenen Buches [6], und der junge Prediger kann nichts Besseres thun, als sich von Anfang an in seiner Schriftbetrachtung an die dort gegebenen Lehren wie an untrügliche Leitsterne zu halten. Es ist übrigens klar, daß alles bisher Gesagte sich auf die habituelle Schriftlesung bezieht; denn daß der Prediger außer dieser ascetischen und betrachtenden Lectüre in vielen Fällen die Schrift einfach zu consultiren und nachzuschlagen hat und sich oft auf cursorischen Gebrauch beschränken muß, bedarf keiner besondern Bemerkung. Letztere Art wird also mit ersterer

---

[1] Comm. in ep. ad Galat. c. 1.

[2] 1 Reg. 2, 3.

[3] Prov. 11, 2. Matth. 11, 25.

[4] Huic te, ut tota pietate subdas velim, nec aliam tibi *ad capessendam et obtinendam veritatem* viam munias . . Ea est autem prima humilitas, secunda humilitas, tertia humilitas, et quoties interrogares, hoc dicerem. *Ep. 118 ad Dioscor.*

[5] Prov. 1, 7; 9, 10. Eccli. 1, 16. Dagegen sagt derselbe hl. Geist: In malevolam animam non introibit sapientia. Sap. 1, 4.

Ohne den wahren Geist bei der Schriftforschung kann die so geschöpfte Wissenschaft sogar dem Forscher und Andern verderblich werden. Nicht mit Unrecht bemerkt Ludwig von Granada: Magnum omnibus rebus periculum imminet, cum scientia timore Domini nudata auctoritatem in ecclesia obtinet.

[6] L. 1, c. 1. 2. 3. 5. Siehe auch l. 3. c. 1. 2. 3.

ebenso wie die eigentlich scientifische nach Umständen abwechseln. Dasselbe gilt von den Vätern.

Einen vorzüglichen Wink gibt den Alumnen des geistlichen Standes hinsichtlich der biblischen Lectüre noch Bellefroid in folgenden Worten: „Wir wünschten, daß der geistliche Zögling schon während seines philosophischen, besonders aber während seines theologischen Cursus nach dem Rathe eines geistlichen Führers, der ihm sagt, was er zu lesen und was er zu übergehen hat — täglich zwei oder drei Kapitel der heiligen Bücher lesen möchte, und zwar mit Beihülfe eines Commentars, der ihm die auftauchenden Schwierigkeiten in aller Kürze löste: denn sobald diese Lectüre ein Studium wird und nicht mehr bloß fromme Lectüre ist, trocknet sie das Herz in dem Maße aus, als sie den Geist beschäftigt, und die Seele wird von jener Salbung abgezogen, womit das zusammenhängende Lesen der heiligen Bücher sie nährte. Ist er aber einmal in das heilige Amt eingetreten, so sollte er es sich zum Gesetze machen, keinen Tag vorüber gehen zu lassen, ohne einige Seiten zu lesen, sowohl im Alten, als im Neuen Testamente, so daß er am Ende jedes Jahres die ganze Bibel durchgelesen hätte" [1]. Es wird jedenfalls in den meisten Fällen möglich sein, täglich Ein Kapitel der hl. Schrift zu lesen, und es unterliegt keinem Zweifel, daß die Treue in Festhaltung dieser einfachen Praxis sich als eine höchst lohnende erweisen und dem Prediger die Ausübung seines Amtes wesentlich erleichtern wird.

In welcher Ordnung sind die heiligen Bücher zu lesen?

Das alte Testament verhält sich zum neuen wie Frage und Antwort. War der alte Bund Verheißung und Vorbildung, so ist der neue Erfüllung und Verwirklichung. Daher bildet dieser den Schlüssel zum vollen Verständnisse von jenem. Und so erscheint es, zumal für den Prediger, am angemessensten, mit den Evangelien zu beginnen. Auf diese folgen sodann die Apostelgeschichte und die Apostelbriefe, und als Darstellung der Weiterentwicklung des messianischen Reiches auf Erden, seines Sieges über Juden- und Heidenthum und seiner endlichen Vollendung die Offenbarung des hl. Johannes [2]. Aus dem alten Testamente sind für den

---

[1] Manuel d'éloquence sacrée p. 1. art. écriture. So schrieb auch der gottselige Bartholomäus Holzhauser den Priestern seiner Genossenschaft vor: „die heilige Schrift sollen sie auf's Fleißigste lesen, studiren und betrachten und hiezu täglich eine eigene Stunde zum wenigsten verwenden." Const. 1. n. 15. Die 11. Synode von Toledo aber sagt: Magnopere cogitare debemus, ut qui officium praedicationis suscepimus, *nullis curis a divina lectione privemur* (c. 2).

[2] Am besten mit einem ganz einfachen Commentare und ohne bei den dunklern Stellen lange zu verweilen. Vorzüglich practisch sind für den Prediger c. 2—3 über die Vorsteher der sieben Gemeinden. Vgl. übrigens Allioli in seinem Vorworte zur Offenbarung.

geistlichen Redner das Wichtigste die Propheten und die Psalmen. Er wird diese daher füglich auf die Lectüre der neutestamentlichen Bücher folgen lassen. In Betreff der historischen Auffassung des Alten Testaments kann er die geschichtlichen Bücher mit der Chronik eröffnen, weil diese in einem kurzen Ueberblicke die Zeiten von Adam bis zur Rückkehr des jüdischen Volkes aus der babylonischen Gefangenschaft zusammenfaßt [1].

Uebrigens ist die oben angedeutete (von Tirin empfohlene) Ordnung eben nicht wesentlich. So können namentlich angehende Theologen das Studium der paulinischen Briefe, sowie der Apocalypse, wenigstens das tiefere, ganz wohl auf eine spätere Zeit verschieben, um sich erst in den leichtern Büchern der Schrift umzusehen; ebenso können sie sich zunächst mit jenen befassen, in welche sie während ihres theologischen Cursus durch exegetische Vorlesungen speciell eingeführt werden.

II. Interpretation. Wie hat der Prediger die Schrift aufzufassen oder zu erklären? Der hl. Petrus sagt ihm erstens, wie er dieselbe nicht aufzufassen hat: Hoc primum intelligentes, quod omnis prophetia Scripturae propria interpretatione non fit [2]. Das fünfte Lateranconcil aber erklärt ihm diese Auffassung in positiver Weise: Mandamus omnibus (qui evangelicam veritatem docturi sint), ut Scripturam juxta interpretationem *Doctorum, quos ecclesia vel usus diuturnus approbavit*, explanent [3]. Der Kirchenrath von Trient ebenso, indem er alle einzelnen, sowohl negativen als positiven Momente scharf hervorhebt: Ad coërcenda petulantia ingenia decernit (s. Synodus), ut nemo suae prudentiae innixus in rebus *fidei et morum* ad aedificationem doctrinae christianae pertinentium, sacram Scripturam ad suos sensus contorquens, contra eum sensum, quem tenuit et tenet *sancta mater ecclesia*, cujus est judicare de vero sensu et interpretatione scripturarum sanctarum, aut etiam contra *unanimem consensum patrum* ipsam Scripturam sacram interpretari audeat [4].

Diesen Sinn der Kirche kennen wir aus ihren ausdrücklichen Erklärungen, aus der in der Kirche üblichen Theologie, aus dem in Cultus, Liturgie und heiliger Symbolik sich aussprechenden kirchlichen Glaubensbewußt-

---

[1] Die vielen hier vorkommenden Genealogien kann der Prediger übergehen. Uebrigens bemerkt der hl. Hieronymus über diese Bücher: Paralipomenon liber tantus ac talis est, ut absque illo si quis scientiam scripturarum sibi voluerit arrogare, se ipsum irrideat . . (*Ad Paulin.*).

[2] 2 Petr. 1, 20.

[3] Sess. 11.

[4] Sess. 4. Decret. de edit. et usu ss. libr.

sein, aus dem gesammten Leben der Kirche [1]. Obwohl die in dem Decrete ferner genannte Erklärung oder Lehre der Väter nur dann normgebend ist, wo diese eine einmüthige, oder wo die Väter nicht unter sich selbst abweichen; so ist doch auch außer dem Falle der dogmatischen Nothwendigkeit der Anschluß an die übliche patristische Schriftbetrachtung, oder an die Art der Väter, die heilige Schrift zu erklären, nicht nur durchaus im Geiste der Kirche, sondern auch für die Predigt insbesondere noch überdieß von größter Wichtigkeit. Diese Art ist gehaltvoller, durch ihr Alterthum und ihr Ansehen in der Kirche ehrwürdiger, zugleich für den Prediger leichter und erquickender, als eine von dieser abweichende bloß grammatische und lediglich speculative Interpretation. Auch die Väter erfassen den Sprach- und Wortsinn: aber mehr als diesen. Ihre ganz in dem Flusse des kirchlichen Lebens sich bewegende Anschauung schöpft überall auch Leben aus der Schrift, und zwar ein reiches, tiefes, göttliches. An der Hand der Väter kann der Prediger die einfache Vulgata, das Buch der Kirche und ihrer Heiligen, sich zur reinen, offenen und unerschöpflichen Quelle machen [2]. Es versteht sich von selbst, daß ihm die Einsicht in den hebräischen und griechischen Text weder benommen, noch abgerathen ist, da sie im Interesse der Wissenschaft ihren Nutzen hat und auch für die Predigt manche gute Beleuchtung liefert. Aber wie die Vulgata sein authentisches Buch für die Kanzel ist (wie wir sogleich sehen werden), bildet sie auch seine erste Norm für die Betrachtung und Auslegung und, in sofern ihm ihre Sprache am bekanntesten, auch die leichteste. Zur genauen und vollen Auffassung biblischer Stellen wird ihm die Berücksichtigung der in der Vulgata angegebenen Parallelstellen, besonders aber die (nie zu übersehende!) des ganzen Contextes sehr behülflich sein. Hinsichtlich des vielfachen Sinnes der hl. Schrift suche der Prediger vor Allem den buchstäblichen richtig zu erfassen und nehme sich hierin sein großes Vorbild, den hl. Chrysostomus, zum Muster. Der buchstäbliche Sinn, ob er nun der eigentliche oder un-

---

[1] Wohl zu achten sind in dieser Beziehung mehrere von dem letzten Provinzialconcil von Köln ausgesprochene Winke und Warnungen: Etiam in illis, quae ab Ecclesia conceptis verbis definita non sunt, Ecclesiae tamen *sensum*, ubi de illo constare videbitur, *arctissime complecti satagant*. Neque tum solum, si anathematis poena intentetur, sententiam aliquam ecclesiastica auctoritate proscriptam etiam sibi aversandam ducant; major enim quum in quolibet catholico, tum in ecclesiae potissimum ministro jure merito exigitur animi promptitudo. Etiam a doctrina praestantiorum theologorum communi non facile declinent. Cur enim nostris temporibus nonnulli in tot lapsi sunt errores, nisi quia communem theologorum doctrinam aut non noverunt, aut temere deserendam duxerunt? *P. 1. tit. 1. c. 8.*

[2] Viele Beispiele dieser einfachen Anwendung der Vulgata zu biblischen Betrachtungen findet der Prediger in dem Werke: Aphorismen über kathol. Behandlung der Bibel, und besonders: Segneri, Manna der Seele.

eigentliche (metaphorische) sei, dient dem Redner vorzüglich zu Beweisen; der geistliche dagegen zu Nutzanwendungen und frommer, erhebender, verschönernder Beleuchtung der Wahrheit — angenommen, daß er seinen Grund in der Erklärung der Schrift selbst, oder in der Auffassung der Kirche und der Väter habe, jedenfalls diesen Auctoritäten nicht irgendwie widerspreche. Der hl. Thomas bemerkt: Spiritualis expositio semper debet habere fulcimentum ab aliqua litterali expositione S. Scripturae [1]. Ebenso Albert der Große, indem er den geistlichen oder mystischen Sinn in seine drei bekannten Arten auflöst: Quatuor sunt modi exponendi Scripturam: *allegoricus*, *tropologicus* (moralis), *anagogicus*; qui tres sensus stant in sensu *litterali* tanquam in *fundamento* [2]. Was den sog. Accommodationssinn betrifft, so wendet ihn die Kirche in ihren liturgischen Büchern öfters an [3], ebenso manche Väter, die mit besonderer Vorliebe in der Schriftsprache reden; indeß hat er, eben weil er nicht Schriftsinn ist, kein biblisches Ansehen, und junge Prediger sind hiebei vor Mißbrauch zu warnen. Wie er, gut angewendet, zur Salbung beiträgt, so erscheint er andererseits auch nur zu leicht gesucht. Auch der geistliche Sinn erfordert Maß; Origenes ist in dieser Beziehung als warnendes Beispiel der Uebertreibung bekannt geworden [4]. Namentlich würde der häufige Gebrauch der Allegorie, wie er z. B. bei den Predigern des Mittelalters stattfindet, für unsere Zeit sich wenig empfehlen. Theologie, Geschmack, Menschenkenntniß — dieß Alles wird sich bei dem Prediger vereinen müssen, um ihm auch hier die goldene Mittelstraße zu weisen.

III. Anwendung oder Anführung der Schrift. Wenn in dem, was oben von dem Werthe der Schrift gesagt wird, ein so großes Gewicht auf ihr Verhältniß zum Prediger gelegt wurde, so bezieht sich dieß namentlich auch auf die wirkliche Geltendmachung derselben in der Predigt. Die Aussprüche der Schrift haben für diese eine doppelte Bedeutung. Erstens die der Auctorität. In dieser Hinsicht sagt der hl. Bonaventura nach Gregor d. Gr.: Qui ad verae praedicationis verba se praeparat, necesse est ut causarum origines a sacris paginis sumat: ut *omne, quod loquitur, ad divinae auctoritatis fundamentum revocet*, atque in eo aedificium suae locutionis firmet [5]. Zweitens: die Bedeutung besonderer Nützlichkeit und Fruchtbar-

[1] Quodlib. 7. a. 14. ad 3. Und ähnlich in der Summa: I. q. 1. a. 10.

[2] I. p. tract. 1. q. 3. n. 4.

[3] Z. B. in der Messe pro conf. pont. „Inventus est justus et in tempore iracundiae factus est reconciliatio" — was die Schrift nur von Noe sagt (Eccl. 44, 17). — Vgl. besonders auch Bernhard und Bonaventura unter den Vätern. Ueber den rechten Gebrauch des sens. accom. s. Patrici: de interpr. l. 1. c. 18.

[4] Vgl. über Anwendung des mystischen Sinnes Patrici: l. c. (c. 16. art. 3).

[5] L. 4. c. 34.

keit. Die Schrift steht in unmittelbarer und lebensvoller Beziehung zu den wichtigsten Aufgaben der Predigt: der Belehrung, Ermahnung, Warnung u. s. w. Der Apostel sagt uns dieß ausdrücklich: Omnis scriptura divinitus inspirata utilis est ad docendum, ad arguendum, ad corripiendum, ad erudiendum in justitia [1]. Von der Energie dieses Wortes spricht der Herr schon bei Isaias: Quomodo descendit imber et nix de coelo, et illuc ultra non revertitur, sed inebriat terram et infundit eam et germinare eam facit et dat semen serenti et panem comedenti: sic erit verbum meum quod egredietur de ore meo: non revertetur ad me vacuum, sed faciet quaecunque volui, et prosperabitur in his ad quae misi illud, ait Dominus omnipotens [2].

Es ist also gefehlt, die Schrift nur etwa in Bezug auf Gedanken zu benützen und sie nie oder höchst selten anzuführen. Wo die Bibel spricht, spricht Gott; wo der Prediger nur immer seine eigene Person sprechen läßt, spricht der Mensch. Darin liegt für die Zuhörer ein sehr großer Unterschied, den sie auch sogleich herausfühlen. Darin liegt aber auch ein Unterschied für den Prediger selbst, den er sich wohl merken sollte. Die Schrift darf hundert Dinge sagen, die er nicht sagen darf. Die Worte eines königlichen Gesandten haben königliches Ansehen, so lange sie als Worte des Königs erscheinen. Die angemessene Verflechtung der Schrift in den homiletischen Vortrag würde diesem Adel, Kraft und Salbung, zugleich jene Mannigfaltigkeit und jenen angenehmen Wechsel vermitteln, den die geschmackvolle Ausstattung mit Gold und Edelsteinen einem kirchlichen Gewande verleiht. Manche der ergreifendsten rednerischen Wendungen, wie z. B. die affectvollen Textparaphrasen in so manchen Epilogen Massillons, bedingen sogar die öftere Wiederholung desselben biblischen Ausspruches.

Der Prediger wird also die Schrift anführen.

Wie aber wird er dieses thun? Er wird die Texte erstens aus der Vulgata, oder einer ihr entsprechenden Uebersetzung schöpfen. Statuit et declarat (s. Synodus) ut haec ipsa vetus et vulgata

---

[1] 2 Tim. 3, 16.

[2] Is. 55. Ein Lehrer sagt von der Trieb- und Segenskraft dieses Wortes für denjenigen, der es betrachtet: Quemadmodum lignum plantatum secus decursus aquarum, ita etiam anima divinae scripturae fluentis irrigata saginatur (S. Jo. Dam. l. 4. orth. fid. c. 18); und Petrus von La Celle (P. Cellensis): Discurre scripturarum amoenissimos campos, lege tanquam apis et recondo in alveolo memoriae suavissimi odoris flores, castitatis lilium, olivam charitatis, patientiae rosam, uvas spiritualium charismatum (*L. 3. ep. 12*). Allein wenn dieß Wort bei der Lesung so wunderbar wirkt, sollte es denn bei der Anhörung nicht auch seine himmlische Kraft entfalten? Können gut gewählte Schriftstellen nicht auch zu köstlichen Blüthen und Früchten für die Gläubigen werden, und sind sie es nicht oft geworden?

editio, quae longo tot saeculorum usu in ipsa ecclesia probata est, in publicis lectionibus, disputationibus, *praedicationibus* aut *expositionibus* pro authentica habeatur . . [1] Wie die Vulgata die Bibel des Dogmatikers, ist sie auch die des Predigers. — Er wird sie zweitens sorgsam wählen. Es handelt sich weniger um viele, als um treffende Schriftstellen. — Er wird ferner überlegen, ob dieselben nur kurz anzuführen, oder vielmehr zu erklären, anzuwenden, zu urgiren sind. Häufig wirken sie nur bei weiterer Entfaltung und Geltendmachung.

Wie sie entwickelt werden können, mag der angehende Redner aus folgenden Beispielen ersehen. Das erste ist vom hl. Ambrosius [2]:

Pone me ut signaculum in cor tuum, ut sigillum in brachium tuum [3]. Signaculum Christus in fronte est, signaculum in corde. In fronte, ut semper confiteamur; in corde, ut semper diligamus. Signaculum in brachio, ut semper operemur. Luceat ergo imago ejus in confessione nostra, luceat in lectione, luceat in operibus et factis, ut si fieri potest tota ejus species exprimatur in nobis. Ipse sit caput nostrum, quia caput viri Christus; ipse oculus noster, ut per illum videamus Patrem; ipse vox nostra, per quam loquamur ad Patrem; ipse dextera, per quam Deo Patri sacrificium nostrum offeramus. Ipse quoque est signaculum nostrum, quod est perfectionis et charitatis insigne [4]; quo diligens Pater signavit Filium, sicut legimus: *quem Pater signavit Deus* [5].

Eine gewöhnliche Art der Erklärung besteht bei den Vätern in der sog. Distribution oder der Zerlegung eines Begriffes in Theilvorstellungen. So sagt Augustin über den Ausspruch Christi: Ego sum *via* [6]: Qui praeter viam currit 1) inaniter currit, 2) imo ad laborem currit, 3) tanto plus errat, quanto praeter viam currit [7]; — und in ähnlicher Weise anderswo: Tria sunt genera hominum, quae odit haec via: 1) remanentem, 2) retroeuntem; 3) aberrantem . . Excitandi remanentes, retroeuntes revocandi, errantes in viam ducendi [8]. Der hl. Bernhard: Sequamur Domine te per te, ad te; quia tu es via, veritas et vita: via in *exemplo*, veritas in *promisso*, vita in *praemio* [9]. Diese Auslegungsweise macht die Väter auch zu trefflichen Quellen für Haupt- oder Unterabtheilungen in Predigten.

---

[1] Sess. 4.
[2] De Isaac et anima.
[3] Cant. 8, 6.
[4] Ur- und Vorbild der Vollkommenheit.
[5] Jo. 6, 27.
[6] Jo. 14, 6.
[7] Tract. 10 in ep. Jo.
[8] De cantico novo, c. 4.
[9] Serm. 2. de ascens.

Um die Aufmerksamkeit auf die zu gebende Erklärung zu spannen, schicken die Väter derselben häufig eine Frage oder einen Zweifel voran, z. B. *Tu me sequere*.[1] Quid est hoc? Quantum capio, quantum sapio; quid est hoc? Nisi, tu me sequere per *imitationem* [2] etc.

So viel über die Art und Weise, die Schrift zu lesen, zu interpretiren und anzuwenden. Was nun den Gebrauch der Väter betrifft, so macht sich in Bezug auf dieselben Gesichtspunkte eine vollkommene Analogie mit dem bisher Gesagten geltend. So wird sich die patristische Lectüre als die fruchtbringendste erweisen, wenn sie gleich der biblischen zunächst auf eigne Erbauung gerichtet ist. Sie muß aber auch gleich jener ihren Ernst und ihre Ausdauer haben. Die von den Vätern ausstrahlende Erleuchtung soll in unsere Predigt, die Gluth ihrer Frömmigkeit in unser Herz übergehen: wo aber nur hie und da ein augenblickliches Bedürfniß uns in flüchtige Beziehung zu den Vätern stellt, wie läßt sich jene ausgezeichnete Frucht erwarten? Da jeder Vater seine eigene Art und Weise und seine besondern Vorzüge hat, so wird der Prediger ferner mit Vortheil den Rath des hl. Karl Borromäus befolgen, von jedem, den er liest, das ihn auszeichnende Gute sich so viel möglich anzueignen: Maxime sibi veteres Patres proponat, quorum in dicendo virtutes sequatur, Gregorii Magni et Chrysostomi disciplinae moralis copiam, Leonis Magni et Basilii gravitatem, Nazianzeni vim, Nysseni subtilitatem, Augustini acumen, Ambrosii temperatum dicendi genus, Bernardi dulcem devotamque orationem [3]. Neben den Vorzügen der Väter machen sich auch in formaler Beziehung gewisse Fehler oder Einflüsse des herrschenden Zeitgeschmackes bemerklich [4]: diese wird der Prediger zu vermeiden suchen. Da es übrigens den wenigsten geistlichen Rednern möglich sein wird, alle jene Väterwerke zu lesen, die für sie von besonderem Nutzen sein könnten, so wird es am besten sein, daß ein jeder sich auf einen oder den andern beschränke, der für ihn der geeignetste ist. In dieser Beziehung ist Allen anzurathen, sich so viel möglich mit Chrysostomus vertraut zu machen,

---

[1] Jo. 21, 22.

[2] *S. Aug.* tract. 124 in Jo. Mehreres siehe unten: Art. Homilie. Besonders aber vgl. die ausführlichen Beispiele der rednerischen Textanwendung (nebst weitern Winken) im Predigtamte, S. 173—182, namentlich auch die Anwendung der Schrift zu rednerischen Illustrationen.

[3] Er fügt bei: Atque omnino admirabilem et divinam eloquentiam sanctissimi Pauli Apostoli, cui uni omnia, quae summi sunt concionatoris atque adeo oratoris, multis praeclaris exemplis tribuunt doctissimi Patres Augustinus et Chrysostomus (*Past. instr. p. 1. c. 3*).

[4] Manche ähnliche Unvollkommenheiten haben bei den Vätern auch ihren Grund in der Ueberfülle von Beschäftigungen, daher im Mangel an Vorbereitung und Feile.

der zugleich als Fundgrube und als Vorbild populärer und ächt apostolischer Beredsamkeit Jedem nützlich werden kann. Mit Chrysostomus werden sehr nützlich Augustin und Bernhard verbunden, jener wegen seines Gedankenreichthums, dieser wegen seines ascetischen Charakters. Wo dem Prediger die gehörigen Hülfsmittel zu Gebote stehen, wird er sodann an andere Väter, zumal in Fällen sich wenden, wo sie für bestimmte Gegenstände ihm besondere Abhülfe leisten können [1].

Hinsichtlich des Verständnisses oder der Auffassung hat der geistliche Redner auch hier als Regel festzuhalten, stets der kirchlichen Theologie als zuverlässiger Leuchte zu folgen, um schwerere Punkte richtig zu beurtheilen, oder weniger genaue und von der Anschauung anderer Väter abweichende Stellen nicht einseitig zu urgiren. Es war einst das Bestreben einer unter den frühern Humanisten sich kund gebenden Richtung, später das der Jansenisten, dem in der Kirche herrschenden Lehrbegriffe gegenüber die in manchen Punkten weniger bestimmte Lehrdarstellung der Väter geltend zu machen, um sich auf der breitern und unbestimmtern Basis ihr Lehrgebäude erst selbst zu construiren [2]. Dieß hieß die Väter mißbrauchen, statt sie brauchen. Manches, was durch tiefere Erforschung des in der Kirche niedergelegten Glaubensschatzes und durch die authentische Erklärung der Kirche selbst — Beides je nachdem auftauchende Irrlehren dazu nöthigten — den spätern Zeiten im hellsten Lichte aufging, war in frühern Zeiten weniger erschlossen, oder doch nicht ausdrücklich formulirt; Manches auch wurde von diesem oder

---

[1] Zu diesem Zwecke und überhaupt behufs eines zweckmäßigen und leichten Studiums ist nöthig, den rednerischen Charakter eines jeden Vaters und seine wichtigsten, eben das Predigtamt betreffenden Werke zu kennen. Da die Einführung in diese Kenntniß außer den Grenzen einer Synopsis liegt, müssen wir in Betreff derselben auf das Predigtamt (S. 123—168) verweisen.

[2] Dieß versuchten die Jansenisten namentlich auf dem Gebiete der Moral mit den ältesten Vätern, z. B. Tertullian (wie früher für das Dogma mit Augustin), um sich für ihre auf dogmatischem Gebiete erlittene Niederlage zu rächen. Manche katholische Prediger Frankreichs, die ihnen in übelverstandenem Eifer glaubten einigermaßen hierin folgen zu müssen, verfielen mehr als einmal in einen an Jansenismus streifenden Rigorismus. Den oben genannten Humanisten (z. B. Erasmus) gegenüber warnte einer der größten damaligen Prediger, Geiler von Kaisersberg, gleich groß durch scholastische und mystische Bildung, die jüngern Priester entschieden davor, sich erst „den alten und ehrwürdigen Vätern, welche als die Lichter und Säulen unserer Kirche gelten," zuwenden zu wollen, ehe sie den Lehrbegriff ihrer Kirche, und zwar nach dem ihr von den großen Scholastikern gewordenen scharfen Ausprägung und Entwickelung, kennten (vita p. 109). Ueber den ungeeigneten Gebrauch von Väterstellen vgl. insbesondere *S. Vinc. Ler.* Common. c. 9. — Indeß beziehen sich die obigen Rathschläge zunächst auf die theologischen und philosophischen Väterschriften; die homiletischen, geschichtlichen u. dgl. dagegen kann der Candidat der geistlichen Beredsamkeit viel früher zur Hand nehmen.

jenem Vater nur vorübergehend berührt und daher weniger präcis ausgedrückt; einzelne Irrungen oder Ungenauheiten wurden sogar von den Vätern selbst mitunter in ihren Schriften bemerkt (so schrieb der hl. Augustin seine libri retractationum). Wie also der Prediger sich in der Auffassung der Theologie an die allgemeinere Lehre der Theologen, so hat er in Beurtheilung der Väterstellen sich an die allgemeinere Lehre der Väter zu halten. Namentlich ist diese Vorsicht unerläßlich bei solchen Vätern, die gern in Kraftaussprüchen reden und bisweilen in der Gluth der Empfindung auf die Spitze stellen, z. B. Tertullian und Hieronymus (in einigen Stellen auch Chrysostomus). Die gehörige Kenntniß der besondern Richtung einzelner Väter, des nächsten Zweckes bei diesem oder jenem ihrer Werke, worüber ihm die Patristik Aufschluß ertheilt, besonders aber jene unbefangene ruhige Ueberlegung und kirchliche Denkweise, die der wahren Demuth eigen ist — dieß Alles wird es dem Prediger leicht machen, die patristische Literatur nicht nur, wie der hl. Hieronymus irgendwo sagt — inoffenso pede [1] — zu durchwandeln, sondern in ihr auch das reine Gold der Wahrheit und Heiligkeit zu finden, das ein Schatz für alle frühern Jahrhunderte war und für alle kommenden bleiben wird.

Wie soll der geistliche Redner die Väter anwenden? Auch hier gilt wieder mehr oder weniger, was oben von der Schrift gesagt ward. Er mache sich kein Bedenken daraus, sie in der Predigt oft anzuführen. Dadurch, daß er diese ehrwürdigen Zeugen alter Zeiten sprechen läßt und gleichsam ihren Worten nur sein Organ leiht, tritt er selbst als lebendiges Glied in jene unermeßliche geistige Kette ein, deren äußerste Ringe sich an Christus selbst anschließen, und die in Einer Unwandelbarkeit des Glaubens die jüngsten Geschlechter mit dem Ursprunge des Christenthums verknüpft; und wie die Kirche an Alterthum und Stärke alle Dynastien der Welt überragt, so hat auch das Wort des Predigers als Echo heiliger Vorzeit und als Ueberzeugung die Jahrtausende überdauert, eine Auctorität, die jede bloße Zeitstimme überbietet, und die er selbst, durch ein nur persönliches Ansehen, nie zu ersetzen vermag. Um nun aber die Väter wirklich gut anzuwenden, kann er sich folgende Winke merken: 1) Er wähle nur gehaltvolle, wahrhaft treffende Väterstellen, die ihm wie Gold und Edelsteine erscheinen. Je wichtiger und für die Gläubigen ehrfurchtsvoller die Auctorität der Väter ist, um so unangemessener ist es, von denselben nur Aussprüche zu entlehnen, die weder nach Inhalt noch nach Form etwas Ausgezeichnetes enthalten [2]. 2) Er ziehe in der Regel beweisende und motivirende Texte den bloß

[1] Von den Schriften des hl. Hilarius. Ep. ad Laetam.

[2] Der hl. Franz von Sales will kurze, einschneidende, starke Väterstellen (Brief an den Erzb. v. Bourges).

bejahenden, — 3) weniger bekannte den allzu gebrauchten und gewissermaßen abgenutzten vor. 4) Er lege mehr Gewicht darauf, einen oder den andern bedeutungsvollen Ausspruch wohl zu verwerthen, als viele zu häufen[1]. 5) Endlich wende er die erforderliche Vorsicht an, um wahre und nicht bloß unterschobene Texte anzuführen. In manchen ältern, sonst ganz guten Asceten und Predigern kommen eine Menge von Stellen vor, die theils apokryphen, theils zweifelhaften (sog. Väter-) Werken angehören. Er suche daher bewährte Väterausgaben zu benützen, oder sich wenigstens in den aus den Maurinerausgaben abgedruckten kurzen Indices (opera certa, dubia, spuria) hinsichtlich der einzelnen wichtigern Väter umzusehen[2]. Auf die Kanzel gehört Wahrheit; und welches Gewicht haben unverbürgte Aussprüche?

Indem wir den gegenwärtigen Artikel über Schrift und Väter schließen, können wir nicht umhin, den jungen Redner noch einmal zum fleißigen Studium dieser doppelten Quelle zu ermuntern: an dieser muß jede Beredsamkeit erstarken. Möge er oft die Worte beherzigen, die der hl. Chrysostomus von der Schriftbetrachtung spricht, und die eben so gut auf die Väter Anwendung finden — und mögen diese Worte ihm gründlichen und ausdauernden Fleiß, mögen sie ihm Muth zur Ueberwindung der ersten Schwierigkeiten einflößen! „Jene, die nach Metallen graben, bleiben nicht auf der Oberfläche, sondern steigen in die Tiefe nieder; und haben sie Stücke Gold entdeckt, so trennen sie dieselben mit freudiger Mühe von Gestein und Erde los, glücklich, für lange Arbeit einen kurzen Trost zu finden. Ob sie auch oft genug die Erfahrung machen, daß der Gewinn ihren Anstrengungen nicht entspricht, ja daß sie nach langer Arbeit und vielem Nachtwachen nur Täuschung ernten: dennoch geben sie den Muth nicht auf und fühlen vor Eifer die Arbeit nicht. Wenn nun diese so hohen Fleiß für Vergängliches und Ungewisses aufbieten, müssen wir nicht denselben und noch glühendern Eifer da beweisen, wo uns die Reichthümer nicht entrissen werden, der Schatz nie sich verringert, die Hoffnung nie täuscht?" Wie lohnend erwies sich an einem Chrysostomus selbst dieser Fleiß, z. B. in Bezug auf Schriftbetrachtung! wie erleichterte er ihm das Predigtamt! Wir wollen hier auf ein einziges Beispiel aufmerksam machen. Im Eingange der ersten Homilie an das Volk von Antiochien fragt er seine Zuhörer hinsichtlich eines eben vorgelesenen Kapitels aus dem ersten Briefe an Timotheus: „Da es uns nicht möglich ist, Alles zu durchgehen, so sagt uns selbst, Geliebteste, über

[1] Ueber die Art und Weise, die Väterstellen zu entwickeln, über die Nachahmung der Väter, über ihre Anwendung zu Dispositionen u. dgl. vgl. Predigtamt S. 188—198.

[2] In Betreff der besondern und bessern Ausgaben einzelner Väter, sowie der ächten und andererseits der zweifelhaften . . Werke ist das Wichtigste für den Prediger in den betreffenden Artikeln des Predigtamts angegeben (S. 123—168).

welchen der genannten Gegenstände ihr uns heute am liebsten vernehmen möchtet. Denn wie auf einer Wiese erblicke ich in der heutigen Lesung verschiedene höchst liebliche Blumen: da ist ein reicher Rosenflor, da sind Veilchen, da prangen unzählige Lilien, da winken uns mannigfaltige und reichliche Früchte, vom hl. Geiste selbst gepflanzt, da duftet es rings von kostbaren Wohlgerüchen. Ja wahrlich, die hl. Schrift ist uns nicht nur eine lachende Wiese, sie ist ein Paradies; ihre Blumen besitzen nicht nur einen Wohlgeruch, der ergötzt, sondern eine Frucht, welche die Seele ernährt. Worüber sollen wir euch also heute sprechen? Wollt ihr, daß ich gerade die Stelle wähle, die von allen die unbedeutendste scheint und die Jeder sogleich ganz zu verstehen glaubt?" Er wählte nun die Stelle: *modico vino* etc. [1], und zwar in der Absicht, seinen Zuhörern zu zeigen, welch' ein Schatz auch in den geringsten Aussprüchen der Schrift liege: „Auch diese Stellen verdanken wir der Gnade des heiligen Geistes. Die Gnade Gottes ist aber nie etwas Kleines, sondern immer groß und wunderbar und des Gebers würdig. Hören wir sie also aufmerksam an: denn auch jene, welche Metalle schmelzen, heben nicht nur die großen Goldmassen auf, sondern sammeln auch die kleinsten Goldblättchen. Ist das Wort auch kurz, seine Kraft ist groß: und wie die Edelsteine ihren Werth nicht von der Größe der Maße, sondern von ihrer Schönheit besitzen, so auch die Aussprüche der Schrift." Wirklich liefert dem heiligen Lehrer jener Text reichlichen Stoff für eine sehr ausführliche Homilie. Glücklich der Redner, dem mehr die Fülle der ihm zuströmenden Gedanken, als die Dürftigkeit des Stoffes Verlegenheit bereitet! Dasselbe Resultat überreicher Ausstattung erzeugt aber auch die fleißige Väterlectüre. Häufig erscheinen uns die Vorträge patristisch gebildeter Redner als eben so viele Kränze, aus den lieblichsten Blumen der Väter geflochten [2]. Wie viele, vielleicht fruchtlose Mühe würde man sich später ersparen, ließe man sich erst vorläufig einige Mühe durch Benutzung der schönsten und ergiebigsten kirchlichen Stoffgebiete gefallen! Eine wie viel gediegenere Ausbeute würden diese liefern, als die Art Predigtliteratur, an die man sich sonst zu wenden pflegt! Es ist ein Unglück, daß so manche Prediger ihre Zeit damit verlieren, einige Aehren auf Stoppelfeldern zusammenzulesen, indeß sie eine ganz volle Ernte unbenützt stehen lassen. Großes gebiert Großes, Kleines aber auch nur Kleines: das hat die Geschichte des Predigtamts genügend gezeigt.

§. 5. Kenntniß vorzüglicher Prediger.

Der hl. Karl Borromäus sagt dem geistlichen Redner: Diligentissime videre debet, quem e concionatoribus, qui nunc sunt,

[1] 1 Tim. 5, 23.

[2] Vgl. Bourdaloue, Segneri, Ventura.

aut certe superioribus temporibus extiterunt, ad imitationem deligat [1]. Dieß diligentissime hat hier eine doppelte Bedeutsamkeit: einmal soll der Prediger wohl überlegen, welche Vorsicht er in der Wahl der homiletischen Lectüre anzuwenden hat, um nicht nach Erzeugnissen zu greifen, die ihn eher verbilden, als bilden; dann soll er aber auch den ganzen Werth zu schätzen wissen, der für ihn in guten Quellen und Mustern liegt. In ersterer Beziehung kann der junge Prediger weitaus das Meiste unbedenklich ignoriren, was auf dem großen Strome der alltäglichen Predigtrecensionen obenan schwimmt. Die vorzüglichen Productionen gehörten jederzeit zu den seltenen. Wer Alles zu bewundern im Stande ist, zeigt, daß ihm der erste Maßstab des Urtheils fehlt; und doch liegt in wiederholten Anpreisungen solcher Art die ganze Berühmtheit mancher Namen, die sonst höchstens zu den Mittelmäßigkeiten zählen würden. Der angehende Redner sei also durchaus vorsichtig. Im höchsten Grade gilt dieses von nicht kirchlichen Producten. Diesen gegenüber erinnere er sich stets der Worte, die das letzte Provinzialconcil von Köln dem Prediger warnend an's Herz legt: Quamvis, quae oratores recentes apte dixerunt, in sua convertere non dedeceat, *multum* tamen orator a *legendis* et *usurpandis* illis sibi *cavendum existimet*, qui, ut ex Ecclesiae catholicae deposito dicendi argumentum non hauserunt, *Ecclesiae spiritu non fuerunt afflati.* Altiora, quam humana tantum quaedam morum praecepta et naturales ac vagi erga Deum animi sensus, catholicam decent cathedram [2].

Hätten auch nicht wiederholt Kirchenhirten und Heilige diese Warnung in der bestimmtesten Weise ausgesprochen, so müßte doch schon der bloße Charakter und die Sendung des Predigers, ja der letzte Grad von kirchlichem Bewußtsein diesem die vollkommene Unschicklichkeit des hier verpönten Verfahrens offen legen: aber ebenso auch bloß oratorische Rücksicht. Wie soll aus jenen Erzeugnissen die Sprache des Gemüths, der Salbung, der Kraft, der apostolischen Ergriffenheit; wie die Gewandtheit, seine Predigtsätze dogmatisch zu begründen, practisch auf das Leben anzuwenden und lediglich auf das Seelenheil zu beziehen — wie sollen diese und andere Grundzüge der apostolischen Beredsamkeit aus jenen Mustern erlernt werden? Auch wo der Prediger, wie hier vorausgesetzt wird, nur die formale Bildung mittelst derselben anstrebt (häufig genug vergaß man sich noch weiter), wird statt kernhafter Beredsamkeit doch nur eine, mehr oder weniger katholisch gefärbte, im Grunde aber schönrednerische Aufsatz- oder Abhandlungssprache die Frucht seiner Lectüre sein. Ueber den Mangel an ächt orato-

[1] Past. instr. p. 1. c. 4.
[2] P. 2. tit. 2. c. 21.

rischem Tone, an lebendiger Bewegung und naturwüchsiger Popularität ihrer Predigt haben mehr als einmal Protestanten selbst sich klagend geäußert[1]. Das muß für den katholischen Prediger mehr als genug sein.

Hinsichtlich der positiven Bedeutung des oben von dem großen Erzbischofe von Mailand ausgesprochenen Winkes aber ist zunächst zu bemerken, daß die darin empfohlene Nachahmung eines Predigers weder eine exclusive, bloß diesen einen berücksichtigende, noch eine knechtische, diesen blindlings nachcopirende sein darf. Da jeder Mensch seine eigene Individualität besitzt, so gibt es kein unglücklicheres Mittel der Selbstbildung, als diese Individualität zerstörend in der eines fremden Musters aufgehen zu wollen. Der junge Redner wird sich also ein classisches Vorbild wählen, das seiner eigenen Individualität möglichst entspricht und von diesem nur dasjenige aneignen, was er sich naturgemäß assimiliren und zu wahrem geistigen Gewinne machen kann. Und da selten ein einziges Muster Alles bietet, oder in Allem nachahmungswürdig ist, wird er suchen, mit der sinnigen Wahl der Biene auch noch aus andern dasjenige zu schöpfen, was er besonders bedarf, oder was diese zunächst auszeichnet. So kann er von einem Bourdalone lernen, mit Gründlichkeit, von einem Bossuet mit Schwung, von einem Massillon mit Rührung, oder von einem heiligen Franz von Sales und Alphons von Liguori mit Einfachheit und Salbung zu sprechen. Aus einem und demselben fruchtbaren Erdreiche zieht jede Blume das, was ihrem Wesen entspricht, und erhöht dieß durch die Einflüsse, die ihr Klima und Jahreszeit, Sonnenschein und Regen bieten. So muß es auch der Prediger machen. Eine gewisse Kenntniß vorzüglicher geist-

---

[1] Sie glaubten sogar, daß katholische Predigten ein heilsames Gegengewicht bieten könnten, daß durch diese jener „einestheils viel zu unlebendigen und abstracten, anderntheils in einer gewissen regelrechten Förmlichkeit allzusehr erstarrten Predigtweise ungemein viel Ersprießliches zu Gute kommen müßte, wenn man sich nur einmal entschlösse, die gebotenen Schätze wirklich zu gebrauchen" — so der sächsische Prediger, Kirchen- und Schulrath Meißner von der katholischen Kanzelberedsamkeit Frankreichs (Vorrede zu der in dieser Absicht veranstalteten „Bibliothek franz. Kanzelberedsamkeit". Leipzig 1838). Derselbe bemerkt ferner: „Bourdalone und Massillon stehen in der That als die beiden Höhenpunkte auf diesem reichen Gebiete da, und wenn die Klarheit und Ruhe des Erstern und die frische Lebendigkeit und Begeisterung des Zweiten die Brennpunkte der französischen Ellipse in ihrer leuchtendsten Verklärung zeigen, so reiht sich um Jeden eine große Schaar verwandter Geister, die alle mit einer größern oder geringern Virtuosität dem Ziele zustreben, das ihre hohen Vorbilder so ausgezeichnet erreicht haben." Es ist eben so beschämend als erfreulich, von solcher Seite her die Würdigung katholischer Schöpfungen zu vernehmen, indeß katholische Prediger oft genug nichts Besseres zu thun wußten, als mit Umgehung ihrer heimischen Schätze die Brosamen zu sammeln, die von fremden, für sie am allerwenigsten gedeckten Tischen fielen.

licher Redner ist ihm auch aus dem Grunde nützlich, weil er in verschiedenen für verschiedene Gattungen von Reden oder Gegenständen besondere Aushülfe, bald vom realen, bald vom formalen Standpunkte aus findet. Doch zu Viel ist auch hier wieder unstatthaft, und gediegenes Studium von relativ Wenigem vorzuziehen. Timeo hominem unius libri — dieser alte Spruch, wenn er nicht zu enge genommen wird, hat auch für den Prediger seinen unverkennbaren Werth.

Was nun die Fruchtbarkeit verschiedener Predigtliteraturen betrifft, wir meinen weniger nach Umfang, als nach oratorischem Werthe, so hat besonders die französische eine reiche Blüthe großer homiletischer Erzeugnisse aufzuweisen (allerdings mehr in Bezug auf die eigentliche Predigt, als auf die Homilie). Diese Literatur ging in der zweiten Hälfte des siebenzehnten Jahrhunderts als Krone langjähriger Bestrebungen hervor, der geistlichen Beredsamkeit durch engern Anschluß an Schrift und Väter einerseits und an die großen Redner des classischen Alterthums andererseits nach Inhalt und Form ihren durch vielfache Geschmacklosigkeit getrübten Adel wieder zurückzustellen. Ihren Culminationspunkt erstieg sie in Bossuet, Bourdalone, Massillon, Fenelon, und mehr der Form nach in Flechier. Als Prediger steht in den Augen der Franzosen selbst Bourdalone obenan. Seine Vorträge entfalten durchgehends einen überraschend reichen Inhalt und sind durch unübertroffene Durchdringung und Bewältigung des Stoffes, sowie durch einen Schatz von Menschenkenntniß ausgezeichnet[1]. Dagegen gehört dem genialen Bossuet die Palme als Redner. Hoheit und Würde des Gedankens, Kraft und Originalität der Sprache (bald voll Glanz, bald voll bewunderungswürdiger Einfachheit) sind ihm eigen wie keinem andern. Doch dürfte er sich wegen eines gewissen Mangels an Regelmäßigkeit des Redeganges und wegen Ungleichheit der Ausführung viel weniger für den angehenden, als für den bereits fortgeschrittenen Redner empfehlen: das gilt besonders von seinen Predigten, wogegen die sorgfältig gearbeiteten Trauerreden schon für die Schule eine treffliche Lectüre bilden. Massillon ist vorzüglich Muster in der rednerischen Darstellung und in der ergreifenden Behandlung des Affects, dagegen weniger durch kernigen Gehalt ausgezeichnet und in seiner Moral bisweilen übertrieben. In gewisser Beziehung ergänzen sich alle drei genannten Redner und jeder von ihnen hat wieder seine eigenen Vorzüge, worin er unübertroffen dasteht[2]. An diese Männer

---

[1] Das belgische Examen Cleri bemerkt über Bourdalone: Concionatorum princeps cum fructu maximo ab omnibus legi potest, non ut ad imitationem ejus dicatur, sed ut materia abundans, solide tractata, subministretur, proponenda populo modo simpliciori et minus didactico.

[2] Das Nähere über Bossuet, Bourdalone, Massillon, Fenelon, Flechier, ebenso über Segneri und die wichtigern Werke dieser Redner siehe in dem Predigtamte S. 199—212 (über einen besondern Zug in der Dispositionsweise Bourdalone's

schloß sich eine ganze Phalanx gewandter Kanzelredner, die unter dem Namen von Rednern zweiter und dritter Klasse bekannt sind[1]. Viele von ihnen haben Treffliches geliefert und besitzen in hohem Grade die Gabe der oratorischen Behandlung der Gegenstände nach Disposition und Form, sind aber häufig zu breit und mehr Vorbilder für die feierliche, als die einfache Rede. Fast um dieselbe Zeit, wenn auch mit weniger Glanz, erneute sich die italienische Kanzel, als deren Blüthe Segneri gilt. Dieser Redner hat große und ergreifende Züge, ein eigenes Talent, zu spannen und sich dem Zuhörer mit fesselnder Popularität anzuschmiegen, dabei aber einen so originell italienischen Ton, daß er sich für den deutschen Redner jedenfalls nicht zur unmittelbaren Nachahmung eignet. Ungefähr dasselbe gilt von dem großen portugiesischen Kanzelredner Vieira. Unter den spanischen Predigern können besonders Johann von Avila und Ludwig von Granada mit Nutzen gelesen werden, die sich Beide durch Gemüth und Salbung auszeichnen. Von den geistlichen Rednern der Neuzeit möchten aus dem Auslande zunächst Ventura und Murray zu nennen sein[2], die sich, wenn auch in ungleicher Weise, wegen ihres dogmatisch-practischen Gehaltes empfehlen.

Was nun aber insbesondere die deutsche Kanzelberedsamkeit betrifft, so hat diese zahlreiche und zum Theil talentvolle Vertreter gefunden; ihre größten Leistungen indeß liegen in der Vorzeit. Als einen der mächtigsten Volksredner aller Zeiten führt uns diese den Bruder Berthold von Regensburg vor, dessen kräftige Einfalt und Popularität, verbunden mit Gemüthstiefe, mit warmer Färbung und Anmuth, noch immer als musterhaft gelten können, wenn auch Manches in seinem Sprachtone (bisweilen auch in Gliederung und Uebergängen) sich weniger für die erste Bildung eignet. Nahe verwandt ist mit ihm Tauler mit seinem Worte voll Innigkeit und nicht selten voll Begeisterung, mit seiner in kurzen und wohlklingenden Sätzen sich bewegenden gedankenreichen Darstellung, der es indeß mitunter an Klarheit, wie der ganzen Rede an passender Anlage gebricht. Als Mann von gewaltiger Redekraft, durch practischen Sinn sich mehr an Berthold, durch reiches Gefühl an Tauler, durch derben Witz an sein eigenes Zeitalter anschließend, steht endlich Geiler von Kaisersberg als letztes Glied dieser großen Trias vor uns. Aber auch die zwei letztern Prediger dürften erst bei bereits gereifter Bildung mit vollem Nutzen zu lesen

---

noch überdieß S. 426 ff.); ebenso über einige der berühmtesten französischen Prediger zweiten Ranges (S. 209).

[1] Die wichtigsten Werke dieser Redner sind in der Migne'schen Sammlung zusammengestellt (100 Bände).

[2] Sofern eben von eigentlichen Predigten die Rede ist; denn die berühmten Namen eines Lacordaire, de Ravignan und Felix gehören zunächst der höhern Conferenz an, die für den Anfänger weniger Nutzen hat und ihn sogar verbilden kann.

sein, indem sie keineswegs als Muster der Nachahmung für einen Anfänger bezeichnet werden können; namentlich wird Tauler wegen seiner vielfach dunkeln und mitunter an Pantheismus streifenden Mystik[1] weder für den angehenden, noch überhaupt für den populären Prediger sich sonderlich eignen (obwohl er in formaler Beziehung manche treffliche Beispiele lebendiger Veranschaulichung bietet und unter diesem und ähnlichen Gesichtspunkten auch dem Volksredner nützen kann). Als einen der einflußreichsten Prediger Deutschlands wäre nach den obigen auch der große Petrus Canisius zu nennen, besäßen wir von ihm mehr seine wirklichen Predigten, als seine homiletischen, nur zu Materialien für Seelsorger bestimmten Betrachtungen. An der Schwelle der neuern Zeit begegnet uns Franz Hunolt, dessen Predigten trotz der veralteten Sprache reichen Inhalt und oratorisches Gepräge besitzen, zunächst aber nur die Sittenlehre behandeln und in dieser Beziehung mit andern Mustern dogmatischer Natur verbunden werden müssen. Auch an den Predigten von Gretsch zeigt sich vielfach die Bildung nach rhetorischen Grundsätzen und bessern Mustern, in sofern sie mit einheitlicher Behandlung und passender Anlage manche ergreifende Züge verbinden, wenn sie auch in anderer Hinsicht zu wünschen übrig lassen. Denselben Weg verfolgen die Vorträge von Colmar, Jeanjean u. A., die aber durch einseitigen Anschluß an französische Redner viel zu breit werden. Bei dem größten Theile der neuen Prediger zeigt sich — einige ehrenvolle Ausnahmen abgerechnet — trotz einer sich mitunter empfehlenden Sprachgewandtheit ein unverkennbarer Abgang an gründlich rhetorischer, nicht selten auch patristischer Bildung, wodurch ihnen bei allem Talente nicht verstattet ist, eine Beredsamkeit zu entfalten, die wir an den großen Kanzelrednern der katholischen Kirche bewundern. Was ziemlich häufig nebst der innern Kernhaftigkeit fehlt, ist hier der gediegene Geschmack, dort die ächte Popularität und jene practische Haltung, die mit Entschiedenheit und apostolischer Wärme

---

[1] Vgl. hierüber: Denzinger, Vier Bücher v. d. relig. Erkenntniß, Bd. 1. S. 331—332. Kirchenlexikon von Wetzer und Welte: Art. Tauler. Auf diesen Punkt ist der Prediger um so mehr aufmerksam zu machen, als er bei der homiletischen Würdigung Taulers ganz gewöhnlich übergangen wird, und doch ist Reinheit und Sicherheit der Lehre das Erste für die Kanzel. Für junge Priester selbst kann ohne festen theologischen Grund in der Ascetik die Lesung ähnlicher Werke leicht zu falscher Mystik führen; vor das Volk aber gehört nicht einmal Alles aus der wahren Mystik. Denn letztere behandelt insbesondere die außerordentlichen Wege zur Vollkommenheit, die Ascetik aber die ordentlichen; während diese für Alle, ist jene nur für eigens von Gott auf jene höhern Wege berufene Seelen und gehört als solche der Privatdirection, nicht der Kanzel an. Hinsichtlich Geilers, der an theologischem Gehalte über Tauler steht, vgl. hist.-polit. Bl. Bd. 49. (mehrere Artikel); in Betreff Bertholds aber die neue Ausgabe seiner Werke von Fr. Pfeiffer.

einem bestimmten Ziele zustrebt und hiefür die volle Macht der Rede einsetzt. Wenn man bei Manchen einige mehr oder weniger geistreiche Gedanken und einigen Schimmer der Sprache wegnimmt, bleibt nichts Erhebliches mehr zurück, und doch müßte eine apostolische Predigt und schon eine bloße Rede nach Plan und Ausführung einen ganz andern Gehalt haben als einen solchen. Was der junge geistliche Redner an einigen unserer Prediger am besten lernen kann, das ist die Einfachheit und Herzlichkeit des homiletischen Wortes, so wie die Sorgfalt, dem Vortrage belehrenden Inhalt zu geben, die sich in der neuesten Zeit öfter und erfreulich kund gibt. Fremd darf ihm die Bekanntschaft mit einem oder dem andern bessern Muster jedenfalls nicht bleiben, weil er die Art und Weise und namentlich auch die Sprache kennen muß, welche die eigene seines Landes und seiner Zeit ist: welches nun aber diese Muster sein sollen, wird am besten von dem Urtheile eines Lehrers abhängig gemacht, dem außer den vorzüglichern Predigern noch insbesondere die Anlagen und Bedürfnisse dessen bekannt sind, dem sie nützlich werden sollen.

Zweites Kapitel.

Profanwissenschaft des Predigers.

Es versteht sich von selbst, daß diese zweite Art der wissenschaftlichen Bildung der bisher besprochenen geistlichen gegenüber eine untergeordnete Stellung einnimmt. Indeß ist doch auch sie von nicht zu unterschätzender Bedeutung, und in Bezug auf gewisse Grundkenntnisse, ja für einige Arten von Vorträgen sogar auf tiefere und umfassende Einsicht unerläßlich. Daher haben denn auch die hl. Väter diese Art von Wissenschaftlichkeit nicht als etwas Gleichgültiges angesehen. Der hl. Hieronymus sagt über Eccl. 2, 5: *Congregavi mihi argentum et aurum et substantias regum*: Possunt regum substantiae et philosophorum dici dogmata et scientiae saeculares, quas ecclesiasticus vir diligenter intelligens apprehendit sapientes in astutia eorum ..[1] Der große hl. Lehrer von Hippo lobt es, daß der Prediger nach dem Beispiele des Volkes Israel, welches auf göttlichen Befehl Gold und Silber und kostbare Stoffe aus Aegypten trug, auch die Schätze der irdischen Weisheit dem Evangelium dienstbar mache. Und er fügt bei: Quid aliud fecerunt multi boni fideles nostri? Nonne adspicimus, quanto auro et argento et veste suffarcinatus exierit de Aegypto Cyprianus doctor suavissimus et martyr beatissimus? quanto Lactantius, quanto Victorinus, Optatus, Hilarius, ut de vivis taceam? quanto innumerabiles Graeci? Quod prior ipse

[1] Comment. in Eccles.

fidelissimus Dei famulus Moises fecerat, de quo scriptum est, quod eruditus fuerit omni sapientia Aegyptiorum[1].

Ein besonders leuchtendes Beispiel dieser Pflege der Wissenschaft ist uns der hl. Gregor von Nazianz sowie sein großer Freund Basilius. Der Erstere spricht u. A., indem er sich gegen Julian den Abtrünnigen erklärt, der den Christen die Wissenschaft entziehen wollte: „Ohne Mühe gebe ich gerne alle andern Vortheile für sie hin, Macht, Adel, Ruhm und Reichthümer: die Wissenschaft ist mir von ungleich höherm Werthe." Von Basilius aber sagt derselbe: Nennet mir eine Wissenschaft, in der er sich nicht auszeichnete, als hätte er diese allein studirt! tiefer in der Allgemeinheit seiner Wissenschaft, als Mancher in einem einzelnen Zweige. Mit der Lebendigkeit seines Geistes verband er das Studium, obgleich ihm sein natürlicher Scharfsinn die Arbeit hätte ersparen können. Wen kann man ihm vergleichen, mag man auf seine seelenvolle und feurige Beredsamkeit, auf Sprachkenntniß, auf Geschichte, auf die Regeln der Poesie oder auf die Forderungen der Philosophie Rücksicht nehmen? Er hatte die Astronomie, die Geometrie und Mathematik so viel studirt, um von den eigentlichen Fachgelehrten nicht in Verlegenheit gebracht zu werden"[2].

Unter den Disciplinen, die für den Homileten besonders Interesse haben, sind vor Allem die Philosophie und Rhetorik auszuzeichnen, wie aus Folgendem erhellen wird.

§ 1. Philosophie.

Den Werth dieser Wissenschaft für den christlichen Lehrer weist Clemens von Alexandrien durch folgende Gründe nach: 1) Mittelst derselben werden die Ungläubigen leichter für den Glauben gewonnen[3]. 2) Ohne deren Leuchte ist es schwer, die Trugschlüsse der Irrlehrer zu durchschauen. 3) Die christliche Wahrheit selbst wird durch das harmonische Zeugniß der Vernunftwahrheit angenehmer und anschaulicher[4]. Hierin stimmen auch andere Väter mit Clemens überein. Der hl. Augustin findet im Studium dieser Wissenschaft einen zweifachen Gewinn: leichtere Erforschung der Wahrheit und Gewandtheit in Behandlung derselben[5]: Eruditio artium liberalium, modesta sane

[1] De doctr. chr. l. 2. c. 40.

[2] Siehe or. in Bas. und or. contra Jul.

[3] So führte z. B. Origenes, wie Baronius in seinen Annalen erzählt (tom. 2), eine große Zahl heidnischer Philosophen zum Christenthume. Dieser Grund regte auch in der Neuzeit die sog. höhern Conferenzen an.

[4] Lib. 1. strom.

[5] So bezeichnet es auch Leibnitz als eine durch die tägliche Erfahrung erwiesene Sache, „daß ein schlechter Kopf mit den Hülfsvortheilen (der Logik) und

atque succincta, et alacriores et perseverantiores et comptiores exhibet amatores amplectendae veritatis[1] — und er sagt daher von sich selbst: Non ero segnis ad inquirendam scientiam Dei, sive per scripturam, sive per creaturam (natürliche Erkenntnißquellen)[2]. Ein großes Gewicht legt ebenso Hieronymus auf die Macht ächter Dialectik: Quidquid in saeculo perversorum dogmatum est, quidquid ad terrenam sapientiam pertinet et putatur esse robustum, hoc dialectica arte subvertitur, et instar incendii in cineres favillasque dissolvitur[3]. Derselbe Lehrer, nachdem er die Namen mehrerer durch ihre Wissenschaft ausgezeichneter Schrifterklärer aufgeführt, schließt diese Aufzählung mit den Worten: Qui omnes in tantum philosophorum doctrinis atque sententiis suos resperserunt libros, ut nescias, quid in eis primum mirari debeas, utrum eruditionem saeculi, vel scientiam scripturarum[4]. Nicht minder erhebt Gregor von Nazianz diese Wissenschaft mit den glänzendsten Lobsprüchen[5] und bekämpft ihre Tadler unter den Christen. Die Bedeutung derselben wird uns aber auch aus dem Begriffe des Predigtamtes selbst klar. Denn der kirchliche Lehrer soll nach der Forderung der Schrift 1) von den Glaubenswahrheiten vollkommen Rechenschaft geben können[6]; 2) er soll tüchtig sein in der gesunden Lehre zu ermahnen[7]; ebenso 3) Diejenigen, die Widersprüche erheben, zurechtzuweisen[8]. Dieß Alles aber setzt — wenigstens in schwierigern Dingen — die Gewandtheit lichtvoller und überzeugender Argumentation sowie treffender Widerlegung, daher auch vollkommener Durchschauung des in den Einwänden liegenden Irrthümlichen voraus: allein ist damit nicht zugleich eine Fertigkeit und Gründlichkeit der Methode gefordert, die eben nur Frucht tüchtiger Einschulung in die philosophischen Denkgesetze ist? Mit dem formalen Momente der genannten Bildung hängt aber auch noch ein reales zusammen. Wie wird die Philosophie von der Theologie nicht benützt, wo es sich um principienfeste Begründung der Religion oder um die wissenschaftliche Er-

---

deren Uebung es den besten zuvorthun könne, gleich wie ein Kind mit dem Lineal bessere Linien ziehen kann, als der große Meister aus freier Hand. Die herrlichen Ingenia aber würden unglaublich weit gehen können, wenn die Vortheile (Methode) dazu kämen" (Brief an G. Wagner).

[1] L. 3. contra academ. c. 18. Die artes liberales umfaßten auch die Philosophie.

[2] L. 2. de trin. [3] In Ezech. [4] Ep. ad Magnum.

[5] Orat. 20. — Schon Cicero erblickte in kernhafter Dialectik den Wall des Gedankens: Haec omnia quasi saepimento aliquo vallabit disserendi ratione, veri et falsi judicandi scientia . . (de leg. l. 1. c. 24). Welche Macht diese Geistesrüstung dem Redner verleiht, können wir an Bourdaloue sehen, den man seiner unwiderstehlichen Logik wegen mit einem unüberwindlichen Feldherrn verglich.

[6] 1 Petr. 3. [7] Tit. 1, 9—11. [8] Ib.

fassung der sog. praeambula fidei handelt! und wie oft hat gerade der heutige Prediger der Noth unserer Zeit gegenüber auf diesen wissenschaftlichen Standpunkt Rücksicht zu nehmen! Wie manche dem philosophischen Gebiete entnommene Einwendungen sind eben wieder nur oder zugleich auf diesem Gebiete zu lösen, sollen gewisse Zuhörer mit Erfolg belehrt werden![1] Endlich wendet die Kirche selbst in ihren Lehrern und ihren Werken (vgl. Catech. Rom.) bei Erhärtung mancher Wahrheiten zugleich die philosophischen Beweise an, z. B. in Betreff des Daseins Gottes, seiner Vorsehung, der Unsterblichkeit der Seele, der Natur der Tugenden und Laster u. dgl.

Dem Prediger thut also eine gründliche Orientirung auf dem philosophischen Gebiete noth. Er muß nicht nur feste Kenntnisse — wenigstens Grundkenntnisse — in der reinen und angewandten Logik, sondern namentlich auch in der Metaphysik, sowohl in der allgemeinen als speciellen, also in der Psychologie, Kosmologie und Theodicee[2], sowie in der Ethik und dem Naturrechte besitzen, und diese Kenntnisse selbst aus reinen und gediegenen Quellen schöpfen. Mit Schriften, die bloß über Philosophie philosophiren, ist für ihn wenig gewonnen, er braucht Kern und Mark der Philosophie selbst; mit Schriften aber, die nicht ächt kirchlichen Geist athmen, sei er äußerst vorsichtig. Wie durch gründliche Philosophie das Verständniß der Theologie wesentlich gefördert, so wird durch falsche Philosophie der Glanz der letztern in hohem Grade getrübt und ihr kirchlicher Charakter gefährdet. Die Predigt hat gleich der heiligen Wissenschaft ihre weltumfassende Aufgabe allen geistigen Entwickelungsphasen gegenüber zu lösen — allein der wahre Fortschritt, wie ihn immer die Zeit fordern mag, liegt stets nur im Anschlusse an die bereits vorhandene kirchliche Wissenschaft, nicht außer diesem, daher auch im Anschlusse an die geistigen Größen, welche die philosophische wie theologische Wissenschaft Jahrhunderte lang im Schooße der Kirche getragen und entwickelt haben. Von diesem Ausgangspunkte aus ist ächter und großartiger Fortschritt möglich, wie er in der Kirche immer und zwar stets in dem Maße statthatte, als die Forschung sich mit Demuth verband[3].

---

[1] Der geistliche Redner tritt in diesem Falle auf den Standpunkt des zu Belehrenden über, ohne den seinigen zu verlassen oder mit in Frage zu stellen — eben um jenen auf diesen herüberzuziehen.

[2] Diese in ihrem weitern Umfange oder als theologia naturalis aufgefaßt.

[3] Bene actum erit de scientia catholica et de singulorum eruditione et profectu, si, qui sacras scientias colunt, priorum saeculorum labores non evertere, sed excolere et provehere student (*Conc. prov. Col.* 1860. p. 2. t. 2. c. 26). Dagegen macht dieselbe Synode mit ernsten Worten auf die übeln Folgen des Gegentheils aufmerksam, t. 1. c. 6. Da die innere Anschauung sich immer wieder in dem äußern Worte spiegelt, so haben diese Winke auch für den Prediger

Uebrigens ist von selbst klar, daß es auf den philosophischen wie auf den früher besprochenen geistlichen Gebieten für den Prediger Abstufungen gibt, oder daß die Anforderung an die wissenschaftliche Tüchtigkeit des Homileten auch hier eine relative ist: wer berufen ist vor einfachen Gläubigen, zumal auf dem Lande, zu predigen, wird Manches nicht nöthig haben, das für Kanzelredner in größern Städten wichtig oder gar unerläßlich ist.

§ 2. Rhetorik.

Für jeden Prediger ist die Kenntniß der rhetorischen Hauptregeln, und zwar eine gediegene und practische, unabweisbares Bedürfniß. Schon die Erfahrung, um von allen innern Gründen abzusehen, weist dieses überzeugend nach. Ohne Vertrautheit mit den Grundsätzen der Redekunst ist die Verwaltung des Predigtamtes immer und überall eine höchst mühevolle, unbeholfene, unsichere und in manchen Punkten durchaus ungenügende. Es ist hier nicht einmal für begabtere Talente eine Ausnahme zu machen. Auch bei diesen zeigt es sich, daß sie des wahren Wesens der Rede oft erst nach mehreren Jahren von Mißgriffen sich bewußt werden, ja daß Manche gar nie zur hellen Anschauung dieses Wesens gelangen. Wie anders ließe es sich erklären, daß wir Predigten besitzen, welche uns den ganzen homiletischen Berufskreis ihrer Verfasser spiegeln und einer langen Zeitdauer angehören, und die dennoch in dem Mangel an lebendiger Mittheilung und Ansprache der Zuhörer, oder an Zügen ergreifender und practischer Natur, oder an zweckmäßiger Disposition sammt und sonders Zeugniß ablegen, daß die Verfasser von ganz elementären Punkten der Rhetorik und von ihren allerwichtigsten Anforderungen keine Ahnung hatten? Denn an bewußte Hintansetzung grundbedingender Momente ist hier doch keineswegs zu denken, ebenso wenig an Unfähigkeit, diese in Anwendung zu bringen: die ganze Erscheinung wurzelt in dem Umstande, daß die Aufmerksamkeit auf gewisse Punkte nie geweckt, die Methode diese practisch anzustreben nicht eingeübt und daher auch das Bedürfniß, es mit seiner Predigtweise anders zu halten, nie gefühlt wurde — um so weniger, als das Lob der gefälligen Mitwelt zum voraus alle Bedenken entbehrlich machte. Haben Einige dennoch Gutes geschaffen, entweder weil ein vorzüglicher Naturtact sie leitete oder weil ihnen durch glücklichen Zufall bei Zeiten ein gutes Muster in die Hand fiel: so hätten diese sämmtlich bei gediegener Vorbildung

---

ihre Bedeutung: wir finden in der That, daß subjective z. B. unverkennbar in's Rationalistische schillernde Ansichten oft genug ihren Reflex in homiletischen Erzeugnissen gefunden haben.

noch weit Besseres und Größeres geleistet und es ist tief zu bedauern, daß die Kirche nicht allen den Nutzen aus solchen Talenten zu ziehen vermochte, der sich aus ihnen zum Heile der Seelen schöpfen ließ. Dafür war aber allerdings vorbereitendes rhetorisches Studium unerläßlich.

Wohl sagt das Sprüchwort: „Uebung macht den Meister" — und hätte man dasselbe nur nicht so oft für die geistliche Beredsamkeit vergessen! Allein nur dann erzeugt die Uebung Meisterschaft, wenn ihr gründliche Theorie vorangeht und zur sichern Basis dient. Man muß den Acker kennen, den man bebauen, das Werkzeug zu behandeln wissen, mit dem man etwas leisten will. Uebung ohne Grundsätze ist überall Halbheit, auf dem homiletischen Gebiete aber überdieß ein höchst bedenkliches, ja vermessenes Experimentiren, und zwar nicht, wie eine bekannte Redensart sagt — in anima vili, sondern an unendlich kostbaren, durch das Blut Jesu Christi erlösten Seelen. Es ist merkwürdig, wie man bisweilen frommen kirchlichen Sinn mit einer beinahe grundsätzlichen Vernachlässigung eines Unterrichtes vereinen will, durch den man eben zum nützlichen Organe der Kirche befähigt werden sollte. Der hl. Thomas sagt irgendwo: Omnes tenentur scire ea, quae ad eorum statum vel officium pertinent. Manifestum est autem, quod quicunque negligit habere vel facere id, quod tenetur habere vel facere, peccato peccat omissionis, unde propter negligentiam ignorantia eorum, quae aliquis scire tenetur, est peccatum [1]. Dergleichen peccata omissionis hat es viele gegeben; wie groß oder klein sie seien, läßt sich genügend aus dem entnehmen, was früher über die Verpflichtung der Vorbereitung zum Predigtamte als Lehre der Concilien und der Heiligen angeführt wurde [2]. Zu jener Vorbereitung gehört aber nach dem einstimmigen Zeugnisse der Sachkenner aller Zeiten die genannte theoretische Vorbildung. Von dem Verhältnisse der Rhetorik zur Predigt sprechend sagt Ludwig von Granada: Non immerito multorum concionatorum accusanda negligentia est, qui *sine hujus artis praesidio* ad hoc officium accinguntur. *Vehementer enim indignum esse judico, pulcherrimum hoc munus maximeque in ecclesia necessarium omniumque difficillimum absque ulla institutione et dicendi ratione tractari* [3]. In derselben Ueberzeugung arbeitete der hl. Karl Borromäus seine herrlichen instructiones pastorum aus, denen er in Bezug auf Beredsamkeit die rhetorische Theorie der Vorzeit zu Grunde legte, wie dieß schon tausend Jahre früher der hl. Augustin in seinem Werke de doctrina christiana sogar mit Cicero's Worten gethan hatte [4]. Der hl. Gre-

---

[1] Summ. 1. 2. qu. 76. a. 1.

[2] Einleitung. III.

[3] Rhet. ecclesiast. l. 1. c. 2.

[4] Der hl. Karl verlangt u. A. eine solche Einrichtung der Rede, „ut *oratoriae* illius concionis *partes* nullae desiderentur, praesertim quae illustriores sunt

gor von Nazianz unternahm im Bestreben nach rhetorischer Ausbildung Reisen zu Land und zu Meer, und er sagt, indem er uns dieses selbst erzählt: „Ich bereue es nicht die Gabe des Wortes um den Preis so vieler Mühen und Anstrengungen erkauft zu haben; ich möchte vielmehr wünschen, diese Gabe in ihrer höchsten Stärke zu besitzen. . . Alles habe ich um Gottes willen verlassen: die Beredsamkeit ist der einzige Besitz, der mir geblieben. Dieser Kunst weihe ich mich gänzlich; ich betrachte sie als mein Erbtheil und werde nie mich von ihr lossagen“[1]. Derselbe Lehrer verlangt von dem Prediger, daß er die profane Beredsamkeit benütze, um in der geistlichen sich auszuzeichnen und jene dieser dienstbar zu machen[2]. Ganz wie Gregor dachte und handelte auch sein beredter Freund, der große Basilius. Nach solchen Auctoritäten wird es für gewissenhafte Berufstreue und kirchlichen Sinn keiner weitern Anregung bedürfen, um der so nöthigen Vorschule den entsprechenden Fleiß zuzuwenden. Tüchtige Rhetorik ist sogar dem geistlichen Redner in vielfacher Beziehung noch ungleich nothwendiger als dem profanen[3]; und in heutiger Zeit noch weit mehr geboten als in früherer, ganz aus denselben Gründen, die oben in Hinsicht der wissenschaftlichen Bildung des Homileten als einer der Zeit vollkommen gewachsenen dargelegt wurden. Der wahre Lebensweg in allen practischen Dingen sind aber Vorbilder und Uebung. Diese wird also der strebsame Zögling der Beredsamkeit mit der Theorie jederzeit verbinden. Es handelt sich hier weit weniger um Wissen als um Können oder: Ersteres muß nur die Wurzel, Letzteres die Blüthe sein. Daher werden wir die Mühe nicht scheuen dürfen, uns zunächst in der rednerischen Composition fleißig zu üben, und zwar nicht nur in dem Ganzen der Rede, sondern auch in den einzelnen wichtigern Momenten der Kunst, in der Anfertigung von Dispositionen, in der oratorischen Erweiterung, in der Ausführung einzelner Stoffquellen[4], in der Behandlung ver-

---

quaeque ad commovendum pertinent (c. 23); und für Mehreres, was die rhetorische Technik betrifft und in diesen Instructionen nicht erläutert ist, verweist er deßhalb an die „praecepta rhetoricae ecclesiasticae“ (c. 3), wie er hier überdieß noch den vollständigen, damals üblichen rhetorischen Gymnasialcurs voraussetzt. In Betreff des hl. Augustin vgl. de doctr. chr. l. 4. Wenn der hl. Chrysostomus (de sacerd. l. 4. c. 5, ebenso vorher c. 3) es dem geistlichen Redner zur Pflicht macht, nichts unversucht zu lassen, um in den Besitz des rednerischen Wortes zu kommen, so ist damit der einzuschlagende Weg klar genug bezeichnet, und zwar derselbe, auf dem Chrysostomus selbst zur Palme der Beredsamkeit gelangte.

[1] Or. 3, 12. [2] Orat. 27.

[3] Vgl. hierüber: Katholik: die Erweiterung der oratorischen Idee durch das Christenthum (1862, Dezemb. S. 704—5).

[4] Siehe oben: Topik. Wie Letzteres geschehen kann, zeigen die Grundzüge in Beispielen (S. 52—55).

schiedener Affecte, in den einzelnen Hauptbestandtheilen der Rede (Eingang, Erklärung und Erzählung, Beweisführung, Widerlegung, verschiedenen Arten von Epilogen) u. s. w. Aber ebenso werden wir auch dem äußern Vortrage seine ganze Bedeutsamkeit zuerkennen und uns in demselben ebenso häufig als achtsam üben. Nur auf diese Weise wird die Rhetorik eine wirkliche und practische, ein Lebendes und Leben Weckendes. Besondere Aufmerksamkeit ist endlich dem Lernenden auf die Muster des classischen Alterthums zu empfehlen. Die Literatur der alten Griechen und Römer hat wie in ihren Werken über Rhetorik, so auch in ihren Schöpfungen der Beredsamkeit Schätze, die der geistliche Redner nicht ignoriren darf: wie wir ihnen zum Theile die oratorische Bildung der Väter verdanken, so haben sie, im rechten Geiste studirt und angewendet, auch in späterer Zeit sich als höchst nützliche, wenn auch nur untergeordnete Propädeutik des geistlichen Redegebietes erwiesen. Es wurde schon oben daran erinnert, daß der in seiner Art einzige Aufschwung der französischen Kanzelberedsamkeit aus dem zweifachen Anschlusse an den Geist der Schrift und Väter und an die Muster des beredten Alterthums hervorging. Solche Thatsachen sollte man nie vergessen. Was uns am meisten Noth thut, ist eine großartige Beredsamkeit, die, wo es erforderlich, versteht, ihre vollen Segel einzusetzen, zu kämpfen und zu siegen, statt nur in Versuchen müde zu werden, und gewissermaßen mehr mit Geistreichem oder Frommem, wohl auch mit rednerischen Formen zu kokettiren, als wirklich Geistesfülle und Redekraft zu entfalten. Das Eine nun — Inhalt und Wesen, zeigen uns die Väter, das Andere — machtvolle Darstellung, zeigen uns mit eben denselben die classischen Redner und bisweilen, wenigstens in gewissen Beziehungen, sogar noch besser als jene. Von diesen Rednern kann der Prediger lernen, wie ein Thema planmäßig durchzuführen und vollständig zu verwerthen, d. h. wie die Anlage wahrhaft oratorisch, für Geist und Gemüth gleich wohl berechnet, zu gestalten und mit ergreifender, unverwandt einem bestimmten Ziele zustrebender Ausführung zu verbinden sei. Von diesen kann er Menschenkenntniß, Reichthum der Formen und Wendungen, namentlich aber rednerischen Geschmack lernen [1]. Mit diesem Geschmacke wäre ein Abraham a Sancta Clara mit seinen genialen Auswüchsen nicht möglich gewesen, wohl aber derselbe Mann mit der reinen und vollen Entfaltung seines fruchtbaren Talentes. Diese Schule ist also nicht gering zu schätzen. Als Glanzpunkte derselben erscheinen Demosthenes

[1] Da die Einführung in die genannte Literatur mit einigen vorübergehenden Bemerkungen nicht möglich und jedenfalls nicht practisch ist, so hat der Verfasser in der Absicht, dieses Gebiet dem jungen Redner zu erschließen, die „Grundzüge der Beredsamkeit" nach der Theorie und den Mustern der alten Classiker zusammengestellt und namentlich gesucht, in die Werke und die Methode der zwei größten Redner der Vorzeit tiefer einzuführen (vgl. besonders: Schlußwort).

und Cicero, jener mit seiner Logik und Kraft, dieser mit seinem Redeflusse und Affect. Beide wollen studirt sein, können es aber auch mit einiger Auswahl und Anleitung ganz leicht [1]. Neben der antiken hat auch die neuere Profanberedsamkeit, namentlich die Englands und Frankreichs, treffliche Erzeugnisse aufzuweisen. Der geistliche Redner kann die vorzüglichsten derselben mit großem Nutzen lesen und besonders jene, die oratorische Parallelen bilden oder verwandte Gegenstände behandeln [2]. Auch hier wird der Grundsatz gelten: non multa, sed multum. Einläßliche Lectüre und vergleichendes Studium ist bloß sporadischer und in buntem Vielerlei sich zersplitternder Lectüre bei weitem vorzuziehen. Indeß ist es für den Prediger jedenfalls eine ebenso nützliche als angenehme Abwechselung, bisweilen neben geistlichen Mustern auch wieder einen ausgezeichneten Zug aus der Profanberedsamkeit zu lesen [3].. Bei aller specifischen Verschiedenheit der beiden Gebiete gibt es doch auch vieles denselben Gemeinsames, und zwar durchaus Wesenhaftes, weil auf die Natur aller ächten Beredsamkeit Gegründetes. In wiefern sich übrigens der Prediger classische Profanredner zu Mustern nehmen könne und in wiefern nicht (wie z. B. namentlich die geistliche Rede eine viel größere Einfachheit in Wesen und Sprache fordert, als sie häufig in der Profanrede erscheint): darüber gibt ihm die Homiletik wie schon der kirchliche Geist selbst genügenden Aufschluß und im einfachen Hinblicke auf diese Weisung wird es ihm leicht sein, aus dem fremden aber doch verwandten Gebiete nach dem Beispiele der Väter nur Gold und nicht zugleich Schlacken zu sammeln; um so leichter, als es sich hier nur um formale Bildung handelt. Classische Profanlectüre hat weit weniger Bedenkliches, als gewisse religiöse Lectüre, die nicht kirchlich ist.

§ 3. Einige andere Hülfskenntnisse.

Als wünschenswerthe Kenntnisse können außer den bisher genannten für den Homileten auch noch die der **Geschichte** (ihren Grundzügen nach keinem Redner entbehrlich) sowie die der **Naturlehre** bezeichnet werden. Einmal, weil sie ihm reichen und oft vortrefflichen

---

[1] Für Demosthenes möchte in Bezug auf rednerische Haltung die Uebersetzung von **Wittmann** zu empfehlen sein.

[2] Einige derselben finden sich in den **Grundzügen der Beredsamkeit** mitgetheilt (besonders im Anhange) und im Verlaufe des Werkes gelegentlich besprochen. Der Volksredner ist besonders auf O'Connell aufmerksam zu machen.

[3] Ueber die Art und Weise, große Redner zu seiner Bildung zu benützen siehe: **Grundzüge der Beredsamkeit** (Artikel **Selbstbildung** oder Schlußwort S. 213—231), wo auch die Bedeutung der Poesie für die Beredsamkeit besprochen ist. Hinsichtlich der **fortwährenden Selbstbildung des Predigers insbesondere** muß auf den betreffenden Artikel im **Predigtamte** verwiesen werden (S. 222—242).

Stoff zu beleuchtenden Zügen, zu Beispielen und Vergleichungen bieten. Dann aber und zwar ganz besonders, weil der Prediger dieser Kenntniß nicht selten bedarf, um Entstellungen der Wahrheit und Angriffe gegen Glauben und Kirche siegreich abzuweisen. Bekanntlich ist sowohl Geschichte als Naturlehre in der Neuzeit häufig als feindliche Waffe gegen Offenbarung und Kirche gebraucht worden.

Ganz besonders gibt es endlich noch eine Kenntniß, die eigentlich mehr practischer als wissenschaftlicher Natur ist, und zunächst das Resultat innerer und äußerer Erfahrungen bildet. Jedenfalls aber ist der geistliche Redner darauf aufmerksam zu machen, um frühzeitig durch fleißige Beobachtung und andere Mittel auf deren Erwerbung bedacht zu sein. Es ist dieß die **Menschenkenntniß** oder die eingehende Kunde des Herzens und Lebens. Schon die alten Redner legten einen außerordentlichen Werth auf diesen Vorzug. So sagt Cicero, indem er hiebei allerdings den vollendeten Redner im Auge hat: Verum enim vero oratori, quae sunt in *hominum vita*, *quandoquidem in ea versatur orator*, *atque ea est ei subjecta materies*, omnia quaesita, audita, lecta, disputata, tractata, agitata esse debent [1] — und: Teneat (orator) oportet *venas* cujusque generis, aetatis, ordinis, et eorum, apud quos aliquid aget aut erit acturus, *mentes sensusque degustet* [2]. Wie der Physiologe die Structur des Körpers und die Wege der Blutströmung bis in ihre feinsten Verzweigungen und verborgensten Thätigkeiten, so sollte der Redner als Psychologe nach Cicero auch die Zustände und Regungen des Menschen- und Seelenlebens bis in seine geheimnißvollsten Tiefen kennen. Von dieser Kenntniß hängt bei dem Prediger häufig Wahl und Auffassung des Gegenstandes, Anlage und Ton der Rede, Beweisart, besonders aber die Kunst, die Herzen zu gewinnen und zu rühren, sowie namentlich auch die Geschicklichkeit in Behandlung der Refutation (zumal der moralischen) — somit das Feinste und Wichtigste in der Beredsamkeit ab. Wie treffend und einschneidend antworten Bourdaloue und Massillon dem Sünder, wenn sie die Lösung seiner Schwierigkeiten in den geheimsten Falten seiner Seele suchen! In dieß Geheimniß waren alle großen Redner eingeweiht. Der hl. Franz Xaver legt daher einem apostolischen Redner als Grundbedingung erfolgreicher Wirksamkeit an's Herz, das Volk, zu dem er sprechen soll, seine Bedürfnisse, Stimmungen u. s. w. sorgfältig kennen zu lernen, um so den Weg zum Gemüthe zu finden [3]. Die genannte Kenntniß ist

[1] D. h. also, allseitige Studien und Vorübungen in Absicht auf jene psychologische Ausstattung. De orat. l. 3. c. 14.

[2] De or. l. 1. c. 52.

[3] Brief an P. Barcäus 1549.

übrigens bei dem Prediger selbstklar ebenso sehr und noch weit mehr eine geistliche, als eine profane und rein natürliche. Die Mittel zu ihrer Erwerbung sind: Fleißige Betrachtung der Schrift und der Väter, häufige Lesung guter ascetischer Werke (ein vorzügliches Mittel!) sowie solcher Prediger, die in dieser Kunst sich besonders auszeichnen, Ringen nach Selbstkenntniß (der hl. Geist sagt: **Intellige, quae sunt proximi tui, ex te ipso** [1]), daher Geistessammlung, tägliche Betrachtung und Gewissenserforschung, vor Allem Gebet [2] und eifrige Verwaltung der Seelsorge, besonders des Bußsacramentes.

So viel über die geistige Bildung des Predigers. Indem wir hiemit die allgemeine Charakteristik desselben beschließen, um von dem productiven und gestaltenden Principe der Beredsamkeit als ihrem ersten Factor nun zum Producte selbst oder der Rede als ihrem zweiten Factor, ihrem Mittel und Werkzeuge überzugehen: glauben wir zum Troste und zur Ermunterung des angehenden Predigers noch eine kurze Bemerkung machen zu sollen. In allem bisher Gesagten spricht sich die Absicht der Homiletik aus, ihrem Zöglinge das Bild des vollendeten Predigers vor Augen zu stellen — allein mehr, um ihm zu zeigen, wonach er ringen, als was er bereits sein soll. Was der Apostel von der Gnade sagt: **Unicuique nostrum data est gratia secundum mensuram donationis Christi** [3] — das gilt auch von der rednerischen Anlage und vom Talente im Allgemeinen. Nur nach dem Maße des letztern gestaltet sich aber auch die Anforderung an dessen Leistungen. Es gibt mannigfache Abstufungen in der geistlichen Beredsamkeit und in den priesterlichen Wirkungskreisen; wem die eine zu hoch liegt, der kann auf einer andern noch Gutes und sogar Vorzügliches leisten. Die Hauptsache hiebei ist Muth und guter Wille: was diese nicht vermögen, wird der Herr durch seinen Beistand ersetzen. Was namentlich die vielfache Thätigkeit betrifft, welche bei dem Zöglinge des Predigtamts hinsichtlich seiner wissenschaftlichen Durchbildung in Anspruch genommen wird, so ist zwar nicht zu läugnen, daß jene geistige Ausstattung bis zu einem gewissen Grade allerdings von der Kirche gefordert, daher auch mehr als nur Schein und Oberflächlichkeit sei: indeß darf doch ebenso wenig übersehen werden, daß dieselbe Kirche ihre Anforderung weise und maß-

---

[1] Eccli. 31, 18.

[2] Die habituelle Vereinigung mit Gott verleiht einen äußerst klaren Blick in die innern Zustände, sowohl eigene als fremde, wie wir dieß durchgehends an den Heiligen und allen Geistesmännern sehen.

[3] Eph. 4, 7.

voll begrenzt und lediglich auf das Nothwendige beschränkt. Sie thut dieß besonders in der Erwartung, daß das, was etwa dem Glanze der Wissenschaft abgeht, durch den noch höhern apostolischer Tugend aufgewogen werde. **Esti desideranda sit *eminens* scientia in pastore, in eo tamen sit *competens* toleranda .. imperfectum scientiae potest supplere perfectio charitatis** [1].

Zweiter Theil.

Von der geistlichen Rede.

Erster Abschnitt.

Die geistliche Rede im Allgemeinen betrachtet.

Jede Rede kann entweder in Bezug auf ihr Inneres: Natur und Verkettung der sie bildenden Gedanken, — oder in Rücksicht auf ihr Aeußeres: Darstellung und Verkörperung dieser Gedanken durch sprachlichen Ausdruck und mündlichen Vortrag — in's Auge gefaßt werden. In dieser doppelten Beziehung hat die geistliche Rede, wie schon oben bemerkt wurde, manches Eigenthümliche, anderes dagegen mit der allgemeinen Beredsamkeit Gemeinsames: wir werden daher mit Uebergehung oder Voraussetzung des Letztern unsere Aufmerksamkeit dem erstern Momente und zwar nach den genannten vier Gesichtspunkten zuwenden.

Erstes Kapitel.

Stoff der geistlichen Rede.

Gegenstand homiletischer Behandlung ist die gesammte Lehre des Evangeliums und Alles, was zu derselben in unmittelbarer Beziehung steht. Wenn die Kirche den Bischof bei seiner Weihe mit den Worten anredet: **Accipe *Evangelium* et vade, praedica populo tibi commisso**; so ist dieß feierliche Wort auch jedem gesagt, der in Verwaltung des Predigtamtes sich an der Hirtenpflicht des Bischofs betheiligt.

Die Frage von dem geistlichen Redestoffe kann sich sowohl auf die Wahl einzelner Gegenstände als auf die Entwickelung derselben beziehen: wir werden sie daher hier auch in dieser doppelten Hinsicht zu erledigen suchen.

---

[1] Greg. IX. Decr. l. 1. t. 9. c. 10.

§ 1. Ermittelung des Redestoffes oder homiletischen Themas.

Erster Artikel. Die geistlichen Gegenstände an sich oder absolut betrachtet.

1. Natur des Lehrstoffes.

Das Evangelium ist die frohe Botschaft von Jesus Christus dem Gekreuzigten. Der Weltapostel schreibt den Corinthern: Et ego, cum venissem ad vos, fratres, veni non in sublimitate sermonis aut sapientiae, annuntians vobis *testimonium Christi.* Non enim judicavi me scire aliquid inter vos, nisi *Jesum Christum et hunc crucifixum* [1]. Den Galatern aber sagt derselbe Apostel: Licet nos, aut angelus de coelo evangelizet vobis praeterquam quod evangelizavimus vobis, anathema sit [2]. Er nennt sich durchwegs Apostolus Jesu Christi: das ist der kürzeste und bezeichnendste Ausdruck seiner Sendung und seiner Lehre. In der That, was ist ein Apostel anders als ein Mann, der Jesum Christum verkündigt, und alle Menschen zur Erkenntniß und Liebe Christi führen will? Vas electionis est mihi iste, *ut portet nomen meum* coram gentibus et regibus et filiis Israel — darin liegt Grund und Zweck aller Auserwählung zum Apostolate. Daher hat dieses von jeher das Wort des Völkerlehrers zur Devise genommen: Christus heri et hodie; ipse et in saecula [3]. Das heißt also: **Jesus Christus ist der Mittelpunkt der Predigt**; er ist dem Prediger das Alpha und das Omega, der Ausgangs- und Zielpunkt: hiemit ist die Grundbedeutung des homiletischen Stoffes dargelegt [4]. Alles wird darauf abzielen müssen, das Reich Jesu Christi in den Seelen zu verbreiten, oder diese zu immer größerer Vertrautheit und Aehnlichkeit mit dem Erlöser zu erheben. Allen Segen, der seine Bemühungen krönen soll, wird der Prediger nur auf diesem Wege und von diesem Geiste seines Wortes erwarten. Wie für uns das Gebet ohne Kraft ist, welches nicht im **Namen Jesu** verrichtet wird; so ist auch die Predigt ohne Kraft, die nicht vom **Geiste Jesu** getragen, erfüllt, geheiligt ist. Wie könnte man aber **die** Predigt eine von Christi Geist durchwehte nennen, für welche die geheiligte Person des Erlösers,

---

[1] 1 Cor. 2, 1—2.

[2] Gal. 1, 8.

[3] Hebr. 13, 8. — Act. 9, 15.

[4] Aequum non est, ut christianus orator judicet se scire aliquid inter concionandum nisi Jesum Christum et hunc crucifixum, *hoc est enim totius evangelicae doctrinae argumentum*, in quo, ut ait S. Augustinus, *includuntur omnia quae ad fidei mysteria et ad rectam rationem instituendam pertinent* (de fid. et op. c. 10). *Instr. pro conc. dioec. Leod.*

oder wenigstens die absichtliche Beziehung zu und der öftere Hinweis auf Christus Nebensache wäre? In dem Sinne muß also unbedingt jeder geistliche Vortrag eine Predigt Christi des Gekreuzigten sein, daß er wenigstens in seiner allgemeinen Richtung von Christus ausgeht und auf Christus zurückführt und zwar nicht nur als auf einen nothwendigen bloßen Begriff, sondern als auf den Brennpunkt, von dem für sie selbst alle Wärme, Kraft und Belebung ausströmt. Dabei werden wir es aber nicht bewenden lassen. Nebst dieser indirecten Predigt des Gekreuzigten wird auch die directe nöthig sein, oder: um Christus wahrhaft kennen zu lehren, muß der Prediger ihn öfter in seinen hochheiligen Geheimnissen, seinen Aemtern, Titeln und Eigenschaften zum eigentlichen Hauptgegenstande des Vortrages machen [1].

Nach dieser allgemeinen Grundzeichnung des homiletischen Stoffes als erster Bedingung zur zweckmäßigen Wahl einzelner Gegenstände wollen wir nun zu einigen besondern und zwar den wichtigsten Momenten dieses Stoffes übergehen.

A. Dogma und Moral. Wie der Heiland diese beiden Elemente schon in dem Worte verbunden: **Docentes eos servare omnia quaecunque mandavi vobis**, und wie sie in sich selbst auf's Engste mit einander verschmolzen sind; so hat auch der geistliche Redner dieselben zu verbinden und zu den gemeinschaftlichen Grundpfeilern seines Lehrvortrags zu machen. In der Glaubenslehre hat die Sittenlehre ihre Begründung, in dieser hat jene ihre Anwendung. Nicht unpassend ist gesagt worden: Moral ohne Dogma ist, was der Leib ohne Seele; Dogma ohne Moral ist eine Seele ohne Leib. Namentlich ist in unsern Tagen wegen des vielfach erschütterten Glaubenslebens und der die Gegenwart überwuchernden unkirchlichen Presse das Dogma mit Entschiedenheit und Nachdruck hervorzuheben. Eine Zeit, welche die heiligsten Wahrheiten in das Gebiet der Ansichten und Fragen herabzieht, bedarf gründlicher Belehrung. Wer die Heilslehre nicht auf den Felsengrund des Glaubens baut, baut sie in die Luft [2]. Der Glaube ist die Leuchte des Le-

[1] Vgl. über diesen hochwichtigen Gegenstand: Predigtamt S. 249—256.

[2] Fidem frequenter populo inculcent (*Syn. Namurc. t. 1. c. 3*). — Diese Weisung an die Seelsorger und Prediger ist von vielen Synoden wiederholt worden. Vgl. aus letzter Zeit *Conc. pr. Col.* 1860. p. 1. t. 1. c. 8. und p. 2. t. 2. c. 21. Möhler sagt von dem Prediger, der nur von Moral weiß: „Ein solcher gleicht einem Rabbiner; er steht auf dem Standpunkte des alten Gesetzes (νόμος) und erzielt äußere Gesetzeswerke, nicht ἔργα ἀγαθά“ (Reliqu. von Möhler. Siehe N. Sion 1845. n. 138). Solche Moralpredigten aber, deren ganze Würze in glatter Darstellung liegt (und womit die erste Hälfte dieses Jahrhunderts überreichlich beschert ward) hat man treffend mit schön geputzten Schiffen verglichen, die ohne Ladung vom Stapel laufen.

bens, der Träger der Tugenden, die Grundbedingung aller religiösen Bildung. Dieses selbst ist er aber nur in seiner klaren, festen und freudigen Erfassung. Nur indem er sich in Geist und Gemüth zur lebendigen Idee erschlossen und das ganze Bewußtsein durchdrungen hat, ist er die Kraft, welche den Menschen in allen Lebensverhältnissen lenkt und beherrscht, sonst bleibt er ein vergrabener Schatz und eine versiegelte Quelle. Deßhalb müssen durch den Prediger sowohl die einzelnen Glaubenswahrheiten, als der nothwendige organische Zusammenhang derselben in dem Einen großen und herrlichen Ganzen des katholischen Lehrgebäudes (hierüber später) klar, einfach und bestimmt dargelegt werden. Diese Darstellung gilt insbesondere auch von den Geheimnissen, welche Wurzel und Gipfelpunkt unserer hl. Religion — man kann auch beisetzen: der kirchlichen Beredsamkeit selbst — bilden und an geistiger Fülle und Schönheit unvergleichlich sind. Diese Darstellung gilt ferner von den Unterscheidungslehren und in erhöhtem Maße dann, wenn örtliche Verhältnisse es besonders fordern. Nur wo die katholische Wahrheit den Geistern völlig durchsichtig geworden, stehen sie gegen die Einflüsse der Verführung fest. In der Art und Weise der Behandlung ist allerdings Vorsicht geboten (darüber anderwärts das Nähere); aber jedenfalls hat der Seelsorger wohl zu bedenken, daß es für ihn mit bloßem Ignoriren außerkirchlicher Bewegungen und einem spröden Sichabschließen gegen dieselben nicht gethan sein kann. — Die erste Stelle unter allen Lehrgegenständen nehmen übrigens selbstredend (an und für sich) immer diejenigen Punkte ein, welche dem Christen als Mittel oder wegen Gebotes vor Allem zu wissen nothwendig sind. Nicht immer und überall lassen sich letztere als bereits bekannt voraussetzen; und nicht nur der Katechet, sondern auch der eigentliche Prediger wird wohl daran thun, selbst wo keine Nothwendigkeit drängt, dieselben oft zu berühren, sie bald hier, bald dort in seinen Vortrag zu verweben, sie bald als Motiv, bald als Mittel der Tugend den Gläubigen zu empfehlen. Dinge von solcher Wichtigkeit können nicht zu oft in Erinnerung gebracht werden. — Eine besondere Beachtung ist endlich den großen ewigen Wahrheiten oder den letzten Dingen des Menschen zuzuwenden. Soll die Religion in den Herzen tief und fest wurzeln, so muß die Furcht Gottes und die lebendige Erfassung der Ewigkeit ihr Hort und ihre Stütze sein. Der sinnlichen Weltversunkenheit gegenüber ist es nothwendig, daß diese ernsten Gottesmahnungen von Zeit zu Zeit gleich himmlischen Blitzen in die Gemüther leuchten und dem an das Irdische verlornen Menschen die ewigen Dinge mit Flammenschrift vor die Seele malen. Der hl. Karl Borromäus mahnt deßhalb die Seelsorger: *Quam saepissime* sermonibus vestris populo proponite locos *perpetuae christianae meditationis*: de morte, de judicio, de inferno, de gloria et praemio paradisi [1]. Der gottselige Bartholomäus Holzhauser erblickte in der Predigt von den letzten Dingen das mächtigste Hülfsmittel des apostolischen Eifers. Vincenz Ferrerius erschütterte mit derselben die Welt. Wenn auch allerdings nicht alle Gelegenheiten sich zur Behandlung dieser Wahrheiten eignen und das Zuviel in diesem Punkte ebenfalls schädlich sein könnte, so ist doch andererseits eine gewisse Scheu, Themata dieser Art zu berühren, durchaus ungerechtfertigt, sowie die Ansicht ungegründet, daß dieselben für gewisse, besonders höhere Auditorien nicht anwendbar seien. De Ravignan nahm keinen Anstand, die großen Heilswahrheiten mitten in den Tuilerien vor dem französischen Hofe zu verkünden [2]. Der fromme Bernhard Overberg trug sie mit dem größten Nutzen den Kindern vor [3]. Wo dagegen die Predigt von den letzten Dingen verstummt, da liegt hierin selbst ein Anzeichen, daß auch die geistliche Beredsamkeit und der kirchliche Sinn im Sinken begriffen ist.

Aber wie die bisher besprochene Nothwendigkeit, die Glaubenslehre nach ihren verschiedenen Grundbeziehungen zu predigen, stellt sich auch die Verpflichtung als dringende dar, die Sittenlehre mit Eifer zu verkündigen. Belehrung und Heiligung der Seelen ist ja das Eine große Ziel aller Predigt, und wie wäre dieß auf anderm Wege zu erreichen? Der Apostel schreibt seinem Jünger Titus: **Fidelis sermo est et *de his volo te confirmare, ut curent bonis operibus* praeesse qui credunt Deo. Haec sunt bona et utilia hominibus** [4]. Ja das Samenkorn des Glaubens soll eine so reiche Blüthe sittlichen Lebens

---

[1] Monit. ad Clerum.

[2] Sein Gedankengang war einfach folgender: Ziel und Ende des Menschen, Todsünde, Hölle, Nothwendigkeit der Selbstverläugnung, Glückseligkeit des Glaubens, Leiden Christi — gewiß ein Plan, der Manchem zu unfein geschienen hätte, und der dennoch die ganze Fastenstation des berühmten Predigers ausfüllte und zudem mit apostolischer Einfachheit ausgeführt wurde.

[3] Er sagt unter Anderm in seinem Tagebuche von einem dieser Vorträge: „Ich weiß nicht, wann ich mit mehr Wärme zu den Kindern habe reden können. Das majestätische Donnern, welches zu gleicher Zeit geschah und als von deiner Güte, o Herr! verordnet schien zu rechter Zeit, unterstützte herrlich die Beschreibung des jüngsten Gerichts. Die Lehre von den letzten Dingen muß etwas allgemein Faßliches und Interessantes haben; denn die Aufmerksamkeit der Kinder ist dabei besonders leicht zu unterhalten, und es scheint mir, daß diese auch besonders auf ihren Willen wirke. Es wäre also wohl der Mühe werth, sie recht zu bearbeiten. Die Ermahnung sich nach dem Unterrichte nicht gleich wieder zu zerstreuen, hat nie einen solchen Eindruck gemacht. Die Lehre von den letzten Dingen müßte auf die Ausübung der wichtigern Pflichten, welche Kinder zu der Zeit zu erfüllen haben, angewandt werden." Ebenso auf die Pflichten der Erwachsenen!

[4] Tit. 3, 8; der Apostel betont diesen Punkt im Gegensatze zu unfruchtbaren Erörterungen und Streitfragen.

erzeugen, daß die Kirche Gottes in ihren Gliedern soviel möglich ohne Makel, heilig und unbefleckt vor den Augen ihres göttlichen Bräutigams erscheine [1]. Allein diese volle, ja auch nur die theilweise Entfaltung verlangt unsererseits die sorgfältigste geistliche Pflege und daher eine so tief greifende Behandlung des göttlichen Gebotes, daß dadurch die Gemüther in heilsame Erschütterung, Begeisterung und Bewegung gesetzt werden. Der Kirchenrath von Trient hebt deßhalb die eindringliche Behandlung der Sittenlehre als Kernpunkt des Predigtamtes hervor, indem er die Aufgabe des letztern so beschreibt: plebes sibi commissas pascant salutaribus verbis, docendo quae scire omnibus necessarium est ad salutem, annuntiandoque eis *vitia, quae eos declinare, et virtutes, quas sectari oporteat, ut poenam aeternam evadere et coelestem gloriam consequi valeant* [2]; ebenso ist ihm predigen: divinam *legem* annuntiare [3]. So haben alle Apostel die Aufgabe des Predigers verstanden. Obwohl nun aber, wie wir gesehen, Dogma und Moral sich jederzeit lebenskräftig durchdringen müssen, so gibt es doch selbstverständlich Vorträge, in denen das eine oder das andere der beiden Momente vorherrscht, weßhalb diese denn auch einfach dogmatische oder moralische heißen. Wir werden ihre nähere Gestaltung später kennen lernen.

B. Hl. Geschichte und Liturgie. Auch diese Gegenstände hängen innig unter sich zusammen und finden in der Predigt eine sehr nützliche Anwendung. Wie wir schon früher gesehen haben, [4] ist die heilige Geschichte mit der gesammten Kirchenlehre auf das Engste verwachsen und bildet zugleich die anschaulichste, auf dem Boden des Lebens sich bewegende Darstellung und Entfaltung derselben. Ihr Hauptstoff liegt in den hl. Büchern des alten und neuen Testamentes. Bald tritt sie als besonderer Gegenstand der geistlichen Rede, bald nur als Hülfsmittel der Entwickelung des Themas auf. Dasselbe gilt auch von der Kirchengeschichte und von dem Leben der Heiligen, in dem uns die Verwirklichung und Vollendung der Erlösung so anschaulich vor Augen tritt. „Von den ewigen Bergen erleuchtet uns Gott," sagt hierüber der hl. Chrysostomus, weil er durch das bewunderungswürdige Leben unserer Väter im Glauben uns mit dem Strahle seines Lichtes umgibt. Durch den Eifer der Andacht und Liebe wird in uns eine heilige Gluth angefacht, zu dieser Andacht und Liebe selbst aber werden wir am besten durch die Betrachtung jener himmlischen Wolken geführt" [5]. — In der

[1] Eph. 5, 27. [2] Sess. 5. c. 2. de reform.
[3] Sess. 5. c. 4.
[4] Siehe oben S. 152.
[5] Hom. in Ps. 43.

Stoff zu beleuchtenden Zügen, zu Beispielen und Vergleichungen bieten. Dann aber und zwar ganz besonders, weil der Prediger dieser Kenntniß nicht selten bedarf, um Entstellungen der Wahrheit und Angriffe gegen Glauben und Kirche siegreich abzuweisen. Bekanntlich ist sowohl Geschichte als Naturlehre in der Neuzeit häufig als feindliche Waffe gegen Offenbarung und Kirche gebraucht worden.

Ganz besonders gibt es endlich noch eine Kenntniß, die eigentlich mehr practischer als wissenschaftlicher Natur ist, und zunächst das Resultat innerer und äußerer Erfahrungen bildet. Jedenfalls aber ist der geistliche Redner darauf aufmerksam zu machen, um frühzeitig durch fleißige Beobachtung und andere Mittel auf deren Erwerbung bedacht zu sein. Es ist dieß die **Menschenkenntniß** oder die eingehende Kunde des Herzens und Lebens. Schon die alten Redner legten einen außerordentlichen Werth auf diesen Vorzug. So sagt Cicero, indem er hiebei allerdings den vollendeten Redner im Auge hat: Verum enim, vero oratori, quae sunt in *hominum vita*, *quandoquidem in ea versatur orator*, *atque ea est ei subjecta materies*, omnia quaesita, audita, lecta, disputata, tractata, agitata esse debent [1] — und: Teneat (orator) oportet *venas* cujusque generis, aetatis, ordinis, et eorum, apud quos aliquid aget aut erit acturus, *mentes sensusque degustet* [2]. Wie der Physiologe die Structur des Körpers und die Wege der Blutströmung bis in ihre feinsten Verzweigungen und verborgensten Thätigkeiten, so sollte der Redner als Psychologe nach Cicero auch die Zustände und Regungen des Menschen- und Seelenlebens bis in seine geheimnißvollsten Tiefen kennen. Von dieser Kenntniß hängt bei dem Prediger häufig Wahl und Auffassung des Gegenstandes, Anlage und Ton der Rede, Beweisart, besonders aber die Kunst, die Herzen zu gewinnen und zu rühren, sowie namentlich auch die Geschicklichkeit in Behandlung der Refutation (zumal der moralischen) — somit das Feinste und Wichtigste in der Beredsamkeit ab. Wie treffend und einschneidend antworten Bourdaloue und Massillon dem Sünder, wenn sie die Lösung seiner Schwierigkeiten in den geheimsten Falten seiner Seele suchen! In dieß Geheimniß waren alle großen Redner eingeweiht. Der hl. Franz Xaver legt daher einem apostolischen Redner als Grundbedingung erfolgreicher Wirksamkeit an's Herz, das Volk, zu dem er sprechen soll, seine Bedürfnisse, Stimmungen u. s. w. sorgfältig kennen zu lernen, um so den Weg zum Gemüthe zu finden [3]. Die genannte Kenntniß ist

---

[1] D. h. also, allseitige Studien und Vorübungen in Absicht auf jene psychologische Ausstattung. De orat. l. 3. c. 14.

[2] De or. l. 1. c. 52.

[3] Brief an P. Barcäus 1549.

übrigens bei dem Prediger selbstklar ebenso sehr und noch weit mehr eine geistliche, als eine profane und rein natürliche. Die Mittel zu ihrer Erwerbung sind: Fleißige Betrachtung der Schrift und der Väter, häufige Lesung guter ascetischer Werke (ein vorzügliches Mittel!) sowie solcher Prediger, die in dieser Kunst sich besonders auszeichnen, Ringen nach Selbstkenntniß (der hl. Geist sagt: **Intellige, quae sunt proximi tui, ex te ipso**[1]), daher Geistessammlung, tägliche Betrachtung und Gewissenserforschung, vor Allem Gebet[2] und eifrige Verwaltung der Seelsorge, besonders des Bußsacramentes.

So viel über die geistige Bildung des Predigers. Indem wir hiemit die allgemeine Charakteristik desselben beschließen, um von dem productiven und gestaltenden Principe der Beredsamkeit als ihrem ersten Factor nun zum Producte selbst oder der Rede als ihrem zweiten Factor, ihrem Mittel und Werkzeuge überzugehen: glauben wir zum Troste und zur Ermunterung des angehenden Predigers noch eine kurze Bemerkung machen zu sollen. In allem bisher Gesagten spricht sich die Absicht der Homiletik aus, ihrem Zöglinge das Bild des vollendeten Predigers vor Augen zu stellen — allein mehr, um ihm zu zeigen, wonach er ringen, als was er bereits sein soll. Was der Apostel von der Gnade sagt: **Unicuique nostrum data est gratia secundum mensuram donationis Christi**[3] — das gilt auch von der rednerischen Anlage und vom Talente im Allgemeinen. Nur nach dem Maße des letztern gestaltet sich aber auch die Anforderung an dessen Leistungen. Es gibt mannigfache Abstufungen in der geistlichen Beredsamkeit und in den priesterlichen Wirkungskreisen; wem die eine zu hoch liegt, der kann auf einer andern noch Gutes und sogar Vorzügliches leisten. Die Hauptsache hiebei ist Muth und guter Wille: was diese nicht vermögen, wird der Herr durch seinen Beistand ersetzen. Was namentlich die vielfache Thätigkeit betrifft, welche bei dem Zöglinge des Predigtamts hinsichtlich seiner wissenschaftlichen Durchbildung in Anspruch genommen wird, so ist zwar nicht zu läugnen, daß jene geistige Ausstattung bis zu einem gewissen Grade allerdings von der Kirche gefordert, daher auch mehr als nur Schein und Oberflächlichkeit sei: indeß darf doch ebenso wenig übersehen werden, daß dieselbe Kirche ihre Anforderung weise und maß-

---

[1] Eccli. 31, 18.

[2] Die habituelle Vereinigung mit Gott verleiht einen äußerst klaren Blick in die innern Zustände, sowohl eigene als fremde, wie wir dieß durchgehends an den Heiligen und allen Geistesmännern sehen.

[3] Eph. 4, 7.

trages [1]. Die Gläubigen werden angehalten, den ganzen Katechismus kennen zu lernen; also ist es ebenso auch Pflicht des Predigers, den ganzen Lehrinhalt zu erklären. Nun aber zeigt die Erfahrung mehr als zur Genüge, daß Letzteres bei bloß sporadischer, keinem festen und umfassenden Plane angeschlossener Predigtweise nicht geschieht und auch kaum geschehen kann. Ferner soll ebenso das Ganze der homiletischen Thätigkeit wie jede einzelne Predigt möglichst wirksam sein, d. h. die eine Predigt soll die andere unterstützen. Wie also in dem einzelnen Vortrage nöthig ist, daß Alles mittelst zweckmäßiger Anordnung Einem Ziele zustrebe; so ist auch in der gesammten Predigtweise erforderlich, daß alle einzelnen Vorträge in wohlerwogener Verbindung Einen Zweck verfolgen. In der Einheit liegt die Kraft. Ja die kirchlichen Synoden sind von der Bedeutung dieses einheitlichen Strebens so sehr überzeugt, daß sie deßhalb wünschen und angelegentlich empfehlen, die Prediger eines Ortes oder einer ganzen Gegend mögen sich von Zeit zu Zeit unter einander verständigen, gewisse wichtige Gegenstände gleichzeitig und gemeinschaftlich zu behandeln [2]. Es unterliegt also keinem Zweifel, daß zur pflichtgemäßen Ausübung des Predigtamtes auch die Planmäßigkeit gehört. Und wie viele Vortheile reihen sich überdieß an dieselbe! Durch sie wird die sonst beinahe für jeden Vortrag wiederkehrende Unschlüssigkeit hinsichtlich der Stoffwahl beseitigt; die für Manche lästige Verlegenheit in Auffindung eines passenden Exordiums fällt von selbst weg; der Prediger wird davor bewahrt, immer wieder auf dieselben Gegenstände zurückzukommen und sich in Gemeinplätzen zu verlieren; der gehörige Wechsel zwischen Dogma und Moral tritt von selbst ein; einige Jahre zusammenhängender Predigten reichen hin, den Homileten mit der Gesammtheit des geistlichen Stoffes vertraut zu machen und ihm einen stets fertigen Schatz von Materialien zu bereiten. Es gibt überhaupt für den jungen Prediger kein geeigneteres Mittel sich gediegen zu bilden, als fünf bis sechs Jahre lang in der bezeichneten Weise zu unterrichten (wobei rednerische, schwungvolle und practische Züge keineswegs ausgeschlossen sind); so wird er später im Stande sein, auch gehaltvolle Homilien zu liefern —

[1] So alle jene, welche darauf dringen, daß der römische Katechismus erklärt und durchgepredigt werde; aber auch außerdem durch specielle Vorschriften.

[2] Es ist dieß nicht nur ein nützliches, sondern nothwendiges Mittel, um an der Ausrottung herrschender Mißbräuche mit Erfolg zu arbeiten und in nachhaltiger Weise Gutes zu gründen. Zu seiner vollen Wirkung gehört aber, daß ebenso die Beichtväter gemeinsam mit den Predigern zusammenwirken und das von diesen Angeregte unterstützen, nicht im Gegentheile durch abweichende Richtung oder Gleichgültigkeit wieder zerstören oder es sich doch verflüchtigen lassen.

statt daß das umgekehrte Verfahren regelmäßig zu wässeriger und unfruchtbarer Wortmacherei über evangelische Leseabschnitte führt.

Was nun die Art und Weise der Planbildung betrifft, so stehen hiefür dem Prediger zwei Wege offen: entweder den Organismus der Kirche in genetischer, streng logischer Entwickelung zu entfalten; oder — was in der Regel besser — hierin den historischen Gang zu befolgen. Der letztere eignet sich besonders für katechetische und vorwiegend populäre Vorträge.

Als nähere Winke können folgende Bemerkungen dienen. Es läßt sich ein Ganzes zusammenhängender Vorträge in engster Anlehnung an das Kirchenjahr so construiren, daß während eines Jahrescyclus mehr die Glaubenslehren, während eines andern mehr die Sittenlehren ausgeführt werden. Der Prediger kann auch den im römischen Katechismus (Index concionat.) angegebenen, ebenfalls mit dem Kirchenjahre verflochtenen Predigtgang befolgen. Er mag sich aber auch ohne die unmittelbare Grundlegung des kirchlichen Officiums einen freiern, besondern Bedürfnissen der Gemeinde oder dem Diöcesankatechismus angepaßten, oder endlich ihm selbst größere Leichtigkeit der Ausführung gewährenden Lehrgang entwerfen und ihn je nach den vorliegenden Anknüpfungspunkten mit den Grundgedanken der kirchlichen Zeiten in Verbindung setzen. Es läßt sich ein umfassender Plan aus der bündigen Vereinigung und natürlichen Aufeinanderfolge der Apologetik, Dogmatik, Religions- und Kirchengeschichte (nach einigen der wichtigern Momente), Moral und Liturgik erheben. Ebenso kann sich der Prediger an folgende Gedankenreihe halten: 1) Ueberblick der geschichtlichen Entwickelung der Religion vom Paradiese an bis zu ihrer Vollendung durch Christus und ihrer Ausbreitung durch die Apostel; 2) was wir glauben müssen (Symbolum); 3) was wir thun müssen (Gebote Gottes und der Kirche); 4) was wir zu meiden haben (Hauptsünden); 5) wie wir dieß zu thun vermögen (hl. Sacramente; Gebet ..). In diesen Ideengang läßt sich manches hier nicht Genannte eingliedern, z. B. in n. 3 oder 4 (als Gegensatz) die Tugenden, in n. 5 die kirchlichen Ceremonien, fromme Uebungen u. dgl. [1]

---

[1] Mit diesem Gedankengange ist auch folgender von Bellefroid verwandt: Gott. Heilige Dreifaltigkeit. Eigenschaften Gottes. Schöpfung. Sündenfall. Geschichte der Religion bis auf Jesus Christus. Die Person des Erlösers. Erlösung. Geheimnisse J. Chr. und seiner hl. Mutter. Herabkunft des hl. Geistes. Kirche. Ihre Kennzeichen. Ihre Auctorität. Wort Gottes. Hl. Sacramente. Taufe. Pflichten des Christen. Geist des Christenthums. Verachtung der Welt. Firmung. Sacrament der Buße. Todsünde. Läßliche Sünde. Beharrlichkeit. Rückfall. Gelegenheiten der Sünde. Hl. Altarssacrament. Hl. Messe. Hl. Communion. Wegzehrung. Priesterweihe. Ehe. Erziehung. Berufswahl. Die vier letzten Dinge.

Besondere Beachtung verdient hier auch die Methode, nach welcher der gottselige Bartholomäus Holzhauser seine Vorträge zu einem vollendeten Ganzen aneinander reihte, und die wir deßhalb hier näher betrachten wollen [1]. Er gliederte den Gesammtstoff in drei Abtheilungen. In der ersten Abtheilung handelt er vom Glauben und zwar von dessen Begriff, Gegenstand, Beweggründen und wesentlichen Eigenschaften. Dann erklärte er nach einander die zwölf Artikel des Symbolums, die sieben Sacramente, die Sacramentalien und Ceremonien der Kirche. Endlich sprach er noch über die Glaubenswahrheiten, die bei Erklärung des Symbolums und der Sacramente nicht zur Sprache gekommen waren, und sagte bei jedem Lehrstücke klar und deutlich, was in dieser Beziehung katholischer Glaube sei, ohne sich bei bloßen Lehrmeinungen aufzuhalten. Diese Belehrungen hatten aber in seinem Munde nichts Trockenes oder Abstractes; er wußte ihnen große Salbung zu verleihen und schloß sie gewöhnlich mit einer Ermahnung voll Kraft und apostolischer Beredsamkeit.

In der zweiten Abtheilung handelte er auf folgende Weise von der christlichen Moral: Erstens vom Ziel und Ende des Menschen; zweitens von dem, was den Menschen von seinem Ziel und Ende abwendet, nämlich von der Sünde, besonders von der Todsünde, deren Abscheulichkeit er den Zuhörern begreiflich zu machen suchte; drittens von dem Heilmittel gegen die Sünde, nämlich von der Buße, die zu jenem Ziel und Ende zurückführt. Hier erklärte er ihnen die verschiedenen Beweggründe der Reue, indem er mit der Furcht begann und mit der Liebe schloß, welche das Motiv der vollkommenen Reue ist; viertens von der Umgestaltung des verdorbenen Menschen, von den zehn Geboten Gottes und der ganzen christlichen Moral, d. h. von dem, was wir thun und meiden sollen, um Gott zu gehorchen und uns seiner unendlichen Majestät angenehm zu machen; fünftens von den vier letzten Dingen, wodurch er, wie er selbst sagte, „gleichwie mit einem Hammer die verstockten Sünder aufschreckte und sie zwang, zu Gott ihrem Vater zurückzukehren, indem sie auf immer der Todsünde entsagten."

In der dritten Abtheilung sprach er ausführlich von den Wohlthaten Gottes, um die von der Sünde schon abgewandten Herzen zur Liebe und zum vollkommenen Dienste Gottes zu erheben. Dabei sprach er von der allerseligsten Jungfrau, von den Engeln und Heiligen und erzählte ihnen die schönsten Züge aus dem Leben der großen Diener Gottes, damit alle Herzen für ihre Heiligung entzündet werden möchten. Er erklärte auch die verschiedenen Standespflichten der Jünglinge und der Jungfrauen, der Verehlichten, der Wittwen und Greise, und sprach von Allem, was auf das

---

Gebote Gottes und der Kirche (Evangelische Räthe). Tugenden. Laster. Gebet. Gute Werke. Besondere Andachten u. s. w.

[1] Leben .. von Gaduel.

geistige Leben Bezug hat, von den katholischen Andachtsübungen und den hauptsächlichsten Tugenden.

War Bartholomäus mit diesem Unterrichtsplane zu Ende gekommen, so pflegte er wieder von vorn anzufangen, und wenn er auch fünfzig Jahre dieselbe Pfarrei gehabt hätte, so würde er bei seiner Lehrmethode geblieben sein; „denn," pflegte er zu sagen, „eine Pfarrei, wo der Seelsorger nur predigt, ohne eigentlich zu unterrichten, wird zuletzt wie ein brachliegendes Feld keine Ernte mehr halten können, und von dem Hause bleibt zuletzt nichts übrig als eine Ruine." Doch hielt er bisweilen auch andere Predigten, die außer dem eben beschriebenen Plane lagen, besonders bei verschiedenen Festzeiten des Kirchenjahres [1]; und da in einem solchen Plane die verschiedenen Lehren jede nur an ihrem Orte vorkommen konnte, so versäumte er es nicht, als weiser Ausspender des göttlichen Wortes oft, wenn sich die Gelegenheit dazu bot, auf die hauptsächlichsten Glaubens- und Sittenlehren zurückzukommen, auf daß sich dieselben dem Gedächtniß seiner Zuhörer durch häufiges Wiederholen immer tiefer einprägen möchten.

Zu dieser Methode, die er selbst treu beobachtete, hielt er auch seine Mitarbeiter strenge an; denn er war der Ansicht, daß der Pfarrer, der in seiner Pfarrei der dux verbi, der eigentliche Meister des christlichen Unterrichtes sein soll, diesen bei seinen Mitgehülfen überwachen müsse. Eine Pfarrkanzel, auf welcher jeder Kaplan predigte, was und wie er wollte, kam ihm deßhalb vor wie eine Schule, wo jeder Lehrer nach seiner Phantasie unterrichtet [2]. — Der hier mitgetheilte Plan dieses apostolischen Mannes wurde durch die staunenswerthesten Erfolge gekrönt, wie seine Biographie uns erzählt.

Für die Behandlung moralischer Stoffe kann auch ganz wohl der dreifache Geistesweg der Reinigung, Erleuchtung und Vereinigung (letzterer jedoch wohl nur für ganz religiöse Auditorien) einem größern Plane zu Grunde gelegt werden. Handelt es sich in einer Gemeine um Ausrottung herrschender Laster oder gefährlicher Gelegenheiten und Gewohnheiten, so wird hiefür ebenfalls eine Reihe zusammenhängender Vorträge nothwendig sein, indem eine einzige Predigt in der Regel nicht ausreicht, und eine bloße Nutzanwendung noch viel weniger.

---

[1] Es ist überhaupt zu empfehlen, die zusammenhängenden Predigtgänge bei gewissen Anlässen zu unterbrechen, so an hohen Festen, um alsdann das betreffende Festgeheimniß zu behandeln, ebenso in der Advents- und Fastenzeit, um diese Tage des Heiles in besonderer Weise zur Buße und Heiligung wie eine Zeit heiliger Mission zu benützen. Diese Unterbrechung kommt der Wirkung des Gesammtplanes selbst zu gute, indem sie durch Abwechselung das Interesse für die Predigten bewahrt und der Abspannung vorbeugt.

[2] A. a. O. S. 163.

Endlich ist noch zu bemerken, daß hinsichtlich der Zeitdauer solcher Curse eine Ausdehnung derselben auf zu viele Jahre unzulässig erscheint: indem so die Gläubigen nie zu einem Ueberblicke der ganzen Heilslehre gelangen und die ersten Belehrungen vergessen, ehe die Reihe an die letzten kommt [1]. Was über vier oder fünf Jahre hinausschreitet, möchte hier schon zu viel sein.

Zweiter Artikel. Die geistlichen Gegenstände relativ betrachtet.

Die nähere Wahl des Themas macht, um wirklich practisch auszufallen, außer der Würdigung der Gegenstände an sich auch noch die Berücksichtigung der jedesmaligen Umstände nothwendig. Dieselben beziehen sich auf das Auditorium, auf den Prediger selbst, sowie auf die Zeit, in und während welcher letzterer aufzutreten hat. Hierüber nun einige nähere Winke.

A. Hinsichtlich der Zuhörer hat der Prediger sorgfältig die Vorkenntnisse, die Bedürfnisse, die etwaigen besondern Stimmungen und Erwartungen derselben zu berücksichtigen. Nicht Alles paßt für Alle, und für ein und dasselbe ist der Mensch nicht immer gleichwohl geeignet oder empfänglich; häufig ist der Unterschied, ob man in einer Stadt oder auf dem Lande predigt, auch auf die Stoffwahl von Einfluß: ebenso Stand, Lage, Alter, Geschlecht des Auditoriums und namentlich auch die Frage, ob dasselbe ein ganz homogenes, oder ein gemischtes sei. Psychologischer oder seelsorgerlicher Scharfblick ist hier eine kostbare Gabe. **Sermo opportunus est optimus** [2]. Der geistliche Redner wähle jedenfalls seinen Stoff jederzeit so, wie er der **Mehrzahl** der Zuhörer angemessen ist, und trage Sorge, daß auch die geistig Kleinen und Schwachen nicht leer bei der Predigt ausgehen.

B. Hinsichtlich der Person des Redners selbst ist ebenfalls Mancherlei in Betracht zu ziehen: so seine Fähigkeit, sein Verhältniß zu den Zuhörern (ob er z. B. Pfarrer, Hülfspriester oder Fremder), sein Alter, sein Ansehen, seine physischen Kräfte, sogar seine Stimmung. Manche Stoffe erscheinen in dem Munde eines jungen Priesters ungeeignet, die ein älterer und erfahrner Priester mit Glück behandeln kann. Er hat sich überhaupt besondere Rücksichten der Bescheidenheit aufzuerlegen, zumal vor Zuhörern von höherer Bildung und Lebensstellung. Unpassende Stoffe sind das schlechteste

---

[1] Ganz aus demselben Grunde tadelt auch Fürstbischof Augustin Gruber die Vertheilung des katechetischen Lehrstoffes auf fünf Jahre. Es muß derselbe vielmehr innerhalb dieser Zeit wiederholt durchgenommen werden. Kat. Vorl. u. s. w. Bd. 2. S. 23.

[2] Prov. 15, 23.

Exordium des Predigtamts. Für den angehenden Prediger empfehlen sich ganz einfache und gewöhnliche Gegenstände, besonders unterrichtender Natur. Dagegen hüte er sich vor der Versuchung, sich sogleich auf dogmatischem Felde Lorbeeren sammeln zu wollen. Das wäre, abgesehen von andern Bedenken, ein untrügliches Mittel der Verbildung. Ebenso sei er mit gewissen moralischen Stoffen zurückhaltend, z. B. über eheliche Verhältnisse (die überhaupt auf der Kanzel nur ganz allgemein zu berühren sind) [1]. Bei zweifelhaften Materien frage er einen erfahrnen Priester um Rath.

C. Hinsichtlich der Zeit. Diese Frage kann in doppelter Beziehung erwogen werden: in Betreff des Maßes sowie des Charakters der Zeit. Was die Dauer der für die Predigt bestimmten Zeit betrifft, so ist diese natürlich für die Wahl des Themas, weil für den Umfang desselben, vielfach maßgebend. Der Kirchenrath von Trient schreibt im Allgemeinen für die Ausübung des Predigtamtes Kürze und Uebersichtlichkeit als Grunderfordernisse vor: **cum facilitate et brevitate** sermonis [2]. Es kann hievon Ausnahmen geben; die habituelle Abweichung von dieser Vorschrift aber ist jedenfalls nicht zu rechtfertigen, gewöhnlich auch für die Zuhörer, das Wort Gottes und den Redner selbst von übeln Folgen. Meistens findet in den einzelnen Diöcesen noch eine nähere Bestimmung der Zeit statt [3]. Was nun innerhalb der anberaumten Frist nicht füglich besprochen und practisch geltend gemacht werden kann, eignet sich auch nicht als Thema der Predigt, es sei denn, daß es sich passend auf mehrere einander nachfolgende Vorträge vertheilen lasse.

Rücksichtlich des Charakters der Zeit und der äußern Veranlassung der Rede ist dem Prediger schon vom bloß rednerischen Standpunkte besondere Aufmerksamkeit nahe gelegt. Hier liegt häufig der Entscheidungspunkt für das Thema. Ist es ein Sonn- oder Festtag, eine gewöhnliche oder außerordentliche Feier? sind es ergreifende, freudige oder traurige Ereignisse, die den Vortrag veranlassen? Die Rücksicht hierauf muß sich nothwendig in Stoff und Fassung der Rede spiegeln. Allein noch ganz besondere Bedeutung gewinnt obiges Moment vom

[1] Der hl. Karl Borromäus bemerkt für Anfänger noch insbesondere: **Ne statim cum concionari aggressus est, sed postquam aliquibus concionibus habitis prudentis, docti et religiosi concionatoris nomen adeptus est, ad vitia acrius insectanda se conferat. Past. instr. p. 1. c. 11.**

[2] **Sess. 5. c. 2.**

[3] Gewöhnlich so, daß die Predigt beim vormittägigen Gottesdienste sich auf eine halbe oder höchstens dreiviertel Stunden zu beschränken hat und auch beim nachmittägigen Gottesdienste eine Stunde nicht überschreiten darf. Ebenso ist die Dauer der Frühhomilie und der Nachmittagskatechese geregelt.

speciell kirchlichen Standpunkte aus. Der Prediger spricht lediglich als Gesandter der Kirche, oder in Folge der ihm von dieser gewordenen Mission; er verkündigt nicht sein, sondern Gottes Wort, und zwar als ihm, dem Prediger, von der Kirche vermitteltes: er hat dasselbe also auch nach der von der Kirche getroffenen Anordnung zu spenden. Diese liegt ihm aber in dem Kirchenjahre, oder in der wundervollen Gliederung der heiligen Liturgie mit den sie tragenden Glaubenswahrheiten vorgezeichnet. Er wird also im Allgemeinen seine Themata aus den zutreffenden biblischen Abschnitten oder Perikopen erheben, wenigstens für die mit dem sonn- und feiertäglichen Gottesdienste verbundenen Vorträge. Wir sagen im Allgemeinen oder in der Regel: denn die Kirche weiß wohl, daß bisweilen andere Gegenstände als die in dem jedesmaligen Tagesofficium liegenden dringlicher sein können, und hat dieß dem Ermessen des umsichtigen Predigers überlassen (daher auch oben der Hinweis auf die speciellen Bedürfnisse der Zuhörer u. s. w. dem auf das Kirchenjahr vorangeschickt wurde) [1]. Wenn aber auch kein sog. Perikopenzwang besteht, so ist doch nicht zu vergessen, daß die Kirche die möglichst fleißige Berücksichtigung ihrer dem Prediger gegebenen Vorlagen dringend wünscht [2] und auf diesem Wege den Gläubigen insbesondere auch eine officielle Erklärung der hl. Schrift, deren allgemeine Lesung sie aus Gründen nicht gestattet, zu vermitteln beabsichtigt.

Abgesehen von dem klar ausgesprochenen Willen der Kirche, liegen aber auch schon in der Sache selbst überwiegende Momente, die dem Prediger das Eingehen auf Geist und Inhalt des Officiums dringend empfehlen. Das erste ist die innere Begründung oder objective Gediegenheit des Kirchenjahres selbst, sowie im Zusammenhange mit demselben auch der vorliegenden Perikopenordnung: beide sind auf die Grundwahrheiten des Christenthums gebaut und prägen diese mit ihrer ganzen reichen Gliederung eben so bestimmt als rührend aus [3]. Das zweite Moment ist der historische Charakter des Kirchenjahres, wodurch im Spiegel der heiligen Zeiten und Feste der ganze Glaubensinhalt weit anschaulicher und ergreifender vor die

---

[1] Evangelicae historiae commemorationem concionator *nunquam* omittet et (quod saepe fit) aliud dicendi argumentum non sumat, nisi vel temporis, vel celebritatis, vel officii quod peragitur ratio aliter aliquando *deposcere* videtur, aut opportunius aliquando censuerit, alias missae partes tractare. *S. Car. Borrom.* instr. past. p. 1. c. 10. Letztere Bemerkung gilt auch von Themata, die einem fortlaufenden Plane angehören.

[2] Vgl. Predigtamt S. 244—246 (die mitgetheilten Conciliarbestimmungen).

[3] Die Grundzüge des Kirchenjahres nach seinem dogmatisch-practischen Zusammenhange sind im Predigtamte S. 290—298 dargelegt, worauf hier verwiesen werden muß.

Seele der Gläubigen tritt, als dieß bei bloß speculativ dogmatischer Anordnung und Darlegung möglich ist. Das dritte Moment ist der Reiz der Abwechslung, der bei der unerschöpflichen Mannigfaltigkeit und dem steten Fortschritte der in dem Kirchenjahre liegenden Motive sich auch über die Predigt selbst ausgießt. Letzteres wird überall um so mehr der Fall sein, je mehr Schrift und Liturgie betrachtet werden. Das vierte Moment endlich ist die Unterstützung, welche die mit der Liturgie harmonirende Predigt in dieser selbst, d. h. in der Schönheit und lebensvollen Plastik des kirchlichen Cultus findet, sowie in der durch die Festzeit selbst hervorgerufenen Stimmung der Gemüther, aber auch durch Austritt aus der liturgischen Sphäre großentheils verliert. Schließlich muß auch noch darauf hingewiesen werden, daß die Predigt, in sofern sie seit den apostolischen Zeiten mit dem Gottesdienste als organischer Bestandtheil verbunden war, auch selbst eine liturgische Bestimmung hat als das direct belehrende, erleuchtende und anwendende Element des Cultus; und daß, wie sie einerseits durch letztern vorbereitet wird, sie andererseits auch diesen wieder vorzubereiten und zu beleben hat. Das vermag sie aber nur vollständig zu thun, wenn sie mit demselben Eines bildet, d. h. in demselben Flusse von Ideen und Empfindungen sich mitbewegt; nicht aber, wenn sie im Gegentheile eine ganz verschiedene Richtung verfolgt. Es hat schon an und für sich etwas Störendes, wenn der Prediger das kirchliche Evangelium vorliest und dann sofort gänzlich von demselben abgeht, da die Kirche es eben aus dem Grunde vorlesen läßt, damit es erklärt und angewendet werde. Wo also nicht besondere Gründe zu einer Abweichung vorliegen, soll der Homilet in seinen Vorträgen denselben Weg einhalten, den die Kirche selbst wandelt; er soll nicht nur neben, sondern mit ihr gehen. Darin liegt der seinem Wirken als kirchlichem verheißene Segen. Uebrigens können die Perikopen entweder nach ihren einzelnen Bestandtheilen, oder nach einem Hauptgedanken behandelt werden, d. h. mittelst der Homilie, oder mittelst der eigentlichen Predigt, worüber später. Wo dagegen der Prediger sich bestimmt sieht, von dem Officium des Tages Umgang zu nehmen, soll wenigstens dasselbe erbauend erwähnt, d. h. der Tagesgedanke wo möglich im Eingange vorgeführt und im Verlaufe der Rede öfter, besonders aber am Schlusse angeregt werden [1].

Die Anwendung des Kirchenjahres auf die Predigt fordert ein besonderes Studium. Das Ausführliche und Practische dieses Gegenstandes gehört jedoch eigenen Specialwerken an. Die Homiletik hat nur die Princi-

[1] Vgl. Conc. Prov. Col. 1860. p. 2. t. 1. c. 6., das auch hinsichtlich selbstständiger (zusammenhängender) Predigtcurse bemerkt: non neglectis tamen iis quae in missa leguntur — mit Hinweis auf C. Trid. Sess. 22. c. 8.

pien festzustellen und die Anwendung im Allgemeinen oder dadurch zu zeigen, daß sie die Anfertigung der Predigt und der Homilie lehrt [1].

Wie auf Grund der bisher erwähnten Rücksichten, gibt es endlich auch noch außerdem etwas Relatives in Bezug auf die geistlichen Gegenstände selbst hinsichtlich ihrer Anwendbarkeit auf der Kanzel, worüber hier noch eine oder die andere Bemerkung. Gewisse Gegenstände sind ihrer Natur nach zu kritisch, als daß sie sich wohl zu Themata eigneten, oder fordern eine Umsicht, wodurch sie für weniger gewandte und theologisch feste Prediger bedenklich werden: so die Punkte vom Loose der ohne Taufe gestorbenen Kinder, von dem sog. Maße der Gnaden [2], von der Schwierigkeit der Bekehrung auf dem Todesbette, von dem Heile der Irrgläubigen, von gewissen Sünden gegen das sechste Gebot [3] u. dgl. Andere Gegenstände sind an sich zu geringfügig oder greifen zu direct in ganz fremde, nicht geistliche Gebiete ein, als daß sie als Hauptgegenstände geeignet erscheinen, wie z. B. gewisse Unterhaltungen, Spiele, Moden. Sind hinsichtlich solcher Dinge Uebelstände zu bekämpfen, so wird der Prediger mit Vortheil eine große christliche Wahrheit zu Grunde legen, z. B. über die Nachfolge Christi, über die Versuchungen oder die Gelegenheiten zur Sünde, über den Geist oder die Pflichten des Christen, und hieran dann die betreffenden Nebengegenstände als Unterlage von Nutzanwendungen reihen. Dasselbe gilt hinsichtlich mancher Einwürfe oder Redensarten, die sich gelegentlich in vorübergehender Refutation besprechen lassen; ebenso rücksichtlich gewisser kleinerer Andachtsübungen, frommer Gebräuche u. dgl. Dagegen gibt es Gegenstände, welche wegen hervorragender Wichtigkeit für das Heil der Seelen oft besprochen werden müssen. Dergleichen sind: die Standespflichten, die herrschenden Sünden (z. B. Unmäßigkeit, Genußsucht und Luxus, Uebertretung der Kirchengebote, Zuchtlosigkeit der Jugend), die christliche Erziehung der Kinder, der Aufschub der Bekehrung, die Flucht böser Gelegenheiten, die reine Absicht bei den täglichen Werken . . ebenso die Mittel eines eifrig christlichen Lebens, als: Gnade, Gebet, öfterer und würdiger Empfang des Buß- und Altarsacramentes, Andacht zur heiligsten Gottesmutter (als ausgezeichnetes Mittel zur Be-

---

[1] Der Verfasser beabsichtigt, das Nähere dieser Anwendung in einem besondern Werke zu zeigen (Quellen des Predigtamts).

[2] Was wie der nächstfolgende Gegenstand häufig ganz untheologisch urgirt wird; so auch der Satz von der geringen Anzahl der Auserwählten, in dessen Auffassung es bekanntlich bei den Theologen und Vätern zwei ganz verschiedene Richtungen gibt.

[3] Von dem Thema der Unkeuschheit bemerkt überhaupt ein Kirchenhirt: Materia tam lubrica et delicata delicate tractari amat. Ad *promiscuam* aetatis omnis, status, conditionis et sexus *multitudinem* jacere periculosum est, quod prodesse paucis, nocere pluribus queat. Epist. past. Humb. Guill. (Leod.)

wahrung der Unschuld und Gnade, sowie zur Erlangung der Bekehrung nach dem Sündenfalle).

Für solche Gelegenheiten, bei denen eine große Menge von Zuhörern zusammenströmt, oder für außerordentliche Concurstage sei der Prediger besonders darauf bedacht, einen möglichst practischen und zur Bekehrung und Erneuerung anregenden Gegenstand zu wählen. Das sind Missionstage.

Ueberhaupt erinnere er sich bei dem Geschäfte der Stoffermittelung stets an das treffende Wort Audisio's: Wie die Flamme, so ernährt sich auch die Beredsamkeit mit dem Stoffe, der ihr geboten wird [1]. Mit mägern Stoffen wird man nie ein Prediger.

Anfängern ist zu rathen, sich erst mit drei oder vier Predigten über einige möglichst allgemein anwendbare Themata zu versehen, z. B. über den Nutzen des Gebetes, über den Wandel in der Gegenwart Gottes, über den Eifer für sein Seelenheil, über die Art und Weise, die täglichen Werke zu heiligen. Dieß kann sie für die erste Zeit manchen Verlegenheiten entziehen und gewährt ihnen den Vortheil, ihre übrigen Vorträge um so besser ausarbeiten zu können.

§ 2. Entfaltung des Redestoffes.

Erster Artikel. Allgemeine Rücksichten betreffs dieser Entfaltung.

Ehe der Prediger sich um die einzelnen Redeelemente umsieht, die sein Thema oder überhaupt seinen Vortrag stützen und ausfüllen sollen, hat er sich gewisse allgemeine Grundsätze in Erinnerung zu bringen, die ihm bei der Wahl des Einzelnen als stetige Norm dienen müssen.

I. In negativer Beziehung. 1. Die Predigt darf nichts Irrthümliches enthalten und nichts Zweifelhaftes als Lehre der Kirche hinstellen; daher sei sie frei von Uebertreibungen nach irgend einer Seite, von willkürlichen Behauptungen, von bloßen Schulmeinungen (wie leicht könnte sonst von einem Prediger die eine, von einem andern aber die entgegengesetzte Meinung vorgetragen werden!). Incerta tractari non permittant episcopi, sagt der Kirchenrath von Trient [2]. Ebenso sind hier Märchen, bedenkliche Beispiele, unbewährte Legenden und Wunder u. dgl. durchaus nicht an der Stelle. Etwas anders wäre es, wenn sinnvolle Züge erzählender Natur nur als Parabeln und Gleichnisse gebraucht würden.

2. Die Predigt darf nichts der Erbauung und christlichen Heiligung Fremdes enthalten. Daher nicht a) Triviales, Komi-

[1] Lezioni di s. eloqu. I. l. 5.

[2] Sess. 25. decr. de purg.

sches[1], noch verletzende Persönlichkeiten; b) vorherrschend Profanes, d. h. die Predigt darf nicht den homiletischen Standpunkt in den politischen, philosophischen, künstlerischen oder gar ökonomischen verkehren[2]. Alles aus dergleichen Gebieten etwa Entnommene muß dem geistlichen sowohl nach Maß als Beziehung durchaus untergeordnet sein. Etwas Anderes ist es, Gottes Wort erklären und auf Irdisches anwenden oder durch dieses beleuchten, etwas Anderes, es trüben. Was thun nicht die Menschen, um Edelsteinen ihren vollen Glanz zu verleihen, oder gewonnenes Gold und Silber zu läutern? Nun ist aber das Wort Gottes an sich selbst der kostbarste Edelstein, das reinste Gold und Silber[3]. Wie würde also der Prediger jenem Verfahren der Weltmenschen gegenüber dastehen, der dieses Gold der göttlichen Lehre willkürlich mit Profanem und Ungehörigem vermengte oder vielleicht gar in diesem aufgehen ließe? Das gilt auch von dem im vorhergehenden Punkte Angeführten. Aber auch selbst geistliche Gegenstände sind für die Kanzel nicht geistlich genug, wenn ihre Fassung und Ausführung nicht eine auf Erbauung berechnete, sondern bloß wissenschaftliche ist und sich um bloße Erörterungen und Untersuchungen, abstracte Schulfragen oder gar unfruchtbare Spitzfindigkeiten dreht[4].

II. In positiver Beziehung. Das Wichtigste für geeignete Anschauungsweise des Themas ist die Feststellung des obersten Gesichtspunktes, der die ganze Entwickelung beherrschen soll, und zwar nicht nur des speculativen, der den Sinn, sondern des practischen, der die Tendenz des Themas bestimmt: d. h. der Prediger muß sich völlig klar werden über das nächste Ziel seines Vortrages, und deßhalb jedesmal sich einen bestimmten practischen Zweck vorsetzen, dem alle einzelnen Redeelemente wie dem gemeinsamen Brennpunkt zustreben sollen. Er soll sich z. B. sagen: Ich will heute bei meinen Zuhörern den lebendigen Glauben an dieß Dogma zu wecken, oder: ich will sie mit der Ver-

---

[1] Nihil sit in concionibus fictum, ludicrum, futile, aut quod risum movere possit; nihil nisi serium, nisi verum, nisi sanctum, nisi quod fideles in vera fide et sincera charitate possit obfirmare. *Conc. Argentor.* 1687 (Hartzheim. X. p. 185).

[2] Das gilt also noch weit mehr von dem Hauptgegenstande selbst. So ist es durchaus unkirchlich, statt der christlichen Moral nur eben moral-philosophische Sätze zu behandeln, z. B. „von dem Werthe des geselligen Lebens; Betrachtungen über den sittlichen Werth großer Gesellschaften; daß wir Andern ihre erlaubten Vergnügen auf keine Art verbittern, sondern befördern sollen; wozu soll uns die Erfahrung dienen, daß bisweilen unsere Erwartungen von den Menschen übertroffen werden? über die gute Erziehung des Körpers“ (aus protest. Predigern; ließe sich aber in derselben Währung auch aus katholischen sammeln).

[3] Ps. 11, 7. [4] 1 Tim. 1, 4; 6, 20—21.

ehrung gegen das heiligste Altarsacrament zu erfüllen, oder: ich will sie zu einer guten Beicht, oder zur Flucht dieser bösen Gelegenheit, oder zu diesem frommen Werke zu bestimmen suchen. Erst wenn dieser nächste apostolische Zielpunkt festgestellt ist, darf der Prediger an die weitere Entfaltung und Ausfüllung seines Grundstoffes gehen. Ohne diese Vorsicht und dieß klar bewußte Streben setzt er sich der Gefahr aus, allerlei Ungehöriges und Unnützes aufzunehmen und das Treffendste zu übersehen, oder es von einer unwirksamen Seite aufzufassen. Er muß sich hierin durchaus den erfahrenen Schützen oder den gewandten Seefahrer zum Vorbilde nehmen, die Beide unverwandt auf ihr nächstes Ziel hinblicken. Die bloß allgemeine und vage Absicht, über ein bestimmtes Thema zu predigen, führt zu nichts, als den Prediger über sich selbst zu täuschen; ihr häufiges Vorkommen aber ist eine vorzügliche Ursache der eben so häufigen Fruchtlosigkeit des göttlichen Wortes.

Den bisherigen Bemerkungen mögen nun auch noch einige nachfolgen, die dem geistlichen Redner die Stoffentfaltung durch Hinweis auf die ihm zu Gebote stehenden Quellen oder Mittel erleichtern.

Die erste Quelle ist für ihn die Betrachtung des Gegenstandes nach den allgemein rednerischen Gesichtspunkten: 1) Was ist der Gegenstand an sich? 2) Was ist er in Verbindung mit andern? 3) Was in Vergleichung mit andern? 4) Was nach dem Urtheile Anderer? [1]

Die zweite Quelle ist für ihn die positive geistliche: 1) Heilige Schrift. 2) Väter und Concilien (besonders C. Trident.). 3) Theologen, die den fraglichen Gegenstand vorzüglich gut behandeln — einer genügt [2]. 4) Leben und Aussprüche der Kirche, wie sie namentlich in ihren liturgischen Werken vorliegen (Brevier, Missale, Rituale, Pontificale . .), und insbesondere auch der von den Päpsten so dringlich empfohlene Catechismus Romanus. 5) Geschichte der Kirche und der Heiligen, vorzüglich in Absicht auf beleuchtende Züge und ergreifende Beispiele. Diese und ähnliche Elemente der Veranschaulichung und Belebung (wohin namentlich auch Vergleichungen und Sittengemälde gehören) haben für den geistlichen Redner noch weit mehr Wichtigkeit, als für den profanen, weil

[1] Vgl. oben: Rhetorische Topik.

[2] Hinsichtlich der Anführung derselben als Auctoritäten bemerkt der hl. Karl Borromäus bezüglich neuerer (was auch von den Asceten gilt: Ne doctores et auctores neotericos in medium afferat: ea est enim suggesti auctoritas, ut sacram Scripturam imprimis et sanctorum veterum Patrum doctrinam requirat. Past. instr. p. 1. c. 11. Statt der Namensangabe können, wo nicht von Vätern oder Heiligen die Rede ist, die Ausdrücke: ein frommer, ein weiser, ein gelehrter Mann, oder: ein Gottesgelehrter, gebraucht werden.

die Gegenstände des Erstern als übersinnliche und zum Theil auch als des Reizes der Neuheit entbehrende in höherem Grade diese Mittel concreter Darstellung fordern, als die des letztern. Der junge Redner wird wohl daran thun, dergleichen bemerkenswerthe Züge sich frühzeitig aus guten Quellen zu sammeln. Ihre Anwendung setzt aber guten Geschmack voraus, damit dieselben maßvoll und überall an der rechten Stelle angebracht, zugleich in der Ausführung lebhaft und natürlich, wie in der Wahl neu und treffend erscheinen [1]. 6) Werke bewährter Asceten. Besonders nützlich können dem Prediger sein: De Ponte, Saint-Jure, Scaramelli, Rouet, die hl. Franz von Sales und Alphons von Liguori, und zumal Alphons Rodriguez [2].

Hinsichtlich profaner Quellen ist für den unmittelbaren Gebrauch Umsicht und Rückhaltung nöthig. Daß Profanschriftsteller angeführt werden können und nur höchst selten anzuführen sind, lehrt der hl. Paulus durch sein Beispiel [3].

Endlich darf nicht vergessen werden, daß die wichtigste Quelle wie für die Wahl des Themas, so auch für die Einsicht in die rechte Art und Weise der Ausführung — das Gebet ist, wie schon früher bemerkt wurde. Diese soll daher nie den letzten Rang einnehmen. Der Prediger hüte sich auch davor, sich dergestalt mit dem Stoffe zu beschäftigen, daß er darüber die jedesmaligen Zuhörer vergesse. Obwohl übrigens im Vorhergehenden die wichtigsten Quellen namhaft gemacht wurden, ist damit doch nicht gemeint, daß der geistliche Redner sie jedesmal alle zu berathen habe, oder viel lesen solle. Für die unmittelbare Vorbereitung zu einem einzelnen Vortrage empfiehlt sich vielmehr die Regel von Besplas: Willst du eine Rede verfertigen, so lese ein wenig, denke mehr, fühle viel (deßhalb: bete viel!) [4].

Nach diesen allgemeinen Bemerkungen wollen wir nun zu den einzelnen Gesichtspunkten übergehen, denen gemäß sich die Entwickelung der geistlichen Rede zu vollziehen hat.

---

[1] Das Weitere hierüber siehe in dem Predigtamte: Art. Illustrationen, S. 364—385.

[2] Das belgische Examen Cleri bemerkt von dessen Uebung der christlichen Vollkommenheit: Excellentissimum opus pro confessariis quoque et concionatoribus: deberet esse lectionis quotidianae pro fovenda solida pietate. Für Prediger eignet sich besonders die Ausgabe von Jocham mit einem dreifachen Verzeichnisse von Predigtskizzen. Aehnliche Dispositionen finden sich auch bei Scaramelli, Bellezius (de virtute solida — für Prediger sehr brauchbar).

[3] Was unkirchliche Schriftsteller betrifft, so sind diese nur in Nothfällen zu nennen. Statt des Namens kann es heißen: so sagt selbst ein Irrgläubiger, ein Ungläubiger, ein Heide u. dgl.

[4] Essai sur l'éloquence de la chaire (nicht zu verwechseln mit einem gleichnamigen Werke Maury's).

Zweiter Artikel. Besondere Rücksichten bei Entfaltung des Themas.

I. Ueberzeugender Charakter der geistlichen Rede.

Dieser Charakter wurzelt wie bei der Profanrede in der Klarheit und Gründlichkeit der Belehrung, daher in der zweckmäßigen Erklärung, Beweisführung und Widerlegung vorkommender Einwürfe. Dabei hat die Belehrung auf geistlichem Gebiete eine viel umfassendere und wesenhaftere Bedeutung, als auf profanem: während sie auf letzterem nur Durchgangspunkt, ist sie auf ersterem zugleich Hauptmoment.

A. Erklärung.

Vor Allem muß der Prediger suchen, seinen Gegenstand oder auch einzelne Dinge, die an sich den Zuhörern nicht deutlich sind, zu erläutern. Er thut dieß wie der Profanredner je nach der Natur der Sache: bei Thatsachen durch Erzählung; bei Begriffen durch Entwickelung der darin liegenden Merkmale; bei individuellen Gegenständen (z. B. Gewissensbisse, Ende der Welt . .) durch Beschreibung oder Schilderung.

Soll die homiletische Erklärung gut sein, so muß sie 1) Richtigkeit, 2) Deutlichkeit, 3) populäre Bestimmtheit oder Anschaulichkeit, 4) eine gewisse Lebhaftigkeit besitzen. Es ist ein Vorzug, wenn sie mit den genannten Eigenschaften zugleich bündige Kürze verbindet. Längere Erklärungen aber verlangen jedenfalls stets eine gute Ordnung.

Am meisten Sorgfalt fordert die Erläuterung von Begriffen. Gewöhnlich muß der geistliche Redner an die Stelle der bloß schulgerechten Definition eine gewisse Fülle und Anschaulichkeit der Darstellung treten lassen, oder diese doch mit jener erstern Form verbinden [1]. Letzteres kann geschehen, indem jeder einzelne bedeutungsvolle Ausdruck der Definition noch einmal seine eigene Aufhellung erhält. Z. B. das Gelübde ist ein Versprechen — besonnen — und freiwillig — Gott — gethan, das sich auf etwas Gott Wohlgefälliges bezieht — und möglich — ist: wo der katechetische Unterricht die Erläuterung jedes einzelnen Momentes der Begriffsbestimmung fordern würde. Am meisten Anwendung findet bei Begriffen, besonders bei zusammengesetzten, die Individualisirung oder concrete Zerlegung des Ganzen in Theile. Der Prediger leistet dieß am besten durch Anknüpfung an das tägliche Leben. So erklärt Tronson den

[1] Ein Beispiel dieser oratorischen Begriffsbestimmung bietet Massillon, indem er bei Gelegenheit einer Fahnenweihe das Wesen der Tapferkeit erst negativ, dann positiv (als christlicher) darstellt: 2. Hälfte der R. an d. Reg. Catinat.

Begriff: Zeitverlust. „Was heißt es, die Zeit verlieren? Die Zeit verlieren, heißt nicht eben nur nichts thun, sondern es heißt auch: die Zeit zur Sünde anwenden, sie mit gleichgültigen Dingen zubringen, oder sie zwar zu guten Dingen verwenden, aber nicht mit reiner Absicht, nicht zur rechten Zeit und am rechten Orte, kurz, nicht in der Weise, wie Gott es verlangt. Und nun beherzige, wie so der größte Theil deiner Zeit und deines Lebens nutzlos zerrinnt: wie viele Augenblicke, in denen du nichts thuest? wie viele gleichgültige Handlungen, die du nicht auf Gott beziehest? wie viele unnütze Besuche? wie viele überflüssige Unterhaltungen? wie viele Zerstreuungen, die nur deine Laune befriedigen sollen? Siehe zu, was du vom Morgen bis zum Abend thuest — vielleicht findest du kaum einen Augenblick, wo du wahrhaft Gott suchest. Und doch: alles Uebrige ist verloren!" [1] Aus Erklärungen dieser Art, oder mittelst Gliederung lassen sich oft die Haupt- oder Untertheile der Rede bilden, und es ist ein Vortheil, wenn die Argumentation wie von selbst aus der Erklärung fließt. So leitet Bourdaloue aus dem Begriffe der wahren Heiligkeit die drei Unterabtheilungen seines ersten Theiles in der Lobrede auf den hl. Ludwig ab (Eifer für Gott, Liebe gegen den Nächsten, Strenge gegen sich selbst). Am lichtvollsten und zugleich am anziehendsten wird endlich die Begriffserklärung durch die Kunst der Versinnlichung, durch Gleichnisse, Bilder, Beispiele. Das schönste Vorbild hierin ist für den Prediger der Erlöser, der alle Arten von Wahrheiten durch die sprechendsten Parabeln veranschaulicht und überhaupt in der Erklärung eine wundervolle Popularität entfaltet.

Nicht selten sind in der Predigt Erläuterungen auch bei Dingen nothwendig, die an und für sich ganz klar ausgesprochen sind, weil bei geistlichen Gegenständen sehr leicht schiefe Auffassung eintritt. Der Prediger hat hierauf stets Rücksicht zu nehmen.

Bourdaloue gibt ihm hierin ein Beispiel, indem er in seiner Predigt vom Stande der Sünde und vom Stande der Gnade den ersten Theil (der Stand der Sünde höchst unglücklich) mit folgender Erklärung einleitet: „Wenn ich sage, die Sünde vernichte den Werth und das Verdienst aller unserer Handlungen, so verstehet mich wohl, a. Z.: ich sage nicht, daß unsere Handlungen, die an und für sich selbst gut sind, wegen der Sünde oder im Stande der Sünde böse und strafbar werden. Es wäre dieß ein großer Irrthum. Wie viele Sünden unglücklicherweise auf uns lasten mögen, so können wir dennoch in diesem Zustande noch tugendhafte Handlungen verrichten, Gott ehren, den Armen behülflich sein, unsern Vorgesetzten gehorchen und andere Pflichten beobachten. Nicht nur können, sondern müssen wir es, weil der Stand der Sünde uns nicht davon befreit . . Noch mehr:

[1] Retraite spir.

wenn ich sage, daß unsere Werke im Stande der Sünde ohne Verdienst sind, so verstehe ich dieses nicht so, als wären sie in Bezug auf unsere Seligkeit schlechterdings unnütz. Das wäre ein zweiter Irrthum. Fasten, Beten, Almosengeben, sein Fleisch kreuzigen sind nicht nur für den Sünder löbliche Werke, sie können auch übernatürliche Werke sein und ihn zur Gnade der Bekehrung führen . ."

Ueberhaupt kann der Prediger oft durch einfache Erklärung allerlei Mißverständnisse und Einwürfe heben, oder diesen vorbeugen [1]. Es ist übrigens ein nicht seltener Fehler junger Prediger, von der Ankündigung ihrer Eintheilung sofort zur Argumentation überzuspringen, ohne erst zu erwägen, ob es nicht für den Zuhörer einer nähern Verständigung, daher vorläufiger Erklärung, oder einer Auseinandersetzung des Standpunktes bedürfe. So schneiden sie dem Zuhörer die Brücke zu ihrem Gegenstande und sich selbst den geraden Weg ab. Das beste Mittel für sie, Werth und Behandlung der homiletischen Erklärung kennen zu lernen, ist die fleißige Uebung des katechetischen Unterrichts.

B. Beweisführung.

Es kann hier eine dreifache Frage angeregt werden: 1) ist die Beweisführung auch in der geistlichen Rede nothwendig? 2) wo — und 3) in welcher Weise hat der Prediger seine Beweise zu erheben? Wir wollen diese Fragen in aller Kürze zu erledigen suchen.

1. Nothwendigkeit der Beweise.

Obwohl der Glaube nicht eine Wissenschaft, sondern eine Gnade ist, so wird er doch unzweifelhaft durch erleuchtete Erkenntniß der Religionswahrheiten gefördert und erweitert und findet sich dagegen ohne diese manchen Zweifeln und Versuchungen preisgegeben. Wie die Kirche keinen todten, will sie auch keinen blinden Glauben. Der Christ soll vielmehr nach dem Maße seiner Fähigkeiten seine Religion immer besser kennen lernen und im Stande sein, „Jedermann von seinem Glauben Rechenschaft zu geben" [2]. Und wie dringend ist diese Anforderung besonders in der heutigen Zeit! Unwissenheit hat sich überall als das Thor zum Indifferentismus erwiesen. Demnach kann es aber auch nicht zweifelhaft sein, welche Stellung der Prediger dem geistigen Bedürfnisse der Zuhörer gegenüber einzunehmen, und welche Sorgfalt er auf vollgültige Erhärtung der religiösen Wahrheit zu verwenden habe. Wenn

[1] Wie endlich mittelst Anwendung der Erklärung ganze Reden ausgeführt werden können, zeigt das Predigtamt in Beispielen, S. 326—327.

[2] 2 Petr.

indeß die Bedeutung der homiletischen Beweisführung im Allgemeinen allerdings eine absolute, so ist sie in Bezug auf besondere Fälle doch wieder eine vollkommen relative. Es gibt Auditorien, welche zum Voraus geneigt sind, das vom Prediger Gesagte als Wort Gottes aufzunehmen. Es gibt ebenso Gegenstände, die mit einem so überwältigenden Glanze der Wahrheit in die Seele leuchten, daß sie erst beweisen wollen, beinahe hieße, sie in Frage stellen. In solchen Fällen reicht also, an und für sich, die einfache Darlegung der katholischen Wahrheit hin; die Zuhörer fühlen sich sogar leicht beleidigt, wenn man ihnen etwas beweisen will, wovon sie schon überzeugt sind. Andererseits ist aber auch wieder nicht zu läugnen, daß Manches, worüber bei dem Hörer im Augenblicke kein Zweifel obwaltet, ihm auf die Dauer doch dunkel werden, daß seine religiöse Ueberzeugung durch innere und äußere Versuchung, durch Lectüre, durch Anhörung irreligiöser Reden u. dgl. erschüttert werden kann. Es wird also eine weise Vorsicht des Predigers sein, allen Glaubenswahrheiten, und zumal solchen, die leichter angezweifelt oder befehdet werden, auf indirecte Weise (worüber später) stets eine feste Grundlage durch überzeugende Beweise zu geben und überhaupt in den Gemüthern einen möglichst reichen Lehrschatz zu hinterlegen. Es gibt endlich Zuhörer, deren Glaube bereits wankend gemacht, deren Religionskenntniß sehr mangelhaft, deren Gemüth von Einwendungen und Vorurtheilen des Zeitgeistes befangen ist: für diese thut gründliche Erhärtung der Wahrheit Noth. Ebenso gibt es Lehrsätze, welche ihrer Natur nach dem Menschen wenig einleuchten, oder dem fleischlichen Herzen „hart" erscheinen [1] (wozu namentlich gewisse Pflichten gehören): diese müssen mit starken und schlagenden Gründen bewiesen werden [2].

2. Quellen der Beweise.

a. Die Hauptquelle des Predigers ist die Kirche als gottbestellte Hüterin und unfehlbare Erklärerin der heiligen Lehre. Ihr Wort ist zugleich Lehre und Beweis. Alle andern Beweisquellen dienen weniger ad probandum, als ad comprobandum. **Ego evangelio non crederem, nisi me catholicae ecclesiae commoveret auctoritas** — so bekanntlich Augustin [3]. — Das heißt also mit andern Worten: die eigentliche Quelle des Predigers ist die Offenbarung Gottes, wie

[1] Jo. 6, 61.

[2] Der hl. Augustin sagt von dem Verfahren der Kirche selbst: Nec solum (eccl. cath.) agnoscit credendo, sed in quibus potest convincit etiam disputando. Tract. 34. in Jo.

[3] L. fundamenti c. 5.

sie von der Kirche vorgelegt und bestimmt wird. Damit nun aber diese Auctorität im Munde des Predigers ihre volle Beweiskraft habe, vergesse er nicht, die göttliche Mission der Kirche oft hervorzuheben und jede Gelegenheit zu benützen, die Gläubigen in den Gesinnungen der Ehrfurcht und des Gehorsams gegen ihre heilige Mutter und Lehrerin zu stärken. Die einzelnen Quellen, aus denen die Lehre der Kirche geschöpft und beleuchtet wird, wurden oben genannt. Wenn aber demnach die wichtigsten Beweise des Homileten dem Gebiete der Auctorität angehören, so liegt eben hierin für ihn ein großer Vortheil: diese Beweise haben wegen ihrer innern Ehrwürdigkeit besonderes Ansehen; sie spannen die Aufmerksamkeit und bringen bei guter Verwendung Wechsel in die Darstellung; sie sind auch für Zuhörer von geringer Fassungskraft verständlich und reizen die menschliche Empfindlichkeit ungleich weniger, als dieß oft bei dem (persönlichen) Worte des Predigers der Fall ist.

Außer den genannten Quellen stehen nun aber dem Prediger auch noch andere, diesen untergeordnete, zu Gebote:

b. So die Vernunft. Manche Offenbarungslehren haben ihr Echo auch in der Stimme der Vernunft. Was der Mensch als mit einer allgemeinen und unbezweifelten Wahrheit in nothwendigem oder doch glaubwürdigem Zusammenhange erblickt, leuchtet ihm um so leichter ein. Christus selbst bedient sich der Beleuchtung durch Vernunftschlüsse öfter [1]; der hl. Paulus schließt von der Auferstehung Christi auf die allgemeine Auferstehung [2]. Wo nun aber der Vernunftbeweis mit Vortheil anzuwenden, wo nicht, hängt von der Beschaffenheit der Gegenstände, sowie des Auditoriums ab. Bekanntlich haben gewisse klare und schlagende Vernunftbeweise das Eigene, dem Menschen unvergeßlich zu bleiben, und andererseits unterhält die bloße Erinnerung, einmal etwas klar eingesehen zu haben, eine lebendige Ueberzeugung in dem Geiste, wie wir dieß von geometrischen Lehrsätzen wissen, auch nachdem wir den Beweis vergessen haben. Manchen Zuhörern ist der Vernunftbeweis angenehm, vielleicht nothwendig; für andere dagegen ist er weniger anziehend, oder auch in einem bestimmten Falle weniger faßlich. Der Prediger ist hier, wie überall, an seine Klugheit gewiesen [3]. Häufig lassen sich Vernunftgründe als Vorbereitung oder Einleitung zum Auctoritätsbeweise benützen.

c. Ferner die Erfahrung. Beweise aus dieser Quelle sind besonders bei moralischen Gegenständen von großem Nutzen. Es ist wie

---

[1] Matth. 6, 26; 12, 11; 12, 25 etc. [2] 1 Cor. 15, 12.

[3] Est eloquentiae sicut reliquarum rerum fundamentum sapientia. Cic. de orat. Cf. Orat. 8, 24.

ein argumentum ad hominem, wenn man dem Zuhörer die Wahrheit einer Sache aus dem Leben beweisen kann. Je mehr das Gesagte mit dem übereinstimmt, was dieser schon selbst gesehen, gehört, erlebt oder in seinem eigenen Herzen gefühlt hat, um so mehr drängt ihn sein Inneres, dem Prediger Recht zu geben. Die Erfahrung hat das Eigene, zu den Sinnen zu sprechen, und liefert daher höchst populäre Beweise. Man kann auch die Erfahrungen Anderer, die Erlebnisse und Berichte glaubwürdiger Männer, die Aeußerungen großer Heiligen, oder die Geständnisse großer Sünder anführen. Weniger leicht wird man von eigenen Erfahrungen, noch weniger leicht von solchen Anderer sprechen, welche Anspielungen auf gewisse Zuhörer enthalten könnten. Zudem wird der Prediger auf dem Gebiete der Erfahrung sorgfältig vermeiden, was irgendwie gemein oder in sittlicher Beziehung unzart erscheinen dürfte.

Zum Erfahrungsbeweise gehören auch die Induction und die Analogie. Die Induction (eigentlich der Uebergang von den einzelnen Dingen zum Allgemeinen) ist eine Beweisart, durch die aus einzelnen Erfahrungen auf eine allgemeine Wahrheit geschlossen wird. Daß alle Menschen sterben, ergibt sich schon auf dem Wege der Induction. Auf demselben Wege ermittelt die Naturlehre ihre Gesetze und die Kunst ihre Erfindungen. Die Analogie ist eine unvollkommene Induction [1] oder ein Schluß, der aus dem Verhältnisse zweier Dinge gezogen wird. Zur Analogie gehört auch die Vergleichung (a majori, minori, pari, contrario) und das Beispiel; ebenso die sog. sokratische Induction, die eben nur in einer Häufung von Beispielen besteht [2].

d. Endlich kann der Prediger alles dasjenige als Beweisquelle benützen, was überhaupt als menschlicher Auctoritätsbeweis dasteht und

[1] Indem bei der Analogie nicht wie bei der Induction von den Theilen auf das Ganze, sondern von dem Theile auf den Theil (von einem Falle auf einen andern) geschlossen wird.

[2] *Inductio:* Kind und Jüngling, Mann und Greis sind den Leiden des Lebens unterworfen; also kein Alter ist von denselben frei.

Analogia: Siehe Catech. Rom. p. 2. c. 63 (wo aus der Analogie zwischen körperlicher und geistiger Nahrung der Schluß auf die öftere Communion gezogen) und 1 Cor. 9, 24 sqq. (wo von dem Verhalten beim körperlichen Kampfe auf das beim geistigen geschlossen wird).

Comparatio a) *a pari:* Die Heiligen errangen ihre Krone durch Geduld und Entsagung, also auch wir . . b) *a minori* ad majus (oder a fortiori): Selbst Heiden haben ihren Feinden verziehen, um wie viel mehr muß dieß der Christ thun? c) *a majori* ad minus: Quid facient tabulae si tremunt columnae? aut quomodo virgulta stabunt immobilia, si hujus pavoris turbine etiam cedri quatiuntur? (*S. Greg. M.* l. 24. mor. c. 7); d) *a contrario:* Der Müßiggang ist die Quelle aller Laster; also ist im Gegentheile die Arbeitsamkeit ein Schutzmittel gegen dieselben.

schon früher erwähnt wurde (Zeugnisse der Geschichte, geistvolle Aussprüche gelehrter oder sonst berühmter Männer, Sprüchwörter, allgemeine Grundsätze oder allgemeines Wahrheitsgefühl). Diese machen bisweilen, besonders in Gelegenheitsreden, sehr günstigen Eindruck.

Bischof Dupanloup benützte eine geschichtliche Anspielung mit vielem Glücke in folgender Anrede für Nothleidende: „Es ist jetzt nicht die Zeit der großen Reden, sondern der großen Werke. Ihr kennet das Unglück, für das ich heute vor Euch das Wort ergreife. Ein König, der bei uns einen tapfern und volksthümlichen Namen hinterlassen hat, sagte eines Tages zu seinen Waffengefährten, die er kannte, wie ich Euch kenne: „„Freunde, ich bin Euer König, Ihr seid Franzosen, dort ist der Feind, vorwärts!““ Keine andern Worte richte ich heute an Euch. Ich bin Euer Bischof, Ihr seid Christen; wir haben keine Feinde, aber bedrängte Brüder. Eilen wir ihnen zu Hülfe!“ [1]

Doch muß auch hier wieder die früher erwähnte Einschränkung empfohlen werden. Wo man im Namen Gottes spricht, soll das Wort ein göttliches sein: jedenfalls nicht aufhören, ein geistliches zu bleiben.

3. Wahl der Beweise.

a. Vor Allem hat der Prediger, zumal der angehende, darauf zu sehen, daß er immer den Punkt erhärte und begründe, auf den Alles ankommt. Ein Körper verliert das Gleichgewicht und fällt, sobald sein Schwerpunkt nicht unterstützt ist. Das ist auch für die Predigt der Fall. Und diese Nothwendigkeit kehrt für jeden einzelnen Redetheil wieder. Stelle ich z. B. in meiner Predigt die Frage auf: Was macht den Tag des Gerichtes so furchtbar? und antworte ich hierauf: die Allwissenheit, die Strenge, die Allmacht des Richters: — so ist erstens die Wahrheit eines kommenden Gerichtes (d. h. des Dogma), und zweitens für jeden einzelnen Theil das entsprechende Attribut des Richters überzeugend darzuthun; wo dieß dagegen unterbleibt, wird der Vortrag für gewisse Zuhörer wirkungslos bleiben. — Namentlich ist hier darauf zu achten, daß man nicht statt solcher Beweise, welche der Sache auf den Grund gehen und sie von ihrer wichtigsten Seite entwickeln, vielmehr andere wähle, die nur ihre Oberfläche oder eine Nebenseite derselben zeigen. Seichte Beweise letzterer Art stellen sich nur zu leicht bei Homileten ein, denen es an gediegener Theologie und Philosophie, sowie an fleißiger Stoffmeditation gebricht.

b. Der geistliche Redner muß noch weit mehr als der weltliche er-

[1] Diese wenigen Worte machten solchen Eindruck, daß die darauf folgende Sammlung für die Betreffenden die Summe von 15,289 Fr. ergab.

wägen, ob nicht dasjenige selbst, was er als Grund geltend machen will, für seine Zuhörer eines Vorbeweises bedürfe. Er stützt z. B. eine Behauptung auf die Auctorität der Schrift oder der Kirche, weil er von deren Untrüglichkeit vollkommen überzeugt ist: allein sind es in diesem Grade immer auch die Zuhörer? Wenn nicht, so wird er für sie diese Auctorität erst feststellen müssen, sonst hat er nichts bewiesen. Richtig bemerkt Bellefroid: „Wenn man ein Gebäude errichtet, legt man den Grund auf einen festen Boden. Ist der Grund nicht haltbar, und dieß kann auch beim vortrefflichsten Baumaterial der Fall sein, so wird das Gebäude unfehlbar einstürzen. Ein Schluß kann nie mehr Kraft haben, als der Grundsatz, dessen Folge er ist" [1]. Viele Predigten sind heutzutage wegen Nichtbeachtung dieser Forderung wirkungslos, wenigstens für einen Theil der Zuhörer [2].

c. Wähle nur stichhaltige Beweise — die schwachen erregen leicht Glaubenszweifel und Widerreden; nur wirksame — der Grund ist einleuchtend; nur wenige, sonst bleibt keine Zeit, sie zu entwickeln. Gaichies bemerkt: „Ich nenne stärkere Beweise diejenigen, die mehr Eindruck machen, die nützlicher sind, oder die der gegenwärtige Zuhörer leichter annimmt, und die ihn mehr rühren" [3]. — Um dich von der Kraft eines Grundes zu überzeugen, erwäge bei dir, ob er in einfacher Form, z. B. in einer vertraulichen Unterredung vorgetragen, einen besonnenen Mann, oder einen Sünder überzeugen würde" [4]. Minder erhebliche, aber doch wahre Beweise können mitunter in gedrungener Zusammenstellung vorgeführt werden, ohne daß weiter auf sie eingegangen wird. Es kann ausnahmsweise auch Fälle geben, in denen eine gewisse Häufung von Gründen statthaft ist, so bei Wahrheiten, die vielfachen Widerspruch erleiden, oder bisweilen vor Zuhörern von sehr abstechender Bildungsstufe, indem dann durch eine gewisse Verschiedenheit der Beweise leichter Allen etwas Ansprechendes geboten wird. Von dergleichen

[1] Manuel d'éloqu. sacrée, p. 2. l. 1. c. 8.

[2] Man schildert z. B. das Weltgericht, und zwar getreu nach den Worten der Offenbarung; allein die gegenwärtigen Zuhörer haben vielleicht nur schwankende Ansichten über die Wahrheit des künftigen Lebens: die Schilderung wird also ihren Zweck verfehlen, so pathetisch sie auch sein mag. Soll sie es nicht, so wird man diesen Zuhörern erst die Nothwendigkeit einer jenseitigen Vergeltung des Guten und Bösen aus den Attributen Gottes u. s. w. darthun müssen. Dasselbe gilt von den Beweisen für die Strenge der Höllenstrafen: dieselben haben für den Zuhörer nur Gewicht, wenn bei ihm die Ueberzeugung von der Ewigkeit feststeht. — Es ist übrigens weder nothwendig, noch zuläßig, daß dergleichen Glaubenswahrheiten jedesmal *ex professo* bewiesen werden; die Erhärtung kann nach Umständen vielmehr sehr kurz sein und vor einfachen, frommen Gläubigen auch ganz wegbleiben. Der Prediger hat eben Zeit und Menschen zu beachten.

[3] Maximes . . [4] Traité de la prédication (a. *prouver*).

Fällen bemerkt Gaichiés: „Der Landmann säet mehr Samen aus, als an sich nöthig wäre, weil nicht aller aufgeht. Mehrere vereinigte Strahlen machen ein vollkommenes Licht“ [1]. Hiebei wird jedoch sorgfältig auf Klarheit und Präcision der Darstellung zu sehen sein, um nicht durch die Menge Dunkelheit zu erzeugen [2].

d. Wähle endlich die Beweise in dem Verhältnisse, daß auch in den Augen des Zuhörers die übernatürliche Wahrheit stets auf übernatürlicher Grundlage erscheine. Die Ausnahme, wo gewissermaßen das natürliche Moment vorwaltet, gilt auch nur für ausnahmsweise Fälle, wie wenn z. B. die Vernunftmäßigkeit des Glaubens ex professo zu behandeln, oder die Wahrheit der Religion aus ihrer Verbreitung und Dauer zu erweisen ist u. dgl. Aber auch hier kann und muß die übernatürliche Beziehnng deutlich hervortreten.

C. Widerlegung.

Die Widerlegung ist die Ergänzung des homiletischen Beweises und oft nothwendig, um das letzte Widerstreben gegen die gepredigte Wahrheit zu beseitigen. Da ihre nächste Bestimmung ist, das Irrthümliche aufzudecken, das in irgend einer Vorstellung oder Gegenrede liegt, so hat der Prediger sich vor Allem die dogmatische Seite der Sache klar zu machen und darauf erst das oratorische Moment der Abfertigung in's Auge zu fassen. In ersterer Beziehung ist es bei schwierigern Einwürfen gut, sie in eine syllogistische Form zu bringen, wodurch das Irrthümliche am leichtesten erkannt wird: es liegt bald in den Vordersätzen, bald in der Schlußfolgerung, bald in Beidem zugleich, und hienach ist denn auch die Lösung nahe gelegt. Was nun aber, wenn hier auch nur in stofflicher Beziehung, die rednerische oder concrete Behandlung der Refutation betrifft, so kann Mehreres unterschieden werden:

Handelt es sich um Schwierigkeiten dogmatischer Natur, so ist zuerst die Wahrheit selbst in hellem Lichte darzustellen, und erst hierauf der ihr entgegenstehende Irrthum zu berühren und zu lösen. Namentlich gilt dieß bei Irrthümern von größerer Tragweite und Verbreitung, und insbesondere ist von religiösen Volksirrthümern zu bemerken, daß diese nicht direct angegriffen, sondern indirect, das heißt durch vorausgehende positive Belehrung gehoben und hierauf erst ausdrücklich als Irrthümer bezeichnet werden sollen. Ganz wohl bemerkt auch die letzte Provinzialsynode von Köln: Cautus sit orator, ne in illis, qui

[1] L. c.

[2] Ganz treffend sagt der eben genannte Verfasser anderswo von unnöthiger Häufung des Redematerials: „Der Ueberfluß verursacht Dunkelheit. Das gar zu dicht stehende Getreide legt sich und wird nicht zeitig.“ L. c.

argumentorum vim minus perspiciunt, moveantur dubia. Plerumque praestat, tacitis erroribus, nisi sint vulgatissimi, ita exponere ecclesiae doctrinam, ut fideles ad refellendos errores, si forte de illis audierint, ipsi sint muniti et instructi [1].

Sind dagegen die Schwierigkeiten moralischer Natur (Beschönigungen, Entschuldigungen, Klagen), so ist sehr oft nebst der Richtigkeit der Erwiederung noch die ganze Macht der Beredsamkeit, und zwar der Beredsamkeit des Herzens, nöthig, weil es sich hier meist weniger um Aufklärung des Geistes, als um Besiegung (d. h. um Gewinnung und Besserung) des Herzens handelt. Bei Gegenständen von größerer Wichtigkeit ist erforderlich, den Einwand von allen Seiten zu bekämpfen — an sich, in seinem Ursprunge, seinen Folgen u. s. w. [2] Uebrigens können gewisse Uebelstände nicht durch bloße Refutation, sondern nur dadurch gehoben werden, daß man möglichst der Quelle derselben entgegenarbeitet (solche sind z. B. mangelhafter Religionsunterricht, Verkehr mit Bösen, vernachlässigte häusliche Erziehung . .).

Für alle Arten von Widerlegungen gelten endlich noch folgende Bemerkungen: 1) der Prediger fasse die Schwierigkeit immer ganz auf, wie sie von dem Zuhörer gemacht wird, sonst bleibt diesem stets eine Ausflucht. 2) Er lasse sie aber nicht stärker hervortreten, als die Antwort; das ist ein Fehler, der sich bisweilen bei Lacordaire zeigt, und der gerade bei dogmatischen Schwierigkeiten seine höchst mißliche Seite hat. 3) Er bespreche überhaupt keinen Einwurf, den er nicht vollständig zu lösen vermag. Die Uebergehung einer Schwierigkeit ist ein geringeres Uebel, als eine falsche oder ungenügende Lösung. 4) Er suche die Einwendungen nicht auf und schaffe sich nicht Gegner, um sie zu bekämpfen. Die Predigt hat es durchaus nicht nöthig, auf alle irrigen Ansichten und ausgeheckten Behauptungen einzugehen, und wirkt überhaupt weit mehr durch ruhige Darlegung der Wahrheit und positiven Ausbau des innern Reiches Gottes, als durch Polemik. Es ist ganz unzulässig, alle Zweifel und Meinungen aus dem Grunde öffentlich zur Sprache zu bringen, weil sie etwa von dem Einen oder Andern im Stillen gehegt werden. Die Kanzel ist nicht mit Privatbelehrung zu verwechseln.

---

[1] P. 2. t. 2. c. 21.

[2] Die verschiedenen Arten dieser Bekämpfung sind im Predigtamte durch Beispiele erläutert, S. 336—347. Vgl. auch, was später über Moralpredigten gesagt werden wird (2. Abschn.). — Ueber den rechten Ton, der hier und bei allen Refutationen nothwendig ist, siehe die nächstfolgende Nummer (II).

II. Gewinnender Charakter der geistlichen Rede.

Der hl. Paulus sagt einerseits: Per omnia omnibus placeo [1] — andererseits aber: An quaero hominibus placere? [2] wodurch er uns lehrt, wie auch der apostolische Prediger einerseits gefallen könne und müsse, andererseits nicht gefallen dürfe. Dasselbe gilt von dem anziehenden Charakter des homiletischen Wortes. Alles wird hier davon abhängen, ob die rechte Absicht und die rechten Mittel die Träger desselben sind oder nicht.

Es unterliegt keinem Zweifel, daß die sog. oratorischen Rücksichten [3] bei dem geistlichen Redner ihre wichtigste Anwendung finden. Kein anderer Redner hat sich, wie er, mit den innersten Falten und Regungen des Gemüthes zu befassen, also dieß Gemüth zu schonen; kein anderer den Zuhörern so oft Gehörtes zu wiederholen und so schwere Opfer abzufordern; kein anderer ist durch den Geist seines Amtes und die gerechten Erwartungen der Gläubigen so sehr an alle Rücksichten der Liebe, Mäßigung und Klugheit gewiesen, als er. Der Grundzweck des Apostolats ist die Rettung der Seelen: reducere animas creatori suo [4]. Erschüttert es die Sünder, so ist es nur, um sie zu gewinnen. Unbesonnener Eifer erbittert sie. Es ist sogar eine Erfahrung, daß ein großer Theil der Schwierigkeiten, die bisweilen das seelsorgerliche Wirken durchkreuzen, ihren Grund im Mangel an Tact auf der Kanzel haben. Andererseits ist es aber auch wieder schwer, sich selbst, so wie schon die Nothwendigkeit der affectvollen Sprache fordert, mit lebendigem Abscheu gegen Sünde und Laster, mit heiliger Gluth für Gottes Ehre, kurz mit brennendem Eifer zu durchdringen und dabei sich so zu mäßigen und vollkommen zu besitzen, daß das zweischneidige Schwert des Wortes nie im Geringsten verletze. Um so nothwendiger der unverwandte Hinblick auf diese schwere Aufgabe. Dieser Hinblick ist doppelt dringend, wenn das Gemüth des geistlichen Redners vielleicht durch persönliche Dinge gereizt ist; wenn er lange umsonst gemahnt, wenn er keine Anerkennung findet u. s. w. Die Homiletik macht deßhalb auf gewisse Punkte aufmerksam, die hiebei als Grundlinien eines geeigneten Verfahrens dienen können.

1. Der Prediger, und zumal der eigentliche Seelsorger, äußere bisweilen wohlwollend und ungesucht seinen Zuhörern gegenüber die gute Meinung, die er von ihrer christlichen Gesinnung, ihrem Glauben und

[1] 1 Cor. 10, 33. [2] Gal. 1, 10.
[3] Siehe allg. Rhet. S. 29 ff.
[4] Siehe Predigtamt S. 779 f.

guten Willen hat. So thun es nach dem Beispiele des hl. Paulus die Väter, Chrysostomus, Augustin, Leo, Gregor u. A.

2. Er befolge, in Absicht allem Verletzenden vorzubeugen, die trefflichen Winke des hl. Karl Borromäus:

a. Ne quemquam *nominatim* aut *taciti illum designantes* insectentur.

b. Ne in *ordinem* ullum, *statum*, aut *vitae genus* ab ecclesia receptum invehantur.

c. Ne *episcopos* alios ne *praelatos* neve *civiles magistratus* cum auditorum offensione asperius objurgent sed pie potius admoneant, populumque doceant praepositis suis etiam discolis obedire.

d. Ne cum reprehendit concionator, id hominum sed *peccatorum odio* imo *pietatis et charitatis ductus studio agat.*

Aber auch in Bezug auf dieses odium peccatorum mahnt der Kirchenfürst weiter:

e. Ne vitiis exagitandis quasi furenter iratus excandescat nimis; ne *injuriosa verba* proferat, neve *ignominiosa.*

f. Ne obtrectationibus, quae aliquando fiunt, et querimoniis *de suggestu* respondeat [1].

Wir wollen diese inhaltsschweren Worte noch durch einige Bemerkungen zu beleuchten und ihre Anwendung zu erleichtern suchen.

α. Wenn man zum Voraus die Stimmung der Zuhörer als eine ungünstige und schwierige erkennt, so verlangt die Vorsicht, das zu Sagende und jenen Mißliebige nicht sogleich zu berühren, oder jedenfalls nicht eher die Anwendung auf die Zuhörer zu machen, als man die Geister vorbereitet hat [2]. Hätte Jemand dem Könige David nach seinem Falle sofort heftige Vorwürfe gemacht, er würde ihn nur erbittert haben. Der Prophet Nathan aber, vom Geiste Gottes geführt, stimmte das Herz des sündigen Königs durch eine rührende Erzählung erst für Belehrung um, flößte ihm Abscheu gegen Unrecht und Unterdrückung ein, und erst als David seinen gerechten Unwillen gegen den unerkannten Unterdrücker geäußert, sprach der Prophet: Tu es ille vir .. Es sind hier mancherlei wohlthuende Rücksichten möglich. Zeige dich gegen Fehlende so gerecht und schonend als möglich, entschuldige, was sich entschuldigen läßt, erkenne die Schwierigkeit einer Lage, die Möglichkeit einer Uebereilung, die Schwäche des menschlichen Herzens .. an. Wie ein liebevoller Arzt hasse die Krankheit, nicht aber den Kranken. Sage nur das Nöthigste und nicht auch das, was der Zuhörer

---

[1] Past. instr. p. 1. c. 11 et Conc. Med. I. Vgl. über diesen Gegenstand auch: *Conc. Prov. Col.* 1860. p. 2. t. 2. c. 21.

[2] Die Mittel hiezu: Belehrung, Insinuation, bisweilen indirectes Pathos, lehrt die allgemeine Rhetorik.

von selbst hinzudenkt. Hast du das Recht, etwas als Verpflichtung zu fordern, verlange es als Beweis des Eifers, als etwas, was dir große Freude machen würde, oder dem Betreffenden Glück und Segen bringt. Begnüge dich zuweilen, zu zeigen, was hätte geschehen sollen, ohne zu rügen, was geschah. Liegt ein Fehler nicht in der Sache, sondern nur in den Umständen, so lobe das Gute an jener und bemerke nur, daß sie nicht zur rechten Zeit, in der rechten Weise . . geschah. Je mehr das hart erscheinen könnte, was du wirklich zu sagen hast, um so mehr sei darauf bedacht, ein wohlwollendes Wort nachfolgen zu lassen, oder dich mit der Nothwendigkeit zu entschuldigen, einer dir schweren Pflicht nachzukommen; bezeuge, wie schmerzlich es dir falle, Jemand zu betrüben, oder wie du Anstand genommen haben würdest, vor Andern mit solchem Freimuthe zu sprechen, es aber vor deinen Zuhörern wagest, deren Billigkeit und guten Willen du kennest. Hüte dich, nur niederzuschlagen, ohne wieder aufzurichten. Hat der Arzt eine Ader öffnen, hat er schneiden und brennen müssen, so ist es seine erste Sorge, die blutende Wunde wieder zu verbinden: er weiß, daß ohne diese Vorsicht seine Operationen nicht nur nutzlos, sondern verderblich sein würden.

β. Ganz vorzügliche Klugheit ist aber dann geboten, wenn es gilt, tief eingewurzelte Mißbräuche auszurotten. Der hl. Augustin mahnt uns, in diesem Falle nichts zu übereilen [1], nicht gewaltsam aufzutreten, nicht Alles auf einmal erreichen zu wollen. Non aspere, non duriter, non modo imperioso.. sed magis docendo quam jubendo, magis monendo quam minando.. Sic enim agendum est cum multitudine . . Et si quid minamur, cum dolore fiat, de *scripturis* comminando vindictam futuram, ne nos ipsi in nostra potestate, sed Deus in nostro sermone timeatur [2].

Hat der geistliche Redner aber wirklich gegen Laster und Mißbräuche wiederholt aufzutreten und sie nachhaltig zu bekämpfen, so hüte er sich, zu einseitig auf der Linie des Tadels stehen zu bleiben. Vielmehr suche er sie nicht nur mit passender Belehrung (diese muß stets der bloß negativen und bekämpfenden Behandlung vorausgehen), sondern, wo sich Gelegenheit darbietet, auch mit Zügen der Anerkennung und Aufmunterung zu verbinden. Nachdem der Weltapostel die Corinther in Betreff des bei ihnen vorgefallenen Verbrechens getadelt hatte, lobt er sie

---

[1] Von der Wahl des geeigneten Zeitpunktes bemerkt auch der hl. Papst Gregor mit großer Weisheit: Secta *immature* vulnera deterius infervescunt, et *nisi cum tempore medicamenta conveniant*, constat procul dubio; quod medendi officium amittant. Reg. past. p. 2. c. 10.

[2] Epist. 22. ad Aurel. Es ist schon früher auf diese Anwendung der hl. Schrift hingewiesen worden. Vorzüglich ist dieselbe auch außer dem Falle des Tadels für solche Gegenstände zu empfehlen, deren Erwähnung bei den Zuhörern schmerzliche Erinnerungen weckt (z. B. an Unglück, Todesfälle, erlittene Verdemüthigung u. s. w.).

hierauf in seinem zweiten Briefe, daß sie seine ernste Mahnung so bereitwillig zu Herzen genommen hätten [1]. Ebenso verfährt der hl. Chrysostomus in seinen Homilien an das antiochenische Volk, wo er seine Strafreden gegen gewisse Laster abwechselnd mit erhebenden Zügen des Trostes, des Lobes und der Ermunterung verwebt (vgl. hom. 4. 9. 10). Es ist namentlich bei zusammenhängenden Cursen, z. B. Fastenstationen, darauf zu sehen, daß nie zu viele Themata derselben Art (als: über Todsünden, Mißbräuche u. dgl.) — und überhaupt Strafreden — auf einander folgen, ohne daß auch andere positiv erbauender Natur zwischen dieselben treten. Welch' ein schönes Beispiel des Wechsels in den heiligen Gegenständen gibt dem Prediger die Kirche in ihrer Liturgie, und wie ansprechend und immer neu erscheint hier die Darstellung großer Wahrheiten eben wegen der Mannigfaltigkeit in ihrer Anordnung!

Uebrigens besteht die wahre Kunst in Behandlung schwieriger und zarter Themata eben darin, weder dem nöthigen Ernste, noch der priesterlichen Liebe etwas zu vergeben. Man muß genau die Grenze kennen, wo einzuhalten oder ein beschwichtigendes Wort anzubringen ist [2]. Diesen schweren, aber unerläßlichen Mittelweg zwischen Härte und Schwäche zeichnet uns der hl. Gregor, indem er sagt: Sit itaque amor sed non emolliens, sit rigor, sed non exasperans, sit zelus sed non immoderate saeviens, sit pietas, sed non plus quam oportet parcens [3].

γ. Endlich fordert die Anwendung der Refutation noch eine ganz besondere Aufmerksamkeit, um nicht an einem geheimen Widerstande des menschlichen, so leicht verwundbaren Herzens zu scheitern. Der Prediger hüte sich daher sorgfältig vor unfreundlicher und herber Abfertigung. Wenn auch der Unglaube nicht selten sich in einen glühenden Haß gegen die Religion hineineifert: das Wort des Priesters bleibt stets ein liebe- und würdevolles. Nur wo Milde und Mäßigung mit der Wahrheit sich paart, wird mit entschiedenem Glücke widerlegt. Dagegen ist die beste Abwehr eine unglückliche, wenn sie das Herz verletzt. Ein bekannter König der Vorzeit sprach einst: „Noch ein solcher Sieg, und ich bin verloren." Das ist auch schon für Prediger wahr geworden. Namentlich hüte sich der geistliche Redner davor, den Zuhörer durch die Widerlegung zu verdemüthigen und über ihn gewissermaßen triumphiren zu wollen: Sprache und Ton seien vielmehr bescheiden und rücksichtsvoll und von jenem Geiste seelsorgerlichen

---

[1] 2 Cor. 7. Vgl. hierüber ferner *S. Greg. M.* reg. past. p. 3. c. 1. adm. 18 (zweite Hälfte).

[2] Vgl. als Beispiele *S. Chrysost.* hom. 3. et 11. in acta.

[3] Reg. past. 2. c. 6. „Wer zu scharf in die Wunde einschneidet, bringt Tod, nicht Leben; Zorn und Geschrei erbittert, bessert aber nicht." Amberger (Past. 36. S. 81). „Man kann Niemand fromm zanken, sagt ein frommer Dichter." Jais (Bemerk. über den Seels. S. 53).

Wohlwollens und fühlbarer Theilnahme durchweht, dem sich die Herzen von selbst erschließen [1].

3. Wo dem Prediger durch besondere Umstände Aeußerungen des Dankes, des Mitleidens, der Freude, oder Glück- und Segenswünsche, ehrenvolle Erwähnung von Personen oder Sachen und ähnliche oratorische Rücksichten nahe gelegt werden, ist auf dieselben stets in angemessener, der heiligen Stätte entsprechenden Weise Bedacht zu nehmen [2]. Die Rede wird aber auch außer diesen Fällen ihren innern anziehenden Charakter dadurch erhalten, daß sich in ihr Geist und Gemüth, Anschauung und Gefühl natürlich mit einander verweben. Ebenso findet auch für den geistlichen Vortrag alles Dasjenige bis zu einem gewissen Grade (Einiges sogar hier vorzugsweise) seine Anwendung, was die allgemeine Rhetorik von dem Charakter des Interessanten im rednerischen Aufsatze lehrt [3]. Auf alle diese Dinge ist also schon bei der Stofferhebung Rücksicht zu nehmen. Ueber das Anziehende der Darstellung später das Nöthige.

III. Ergreifender Charakter der geistlichen Rede.

„Der Verstand," sagt Gaichiés in seinen Grundsätzen für Prediger, „thut häufig erst dann seinen Ausspruch, wenn das Herz seine Schlüsse gezogen hat." Diese psychologische Erfahrung hat sich der geistliche Redner mehr als jeder andere zu merken. Weil die Religion mit ihren Pflichten den größten Widerstand im Gemüthe des Menschen findet, so ist für die geistliche Beredsamkeit die oberste Lösung ihrer Aufgabe auch auf dem pathetischen Gebiete zu suchen. Um nun aber Andere zu bewegen, muß man bekanntlich selbst bewegt sein. „Der Brennstoff, der uns erwärmt, verzehrt sich selbst. Wie derjenige, der nicht denkt, nicht im Stande ist, zu unterrichten, so kann derjenige, der nicht gerührt ist, nicht rühren" [4]. Allein nicht nur der Zweck seines Amtes macht für den Prediger die eigene Ergriffenheit zur unbedingten Nothwendigkeit, sondern auch die Alles überragende Wichtigkeit seiner Gegenstände an sich betrachtet. Wer von Gott und Ewigkeit, von Seligkeit und Verdammung, von Heiligkeit und Sünde, von den erhabensten Geheimnissen

---

[1] Als Beispiel dieses maßvollen, zugleich entschiedenen und doch milden Tones in der Widerlegung vgl. Chrysost. hom. 21. in 1 Cor. (Ausflucht der Reichen in Bezug auf das Almosen).

Vgl. endlich über alles Bisherige die Bemerkungen und Beispiele im Predigtamte: Criterium des Predigers, N. II. (S. 595—619).

[2] Ueber das sog. oratorische Compliment siehe Predigtamt S. 617—619.

[3] Siehe oben S. 24 ff.

[4] *Gaichiés*, Maximes . .

und größten Gnaden mit Kälte sprechen kann, ist ein unwürdiger Verkündiger des Wortes Gottes. Der hl. Paulus konnte von seiner Predigtweise den Gläubigen von Ephesus sagen: **Vigilate memoria retinentes, quoniam per triennium nocte et die non cessavi, *cum lachrymis monens* unumquemque vestrum**[1]. Nie hat es wahre Prediger ohne wahren Affect gegeben. **Loquimini ad *cor* Jerusalem**[2] — der Cardinal Hugo fügt bei: **non ad aures**[3]. Wir wollen in Absicht auf dieß Hauptziel der Predigt eine vierfache Aufgabe des geistlichen Redners betrachten.

A. Erste Aufgabe: Erregung des Affects im Zuhörer.

1. Welche Affecte hat der Prediger anzufachen? Hierauf antwortet uns die Schrift durch ihr Beispiel und die Kirche durch ihre Aussprüche, wodurch zugleich eine andere Frage erledigt ist (die bisweilen schon aufgeworfen wurde): ob die geistliche Beredsamkeit überhaupt Affecte erregen dürfe?

Es gibt kaum ein Gefühl im menschlichen Herzen, welches nicht in den hl. Büchern, besonders in den Propheten, den Psalmen und den Briefen des hl. Paulus seinen ergreifenden Ausdruck fände. Häufig erscheint hier der Affect in seinem höchsten Schwunge. Der Kirchenrath von Trient aber, von dem innern Wege sprechend, auf dem der Mensch durch die Gnade des hl. Geistes zur Rechtfertigung hinansteigt, nennt uns vier Hauptquellen des Affects[4]:

a. Den lebendigen Glauben, in sofern er als göttliches Licht das Gemüth durchdringt. Die Macht dieser heiligen Gemüthsstimmung erkennen wir in den Martyrern. Vgl. auch Hebr. 11, 32—38.

b. Die Furcht. Aus der Stärke, womit das Herz nach Glückseligkeit strebt, ergibt sich auch die Kraft, womit dieser Affect dasselbe zu ergreifen vermag, wenn ihm die höchsten Uebel als Folge der Sünde oder des Zornes Gottes dargestellt werden. Die mächtigen Wirkungen der Gottesfurcht schildert uns überdieß die Schrift.

c. Die Hoffnung, in sofern sie das Herz mit Muth, Zuversicht und heiliger Sehnsucht erfüllt.

d. Die Liebe, der stärkste aller Affecte. **Fortis ut mors dilectio. Quis nos separabit . .**

Mit diesen Grundaffecten hängen nun viele andere zusammen, als: Verachtung der Welt, Abscheu vor der Sünde, Schmerz über begangene Sünden, Eifer, Demuth, Güte und Erbarmen, Freude in Gott u. s. w.

2. Wie sind die Affecte zu erregen? Hier hat der Prediger die allgemein rhetorischen Rücksichten und Hülfsmittel[5] in der Art und

---

[1] Act. 20, 31. [2] Is. 40, 2. [3] Comm. in Jo. c. 9.
[4] Sess. 6. c. 6. [5] Vgl. oben S. 42 ff.

Weise anzuwenden, wie sie der Eigenthümlichkeit des geistlichen Gebietes entspricht.

a. Das Gefühl sei selbstredend in natürlichem Einklange mit dem Gegenstande. Die heftigen Affecte werden im Allgemeinen bei dem Prediger seltener, die mildern (der gewöhnliche Ausdruck der Salbung) häufiger sein. Schöne Beispiele der letztern findet der Homilet in dem hl. Bernhard, Johann von Avila und Massillon. Indeß gibt es allerdings auch Gegenstände, welche durchaus starke Gemüthsbewegungen fordern (worüber unten mehr): Züge letzterer Art bieten uns vorzüglich Chrysostomus und Ephräm, Segneri, Maccarthy und Brydaine.

b. Die rhetorische Regel, daß das Gefühl allmählich zu wecken sei, haben sich vorzüglich junge Prediger in Erinnerung zu bringen. Wo also nicht ganz besondere Gründe zu einer Ausnahme vorliegen, beginne der Vortrag nie mit hohem Pathos, sondern schreite zum Affecte stufenweise und natürlich durch vorausgehende klare und lebendige Entwickelung der Beweis- und Beweggründe voran. (Nie aber ist der Affect vor den Augen der Zuhörer vorzubereiten, oder gar anzukündigen!)

c. Es werde in der Gemüthsbewegung weises Maß gehalten. Diese muß ihre volle Kraft und Entfaltung erlangen, sonst wirkt sie nicht; allein sie darf nicht zu lange dauern, sonst ermüdet sie Zuhörer und Prediger [1]. Andererseits will der Affect eben so wenig plötzlich abgebrochen sein. Hierin fehlt bisweilen Bourdaloue, indem er mitten in lebendigen Zügen auf einmal an Aufmerksamkeit für einen neuen Beweis mahnt. Zu dem Maße des Affects gehört auch dessen vollkommene Natürlichkeit — die ein Grundzug der geistlichen Beredsamkeit ist. Daher nichts Uebertriebenes! Ein überspannter Affect ist wie eine zu weit getriebene Metapher: beide sind frostig, ersterer zudem lächerlich.

d. Der Prediger hüte sich vor Einseitigkeit des Affects. Nicht nur, weil ein gewisser Wechsel in den Gemüthsbewegungen schon an sich das Herz mehr anspricht, sondern insbesondere, weil diese Einseitigkeit auf geistlichem Gebiete ihre eigenen mißlichen Folgen hat. Massillon erregt bisweilen in dem Zuhörer das Gefühl lebhaften Schreckens vor

[1] Geistliche Redner, die immer im Affecte sind, besitzen selten bedeutenden Gehalt. Gewissen Zuhörern werden sie auf die Dauer unausstehlich und wirken auch aus dem Grunde wenig, weil sie wenig unterrichten. Ein griechischer Dichter sagt von einer Rede, die Pathos ohne Gründlichkeit besitzt:

Wollt ihr den Redestrom, weil er endlos rauschet, vertrocknen?
Laßt ihn: wenn er nur rauscht, ist er am wenigsten tief!

den Gerichten Gottes und läßt es dabei bewenden: das ist gefährlich. Wo zu der Gemüthsstimmung der Furcht nicht auch die des Vertrauens und innern Muthes tritt, erfolgt keine Bekehrung, vielmehr Verzweiflung. Andererseits ist es eben so bedenklich, seine Zuhörer nur auf weichen und wonnigen Gefühlen wiegen zu wollen, und nicht mit Unrecht tadelt Jarbl das „immer nur schön und tröstlich Reden und das Sterben und Himmelkommen zu einer angenehmen Reise machen, da es für den sündhaften Menschen doch keinen Trost gibt außer der wahren Buße, und keinen andern Weg zum ewigen Leben, als sich selber absterben."

e. Endlich sei die Sprache des Homileten hier die eigene des Affects (worüber später: Art. Darstellung).

B. Zweite Aufgabe des Predigers: Bekämpfung leidenschaftlicher Neigungen. Die Wichtigkeit dieser Aufgabe und die unablässig sich erneuernde Dringlichkeit ihrer Lösung leuchtet von selbst ein: das Predigtamt ist ja da, um den sündigen Menschen zu zerstören und den geistlichen in Christus zu erneuern. Hiefür gibt es zwei Wege.

1. Enttäuschung des Herzens. So viele Menschen, die nach allem Ringen um irdische Güter sich arm und verlassen, so viele, die nach allem Genusse sich unglücklich und erschöpft fühlen; so viele Jünglinge, die in der Vollkraft der Jahre geknickt dem Grabe zuwelken; so viele Greise, die demselben Grabe nur eine Kette getäuschter Hoffnungen zuschleppen: sie alle bezeugen es, daß die Leidenschaften nichts gewähren und dieß Nichts mit vielen Thränen bezahlen lassen. Der Prediger zeige also die Nichtigkeit und kurze Dauer irdischer Dinge und Hoffnungen.

2. Veränderung des Gegenstandes oder Hinlenkung der Neigungen nach einem würdigern Ziele. Die Religion vermag allein das sehnende und strebende Gemüth wahrhaft zu enttäuschen, weil sie allein es zu erfüllen vermag. Welche Schätze bietet sie demselben! Entfalte dem Herzen deren Größe und Schönheit, und es wird sie zu besitzen wünschen. Es verlangt nach Reichthum, nach Ehre, nach Glückseligkeit: zeige ihm, daß es dieß Alles in den überirdischen Gütern findet, daß z. B. die hl. Communion ihm α) die größten Reichthümer, β) die höchste Ehre, γ) die reinste und dauerhafteste Glückseligkeit bietet, und du wirst allmählich dieses Herz vom Irdischen zum Himmlischen erheben. Die hl. Väter suchen in der Darstellung der christlichen Wahrheiten und Pflichten und besonders der heiligen Geheimnisse stets auf diese innere Fülle und Schönheit hinzuweisen. Das darf der Prediger nicht vergessen.

Durch das bisher angezeigte Verfahren wird die Bekämpfung der Leidenschaften indeß eigentlich nur angebahnt: ihre Vollendung oder Wirksamkeit wird ihr erst durch das in Folgendem zu Sagende.

C. Dritte Aufgabe des Predigers: Stärkung des Willens, oder Festigung der in ihm hervorgerufenen Bewegung. Wir wollen Wesen und Lösung dieser Aufgabe vorerst an einem biblischen Beispiele studiren.

Josue will vor seinem Tode die Stämme Israels in dem Vorsatze befestigen, dem Herrn treu zu dienen, ja er will sie gewissermaßen in die Nothwendigkeit versetzen, in diesen ihren Gesinnungen stets zu verharren. Was thut er deßhalb? Er versammelt sie alle in Sichem vor dem Zelte des Herrn, das er eigens von Silo dahin übertragen ließ, um diesen letzten Act ergreifender zu machen. In Absicht auf den ersten Punkt — Stärkung der guten Gesinnung — führt er dem Volke in einem kurzen Gemälde die Wohlthaten Gottes in dessen Auserwählung und wunderbaren Führung vor, um hiedurch das Gefühl der Dankbarkeit und durch dieses das verwandte der Liebe gegen Gott zu erwecken. Die einfache Erzählung, da sie die größten und ehrenvollsten nationalen Erinnerungen umfaßt, ist hier für das Volk ganz an der Stelle und wird dadurch um so eindringlicher, daß Josue den Herrn selbst redend einführt (Jos. 24, 2—13). Hierauf wird nun der beabsichtigte Schluß gezogen und betont: Nunc ergo timete Dominum etc. (v. 14). Um nun aber den Eindruck zu verstärken, facht Josue erst noch die Stimmung des Wetteifers an, indem er durch eine lebhafte rednerische Wendung dem Volke scheinbar die Wahl läßt, Gott oder den Götzen zu dienen und es dadurch zur festen Entscheidung nöthigt: Sin autem malum vobis videtur, ut Domino serviatis, optio vobis datur; eligite hodie . . : ego autem et domus mea serviemus Domino (v. 15). Josue erreicht seinen Zweck: das Volk spricht seinen Willen laut und entschieden aus, indem es die vorher aufgezählten Wohlthaten Gottes recapitulirend zugleich die bestimmten Beweggründe seines Entschlusses hervorhebt (v. 16—18). Damit gibt sich aber Josue noch nicht zufrieden. Er regt nun das Gefühl der Furcht an und zwingt die Zuhörer, ihre Gesinnung wohl zu prüfen, ob sie eine ernste und opferfreudige oder nur eine eingebildete sei: daher äußert er die Besorgniß, daß sie ihrem Worte nicht treu bleiben werden: Non poteritis servire Domino etc. (v. 19—20). Das steigert den Eifer des Volkes auf's Neue und es wiederholt entschieden die gegebene Erklärung (v. 21). Hiemit hat Josue also seinen ersten Zweck erreicht. Um nun aber auch seinen zweiten — moralische Nöthigung zur Standhaftigkeit — zu erreichen, wendet er drei Mittel an: 1) er läßt die Israeliten feierlich bezeugen, daß sie am heutigen Tage freiwillig den Herrn zu ihrem Gott und Gebieter gewählt haben, und wiederholt hierauf neuerdings den oben ausgesprochenen practischen Schluß (v. 22—23), den das Volk ebenso auf's Neue bestätigt (v. 24); 2) er trägt die Erneuerung des Bundes (v. 25) in das Gesetzbuch des Herrn zum ewigen Andenken ein (v. 26); 3) er errichtet endlich ein steinernes Denkmal im Heiligthum des Herrn, das für alle Zeiten als Zeuge des gethanen Gelöbnisses dastehen und das Volk des Treuebruches erinnern sollte, wenn es je seines Schwures vergessen würde (v. 27).

Das tief wahre psychologische Moment, welches der obigen, von dem hl. Geiste selbst eingegebenen Rede und dem ganzen sie begleitenden Acte zu Grunde liegt, leitete stets auch das Verfahren apostolischer Prediger in Bezug auf die Willensbewegung: es lehrte sie hier alle Kräfte einsetzen; es flößte den Gedanken ein, bei gewissen Anlässen sogar mit dem Worte noch eigene feierliche Handlungen zu verbinden, so in Missionen die öffentliche Abbitte vor dem heiligsten Sacramente, die feierliche Verzeihung der Unbilden, die gemeinschaftliche Erneuerung der Taufgelübde, die Errichtung des Missionskreuzes. Dem Prediger stehen in der Regel diese außerordentlichen Mittel nicht zu Gebote: allein er besitzt dafür andere.

Das erste ist: die kraft- und eifervolle Behandlung solcher Beweggründe, die den Willen zu erschüttern vermögen. Der ehrwürdige Rupert v. D. sagt über Num. 10, 3: **Clangor tubarum vox est praedicatorum; sine quibus utique quamvis pulchra, quamlibet ordinata castrorum acies terribilis non est**[1]. Die Sprache eines guten Predigers ist im Wesentlichen die des eifrigen Beichtvaters[2]. Wer sich Bekehrung und Heiligung nicht als den höchsten Zweck seiner Vorträge vorsetzt; wer sich damit begnügt zu belehren und „edle Bildung" zu befördern: der hat das Wesen der apostolischen Beredsamkeit nie begriffen. Und wer ganze Jahrgänge von Predigten halten kann, die im Grunde keiner Leidenschaft Gewalt anthun und nie die Axt an die Wurzel legen: der ist um keinen seiner übrigen Vorzüge zu beneiden, denn sie sind nur leerer Schmuck und vielleicht hinsichtlich der Rede nur das Kleid, das einer Leiche angezogen wird. Wo es Noth thut, muß das Wort des Predigers ein Donnerschlag sein, der in der Tiefe der Gewissen wiederhallt und die in der Sünde Entschlafenen zum Leben aufweckt. Aber auch bei andern als nur diesen tiefernsten Motiven ist eine eingreifende Behandlung nöthig.

---

[1] L. 1. in Num. c. 20. So spricht auch der hl. Augustin über Is. 58, 1: **Scitis, quod tuba non tam oblectationis esse soleat, quam terroris; non tam delectationem proferre quam inferre formidinem. Tuba itaque peccatoribus necessaria est; quae non solum aures eorum penetret, sed et cor concutiat; nec delectet cantu, sed auditu; et strenuos quoque hortetur in bonis, et remissos terreat pro delictis. S. 1. sabb. p. 4. D. Quadr.**

[2] Daher das Wort Maccarthy's: „Sei nicht Kanzelredner (im flachen Sinne des Wortes), sondern Missionär." So sagt auch der hl. Bonaventura: **Tria sunt signa evidentia, quibus probatur utrum praedicator a Domino sit missus ad praedicandum Evangelium. Primum est auctoritas mittentis. Secundum, *animarum zelus* in persona, quae mittitur. Tertium est *fructificatio et conversio auditorum*. In c. 9. Luc.**

Das zweite Mittel sind: **Kernhafte Nutzanwendungen.** Hierunter versteht man die practische, lebensvolle Beziehung der gepredigten Wahrheit auf den Seelenzustand der gegenwärtigen Zuhörer zu ihrer Warnung, Aneiferung, Tröstung, Heiligung. Die Nutzanwendung bildet gewissermaßen die nächste Frucht der Predigt und als solche einen Kernpunkt der geistlichen Beredsamkeit, der sie auch als eigene Erscheinung angehört.

In den meisten Fällen wird es besser sein, nur **Einen practischen Gedanken als Nutzanwendung zu wählen und diesen kräftig einzuprägen.** In Vorträgen, die vorzugsweise belehren sollen, kann die Nutzanwendung kurz sein oder bisweilen auch mehr allgemeiner Natur, z. B. Erneuerung des Eifers, der Andacht zu einem Geheimnisse, der Dankbarkeit gegen Gott, der freudigen Nachfolge der Heiligen; so ferner auch in gewissen Fest- und Gelegenheitsreden, die bisweilen keine nähere Nutzanwendung, zumal rügender Natur, gestatten. Im Allgemeinen jedoch soll die practische Geltendmachung der Wahrheit ein hervortretendes Hauptmoment der Predigt und **so speciell als möglich** sein[1]. Sie wird besonders dadurch nützlich, daß mit dem Was auch das Wie verbunden wird (Angabe der **Mittel** oder der **Art und Weise** etwas zu üben), und dadurch ergreifend, daß in ihr kräftige **Beweggründe** und **Affecte** hervortreten. Es versteht sich von selbst, daß sie ferner durch Klarheit und Einfachheit, überhaupt durch kernige Popularität ausgezeichnet sein muß. Sentimentale Nutzanwendungen sind romanhafter Tand, bloß angedeutete und bemäntelte sind fruchtlose Phrasen. Mit einem wässerigen: „Laßt uns also" oder „Möchten wir doch" oder endlich, wie feinere Redner belieben: „Der gebildete Christ wird also . ." ist durchaus nichts ausgerichtet. Wo es sich darum handelt, den Willen zu beugen oder zu stählen, braucht es etwas anderes als einen gutmüthigen Optativ, oder die bequeme Hoffnungsäußerung des selbstverständlichen Besserwerdens. Gerade bei der Nutzanwendung muß es sich zeigen — und zeigt sich auch in der That — ob das Salz der Erde ein kräftiges, oder ob es schal geworden[2]. So lange man es nicht auf diesem Gebiete zur Tüchtigkeit bringt, ist jeder andere Fortschritt eine Blüthe ohne Frucht: man wird sprechen, aber nicht bessern; die Predigt wird vielleicht an schönen Gedanken zunehmen, aber die Welt auch an Sünden. Möchten wir die Kunst gediegener Nutzanwendung bei einem

---

[1] Stoff zu sittlichen Anwendungen findet der Anfänger in den einfachsten Büchern, z. B. in **Vogels** Leben der Heiligen (Lehrstücke), in **Hausens** „gutem Christen" und „Hausmission", in **Segneri's** „unterrichtetem Christen" u. s. w. **Beispiele** von Nutzanwendungen bietet das **Predigtamt** S. 461—471.

[2] Um über den practischen Werth eines Predigtwerkes zu urtheilen, darf man ohne Bedenken die Nutzanwendung als Prüfstein ansehen: wer es unter seiner Würde hält, sich mit practischen Anwendungen zu befassen, den betrachte als Schönredner!

hl. Chrysostomus lernen (jede seiner Homilien bietet uns ein Muster); ebenso bei einem Bourdalone für den Gehalt, bei einem Massillon für den Affect, bei einem Segneri für Beides, oder unter den einheimischen Predigern bei einem Hunolt, der in dieser Beziehung Treffliches leistet.

Zum Schlusse hier noch einige Bemerkungen. Es ist nothwendig, bei den Nutzanwendungen wie mit dem Objecte selbst, so auch mit den einzuflechtenden Beweggründen oft zu wechseln. Einförmigkeit benimmt ihnen Kraft und Interesse. Wie versteht diese Kunst der Abwechselung ein hl. Chrysostomus, der in seinen Anwendungen bald eine der großen ewigen Wahrheiten, z. B. Himmel, Hölle oder Gericht, bald das Leiden oder die Liebe des Erlösers, bald die Schätze der Gnade und Güte Gottes, bald den beseligenden Lohn der Tugend, bald die Eitelkeit der Welt in beredten und glühenden Worten als drängende Motive hervorhebt! Ebenso gewinnen die Nutzanwendungen hohen Reiz und Unmittelbarkeit durch treffende Sittenschilderungen, durch Kennzeichnung des Herzens, seiner Zustände und Neigungen, und durch lebhafte Beispiele.

Das dritte Mittel ist: beharrliche Einprägung dringender Wahrheiten — bis der Zweck erreicht ist. Das gilt sowohl von Nutzanwendungen, als von dem Gesammtinhalte der Predigten oder von den Hauptgegenständen. Nur durch wiederholte Ruderschläge nach derselben Richtung erhält ein Fahrzeug die erforderliche Bewegung und Schnelligkeit; der Arzt wendet das Heilmittel so lange an, bis es seine volle Wirkung gethan; je tiefer das Eisen in eine Wand eindringen soll, um so mehr Hammerschläge sind nöthig. Dieß Verhältniß zwischen Wiederholung und Steigerung der Wirkung zeigt sich auch auf moralischem Gebiete. Hiebei ist jedoch sorgsam das oben vom rednerischen Tacte Gesagte zu beobachten. Die genannte Wiederholung schließt übrigens keineswegs den nöthigen, so eben empfohlenen Wechsel mit andern Gesichtspunkten aus, indem sie nur moralisch zu verstehen ist: dieser Wechsel kann sogar bei einem und demselben Gegenstande durch die verschiedene Art und Weise der Behandlung erzielt werden [1].

D. Vierte Aufgabe des Predigers. **Habituelle** Stärkung des Gemüthes und Willens. Für den Profanredner ist die Rührung des Herzens meist nur Durchgangspunkt und so nennt man gemeinhin die dreifache oratorische Aufgabe: zu belehren, anzusprechen, zu bewegen, die Mittelzwecke der Erde. Sofern sich indeß die Rührung und überhaupt die Gemüthsstimmung mit dem Willen selbst identificirt, ist sie gleich der Willensverfassung nicht Mittel-, sondern Hauptzweck der

---

[1] Siehe Predigtamt: S. 350. Und über nachhaltige Predigtweise im Allgemeinen: Criterium des Predigers, N. III. (S. 620—628).

Rede [1]. Was aber von der actuellen Gemüthsbewegung, das gilt noch weit mehr von der habituellen Gemüthsstimmung, von der hier die Rede ist. Es ist für den Prediger ungleich wichtiger, dauernde als nur vorübergehende Gesinnungen der Frömmigkeit zu wecken und zu unterhalten, und daher dem christlichen Leben in ächter Gottesfurcht und fortschreitender Kräftigung des Glaubens, der Hoffnung, der Liebe und Andacht eine feste Unterlage zu geben.

Er wird deßhalb stets die innere Umwandlung des Menschen im Auge haben und in Absicht hierauf die Selbstverläugnung und die Hingabe an Gott, sowie die hierauf bezüglichen schon oben angedeuteten Mittel (Gebet, Besuch des Gottesdienstes, Empfang der hl. Sacramente, wirksame katholische Andachten und Gebräuche...) nicht nur häufig zu Gegenständen seiner Vorträge machen, sondern überhaupt in allen seinen Predigten darauf bedacht sein, jener heiligen Stimmung kräftige Nahrung zu geben und dasjenige ergreifend hervorzuheben, was geeignet ist, über die Rede wie über die Herzen den Geist göttlicher Salbung auszugießen. Hierin liegt die schönste Anwendung des Affects, und nur auf diesem Wege wird eine nachhaltige Wirkung der Predigt erstrebt. Diese Kunst, Gemüth und Wille habituell zu stärken, lernt der geistliche Redner am besten von den heiligen Vätern, von den Asceten und von jenen Predigern, die sich nach beiden Quellen gebildet haben — vorzüglich aber von Gott selbst in eifriger Uebung des Gebetes und der Betrachtung.

Hiemit hätten wir denn die Anforderungen erwogen, die hinsichtlich der Entfaltung des Themas an den Homileten gestellt werden — ut veritas pateat, veritas placeat, veritas moveat [2]. Das Weitere über diese Entfaltung lehrt uns in einer andern Beziehung folgendes —

Zweites Kapitel.

Anordnung der geistlichen Rede.

Was der Predigt Klarheit und Kraft vermittelt, ist die Ordnung. Durch sie sind alle Bestandtheile derselben in fortschreitender Richtung mit einander verbunden, entwickeln sich lebenskräftig aus einander und stärken sich gegenseitig. Was die Schönheit und Festigkeit eines Gebäudes bildet, ist weder eine große Masse von Baumaterial noch das

---

[1] Was man als Hauptzweck der Rede selbst bezeichnet, die Erbauung, ist nichts anderes als die von dem geistlichen Redner beabsichtigte Stimmung des Innern und zwar zunächst des Willens im Zuhörer. Dem hl. Augustin ist das movere im Sinne von flectere die Hauptaufgabe der Predigt, wie schon Cicero es als Hauptaufgabe und Triumph der Beredsamkeit überhaupt bezeichnet hatte.

[2] S. Aug. de doctr. chr. l. 4. c. 12.

Vielerlei von kleinen Bautheilen ohne einheitlichen Plan: es ist nebst der Güte des Materials das zweckmäßige und harmonische Verhältniß der einzelnen Baulinien und die feste Verbindung der Theile zum Ganzen. Dasselbe sehen wir an Kriegsheeren und am menschlichen Körper. Ohne Plan vollbringt der Feldherr auch mit den besten Truppen nichts. Verrenke einzelne Glieder, Nerven oder Muskeln des Körpers: ihre Thätigkeit ist dahin. So geht es auch mit der Predigt [1]. Allerdings liegt für den Anfänger, zumal bei großen und reichhaltigen Gegenständen, im Disponiren das schwerste Moment der Vorarbeit. Dafür lohnt sich auch die hierauf verwandte Mühe reichlich. Die Ausarbeitung schreitet um so rascher voran und fließt wie von selbst. Ein Dichter sagte: „Mein Gedicht ist fertig, ich habe nur noch die Verse zu machen." So kann auch der gründliche Redner sprechen: die Rede liegt vor mir, ich habe sie nur noch zu schreiben. Wie bringen wir nun aber die verlangte Ordnung in die Predigt? Das wird uns Folgendes zeigen [2].

§ 1. Anordnung in Bezug auf den Inhalt der geistlichen Rede.

Erster Artikel. Allgemeine Grundsätze für den Prediger.

Das Princip aller Ordnung ist Einheit. Diese Einheit wird also auch die erste Bedingung in dem Redeplane sein müssen. Heterogenes kann sich nicht zu einem gleichartigen Ganzen verbinden. Die Rede erzeugt nur einen Totaleindruck, wenn Alles in ihr Einer Wirkung zustrebt. Diese allgemein rhetorische Anforderung ist noch strenger in der geistlichen als der profanen Rede [3], und gebieterischer in der jetzigen als in der alten Zeit. Der geistliche Redner soll gründlich belehren, gründlich überzeugen, soll Gefühl und Wille auf's Tiefste ergreifen. Wie wäre die Lösung dieser vielfachen Aufgabe aber ohne einheitliche

---

[1] Nicht mit Unrecht bemerkt Herder: „Logik und Disposition bleiben immer die Grundlage des Vortrags. Die Natur hat es nicht mangeln lassen an schönen Formen; feste Formen aber, richtige und gerade Linien machte sie überall zum Wesen der Sache, das sie mit Schlängelungen und Krümmungen überkleidet. . . Wer nicht disponiren kann, kann weder lernen noch behalten, noch werden es die können, die ihn hören." (Zur Relig. und Theol. 10.)

[2] Der Klarheit halber wird der Lehre von der Anordnung die Predigtform zu Grunde gelegt, weil diese die regelmäßigste ist. Vgl. oben S. 48 (Note 3).

[3] So oft nämlich die Anordnung von dem Prediger abhängt. Liegt diese, wie bei der niedern Homilie, mehr in der Perikope, als in seiner Wahl, so soll er wo möglich wenigstens eine moralische Einheitlichkeit durch Beziehung des Einzelnen auf einen Gesammtzweck anstreben.

Ordnung auch nur denkbar? Wenn es den heiligen Vätern oft genügen konnte, durch ihre Ansprache einen allgemeinen frommen Eindruck zu erzielen und sie sich daher mit großer Freiheit den verschiedenen Erwägungen überlassen durften, die ihnen ihr Gemüth eingab: so ist das für den heutigen Prediger um so seltener der Fall. Er wird unter seinen nunmehrigen Verhältnissen vielmehr thun müssen, was jene selbst unter ähnlichen Verhältnissen jederzeit thaten: einen Gegenstand einheitlich auffassen und ihn dem speciellen Bedürfnisse entweder des Unterrichtes oder der Gefühlsansprache anpassen. Und wie wird er dieß vollbringen? das sagt ihm Fenelon: „Der Redner steigt vor Allem zu dem obersten Princip der Sache auf, die er klar machen will. Dieß Princip stellt er sodann in seinen wahren Gesichtspunkt. Er wendet es hin und her, um damit auch die am wenigsten scharfsinnigen Zuhörer vertraut zu machen. Mittelst einer bündigen und lichtvollen Entwickelung steigt er zu dessen letzter Schlußfolge hinab. Jede Wahrheit steht so an dem Platze, der ihr in Bezug auf das Ganze zukommt. Sie dient einer andern Wahrheit zur nöthigen Vorbereitung und Stütze. Durch diese Verkettung werden Wiederholungen vermieden, die sich dem Zuhörer ersparen lassen. Dagegen finden sich jene andern Wiederholungen nicht abgeschnitten, mittelst welcher der Zuhörer nothwendigerweise von Zeit zu Zeit auf den Punkt zurückzuführen ist, der Alles entscheidet. Man muß ihm oft die Folgerung in ihrem Princip zeigen. Von diesem Princip wie von einem Centralpunkte aus verbreitet sich das Licht über alle Theile des Werkes; gerade wie der Maler in seinem Gemälde einen Lichtpunkt hat, von dem aus er jedem einzelnen Gegenstande die rechte Beleuchtung zukommen läßt. Die ganze Rede ist auf diese Weise Eines. Sie läßt sich auf einen einzigen Satz zurückführen, der durch verschiedene Wendungen eben nur in sein volles Licht gesetzt wird. Von dieser Einheit der Anlage kommt es auch, daß man mit einem einzigen Blicke das Ganze übersieht, gerade wie man von dem Hauptplatze einer Stadt aus alle Straßen und Thore erblickt, wenn diese Straßen gerade, eben und symmetrisch sind. Die Rede ist der entwickelte Hauptsatz; der Hauptsatz ist die abgekürzte Rede“ [1].

Hier sind also zwei Dinge ausgesprochen: Mittelpunkt der Rede und logische Gruppirung der einzelnen Bestandtheile um denselben, oder: Hauptsatz und Redeglieder, beide als von einander vollkommen abhängig gedacht. Damit haben wir aber auch die zwei Factoren der Einheit, die wir suchen. Wir können also nun zwei Regeln festsetzen:

1) Einheit des Redezieles. Dieses wird in der Rede das unwandelbare Centrum und den allgemeinen Attractionspunkt bilden, der

[1] Lettre sur l'éloquence.

Alles festhält. Die Rede kann nöthigenfalls einen zusammengesetzten Hauptsatz haben (weßhalb wir auch lieber von Einheit des Redezieles als von Einheit des Hauptsatzes sprechen): allein dann müssen wenigstens die Bestandtheile desselben einem einheitlichen Gesichtspunkte zustreben und dürfen nicht zwei unabhängige Subjecte einschließen.

Wenn ich sage: Wir müssen uns bekehren und zwar ohne Aufschub; so ist dieser Redesatz ein zusammengesetzter und enthält zwei Behauptungen: a) wir müssen uns bekehren, b) wir müssen uns ohne Aufschub bekehren. Diese Theilsätze sind hier aber durch den gemeinschaftlichen Begriff: Bekehrung, und durch die Einheitlichkeit des Zieles innig verbunden. Dasselbe gilt von Hauptsätzen, die Collectivbegriffe, oder die verwandte Beziehungen umfassen (z. B. Nothwendigkeit der Demuth und Mittel sie zu erlangen). Dagegen verstößt folgender Redesatz gegen die Einheitlichkeit: Wir sind verpflichtet zu beten und Almosen zu geben. Die Entwickelung wird unfehlbar in zwei verschiedene Reden zerfallen.

2) *Einheit der Mittelideen* oder der weitern Entwickelung. Nur dadurch, daß alle Elemente der Rede enge mit dem Hauptgedanken zusammenhängen und gleichsam mit ihm verwachsen sind, vermögen sie mit ihm Eines zu bilden und als Eines zu wirken.

Wie die Aeste vom Stamme, die Zweige von den Aesten auslaufen; so müssen alle Ideen ihren Grund in dem Hauptsatze und Zwecke der Rede haben. Und wie es in der geometrischen Perspective — um den Gedanken Fenelons noch weiter zu entwickeln — durchaus nöthig ist, daß der sog. Augenpunkt oder das Projectionscentrum, von dem die Entwerfungslinien ausgehen, unverrückt festgehalten werde; wie dagegen der geringste Fehler hierin Unklarheit, Unrichtigkeit und Verzerrung des geometrischen Bildes erzeugt; so ist auch die unverwandte Festhaltung des oratorischen Gesichtspunktes von unerläßlicher Nothwendigkeit, soll die Rede nicht nebst Bestimmtheit und Gründlichkeit zugleich ihre Kraft und Ueberzeugungsmacht einbüßen. Fremdartiges verunstaltet nicht nur das ästhetische Bild der Rede, sondern wirkt auch zerstreuend und verwirrend auf den Zuhörer und läßt ihm den Redner als einen Mann erscheinen, der den Weg verloren hat. Der einheitliche Grundgedanke muß also *klar hervorgehoben* werden. Wenn ich sage: a) Nicht die Welt kann uns glücklich machen, b) sondern

[1] Ebenso ist dieser aber auch in der ganzen Ausführung zu *befolgen* und ihm entsprechend die *Einheitlichkeit jedes einzelnen Theiles* zu bewahren. Sollen z. B. über das Thema von der Buße die drei Sätze behandelt werden: a) Wir müssen Buße wirken, b) wir müssen ohne Aufschub Buße wirken, c) wir müssen vollgültige Buße wirken; so ist der erste Theil auf die Nothwendigkeit der Buße zu beschränken und soll weder den Aufschub noch die Eigenschaften der Buße berühren; ebenso wird der zweite Theil nichts von der Nothwendigkeit oder Vollgültigkeit der Buße, der dritte aber nichts von den Gedanken der zwei ersten Theile enthalten.

nur Gott; so liegt in dieser Eintheilung offenbar etwas sehr Mattes und Schlaffes. Sage ich aber: Unser Herz verlangt nach Glückseligkeit; nun aber können wir diese a) bei der Welt keineswegs, b) bei Gott vollkommen finden; also müssen wir sie auch nur in Gott suchen: so bildet dieser Ideengang ein festgeschlossenes Ganze. Die Theilglieder des Untersatzes sind durch ihre Beziehung zum Obersatze mit einander verbunden und können ganz wohl die Haupttheile der Rede bilden, indeß der Obersatz den Stoff zum Eingange, der Schluß den zum Epiloge liefert. Auch ganz gehaltvolle Dispositionen verlieren durch den Mangel fester Verkettung an innerer Kernhaftigkeit. Loriot gliedert z. B. das Thema von dem Seelenheile folgenderweise: a) Es gibt nichts so Wichtiges als das Heilsgeschäft, α) indem dieses seiner Natur nach höchst ernst, β) durch ausdrückliches Gebot Gottes anbefohlen, γ) indem der Verlust des Heiles unersetzlich ist; b) es gibt nichts so Vernachlässigtes, denn α) man thut nichts für sein Heil; β) man denkt nicht einmal daran; γ) man thut geradezu das Gegentheil. Dieser Entwurf enthält sehr gute Gedanken; allein die Haupttheile sind nicht kräftig genug mit einander verbunden. Neuville behandelt denselben Gegenstand (mit verschiedenen Unterabtheilungen), verknüpft aber die Hauptmomente der Predigt durch folgende Grundidee: „Wenn man unser Leben betrachtet, sollte man vermuthen, daß wir in einem Hauptpunkte unserer heiligen Religion dem Glauben entsagt haben: denn a) der Glaube lehrt uns ausdrücklich, daß das Heilsgeschäft das allerwichtigste ist; b) unser Leben aber zeigt, daß wir es für ein durchaus gleichgültiges halten: also vollkommener Widerspruch zwischen dem Urtheile des Glaubens und dem unsrigen." Offenbar liegt in dieser dialectischen Fassung mehr Kraft, als in bloßer Nebeneinanderstellung der Theile. Dieß Gefühl der dem Plane innewohnenden Kraft hat auch für den Redner selbst Einfluß auf die Leichtigkeit der Composition wie auf die Wärme des Vortrages: der innere Zusammenhang aber bringt in die Argumentation lebendigen Fortschritt. Wo dagegen die Elemente der Beweisführung nur neben einander stehen, statt aus einander zu folgen[1], entsteht sehr leicht Monotonie der Disposition und dieser Fehler wird am auffallendsten an ganzen Predigtgängen.

Wie sich aus dem oben Bemerkten ergibt, läßt sich der Rede leicht die syllogistische Form zu Grunde legen, und so finden wir es in der That bei großen Predigern häufig, namentlich bei Bourdalone. Dabei ist aber die Entwickelung die frei oratorische. In Massillons Predigt von dem Glücke der Gerechten (Matth. 5, 5. auf Allerheil.) bildet der Major eines Syllogismus den Eingang in höchst glänzender Form, der Minor den Körper der Rede, der Schluß die Peroration. Ebenso enthält bei Bossuet

[1] Wie dieß Letztere regelmäßig bei Bourdalone der Fall ist, während das Entgegengesetzte ebenso häufig bei mittelmäßigen Predigern vorkommt.

die schwungvolle Ausführung der Lobrede auf den hl. Paulus nur die Beweise eines Minor (der Erfolg der Predigt des hl. Paulus läßt sich nicht menschlichen Mitteln zuschreiben).

Die Einheitlichkeit der Auffassung ist übrigens kein Hinderniß, der Disposition außer bloß logischer zugleich eine psychologische und überhaupt die freie oratorische Gestaltung zu geben [1]. Große Prediger vereinigen alle diese Rücksichten derart, daß in der Rede nebst der Logik zugleich Steigerung, Wechsel, practische Fruchtbarkeit und natürliche Uebergänge zur Gefühlserregung liegen. Die nähere Gestaltung der Anordnung endlich wird gewöhnlich durch die Eintheilung bestimmt und ausgeprägt. Die Gesetze und Eigenschaften der letztern behandelt die allgemeine Rhetorik [2].

Zweiter Artikel. Quellen der Predigteintheilung.

Der Prediger kann die Eintheilung schöpfen:

I. Aus einem Schriftterte. So über Luc. 2, 12 auf Weihnachten: a) invenietis infantem — äußerste Verdemüthigung; b) pannis involutum et positum in praesepio — äußerste Armuth. Hunolt. Ueber 1 Cor. 8, 11: Das Aergerniß a) eine Grausamkeit gegen den Nächsten, dessen Seele es tödtet: peribit frater; b) eine Gottlosigkeit gegen Christus, dessen Blut es unnütz macht: pro quo Christus mortuus est; c) ein Unglück für den Urheber und zwar wegen und nach Maßgabe der Erkenntniß: in tua scientia. De Ligny.

II. Aus einem Vätertexte. Bourdaloue zieht die Eintheilung seiner dogmatischen Predigt von der Auferstehung aus folgenden Worten des hl. Augustin: In hac resurrectione et miraculum et exemplum: miraculum ut credas, exemplum ut speres: a) Das Wunder der Auferstehung Christi ist der unumstößliche Beweis seiner Gottheit und daher die Grundlage unseres Glaubens; b) das Beispiel der Auferstehung Christi ist das Unterpfand unserer Auferstehung und daher der Grund unserer Hoffnung.

III. Aus dem Gegenstande selbst. Dieß kann wiederum in vielfacher Weise geschehen.

---

[1] Siehe allg. Rhet. S. 64 und insbesondere: Predigtamt, Moment der Spannung und Eindringlichkeit S. 394—402, wo der psychologische Charakter des Predigtplanes nach allen Beziehungen erörtert und durch Beispiele veranschaulicht ist; ferner 4. Art.: Unterschied zwischen dem exponirenden und dem conversativen oder untersuchenden Charakter der Disposition (oder Studien über Bourdaloue's communicativen Redegang) S. 424—431.

[2] S. 49 und vorzüglich Predigtamt S. 390—394, sowie 2. Art.: Fehler, die sich am gewöhnlichsten in die Predigtentwürfe einschleichen S. 402—414; endlich: Bemerkungen über die synthetische und die analytische Predigtanlage S. 431—433.

So kann die Gliederung hergenommen werden:

1) Von der Natur, den Eigenschaften u. s. w. des Gegenstandes. Die hl. Messe ein a) Lob-, b) Versöhnungs-, c) Bittopfer. Bourdaloue. Die Andacht zu Jesus Christus a) die heiligste in sich, b) die heilwirkendste für uns. Ders. Unsere Liebe zu Christus muß a) eine thätige, b) leidende, c) beharrliche sein. Bordoni.

2) Von den Beweis- und Beweggründen. Das Almosen ist für uns eine Pflicht a) des Gehorsams in Ansehung des Gebotes Gottes, der es uns befiehlt, b) der Dankbarkeit in Ansehung der Güte Gottes, der uns seine Gaben mittheilt, c) der Buße in Ansehung der Gerechtigkeit Gottes, der uns mit seiner Züchtigung bedroht. Bourdaloue.

3) Von den Ursachen. Die Sache Gottes wird nicht vertheidigt a) aus falscher, von Gott verworfener Klugheit, b) aus feiger, höchst nachtheiliger Schwäche. Ders.

4) Von den Wirkungen. Das heiligste Altarssacrament spendet uns a) Licht, b) Kraft, c) Trost. Bordoni.

5) Von den Umständen. Drei Dinge machen den Tod für uns gefährlich: a) daß es nur Einen Tod gibt, b) daß er gewiß — c) daß er unerwartet kommt. Vieira.

6) Von den Bedingungen und Beschränkungen. Unsere Buße wird eine beständige sein, wenn wir a) die Gelegenheiten der Sünde sorgfältig meiden, b) die Neigungen zur Sünde bekämpfen, c) die Heilmittel gegen die Sünde eifrig anwenden. Liebermann. Wir werden a) Alle auferstehen, aber b) nicht Alle umgewandelt werden (1 Cor. 15). Ventura.

7) Von dem, was sich in einem Geheimnisse u. s. w. offenbart. In der Einsetzung der Beicht zeigt sich uns a) Gottes Allmacht, b) Gottes Barmherzigkeit. Tschupik.

8) Von den Folgerungen. So zeigt Bourdaloue durch eine Doppeltheilung (des Subjects und Prädicats zugleich), was wir der Kirche schulden: a) als Untergebene — Gehorsam, b) als Kinder — Liebe, c) als Glieder — Unterstützung.

9) Von gegenseitiger Einwirkung (oder gegenseitigem Verhältnisse). Der schlechte Christ richtet seinen Glauben, der Glaube richtet den schlechten Christen zu Grunde (verdammt ihn). Feller. Christi Selbstentäußerung für uns beim Eintritte in die Welt; der Seele Selbstentäußerung für Christus beim Austritte aus der Welt. Bossuet (Einkleidungsrede) [1].

---

[1] Es hängt völlig von dem Wie der Auffassung oder Theilverbindung a ob in dieser Art von Gliederung Einheit und Natürlichkeit, oder im Gegenthei Fremdartigkeit und Künstelei herrsche. Jedenfalls ist hier große Umsicht nöthig. — Vgl. übrigens die weitern Angaben homiletischer Theilungsquellen in dem Predigtamte S. 421—423.

10) Von mehreren dieser Gesichtspunkte zusammengenommen. Die schwere Sünde eine Beleidigung Gottes a) an sich — als Ungehorsam und Verachtung Gottes, b) in ihrer Art und Weise — unter den Augen Gottes begangen, c) in ihrem Beweggrunde — wegen eines Nichts. Segneri. Die a) Nothwendigkeit, b) Wirksamkeit, c) Bedingungen des Gebetes. Ventura.

Ebenso werden verbunden: Beweis und Anwendung; Erklärung, Beweggründe, Art und Weise; Beschaffenheit, Werth, Mittel; Belehrung (Begriff, Grund), Anwendung (Erforschung, Warnung oder Ermunterung); Gründe, Widerlegung der Einwendungen, Art und Weise u. s. w. Diese letztere Art von Eintheilung (die auch uneigentliche oder formale Partition heißt — im Gegensatze zur realen oder strengen), indem sie das in der Entwickelung logisch Verwandte und einem gemeinsamen Zwecke Zustrebende zusammenordnet, erweist sich eben hiedurch als Mittel, einen Gedanken möglichst erschöpfend und nach seiner practischen Beziehung darzustellen. Sie kann aber auch unpractisch wie unlogisch werden, wenn sie zu Vieles oder zu Verschiedenartiges zusammenfaßt.

§ 2. Anordnung in Bezug auf die Form der geistlichen Rede.

I. Predigtnetz.

Um dem Anfänger im Predigtamte einen Ueberblick des innern Baues der Rede oder der technischen Gestaltung derselben zu gewähren, wird es gut sein, ihm vor Besprechung der einzelnen Redebestandtheile das Schema einer Predigtskizze vorzuführen.

Eingang: (a. Vorspruch.)
b. Einleitung.
c. Uebergang auf das Thema.
d. Hauptsatz mit seiner Gliederung.

Abhandlung: I. Thl.
1. Erklärung des Gegenstandes.
2. Beweisführung
   a) Auctoritätsbeweise { α) Schrift. β) Väter. γ) Kirche..
   b) Vernunftbeweise u. s. w.
3. Widerlegung { a) aus der Vernunft. b) aus der Auctorität.
4. Bewegung und Rührung.
   a) Nutzanwendung.
   b) Beweggründe.
   c) Affecte.
5. (Kurze Wiederholung und Uebergang zum —)

II. Thl. (wie im ersten Thl.).

Schluß: Wiederholung, Ermahnung u. s. w.

Hiebei ist jedoch zu bemerken, daß nicht alle in diesem Schema aufgeführten Punkte in jedem Plane auftreten [1].

Diesem Abrisse möge nun das concrete Bild eines Predigtentwurfes (von Bourdaloue) nachfolgen, das uns zugleich zeigt, wie die Gestaltung des angegebenen Grundplanes nach Umständen wechselt:

Simile est regnum coelorum grano sinapis . . . Matth. 13, 31—32.

Eingang. Das Himmelreich, von dem der Erlöser spricht, ist nach der Lehre der hl. Väter das Evangelium oder christliche Gesetz. Dieses wird mit dem Senfkorne verglichen sowohl wegen seines geringen, demüthigen Anfanges als wegen seiner besondern Natur, wonach es, in seinem Wesen und seiner Entfaltung, mit einer doppelten Eigenschaft des Senfkornes Aehnlichkeit hat.

Hauptsatz. Das christliche Gesetz ist ein göttliches.

Beweisführung: Denn es ist ein Gesetz von allseitiger Heiligkeit und übernatürlicher Kraft; also kann es nur von Gott stammen, der allein die Quelle aller Heiligkeit und der Herr über die Herzen ist.

Abhandlung. I. Thl. Das christliche Gesetz ist ein Gesetz von allseitiger Heiligkeit: denn es ist heilig —

1) In seinem Urheber J. Chr. Ohne von der göttlichen Salbung des von Gott gesandten Messias zu reden, war sein Leben, auch nur menschlich betrachtet, das gerechteste und heiligste (Joh. 8, 46. Marc. 14, 56. Joh. 18, 39. Matth. 27, 54.).

2) In seinen Geboten. Denn durch dieselben hat es (nach Lactantius) a) alle Gesetze der Natur in ihr wahres Licht gesetzt, b) alle göttlichen Gesetze des alten Bundes zur Vollkommenheit erhoben, c) allen menschlichen Gesetzen Auctorität ertheilt, d) alle Gesetze der Sünde aufgehoben. — Parallele mit der Sittenlehre des Heidenthums und der Irrlehre.

3) In seinen Räthen. Denn diese erstreben die höchste Vollkom-

---

[1] Mit obigem Abriß mag auch der Redegang verglichen werden, den gewöhnlich die französischen Prediger befolgen:

Eingang.

I. Thl. 1. Unterabtheilung (1. 2. Beweis; Schluß, Anwendung kurzer Affecte und Uebergang).

2. u. 3. Unterabtheilung (wie im Vorhergehenden).

Beschluß des ersten Thl. Rednerische Gemüthsbewegung. Uebergang zum —

II. Thl. Alles wie im ersten Thl. nebst Uebergang zum —

Epilog.

Häufig ist (bei den ältern Rednern) der Eingang doppelt a) als allgemeine Einleitung zur Rede, b) als besondere zur Abtheilung.

menheit in der Erhebung der Seele a) über irdische Güter, b) sinnliche Vergnügen, c) weltliche Ehre, d) den eigenen Willen.

4) In allen Denjenigen, die sich seinen Geboten oder Räthen unterworfen haben. Beweis: das Leben der ersten Christen, die Zeugnisse der ganzen Kirchengeschichte, die Menge Heiliger aus allen Ständen. Beantwortung des Einwurfes, daß es auch fromme Heiden gab und viele schlechte Christen gibt.

5) In seinen Geheimnissen. Denn auch diese sind trotz ihrer Dunkelheit ein Beweis, indem sie nicht geglaubt werden können, ohne a) zu einem reinen Leben zu verpflichten, b) zur Vollkommenheit mächtig anzuregen.

Recapitulation: also wahre, thatfordernde, allgemeine Heiligkeit des Gesetzes.

Nutzanwendung und Gemüthsbewegung: Ausführung des doppelten Schlusses: diese Heiligkeit ist a) der stärkste Beweis, dem Evangelium zu glauben, b) ein unabweisbarer Grund der Beschämung und Verdammung, wenn wir nicht nach dem Evangelium leben.

II. Thl. Das christliche Gesetz ist ein Gesetz von übernatürlicher Kraft: dieß erhellt

1) aus seiner Einführung. Denn diese war natürlicher Weise unmöglich, wenn man bedenkt —

a) was gestürzt werden sollte: eine allgemein verbreitete, mit dem Staatswesen, dem Familienleben, dem verdorbenen Herzen verwachsene falsche Religion;

b) was eingeführt werden sollte: ein die Vernunft verdemüthigendes und mit schweren und anhaltenden Opfern verbundenes Gesetz;

c) in welcher Weise: α) ohne irdische Mittel, β) unter den heftigsten Verfolgungen.

2) Aus seinem Fortbestande und seiner sich immer erweiternden Fortpflanzung. Beides ist glänzende Thatsache (Erfüllung der Prophezeiung Js. 60, 1) — und zwar ohne andere Hülfsmittel als die der ersten Einführung. Also hat das christliche Gesetz und es allein eine göttliche Kraft entfaltet. (Verstärkende Parallele mit der Einführung u. s. w. falscher Religionen.)

Nutzanwendung und Gemüthsbewegung (Schluß).

Vier Dinge müssen sich hier unserm Gemüthe aufdrängen: a) Dankbarkeit für die uns gewordene Wohlthat des katholischen Glaubens; b) Erstaunen über uns selbst, daß ein so mächtiges Gesetz bisher in uns so unwirksam war; c) Ernstliche Erwägung: Was nützt es uns, zu einer Religion von so himmlischer Kraft uns zu bekennen, wenn diese Kraft auch ferner an uns verloren geht? d) Entschluß, von heute an so zu leben, daß die ganze Segensfülle dieses Gesetzes in uns wirken könne.

II. Einzelne Bestandtheile der geistlichen Rede.

A. Eingang.

1) Vorspruch. Dieser, auch Predigttext, Kanzelspruch genannt, besteht aus einer Schriftstelle (seltener aus einem Ausspruche der Kirche), die den Grundgedanken der Predigt enthält. Wie seit der ältesten Zeit die Predigt vorzugsweise Erklärung eines biblischen Abschnittes war, erinnert der altehrwürdige Gebrauch des Vorspruches den Prediger noch immer an den Zusammenhang seines Vortrages mit dem Schriftworte, zumal dem von der Kirche für ihre gottesdienstliche Tagesfeier angewandten. Daher ist er für die mit dem sonntäglichen Gottesdienste verbundene Predigt aus der vorgelesenen Perikope zu wählen [1].

Da er formell oder seiner Stellung nach zum Eingange, seiner Bedeutung und Wesenheit nach aber zur ganzen Rede gehört (deren Kern und Repräsentation er in allgemeiner, wie der Hauptsatz in besonderer Fassung ist), wird er auch bald als Glied des erstern, bald als selbstständiger Redebestandtheil betrachtet. Jedenfalls aber bekundet es von Seite des Predigers eine gänzliche Unkenntniß der Bestimmung des Predigttextes, ihn, wie bisweilen geschieht, nur als Aushängeschild zu gebrauchen und gewissermaßen in die Luft zu stellen, d. h. im Verlaufe der Predigt gar keine weitere Notiz von demselben zu nehmen. Am natürlichsten wird der Eingang eben von der Erklärung des Vorspruches hergenommen, oder doch mit der Anknüpfung an ihn (seine Veranlassung u. s. w.) begonnen, und auf denselben ebenso während der Predigt in geeigneter Weise, zumal am Ende jedes größern Theiles hingewiesen. So prägt er sich den Zuhörern ein und läßt den ganzen Vortrag als einheitlichen erscheinen.

Seinen Eigenschaften nach sei der Vorspruch treffend, gehaltvoll, klar, und bestehe aus einem vollständigen Satze (sei daher nicht abgerissen oder entstellt). Obwohl er leichtbehältlicher ist durch Kürze als durch Länge, soll er doch nicht allzukurz sein, um nicht überhört zu werden. Je nach Sitte des Ortes wird er zuerst in lateinischer Sprache aus der Vulgata [2], hierauf in deutscher, oder auch nur in letzterer allein, angeführt.

---

[1] Katechetische Vorträge, sowie die niedere Homilie und andere entweder ganz kurze oder der Einheit des Grundgedankens ermangelnde Anreden haben in der Regel keinen Vorspruch.

[2] Letzterer Gebrauch hat den Vortheil, daß der deutsche Text besser verstanden wird, da im Gegentheile ohne diese Vorbereitung meistens die gehörige Ruhe und Stille im Auditorium noch nicht vorhanden und daher der Vorspruch für einen Theil der Zuhörer unnütz, weil unverständlich ist. Auch für Zuhörer, die der lateinischen Sprache nicht mächtig sind, haben Texte in letzterer Sprache ihre Bedeutung, weil sie die Ehrfurcht der Gläubigen gerade so wecken, wie dieß bei der liturgischen Sprache der Kirche überhaupt der Fall ist.

2) Nach dem Vorspruche folgt gewöhnlich die Begrüßung der Zuhörer in einfachem und würdigem Ausdrucke, z. B. Andächtige Zuhörer!

3) Der Eingang ist theils belehrend, theils erweckend. Hauptsache ist bei demselben der natürliche Uebergang von dem Texte auf den Hauptsatz und wird am leichtesten durch Erklärung des Predigttextes vermittelt. Hinsichtlich der allgemein rhetorischen Aufgabe, daß das Exordium den Zuhörer geneigt und aufmerksam mache und zugleich hinreichend verständige [1], wird dieser genügend dadurch entsprochen, daß der Eingang natürlich, klar, bescheiden, lebhaft und anziehend sowie verhältnißmäßig kurz ist. Auch in der geistlichen Rede sind bisweilen beleuchtende Züge (kurze Erzählung, Gleichniß u. dgl.) als Einleitung ganz an der Stelle. Dagegen ist hier langes Ausholen um so unstatthafter [2].

4) Am Ende des Einganges findet die Ankündigung des Hauptsatzes sowie der Gliederung statt, wenn eine solche vorhanden ist. Der Hauptsatz wird in einem vollständigen, aber möglichst einfachen, klaren und kurzen Satze bestehen (so besonders in der Volkspredigt).

Es ist hier durchaus an ein Wort Gaichiès zu erinnern: „Der Eingang muß den Inhalt von der wichtigsten Seite zeigen und vollkommen verständlich machen. Wenn gleich anfangs Dunkelheit herrscht, wird der Zuhörer stets im Finstern wandeln" [3]. Aus dem Grunde haben eine Menge apostolischer Männer ersten Ranges und sogar kirchliche Synoden sich für eine möglichst präcise und lichtvolle Darlegung der zu behandelnden Redepunkte, besonders im belehrenden Vortrage, ausgesprochen [4]. Mit dem rein practischen verbindet sich hiebei auch ein ästhetisches Interesse, das für die geistliche Rede nicht ohne Bedeutung ist. Es ist dem Wanderer ein Genuß, wenn er von einer Anhöhe herab mit Einem Blicke eine reiche Landschaft übersieht, deren einzelne Schönheiten er nun beim Herabsteigen in der Nähe schauen soll. Ein ähnlicher Genuß wird aber auch dem Geiste bereitet, wenn ihm auf einmal die Aussicht auf ein geistiges Gebiet eröffnet

---

[1] Siehe oben S. 54. Ebenso in Bezug auf die verschiedenen Arten und Quellen der Eingänge.

[2] Um dergleichen Eingänge lächerlich zu machen, läßt Racine in einem Lustspiele zwei Anwalte auftreten, die in ihren Reden (über die Entwendung eines Kapauns) bis zur ersten Gründung der Reiche, ja zur Urwelt und dem Chaos aufsteigen. Diesen weiten Weg haben vor und nach Racine viele Prediger zurückgelegt, die kaum von etwas sprechen können, ohne von Adam und Eva auszugehen.

[3] Maximes...

[4] Siehe Predigtamt: Erörterung über die Anwendbarkeit der Eintheilung im homiletischen Vortrage S. 446—454.

und der Reichthum der ihm zu entfaltenden Wahrheiten in einem klaren Ueberblicke vorgeführt wird.

So oft daher der Hauptsatz sich ungezwungen theilen läßt, **soll mit seiner Ankündigung auch die der Theilung verbunden werden.** Das Gegentheil wird nur ausnahmsweise stattfinden, etwa in folgenden Fällen:

a) Bei ganz kurzen Vorträgen, die nur einen einfachen Gedanken oder ein Gefühl aussprechen.

b) Bei Reden, welche beinahe ausschließlich pathetischer Natur sind, und wo durch Theilung der Erguß des Gefühles unterbrochen würde [1].

c) In Fällen, wo der Predigt eine den Hörern schon bekannte Eintheilung zu Grunde gelegt wird. Hier mag die Zusammenfassung der Theile in der Schlußrecapitulation genügen.

Die **Unterabtheilungen** sind nicht ausdrücklich anzukündigen, jedenfalls nicht mit der Haupteintheilung, sondern höchstens etwa gelegentlich. Gegen gekünstelte, spitzfindige, überladene, abgenutzte Eintheilungen spricht schon die allgemeine Rhetorik.

5) **Nach der Abtheilung** wird gewöhnlich der Gegenstand noch durch einige nachdrucksvolle Worte der Aufmerksamkeit der Gläubigen empfohlen und hiemit eine kurze **Anrufung** des göttlichen Beistandes oder auch eine Empfehlung in den Schutz Mariä, als der Mutter der göttlichen Gnade, verbunden, und zwar bei feierlichen Anlässen meist in Form eines kurzen und ergreifenden Gebetes [2].

B. Abhandlung —

oder Körper der Rede. Was die Stellung der hier zu besprechenden Redebestandtheile betrifft, mögen folgende Andeutungen genügen.

1) Die **Erklärung**, indem sie die naturgemäße Einleitung zur Beweisführung bildet, hat in der Regel ihre eigentliche Stelle an der Spitze der Abhandlung. Doch wird sie nach Umständen auch später noch eingeschaltet, indem sie namentlich in Vorträgen geschichtlicher Art, wie in Lob- und Trauerreden als Mittel dient, die Darstellung abwechselnd mit dogmatischen und moralischen Elementen zu durchdringen. Dieß läßt sich in ungezwungener Weise thun, sofern nur das Maß der Anwendung wie die äußere Form gefällig ist.

---

[1] Wie indeß auch in dieser Art Vorträge die Gliederung mit der Gefühlssprache verbunden werden **kann**, zeigen uns große Missionäre (wie Brydaine ..) und insbesondere **Fenelon** in seiner tiefbewegten Rede auf die Erscheinung des Herrn.

[2] Beispiele von dergleichen Anrufungen an Gott, an das heiligste Altarssacrament, an das hl. Kreuz, an die seligste Jungfrau oder an einen Kirchenpatron .. bieten alle größern Prediger.

2) Von der Anordnung der Predigtbeweise bemerkt Bellefroid: „Je größer die Anzahl der Soldaten in einem Heere ist, desto mehr Unordnung und Tumult verursachen sie, wenn sie nicht sorgfältig aufgestellt, disciplinirt und eingeübt sind, wie Ein Mann einherzugehen: so müssen denn auch die Predigtbeweise vertheilt und geordnet werden, sollen sie ein kräftiges Ganze bilden" [1]. Damit nun aber diese Anordnung den früher aufgestellten, namentlich auch den psychologischen Forderungen um so eher entspreche, merke der Prediger Folgendes:

Er ordne seine Beweismittel so a) daß er von dem Bekanntern zu dem Unbekanntern, von dem Allgemeinen zu dem Besondern fortschreite; b) daß die Gründe, welche sich nur an das Erkenntnißvermögen wenden, vorausgehen, die aber in näherer Beziehung zum Gefühle und zur Rührung stehen, auf jene folgen; c) daß wo möglich Alles in der Confirmation der dreifachen Steigerung in Bezug auf den logischen oder überzeugenden, den ansprechenden und den pathetischen Charakter zustrebe [2]. Daher hüte er sich vor einer Stellung der Beweise, die zu viele Uebergänge erfordert, oder die im Gegentheile Einförmigkeit und zu weite Ausdehnung einzelner Punkte erzeugt. Letztern Fehler begeht bisweilen Bossuet. Besser ist es nöthigenfalls, um der Ausführung mehr Kürze, Klarheit und Ebenmaß zu bewahren, irgend einen Gedanken, der an sich der Abhandlung zufiele, in den Epilog zu verlegen, z. B. einen Beweis in die Recapitulation, einen Beweggrund in den pathetischen Theil des Schlusses [3].

3) Die Widerlegung nimmt als Vollendung der Beweisführung in der geistlichen Rede dieselbe Stelle ein, die ihr die allgemeine Theorie der Beredsamkeit anweist [4], und ebenso findet sie gelegentlich in der Redeentwickelung Anwendung, wann und wie dieß besondere Rücksichten räthlich erscheinen lassen. Häufig fällt sie auch ganz aus. Dogmatische Refutationen treten im Allgemeinen natürlicher in den belehrenden, moralische in den bewegenden oder spätern Partien der Rede auf, doch gibt es auch hierin Ausnahmen.

4) Nutzanwendung. Diese bildet gewöhnlich den Schluß der Abhandlung, wenigstens in der eigentlichen Predigt. In moralischen Reden pflegt sogar jeder Haupttheil mit einer Nutzanwendung zu schließen, so jedoch, daß die wichtigere in dem letzten Theile der Rede auftritt und

---

[1] Manuel d'éloq. s. l. 2.

[2] Vgl. Predigtamt S. 397 ff. (Beispiele).

[3] Dieß ist um so mehr zulässig, als es ohnehin als Vorzug der Peroration gilt, wenn sie irgend einen neuen, hervorstechenden Gedanken bietet.

[4] Siehe oben S. 60.

größere Ausdehnung erhält; bisweilen zieht man indeß nur Eine Anwendung als Consequenz aus der ganzen Rede, oder wenn man deren mehrere anbringen will, stellt man sie auch ebenso als Folgerungen am Ende der Abhandlung zusammen. In dogmatischen Reden geht die practische Anwendung nicht selten in den Epilog über und bildet dann dessen Hauptstoff. Bei Lobreden und Homilien endlich findet sie eben da statt, wo der Redeinhalt eine ungezwungene Anknüpfung dafür bietet, d. h. sie wird gelegentlich eingeflochten. Ueberhaupt ist mit der obigen Hauptstellung der Nutzanwendung nicht gesagt, daß nicht überdieß practische und rührende Momente mit der Beweisführung verwebt werden können und sollen, wo sie sich dem Prediger zur Ansprache der Aufmerksamkeit und des Gemüthes darbieten: nur daß sie nicht eben gegen Ende ausbleiben [1]. Ebenso wenig ist es irgendwie nothwendig, daß die practische Anwendung sich unmittelbar an die Belehrung anschließe und der Affecterregung vorangehe. Sehr oft schließt im Gegentheile die Belehrung, z. B. in Geheimnißreden, mit einem freien Ergusse der Empfindung über die Größe, Güte, Gerechtigkeit Gottes, über die Schönheit der Religion u. s. w., worauf dann erst die Nutzanwendung folgt. Hier wird immer jene Ordnung die beste sein, die das Herz eingibt.

C. Schluß.

Wie die Nutzanwendung gewissermaßen das Ziel der Predigt, so ist der Schluß deren Bekräftigung und letztes Siegel; daher ein sehr wichtiger Bestandtheil der geistlichen Rede. Ueberhaupt kommt es bei einer Predigt in der Regel auf die letzte Viertelstunde an: ist diese matt und unbedeutend, so geht alles Frühere wieder verloren; ist sie kräftig oder rührend, so hinterläßt sie einen tiefen Eindruck. Am entscheidensten wirken aber die letzten Augenblicke, weil bei dem Menschen die letzten wie die ersten Eindrücke die unvergeßlichsten sind. Daher ist dem Schlusse ebenso wie dem Eingange der Rede stets eine vorzügliche Sorgfalt zuzuwenden, sowohl in Hinsicht des Inhalts als der Form. Man muß für denselben immer etwas Vortreffliches, besonders etwas Rührendes bewahren. Semper augeatur et crescat oratio.

Bei kurzen Anreden kann der Epilog in einer allgemeinen Ermahnung oder Ermunterung bestehen. In der eigentlichen Predigt dagegen ist eine markige Recapitulation, welche die überzeugendsten

---

[1] „Die Methode will, daß vom Anfange der Rede bis zur Mitte der Zuhörer belehrt, von der Mitte bis zum Ende aber bewegt werde. Daher sind die affectvollen Digressionen gegen das Ende anzubringen." Hl. Franz von Sales (Brief an den Erzb. v. B. K. 4.).

Beweise und die Hauptnutzanwendung wie in einem Kerne zusammendrängt, meist angemessener, besonders vor dem Volke. Es kommt hier nur darauf an, daß dieselbe möglichst natürlich und lebhaft sei und einer letzten pathetischen Schlußbewegung zur Vorbereitung diene.

Dafür gibt es mancherlei ergreifende Wendungen: Z. B. „Wenn die Religion, wenn die Kirche selbst hier sprechen könnte, sie würde euch zurufen: O meine Kinder, ihr wißt es, daß .. daß .. Warum denn, o Sünder, wolltest du zögern, dich zum Herrn zu wenden? was geht noch deiner Ueberzeugung ab? Du weißt, daß .. O so öffnen wir denn unsere Augen vor dem Lichte der Wahrheit und sagen wir es uns selbst .. Wenn der höchste Richter in diesem Augenblicke erschiene, was könntest du ihm antworten? Du hast gesehen, daß ..“

Ebenso kann man den Zuhörer in lebhafter Vergegenwärtigung auf das Sterbebett, in die Ewigkeit, an den Fuß des Kreuzes, an die Stufen des Altars versetzen und ihm die wichtigsten Punkte der Wiederholung auf die Zunge legen (O mein Gott! nun begreife ich es, daß ..) oder ihn fragen: Was würdest du dann von jenen Ausflüchten sagen? würdest du nicht selbst urtheilen, wie du so eben gehört, daß .. daß ..?).

Ebenso empfiehlt der hl. Alphons von Liguori, bei der Recapitulation der Nutzanwendung den Gläubigen die practischen Entschließungen oder zu fassenden Vorsätze eindringlich nahezulegen, indem dieselben in ein ergreifendes Gebet, einen Reueact u. dgl. eingekleidet werden.

Die eigentliche peroratio besteht zunächst im stärksten, feurigen oder rührenden Affecte. Indeß ist sie eben als solche in der Predigt oft entbehrlich, wo nämlich die Gefühlserregung schon in der Abhandlung selbst ihren Höhepunkt erstiegen oder doch eine bedeutende Entwickelung gewonnen hat. In solchen Fällen kann bisweilen mit ruhigen aber gewichtvollen, anderemal mit herzlichen Worten, mit einem einfachen Gebete, oder auch mit dem Vorspruche selbst geschlossen werden. Jedenfalls aber soll die Schlußform eine treffende sein [1].

Der ganze Epilog stehe übrigens mit dem Grundtone der Rede in natürlichem Einklange; er sei gut eingeleitet und möglichst kurz und kräftig ausgeführt.

Drittes Kapitel.

Darstellung der geistlichen Rede.

Die altehrwürdigen Glasgemälde in den gothischen Kirchen und Kreuzgängen gewähren uns oft ungeachtet ihrer innern Schönheit nur

[1] Ueber die verschiedenen homiletischen Schlußweisen siehe Predigtamt S. 475—481 (Beispiele).

einen matten und unbestimmten Anblick, wenn ihnen nämlich die gehörige Beleuchtung fehlt. Fällt aber auf einmal ein Sonnenstrahl mit der ihm eigenthümlichen Klarheit und Lichtfülle auf sie, so stehen ihre lieblichen Gebilde vor uns plötzlich wie in einer magischen Glorie da und erfüllen das Herz mit frommer Freude und Bewunderung. Aehnlich verhält es sich mit den christlichen Wahrheiten. Sie erscheinen bisweilen matt und bedeutungslos und das sogar um so leichter, als sie ihrer Natur nach übersinnlich sind und für uns den Reiz der Neuheit verloren haben. Werden sie uns aber in dem rechten Lichte dargestellt, entfalten sie vor unsern Augen ihre innere Schönheit und Fülle, so kommen sie uns wieder als groß und neu vor und wirken dann nicht selten überwältigend auf das Gemüth. Diese Beleuchtung wird nun allerdings zunächst durch innere Mittel, durch kernige Gedanken und lichtvolle Entwickelung erstrebt; allein auch die Sprache hat an derselben großen Antheil, wie ja überhaupt die ächt rednerische Darstellung mit der Wendung und Natur des Gedankens innigst verschmolzen und gewissermaßen identificirt ist. Die Kunst, geistliche Gegenstände in ihrem wahren, vollen und schönsten Lichte darzustellen, ist für den Prediger eine unschätzbare Gabe. Daher verdient ihre Erwerbung auch allen Fleiß. Ja, da die Anlässe zur Verkündigung des Wortes Gottes für den Seelsorger so oft wiederkehren, und nicht selten unter Umständen, die keine längere Vorbereitung gestatten, so möchte der Besitz einer gewandten und würdigen Kanzelsprache nicht nur als eine höchst wünschenswerthe Erleichterung, sondern geradezu als Nothwendigkeit — besonders für Prediger in Städten — zu bezeichnen sein. Der Mann mit nachlässiger oder unbeholfener Sprache predigt sich bald aus; wem dagegen das homiletische Wort zu Gebote steht, dem ist — sofern ihm nicht geradezu wesentliche Vorzüge mangeln — Aussicht auf dauernde Wirksamkeit gegeben. Die Erfahrung zeigt, daß die Gewandtheit der Darstellung in den Augen der Zuhörer nicht selten einen gewissen Abgang anderer rhetorischen Eigenschaften ersetzt.

Gehen wir nun etwas näher auf die Natur der homiletischen Sprache ein, so erkennen wir aus ihrer Bestimmung, sich jedem Fassungsvermögen und jeder Gemüthsart anzupassen (euntes docete omnes gentes .. Matth. 28. Marc. 16.), daß sie wesentlich eine **populäre** sein müsse und zwar in der größten Vertiefung des Wortes: populär in der dreifachen Angemessenheit hinsichtlich des Erkenntniß-, des Gefühls- und des Begehrungsvermögens der Zuhörer [1]. Aus dieser Anschauung fließen

[1] Die vollkommene Popularität der Predigt wird also jene sein, wodurch diese sich nach Inhalt, Ausdruck und Vortrag allen Seelenkräften sämmtlicher Zuhörer anpaßt. Da jedoch der Popularität des Inhalts und des Vortrages anderswo

von selbst die wichtigsten Regeln, die wir in dem dreifachen homiletischen Interesse anzuwenden haben, daß die Wahrheit einleuchte, gefalle und ergreife.

§ 1. Gemeinfaßlichkeit der Darstellung.

Der Kirchenrath von Trient schreibt diesen Charakter allgemeiner Verständlichkeit allen Seelsorgern und Predigern in folgenden Worten vor: Plebes sibi commissas *pro sua et earum* **capacitate** pascant salutaribus verbis etc. [1] Für keine andere Eigenschaft der Sprache eifern die verschiedenen Diöcesansynoden wie die hl. Väter mehr als für die eben genannte: weil diese die erste Bedingung aller Wirksamkeit ist. Daher will die Synode von Ermeland (1610) im Anschlusse an die obige Mahnung des Tridentinums, daß der geistliche Vortrag sich vollkommen für das „Alter, den Charakter, den Stand, die Bestrebungen und Sitten der Zuhörer eigne (oder an ihre Anschauungen anknüpfe), damit so der Prediger Allen Alles werde und Alle für Christum gewinne" [2].

Die Nothwendigkeit dieser allseitigen Deutlichkeit der Predigt können wir auch aus den Worten entnehmen, womit der hl. Paulus den Vorzug der Schrifterklärung vor der bloßen Sprachengabe nachweist [3]. Indem er die doppelte, bei den ersten Christen so häufige Wundergabe vergleicht, in fremden Sprachen zu reden und das Gesprochene sofort mittelst göttlicher Erleuchtung zu erklären, fügt er bei: „Brüder, wenn ich zu euch käme und in fremden Sprachen redete, was würde ich euch nützen ohne klare Offenbarung und Belehrung? Schon die leblosen Tonwerkzeuge, sei es Flöte oder Zither, wenn sie den Tönen nicht eine Unterscheidung geben — wie soll man das Gespielte erkennen? Und wenn die Posaune einen unbestimmten Schall gibt, wer wird sich zum Streite rüsten? Also auch ihr mit der Zunge! wenn ihr nicht eine deutliche Rede vorbringet, wie wird man erkennen, was gesagt wird? Ihr werdet in den Wind reden! Wenn ich die Bedeutung der Worte nicht kenne, so bin ich dem Sprechenden ein Fremdling!" [4] Daher gibt der Apostel den Christen nun den fernern, auch dem Prediger zu beherzigenden Rath: „Bemühet euch also, die ihr euch um Geistesgaben beeifert, sie in Fülle zur Erbauung der Gemeinde zu besitzen:

---

gedacht ist, so genügt es hier die Popularität der Sprache in nähere Erörterung zu bringen.

[1] Sess. 5. c. 2. Dasselbe sagt der gleich hierauf folgende Ausdruck: annuntiando cum **facilitate** et brevitate sermonis . . (ib.).

[2] Hartzheim C. G. t. 9. p. 99.

[3] 1 Cor. 14, 5—13.

[4] Barbarus (ein dem nicht populären Prediger zu erwägender Ausdruck!).

wer in Sprachen redet, der bitte um die Gabe der Auslegung" — d. h. der fruchtbringenden Erklärung des hl. Wortes, der vollkommenen Verständlichkeit. — Treffend bemerkt Gaichiès: Der Weisheit des hl. Geistes stand es zu, die hl. Schrift mit Dunkelheit zu erfüllen, denn sie ist eine Sammlung von Geheimnissen. Der Prediger aber, der ihr Ausleger ist, muß klar sein und soll nicht wieder einen andern Ausleger nöthig haben [1].

Bei Beurtheilung seiner Ausdrucksweise muß der Kanzelredner ja nicht seine, sondern seiner Zuhörer Einsicht zum Maßstabe nehmen. Durch frühere Studien und den häufigen Verkehr mit der Büchersprache ist er an eine Weise zu denken und zu schreiben gewöhnt, die nicht die der gewöhnlichen Zuhörer ist. . Wer bei der Angewöhnung an die Schriftsprache noch die Gewohnheit hat, schnell zu sprechen, besitzt das sichere Mittel, seine Predigt zu einer nutzlosen zu machen. Namentlich ist Vorsicht bei abstracten Gegenständen nöthig. Mag es dem speculativen Denker gestattet sein, nach Belieben die Wirklichkeit selbst in die eisernen Formen der Abstraction zu pressen: der Prediger darf ihm hierin nie folgen .. Ein Vater spricht: In homine carnali tota regula intelligendi est consuetudo cernendi [2]. Dieser Naturmensch ist in gewissem Sinne jeder Zuhörer. Auch der geistige erfaßt am leichtesten sinnlich Anschauliches. Der Mensch wird ungleich mehr durch die Nähe, als durch den innern Glanz eines Gedankens berührt. So erhält auch unsere Erde weit mehr Licht von der Sonne, die ihr nahe ist, als von Millionen vielleicht weit größerer Sterne, die in weiter Ferne schimmern. Die Nähe des Gegenstandes ist aber für den Zuhörer dessen Anschaulichkeit. Wie kennen dieß Geheimniß die hl. Väter! Der hl. Chrysostomus gibt sich häufig bei schwierigern Gegenständen eine sichtliche Mühe, sie in eine solche Fülle sinnlicher Eindrücke und concreter Vor-

[1] Maximes .. Daher mahnt der hl. Karl Borromäus den geistlichen Redner: Ne *ambigue* loquatur, ut eadem oratio varium sensum possit afferre. Ne *concise* item, ut auditores incerti sint et animo pendeant. Ne *obscure*, ut dictum facile percipi non queat (Instr. past. p. 1. c. 25). — Nonne satius est mutum esse, quam quod nemo intelligat dicere? *Cic.* 3. Philip. c. 9. Tanquam scopulum fugias insolens verbum — so Gellius von ungebräuchlichen Ausdrücken (l. 1. 10).

[2] *S. Aug.* serm. 147. de temp. Leibnitz wendet den Grundsatz der Anschaulichkeit sogar auf die philosophische Forschung an. Er will, daß letztere — statt an hohe und abstracte Speculation — sich um so mehr an die einfachsten und „handgreiflichsten" logischen Formen halte, je schwieriger die Gegenstände sind: „gerade wie man geringer Geld mit Würfen annimmt, große Stücke aber, zumal von Gold, lieber zählet, und wenn man Diamanten zu berechnen hätte, gern die Mühe nehmen würde, solche an den Fingern abzuzählen, weil diese Rechnung zwar am schlechtesten (einfachsten), doch aber am sichersten ist" (Brief an G. Wagner). Wie müßte sich das erst der Prediger gesagt sein lassen!

stellungen umzusetzen, daß sie auch dem einfachsten Fassungsvermögen klar werden und mit Farbe und Leben vor die Seele treten. Diese Kunst muß auch der Prediger lernen.

Als fehlerhafte Stylarten sind der homiletischen Popularität gegenüber besonders folgende zu bezeichnen:

1. Der philosophische Styl. Die wissenschaftliche Sprache hat durchaus ihren Werth für die Wissenschaft, aber es ist ein Mißbrauch, sie auf das rednerische Gebiet hinüber zu ziehen. Nun gibt es aber wirklich Prediger, die immer ein höheres Auditorium im Auge zu haben scheinen und sich am liebsten dem zuwenden, was über die gewöhnliche Denk- und Redeweise am weitesten hinausliegt. Ihre Sprache ist vornehm, geistreich, gefeilt und — leer, woran die Philosophie nicht Schuld ist. Diese Darstellung reicht theilweise, mit verschiedenen Schattirungen, bis in die neuere Zeit hinein. Wo sie sich bisweilen zu einer Verdeutlichung, etwa einem Bilde, herabläßt, steht dieses eben nur wie ein einsames epithetum ornans da, ohne der Gesammtdarstellung Licht oder Leben zu vermitteln.

2. Der prunkrednerische Styl. Dieser sündigt durch Mangel an Einfachheit und gewöhnlich auch durch Unordnung und sogar Excentricität der Gedanken nicht wenig gegen die der Predigt nöthige Klarheit und Leichtverständlichkeit. Der hl. Alphons von Liguori erhob sich seiner Zeit mit apostolischem Ernste gegen diese Entweihung des geistlichen Wortes [1].

3. Eine fernere Art unpopulärer Kanzelsprache können wir die ausdruckslose nennen. Sie gleicht ganz dem verschwommenen Charakter einer Landschaft, die nur halb aus dem Morgennebel auftaucht. Meistentheils hat sie ihren Grund in der Unentschiedenheit und Verflachung der religiösen Gesinnung und ist gleich der erstgenannten Stylart aus dem protestantischen in das katholische Predigtgebiet übergegangen. Mit jener ersten hängt sie in der Regel durch abstracte Färbung zusammen, hat aber statt des vornehmen Lehrtones gewöhnlich einen gewissen süßelnden und sentimentalen Salonton. Wie das Kernhafte so vieler christlichen Wahrheiten und deren kirchliche Auffassung und Ausdrucksweise auch eine kräftige Bestimmtheit und Klarheit in die Sprache bringt: so erzeugt nothwendig das Umgehen derselben Unklarheit der Diction. Diese gleicht einer Aussprache, der es an Articulation fehlt.

4. Endlich muß als Verstoß gegen die homiletische Klarheit auch jene asiatische Breite bezeichnet werden, die gerade durch das Extrem der Verdeutlichung undeutlich wird und jedenfalls aus falschem Geschmack hervorgeht. Statt Einfaches einfach zu sagen und nur das Wichtige hervor-

---

[1] So in verschiedenen Briefen, besonders in dem bekannten an einen Missionär (siehe Predigtamt S. 487 ff.), in den „Vorerinnerungen“ zu den Predigten, in der Anleitung zu den Missionen.

zuheben, erörtert sie Alles. Synonymie und Amplification sind bei ihr stehende Form; jede Construction hat ihre Parallele; die Hauptgedanken sind durch viele Nebengedanken auseinandergehalten, die Sätze möglichst lang und schleppend. Hiedurch wird aber die Uebersichtlichkeit und der Fortschritt des Ganzen vollständig aufgehoben (und sogar der mündliche Vortrag für Redner und Zuhörer gleich ermüdend).

Den bezeichneten Fehlern gegenüber suche der Prediger alle Mittel anzuwenden, um seiner Darstellung im Großen und Kleinen die vollkommenste Durchsichtigkeit zu geben. Daher

a. wende er die erste Sorgfalt den Wahrheiten und Sätzen zu, von deren Verständlichkeit am meisten abhängt, somit vor Allem dem Hauptsatze.

Statt z. B. bestimmt von der christlichen Erziehung der Kinder, von der Nachfolge Jesu Christi, von der Flucht sündhafter Vergnügen u. dgl. zu sprechen, brauche er nicht die kahlen Formen: Von der Sorgfalt der Eltern für die ersten Eindrücke wichtiger Gegenstände auf die Seelen der Kinder. Ueberall und immer in Gemeinschaft mit dem göttlichen Religionsstifter sein und leben, ist Anfangs unserer Sinnlichkeit schwer, im Fortgange und am Ende aber allemal beseligend. Warnung vor Mißbrauch in Rücksicht auf die richtigern Begriffe von dem Werthe der Glücksgüter und des sinnlichen Vergnügens. Von der Pflicht, sich zu Absichten zu erheben, die mehr als nur Thätigkeit für nahe Verwandte fordern. . . .[1]

b. Obwohl die Zulässigkeit oder Unzulässigkeit gewisser fremder oder gelehrter Ausdrücke von der besondern Art oder Bildungsstufe des Auditoriums abhängt, also eine relative ist: sei der Prediger doch vor gemischten Auditorien im Gebrauche solcher Bezeichnungen, wie Dogma, Moral, Martyrium u. dgl. im Allgemeinen sehr sparsam. Sogar Ausdrücke, die uns als völlig eingebürgerte vorkommen, wie: Charakter eines Sacraments, moralisch, practisch u. ähnl., sind manchen ungebildeten Gläubigen durchaus unverständlich.

c. Der geistliche Redner schließe sich nach dem Beispiele Christi an die Denkweise und die Erfahrungen des Volkes an; er verdeutliche durch Bilder, Gegensätze . ., löse die Begriffe in ihre einzelnen Merkmale auf u. s. f.; besonders aber brauche er jene katechetische und ascetische Ausdrucksweise, die das Volk aus seiner katholischen Erziehung und seinen Erbauungsbüchern kennt.

d. Der kurze Satzbau sei Regel, der periodische Ausnahme.

e. Der Gedankengang werde deutlich bezeichnet, das Gesagte von Zeit zu Zeit kurz wiederholt, der Uebergang von einem Punkte

---

[1] Aus prot. Predigern.

zu einem andern klar ausgesprochen u. s. w. Dieß Alles um so mehr, je ungebildeter das Auditorium.

§ 2. Gefälligkeit der Darstellung.

Es ist Pflicht des Predigers, das Wort Gottes anziehend zu machen: denn er soll demselben die Wege in die Herzen bereiten [1]. Und wie kann er dieß? Ein Blick in die Natur des göttlichen Wortes wird uns die Mittel, sowie auch die Grenzen in Anwendung der letztern erschließen. Das Wort Gottes soll eben als göttliches wirken und nicht als Menschenwort: sein Ausdruck muß also einfach sein; — es soll als heiliges Wort erscheinen: es muß also würdevoll sein. **Einfachheit** und **Würde** stellen sich uns somit als wesentliche Grundzüge des homiletischen Wortes vor, denen Alles wird entsprechen müssen, was wir etwa zur fernern Ausstattung desselben aufnehmen können.

Hieraus ergibt sich vorerst die **negative** Seite unseres Gegenstandes. Jenen Eigenschaften widerstrebt also: 1) alles Affectirte, Prunkhafte, Weltliche, unächt Sentimentale; 2) alles Triviale, Nachlässige, Spielende und Kleinliche. „Der Gesandte des Himmels muß dessen Sprache reden.“ Gaichiés [2].

Hinsichtlich der **positiven Frage** der stylistischen Ausstattung, und zwar zunächst —

a. des **rednerischen Schmuckes**, muß Mehreres unterschieden werden. **Nothwendig ist an sich** der Schmuck der christlichen Wahrheit nicht. Sie ist häufig am ergreifendsten, wo sie aller Zierrath entbehrt. **Nützlich** dagegen kann jener der geistlichen Rede sein, wenn er **gemäßigt** und der besondern Art des Vortrages oder des Gegenstandes **angemessen** ist. Ja es gibt Fälle, wo er bis zu einem gewissen Grade gefordert erscheint. Wenn die Kirche bei manchen Feierlichkeiten die göttlichen Geheimnisse mit allem Glanze ihres herrlichen Cultus umgibt und dabei freudig anwendet, was Natur und Kunst ihr bieten: sollte denn der Prediger nicht auch in entsprechendem Sinne das göttliche Wort ausstatten können, und contrastirte in einem solchen Zeitmomente Nacktheit und Nüchternheit der Sprache nicht mit dem Geiste der Kirche? [3]

Versteht man endlich unter Schönheit der Sprache nur den **Adel** derselben, so ist gewiß, daß in diesem Sinne die homiletische Darstellung immer gefällig, weil immer edel sein muß. „Die Schönheit der Sprache

---

[1] Nolumus fastidiri etiam quod submisse dicimus. *S. Aug.* de doctr. chr. l. 4. c. 26.

[2] Maximes . . [3] Vgl. *S. Leo.* s. 3. de quadr.

gebührt einer Predigt nicht minder, als der Marmor den Tempeln und das Gold den heiligen Gefäßen." Gaichiès [1].

Uebrigens ist ja der Redeschmuck nicht nur da, um zu „schmücken", sondern um zu beleben, zu erheben, zu veranschaulichen und zu malen. Nach allen diesen Beziehungen hat er seine Berechtigung, wie seine Abstufungen. Der Prediger wird ihn also je nach Erforderniß anwenden oder beschränken [2]. Nach dem Beispiele und der Vorschrift des hl. Augustin wird er hier im einfachen (und einfachsten!), dort im reichern und blühendern (pulchrae ac splendidae dictionis facie), nach Umständen sogar im glänzenden und schwungvollen Style sprechen [3]. Der populärste aller Kanzelredner, der hl. Chrysostomus, durchgeht je nach der Natur der Dinge diese Darstellungsweisen in allen ihren Graden. Während in den erklärenden Theilen der Homilie bei ihm die gewöhnliche, einfache Sprache die vorherrschende ist, erhebt er sich bei Schilderungen und großartigen Zügen zum bilderreichen, hohen, ja bis zum prächtigen Style. Daher sind diejenigen mit sich selbst im Widerspruche, welche einerseits die Väter zum exclusiven Typus der geistlichen Beredsamkeit machen, andererseits allen Redeschmuck, von dem diese tausend Beispiele bieten (gerade wie die hl. Schrift selbst), als heidnisch-weltlichen Aufputz verpönen [4].

Indeß wird der Prediger sich aber auch vor dem Extreme des Mißbrauches glänzender Redeformen hüten. Namentlich ist das absichtliche Bestreben, zierlich zu sprechen, höchst nachtheilig. „Höre ich Jemand loben, der auf gesuchte Weise predigt, und sagt man, er habe großen Segen gewirkt, so zwingt mir dieß ein Lächeln ab und ich behaupte, daß es ganz unmöglich sei. Warum? Weil Gott einem solchen Prediger nicht beisteht." Hl. Alphons von Liguori. Sogar jene unter den sog. „zierlichen" Predigern, die sich innerhalb der Grenzen des Geschmackes zu halten streben, sind in der Regel ungründlich, weich und kraftlos [5].

Der geistliche Redner wird sogar absichtlich jedem Schmucke ent-

---

[1] O. c.

[2] Sicut res postulaverit, acute, ornate, ardenter — so der hl. Augustin, wo er die Hl. Cyprian und Ambrosius als Muster der zierlichen, wie der übrigen Stylgattungen aufstellt. De doctr. chr. l. 4. c. 21.

[3] L. c. c. 19. — Aliquando de una eademque re magna (so nennt der hl. Lehrer alle christlichen Stoffe — cf. c. 18) et *submisse* dicitur, si docetur, et *temperate*, si praedicatur (d. h. wo es sich um deren Anpreisung handelt) et *granditer*, si aversus inde animus ut convertatur impellitur . . *Ib.*

[4] Daselbe gilt von der Behauptung, daß auf dem geistlichen Gebiete keine „Kunst" zuläßig sei (vgl. nebst den Vätern auch Conc. Prov. Col., oben S. 128—29: ut gratia non respuit naturam etc.). Zwischen Kunst und Künstelei besteht ein Unterschied.

[5] Ihre Manier auch auf die Dauer widerlich. „Was immer gewürzt ist, erregt Ekel, wenn man es als Nahrung braucht." Gaichiès.

sagen, wo nur die Kraft sprechen soll, ob auch andere Stellen derselben Rede sich ganz wohl mit blühender Diction vertragen. Seine Sprache bedarf überhaupt der größten Freiheit der Bewegung, und in dem rechten Maße derselben besteht ja eben die Angemessenheit der Schreibart. Wo der Gebirgsstrom durch Felsen bricht, oder auf abschüssigen Bahnen fließt, ist sein Lauf ungestüm und reißend; kann er sich dagegen in der Ebene ausbreiten, so glättet sich alsbald sein Spiegel. Ebenso ist die heftige Bewegung der Rede wesentlich verschieden von der ruhigen Darstellung: während diese regelmäßig und gemessen, ist jene abgebrochen und ungleich, sie trägt den Ausdruck des Kampfes und gewaltsamen Ringens nach einem Ziele. Letzteres ist immer der Fall, wo die Beredsamkeit starke Schläge zu führen, wo sie große Leidenschaften niederzukämpfen, wo sie zu schweren Schritten zu begeistern hat. „Der Soldat, der den Feind auf's Aeußerste verfolgt, sieht wenig darauf, ob er die Zuschauer durch die Grazie seiner Bewegungen ergötze; er ist zufrieden, wenn er nur siegt . . Um Ungeheuer niederzukämpfen, braucht man nicht Paradewaffen; dazu gehört der Säbel und die Keule“ [1]. Nirgends zeigt sich das Lächerliche des vorhergenannten falschen Schmuckes mehr, als eben in diesem Falle. Der hl. Thomas von Villanova, indem er sich an diejenigen wendet, welche in Sünden leben und dabei blumenreiche Prediger aufsuchen, ruft aus: O Thor, dein Haus brennt, und du sinnest auf künstliche Reden! Aber diesen Vorwurf, fügt der hl. Alphons von Liguori bei, verdienen noch weit mehr jene Prediger, die vor einer Menge Volkes, in der gewiß Mehrere sich im Stande der Todsünde befinden, mit prunkendem Schmucke sprechen; diese unglücklichen Seelen bedürfen des Donners und der Blitze, um aus ihrem Todesschlafe aufgeschreckt zu werden. „Welch' eine Thorheit wäre es nicht, wenn man, da ein Haus in Flammen stände, das Feuer dadurch löschen wollte, daß man es mit einigen Tropfen Rosenwasser besprengte!“ [2]

Außer dem rhetorischen Schmucke gibt es aber noch andere Mittel, die Darstellung der geistlichen Rede anziehend zu machen. So —

b. die Klarheit, Natürlichkeit, Correctheit, d. h. die gute Anwendung der gewöhnlichen Sprachelemente. Der Prediger wird es also nicht unter seiner Würde halten, diesen Dingen eine mäßige Sorgfalt zuzuwenden und jedenfalls seinen Zuhörern den unangenehmen Eindruck ersparen, als achte er das Wort Gottes und sie selbst gering.

c. Die Mannigfaltigkeit oder die ansprechende Abwechselung sowohl in den Arten der geistlichen Vorträge, als auch hinsichtlich verschiedener Stellen eines und desselben Vortrages: ebenso eine gewisse natürliche Neuheit und Frische des Ausdrucks. Monotonie

[1] Gaichiès.

[2] Worte Mansi's (bibl. conc.), die hier der Heilige anführt.

ist eine der schlimmsten Klippen der Kanzelsprache. Der Homilet wird also ohne Noth weder zu lange erklären, noch zu lange beweisen, noch zu lange ermahnen oder Affecte erregen; er wird ferner suchen, seine Darstellung von Zeit zu Zeit durch eine neue Wendung, Veränderung der Schreibart [1], Anwendung illustrirender Züge . . zu würzen, ohne jedoch der Einfachheit oder dem Fortschritte des Ganzen zu nahe zu treten. Man muß mannigfaltig sein, ohne zu unterbrechen, und anhalten, ohne nachzulassen. Die Krümmungen der Flüsse unterbrechen niemals ihren Lauf" [2].

d. Alle früher genannten Mittelzwecke der Rede können — gut angewandt — auch zur Annehmlichkeit der letztern beitragen, oder: der Prediger wird unfehlbar gefallen, wenn er gut und bündig erklärt; wenn er Alles wohl beweist, was er sagt [3]; wenn er mit Gemüth und Wärme spricht, sich vor Länge und Weitschweifigkeit bewahrt u. s. w.

e. Endlich hat der geistliche Redner im Interesse der Gefälligkeit (wie zugleich in dem der Klarheit und Eindringlichkeit) ganz besonders zwei früher besprochene Vorschriften der allgemeinen Rhetorik hinsichtlich der **Mittheilung** (oder des communicativen Charakters der Darstellung) und der Spannung der Aufmerksamkeit in Anwendung zu bringen [4].

Wie jene schon von der Natur der Beredsamkeit gefordert ist, so ist sie noch in höherem Maße eigenthümlicher Grundzug der geistlichen Rede als in ihrem tiefsten Wesen vertraulicher Ansprache (ὁμιλεῖν!), und überdieß endlich durch den besondern Umstand geboten, daß der irdische Mensch sich geistlichen Dingen nicht so von selbst zuwendet, wie irdischen. Es ist um so nöthiger, den Anfänger auf diese homiletische Anforderung aufmerksam zu machen, als ihn gewisse Predigtwerke, die wegen geistreicher Darstellung als vorzügliche gelten, in obiger Beziehung aber durchaus unrednerisch sind, leicht verbilden könnten. Eine Predigt ist etwas ganz Anderes, als eine Abhandlung mit vorangestelltem Schrifttexte. „Es nützt nichts, vor dem Zuhörer zu reden, wenn er nicht merkt, daß man zu ihm redet" [5]. Dasselbe gilt von der Aufmerksam-

---

[1] Omnibus generibus dictio varianda est. *S. Aug.* de doctr. ch. l. 4. c. 22. Doch fügt der hl. Lehrer bei: Verumtamen facilius submissum solum quam solum grande diutius tolerari potest — und er will jedenfalls, daß in der Darstellung Erhöhungen und Vertiefungen vorkommen, wie bei der Ebbe und Fluth: ut dictionis impetus sicut maris aestus alternet. *L. c.*

[2] *Gaichiés*, Maximes.

[3] Unde acclamatur ita dicentibus, nisi quia veritas sic defensa, sic invicta delectat? *S. Aug.* de doctr. chr. l. 4. c. 26.

[4] Siehe oben S. 24 und 70 f.

[5] Gaichiés. Um wie viel weniger wird es nützen, von Sachen zu reden und den Zuhörer gänzlich aus dem Auge zu lassen! Am befremdlichsten ist dieser

keit. Von dem Grade derselben hängt häufig mehr ab, als von dem der Vortrefflichkeit der Rede. Im Winter ist uns die Sonne näher als im Sommer, und doch ist ihre Wirkung ungleich geringer, weil unsere Hemisphäre ihr alsdann unvollkommener zugewandt ist, oder weil die Sonnenstrahlen sie nur in schiefer Richtung treffen. Je mehr sich aber diese Richtung der senkrechten nähert, um so feuriger werden die Strahlen, und um so überraschender die Uebergänge der Vegetation aus dem Winterfroste in die Fruchtbarkeit des Frühlings und Sommers. Aehnlich verhält es sich mit der Wirksamkeit der Predigt. Diese muß daher von den ersten Sätzen an sich direct an die Zuhörer wenden, um ihren ganzen Geist zu fesseln. Sie muß aber ferner die erregte Aufmerksamkeit fortwährend zu erhalten, zu erneuern und zu steigern suchen. Wie sorgfältig achtet man bei der Leitung des electrischen Stromes darauf, daß alle Hemmungen und besonders jene Berührungspunkte vermieden werden, wodurch der Strom abgeleitet und getheilt wird! Ohne diese Vorsicht würde in der That seine ganze Kraft verloren gehen. Dasselbe ist aber auch hinsichtlich geistiger Eindrücke der Fall. Bleiben sie in der Seele nicht concentrirt, verflüchtigen sie sich durch Zerstreuungen, oder werden sie durch eintretende Stimmungen der Gleichgültigkeit unterbrochen, so ist ihre Wirksamkeit dahin. Wie gut wissen das ein Chrysostomus und Augustin! Daher suchen sie sich in ihren Vorträgen in einen beständigen Wechselverkehr mit dem Zuhörer zu setzen. Bald wenden sie sich an ihn im Tone der Berathschlagung, bald untersuchen sie mit ihm einen Gegenstand, bald berufen sie sich auf seine Erfahrung, bald dringen sie in ihn durch gehäufte Fragen und dialogische Formen, bald tragen sie ihm Wünsche oder sogar Bitten vor, bald fassen sie mit ihm das Gesagte kurz zusammen und ziehen daraus Schlüsse, oder legen ihm die zu fassenden Vorsätze nahe; bald ermuntern sie ihn zu erneuter Aufmerksamkeit oder loben die bisher erwiesene, kurz: sie wenden alle Mittel an, um ihrer Predigt jenen ansprechenden und anregenden Charakter zu geben, wodurch sie ein wahrhaft lebendiges, erquickendes, geistlich väterliches Wort wird. Dieselbe Kunst lernt der Anfänger auch aus Segneri, Bourdaloue, Bossuet, Massillon und Vieira.

§ 3. Eindringlichkeit der Darstellung.

Die erste Bedingung einer eindringlichen Sprache ist, als innere Seele derselben, für den Prediger die tiefe Durchdrungenheit von den ewigen Wahrheiten und der bestimmte Wille, dieselben so nachdrück-

---

gänzliche Mangel an Ansprache und Mittheilung in der Homilie, und nirgends ist das Surrogat des Geistreichen, Witzigen, der Histörchen u. dgl. unzulänglicher als hier.

lich als möglich einzuprägen. Dieß Verlangen, das eben nur der Ausdruck des Seeleneifers ist, wird dem geistlichen Redner unfehlbar ergreifende Worte auf die Lippen legen: ohne dasselbe wird er nur obenhin sprechen. Er muß also bei jedem Vortrage und schon bei dessen Anfertigung oder der Composition diesen apostolischen Vorsatz erneuern und sich zum klar bewußten, ausdrücklichen machen. Wollen wir nach dieser Grundbemerkung nun die nähern Mittel, oder die besondern Elemente des eindringlichen Styles besprechen, so können wir sie unter folgende Gesichtspunkte bringen.

1. Kraft der Darstellung. Je wichtiger diese Eigenschaft für die geistliche Beredsamkeit ist, um so mehr wird der Prediger zunächst alles das in Anwendung zu bringen suchen, was die allgemeine Theorie ihm hiefür empfiehlt [1]. Zur eindringlichen Hervorhebung wichtiger Gedanken dienen ihm besonders: einerseits die Erweiterung dieser Gedanken, aber eine körnige und belebte Erweiterung (also vielmehr Einprägung), andererseits die Vorbereitung dieser Erweiterung selbst, und zwar dadurch, daß andere minder wichtige Vorstellungen in den Hintergrund treten [2]. „Der Maler," bemerkt Gaichiès, „schwächt gewisse Stellen im Gemälde, um andere zu heben. Im menschlichen Körper ist nicht Alles Bein und Nerv." Die Erweiterung selbst dagegen muß um so mehr Relief und malerisches Colorit erhalten, was gewöhnlich durch Anwendung kraftvoller Figuren erreicht wird. Je mehr sie dabei populäres Gepräge tragen soll, um so mehr wird sie durchgehends in starken Zügen gehalten sein müssen. „Das Volk sieht die geistlichen Gegenstände nur in einer weiten Entfernung. Man muß sie ihm durch große Züge, wie man sie an den gemalten Gewölben der Kirchen anbringt, in die Nähe rücken. In kleinen Gemälden ist Alles vermengt, Alles entwischt dem Auge, das nicht scharf sieht" [3]. Ein eigenes Mittel der Kraft besitzt endlich der Homilet im Gebrauche so vieler herrlicher Schrift- und Väterterte: wie manche derselben besitzen überwältigende Kraft und wirken schlagender, als lange Beweise!

2. Lebhaftigkeit und affectvoller Charakter der Darstellung. So nothwendig wie der Affect, ist auch sein Ausdruck, oder die pathetische Sprache. Wie jener, ist auch diese höchst charakteristisch und mannigfaltig: eine durchaus eigene Sprache, die der Prediger vollkommen kennen lernen muß. Bald feurig und erschütternd, bald sanft und innig, erhebt sie sich hier allmählich, tritt dort plötzlich auf, ist kurz

---

[1] Oben S. 75 f.

[2] Hierin liegt ein Geheimniß der Beredsamkeit, das man nur bei großen Predigern lernt, wie bei einem Bossuet, Segneri u. A.

[3] *Gaichiès*, Maximes.

und abgebrochen, anderemale im Gegentheile reich und beredt, liebt meist rasche Wendungen, dramatische und dialogische Redeformen, lebhafte Bilder, bald das Kühnste, bald das Zarteste in der Darstellung. Nirgends erscheint namentlich die Figurensprache lebhafter und naturwüchsiger, als im starken Affecte. Wie die Pflanzen unter der glühenden Sonne des Aequators in den feurigsten Farben prangen und sich nicht selten in wunderbar kräftigem Wachsthume erheben, so das Wort unter dem Eindrucke des glühenden Gefühls. Der Affect hat etwas Schöpferisches und steigert die Seelenkräfte; bei den einfachsten Menschen wird im Zustande der Ergriffenheit das Wort malerisch, nicht selten originell, Miene und Haltung belebt und bezeichnend. Der Prediger darf nun zwar nie das unbewachte Gefühl sprechen lassen: aber ebenso wenig wird er je Affect zu erregen vermögen, ohne diese Sprache des Affects zu reden. Der Grund, warum manche Kanzelredner in der Gemüthserweckung zurückbleiben, ist meist der, weil sie den Affect nicht auszuführen verstehen: die passenden Wendungen fehlen ihnen. Die oben erwähnte erhöhte Stimmung würde zwar hier sich die Sprache selbst schaffen; aber in dem Maße, als sie — wie in so vielen Fällen — abgeht, tritt jene natürliche Unbeholfenheit ein, die aus Mangel an Vertrautheit mit der Affectsprache, d. h. aus Mangel an oratorischer Uebung entsteht. Es gibt so manche ergreifende und schwungvolle Wendungen, die wie von selbst sich dem Gefühle als Ausdruck darbieten, dieses erhalten und steigern, indeß im Gegentheile die genannte Verlegenheit in dem Prediger den Strom der Empfindung unterbricht und nicht selten ganz aufhebt.

Um nun mit der affectvollen Darstellung vertraut zu werden, studire der geistliche Redner sie vor Allem in ihrer reinsten Quelle: der hl. Schrift. Mit Recht sagt Jarbl von den heiligen Büchern: „Keine menschliche Redeweise hat, wenn es sich darum handelt, Empfindungen zu malen, auszusprechen und zu erregen, noch je diese göttlichen Bücher an Wahrheit, an Tiefe, an Zartheit, an Innigkeit, an Rührung, an Seelenfülle, an Blüthe, an Kraft, an Kürze erreicht, noch minder übertroffen“ [1]. Ihr Wort geht zu Herzen, weil es anschaulich und lebhaft ist. In wie ergreifenden Bildern spricht sie: bald kurz und interjectorisch: Euntes ibant et flebant .. Ad flumina Babylonis illic sedimus et flevimus .. Num quid oblivisci potest mulier infantem suum .. et si illa oblita fuerit .. bald ausführlich: die Schilderung vom Weltende! Wie weiß sie selbst Lehren und Gebote affectvoll zu versinnlichen in der Parabel vom barmherzigen Samaritan, vom guten Hirten, vom verlornen Sohne! Wie belebt sie ihre Erzählung, indem sie die Personen redend, fühlend, handelnd einführt: so in der

[1] Handb. d. k. Hom. (Art. Rührung).

Fürbitte Abrahams für die sündigen Städte, in Abrahams Opfer, in der Scene zwischen Joseph und seinen Brüdern, in der Auferweckung des Lazarus. Wie trefflich weiß sie alle Umstände zu zeichnen, die zur Rührung beitragen, z. B. in dem Evangelium des Jünglings von Naim: Ecce defunctus efferebatur filius unicus matris suae, et haec vidua erat: hier ist kein Wort, das nicht die Rührung vermehrt. Quam cum vidisset Dominus, misericordia motus super eam, dixit.. Sehen und Erbarmen sind hier Eines: wie ausdrucksvoll![1] — Das Schriftwort geht aber auch zu Herzen durch die Unmittelbarkeit, Herzlichkeit, Wärme des directen Affects, des milden wie des höhern: Venite ad me omnes qui laboratis.. O si cognovisses et tu, et quidem in hac die tua, quae ad pacem tibi.. Jerusalem, Jerusalem, quae occidis prophetas — quoties volui congregare filios tuos quemadmodum gallina congregat pullos suos sub alas.. Dieser Affect ergießt sich nicht selten in förmlichem Gebete: Abschiedsrede Jesu, Psalmen, viele Stellen bei den Propheten (Tu exsurgens misereberis Sion.. Quid mihi est in coelo.. Quam dilecta tabernacula tua.. Miserere.. De profundis..)[2]. Endlich geht das Schriftwort zu Herzen, weil sein Ausdruck, wo es nöthig, voll erschütternden Ernstes ist. Vae mundo a scandalis.. vae tibi Corozain, vae tibi Bethsaida.. vae vobis, scribae et pharisaei.. Discedite a me maledicti in ignem aeternum.. Obstupescite coeli et portae ejus desolamini vehementer.. Vocavi et renuistis — ego quoque in interitu vestro ridebo.. Dem hl. Hieronymus erschienen namentlich bei Paulus in dieser Beziehung nicht Worte, sondern Blitzstrahlen[3].

In ähnlicher Weise wird der Prediger die pathetische Sprache ferner auch in den hl. Vätern studiren können, besonders in den hl. Ephräm, Chrysostomus, Salvian, Hieronymus (Briefe), Bernhard.

Um sich dieselbe zu erleichtern, achte er zudem auf Folgendes:

a. Bei allen Gegenständen suche er die rührende Seite aufzufassen. Man findet diese am leichtesten durch Erwägung der Umstände und überhaupt alles dessen, was an die Einbildungskraft und das Gemüth zu sprechen vermag. Vgl. Geburt und Leiden Christi.

b. Er sehe zu, ob ihm nicht besondere Anknüpfungspunkte der Rührung in der Art des Auditoriums selbst geboten sind. Ganz richtig sagt Zarbl: „Jeder Stand, jede Lebensweise hat ihre eigenen empfindsamen Seiten"[4]. So werden Eltern gerührt, wenn man ihnen vom Weh oder Wohl ihrer Kinder, oder von ihrer hingebenden Liebe für diese spricht;

---

[1] Vgl. auch die Klagelieder des Jeremias!

[2] Diese biblische Affectform führte zu der oratorischen Paraphrase von Psalmen und liturgischen Gebeten, der wir namentlich in den Epilogen französischer Prediger begegnen.

[3] Ep. 50. ad Pammach. [4] A. a. O.

Arme, Kranke, Bedrängte, wenn man mit Theilnahme von den Leiden dieses Lebens, oder von der Güte Gottes gegen sie, oder von der trostreichen Hoffnung der ihnen verheißenen Seligkeit redet, u. s. f. Diese besondern Beziehungen sind wohl wahrzunehmen: sie dringen am tiefsten ein.

c. Manche besondere Erlebnisse, Zeitverhältnisse u. dgl. können ebenfalls mächtige Triebfedern des Affectes werden. Wie geht es oft den Zuhörern zu Herzen, wenn ihnen eine überstandene Noth, oder der Hingang theurer Familienglieder, oder ein ihnen gewordener besonderer Schutz der Vorsehung in Erinnerung gebracht wird, und wie liegt hierin oft der sicherste Anhalt zu ergreifenden Ermahnungen und Zusprüchen? Allerdings ist bei Anwendung dieses Mittels Klugheit nöthig.

d. Endlich besitzt der Prediger ein überaus reiches Element der Rührung in dem herrlichen Cultus der katholischen Kirche. So viele ihrer Feierlichkeiten, Ceremonien, Segnungen, Gebete, wie sie der lebendige Ausdruck ihres Glaubens, ihrer Liebe, ihrer Andacht, so sind sie auch eine Quelle heiliger Empfindungen, wenn sie nur gehörig erwogen und entwickelt werden. Das gläubige Volk ist bewegenden Zügen dieser Art sehr zugänglich, besonders wenn diese von einem herzlichen Vortrage begleitet werden.

Wo und in welchem Maße nun aber die pathetische Darstellung zur Anwendung kommen soll, hängt von der (früher besprochenen) Zulässigkeit des Affects selbst ab. Im Allgemeinen kann eine gewisse Lebhaftigkeit in der homiletischen Sprache vorwalten. Die Rede ist naturgemäß Erguß höherer Stimmung. Kälte ist ihr Unnatur. Ganz wohl bemerkt deßhalb Gaichiès: „Bei einem Redner lieber zu viel Feuer, als Mattigkeit! Ein Strom macht dem Auge mehr Vergnügen, als ein unbeweglicher See. Ein matter Redner gleicht einem langweiligen Kranken“ [1]. Die Hauptsache ist, daß der Prediger bei seiner Natur bleibe. Wem gegeben ist, mit Gemüth und Herzlichkeit zu sprechen, der bewahre diese kostbare Gabe, und statt nach der gewaltigen, aber ihm fremden Beredsamkeit eines Chrysostomus zu ringen, suche er nur jene von Zeit zu Zeit durch stärkere Züge zu würzen. Wem dagegen der höhere Affect natürlich ist, der kann auch öfter in feurigen Zügen sprechen und demgemäß auch seine Themata wählen [2].

3. Als Krone alles dessen, was wir bisher als Bedingung und Mittel hoher Eindringlichkeit kennen gelernt haben, muß endlich noch eine Eigenschaft des homiletischen Styles erwähnt werden, die auf das Engste mit der affectvollen Sprache zusammenhängt und sie gänzlich von dem pathetischen Worte des Profanredners unterscheidet, wie sie über-

---

[1] Maximes.

[2] Ueber ein eigenes Element oratorischer Belebung, das Dramatische in der Beredsamkeit, siehe Predigtamt S. 523—529.

haupt das Eigenthümlichste, Lieblichste, Zarteste, Tiefste und Ergreifendste der geistlichen Sprache bildet: diese Eigenschaft heißt die Salbung. Sie wird so genannt, weil sie als milde Kraft in die Sprache und durch diese in die Herzen überfließt, gerade wie Oel und Balsam in die Körper, die damit gesalbt werden; sie ist eben der Ausfluß innerer Gottseligkeit. Wie fühlt man es dem Worte der Heiligen an, daß es Ausstrahlung eines gotterfüllten Gemüthes, eines reichen innern Gnadenlebens, eines himmlischen Glaubenslichtes, einer innigen Liebe Gottes und der Menschen ist! Am leichtesten wird die Salbung im ruhigen Style oder im sog. milden Affecte wahrgenommen, obwohl sie bei Jenen, die sie besitzen, überall herrscht und als derselbe Geist der Frömmigkeit ebenso ihre ganze Sprache, wie ihr ganzes Wesen durchwaltet. Je reichlicher einem Herzen die Gaben des hl. Geistes zu Theil geworden, um so leichter wird ihm das salbungsvolle Wort sein. Der kürzeste Weg zu dieser herrlichen Gabe sind daher Gebet, Abschließung des Weltsinnes, christliche Abtödtung. Hinderniß dagegen ist Alles, was in dem Menschen entweder das religiöse Gemüth erstickt, oder dessen freie Bewegung hemmt, oder demselben eine schiefe Richtung gibt; zu der erstern Art gehört vor Allem geistiger Hochmuth und einseitige, wenig kirchliche Verstandesrichtung; zur zweiten vorherrschend profan-rhetorische Redeform und übertriebene Feile; zur dritten unächte Sentimentalität und insbesondere auch eine gewisse affectirte, süßelnde Mystik, welche die Salbung mit frommen Phrasen ersetzen will. Ebenso leidet die Salbung durch zu viel Profanlectüre [1], wie sie im Gegentheile durch geistliche (besonders der Schrift, der Väter und Asceten) genährt wird [2].

Viertes Kapitel.

Mündlicher Vortrag der geistlichen Rede.

§ 1. Vorbereitung zum Vortrage.

Da die allgemeine oder entferntere Vorbereitung des Predigers schon oben besprochen wurde [3], so kommt hier nur die besondere und unmittelbare Vorbereitung zum wirklichen Vortrage zur Sprache.

A. Das Concipiren der Predigten. Dem früher Gesagten zufolge ist bei der Anfertigung geistlicher Vorträge das Erste — nach Anrufung des göttlichen Beistandes — gründliches Studium des Gegenstandes; das Zweite: eingehende geistliche Betrachtung,

---

[1] Namentlich durch die tändelnde Unterhaltungsliteratur; weit weniger durch ernsthafte Werke.

[2] Vgl. über die Salbung: Predigtamt S. 532 ff.

[3] Siehe Art. Rhetorik S. 189 ff.

damit zu dem durch Studium und Lesung Gewonnenen auch in dem Herzen des Predigers die gehörige religiöse Stimmung und gewissermaßen die homiletische Weihe hinzutrete; als Drittes folgt nun — die schriftliche Abfassung der Predigt. Hinsichtlich der Frage, die sich hier darbietet, ob der geistliche Vortrag wörtlich niederzuschreiben, oder ob ein bloßer Plan und ein aus der Meditation desselben hervorgehender freier Vortrag ausreichend sei, muß als allgemeine Regel dringend empfohlen werden, alle öffentlichen Vorträge von einiger Bedeutung gewissenhaft und so lange zu schreiben, als Alter und Geschäfte es immer nur erlauben. Nur so wird der Predigtweise Planmäßigkeit, Klarheit, Würde und — Inhalt bleibend gewahrt, nur so ist für den Prediger selbst wahrer Fortschritt möglich, statt daß er durch Vernachlässigung sorgfältigen Concipirens sich der Gefahr aussetzt, allmählich immer mehr zum langweiligen und gedankenarmen Sprecher zu werden, tausendmal Gesagtes stets wieder und in derselben ermüdenden Weise zu wiederholen, kein bestimmtes Maß des Vortrages festzuhalten und vielleicht mehr als einmal durch Unvorsichtigkeit oder Gemeinheit des Ausdruckes anzustoßen. Auch geübte Prediger machen es sich deßhalb zur Regel, jedenfalls alle feierlichen oder in Hinsicht des Stoffes, der Verhältnisse u. s. w. irgendwie schwierigern Vorträge sorgfältig auszuarbeiten. Schon die Rücksicht auf die Heiligkeit des Wortes Gottes hat viele kirchliche Obern und sogar ganze Synoden bestimmt, in dieser Beziehung ausdrückliche Vorschriften aufzustellen [1]. Fleißiges Arbeiten bringt endlich doppelten Gewinn: erhöhte Fertigkeit der Darstellung und bleibenden Vorrath fertiger Materialien.

Zur Erleichterung der Ausarbeitung trägt übrigens viel bei a. die Zugrundelegung einer vollständigen, nicht bloß allgemein gehaltenen Disposition, b) die geeignete Wahl der Arbeitsstunden hinsichtlich einer mit dem Vortrage harmonirenden Gemüthsstimmung u. dgl., daher c) die frühzeitige Inangriffnahme der Composition. Aufschieben ist hier die gewöhnliche Quelle aller Schwierigkeiten. Endlich räth noch behufs lebhafterer Stimmung der hl. Karl Borromäus: Ad se ardenti pietate inflammandum, dum in concionis studio tractationeque versatur (concionator), Christi Domini cruci affixi vel apostoli Pauli praedicantis, ut sanctus Chryso-

[1] So sagt noch das letzte Provinzialconcil von Köln: *Nonnisi bene praeparatus* rebusque quas dicturus est, ad *docendum et flectendum apte dispositis* orator suggestum ascendat. Plerumque *is solum*, qui per complures annos quae dicturus est, *diligenter stilo exarare consueverat*, deinceps stili subsidio minus indigebit; ejusdem vero emolumenta expertus *non facile in posterum etiam adduci poterit*, ut orationem scribendo saltem non adumbret. P. 2. t. 2. c. 21. Manche Diöcesanverordnungen sind noch viel bestimmter, auch in Bezug auf Christenlehrvorträge.

stomus fecisse traditur, imaginem sibi ob oculos ponat, quam tacita meditatione intueatur [1]. Die Verbesserung des Aufsatzes wird am leichtesten von statten gehen, wenn zwischen diese und dessen Anfertigung einige Tage Zwischenraum treten.

B. Das Memoriren der Predigt. Die Frage des Memorirens hängt ganz mit der vorhergehenden der schriftlichen Ausarbeitung zusammen. Der hl. Alphons von Liguori sagt davon: „Den jüngern Predigern ist dringend anzuempfehlen, daß sie ihre Vorträge sorgfältig memoriren. Es ist allerdings gut, auf der Kanzel mit Freiheit zu sprechen, ohne Alles Wort für Wort auswendig zu lernen; indeß gilt dieß nicht für Anfänger, sondern nur für solche, die schon mehrere Jahre geprredigt haben" [2]. Dieser sehr weisen, von dem Extrem des zu Viel und zu Wenig gleich weit entfernten Vorschrift gemäß ist es die auf Erfahrung gegründete Ansicht vieler Lehrer, daß eine Reihe von Jahren hindurch der Fleiß des Memorirens unerläßlich, daß aber auch nach errungener Fertigkeit und Sicherheit des äußern Vortrages die Angewöhnung an freiere Darstellung vortheilhaft und empfehlenswerth sei. Feierliche Reden werden allerdings stets mit Sorgfalt zu memoriren sein, ebenso einzelne Stellen anderer Vorträge, wo besondere Gründe die größtmögliche Genauheit des Ausdrucks verlangen; im Allgemeinen jedoch wird es bei gehöriger Erfahrung genügen, gewöhnliche Vorträge vollständig zu schreiben und sie dann dem Gedächtnisse zwar im Wesentlichen, nicht aber eben von Wort zu Wort einzuprägen (jedenfalls nicht an wörtliche Declamation sich zu binden).

Die Haupterleichterung des Memorirens ist die oben empfohlene frühzeitige Ausarbeitung des Vortrages; ebenso wirkt unterstützend die vorläufige Einprägung der Disposition, die wohlgeordnete Schreibweise (möglichst kleiner Raum, klare Schrift, Absätze bei Theilen und Untertheilen, Auszeichnung gewisser Worte oder ganzer Sätze, namentlich der Uebergänge . .), Beibehaltung desselben Manuscripts, passende Zeit (besonders Morgen- und Abendstunden) u. dgl. Dagegen ist nicht zu empfehlen, am Tage der Predigt selbst diese noch einmal für sich laut vorzutragen, wenigstens nicht unmittelbar vor deren Beginn.

C. Allernächste Vorbereitung in Bezug auf innere Stimmung. Für Anfänger ist hier die Bemerkung nöthig, daß sie vor dem wirklichen Vortrage gegen unruhige Aufregung oder Befangenheit auf der Hut sein müssen. Das Beste vor Beginn der Predigt ist: stille Sammlung, ein ruhiger Ueberblick der Rededisposition, und besonders

---

[1] Instr. past. p. 1. c. 6.

[2] Vorerinnerungen, S. 22. Siehe hierüber auch Predigtamt S. 538 ff.

die Erhebung des Herzens zu Gott durch reine Absicht und vertrauensvolles, demüthiges Gebet. So wird die Zuversicht und gehobene Gemüthsstimmung bewahrt, der die Kraft der Predigt entquellen muß. Das empfiehlt auch der hl. Augustin: Ad horam vero ipsius dictionis illud potius bonae menti cogitet convenire (doctor ecclesiasticus), quod Dominus ait: Nolite cogitare quomodo aut quid loquamini, dabitur enim vobis in illa hora quid loquamini [1].

Den Anwandlungen der Furchtsamkeit gegenüber — α) erinnere sich der Prediger der Auctorität und Größe seines Amtes: pro Christo legatione fungimur; er darf sprechen tanquam potestatem habens, muß es aber auch, denn vor Gott wird die Ausrede nicht schützen: „ich habe es nicht gewagt." β) Er entsage aller Gefallsucht (in der häufig die Schüchternheit wurzelt): Mihi pro minimo est ut a vobis judicer aut ab humano die [2]. γ) Er beurtheile sein Auditorium richtig: gewöhnlich ist die Mehrzahl der Zuhörer gar nicht im Stande, über Wesen und Werth einer Rede zu urtheilen, und gibt sich gerne zufrieden, wenn diese anders nur deutlich, lehrreich, gut geordnet und herzhaft vorgetragen ist. — Schickt der Herr ihm aber einmal beim Vortrage eine Verdemüthigung zu, so nehme er sie ergeben an: sie kann ihm die größten Segnungen bereiten. Uebrigens suche er bei eintretender Gedächtnißstörung etwas des bereits Gesagten ohne Aeußerung irgend welcher Verlegenheit mit andern Worten zu wiederholen, oder gehe entschlossen zu einem andern Redetheile über.

§ 2. Aeußerer Vortrag.

Erster Artikel. Allgemeine Grundsätze.

Die allgemein-rhetorische Theorie des Vortrages findet auch bei der geistlichen Rede Anwendung [3]; doch verlangt der eigenthümliche Charakter der letztern noch einige besondere, zum Theil wesentliche Ergänzungen, oder doch nähere Bestimmungen der allgemeinen Regeln.

Noch weit mehr als die Profanrede muß die Predigt in ihrer äußern Darstellung Einfachheit, Natürlichkeit, Bescheidenheit, Wärme und Kraft, zudem eine ihren erhabenen Gegenständen entsprechende Würde und Feierlichkeit, endlich eine ganz eigene, väterlich ernste Herzlichkeit und ächt priesterliche Gottinnigkeit (salbungsvoller Vortrag) besitzen. Das sind ihre Grundzüge. Je nach der Gattung der Rede tritt bald eine, bald die andere der genannten Eigen-

---

[1] De doctr. chr. l. 4. c. 15. Das gilt allerdings nicht für Jene, deren Verlegenheit durch bloße Nachlässigkeit erzeugt wird!

[2] 1 Cor. 4, 3. [3] Siehe oben S. 109 ff.

schaften mehr hervor, aber bis zu einem gewissen Grade müssen sie stets sämmtlich vorhanden sein.

Da nicht die geschriebene, sondern die lebendige Predigt den Ausschlag gibt, oder die eigentliche Wirkung hervorbringt, so ist von selbst klar, welche Bedeutung ein guter Vortrag in den Augen des geistlichen Redners haben müsse. „Die Form, sagt der Philosoph (Aristoteles), gibt der Sache Wesen und Seele. Sprich die wunderbarsten Dinge, und du hast, wenn du sie nicht gut sprichst, nichts gesprochen; sprich Weniges, aber gut, und du hast viel ausgerichtet." (Hl. Franz von Sales.) Daher mögen besonders folgende Punkte der Aufmerksamkeit des Predigers empfohlen werden:

A. Hinsichtlich der **Declamation**. 1. Die größte Sorge für Deutlichkeit. Wie das Christenthum alle Culturgrade und alle geistigen Bildungsstufen umfaßt, so muß auch dessen Verkündigung eine für alle Zuhörer ohne Unterschied verständliche sein. Obwohl daher bei keiner Art von Beredsamkeit der eigentliche Conversationston natürlicher ist, als bei der geistlichen, indem vertrauliche, herzliche Theilnahme oder „Mittheilung" zu ihrem Grundcharakter gehört: so muß der Prediger, besonders in größern Kirchen, doch bestrebt sein, alle Sätze, Worte und Sylben ungleich vernehmlicher und mit schärferer Ausprägung auszusprechen, als dieß die Umgangssprache erfordern würde. Kraft der Stimme, Zeitmaß, Reinheit der Aussprache, Betonung, sogar Stellung des Predigers muß hier vollkommen zur Erreichung desselben Zieles zusammenstimmen.

Ist der Redner mit der Akustik eines Locals nicht bekannt, so erkundige er sich bei Zeiten über die in demselben einzuhaltende Richtung. In gut gebauten Kirchen empfiehlt sich in der Regel, sofern von der Kanzel aus gesprochen wird, die Diagonalstellung, und zwar so viel möglich im Mittelpunkte der Kanzel (um die volle Wirkung des Schalldeckels zu erzielen) und einer festen Fläche, etwa einem Pfeiler, gegenüber. Der Prediger beginne mit gemäßigter Stimme und langsam, und verstärke hierauf allmählich den Ton, bis er wahrnimmt, daß die Sprache auch dem entfernteren Theile der Versammlung deutlich ist: er kann dieß theils aus der Haltung der Zuhörer, theils daraus entnehmen, daß er den Ton zurückkehren hört. Diese Art von Vorsicht ist am meisten für Redner mit tiefer oder dumpfer Stimme nöthig.

Zur Verständlichkeit des Vortrages gehört ferner auch das in folgender Nummer zu Sagende.

2. Das Bestreben, dem Vortrage natürliche Mannigfaltigkeit und Nachdruck zu bewahren.

a. Mannigfaltigkeit. Hierauf ist um so mehr hinzuweisen, als der Verstoß dagegen gerade der geistlichen Beredsamkeit zum gewöhnlichen Vorwurfe gemacht wird und „Kanzelton" als gleichlautend mit Mono- und Isotonie gilt. Das Hauptmittel für den Prediger hiebei ist zunächst theils die oben genannte Betonung, theils die richtige Pausenhaltung. Es ist also wohl darauf zu achten, daß in jedem Theile der Predigt der entsprechende Grundton gewählt, ebenso daß in jedem Satze oder Satztheile das rechte Wort, in jedem Worte die rechte Sylbe betont werde.

Hinsichtlich der früher gegebenen Winke [1] über das Verhältniß zwischen Ton und Pause mögen hier einige erläuternde Beispiele folgen. Es wurde daselbst angedeutet, daß bei Schlußpausen oder vollendetem Sinne sich Fall oder Hebung der Stimme nach der Natur des Schlußzeichens richte; daß dagegen bei andern Pausen oder unvollendetem Sinne der Umstand maßgebend sei, ob in einem Satzgliede die Erwartung auf das Folgende gespannt werde oder nicht. In Bezug auf letztern Doppelfall wird also vor der Pause eine Stimmerhöhung eintreten, wenn das nach der Pause Folgende eine nothwendige Ergänzung und Consequenz des Vorangehenden ist. Z. B. Wenn jene, die auf dem Meere schiffen, bei der Wuth des Sturmes die Waaren „nicht achten"; wenn sie die Last mit eigenen Händen in's Meer werfen und das Leben den Gütern „vorziehen" — ja auch ihre größten Kostbarkeiten in die „Meerestiefe versenken": warum sollen nicht auch „wir" wegen eines edlern Lebens das verachten, was den Geist in die Tiefe zieht? [2]

Hier steigt der Ton im ersten Satzgliede bei den bezeichneten Worten in die Höhe, und würde erst wieder nach dem emphatischen Worte des zweiten Satzgliedes („wir") in die Tiefe fallen, wäre hier die Senkung nicht durch die Frageform aufgehoben.

Ist dagegen das Nachfolgende nur Zusatz, nicht Abhängendes, oder logische Folge, so bleibt die Stimme vor der Pause entweder in ihrem Tone (wenn nämlich der Sinn noch unvollkommen), oder geht etwas in die Tiefe (wenn der Sinn schon zum Theile vollendet ist). Z. B. *α*) der Mensch ist erschaffen, um Gott zu „erkennen", zu „lieben" und durch Befolgung seiner Gebote selig zu werden.

Hier bleibt die Stimme vor „und" schwebend und setzt nach einer kurzen Pause die nächstfolgenden Worte in demselben Tone fort.

β) Viele hören diese Worte, aber Wenige „befolgen sie"; und auch von diesen Wenigen bleiben nicht alle standhaft.

Hier findet bei den Worten „befolgen sie" eine geringe Tonsenkung statt, worauf die Stimme bei „Wenigen" sich wieder erhebt und dann zur Schlußcadenz übergeht.

---

[1] Allg. Rhet. S. 113.

[2] *S. Nil.* I. ascet. (gegen Ende).

Die hier angedeutete Modulation muß aber selbst wieder in nicht einförmiger Weise ausgeführt werden: auch bei Sätzen derselben Art soll eine natürliche Schattirung und Abwechselung in den Tonhöhen herrschen, wie sie in den Gedanken selbst liegt.

Wie die Betonung, sind auch die Ruhepunkte der Stimme von größter Bedeutung für die Kanzel. Einiges Absetzen bei größern Abschnitten reicht oft schon allein hin, den Prediger wieder aus dem Geleise eingetretener Monotonie herauszuführen. Die Pausen dürfen aber allerdings nicht so gehäuft werden, daß sie die Satzconstruction zerschneiden [1] oder die Rede langweilig machen. Hebt man in Mitte eines Satzes die Stimme oder läßt sie schweben, so ist die Pause kurz; senkt man dagegen die Stimme, so ist die Pause länger. Wichtige Sätze prägt man durch markirte Schlußpausen ein.

b. Was den Nachdruck des priesterlichen Vortrages insbesondere betrifft, erfordert derselbe eine ernste, gemessene, von Ueberzeugung und Eifer getragene Betonung. Nichts zerstört so sehr das innere Gewicht der Gedanken, als die Flüchtigkeit der Declamation. Die Großen der Erde dürfen bei feierlichen Aufzügen mit vollen Händen Gold und Silber unter die Menge werfen. Der Prediger darf es mit seinem Gold und Silber nicht thun. Im ersten Falle geht der Schatz nicht verloren, im zweiten unfehlbar: das Wort Gottes wird entheiligt. Gewisse Stellen der Predigt haben ihren Nachdruck in einer ruhigen Würde, andere verlangen Lebhaftigkeit, Kraft, Feuer; noch andere werden besonders durch Rührung und Salbung eindringlich. Der gute Vortrag muß also alle diese Elemente besitzen. Große Prediger bereiten Stellen, die besonders Eindruck machen sollen, oder die eine vorzüglich starke Darstellung erfordern, dadurch vor, daß sie den Ausdruck des vorhergehenden mäßigen und dieses gewissermaßen in Schatten stellen. Am meisten wird dagegen die Wirksamkeit der Predigt dadurch zerstört, daß der Redner seine Kraft schon in der ersten Hälfte derselben erschöpft und dann für die stärksten Züge nicht mehr ausreicht. Mit seiner Stimme ökonomisch schalten, ist eine große Kunst.

[1] Athempausen dürfen nur mit grammatischen Pausen zusammenfallen. Enge mit einander verbundene Wörter, z. B. das Haus des Herrn, müssen als Toneinheit oder ohne Pause gesprochen werden. Wo dagegen mehrere dergleichen Wörtergruppen in einer Construction vorkommen, wird der Deutlichkeit wie des Nachdrucks wegen bei dem öffentlichen Vortrage eine kleine Unterscheidung nöthig, die einer kurzen Athempause gleichkommt. Z. B. „Der von Gott verheißene | von den Propheten verkündigte | von den Völkern mit Sehnsucht erwartete Erlöser | erschien endlich erbarmungsvoll | in der Fülle der Zeiten." Nach Umständen dürften hier sogar noch mehr Abschnitte als die bezeichneten stattfinden, oder auch die angemerkten Pausen verlängert werden.

B. Hinsichtlich der Action. „Da der Prediger die Person Jesu Christi vorstellt, dessen Amt er verwaltet, so muß sein Reden, seine Bewegung, Alles an ihm ernst und für einen Stellvertreter Jesu Christi geziemend sein." So der hl. Alphons von Liguori [1]. Nach dem hl. Franz von Sales aber soll die Action „kräftig und ernst, nicht todt, nicht matt, nicht eitel" — sie soll eine „heilige" sein [2]. Hier begegnen wir also wieder den früher erwähnten Hauptzügen des homiletischen Vortrages: Einfachheit, Würde und Eindringlichkeit. Uebrigens sind die meisten Fehler, die in der geistlichen Action vorkommen, zugleich Verstöße gegen die allgemeinen Regeln der gesunden Kunst selbst. Es bedarf also nicht vieler Bemerkungen.

Die Haltung des Predigers sei bescheiden, frei und edel; seine Miene in der Regel ruhig, ernst und heiter; seine Gesticulation ungezwungen, einfach und würdevoll [3]. Wenn letztere auch belebt und mannigfaltig, wenigstens nicht einförmig sein soll, schadet ihr doch eine gewisse unruhige Beweglichkeit [4]. Ungleich mehr wirken wenige und getragene Gesten (denen man ihre ganze Zeit und Entwickelung gibt), als viele kleine. Die gewöhnliche Bewegung der Arme und Hände ist die begleitende; viel eingeschränkter ist die anzeigende (auf Personen, Orte, Zeiten . . hinweisende) und besonders die nachahmende oder malerische; daher ist sogar die pathetische oder rührende, wenn auch an sich die beredteste, dennoch in der plastischen Darstellung der Empfindungen und leidenschaftlichen Zustände (Trauer, Freude, Entrüstung . .) durchgehends auf große Mäßigung und Einfachheit angewiesen, um nicht gegen die homiletische Natürlichkeit und Würde zu verstoßen. Meistens ruht die linke Hand, wenn sie nicht etwa die Bewegung der rechten begleitet, auf dem Kanzelkranze; allein kommt sie selten zur Anwendung, außer etwa um Abneigung oder Abscheu vor einem Gegenstande auszudrücken. Sehr wichtig ist es, daß der Prediger stets das Angesicht den Zuhörern zuwende (nicht aber einzelnen Personen); und wenn auch der Bau der Kirche allerdings eine bestimmte Hauptstellung fordert, soll er doch suchen, vorübergehend sich auch mitunter nach andern Richtungen und andern Zuhörern zu wenden, um Alle anzusprechen und in der Aufmerksam-

---

[1] Belehr. über d. Miss.

[2] Brief an d. Erzb. v. B.

[3] Diese einfach edle Haltung macht den tiefsten Eindruck. Als einst der erste Schauspieler von Paris einen Vortrag Massillons hörte, war er von dessen Natürlichkeit so betroffen, daß er zu einem andern Acteur sprach: „Mein Freund, das ist ein Redner; wir sind nur Schauspieler."

[4] Diese ist auch um so weniger nöthig, als schon die Declamation allein, z. B. gute Betonung, außerordentlich viel zu wirken vermag, und ebenso häufig der bloße Blick, auch ohne Bewegung der Hände, ganz sprechend Fragen, Bitten, Drohungen u. dgl. ausdrückt.

keit zu erhalten. Dagegen hüte er sich, mit dem Leibe sich auf die Kanzel aufzulehnen, sich zu viel niederzubeugen oder rückwärts zu biegen u. dgl. [1]

Hinsichtlich des Liturgischen der Predigt vgl. Predigtamt S. 578—581, und in Betreff besonderer Diöcesangebräuche die jedesmalige Agende. Letzteres gilt namentlich auch von dem sog. Pronaus [2], dessen Form nicht überall dieselbe ist.

Zweiter Artikel. Besondere Bemerkungen für Anfänger.

Angehende Prediger haben in der Regel sehr darauf zu achten, sich vor zu eilfertigem und durchgehends gleichmäßig bewegtem Vortrage zu bewahren. Dieser Fehler entspringt bald aus jugendlicher Lebhaftigkeit und dem Eifer, möglichst ergreifend zu sprechen; bald im Gegentheile aus Befangenheit und der Furcht, bei langsamerem Vortrage den Faden der Rede zu verlieren. Die Sorgfalt, ihre ersten Uebungsvorträge wohl zu memoriren, wird sie in den Stand setzen, mit Ruhe und Zuversicht zu sprechen. Den oben angedeuteten Fehlern gegenüber aber gebe er sich vor Allem Mühe —

1. **langsam** zu sprechen. Die rasche Declamation gleicht einem Platzregen, der vorüberrauscht, aber nichts in dem Erdreiche zurückläßt, das er hätte befruchten sollen. Man muß dem Zuhörer es möglich machen, a) Alles zu verstehen und mit Leichtigkeit zu verstehen, b) das Vernommene in sich niederzulegen, es sich gleichsam im Geiste setzen zu lassen. Wo im Gegentheile ein Wort auf das andere, ein Gedanke auf den andern folgt, zwingt man jenen, das Gehörte sofort wieder zu vergessen, um Neues zu hören. Es tritt hier für den Prediger meist eine doppelte Täuschung ein: daß verstanden werden auch wirken heiße, und daß die Zuhörer ihn verstehen, weil er selbst sich noch eben versteht. Das Schlimmste ist, daß die Angewöhnung, Alles in Einem Athemzuge vorzutragen — wenn ihr nicht gleich anfangs begegnet wird — dem Prediger leicht sein ganzes Leben lang bleibt.

2. Nicht **Alles** mit derselben Stimmstärke oder Lebhaftigkeit vorzutragen. Der hl. Karl Borromäus sagt: **Illud vitium quoque cavebit, ne uno vocis sono tota constet oratio** [3]. Das gilt ebenso wohl von dem Einerlei des erregten, als von dem des apathischen Redetones. Um hier ein sicheres Mittel zu wählen, bezeichne der junge

---

[1] S. Car. Borr. past. instr. p. 1. c. 26. Ueber die Geberden im Einzelnen, sowie die wichtigsten Fehler der geistlichen Action siehe Predigtamt S. 567—574.

[2] Der Pronaus umfaßt a) den geistlichen Vortrag nach dem Evangelium, b) die Verrichtung der im Rituale nach dem Vortrage vorgeschriebenen Gebete, c) die kirchlichen Verkündigungen.

[3] L. c.

Redner in seinen ersten Predigten vier bis fünf Stellen, wo er mit der Stimme absetzt, um das Folgende in ruhigerem Tone vorzutragen. Auf diese Stellen nehme er beim Memoriren besonders Bedacht. Es können dieß bald Theile, bald Unterabtheilungen, bald Erklärungen oder Erzählungen sein. Dieses Verfahren ist ihm sogar auf die Gefahr hin zu empfehlen, daß so die Uebergänge abgebrochen erscheinen: das wird nur bei den ersten Uebungen der Fall sein und sich bald von selbst ausgleichen.

Aus dem entgegengesetzten Fehler dagegen entstehen vielfache und große Nachtheile: a) Der Prediger benimmt sich die Möglichkeit, das Wichtigste in seiner Rede mit Kraft hervorzuheben. In einem guten Vortrage müssen nach Cicero's Ausspruche Berge und Thäler, Erhöhungen und Vertiefungen sein: wie wäre aber das bei jener Redeweise möglich? b) Für den Zuhörer ist die unausgesetzt angestrengte oder schreiende Declamation lästig und ermüdend: er sehnt sich nach dem Schlusse. Wie wohl thut es ihm dagegen, wenn er von Zeit zu Zeit mit dem Redner selbst ausruhen kann! c) Nicht selten ist der Hörer durch Geschäfte oder sonstige Eindrücke zerstreut. Bei dem eben gerügten Vortrage kann dieser Zustand leicht die ganze Predigt hindurch dauern, weil kein äußerer Wechsel eintritt. Setzt hingegen der Redner bisweilen in seinem Vortrage etwas ab, oder gibt er demselben durch Aenderung des Tones und Zeitmaßes eine andere Färbung, so regt er dadurch wieder die Aufmerksamkeit an und der Zuhörer vermag aus dem zu Sagenden Frucht zu ziehen. d) Endlich ist nicht zu übersehen, daß jene Vortragsweise den Prediger selbst unnöthiger Weise ermüdet, ihm auf die Dauer Kraft und Frische des Organs raubt und nicht selten die homiletische Thätigkeit um viele Jahre verkürzt. e) Sowohl das Schnellsprechen als der ungemäßigte declamirende Ton sind für den Prediger ferner ein Hinderniß des salbungsvollen Vortrages, d. h. sie lassen ihn nie zu dem gelangen, was eben das Ergreifendste im priesterlichen Worte ist. Grund genug, bei Zeiten über sich zu wachen!

Der Anfänger sollte sich in seinen Uebungen überhaupt erst an den katechetischen, einfach und natürlich exponirenden Vortrag gewöhnen und nur eine oder die andere Stelle seiner Rede in dem höhern oratorischen Tone vortragen.

Manche, die von Natur besondere Leichtigkeit für die genannte katechetische Darstellung besitzen, sind indeß sehr geneigt, flüchtig und ohne bedeutenden Nachdruck zu sprechen: diese müssen daher sich bestreben, stellenweise langsam, kräftig und ergreifend vorzutragen, sonst bringen sie es kaum je über einen gewissen Redefluß oder oberflächliche Gemüthlichkeit hinaus.

Andere endlich bilden einen Gegensatz zu der gewöhnlichen jugendlichen Erregtheit: ihr Vortrag ist unbelebt, kalt und schwerfällig. Diesen ist zu rathen, sich anfangs öfter in der pathetischen Declamation zu üben und daher belebte und feurige Züge zum Vortrage zu wählen. Das wird für sie ein Mittel sein, aus sich selbst herauszutreten und ihrer Action Leben und Bewegung zu vermitteln.

Uebrigens muß hier Alles darauf abzielen, die einmal vorhandene Individualität zu verwerthen und uns die Art anzueignen, die unserm Wesen entspricht — wenn sie vielleicht auch an sich nicht die vollkommenste sein sollte. „Die Kunst ist die beste, die am meisten wirkt" [1].

Dritter Artikel. Einige Beispiele.

Es können hier nur einige ganz kurze Züge gewählt werden, weil nur darauf hingewiesen werden soll, welchen Ton der Darstellung verschiedene Arten von Redestellen verlangen.

A. Einfache Darstellung.

Misit servos suos, vocare invitatos ad nuptias.
Er sandte seine Knechte aus, um die Geladenen zur Hochzeit zu berufen. Matth. 22, 3.

Das Himmelreich, sagt unser Erlöser, ist einem Könige gleich, der seinem Sohne Hochzeit hielt. Nachdem der Hochzeittag gekommen war, sandte er seine Knechte aus, um die Geladenen zur Hochzeit zu berufen . . (Erzählung der evangelischen Parabel). Das ist buchstäblich die Geschichte oder das Gleichniß in dem heutigen Evangelium. Zum Verständnisse desselben ist es nöthig, zu erforschen, wer der König sei und wer der Sohn; welches die Hochzeit, welches das Gastmahl; welches die Geladenen, die gekommen; welches Jene, die nicht kommen wollten, und wer die Knechte, die ausgesandt wurden, die Gäste einzuladen. Der König ist der ewige Vater; der Sohn ist das ewige Wort; die Hochzeit ist die Menschwerdung des göttlichen Sohnes, der sich mit der menschlichen Natur vermählte; das Gastmahl ist die ewige Glückseligkeit im Himmel, wozu uns der Weg durch dieses Geheimniß geöffnet worden; die Geladenen, die kamen, sind Jene, die selig werden; die geladen wurden und nicht kommen wollten, das sind Jene, die verdammt werden; die Knechte endlich, die sie einluden, sind die Prediger.

Gott befiehlt mir, Hochverehrte, euch zum himmlischen Gastmahle einzuladen, und das will ich thun. Doch wenn ich in dieser Parabel sehe, daß die Geladenen, einmal und noch einmal gerufen, nicht kommen wollten: was kann ich euch für Gründe vorführen, oder welcher Mittel kann ich mich bedienen, um euch davon zu überzeugen, was so viele von Gott gesandte und auserwählte Prediger nicht vermochten? Ich setze mein ganzes Ver-

---

[1] *Gaichiès*, Maximes.

trauen auf die Kraft und Wirksamkeit des Evangeliums: daher werde ich auch nichts sagen, als was das Evangelium sagt, und was ihr bereits vernommen. Vieira.

Bemerkungen.

Dieses Beispiel fordert eine höchst einfache, zugleich anziehende Declamation, dagegen beinahe gar keine Action, weil der Redner im Eingange noch in vollkommen ruhiger Stimmung ist. Seine ganze Wirksamkeit wird in guter Betonung liegen und diese ist also hier vorzüglich zu ermitteln. Es finden sich in diesem Eingange verschiedene Abschnitte, die alle ihre eigene Schattirung des Vortrages verlangen.

Der Predigttext wird langsam und feierlich, mit gemäßigter, jedoch nicht zu schwacher Stimme gesprochen. Für Anfänger möge hier die Bemerkung stehen, daß sie den Vorspruch wohl accentuiren und nicht eher sprechen sollen, als bis im Auditorium Ruhe herrscht. Ebenso ist klare und bestimmte Betonung jedes einzelnen Wortes für die ersten Sätze des Exordiums nöthig; die so geweckte Aufmerksamkeit führt schnell die gehörige Stille herbei, statt daß ausdrucksloses oder gar eilfertiges Sprechen, wie man sich dieses etwa im Umgange erlaubt, das Gegentheil bewirkt und ganz gewöhnlich den Anfang der Rede unverständlich macht.

Der erste Satz, der den Grundgedanken der Rede enthält, ist genau nach den grammatischen Pausen, d. h. mit merklicher Einhaltung derselben vorzutragen, und die letzten Worte — Hochzeit hielt — sind in dem Sinne zu betonen, daß jede Sylbe klar hervortritt und zwar als Länge, nicht aber wegen der eintretenden Tonsenkung überhört werde. Ueberhaupt haben Anfänger sorgsam auf die letzten Sylben der Worte und die tonlosen e zu achten, um nicht eine Menge von Ausdrücken zu verstümmeln oder in einander zu schleifen.

Die Erzählung der Parabel hat den vertraulichen Ton mit einfachen fließenden Wendungen, wie sie etwa die Verschiedenheit der in ihr erscheinenden Personen, ihrer Worte u. s. w. verlangt.

„Das ist buchstäblich . ." Dieser und der folgende Satz wollen die Aufmerksamkeit auf die Darlegung des Redegehalts und Redeganges spannen. Der frühere erzählende Ton geht hier also in den Belehrungston über. Der erste Satz wird von der Erzählung durch eine Pause getrennt und mit etwas veränderter, aber ruhiger Stimme gesprochen. Im zweiten sind die Gegensätze wohl hervorzuheben. Schlußpause.

„Der König ist . ." Dieser Satz verhält sich zum vorhergehenden wie die Frage zur Antwort. Er ist also markirt zu sprechen und etwas langsamer als der vorangehende. Jedes Theilsubject fordert der Hervorhebung wegen eine kurze Pause nebst Betonung; also: der König — ist der ewige Vater; der Sohn — das . . Die verschiedenen Colon wohl zu beachten.

„Gott befiehlt mir . ." Diese directe Ansprache der Zuhörer in vertraulichem, herzlich-ernstem Tone. Der zweite Satz mit Tonhebung in der Mitte und am Ende.

Wir sehen hier, wie auch in Zügen derselben Art, und zwar den einfachsten, doch verschiedene Stellen vorkommen, die näher betrachtet ihre eigene Gedanken- oder Gefühlsfärbung besitzen und daher auch einen besondern Ausdruck oder Abwechselung des Vortrages verlangen. Gegen Ende des Exordiums können einige leichte Handbewegungen stattfinden, namentlich bei und nach Darlegung der Redeordnung; im Anfange ruhen die Hände am besten auf der Kanzel.

B. Gemischte Darstellung.

1) Das Evangelium hat uns gezeigt, welches die Größe des himmlischen Gastmahles sei in Rücksicht auf den Urheber, in Rücksicht auf den Beweggrund, und in Rücksicht auf den Preis, was Alles unermeßlich ist; unermeßlich derjenige, der es zubereitete, unermeßlich derjenige, für den es zubereitet wurde, und unermeßlich das, was es kostete . . .

Von den undankbaren und unbesonnenen Menschen nun, die zum Gastmahle berufen wurden und es verschmähten zu kommen, ging einer seinem Landbau, der andere seinen Handelsgeschäften nach. Erwäget, was diese verloren haben und weßwegen. Was konnte dieser durch seine Handelsgeschäfte und jener durch den Ackerbau gewinnen, das sich mit dem Verlornen vergleichen ließe? Gott ruft uns zur erquickenden Ruhe, ladet uns ein, uns an seinen Tisch zu setzen; und wir — wollen lieber mit der Welt uns abmühen, als bei Gott Ruhe und Erquickung genießen. . Welche bessere Landwirthschaft gäbe es, als auf Erden zu säen und im Himmel zu ernten? Und welche bessere Handelschaft, als die Zeit zu verkaufen und dafür die Ewigkeit zu kaufen? O verschmähte Ewigkeit! O mißkannte Seligkeit! O Himmel, nach dem gar Viele kein Verlangen haben, an den gar Viele nicht glauben! Glaubt ihr, die den Namen Christen haben, daß es einen Himmel gibt? Glaubt ihr, daß es eine Seligkeit gibt? Glaubt ihr, daß es eine Ewigkeit gibt? Ihr sagt: ja; doch ich zweifle daran. Denn wenn ihr in der That dieß Alles glaubet — warum wünschet, warum wollt ihr es nicht? Dieses war, wie das Evangelium sagt, der Fall mit Jenen, die ihr nachahmt: Et nolebant venire. . . Vieira.

Bemerkungen.

Die erste Hälfte dieses Beispiels ist belehrender, die zweite lebhafter, bewegter und eindringender Natur. Diese letztere muß also hervorgehoben, die erstere in sehr gemäßigtem Tone vorgetragen werden. Der erste Satz, der eine Recapitulation enthält, wird mit deutlicher aber nicht angestrengter Stimme gesprochen; die Worte: „in Rücksicht auf d. U.“ u. s. w. sind wegen des Gewichtes der Gedanken zu betonen und langsam auszudrücken. Bei ähnlichen Stellen werden bisweilen die verschiedenen Beweise mit der rechten Hand, die sie gleichsam darlegt, an der linken aufgezählt. „Von den undankbaren“ . . Erzählender Ton. „Einer — der andere, dieser — jener“ . . Handbewegung nach verschiedenen Seiten. „Gott — und wir“ . . Hervorhebung durch Betonung und nachfolgende kurze Pause. Erzählungen, Belehrungen, Fragen u. dgl. werden bald mit einer, bald mit beiden Händen so begleitet, daß die innere Handfläche nach oben gekehrt in leichten Bewegungen den Zuhörern gewissermaßen die Wahrheiten hinlegt, indeß im Gegentheile bei Behauptungen, Beweisen, heiligen Texten die umgekehrte Hand bekräftigend sich auf und ab bewegt, oder bedeutungsvoll erhoben, oder auch — die Fläche abwärts — zu den Zuhörern hingestreckt wird. „Welche bessere . .“ Die Fragen in hellem, doch nicht zu hohem Tone. „O verschmähte Ewigkeit . .“ Die Arme erhoben; Ausdruck der Verwunderung und des Schmerzes; die Blicke nach oben gerichtet; der Ton voll, aber ohne Heftigkeit. Damit bei solchen Parallelsätzen eine Steigerung stattfinde, darf der erste Satz nicht zu stark betont werden. „Glaubt ihr . ." Hier wendet der Prediger sich mit belebtem Blicke und etwas verändertem Tone an die Zuhörer; Glaubt, Himmel stark zu accentuiren, besonders das Zeitwort. Lebhafte Fragen werden etwas rascher gesprochen und — als wiederholte — mit Steigerung. In dem Gesammtausdrucke soll hier Ernst, nicht aber Bitterkeit liegen. „Ihr sagt . ." Gemilderter Ton, nach vorhergehender Pause; das Ganze langsamer; ihr, ja, ich mäßig accentuirt. „Warum wünschet . ." Die Stimme erhebt sich wieder. Dieses, Jenen, nachahmt, sowie die Textworte zu betonen.

2) Wenn so große Güter dich nicht zur Liebe bewegen, o so bewege dich doch die Liebe Gottes, mit der er dich liebt! Nichts erwecke mehr Liebe, als geliebt werden. Wir lieben jene, die uns lieben, auch wenn sie unserer Liebe unwürdig sind. Aber auch durch nichts wird die Liebe vergolten, als durch Liebe. Ob du auch dem Liebenden Alles gegeben, aber die Liebe nicht; so hast du deine Schuld nicht bezahlt. Mit Gold, Silber und Edelsteinen wird die Liebe nicht vergolten; zu groß ist ihr Werth: denn Gold, das von einem Feinde stammt, wird für Staub geachtet. O wenn du zweifelst, mit welcher Liebe dich Gott umfange, so hast du das Wort nie erwogen: Seine Zeugnisse sind überaus glaubwürdig geworden. Zeuge ist das Kreuz, Zeugen sind die Nägel, Zeugen die Schmerzen, Zeugen die herniederfließenden Ströme von Blut, Zeuge ist der schmerzvollste und bitterste Tod, den er für dich erduldet! Und obgleich er all' dieses ertrug, scheint es ihm doch gering für die Größe seiner Liebe. Noch größere und reichlichere Schmerzen möchte er ertragen für dich, wenn es möglich wäre; nach längern und heftigern Trübsalen dürstet er für dich! Das ist es, was er am Kreuze hängend empor ruft zum Vater: Mich dürstet! und durch den Mund des Psalmisten: dürstend laufe ich, das heißt: ich bin bereit, noch längere und schmerzlichere Qualen für den Menschen zu leiden, wenn der Vater es wollte. . . Erweiche, erweiche, menschliche Brust, wenn du siehst, daß bei solchen Wohlthaten selbst die Steine zersprangen und die Felsen statt der Menschen die Pflicht der Herzen erfüllten! Hl. Thomas von Villanova (Conc. 3. in dom. 17. p. pent.).

Bemerkungen.

Die gegenwärtige Stelle, die ganz dem milden Pathos angehört und nur gegen Ende in das stärkere übergeht, verlangt den rührenden Vortrag. Hier muß sich also Lebhaftigkeit mit Ruhe und Herzlichkeit paaren und die Darstellung eine gemüth- und salbungsvolle sein. Daher sind schroffe Uebergänge in Ton und Geberden zu vermeiden [1].

---

[1] Es mag hier bemerkt werden, daß dieß mehr oder weniger von allen Arten des rednerischen Vortrages gilt, und daher auch die Anmerkungen zu den obigen Stellen in diesem Sinne zu deuten und anzuwenden sind: die Winke er-

Zwei Sätze dieses Beispieles wollen besonders hervorgehoben sein, weil in ihnen höherer Gefühlsschwung herrscht (Zeuge ist .. Erweiche ..): daher müssen die übrigen zurücktreten. Der Anfang der Stelle wird also mit mäßigem Affecte vorgetragen werden. Die nächstfolgenden kurzen Sätze aber (Nichts erweckt mehr Liebe ..) verlangen natürliche Modulation, um nicht monoton zu erscheinen — worauf immer bei einer Reihe ähnlich gebauter Sätze zu achten ist: und zwar enthalten die ersten vier dieser Sätze in der Mitte eine Tonschwebung, aber von verschiedenem Grade; der fünfte dagegen (Mit Gold ..) eine zweifache geringe Senkung.

O wenn du zweifelst.. Hier belebt sich die Darstellung, um zum folgenden Satze überzuleiten. Die Schriftworte langsam und accentuirt zu sprechen. Zeuge ist .. Die Stimme gefühlvoll, in höherm Tone, der Redegang rascher, der ganze Satz in einer Steigerung vorzutragen. Und obgleich.. Die Stimme senkt sich wieder, die Darstellung wird ruhiger, obwohl noch immer von dem lebendigen Hauche des Gefühles durchweht; dagegen erhält sie ihre höchste Stärke in dem Schlußsatze: Erweiche .., der als ergreifende Aufforderung und zugleich als Ausdruck des tiefsten Schmerzes vorzutragen ist. — Die Action wird in diesem Beispiele sehr einfach sein. In den zwei Hauptstellen kann sie sich mehr beleben: in ersterer wird entweder der oben genannte Gestus der Bekräftigung angewandt, oder es wird mit beiden Armen (in ungleicher Höhe, die innern Handflächen in etwas schiefer Richtung nach oben gekehrt) auf das Kreuz hingewiesen; bei der zweiten Stelle werden wie bei einer Bitte die Hände mit aufwärts gekehrter Fläche ausgestreckt und bei den Worten „menschliche Brust" gefaltet, hierauf wieder, gleichsam zeigend, nach der tiefern Region auseinander bewegt (Erde — Felsen), — oder sie werden zu Anfang des Satzes bittend in die Höhe gehalten und senken sich später nach Erforderniß des Sinnes.

Zweiter Abschnitt.

Die geistliche Rede in ihren besondern Erscheinungen.

Die geistlichen Vorträge können unterschieden werden nach Inhalt und Form. Diese Unterscheidung liegt in der Sache selbst. Es gibt nämlich gewisse Gegenstände, die ihrer Natur nach eine besondere Art der Behandlung erfordern, wovon wir also die wichtigsten namhaft zu machen haben. Andererseits lassen dieselben Gegenstände sich meist in mehrfacher Redeform behandeln; so kann das Thema von den acht Seligkeiten in Predigten, in Homilien oder in Katechesen ausgeführt werden, ebenso besitzen wir liturgische Predigten, liturgische Homilien und liturgische Katechesen u. s. w. Hier ist nun aber wieder, je nach der gewählten Form, Mehreres nach Auffassung und Anlage des Redematerials verschieden und muß es sein, damit es eben dem nächsten Zwecke des Predigers entspreche. Die Theorie hat also diese Verschiedenheiten so gut zu berücksichtigen, als der practische Prediger selbst.

---

halten der nöthigen Bestimmtheit halber meist eine Ausprägung, die in der Declamation selbst nicht zu stark, sondern nur durch fließende Uebergänge vermittelt auftreten darf.

Erstes Kapitel.

Verschiedene Gattungen von geistlichen Reden hinsichtlich des Inhalts.

§ 1. Nach innern Beziehungen.

Erster Artikel. Dogmatische Reden.

Der Zweck des Predigers bei dieser Art von Vorträgen ist: das katholische Bewußtsein zu stärken und es zu einem an Werken des Glaubenslebens fruchtbaren zu machen. Ihre Ausführung vollzieht sich nach folgenden Gesichtspunkten [1]:

1) Lichtvolle Erklärung des Dogmas oder Auseinandersetzung des kirchlichen Begriffs von dem Gegenstande.

2) Begründung desselben durch das ausdrückliche Zeugniß der hl. Kirche, der Schrift und der Väter . .

3) Hervorhebung der das Gemüth ansprechenden, erhebenden, tröstenden, rührenden . . Seiten der Glaubenslehre (dieß vorzüglich in Absicht auf habituelle Erbauung).

4) Practische Folgerung aus dem vorgelegten Glaubenssatze oder: Nutzanwendung. Diese muß nicht nur an und für sich selbst wichtig, mit dem Dogma oder Geheimnisse und dem Geiste der kirchlichen Zeit in natürlichem Einklange, sondern insbesondere auch würdig sein, und auf letztern Punkt ist hier um so mehr zu achten, je erhabener das Dogma oder je feierlicher das Fest ist.

Bei eigentlichen Geheimnißreden läßt sich in der Ausführung häufig und mit Vortheil der historische Gang einhalten. Hier ist namentlich auf den innern Geist derselben hinzuweisen (nach n. 3.). Das Wie der Geheimnisse gehört nicht in den Vortrag; doch können bisweilen schöne Gleichnisse, womit die hl. Väter die Geheimnisse beleuchten, in die Erklärung eingeflochten werden.

Die Darstellung erfordert Klarheit, Popularität, Adel und besonders den Ton lebendiger Ueberzeugung und glaubensinniger Ehrfurcht. Wärme und Salbung sind hier weit mehr an der Stelle, als heftige Bewegungen. In den Geheimnißreden sind vorzüglich Bossuet und Bourdaloue Muster. Die polemische Behandlungsweise des Dogmas oder die in directer Widerlegung anderer Religionsparteien bestehende soll ohne Noth nicht gewählt werden; besser ist die einfach apologetische und überhaupt die positive, wie sie in obigem Schema vorgezeichnet ist. Sind Gegner zu berühren, so geschehe es ohne gehässige

---

[1] Vgl. Predigtamt S. 629 ff. — Ueber die Wichtigkeit und Auswahl dogmatischer Stoffe wurde früher gesprochen S. 198 ff.

Anspielungen und ohne Bitterkeit: das Wort sei voll Zuversicht und Festigkeit, aber auch voll Ruhe und Milde.

Es gibt eine zweifache indirecte Behandlungsart dogmatischer Wahrheiten, wodurch diese ohne Erregung von Glaubenszweifeln als von Gott stammend dargestellt werden können.

Die erste besteht darin, daß Alles dogmatisch bewiesen wird, ohne daß man scheint beweisen zu wollen.

Statt nämlich die Wahrheit des Dogmas als directen Gesichtspunkt aufzustellen, wählt man als solchen eine andere Seite desselben, z. B. seine Erhabenheit, Schönheit . . oder auch eine moralische Pflicht in Bezug auf dasselbe, führt nun aber zur Begründung des gewählten Gesichtspunktes die Beweise so vor, daß sie zugleich die Wahrheit des Dogmas darthun. Z. B. Welch ein Schatz liegt für uns in dem hl. Bußsacramente: denn dasselbe hat die Kraft, alle Sünden zu tilgen u. s. w. (wo nun die dogmatischen Beweise der Einsetzung, der Verpflichtung zum Empfange des Sacramentes . . als Beweise des Gnadenreichthumes derselben oder der Vorsehung Christi für unser Heil dargestellt werden) [1].

Die zweite wählt den Gesichtspunkt in ähnlicher Weise, führt ihn aber nicht durch dogmatische, sondern vielmehr durch moralische Beweise aus, d. h. sie zeigt den göttlichen Charakter einer Lehre aus deren heilbringenden Folgen (dieß fällt also mit dem oben n. 3. Bemerkten zusammen) [2].

In diesem Geleise bewegt sich großentheils die Ideenfolge der Conferenzen von Felix über den Fortschritt durch das Christenthum: z. B. Nothwendigkeit des sittlichen Fortschritts in Bezug auf Wissenschaft, Kunst, Gesellschaft. Hindernisse des Fortschrittes (Begierlichkeit, Sinnlichkeit, Habgier, Hoffart, Luxus). Quellen des Fortschrittes: Heiligkeit, Demuth, Abtödtung, Armuth, Liebe . . Die Conclusion aus dem Ganzen ist die Göttlichkeif des Christenthums oder das Hauptmotto des Predigers: Crescamus in illo per omnia, qui est caput Christus [3].

Wie mit dem dogmatischen das moralische Element verwebt werden könne, zeigt uns Bourdaloue vortrefflich in seiner Predigt von dem Geheimnisse der heiligsten Dreieinigkeit:

Einen Gott in drei Personen glauben, ist a) die größte Huldigung des Glaubens, die ein Geschöpf Gott erweisen kann, b) der festeste Grund

---

[1] Das Nähere über diesen Gegenstand siehe in dem Predigtamt: Criterium des Predigers N. I. (S. 583 ff.).

[2] Diese Beweisart ist häufig, wie die populärste, so auch die eindringlichste.

[3] Eph. 4, 15. — Vgl. auch Bourdaloue, der in mehreren Vorträgen aus den erhabenen Eigenschaften des christlichen Gesetzes dessen Göttlichkeit beweist.

des Vertrauens, das das Geschöpf auf seinen Gott setzen kann, c) der stärkste Beweggrund und das vortrefflichste Muster der Liebe, die uns insgesammt in Gott und nach Gott vereinigen soll.

Obwohl die Geheimnißreden vorzugsweise dogmatischer Natur sind und eine besondere Gattung der Glaubensreden bilden, können sie bisweilen doch auch zu Sittenreden benützt werden und befolgen dann die sogleich zu entwickelnden Regeln.

So gliedert Bretonneau seine Predigt auf Mariä Reinigung nach folgenden moralischen Gesichtspunkten: Nach dem Beispiele Mariä müssen auch wir a) Gott unsere Demuth durch freudige Anerkennung unserer Abhängigkeit (Luc. 2, 22); b) unsere Treue durch vollkommenen Gehorsam (v. 23); c) unsere Hingebung durch standhafte Geduld in Widerwärtigkeiten beweisen (v. 35) [1].

Zweiter Artikel. Moralische Reden.

Der Zweck dieser Vorträge ist die Ausrottung der Sünde und die Entzündung des Eifers nach Tugend und Vollkommenheit. Die wichtigsten Rücksichten werden für den Prediger in Behandlung sittlicher Gegenstände folgende sein:

1) Klare Auseinandersetzung der betreffenden Moralprincipien.

2) Begründung der Sittenlehre durch Nachweis ihres innern Zusammenhanges mit dem Dogma und durch bündige aus der Auctorität, der Erfahrung und Vernunft geschöpfte Belege.

3) Entfaltung der das Herz anregenden psychologischen Seite der zu behandelnden Pflichten und Gebote. Dürre Pflichtenlehren bessern nicht. Auch bei Warnungsreden vor Sünden und Lastern ist die Schönheit u. s. w. der entgegengesetzten Tugenden zu zeigen und überhaupt mit dem bloß negativen auch das positive Moment zu verbinden, daher öfter mit Geboten und Motiven zu wechseln [2].

4) Anwendung der sittlichen Wahrheit auf das Seelenheil und die Verhältnisse der Zuhörer.

Damit nun aber bei moralischen Gegenständen die Belehrung wie die Anwendung von wirklichem und zumal von allgemeinem Nutzen sei, sind in Betreff beider Elemente noch folgende Punkte zu beobachten:

a) Man bleibe nicht bei dem Allgemeinen stehen. Nec vero satis putet (concionator) universe generatimque peccatum et vitium reprehendere, sed ad *species praecipuasque actiones*, quae

[1] Ueber die Geheimnißreden insbesondere vgl. Predigtamt S. 650—659. Ferner über die sog. höhere Conferenz S. 633—639.

[2] Vgl. oben S. 230.

pravae inde existunt in usuque sunt, descendat: quo rectius auditores peccata cognoscant, multoque cautius fugiant. *S. Car. Borr.* [1] Dasselbe gilt von den Tugenden [2]. In dieser Beziehung läßt bisweilen Bossuet zu wünschen übrig, so trefflich bei ihm auch die allgemeine Auffassung der Gegenstände ist.

b) Man habe den geistigen Nutzen aller gegenwärtigen Zuhörer im Auge, nämlich: die Sünder, die Schwachen und Lauen, die Frommen und Eifrigen, Alle müssen in der Sittenpredigt etwas für ihre Seele finden. Der Gegenstand ist daher nach mehrfacher Beziehung zu betrachten und anzuwenden [3].

c) Man lege den Zuhörern die passenden Beweggründe und Mittel vor.

Dieser Punkt ist von größter Wichtigkeit. Der Physiker macht einen genauen Unterschied zwischen dem mathematischen und dem physischen Hebel, zwischen dem Falle des Körpers im luftleeren Raume und dem in der Atmosphäre, zwischen der idealen Bewegung der Materie und der durch Reibung erschwerten. Dagegen gibt es Homileten, die keinen Unterschied zwischen dem idealen Menschen und dem wirklichen kennen und die dafür halten, daß was sich aus einer Wahrheit ergebe, sich auch von selbst einstelle und verwirkliche. Sie überlassen daher den Zuhörer sich selbst. Dieser macht es aber nicht besser mit der Predigt, und wohl mit demselben Rechte. Wenn ein Feldherr seine Soldaten zur Tapferkeit aufmunterte und sie dann in den Kampf sendete, ohne ihnen Mittel des Sieges an die Hand zu geben, würde er nicht für unverständig gelten? Wie läßt sich denn begreifen, daß Prediger ihre Zuhörer zum Kampfe gegen Welt und Sünde aussenden, ohne sie im Geringsten besser auszustatten? Hier sind also die Heilmittel, die Art und Weise des geistlichen Kampfes genau anzugeben. Hinsichtlich der Beweggründe weise der Prediger nach Umständen oder der Natur der Sittenlehre auf die Nothwendigkeit und Gerechtigkeit, auf Adel und Schönheit einer Tugend, auf die Nützlichkeit und Sicherheit, auf die Möglichkeit und Leichtigkeit der Ausübung hin. Letzteres Moment ist bei moralischen Gegenständen besonders wichtig. Nicht nur das Sollen, sondern auch das Können — neben der Pflicht die Gnade — ist entschieden hervorzuheben. Der Prediger berufe sich daher, wenigstens bei schwierigen Punkten α) auf die Güte — β) die Treue und selbst die Gerechtigkeit Gottes, der dadurch

---

[1] Past. instr. p. 1. c. 12.

[2] Sicut autem in vitiis dissuadendis atque exagitandis non modo universe, sed speciatim singulas partes vitiosasque actiones persequi concionator debet: ita virtutes earumque praecipua officia exponet non modo in universum, sed singillatim ac diligenter. L. c. c. 20. Siehe Predigtamt S. 315 ff.

[3] Wie dieß geschehen könne, zeigt das Predigtamt S. 286.

selbst, daß er etwas befiehlt, es auch ermöglicht und dem demüthig Bittenden Alles verheißen hat; γ) auf die ausdrückliche Versicherung des Erlösers, daß sein Joch sanft, und des Apostels, daß sein Gebot nicht schwer sei; δ) auf die Beispiele der Heiligen: quod isti et istae, cur non ego? ε) auf die viel größern Opfer, welche die Welt ihren Anhängern abfordert; ζ) auf die Kürze des Kampfes und die überschwängliche Fülle der Belohnung [1].

5) Moralische Predigten werden passend mit einem anziehenden Beispiele, jedenfalls mit gemüthvoller Ermunterung und Ermahnung beschlossen. Wie sie in der Regel eine deutliche Eintheilung, so erheischen sie häufig auch im Epiloge eine kurze Recapitulation. — Ihre Darstellung erfordert Popularität und Eindringlichkeit, aber überdieß auch noch einen gewissen Reiz des Styles, da ethische Gegenstände an sich leicht trocken, vielleicht gar wohl gemein erscheinen. Treffende Sittengemälde können hier vorzügliche Wirkung thun. Bei gewissen Themata ist besondere Zartheit und Umsicht geboten, um nicht in das Triviale zu verfallen oder bei einigen, zumal jüngern Zuhörern schädliche Vorstellungen und eine gefährliche Neugierde zu wecken [2].

Als Gegenstände, die in dieser Redegattung häufig zur Sprache kommen sollen, bezeichnen die kirchlichen Synoden besonders die zehn Gebote Gottes [3] und die Standeslehren. Doch wollen sie hiemit Alles verbunden wissen, was überhaupt zur christlichen Vollkommenheit gehört. Daher hat der Prediger außer den Geboten auch die evangelischen Räthe [4] und die wichtigsten Uebungen der Frömmigkeit in geeigneter Weise zu behandeln [5]. Was namentlich die letztern betrifft, so gehörte es zu den großen Verirrungen einer Zeit, welche die düstern Schatten ihrer Aufklärung vorzüg-

---

[1] Die Motive und Mittel der Tugend entwickelt ausführlich Ludwig von Granada in seiner sog. Lenkerin der Sünder, besonders im zweiten Theile.

[2] Ueber diese hier anzuwendende Vorsicht siehe das Nähere im Predigtamte S. 590—592.

[3] So sagt z. B. die Synode von Eichstädt (1447): Specialiter ordinamus, ut rectores ecclesiarum parochialium ad minus semel in anno assumant materiam decem praeceptorum et illam una cum correctionibus vitiorum convenienter prosequantur.

[4] Der hl. Karl Borromäus spricht hierüber, ohne Zweifel im Hinblicke auf 1 Cor. 12, 31: Ad evangelica consilia amplectenda, ad perfectioris vitae disciplinam suscipiendam, ad mundi contemptum audientium animos saepe impellet, quo studiosius coelestis spiritalisque vitae instituta amplectantur. Past. instr. p. 1. c. 20. (Allerdings mit Vorsicht.) Vgl. dieß ganze Kap. namentlich in Bezug auf Anleitung zur Gottseligkeit und auf die Standeslehren.

[5] Damit ist nicht gesagt, daß alles hierher Gehörige als eigenes Thema aufgefaßt, sondern daß es gelegentlich (zumal bei der oben empfohlenen Angabe von Mitteln) in den Vortrag so aufgenommen werde, wie es den Verhältnissen der Zuhörer entspricht.

lich auf das religiöse Gebiet warf, so viele altehrwürdige katholische Uebungen und Gebräuche als leeres Außenwerk zu verpönen. Nicht nur aber sind diese gleichsam der himmlische Blüthenduft, der sich wie von selbst und naturgemäß aus dem innersten Wesen der Frömmigkeit entwickelt und überall dasselbe Walten des in den Seelen wohnenden hl. Geistes bekundet; sondern sie sind ihrerseits auch wieder wirksame Anregungsmittel, sie erfrischen, beleben und nähren Glaube und Gottseligkeit und bedürfen nur der Leitung und guten Erklärung, um nicht an die Stelle der wesentlichen Dinge selbst gesetzt zu werden.

Dritter Artikel. Lobreden auf die Heiligen.

In den Tugenden der Heiligen erblicken wir Dogma und Moral in ihrer Verkörperung und Verklärung. Die Lobreden auf die Heiligen sind daher nur eine weitere Anwendung der zwei bisher betrachteten Vortragsformen: ihr Zweck, zur Verehrung der Heiligen, zum Vertrauen auf deren Fürbitte, zur Nachahmung ihrer Tugendbeispiele anzueifern. Je nachdem einer dieser theilweisen Zwecke vorherrschend, ist besonders die Macht und Güte dieser verklärten Freunde Gottes oder die Heiligkeit ihres Lebenswandels hervorzuheben, so jedoch, daß beide Momente sich immer in gewisser Weise durchdringen und namentlich dem letzten stets die angemessene Beachtung werde — worauf auch zunächst der Name: Lobrede, hinweist.

Zur Würdigung der Tugendgröße der Heiligen kommt es hauptsächlich darauf an, den innern Geist ihres Lebens und Wirkens zu zeigen. Dieß ist auch für die Gläubigen selbst um so wichtiger, als sie häufig nicht die äußern Verhältnisse und Thaten, sondern nur den in diesen zur Erscheinung kommenden Geist der Heiligen auf ihr eigenes Seelenheil anwenden können. Ganz besonders ist zu empfehlen, die Wege zu zeigen, auf denen Gott seine Diener allmählich bis zur höchsten Vollkommenheit führte, die Mittel, die sie anwandten, die Kämpfe, die sie bestanden, den Muth, mit dem sie sich selbst besiegten, den Eifer, mit dem sie etwa begangene Fehler wieder gut machten u. s. w. Der Gläubige muß hier wie in einem Spiegel erblicken, wie jeder Lebensstand sich durch Tugenden heiligen läßt, und daß Wesen und Kern der Heiligkeit nicht im Aeußern besteht, sondern vor Allem im Innern wurzelt. Je mehr dabei das Leben des Heiligen in seiner wahren und eigenthümlichen Gestalt erscheint, oder je individueller die Lobrede gehalten ist, um so ansprechender, belehrender und ergreifender wird das vorgehaltene Bild. Daher ist es Regel, wo immer möglich die charakteristische Tugend des Heiligen hervorzuheben [1]; so an einem Franz

[1] Im Falle dieß nicht schon öfter vor denselben Zuhörern geschehen und daher eine andere Auffassung geeigneter ist.

von Assisi die Demuth, an einem Franz Xaver den Seeleneifer, an einem Johann von Gott die Nächstenliebe, an einem Ignatius den Eifer für die Ehre Gottes, an einem Franz von Sales die Sanftmuth, an einem Vincenz von Paul die Barmherzigkeit u. s. w. Um diese Tugend als Centralpunkt reihen sich dann die andern wie um ihre Sonne und Lebensquelle. Auf diese Weise erhält das Gesammtgemälde Einheit, worin eine Grundeigenschaft der guten Lobrede liegt. Ueberhaupt ist es, besonders vor frommen Auditorien, sehr nützlich, in der Auffassung des Ganzen eine möglichst treffende und specielle geistliche Lehre hervortreten zu lassen und der Rede ein ascetisches Gepräge zu geben. Das Leben des Heiligen bildet dann gleichsam den Goldgrund, auf dem sich das Bild der christlichen Vollkommenheit um so lebendiger, bedeutungsvoller und lieblicher abhebt. Doch darf hier das Ascetische nicht überwiegen, wenigstens wo das Leben des Heiligen selbst reich genug ist. Uebrigens ist das genannte Element in vielen Fällen treffender und durch Neuheit anziehender als bloß gewöhnliche und allgemeine Moral. Bei manchen Heiligen ist endlich außer dieser Berücksichtigung ihrer innern Größe erforderlich, ihre Stellung in der Kirche und Geschichte, ihre Bedeutung in dem Plane der Vorsehung für das Heil der Seelen oder die Gründung und Förderung großer Werke in's Auge zu fassen. Ueberhaupt soll sich in der Lobrede die volle Charakteristik des geistlichen Helden spiegeln.

Nach dieser Bestimmung des innern Gehalts der Festrede haben wir nun noch die Anlage derselben in Betracht zu ziehen. Man unterscheidet hier die historische und die moralische oder didactische Form. Erstere betrachtet den Heiligen nach verschiedenen Altersperioden oder verschiedenen Lebensständen u. dgl., und macht hieraus die Anhalts- oder Theilpunkte der Rede.

Z. B. der hl. Philipp Nerius, ein treuer Priester 1) durch seine Vorbereitung auf das Priesteramt, 2) durch Ausübung des Priesteramtes. Flechier. Sulpitius ein Beispiel standhafter Tugend, 1) in der Jugend durch die Buße, 2) bei Hofe durch die Unschuld, 3) im bischöflichen Amte durch apostolischen Eifer. Ders.

Letztere Form dagegen nimmt die Theilung nicht von der Geschichte, sondern von einer Wahrheit (moralischen oder dogmatischen), oder von einer Tugend des Heiligen, die nun durch das betreffende Leben beleuchtet wird.

Z. B. der hl. Franz von Paula lehrt uns im höchsten Grade die Vortheile der Taufgnade in 1) der Absonderung von der Welt, 2) dem Wachsthume in der Liebe Gottes, 3) der Theilnahme an allen Schätzen Gottes. Bossuet.

Will der Prediger mehrere Tugenden des Heiligen zusammenfassen, so hat er sie unter einem einheitlichen Gesichtspunkte darzustellen. Z. B. der Aufschwung der Seele zu Gott (in der hl. Theresia) 1) durch die Hoffnung, 2) durch die Liebe, 3) durch das Opfer ihrer selbst (Abtödtung). Ders.

Sind mehrere Heilige in einer und derselben Rede zu loben, so wird entweder ein gemeinschaftlicher Betrachtungspunkt für alle festgehalten, oder nach Art der niedern Homilie jedem derselben (sofern ihre Zahl sich auf zwei — höchstens drei — beschränkt) ein Redetheil gewidmet und dabei Eingang und Schluß auf alle bezogen. Z. B. die hl. Apostel Simon und Judas als Vorbilder des wahren Eifers für die Ehre Gottes und das Heil der Seelen. Hunolt. Auf das Fest der Apostelfürsten: 1) die Reue des hl. Petrus eine Beschämung vieler Sünder; 2) der Liebeseifer des hl. Paulus eine Beschämung vieler Gerechten. Ders.

Ist von einem Heiligen wenig bekannt, so wird eine allgemeine, dem Stande . . desselben angemessene Wahrheit behandelt und durch etwa vorliegende Züge aus dem Leben desselben beleuchtet und bekräftigt. Je nachdem es sich um Apostel, Märtyrer, Bekenner u. s. w. handelt, kann hier vom Glauben, von der Hoffnung, der Liebe, der Kirche oder unserm Verhältnisse zu derselben, dem Starkmuthe, der Liebe zum Kreuze, dem Seeleneifer, der Weltverachtung, dem Berufe des Christen, dem Wesen oder den Mitteln der Heiligkeit, der Nothwendigkeit und Macht der Gnade, der Herzensreinheit, Selbstverläugnung, der Anrufung der Heiligen u. dgl. gesprochen werden. Die Lobrede, soll sie fruchtbringend sein, muß ferner ungezwungene, erhebende und anregende Nutzanwendungen besitzen, die entweder mit den Theilen der Rede verflochten, oder in einem eigenen Theile, oder endlich in dem Epiloge zusammengestellt werden. Ersteres Verfahren ist hier vorzuziehen, theils weil so mehr Abwechselung in die Darstellung kommt, theils weil dabei der Heilige im Verlaufe der ganzen Rede angemessen hervortritt.

Als kurzes Schema der Lobrede mag Folgendes dienen:

Auf den hl. Einsiedler Antonius von Flechier:

> Mortui estis, et vita vestra abscondita est cum Christo in Deo.

Hauptsatz: Der hl. Antonius ein vollkommener Christ. Beweisführung: Denn er war 1) von der Welt gänzlich losgeschält, 2) vollkommen mit Gott vereinigt; oder —

1. Thl. Der hl. Antonius mit Jesu Christo der Welt abgestorben:

a) vor
b) bei } seinem Eintritte in die Wüste.
c) nach

2. Thl. Der hl. Antonius mit Jesu Christo in Gott lebend:

a) in Versuchungen, b) im Gebete, c) in Demuth, d) in Begierde nach dem Kreuze Christi (Marterthum).

Der erste Theil beginnt mit einer kurzen Darlegung der evangelischen Lehre von der Flucht der Welt; als Anwendungen werden demselben gelegentlich eingereiht: Wichtigkeit der ersten religiösen Erziehung — deren Vernachlässigung; äußere und innere Halbheit zwischen Gott und der Welt.. Ebenso eröffnet den zweiten Theil die Lehre von der vollkommenen Nachfolge Christi durch beherztes Ringen nach allen Tugenden: kurze Anwendungen entsprechen auch hier der jedesmaligen Unterabtheilung. Den Schluß bildet die Aufforderung, dem Heiligen wenigstens durch Haltung der Gebote nachzufolgen.

Was endlich den Styl der Lobrede betrifft, so verlangt dieser, wenigstens bei der feierlichen Lobrede, Feile, Adel, Schwung, eine gewisse Fülle und Anmuth. Plastische Erzählungen, ergreifende Erweiterungen, Schilderungen, Belebung durch Figuren — dieß Alles kann hier Anwendung finden, sofern es weder der homiletischen Einfachheit noch dem raschen Gange der Entwickelung Eintrag thut.

Als Fehler der Lobrede sind besonders folgende zu bezeichnen: 1) wenn sie nur Erzählung, 2) oder bloße Moralpredigt ist, 3) wenn sie unbewährte Legenden enthält, 4) wenn sie einen Heiligen auf Kosten anderer erhebt, 5) wenn sie in leerem Redeschmucke oder in pathetischer Declamation aufgeht (ein nicht seltener Fehler der Lobrede).

Es darf übrigens nicht vergessen werden, daß der feierliche und kunstvolle Panegyricus gebildete Auditorien voraussetzt. Vor einfachen Zuhörern, besonders auf dem Lande, wird es, z. B. bei jährlich wiederkehrenden Patrociniumspredigten, in der Regel nützlicher sein, statt der eigentlichen Lobrede einen practischen Satz zu wählen [1], und bei Ausführung desselben wiederholt auf das Beispiel des Heiligen hinzuweisen, letzterem zugleich namentlich den Eingang und Schluß zu widmen.

Vierter Artikel. Geschichtsreden.

Hierunter versteht man im weitesten Sinne alle jene Vorträge, die nach Inhalt und Entwickelung sich auf geschichtlichem Boden bewegen, und in dieser Bedeutung gehören auch die eben besprochenen Lobreden, sogar als die glänzendste und am häufigsten auftretende Art derselben, hieher. Im engern Sinne aber begreift man unter jenem Ausdrucke theils Vorträge über die biblische Geschichte, theils solche über einzelne aus der christlichen Sphäre geschöpfte lehrreiche Begebenheiten (Exempelpredigten).

---

[1] Z. B. Wir müssen gleich den Heiligen bei allen unsern Werken Gott im Auge haben; der Weg zur Heiligkeit ist die Selbstverläugnung . .

1) Was nun die Behandlung biblischer Geschichtsvorträge betrifft, so ist vorerst zu bemerken, daß die letztern nach der Weise der hl. Väter und dem an sie sich anschließenden Beispiele Finetti's so gut wie andere Predigtarten zu vollständigen Cyclus verbunden werden können, wobei dann natürlich die Auffassung und Anlage einzelner Reden vielfach von ihrer Stellung im Gesammtplane abhängen wird. — Im Allgemeinen kann jedoch für die Ausführung der Geschichtspredigt Folgendes bemerkt werden:

Ihre Hauptmomente sind: Darlegung der Geschichte und erbauende Anwendung derselben. Diese können entweder mit einander verwebt (d. h. an einzelne hervorstechende Punkte der Erzählung Betrachtungen angereiht), oder sie können auch in geschiedener Darstellung behandelt werden, indem das Historische den einen, das Practische den andern Theil des Vortrages bildet [1].

Trento führt uns die büßende Magdalena vor, wie sie zur Buße gelangt, wie sie diese als Buße der Liebe bethätigt und endlich in der Nachfolge Jesu vollendet (oder: Vernichtung der Sünde, der Spuren der Sünde, des eigenen sündigen Selbst); hierauf folgt die Nutzanwendung: Magdalena beschämt unsere Unbußfertigkeit wie unsere Buße (zweiter Theil der Predigt). — Finetti stellt die Seereise des hl. Paulus (Act. 27) mit ihren Wechselfällen dar und benützt den V. 24: ecce donavit tibi Deus omnes, qui navigant tecum, zu einer Erwägung über die Wirksamkeit des Gebetes der Gerechten und zu einer Rechtfertigung der Anrufung der Heiligen: das Ganze aber zur Belehrung, daß für die Gerechten und für die Sünder in den Stürmen dieses Lebens eine weise Vorsehung walte.

Die Ausführung gewinnt an Uebersichtlichkeit, wenn sich die Erzählung nach Hauptpunkten gruppiren läßt, ohne daß deßhalb jedoch der Redefluß unterbrochen wird. Der Ton der Darstellung ist meist der vertrauliche.

2) In Rücksicht auf Exempelpredigten ist das Erste die vorsichtige Wahl des Gegenstandes [2]: als solcher kann nur ein durchaus glaubwürdiger und bewährter, mit der religiösen Wahrheit in nächster Beziehung stehender, an sich interessanter, und zu wirksamer Anwendung geeigneter historischer Zug betrachtet werden. Wenn Beispiele aus der Profangeschichte auch bisweilen in der geistlichen Rede vorübergehend gebraucht werden können, so eignen sie sich doch durchaus nicht als Hauptgegenstand oder als Unterlage zu Exempelpredigten. —

---

[1] Siehe unten: Homilie (besonders die höhere).

[2] Bekanntlich hat in frühern Jahrhunderten die kritik- und geschmacklose Anwendung von Erzählungen aller Art nicht wenig zur Verunstaltung und Entartung der Kanzelberedsamkeit beigetragen.

Hinsichtlich der Anlage läßt sich auch hier wieder in einem Theile die Begebenheit darstellen, in dem andern die Anwendung zeigen; oder, wo leicht eine Gliederung möglich, den Hauptmomenten der Erzählung jedesmal die passende Anwendung unmittelbar anreihen; oder endlich eine gewichtige Wahrheit als Hauptsatz obenan stellen und diese nun durch das gewählte Beispiel belegen und den Gemüthern einprägen. — Die Darstellung muß eine anziehende, lebhafte, bei aller Vertraulichkeit würdevolle sein. Unnöthige Breite und Ausmalung ist zu vermeiden. In den Anwendungen sind hier, besonders bei erschütternden Beispielen, große und ergreifende Züge möglich (so vorzüglich, wo diese Vorträge als Advents- oder Fastenpredigten auftreten).

Der Prediger findet für diese Art Reden vortrefflichen Stoff in den Lebensgeschichten der Martyrer, der Büßer, der Väter (vgl. Rosweid) und überhaupt in den Leben der Heiligen, wenigstens den ausführlicher beschriebenen. Die Exempelpredigten lassen sich auch ganz wohl in zusammenhängender Reihenfolge zu einem einheitlichen Cyclus verbinden und eignen sich in dieser Form besonders zur Veranschaulichung der Standeslehren[1] oder anderer practischer Wahrheiten, z. B. der acht Seligkeiten, der Cardinaltugenden u. s. w.

Fünfter Artikel. Liturgische Reden.

Wie die Liturgie an sich eine ständige, geheimnißvolle Predigt, muß sie durch den Homileten ferner zu einer klaren und ausdrucksvollen Predigt werden, soll sie die Gläubigen wirklich in das Leben der Kirche einführen[2]. Dafür wird auf einige besondere Punkte zu achten sein, die sich schon in folgenden Worten einer Kirchensynode angedeutet finden: Cum his pietatis et religionis christianae signaculis simplicium mentes in *Dei cognitione* eleventur, aliorumque christianorum corda in *commemorationem beneficiorum* a divina bonitate collatorum evehantur, et ubi *fides* et *devotio* accrescat, Spiritus sanctus operetur, ac praesentium animos *moveat efficaciter* ..[3] D. h. es wird im Einklange mit den Wirkungen, die der Geist Gottes in der von ihm eingegebenen Gestaltung der heiligen Liturgie anstrebt, und zur Bereitung und Erhöhung derselben nothwendig sein, zu zeigen —

1) welches Zweck und Bedeutung des Cultus, der Feierlichkeiten, Segnungen und Gebräuche der Kirche sei. Dieß kann erst im Allgemeinen oder in Bezug auf Wesen, Nothwendigkeit u. s. w. des

---

[1] Vgl. die Beispiele in dem Predigtamte S. 673.

[2] Vgl. oben S. 201—202.

[3] *Conc. Wratisl.* (1592) de cult. div. c. 12.

kirchlichen Cultus, auf das Ganze des Kirchenjahres und Gottesdienstes geschehen (ein oder mehrere dergleichen einleitende Vorträge sind besonders an der Stelle, wo die Liturgie im Zusammenhange oder in einem eigenen Predigtcursus behandelt werden soll); hierauf in Betreff der einzelnen liturgischen Erscheinungen (als: Opfer, Weihungen, Segnungen, Sühnungen ..). Dieser Sinn ist aber nicht nur moralisch, sondern auch dogmatisch und in möglichst unterrichtender Weise zu entwickeln.

Wenn z. B. an Mariä Lichtmeß darauf hingewiesen wird, daß durch das Licht uns Jesus Christus, unsere eigene Heiligung und das ewige Licht vorgestellt werde, so ist hier Anlaß geboten, den Erlöser in seiner Person und Sendung als das Licht der Welt vom dogmatischen Gesichtspunkte aus vorzuführen und ebenso die folgenden Punkte dogmatisch und moralisch zugleich (nach Umständen und Bedürfniß der Zuhörer) aufzufassen, als: wir sind nur Kinder des Lichtes durch den Glauben an Jesus, durch die guten Werke (Matth. 5, 16) u. s. w. Ohne diese Vorsicht der Behandlung ist die liturgische Predigt für einen bedeutenden Theil der Zuhörer nutzlos [1].

2) Die Kraft und segensvolle Wirksamkeit des hl. Cultus, besonders in Bezug auf die sacramentalen Momente desselben, hervorzuheben — hierin liegt eine fernere Aufgabe der liturgischen Predigt. Alles was die Kirche thut, ihre Gebete, Weihungen u. s. w., ist von göttlichem Segen begleitet: insbesondere aber will der katholische Cultus die Erlösung, die er den Gläubigen vorführt, auch in der That vermitteln [2].

3) Die liturgische Belehrung mit kräftiger Anregung, daher mit angemessenen Nutzanwendungen zu verbinden, ist zwar allgemeine Anforderung an jede Predigt, bei der liturgischen aber insbesondere und in salbungsvoller Weise anzustreben, da sie sonst nur zu leicht und zu häufig mit einseitigem Unterrichte oder mit einigen unwirksamen Bemerkungen abschließt, ganz wie dieß so oft bei der niedern Homilie der Fall ist.

4) Auch hier wird es am besten sein, in der Anlage und Ausführung eine klare Ordnung zu beobachten, damit die Zuhörer die wichtigsten Punkte im Gedächtnisse behalten und sich nicht nur mit einem allgemeinen frommen Eindrucke zufrieden geben müssen.

---

[1] Vgl. auch Predigtamt S. 270—272.

[2] Dieß gilt von dem Cultus in seiner Gesammtauffassung, sofern er nicht nur in seinen formalen und rituellen, sondern zunächst in seinen innern, wesenhaften und lebensvollen Momenten gedacht wird. Er ist hienach weit mehr als eine bloß symbolische Predigt. Vgl. Lüft: über den ethischen und sacramentalen Zweck des Cultus (Liturgik, Bd. 1. S. 241 ..; 340 ff.).

Der hl. **Bernhard** zählt in einer Homilie über den Ritus der Kirchweihe fünf mystische Handlungen auf: aspersio, inscriptio, inunctio, illuminatio, benedictio, die er sodann auf die Weihe des geistigen Tempels durch die Gnadenerweisungen des Himmels bezieht: a) Reinigung der Seele durch die hl. Sacramente, b) Eingrabung des Gesetzes Gottes in unsere Herzen, c) Salbung durch den Chrysam der Gnade, d) Erleuchtung durch den Glanz der Tugenden und heiligen Werke, e) Fülle des Segens in dem ewigen Lohne der Heiligen. Der letzte Punkt führt den hl. Lehrer nun schließlich zur Betrachtung des Hauses Gottes im Himmel, dessen lebendige, in Erkenntniß und Liebe unzertrennlich vereinte Steine die Engel und Heiligen sind, und dessen beseligendem Besitze alle unsere Wünsche zustreben sollen [1].

Die **Sprache** der liturgischen Predigt empfehle sich durch edle Einfachheit und Popularität, durch Gemüth und fromme Weihe, insbesondere aber durch kernige Bündigkeit [2]. Letzteres hängt selbstklar mit der **innern** Kernhaftigkeit zusammen, die daher der Prediger in **sorgfältiger Vorbereitung**, in den hl. Vätern und andern ihren Geist athmenden Werken suchen muß. **Bourdaloue**, von der geistigen Salbung der Taufe sprechend [3], weist nach, wie sie uns α) zu Königen und Priestern, β) zu Tempeln Gottes, γ) zu Kindern Gottes, δ) zu Gliedern Gottes weiht und heiligt: diese treffliche Darstellung, die bei ihm nur eine Unterabtheilung bildet, enthält mehr Kern als manche vollständige liturgische Predigt von alltäglichem Gepräge.

§ 2. Nach äußern Beziehungen.

Erster Artikel. Gelegenheitsreden im Allgemeinen.

Gelegenheitsreden, auch wohl Casualreden, heißen solche Vorträge, welche bei besondern, mehr oder weniger außergewöhnlichen Veranlassungen gehalten werden. Ihr Zweck ist eben, das in diesen Anlässen liegende heilsam Anregende zur Stärkung des religiösen Gefühles zu benützen, oder auch in den Gemüthern die einer besondern Feier entsprechende Stimmung und Theilnahme zu wecken oder zu erhöhen. Behufs Auffassung und Einrichtung solcher Gelegenheitsreden können folgende Gesichtspunkte als leitende gelten:

1) **Redegegenstand** ist entweder die Gelegenheit oder das Ereigniß selbst, oder eine wichtige mit demselben in ungezwungenem Zusammenhange stehende religiöse Wahrheit. In ersterm Falle ist jenes

---

[1] Serm. 1. de ded. (de quinque sacramentis dedic.).

[2] Seichtigkeit der Darstellung gereicht gerade den frömmsten und zartesten Gegenständen am meisten zum Nachtheile.

[3] Pr. v. d. Charakter des Christen.

stets von geistlichem und kirchlichem Standpunkte aus aufzufassen (diese Bemerkung gilt besonders von Dingen, die zum Theil auch profaner Natur sind); in letzterm Falle ist die Wahrheit auf jenes Ereigniß zu beziehen und anzuwenden, oder auch durch dasselbe zu beleuchten, zu begründen und zu motiviren.

2) Die Anlage der Gelegenheitsrede hängt gänzlich von den Umständen ab. Bei Vorträgen feierlicher Natur, wenigstens solchen, die eine weitere Ausführung gestatten, kann die ganze Kunst der rednerischen Disposition mit vollständiger Gliederung Anwendung finden. Bei andern dagegen, die vorzügliche Kürze verlangen [1] oder zunächst nur einem mächtigen Gefühle Ausdruck geben sollen, geht jene Anordnung in die einfache Darlegung eines Gedankens oder in einen freien Erguß des Herzens über: je einfacher hier der Redegang, desto besser.

3) Was von der Anlage, gilt auch von den Anwendungen. Je nach Umständen bilden diese, so meist in größern Reden, ein Hauptelement des Casualvortrages, oder treten auch zurück und werden durch einfache, sinnig eingeflochtene Andeutungen oder auch nur durch die unmittelbare Aussprache der Stimmung und Eindrücke des Predigers vertreten.

4) Je enger die Rede sich an die besondere Gelegenheit anschließt, daher je eigenthümlicher und individueller sie ist, um so treffender und wirksamer. Deßhalb wird schon der Redeeingang in inniger Verbindung mit der Zeit stehen und die ganze Ausführung in ihrer Haltung, ihrem Tone, ihren Ideen sich vollkommen den obwaltenden Umständen anpassen. Nichts ist tactloser als eine Rede, die von diesem Charakter der Verhältnisse absieht und dafür ein Thema „de communi" abhandelt. Es gilt als ein Vorzug der Casualrede, wenn schon der Predigttext (der übrigens bei kleinern Anreden häufig wegfällt) jene Bezugnahme ausdrückt und die etwaige Gliederung des Vortrags direct enthält. Die Darstellung selbst ist eben nach der Natur des Casuale so wie der jedesmaligen Zuhörer bald vertraulicher, bald feierlicher Art, letzteres jedoch öfter; daher fordert sie außer vollkommener Natürlichkeit meist noch einen mäßigen oratorischen Schmuck, bisweilen Schwung und Glanz [2]. Ebenso verlangt der äußere Vortrag Lebhaftigkeit und Ergriffenheit, bei geringern Anlässen wenigstens eine gewisse Herzlichkeit und Wärme.

5) Bei keiner Art von Vorträgen ist die Beachtung der oratorischen Rücksichten wichtiger als bei Gelegenheitsreden. Anspielungen

---

[1] Kürze und Raschheit des Ganges, gleichsam der Charakter der Improvisation, gilt als Hauptvorzug bei einer Menge Gelegenheitsreden.

[2] Nachlässigkeit der Sprache wirkt hier sehr unangenehm.

auf Personen und Sachen, Aeußerungen des Lobes oder des Tadels, Bezugnahme und Rückhaltung, Alles will, zumal in einigen schwierigern Gattungen dieser Vorträge, sorgfältig erwogen sein: das Zuviel oder Zuwenig in irgend einer Beziehung ist hier gleich mißlich. Aber auch nirgendswo ist Tact und Feingefühl wirksamer. Ein kurzes sinniges Wort thut hier manchmal schon sehr viel. Uebrigens sei der Prediger vor Allem auf priesterliche Einfachheit und geistliche Haltung bedacht.

Zweiter Artikel. Einige besondere Arten von Gelegenheitsreden.

A. Casualreden im engern Sinne. Unter diesen versteht man Vorträge, die sich auf außerordentliche Ereignisse und zwar zunächst betrübender Natur beziehen (casus, Unglücksfälle, Theurung, Feuersbrunst, Hagelschlag u. s. f.). Doch werden auch wohl frohe Ereignisse für die Gemeinde oder das Vaterland hieher gerechnet, wie: Errettung aus einer Gefahr, Sieg u. dgl.

Da dergleichen auffallende Ereignisse als Predigten Gottes erscheinen und gewöhnlich tiefen Eindruck auf die Gemüther machen, so ist es Aufgabe des geistlichen Redners, mit Benützung der ihm entgegenkommenden Empfänglichkeit der Zuhörer diejenigen Ueberzeugungen, Gefühle und Entschließungen in diesen zu wecken oder zu befestigen, die der Zeit und den Absichten Gottes entsprechen.

Hiefür wird vor Allem erforderlich sein, die betreffenden Vorfälle oder Zustände in ihrem höhern Lichte als *Thaten Gottes*, als Zulassungen oder Wirkungen seiner Gerechtigkeit u. s. w. darzustellen; dabei überzeugend und ergreifend auf die *Absichten* des Herrn bei seinen Fügungen hinzuweisen, auf die *Mahnungen*, die er gibt, auf die Stimmung, die er in uns hervorrufen will; hiemit die Aufforderung zu verbinden, daß nun die Gläubigen auch *ihrerseits thun*, was zur Verwirklichung der Absichten Gottes über sie nothwendig ist; endlich den anregenden Beweggründen noch die Erklärung der Art und Weise nachfolgen zu lassen, *wie* sie dieß zu thun haben.

Diesen allgemeinen Gesichtspunkten können nun noch einige besondere für bestimmte Fälle angereiht werden. Handelt es sich darum, eine durch Unglücksfälle niedergebeugte Gemeinde zu *trösten*, so wird der Prediger mit dem Ausdrucke seelsorgerlicher Theilnahme gewichtige christliche Trostgründe (Güte und Weisheit Gottes, Werth der Leiden u. s. f.) verbinden, hierauf den Zuhörern zeigen, wie sie sich das Leiden zu Nutzen machen *können* (Beispiele) — und, falls sie es selbst verschuldet, *müssen* (Mittel und Bedingungen — namentlich in letzterm Falle: Buße und Besserung) [1].

---

[1] Warum auch in letzterm Falle die Rede nicht mit der Buße, wie bisweilen

Ist dagegen statt der Trostpredigt vielmehr eine Dankpredigt[1] wegen glücklicher Ereignisse zu halten, so wird der Redestoff entweder die Größe der von Gott empfangenen Wohlthat selbst sein, oder eine aus letzterer sich ergebende practische Folgerung oder eine mit jener zusammenhängende und durch dieselbe zu beleuchtende Wahrheit, z. B. Gottes Liebe, Vorsehung u. s. w. In jedem Falle wird aber die Wohlthat nach allen ihren Umständen den Zuhörern in lebendige Erinnerung zu bringen sein, damit sie dieselbe vollständig würdigen; besteht sie in Anwendung eines Leidens, so wird die Schilderung von diesem selbst und seinen Folgen ebenfalls ihre Größe veranschaulichen; liegt sie in dem Aufhören eines durch die Schuld der Zuhörer herbeigeführten Uebels oder einer Strafe Gottes, so erhöht der Umstand selbst die Größe der empfangenen Gnade, daß letztere nicht verdient war. Hierauf ist nun ferner die entsprechende Nutzanwendung einzuflechten, sowie die Weise zu zeigen, wie die Gläubigen ihr Dankgefühl bethätigen können (z. B. erhöhter Eifer, Milde gegen die Armen . .).

Bisweilen geben betrübende Vorfälle Anlaß zu eigentlichen Buß- und Warnungspredigten. Sie sind dann um so sorgfältiger wahrzunehmen, als sich hier manchmal das sagen läßt, was vielleicht bei keiner andern Gelegenheit statthaft ist. Doch ist hier große Klugheit nöthig. — Treffliche Beispiele solcher Casualvorträge bieten der hl. Gregor von Nazianz or. in plaga grandinis, Basilius hom. 8. in famem et siccitatem, Chrysostomus in mehreren seiner Reden von den Bildsäulen[2].

B. Trauerreden. So heißen feierliche Vorträge, welche bei dem Tode ausgezeichneter, in der Kirche oder im Staate hochgestellter Personen gehalten werden. Sie stehen in der Mitte zwischen der feierlichen Lob- und der Sittenpredigt und befolgen in ihrer Einrichtung (Anlage) bald den Gang der erstern, bald den der letztern. Da sie eine Art Ehrenbezeugung bilden, welche die Kirche dem obrigkeitlichen Stande und dem Verdienste erweist (Röm. 13, 17), so gehören Leben und Tugenden der Dahingeschiedenen zum Hauptstoffe der Trauerrede. Das Ganze muß aber einheitlich aufgefaßt, daher entweder der Hauptcharakter oder eine hervorragende Leistung zum obersten Gesichtspunkte erhoben, oder auch eine bedeutungsvolle religiöse, besonders practische Wahrheit auf-

---

gelehrt wird, sondern mit dem Troste beginnen müsse, zeigt die allgemeine Rhetorik (siehe Affectlehre III.): und auch wo von der Buße gesprochen wird, wird der Ton väterlicher Liebe Darstellung und Vortrag durchdringen müssen.

[1] Hieher gehören zum Theil auch die sog. Erntepredigten.

[2] Besonders hom. 2. 4. 5. 6. 7. und diejenigen, wo er nach erfolgter Begnadigung der Stadt Antiochia zum Danke aufmuntert: hom. 11. 12. 13. Vorzüglich zeigen diese Reden, wie öffentliche Bedrängnisse zur Ausrottung herrschender Laster zu benützen sind, so hom. 2. 3. 4. 8. 9. u. s. w.

gestellt und durch einzelne Züge oder Geschicke aus dem Leben des Verblichenen erläutert werden [1]. Auch bei diesen Reden ist Belehrung und Erbauung Zweck, das Lob nur Mittel. Was immer hier der Wahrheit oder Würde der kirchlichen Predigt zu nahe tritt, sei es in der Auffassung des Hauptsatzes oder in einzelnen Zügen, ist strenge fern zu halten. Schmeichelei, Parteilichkeit, zu weltliche oder menschliche Anschauung oder Ausdrucksweise u. dgl. sind eine Entweihung des heiligen Wortes, schleichen sich aber sehr leicht in diese Art von Vorträgen ein [2]. Ist die Erwähnung von Fehlern des Dahingeschiedenen nöthig, indem sie z. B. allgemein bekannt sind, so dürfen sie nicht verschwiegen werden: daher werden sie kurz berührt, nach Umständen entschuldigt oder auch zur Warnung benützt; stehen sie mit dem Redezwecke oder dessen Erreichung aber in keiner Beziehung, so genügt es im Allgemeinen, von menschlicher Schwäche und Sündhaftigkeit zu sprechen, der auch der Verstorbene nicht fremd gewesen sei. Wie bei den früher besprochenen Lobreden sind auch hier besonders Gesinnungen und Absichten, nicht nur die äußern Thaten, sind ferner die Wege der göttlichen Vorsehung, nicht nur Geschichtsfragmente darzulegen: das Wichtigste ist immer eine große christliche Idee, die in Allem als Brenn- und Glanzpunkt auftritt und demselben religiöse Weihe und Fruchtbarkeit verleiht. Endlich ist das Moment der Erbauung noch insbesondere durch geeignete Nutzanwendungen anzustreben, die hier mitunter bei aller Kürze sehr ergreifender Natur sein können.

Diese lassen sich durch die Anlage der Rede selbst ganz ungezwungen einleiten. Bossuet gliedert seine Trauerrede auf Bourgoing, Generalvorsteher des Oratoriums, dem gewählten Texte zufolge. (Qui bene praesunt presbyteri, duplici honore digni habeantur, 1 Tim. 17.) nach den zwei Gesichtspunkten: Hingabe an den Geist Gottes a) im Priester-, b) im Vorsteheramte: — eine andere auf den Staatskanzler Le Tellier (über Prov. 4, 7—8) nach einigen Wirkungen der wahren, von Gott stammenden Weisheit: a) Bescheidenheit im Glanze der Ehren, b) Uneigennützigkeit in den höchsten Staatsämtern, c) Freudigkeit in dem Opfer des Lebens und aller seiner Güter. Beide Dispositionen geben ihm Anlaß zu mehrfachen Nutzanwendungen, wie zu Erwägungen dogmatischer Natur und legen ihm besonders gegen Ende der Reden eindringliche Worte in den Mund. Auch

[1] In Fällen, wo das Leben des Verstorbenen nicht den gehörigen Stoff bietet, ist ein dem oben: Art. Lobreden, bezeichneten analoges Verfahren einzuhalten und daher ein allgemeiner Satz mit öfterer Bezugnahme auf den Betreffenden durchzuführen.

[2] In dieser Beziehung sind namentlich die französischen Prediger, denen übrigens die Trauerrede ihre großartigste Entfaltung verdankt, sowie zum Theil auch die italienischen, nicht von allem Tadel freizusprechen.

seine größern und vollendeten Trauerreden enthalten bei übrigens eigenthümlicher Freiheit des Redeganges Anknüpfungspunkte zu sehr ernsten Betrachtungen und bieten einige tief ergreifende Züge practischer Natur.

Es ist angemessen, den Verstorbenen gegen Ende des Vortrages dem Andenken oder Gebete der Gläubigen zu empfehlen. Ebenso wird passend mit einem herzlichen Gebete geschlossen.

Der Styl der Trauerrede ist höherer Art, bisweilen höchst schwungvoll, dabei jedoch voll edler Einfachheit und Salbung (soll es wenigstens sein!) der äußere Vortrag ernst, gefühl- und würdevoll [1].

Mit den Trauerreden sind die Grab- oder Leichenreden verwandt. Doch sind letztere meist vertraulicher, wenn auch ihrem Wesen nach allerdings ergreifender Natur; ferner ist dem Geiste und Gebrauche der Kirche gemäß hier nicht das Leben (oder das Lob) des Abgeschiedenen Stoff des Vortrages, sondern eine ernste evangelische Wahrheit [2]. Ob etwas und was insbesondere aus dem Leben etwa in die Grabrede zu verflechten, muß die Klugheit lehren. Dasselbe gilt auch von der Anwendung dieser Redegattung selbst. Sie empfiehlt sich eher als Ausnahme, denn als Regel. Jedenfalls ist hier der Gebrauch der Diöcese zu beachten. Wo sie stattzufinden hat, soll sie Einfachheit, Wärme und Kürze besitzen.

C. Andere Gelegenheitsreden als die bisher genannten finden zwar in bedeutender Mannigfaltigkeit statt, lassen sich aber nach den oben dargelegten allgemeinen Gesichtspunkten und deren so eben angedeuteten Anwendung auf einige besondere Fälle ohne Schwierigkeit ausführen. Ihr Inhalt ist meist schon in ihrer Benennung ausgesprochen, die nähere Fassung desselben aber durch die jedesmaligen Umstände bedingt oder wenigstens angedeutet [3]. Es mögen hier besonders genannt werden:

1. Die Einweihungsreden oder Vorträge bei Consecrationen und Benedictionen. Solche Vorträge finden statt a) bei Einweihung von Kirchen (Kirchweihpredigten), bisweilen auch bei der von Kapellen und Oratorien. In ersterem Falle ist der passendste Stoff die Feierlichkeit selbst (Erklärung und Anwendung der heiligen Handlung), ferner Zweck und Bestimmung des Gotteshauses, Glück des katholischen Christen, mit Hinweisung auf die wichtigsten in der neugeweihten Kirche auszuübenden

---

[1] Siehe über den bisherigen Gegenstand hinsichtlich des Geschichtlichen dieser Gattung und der erläuternden Beispiele: Predigtamt S. 685—689.

[2] Vgl. Predigtamt S. 691, wo eine Anzahl homiletischer Auffassungspunkte für Grabreden mitgetheilt sind.

[3] Die nähern Angaben zur Ausführung der wichtigsten hier folgenden Casualreden sind im Predigtamte (S. 692—704) nachzusehen.

heiligen Functionen, Bedingungen, damit wir der durch die Kirche gebotenen Segnungen theilhaft werden u. dgl. Im zweiten Falle, wo das Heiligthum nicht zum öffentlichen Gottesdienste der Gemeinde bestimmt ist, kann von dem nächsten Zwecke der Weihe und der Kapelle selbst, von dem Besuche der dem Gebete geweihten hl. Stätten, von einer mit der Feierlichkeit leicht zu verbindenden Glaubens- oder Sittenlehre gesprochen werden. b) Bei Einweihung zum kirchlichen Gebrauche bestimmter Gegenstände, wie Altäre, Glocken, Gottesäcker u. s. f., oder — c) religiöser Monumente, z. B. eines Kreuzes, der Stationen, einer Statue der seligsten Jungfrau oder eines Heiligen u. dgl. — Ferner d) zu Zwecken des geistlichen Lebens oder öffentlicher Wohlthätigkeit bestimmter Gebäude, als: eines Klosters, eines Waisen- oder Krankenhauses . . — endlich e) profaner Gegenstände, wie: militärischer Fahnen, oder Brücken, Eisenbahnen u. s. w. Bei erstern Anlässen können Zweck des Gegenstandes, Bedingungen seiner Verwirklichung, Nutzen für die Gläubigen, heilsame Lehren, die sich an die Weihe oder den Gegenstand schließen, zum Gegenstande der Ansprache gewählt werden. Bisweilen ist hier Wohlthätern und überhaupt Solchen, die sich bei einem Werke besonders verdient gemacht haben, Dank und Anerkennung zu äußern, bisweilen auch der Eifer und die Mitwirkung der Gläubigen zur Vollendung und Sicherung eines Werkes in Anspruch zu nehmen und neuerdings anzuregen. Bei den Gegenständen profaner Natur ist nicht nur auf die oben empfohlene kirchliche Auffassung, sondern insbesondere auch noch darauf zu sehen, daß die angewandten geistlichen Gesichtspunkte treffend, interessant, fruchtbar und gewissermaßen großartig seien. Hier thun geistreiche Parallelen zwischen dem irdischen und höhern Leben, erhebende Erwägungen über die Wege der Vorsehung, über Glaube, Kirche, Bestimmung des Menschen und der Völker u. s. w. treffliche Wirkung.

Endlich sind alle genannten Vorträge durch kernhafte, wenn auch nach Umständen ganz kurze, Nutzanwendungen zu befruchten und wirksam zu machen. Sprache und äußerer Vortrag ist meist feierlich.

2. Predigten, die sich auf gewisse bedeutende Vorkommnisse im Priesteramte beziehen. Solche sind a) die Primiz- und Jubelpredigten, die sich mit einer vom Wesen des Priesterthums, seiner Wirksamkeit, seinem Verhältnisse zu dem gläubigen Volke u. s. w. hergenommenen Wahrheit befassen, aber dabei in unmittelbarer Beziehung zur jedesmaligen nächsten Veranlassung behandelt werden: sie befolgen den Gang der feierlichen Rede [1]. b) Die Installations-

[1] Ebenso gehören die Jubelpredigten der feierlichen Gattung an, die beim Jubiläum einer Ehe, oder auch bei dem einer Ordensperson (nach 50jährigem Ordensstande) gehalten werden.

predigten bei der Vorstellung eines neuen Seelsorgers an die Gemeinde, die Antritts- und Abschiedsreden, die der Seelsorger selbst bei seiner Ankunft oder seinem Rücktritte an die ihm anvertraute Heerde richtet, bisweilen auch die Ansprache nach einer überstandenen schweren Krankheit desselben: diese Vorträge sind mehr vertraulicher Natur und verlangen Einfachheit, die letztern insbesondere Herzlichkeit und Bescheidenheit. Theils zu der gegenwärtigen, theils zu der vorhergehenden Abtheilung gehören auch die Vorträge, die bei der Consecration der Bischöfe üblich sind. Selbstverständlich haben diese einen feierlichen Charakter und beziehen sich zunächst auf den Weiheact (Ceremonien . .), auf die Bedeutung u. s. w. des bischöflichen Amtes, die Bedingungen seiner Wirksamkeit (Pflichten der Gläubigen) . .

3. Ordens- oder Klosterpredigten, worunter hier Casualreden verstanden werden, die a) bei der Einkleidung, oder b) bei der Ablegung der Ordensgelübde, oder endlich c) bei der Einführung eines Ordens an einem neuen Wohnsitze stattzufinden pflegen. Auch hier bildet die Auffassung und Schilderung des klösterlichen Geistes und Lebens, seiner Bedingungen und Belohnungen, der Bedeutung der Ordensgelübde, oder auch des tiefen Sinnes der die heilige Handlung begleitenden kirchlichen Ceremonien . . das Hauptmoment des Vortrages. Wie bei den meisten andern Gelegenheitsreden, empfiehlt sich ferner die gelungene Verbindung der eben einfallenden Feste des Herrn, der seligsten Jungfrau oder der Heiligen mit der klösterlichen Feier (besonders wenn die Heiligen dem Ordensstande angehören).

4. Endlich die Casualvorträge, die bisweilen die Spendung der hl. Sacramente begleiten: Tauf-, Firmungs-, Communion-, Traungsreden; die Predigten bei Gelegenheit des Jubiläumsablasses, bei der Säcularfeier einer Stiftung u. s. w. (Säcularpredigten); bei der Eröffnung eines Lehrgebäudes, bei Schulvisitationen und Prämienvertheilungen . . (Schulreden); bei Wallfahrten; bei Hinrichtungen; die Strafreden u. s. w.

Zweites Kapitel.

Verschiedene Gattungen der geistlichen Rede hinsichtlich der Form.

Der ganze herrliche Baum der geistlichen Beredsamkeit, sofern dieselbe in ihrer Vertretung durch öffentliche Vorträge betrachtet wird, zweigt sich in drei große Hauptäste ab, die wir uns hier zur nähern Anschauung bringen wollen.

§ 1. Eigentliche Rede (Predigt).

Hierunter verstehen wir, was man Rede im engern Sinne, oratio, oder den, einen vom Redner gewählten Satz in freier Entfaltung ausführenden Vortrag nennt, im Gegensatze zu den übrigen Erscheinungsformen des Predigtamtes, die ohne solchen Mittelpunkt sich einer gegebenen stofflichen Unterlage (Bibelabschnitt oder Katechismus) in fortschreitender Erklärung anschließen. Die Hauptarten der eigentlichen Rede sind folgende:

1. Die feierliche Predigt. Sie ist ihrer Anlage nach die regelmäßige Rede, die wir sowohl aus der allgemeinen, als geistlichen Rhetorik kennen gelernt haben, indem sie ihrer Planmäßigkeit und ihres Umfanges wegen gewöhnlich der Gesammttheorie als concretes Bild zu Grunde gelegt wird. Dem Inhalte nach ist sie an Geist und Bedeutung der jedesmaligen Feierlichkeit gebunden; der Form nach erscheint sie gewöhnlich mit ausgeprägter Gliederung und mit edler, würdevoller, bisweilen glänzender Darstellung. Sie liebt Wärme, aber nicht heftige Bewegung.

2. Die gewöhnliche Predigt. Sie folgt ebenfalls nach Anlage dem allgemeinen Schema der Rede, zeichnet sich jedoch durch vertrauliche Einfachheit, durch practischen Ton und durch Kürze aus. Von ihr besonders gilt das Wort des hl. Petrus Chrysologus: **Populis populariter est loquendum. Communio communi compellanda est sermone. Omnibus necessaria dicenda sunt more omnium. Naturalis lingua chara simplicibus**[1]. Je mehr sie Unterricht mit kräftiger Anregung zur Frömmigkeit verbindet, desto gelungener ist sie.

Zwischen der feierlichen und der einfachen Predigt steht die —

3. Advents- und Fastenpredigt[2] in der Mitte. Ihr Zweck ist: Erneuerung des christlichen Lebens im Geiste der jedesmaligen kirchlichen Zeit, daher auch im Anschlusse an den Inhalt derselben. Ihre Anlage erfordert Klarheit, ihre Ausführung Salbung und Feuer. Sie ist nicht an die Kürze der sog. Sonntagspredigt gebunden.

4. Die Missionspredigt. Ihre Aufgabe ist Lebensbesserung und Erneuerung des religiösen Eifers, ihr Hauptstoff: die großen Heilswahrheiten und die Standeslehren. Sie verlangt einfache, leichtverständliche, herzliche und zugleich, weil sie bleibenden Eindruck beabsichtigt, eine in das Leben eingreifende, von eindringender Kraft getragene Sprache. Die heutige Missionspredigt muß ebenso dogmatischen wie moralischen Kerngehalt besitzen. Für sie eignen sich ausdrückliche, jedoch einfache und schlagende Eintheilungen, sowie bewegende Beispiele und Bilder.

5. Die vertrauliche Ermahnungsrede (Paränese, Exhortation), auch einfach Anrede genannt, findet bisweilen bei Ausspendung

---

[1] Serm. 43.

[2] Sofern beide außer der kürzern Sonntagspredigt als Glieder eines besondern Cyclus von Vorträgen (A. und F.-Station) erscheinen und daher mehr feierlicher Natur sind.

der hl. Sacramente (besonders der Taufe, Firmung, Communion, letzten Oelung, Ehe), sowie bei kirchlichen Segnungen, auch wohl bei Processionen u. dgl. statt. Sie knüpft immer an den gegebenen Anlaß an, um dessen segenbringende Benützung einzuschärfen. Am natürlichsten besteht sie aus Eingang, Erklärung, Anwendung und Schluß. Sofern sie nicht zunächst unterrichten will, bedarf sie auch keiner Eintheilung, doch kann sie gewisse Punkte als sog. Erinnerungen [1] vorführen. Sie empfiehlt sich durch Einfachheit und Kürze, durch Innigkeit und Herzlichkeit, durch Lebendigkeit und practischen Gehalt.

Eine andere Art dieser Ansprache, die aber mehr unterrichtender Natur ist, heißt die vertrauliche Conferenz und ist besonders in religiösen Genossenschaften zur Stärkung des klösterlichen Geistes üblich. Diese gewinnt durch klare und bestimmte Gliederung und durch practisches Eintreten in Einzelnheiten. Sie verlangt einen eindringlichen Schluß. Ihr Stoffgebiet ist u. a. in dem allbekannten Werke von Rodriguez dargelegt. Uebrigens eignet sich dieselbe Conferenz bei gehöriger Abänderung des Inhalts auch für andere Kreise, namentlich für vertrauliche Sodalitätsvorträge (abwechselnd mit der Paränese und der gleich zu nennenden Form).

6. Die katechetische Predigt, d. h. eine vertrauliche Anrede, bei welcher der Prediger zugleich den Katechet und Katechumenen vertritt. Ihr Ideengang ist der des Katechismus nach Fragen und Antworten [2]. Der jedesmalige Eingang wird am besten von dem sonntäglichen Evangelium hergenommen, sofern die katechetische Predigt auf die Verlesung des letztern folgt; vor Beginn der Abhandlung wird mit einigen Worten der Inhalt des vorhergehenden katechetischen Vortrags wiederholt. Die Abhandlung gliedert sich in einige Fragen, welche die Hauptgesichtspunkte des zu erklärenden Gegenstandes umfassen. Auf die gestellte Frage läßt der Prediger erst die Antwort des Katechismus, hierauf eine Erläuterung folgen. Das Erklärte wird nun practisch angewandt und verwerthet; wo dagegen der Zusammenhang der Fragen keine Unterbrechung duldet, bilden Fragen und Erklärungen die eine, und die sittlichen Folgerungen (oder auch Eine Nutzanwendung) die andere Hälfte des Vortrages. Das Ganze wird mit einem anregenden Schlusse geendet. Es wird be-

[1] Eine bei den französischen Predigern sehr beliebte und unter der Benennung „avis" bekannte Lehrform, die den Vortheil hat, daß sie auch geringere, für die eigentliche Predigt weniger geeignete Dinge aufnehmen, andererseits aber gerade durch diese vertrauliche Wendung sie unvergeßlich machen kann. Gewöhnlich werden diese „Bemerkungen" von passenden Beweggründen begleitet.

[2] In sofern aber von der Katechese unterschieden und in das Gebiet der Predigt übertretend, als sie das aus dem Katechismus Hergenommene mehr oder weniger nach Art eines Hauptsatzes auffaßt.

sonders gelungen erscheinen, wenn es mit Deutlichkeit und Anwendbarkeit auch Frische und Lebendigkeit vereinigt. Diese äußerst nützliche Redegattung kann übrigens auch zu andern Zwecken, als nur zur Auslegung des Katechismus für Erwachsene, benützt werden. Alle Gegenstände didactischer Natur finden in ihr, besonders vor Zuhörern auf dem Lande, eine passende Darstellungsform [1], und sie eignet sich neben den eben genannten vertraulichen Redearten und der niedern Homilie (wovon sogleich) vorzüglich zu sog. Frühlehren, aber auch beim Gottesdienste.

Zu besserer Behandlung aller vertraulichen Unterrichtsformen mögen, besonders hinsichtlich gemischter Auditorien, dem Redner stets folgende, hier gelegentlich noch anzudeutende Winke vorschweben: 1) Er setze wenig als bekannt voraus. Was ihm ganz geläufig, ist vielleicht manchen Zuhörern neu, oder wenigstens nicht in bestimmter Anschauung gegenwärtig. Die Menge behält leicht vage und oft irrige Vorstellungen von ganz einfachen Dingen. 2) Nicht nur herrsche in dem Unterrichte die größte Genauigkeit und Richtigkeit der Lehre, sondern es sei dabei auch mehr auf das Practische (Nützliche, Nothwendige), als auf das bloß Speculative abgesehen. 3) Damit die Auslegung der Lehrpunkte durchgehends klar sei, sei der Homilet bemüht, gut zu definiren, gut einzutheilen und die Gegenstände durch Gleichnisse und ähnliche Beleuchtungen zu veranschaulichen [2].

§ 2. Homilie.

Homilie ist dem Wortlaute nach jede Art vertraulicher Ansprache, in ihrer engern und gewöhnlichen Bedeutung jedoch ein Vortrag, welcher den Stoff aus einem biblischen Abschnitte, oder überhaupt aus dem kirchlichen Officium entlehnt und diesen nach der in ihm liegenden Gedankenreihe erklärt und erbauend anwendet. Wird dabei keine einheitliche Bindung angestrebt, sondern Satz für Satz erläutert, wie er vorliegt, so heißt der Vortrag niedere Homilie; wird dagegen der Inhalt auf

[1] So kann z. B. das Thema von der Verzeihung der Beleidigungen in katechetischer Weise als Predigtthema behandelt werden: 1) Wer soll vergeben? Ein Jeder .. 2) Wem soll man vergeben? Allen Menschen .. 3) Was soll man vergeben? Jede Beleidigung, auch die empfindlichste .. 4) Wie soll man vergeben? Von Herzen. 5) Wann soll man vergeben? Sogleich. 6) Wie oft soll man vergeben? So oft man beleidigt wird. 7) Warum soll man vergeben? (Entwickelung der Beweggründe, zumal der rührenden, als Momente des Epilogs; die zunächst den Verstand ansprechenden dogmatischen gehören dem Anfange der Abhandlung an). Es wird übrigens meist besser sein, das Ganze in weniger Fragen zu fassen.

[2] Vgl. über alle bisher besprochenen Redegattungen: Predigtamt S. 705 bis 716; über die Anwendung der Betrachtung als besonderer Form homiletischer Vorträge: S. 716—718.

einige Hauptgesichtspunkte, jedoch ohne eigentlichen Hauptsatz oder strengen Grundgedanken, zurückgeführt, so heißt er höhere Homilie. Letztere bildet daher den Uebergang zur Predigt und würde zur homiletischen Predigt[1] werden, im Falle sie in einem einheitlichen Satze aufginge. Indeß pflegt sie, auch wo letztere Form in ihr zur wirklichen Erscheinung kommt, soferne doch den Namen Homilie zu bewahren, als sie in der Ausführung nicht den streng methodischen Gang der Predigt festhält, sondern sich so viel möglich an die biblische Vorlage anschließt und weniger ihren Kerngedanken gleich der Predigt erschöpfen, als im Sinne der Perikope nach irgend einer bestimmten Seite darlegen und anwenden will. Die Homilie ist meist vertraulicher Natur; dieß jedoch nicht wesentlich, indem sie schon bei den Vätern auch als feierlicher Vortrag auftritt. Sie bewahrt um so leichter das Gepräge religiöser Weihe, als sie in unmittelbarer Anlehnung an das biblische Wort wie von selbst als Echo des Gotteswortes und somit als heiliges erscheint; in diesem Anschlusse an den Schrifttext liegt auch für den Prediger selbst ein Verwahrungsmittel gegen Abirrungen hinsichtlich der Stoffwahl. Zudem gewährt sie den Vortheil, mancherlei Nützliches je nach der Gedankenfolge der Perikopen berühren zu können, was in der einheitlichen Predigt nicht so leicht eine Stelle fände. Dagegen hat sie auch den Nachtheil, daß sie nicht selten wegen Menge der sich folgenden Gesichtspunkte weniger eine zugleich gründliche, übersichtliche und eindringliche Behandlung gestattet, als dieß bei der Predigt der Fall ist. Auch tritt bei ihr, theils wegen des häufigen Uebergehens von einer Stelle zur andern, ohne daß hier immer anziehende Transitionen sich anbieten, theils wegen der immer wiederkehrenden Anwendung der Exposition oder Erklärung, leicht Monotonie der Darstellung ein. In solchen Fällen und überhaupt, wo es sich speciell um Unterricht handelt, wird die vertrauliche Predigt (in einer der oben angeführten Arten) vorzuziehen sein. Jedenfalls ist ein gehöriger Wechsel der verschiedenen Redeformen unerläßlich. Soll die Homilie gut sein, so muß sie kernigen Inhalt besitzen. Sie fordert in dem Prediger Schriftkenntniß, einen reichen Schatz von Ascese, ein gotterfülltes Gemüth und mehr als man glaubt — fleißige Vorbereitung. Es ist keineswegs damit gethan, den Schrifttext mit etwas veränderten Worten wiederholt vorzubuchstabiren und über das Evangelium mit oberflächlicher Gemüthlichkeit hin und her zu reden; ebenso wenig, ein Stück gelehrter Exegese mitzutheilen[2]: die Homilie ist nicht vorzugsweise wissen-

[1] Beide Ausdrücke im engsten oder technischen Sinne genommen.

[2] Am wenigsten ist die Aufzählung von allerlei Auslegungsweisen an der Stelle. Statt dem Volke zu sagen: Dieser denkt hierüber so, Jener so, gebe man ihm einfache und nützliche Belehrung.

schaftliche, sondern, wie oben gesagt, erbauliche Erläuterung und Anwendung der hl. Schrift und hat den vollen Zweck des Predigtamtes zu erfüllen. Sie muß daher zugleich deutlich, gründlich und practisch, muß belehrend und ergreifend sein. Das fordert aber Sorgfalt und Uebung.

Nach diesen allgemeinen Bemerkungen mögen nun einige besondere über die einzelnen Arten folgen.

I. Niedere Homilie. Sie begreift in Bezug auf ihre organische Gestaltung vier Theile: Eingang, Erklärung, Anwendung und Epilog. Der Eingang wird gewöhnlich entweder von dem Contexte oder der Veranlassung hergenommen, mit der die biblische Rede oder Erzählung zusammenhängt, oder aus der Absicht der Kirche in der Wahl der vorliegenden Perikope. Hierauf kann die Ordnung angedeutet werden, die der Prediger bei der Auslegung befolgen will. Die Erklärung läßt sich in mehrfacher Weise vollziehen:

1. Indem Text für Text besprochen wird. Hiebei werden in die Auslegung gelegentlich moralische, ascetische und auch dogmatische Bemerkungen verwebt. Letztere sind hier besonders zu empfehlen, um der Homilie mehr unterrichtenden Charakter zu vermitteln als sie häufig besitzt. Die Erklärung des Bibelabschnittes muß in dem Sinne eine vollständige sein, daß keine Stelle von Bedeutung übergangen, und daß der Zuhörer in befriedigendes Verständniß des Ganzen eingeführt wird. Bei Reden oder einzelnen Aussprüchen wird bisweilen die Umschreibung oder Paraphrase angewendet [1].

2. Indem nur die wichtigsten Stellen herausgehoben werden. Hiebei ist eine Art von Eintheilung zulässig, wie sie eben in dem biblischen Texte selbst liegt. Z. B. in dem Evangelium Matth. 16, 13—19 (auf mehrere Feste des hl. Petrus) können drei Punkte unterschieden werden: a) Urtheil der Menge über den Erlöser, b) Bekenntniß des hl. Petrus, c) Belohnung dieses Bekenntnisses.

---

[1] Die Paraphrase ist Uebersetzung und Erklärung zugleich. Wenn auch für die Wissenschaft von weniger Werth, ist sie doch für populäre Darstellung nicht ungeeignet. Ein Beispiel bietet uns Duguet (über Phil. 3, 12: Sequor autem si quomodo comprehendam, in quo et comprehensus sum a Christo Jesu): „Es ist, als würde der Weltapostel uns sagen: Seine unverdiente Erbarmung ist gekommen, um mich zu ergreifen und zu retten, als ich am wenigsten daran dachte und dessen am unwürdigsten war. Aber im Augenblicke, als ich jene gnadenvolle Hand fühlte, die mich herausriß aus der Tiefe der Finsterniß und den Schatten des Todes, da umfaßte ich sie mit Inbrunst und schmiegte mich fest an sie. Gleich einem Menschen, den man aus dem Feuer oder einem verschlingenden Strudel gezogen, umfing ich mit heißer Dankbarkeit meinen Erlöser und suchte eben so standhaft ihn festzuhalten, als ich fühlte, daß ich von ihm festgehalten war."

Die Anwendung besteht in einer oder mehreren sittlichen Folgerungen, die aus der erklärten Stelle fließen. So würde sich aus dem ersten Punkte des eben genannten Beispieles als Anwendung der Schluß ergeben, daß das Gerede und Urtheil der Welt zu verachten und der Glaube allein als Richtschnur zu befolgen ist (1 Cor. 4, 3); aus dem zweiten könnte Veranlassung genommen werden, von dem freudigen und offenen Bekenntnisse des Glaubens, — aus dem dritten von der Anhänglichkeit an die unfehlbare Kirche . . zu sprechen [1]. Statt die Anwendung aber an jede einzelne Schriftstelle zu knüpfen, kann die erste Hälfte des Vortrages erklärender, die zweite practischer und anregender Natur sein. Zur Belebung werden auch hier Beweggründe, Sittenschilderungen u. dgl. beitragen. Der Schluß wird in einer lebhaften und rührenden Ermahnung bestehen, wodurch die vorgetragenen Wahrheiten eingeprägt und heilsame Entschlüsse nahe gelegt werden. Enthält die Homilie eine Art Gliederung, so wird der Ermahnung passend eine kurze Recapitulation der Hauptpunkte vorangeschickt.

Eine sehr nützliche Anwendung findet bei der Homilie, wie überhaupt bei liturgischen Gegenständen auch die Form der katechetischen Predigt.

So behandelt der ehrwürdige Petrus Canisius das Evangelium Luc. 2, 1—20 auf Weihnachten: 1) Welches sind die vornehmsten Lehren, die ein Christ am hl. Christtage beherzigen soll? Der Prediger antwortet mit einer summarischen Uebersicht des Evangeliums und geht von dieser Einleitung nun auf folgende Entwickelung der einzelnen Punkte über: 2) Warum ist dieß Fest vor Allem hochzuachten und andächtig zu begehen? (Wegen der Gottheit Christi . .); 3) und was haben wir an Maria zu betrachten? (Maria reinste Jungfrau, Mutter Gottes, ihre Gefühle bei der Krippe); 4) was haben die Engel Gottes von dem Christtage verkündigt? (Tag der Freude, des Friedens und der Gnade); 5) wie haben die ersten Zuhörer dieses Evangeliums dasselbe angenommen? (der Hirten Glaube, selige Einfalt, Dank gegen Gott, Verkündigung der ihnen gewordenen Gnade); 6) was gehört für uns dazu, daß wir Christen uns bei unserem Christfeste würdig bezeigen? (Lebendiger Glaube, Liebe und Dankbarkeit gegen die drei göttlichen Personen, Vertrauen); 7) was erfordert aber der Christtag von uns noch mehr, als nur andächtige Empfindungen? (Aufnahme des Erlösers durch Nachfolge — Theilnahme an seinem Frieden, seiner Buße, seinem Gehorsame); 8) wie kann man sich an seinem Christtage versündigen? (Durch Unbußfertigkeit, schlechten Kirchenbesuch, Vergnügungssucht). Den Schluß bildet die Anwünschung aller Früchte dieses Festes [2].

---

[1] So in einer Homilie von Graser über Matth. 16.

[2] Dieß Beispiel, das sich zunächst nur in Personenbetrachtung bewegt (Jesus,

Einen Hauptvorzug in der Darstellung der niedern Homilie bildet die Einfachheit, die Anschaulichkeit durch beleuchtende und lobensvolle Züge, die Abwechselung und — die Salbung. Ihre schönsten Muster gehören der patristischen Literatur an.

II. Höhere Homilie. Durch ihre Verwandtschaft mit der Predigt findet sich auch Anlage und Ausführung derselben angedeutet. Sie setzt eine gewisse innere Einheitlichkeit der Perikope, die sie entfalten will, oder wenigstens die mögliche Beziehung der Hauptelemente derselben nach irgend einem gemeinschaftlichen practischen Zielpunkte voraus. Daher findet sie am ungezwungensten bei evangelischen Geschichten, Geheimnissen und Parabeln Anwendung. Bald wird der vorliegende Grundgedanke als Thema aufgestellt und den einzelnen Theilen des Schriftabschnittes nach entwickelt [1]; bald wählt der Prediger selbst einen practischen Satz und beleuchtet ihn durch die verschiedenen Hauptmomente des Bibeltextes. So betrachtet Jérôme de Paris [2] (nach dem hl. Thomas) das Evangelium vom 38jährigen Kranken [3] in Bezug auf die innere Heilung des Menschen (durch die Bekehrung): 1) Surge: erhebe dich aus dem Stande der Sünde; 2) tolle grabatum tuum: nimm das Joch der Buße auf dich: 3) ambula: wandle fortan auf dem Wege der Gerechtigkeit. Hier dient nun bei Entwickelung der einzelnen Theile der evangelische Inhalt zum Stützpunkte und zur Beleuchtung; so findet (für den ersten Theil) der unglückliche Zustand des Sünders sein Gegenbild in der Hülfslosigkeit und dem andauernden Elende des Kranken u. s. w.

Die höhere Homilie geht leichter als die niedere von dem vertraulichen Tone in den feierlichen über und ist der größten oratorischen Züge fähig. Doch gewinnt auch sie durch Einfachheit und Herzlichkeit [4].

Statt nur einzelne Abschnitte der Schrift, kann endlich die Homilie auch ganze Bücher zum Gegenstande der Erklärung nehmen und so einen Cyclus zusammenhängender exegetischer Vorträge liefern. Es unterliegt keinem Zweifel, daß dieser von den hl. Vätern eröffnete Weg auch für die heutige Predigt anwendbar ist und außer dem Reize der

---

Maria, Engel, Hirten, Christen), zeigt uns zugleich, wie historische Geheimnisse populär entwickelt und angewendet werden können, und welch' tiefen Stoffreichthum die wahre Meditation erschließt. Es liegt in Obigem der Ideengang für mehrere Predigten angedeutet.

[1] Vgl. oben S. 281 das Beispiel von Vieira (Evang. vom Gastmahle) — obwohl diese Rede mehr dem Gesammttone, als der Einheitlichkeit nach der höhern Homilie angehört.

[2] Ein bekannter franz. Prediger aus dem vorigen Jahrhundert.

[3] Jo. 5, 8.

[4] Vgl. über die höhere Homilie ferner: Predigtamt, S. 721—722 (Beispiele).

Abwechselung mit gewöhnlichen Vorträgen und Gegenständen auch den Vortheil sehr nützlicher, eingehender und anziehender Belehrung und Anregung bieten dürfte. Er könnte ganz wohl mitunter für Advents- und Fastenstationen benützt werden.

§ 3. Katechese.

Erster Artikel. Zweck und Bedeutsamkeit derselben.

Die Katechese oder die elementäre — in ihrer heutigen Bedeutung die gesprächsweise — Form des Religionsunterrichtes ist unter den verschiedenen Erscheinungsformen des Predigtamtes die erste und älteste. Ihre Aufgabe ist die Pflanzung und der erste Anbau des christlichen Glaubens und Lebens, während die Predigt und Homilie zunächst dessen Erhaltung und Fortbau zum Ziele haben. Aus diesem Zwecke der Katechese ergibt sich aber auch deren Wichtigkeit sowohl an sich selbst, als in Bezug auf die besondern Verpflichtungen des Seelsorgers. Dieser ist Hirt, Führer und Lehrer der Seinigen, also — schon durch das Naturrecht — verbunden, dieselben zu weiden, von Kindheit an auf dem rechten Pfade zu führen, sie vor den Einflüssen des Irrthums zu bewahren und die irrenden Gewissen zu berichtigen. Hiefür ist aber die Katechese das beste und nothwendigste Mittel. Wo die erste feste Grundlage fehlt, nimmt unabwendbar die Macht des Bösen überhand, am meisten in einer Zeit, in der die Gefahren der Verführung für den Glauben wie für die Unschuld gleich groß sind [1]. Die in ihrer Jugend geistig Vernachlässigten finden gewöhnlich auch später keinen Geschmack an religiösen Dingen mehr, sie empfangen die hl. Sacramente selten und lau und schöpfen aus der Predigt selbst wenig Nutzen (zumal wo diese, wie so häufig, nicht belehrt). Zu allen Zeiten hat sich diese Vernachlässigung als ein Uebel erwiesen, dessen Größe und Tragweite unabsehbar. Daher hat die Kirche wiederholt die Pflicht des religiösen Jugendunterrichts eingeschärft, namentlich Conc. Trid. s. 24. c. 4. de reform.; ein hl. Augustin, Cyrill von Jerusalem, Gregor von Nyssa und so viele der kirchlichen Lehrer, Oberhirten, Ordensstifter, Heiligen aller Zeiten erblickten in demselben ein hochwichtiges Geschäft [2]. Der hl. Franz von Sales erklärte noch als Bischof alle Sonntage mit größtem Vergnügen den Kindern die christliche Lehre, und wenn ihm dieß anderer Geschäfte wegen nicht möglich war, wählte er

[1] Erraverunt ab utero Ps. 57, 4. Proverbium est: adolescens juxta viam suam, etiam cum senuerit, non recedet ab ea. Prov. 22, 6. Ossa ejus implebuntur vitiis adolescentiae ejus, et cum eo in pulvere dormient. Job. 20, 11.

[2] Siehe Predigtamt S. 734 ff.

jedesmal seine Stellvertreter für dieses Amt aus den angesehensten Gliedern seines Clerus [1]. Das herrlichste Beispiel dieser Liebe der Seelsorger zu den geistig Unmündigen und der Sorgfalt für das Wohl ihrer Seelen aber ist Jesus Christus selbst. Und gerade in dem Eifer, den der Seelenhirt für die Kleinen bethätigt, findet er auch eines der mächtigsten Mittel, das Vertrauen, die Erkenntlichkeit und Liebe der Eltern zu gewinnen: Kinder sind bisweilen der einzige Anknüpfungspunkt seelsorgerlicher Wirksamkeit für ganze Gemeinden. Die Katechese hat endlich auch noch eine eigene Bedeutsamkeit von Seite ihrer Form selbst. Die Predigten für die Erwachsenen, bemerkt ein Schriftsteller, gleichen oft mehr oder weniger einem Platzregen, der mit vielem Geräusche auf die Erde stürzt, aber sich in Bächen verläuft ohne in die Tiefe zu dringen; die Kinderlehren sind wie ein sanfter und anhaltender Regen, der unvermerkt den Schooß der Erde befruchtet, jedes Samenkorn anschwellt und zum Keimen bringt. Hier waltet der väterlich vertrauliche Ton, Alles ist klar, leicht und zusammenhängend, und der Katechet kann sich unmittelbar vergewissern, ob das Vorgetragene genügend begriffen oder noch weiter zu entwickeln sei [2]. Zudem haben Kinder ein empfängliches Gemüth, und wie ihre weiche und biegsame Natur nach dem Ausdrucke des hl. Hieronymus allen Eindrücken zugänglich ist, sind sie auch geneigt, wo sie in der rechten Weise angesprochen werden, dem Worte des geistlichen Lehrers zu folgen wie das Wasser dem Finger, der ihm den Weg auf der Erde vorzeichnet [3].

Es kommt hier eben Alles darauf an, diese geeignete Weise des Verkehrs mit den Kindern kennen zu lernen.

Zweiter Artikel. Allgemeine Mittel zur Erreichung dieses Zweckes.

Diese Mittel sind im Wesentlichen identisch mit den Eigenschaften des wahren Katecheten und bilden eben nur die Anwendung

---

[1] Denselben Eifer für die Katechese suchte er allen seinen Priestern einzuhauchen. Als einst einer derselben, der den Chorknaben der Kathedralkirche die christliche Lehre erklärte, ihn um Zuwendung derselben Ablässe bat, die für den großen Katechismus verliehen waren, bewilligte ihm dieß der Heilige mit Freuden, schloß ihn in seine Arme und sprach: „Sie sind mein vielgeliebter Sohn, weil sie den kleinen Kindern den Katechismus erklären!"

[2] Die Uebung in der Katechese ist auch für den Prediger als solchen sehr vortheilhaft: sie gewöhnt ihn an den natürlichen und mittheilenden Redeton und erwirbt ihm Leichtigkeit für den homiletischen Ausdruck; die Fertigkeit, die man sich erworben hat, von den Heilswahrheiten zu reden, ist zudem ein Mittel, leicht wieder einzulenken, wo etwa das Gedächtniß dem Prediger untreu geworden.

[3] Ep. 128 ad Gaudent.

der letztern. Als die wichtigsten Eigenschaften des Religionslehrers, wie er hier aufgefaßt wird, können nun aber bezeichnet werden:

1. Wissenschaft. Der Grund leuchtet ein. Daher muß dieser Unterricht sorgfältig vorbereitet werden, sonst wird er ungediegen und interesselos. Für eine gute Katechese ist oft noch größere Vorbereitung nöthig, als für die Predigt.

2. Frömmigkeit. Ohne diese ist das katechetische Wort auch ohne Salbung, es geht nicht zu Herzen, weil es nicht vom Herzen kommt [1]; ohne diese wird nicht erzielt, was fromme Katecheten so glücklich erreichen — die Kinder mit heilsamen Uebungen der Frömmigkeit vertraut zu machen und sie dafür zu gewinnen; ohne diese fehlt das Gebet — die Bedingung alles Erfolges. Col. 1, 9.

3. Liebe — die Eigenschaft, welche alle übrigen in sich begreift. Diese lehrt erstens den Katecheten, die Herzen zu gewinnen: strenges Verfahren scheucht junge Gemüther zurück; nur der Kinderfreund ist das Ebenbild des göttlichen Meisters. Diese lehrt, die Schwierigkeiten des Amtes mit Geduld, und zwar der Geduld eines Apostels zu ertragen: instruite in lenitate. Gal. 6, 1. Diese lehrt, auszuharren auch bei langsamem Erfolge und den Eifer für die beschränktesten und ungelehrigsten der Kinder zu verdoppeln. Diese lehrt endlich das rechte Maß zwischen Ernst und Milde, zwischen Pünktlichkeit und Nachsicht oder saumseliger Schwäche.

4. Klugheit. Der Katechet bedarf dieser Eigenschaft, um die Kinder mit dem nöthigen Tacte zu behandeln — er muß also die Gemüthsart, die Fehler und guten Eigenschaften derselben kennen lernen; er bedarf ihrer, um allen Schein der Parteilichkeit (der Bevorzugung reicherer, begabterer . . Kinder) zu vermeiden; um durch vorsichtige Wahl seiner Ausdrücke alles das von den Vorstellungen der Kinder ferne zu halten, was für sie unpassend ist.

Wir können nicht umhin, den bisherigen allgemeinen Bemerkungen die vortrefflichen Winke nachfolgen zu lassen, die der ehrw. Bartholomäus Holzhauser über denselben Gegenstand den Priestern seiner Congregation gibt [2].

a. In den Blicken, Worten und Bewegungen der Katecheten soll nichts Strenges, den Kindern Furcht Einflößendes liegen; vielmehr sollen sie stets

---

[1] „Bevor die Kinder noch ihre Muttersprache reden, sind sie schon mit jener Sprache bekannt, die allen Menschen von Natur aus eigen ist, und diese besteht in Blicken, in Mienen, in Worten und Geberden. Sie sehen bald, ob uns unsere Worte Ernst sind, oder ob Alles nur äußerer Schein ist.“ Hl. Alphons von Liguori (Handbuch f. Priest. S. 373).

[2] De princ. pract. c. 3. §. 2. ad 21.

ein sanftes, heiteres Gesicht und eine zugängliche, Zutrauen erregende Miene zeigen. Auch sollen sie die Kinder mit Liebe und Sanftmuth anreden und mit ihnen so umgehen, wie eine Mutter mit ihren Kindern.

b. Nur äußerst selten sollen sie Verweise geben, damit dieß zarte Alter nicht entmuthigt und abgeschreckt werde; hingegen sollen sie jede Gelegenheit wahrnehmen, um den Kindern Lobsprüche zu ertheilen, entweder über die gegenwärtigen Antworten, oder über frühern Erfolg, oder auch, indem man sie merken läßt, daß man in Zukunft große Hoffnung auf sie setze. Das wird ihren Eifer sehr anregen.

c. Sie sollen sich besonders davor hüten, den Kindern, die sich durch ihren Geist oder durch liebenswürdige Eigenschaften und Manieren auszeichnen, vorzugsweise ihre Zuneigung zu schenken, sondern dieselbe vielmehr jenen Kindern zuwenden, die weniger einnehmend und schwieriger zu behandeln sind; gerade diese unbefähigten, unliebenswürdigen Kinder bedürfen einer ausgezeichneten Sorgfalt, welche man ihnen mit väterlicher Liebe angedeihen lassen soll.

d. Bei Vertheilung kleiner Belohnungen, welche den Kindern so großes Vergnügen machen, und wodurch ihr Eifer nicht wenig angeregt wird, sollen die Katecheten nichts Anderes als das Verdienst berücksichtigen und die zu große Freigebigkeit vermeiden, damit die zu häufige Belohnung nicht allen Werth verliere.

e. Sie sollen nie einen Sonntag vorübergehen lassen, ohne denen eine besondere Aufmerksamkeit zu schenken, die zum ersten Male die Christenlehre besuchen, indem sie entweder eine Frage an dieselben stellen, oder ihnen zeigen, wie man das heilige Kreuzzeichen macht, worauf sie ihnen etwas Aufmunterndes sagen oder eine kleine Belohnung geben sollen.

f. Wenn sie die Katechese nach der gewöhnlichen Methode beendigt haben, sollen sie es nicht versäumen, auch ein paar Worte an die Kleinsten zu richten und sie das wiederholen zu lassen und, wenn es nöthig wäre, ihnen selbst noch einmal zu wiederholen, was auf die heiligste Dreifaltigkeit, die Menschwerdung, die drei größten Wohlthaten Gottes und die übrigen hauptsächlichsten Glaubenswahrheiten Bezug hat. Dieß ist von größter Wichtigkeit, damit Alle, wenn sie auch schwierigere Dinge zu fassen nicht im Stande sind, wenigstens das wissen, was zum Heile nothwendig ist.

Die nähern und besondern Mittel zur Erzielung eines fruchtbaren Unterrichtes wird uns das Folgende lehren.

Dritter Artikel. Katechetischer Lehrvortrag —

oder einzelne Katechisation. Im Wesentlichen hat die katechetische Unterweisung ihre Grundzüge mit der geistlichen Rede überhaupt gemein; doch ist bei ihr Alles in besonderer Weise dem kindlichen Wesen angepaßt, und so besitzt sie in formaler Beziehung manches Eigenthümliche. Das Wichtigste hievon läßt sich unter folgenden Gesichtspunkten andeuten:

1. Buchstäbliches Ausfragen des Katechismus. Nur Dasjenige bleibt dauernd im Geiste des Kindes, was demselben in fester Form eingeprägt wird. Dieser Erfahrungssatz ist hier von unerläßlicher Beachtung. „Es gibt keine unglücklichere und erfolglosere Art des Unterrichtes, als diejenige ist, welche mit Vernachlässigung der Gedächtnißübung lehren, bilden und erzielen will. Ohne Uebung des Gedächtnisses und Einprägung des Lehrstoffes in das Gedächtniß wird das Kind in kurzer Zeit sich nicht mehr an das erinnern können, was ihm durch den Unterricht ist beigebracht worden . . Die Gedächtnißübung hilft auch den Kopf und das Herz entwickeln, es regt das Denken an, sowie das Gefühl und bildet beide"[1].

2. Erklärung. Was die Kinder in den Schatz des Gedächtnisses hinterlegen, ist ihnen nur nützlich, wenn sie es verstehen. Es muß ihnen also vollkommen deutlich gemacht werden. Zu diesem Behufe ist erstens nöthig, daß der Katechet es verstehe, bei seinem Unterrichte die Ruhe herzustellen und zu erhalten. Er soll diesen nicht beginnen, ehe unter den Kindern gänzliches Stillschweigen herrscht. Die Mittel zur Erhaltung des letztern sind: Vermeidung eines zu lauten und eilfertigen Vortrages, Aufmerksamkeit auf die Kinder, ernstes Innehalten bei eintretenden Störungen mit einem festen Blicke auf die Unruhigen, besonders aber: gute Vorbereitung auf die Katechese, und auf Frömmigkeit und Liebe gegründetes Ansehen bei den Katechumenen. Zweitens ist nöthig, die bewegliche Einbildungskraft der Kinder zu fesseln, oder die Aufmerksamkeit zu erhalten. Am besten geschieht dieses durch die geeignete Art und Weise der Erklärung selbst. Hiezu gehört vor Allem eine in die Ideenwelt des kindlichen Alters eingehende Sprache. Der Katechet trage nicht nur Alles in lichter Ordnung vor, sondern auch möglichst einfach, anschaulich und anziehend, führe einzelne Fälle an, verdeutliche durch Gleichnisse und Beispiele und wechsle oft in der Darstellungsweise, weil die Kinder nur wenige Minuten bei dem nämlichen Gegenstande und der nämlichen Auffassungsweise zu verweilen vermögen. Vorzüglich sind aber hier zwei Hauptmittel wirksam: geschichtliche Darstellung und Fragen.

Der hl. Augustin nennt die Katechese Erzählung, weil dieß in der That ihr Grundcharakter sein muß. Nicht nur ist die Offenbarung an sich Thatsache oder Historisches, sondern sie wird auch am leichtesten begriffen, wenn sie als anschauliche Geschichte vorgeführt wird. Daher ist die beste Einleitung zur Erfassung der Dogmen die biblische Geschichte

---

[1] Hirtenbrief d. Bisch. Heinrich von Passau v. 24. Febr. 1855.

und überhaupt heilige Thatsachen, die zu dem erklärenden Gegenstande in naher Beziehung stehen [1] und ihn im lieblichen Gewande der Erzählung vorführen, oder doch vorbereiten.

Hinsichtlich der zu stellenden Fragen ist sorgfältig darauf zu achten, daß diese klar, kurz, möglichst bestimmt (oder speciell) und leicht seien.

Schwerere Fragen sind an fähigere Kinder zu richten. Aeußert das Kind Verlegenheit, so wird der Frage, besonders wenn dieses noch ganz klein oder furchtsam ist, eine andere Wendung gegeben, die demselben die Antwort auf die Zunge legt; anderemale wird die Frage einfach abgeändert [2] oder anders gefaßt, um zum Nachdenken anzuregen. Die begonnenen Fragen können durch Unterfragen fortgesetzt werden, z. B. auf die Antwort des Kindes, daß die Reue innerlich sein müsse, wird die weitere Frage gestellt: ist es denn nicht genug, die Uebung der Reue aus dem Gebetbuche herzusagen? warum muß denn die Reue im Herzen und nicht bloß auf den Lippen sein? Antwort: Weil das Herz gesündigt hat, so muß auch das Herz bereuen. Der Katechet kann beisetzen: So muß denn die Reue im Herzen sein, weil sie das Mittel gegen das Uebel der Sünde ist. Man legt das Heilpflaster nicht auf die Hand, wenn die Wunde am Fuße ist [3]. — Kürze die Fragen nicht ab, sondern wende ganze, vollständige Sätze an, auch wenn dieselbe Frage bei mehreren Kindern wiederholt wird, und verlange auch von diesen die Wiederholung der Frage bei der Antwort [4]. Richte nicht viele Fragen an das nämliche Kind, damit die Uebrigen nicht zerstreut werden. Stelle dem Zweiten nicht immer die Frage wie dem Ersten, damit sich um so leichter ergebe, ob mit Verständniß oder nur aus dem Gedächtnisse geantwortet wird. Sagt z. B. das erste Kind, daß die Taufe uns zu Kindern Gottes und der Kirche macht, so frage hierauf das zweite: Welches Sacrament macht uns zu Kindern Gottes und der Kirche? Es wird antworten: Die Taufe. Setze bei: Sind wir denn vor der Taufe nicht schon Kinder Gottes und der Kirche? — Nein. — Dann frage ein anderes Kind: Durch

[1] So z. B. wird die Lehre von der heiligsten Dreifaltigkeit den Kindern viel faßlicher, wenn man ihnen zuerst die Taufe Jesu Christi erzählt, wo die drei göttlichen Personen erscheinen. Diese Art historischer Einleitung hat Bossuet in seinem Katechismus mit jeder einzelnen Lection verbunden. — Ueber die historische Entfaltung des katechetischen Lehrstoffes vgl. übrigens Predigtamt S. 745—746.

[2] Die Fertigkeit dieser Abänderung muß der angehende Katechet sich durch fleißige Uebungen zu verschaffen suchen: er bedarf ihrer fortwährend.

[3] Pochard (Pract. Unterricht, 1. Abschn.), von dem hier Mehreres aufgenommen ist.

[4] Statt der ganzen Frage sage also der Katechet nicht bloß: „Sage auch du mir dieses." Lautet die Frage: „Was heißt, Gott ist gerecht?" so sei die Antwort nicht: „Es heißt u. s. w.", sondern: „Gott ist gerecht, heißt . . ."

welches Sacrament wird der Mensch zum Kinde Gottes? u. s. w. Fragen, die statt einer vollständigen Antwort ein bloßes Ja oder Nein verlangen, sind nicht leicht anzuwenden, als etwa bisweilen vorübergehend, bei sehr schüchternen Kindern u. dgl.

Nach dem hl. Augustin soll die katechetische Erklärung kurz, leichtfaßlich und überzeugend sein [1]. Aus letzterem Grunde wird sie also Gediegenheit besitzen und den Kindern ein auf wahren Gründen ruhendes Verständniß der Religionslehre vermitteln müssen.

Daher ist es nicht zu empfehlen, viele oder lange Beispiele in die Darstellung zu verweben, wodurch der eigentliche Unterricht geschmälert wird. Besonders aber hüte sich der Katechet vor Unbewährtem, Seichtem, Lächerlichem [2], oder vor Uebertreibung, wodurch leicht ein falsches Gewissen gebildet wird, wie z. B. wenn gesagt würde, daß Kinder, die ungehorsam sind, die naschen, lügen . . Kinder des Teufels seien — woraus Kinder schließen, daß alle diese Sünden Todsünden sind.

3. Anwendung. Mit der Erläuterung und Begründung der Heilslehre muß auch deren Einpflanzung in das Gemüth und Leben des Kindes verbunden werden, oder: die Katechese ist nicht nur Unterricht, sondern zugleich religiöse Erziehung. Der Vortrag ist daher stets mit sittlichen Anwendungen zu würzen. „Unterlasse sie niemals und bereite dich zu den Füßen des Gekreuzigten auf dieselben vor" [3]. Diese müssen den Kindern angepaßt, lebhaft, kurz und faßlich sein.

Bald dienen hiezu geistliche Grundsätze, die man einzuprägen sucht, z. B. saget oft, l. K.: Ich will gut leben, um gut zu sterben. — Eine einzige Todsünde reicht hin, um verdammt zu werden. — Ich habe nur Eine Seele und ich will sie nicht verlieren. — Die Sünde ist das größte von allen Uebeln: sie hat das Feuer der Hölle angezündet. — Ich werde nichts vor den Richterstuhl Gottes bringen, als die guten oder die bösen Werke. — Gott sieht mich, Gott hört mich! Gott sieht mich an allen Orten, bei Tag und bei Nacht. — Nichts wider Gott; das ist eine Regel ohne Ausnahme, spricht der hl. Franz von Sales. — Bald dienen zu solchen Anwendungen fromme Uebungen. Sie müssen aber durch Beziehung auf gewisse Zeiten, Gegenstände oder Zeichen den Kindern unvergeßlich gemacht werden. So kann man als Frucht aus dem ersten Gebote Gottes die tägliche Uebung der Liebe Gottes vorstellen, aber nicht in dieser allgemeinen Weise: Erwecket täglich einen Act der Liebe Gottes, sondern: Zu dieser Stunde — Morgens

[1] De cat. rud. c. 6. — Doctr. chr. c. 10. 25.

[2] Das gilt namentlich auch von lächerlichen Fragen, z. B. über die Allgegenwart Gottes: ist denn Gott auch in der Tasche?

[3] Pochard a. a. O.

oder Abends nach eurem Gebete — oder wenn die Glocke schlägt, bei dem Aveläuten — sprecht: „Mein Gott! ich liebe dich aus ganzem Herzen, weil du unendlich liebenswürdig bist!" — So werden die Kinder durch die Glocke des Morgens und Abends an diese Andachtsübung erinnert werden, und manche derselben werden sie vornehmen. Ueberhaupt ist es wichtig, daß der Katechet die frommen Gefühle, Entschlüsse u. s. f., die irgend einer vorgetragenen Lehre entsprechen, nicht nur nenne, sondern sie mit aller Wärme vor oder mit den Kindern erwecke und ausspreche. So um diesen die öftere Erinnerung an die Gegenwart Gottes und die letzten Dinge zu empfehlen: „Wenn zum Engel des Herrn geläutet wird, oder wenn die Stunde schlägt, sage bei dir selbst: Gott sieht mich, ich stehe vor seinen heiligsten Augen. Habe ich nichts gegen die ihm schuldige Ehrfurcht gethan? — Die Stunden fliegen dahin, der Tod eilt herbei, ich gehe mit großen Schritten der Ewigkeit entgegen. Bin ich im Stande, vor Gott zu erscheinen? Habe ich keine Sünde auf meinem Herzen, die mich drückt?" — „Wenn du gegen den Himmel blickest, so sprich bei dir selbst: Gewinne ich das Paradies, so habe ich Alles gewonnen. Nur für den Himmel will ich arbeiten."

Man kann die Kinder auch durch Fragen auf die Nutzanwendungen führen und sie selbst einen Schluß, eine Lehre, ein Mittel auffinden lassen, wodurch das Vorgetragene angewendet oder ausgeübt werden kann. Die wichtigste Anwendung bildet den Schluß der Katechese und wird mit einer kurzen Ermahnung verbunden.

Hinsichtlich der Arten von Katechesen sind hier vorzüglich zu nennen:

1. Die Schulkatechese. Den Anfang derselben macht ein gemeinschaftliches Gebet; hierauf folgt die Prüfung über das in der vorigen Kinderlehre Aufgegebene und Erklärte (das sog. Abfragen), womit sofort passende Anwendungen auf das Leben der Kinder, oder die Einführung der Kinder in das kirchliche Leben zu verbinden; daran reiht sich die Vorerklärung jener Fragen und Antworten, welche von den Kindern bis zur nächstfolgenden Katechese zu erlernen sind (wobei also kein Wort im Katechismus den Kindern undeutlich bleiben darf). Den Schluß bilden Anwendung, (Belohnungen) und das Gebet[1].

[1] In Betreff der Klassenabtheilung siehe Predigtamt S. 742—743. Wo nicht für die Geschlechter gesonderte Schulen bestehen, sind wenigstens Knaben und Mädchen von einander zu trennen und so auf zwei Seiten zu vertheilen, daß der Katechet bei dem Examiniren zwischen beiden Theilen auf und ab gehen kann. Jedes Kind erhält seinen festen Platz. Zur bessern Ueberwachung und Leitung Einzelner dient ein Verzeichniß, worin der Katechet sich das Wichtigste über jedes Kind bemerkt. Dasselbe kann nach folgenden Rubriken angelegt und in eben so viele Spalten geschieden werden:

2. *Die Kirchenkatechese.* Diese ist nicht nur den Kindern, sondern zugleich und vorzüglich der vorgerücktern Jugend und einigermaßen auch den anwesenden Erwachsenen anzupassen. Ein gemeinschaftlicher Plan, wonach in einem oder zwei, höchstens drei Jahren der ganze Katechismusunterricht vollendet wird, liegt der Kirchen- und Schulkatechese so zu Grunde, daß jener in der Regel immer das als Gegenstand zufällt, was in dieser die Woche hindurch den Kindern bereits erklärt wurde; daher läßt sich die Kirchenkatechese unschwer für Große und Kleine angemessen einrichten. Ihre Bestandtheile sind — mit Einschluß des Gebetes vor und nach dem Unterrichte —: der *Eingang* (mittelst Anknüpfung an die vorige Christenlehre); der *Vortrag*, d. h. Erklärung nebst Anwendung; die *Prüfung* über das eben Vorgetragene; die *Schlußermahnung*, die ergreifend sein muß und sich ganz passend auch an die Erwachsenen wendet. — In dem ebengenannten *Vortrage* herrscht statt der Fragemethode, oder dem gesprächsweisen Unterrichte [1] mehr die didactische oder zusammenhängende Redeform [2] — die der *katechetischen Predigt* — vor, doch kann auch schon hier, sofern es zur Abwechselung oder zur Anspornung der Aufmerksamkeit nöthig scheinen mag, eine oder die andere Frage gestellt werden. — In manchen Fällen lassen sich auch die Fragen bei der eigentlichen kurzen *Prüfung* auf sehr Weniges beschränken, sofern das ausführlichere Ausfragen, die Recitation des Katechismus der *Feiertagsschule* zugewiesen werden kann [3].

Der *äußere Vortrag* des Katecheten sei *ruhig* (nicht aber unbelebt), *langsam*, *herzlich* und *anziehend*.

Hiemit nun hätte die Theorie den Kreis ihrer Belehrungen abgeschlossen, sofern diese dem elementären Gebiete angehören. Das Weitere

---

1. Name; Vorname.	2. Eintritt in den Unterricht (Datum)	3. Alter des Kindes. Hl. Sacramente, die es empfangen.	4. Wohnort des Kindes.
5. Versäumnisse.	6. Memorirte Evangelien (oder Abschn. aus der bibl. Gesch.)	7. Schriftl. Arbeiten (Hauptpunkte d. vorgetr. Katechese)	8. Bemerkungen.

Diesen Aufschriften fügen Einige noch bei: Name des Beichtvaters; Beichtzettel (für die monatliche . . Beicht).

[1] Heuristische Methode.

[2] Akroamatische Methode (eigentlich die der patristischen Katechese, welche sich vorzugsweise an Erwachsene wandte).

[3] Hinsichtlich der Katechese über die *sonn- und feiertäglichen Evangelien* und über die *biblische Geschichte* siehe Predigtamt S. 754—755; über das äußerlich Formelle oder durch das Ritual Bestimmte . . S. 755 ff.

fällt der Anwendung und dem Eifer des Lernenden zu. Möge dieser Eifer ein immer allgemeinerer werden und der Kirche recht viele jener apostolischen Säemänner — **satores aeternitatis**, wie die hl. Väter sie nennen — und jener in Geist und Wort gleich mächtigen Streiter erzeugen, deren die Kirche so sehr bedarf! Die Ernte ist groß, das Kampffeld unermeßlich. **Et nunc, fratres, quoniam vos estis presbyteri in populo Dei, et ex vobis pendet anima illorum, ad eloquium vestrum corda eorum erigite!** [1]

[1] **Jud. 8, 21.**

CPSIA information can be obtained
at www.ICGtesting.com
Printed in the USA
LVHW040340110522
718423LV00001B/287

9 783375 009168